KB233406

조선의 산문을 읽다

조선의 산문을 읽다

원주용 편저

이담 Books

　이 책은 朝鮮 前期 대표적인 文人인 姜希孟을 필두로 韓末 漢文學을 정리·평가했다고 하는 金澤榮에 이르기까지 28인의 散文作品 68편을 모아서 註釋을 달고 國譯과 간략한 鑑賞을 적은 것이다. 이전에 간행되었던 『조선시대 산문 읽기』라는 책의 續編에 해당하는 것이다. 내용파악을 용이하게 하기 위해 임의대로 문단을 나누었으며, 國譯은 가능한 한 意譯보다는 直譯을 위주로 하였고, 단락이 끝나는 곳에 간략한 감상을 덧붙여 놓았다. 다만 지면상 많은 감상을 제시하지 못하였고, 이 68편 외에도 많은 훌륭한 文人들의 산문작품들이 있으나, 조선 후기를 중점으로 작품을 選定하다 보니, 그 이외 시기에서 문학성을 풍부히 갖추고 있는 많은 산문작품들이 選定에서 소외되어 다 싣지 못한 점이 못내 아쉬움으로 남는다.

　필자는 개인적으로 韓國 漢文學의 영역에 있어서 散文 분야에 관심을 가지고 공부를 하고 있는 중이다. 주로 高麗時代와 朝鮮 初期를 중심으로 고찰하고 있기 때문에, 조선 중기와 후기에 대해서는 識見이 淺薄하지만, 알고 있는 한도 내에서 이 책에서 다루고 있는 조선시대의 散文史를 간략히 살펴보면, 朝鮮時代에 散文 文章을 창작하는 데 있어 가장 기본적인 지표는 麗末 李齊賢이 제창한 古文이었으며, 文以載道였다. 조선 초기에는 기본 지표가 載道이면서도 外交文書나 政令 등을 위한 效用論에 중점을 둔 詞章派와 道 위주의 문학을 중시한 士林派

로 나뉘기도 하였고, 조선 중기에 이르러서는 古文에 있어서도 '文必秦漢'을 외치던 擬古派가 등장하기도 하였으며, 조선 후기에는 法古創新을 주장한 朴趾源을 비롯한 일군의 實學者들이 수면 위로 부상하기도 하였다. 그런데 이러한 散文史를 관념적으로만 이해하기보다는 실제 작품을 통해서 文人들이 주장하는 立論들을 살펴보아야만, 散文史의 흐름을 구체적으로 이해할 수 있을 것이다. 부족하나마 이러한 이해를 위한 작업의 결과로 나온 것이 이 책이다.

학문적으로 또는 이 책이 나올 수 있게 도와주신 선생님은 일일이 거론할 수 없을 정도로 많기에 마음속에 깊은 감사의 마음을 새겨 두고자 한다. 그리고 아빠와 함께 많은 시간을 보내야 할 시기인데도 불구하고 아빠에게 공부할 시간을 할애해 준 두 딸 혜원이, 다원이와 묵묵히 남편이 하는 일을 지켜봐 준 아내 은경 씨에게 감사의 마음을 전하고 싶다.

모쪼록 이 책이 조선시대 散文에 관심이 있는 사람이나 任用考査를 준비하는 학생들에게 작게나마 보탬이 되었으면 한다.

2011년 3월 龜山 기슭에서

元周用 謹書

차 례

訓子五說者　無爲子爲其子龜孫作也　曷爲訓之　訓其所不逮也
曷不自揆　而濫爲之說歟　其言則俚　而其意則古昔聖賢之遺意
也　何以不敢直斥　而微示其意歟　父子之間　言猶婉也

〈주석〉 〖曷〗 어찌 갈 〖逮〗 미치다 태 〖揆〗 헤아리다 규 〖濫〗 함부로 하다
람 〖俚〗 속되다 리 〖斥〗 지적하다 척 〖婉〗 순하다 완

〈국역〉 「훈자오설」은 무위자 강희맹이 그 아들 구손을 위해서 지은 것이다.
어찌하여 그를 훈계하는 것인가? 그가 미치지 못한 것을 훈계하려는
때문이다. 어찌하여 자신을 헤아리지 못하고 함부로 說을 짓는 것인
가? 그 말은 저속하지만 그 뜻은 옛 성현이 남긴 뜻이기 때문이다.
어찌하여 과감하게 바로 나무라지 못하고 살짝 그 뜻만 보였는가?
부자간이라서 말이 순하게 된 것이다.

---

1) 姜希孟(1424, 세종 6~1483, 성종 14): 자는 景醇, 호는 私淑齋·無爲子, 시호는 文良이다. 1447년(세종
29) 18세에 별시문과에 장원급제했고, 1463년 진헌부사가 되어 명나라를 다녀왔다. 1468년 南怡의 獄事
를 다스린 공으로 晉山君에 봉해졌다. 1473년 병조판서가 되고, 우찬성을 거쳐 1482년 좌찬성에 이르렀
다. 부지런하고 치밀한 성격으로 공정한 정치를 했고 博學多識하다는 말을 들었으나, 한편으로 아첨하며
자기 공을 자랑한다는 비방도 들었다. 經史와 典故에 통달한 뛰어난 문장가였고 민요와 설화에도 깊은 관
심을 가졌다. 소나무, 대나무 그림과 산수화를 잘 그렸다. 금양에 있을 때 자신의 경험과 견문을 토대로 지
은 농업에 관한 저서로 「衿陽雜錄」이 있고, 당시 滑稽傳의 성격을 알 수 있는 『村談解頤』가 있다. 그 밖
에 서거정이 편찬한 유고집 『사숙재집』 17권이 있다.

 이 글은 '자식을 훈계하는 다섯 가지 이야기'란 의미의 「훈자오설」
을 저술하게 된 동기에 대해 설명한 序文으로, 이 부분은 서문의 전
체 요지가 담겨 있는 단락이다.

龜兒之解官歸學也 或云爵祿不可辭也 或云學業當及時也 所
論不同 使人不能不眩於去就 於是諭以大義 令赴學籍 猶恐有
所闕漏 略示筆談 且勖之曰 日省乎此 深究其旨 則去就之分
明 而進德之事熟 靡不爲涓埃之補

〈주석〉 〖眩〗 현혹하다 현 〖赴〗 나아가다 부 〖勖〗 힘쓰다 욱 〖靡〗 =無 〖涓〗
미소한 것의 비유 연 〖埃〗 티끌 애

〈국역〉 구손이 벼슬을 그만두고 학업으로 돌아왔는데, 어떤 이는 "벼슬은
사양해서는 안 된다." 하고, 어떤 이는 "학업은 마땅히 제때에 해야
한다." 하여, 의논이 달라 사람으로 하여금 거취에 현혹되지 않을 수
없게 한다. 그래서 대의로써 깨우쳐 학적에 편입하게 하였으나, 여전
히 빠진 것이 있을까 염려되어 대략 필담을 보여 주면서, 독려하기
를, "날마다 이것을 살펴보고 그 취지를 깊이 궁구하면, 거취가 분명
하고 덕에 나아가는 일이 익숙해질 것이니, 작은 보탬이 되지 않을
수 없을 것이다." 하였다.

〈略鑑〉 「훈자오설」의 효용에 대해 언급하고 있는 부분이다. 즉 거취를 정해
야 할 때 분명히 정할 수 있을 것이며, 덕에 나아가는 길이 익숙해지
는 효용이 있다는 것이다.

竊觀 子朱子與長子受之書曰 大抵勤謹二字 循之而上 有無限

好事 吾雖未敢言 而竊爲汝願之 反之而下 有無限不好事 吾雖不欲
言 而未免爲汝憂之 汝若好學 在家 足以讀書作文 講明義理 不待遠
離膝下 汝旣不能 今遣汝者 恐汝在家 汩於世務 不得專意 汝若到彼
奮然勇爲 力改故習 一味勤謹 則吾猶望焉 不然則與在家一般他日歸
來 只是舊時伎倆人物 汝將何面目 歸見父母親戚鄉黨故舊歟 無忝爾
所生 在此一行

〈주석〉 〚循〛좇다 순 〚汩〛빠지다 골 〚一味(일미)〛한결같음 〚般〛같다 반
　　　 〚伎〛재주 기 〚倆〛재주 량 〚忝〛욕되게 하다 첨

〈국역〉 그윽이 보건대, 주자가 큰아들 수지에게 준 서간에 이르기를, "대저
　　　 勤과 謹 두 글자는 그것을 따라 올라가면 무한한 좋은 일이 있을 것
　　　 이니, 내가 비록 과감하게 말은 하지 않아도 마음속으로 너를 위해
　　　 원하는 것이다. 그것을 반대하고 내려가면 무한한 좋지 못한 일이 있
　　　 을 것이니, 내가 비록 말하고 싶지 않지만 너를 위해 근심하지 않을
　　　 수 없다. 네가 만약 배움을 좋아한다면 집 안에 있어서도 책을 읽고
　　　 글을 지으며 의리를 명백히 이야기할 수 있을 것이니, 멀리 부모의
　　　 슬하를 떠나야 할 것도 없을 것이다. 하지만 네가 이미 그렇게 할 수
　　　 없으니, 지금 너를 보내는 것은 네가 집 안에 있으면 세상일에 골몰
　　　 하여 공부에 전념하지 못할까 걱정한 때문이다. 네가 만약 그곳에 가
　　　 서 분발하여 용기를 내어 예전 버릇을 힘써 고치고, 한결같이 '勤謹'
　　　 두 글자에 전념하면 나는 오히려 희망을 가질 수 있을 것이다. 그렇
　　　 지 않고 집 안에 있을 때와 훗날 돌아와서도 한결같아 단지 예전 기
　　　 량을 가진 인물이라면, 너는 장차 무슨 면목으로 돌아가 부모, 친척,
　　　 향당의 친구들을 보겠느냐? 네가 태어난 곳을 욕되게 하지 않는 것

이 이 한 걸음에 달렸다.” 하였다.

<略鑑> 朱子가 자식을 공부시키기 위해 보내면서 준 편지를 직접 인용하여
勸謹할 것을 훈계하고 있는 부분이다.

噫 古昔賢哲 父子之間 勸勉之思 懇惻之情 亦足想見矣 夫父
之於子 猶農夫之於嘉穀也 養穀不成 終罹餓餒之患 敎子無成
竟致孤危之禍 其糞壤耘耨之法 訓誨勵翼之方 曷嘗少弛於心
歟 而況垂老之年 支多不榮 只留雙顆 夏日冬夜 追悼無期 稠
人衆會 念至涕零 居然爲一段怔物 爲汝冀望之情 當如何耶
此吾說之所以作也 爲人父者 體吾情而敎子 爲人子者 憫吾情
而孝親 則庶幾乎吾說之非空言矣

<주석> 〖懇惻(간측)〗 간절하고도 절실함 〖嘉穀(가곡)〗 五穀의 總稱 〖罹〗 걸리
다 리 〖餒〗 주리다 뇌 〖孤危(고위)〗 고립되거나 위급함 〖耘〗 김매다
운 〖耨〗 김매다 누 〖勵翼(려익)〗 힘써 도움 〖弛〗 늦추다 이 〖顆〗 물건
을 세는 단위 과 〖悼〗 슬퍼하다 도 〖稠〗 빽빽하다 조 〖零〗 떨어지다
령 〖居然(거연)〗 갑작스러운 모습 〖段〗 조각 단 〖體〗 본받다 체 〖憫〗
민망하다 민 〖庶幾乎〗 추측의 어기를 나타냄

<국역> 아! 옛날 어진 이가 부자지간에 권면하는 생각과 간곡한 정을 또한
상상하여 볼 수 있겠다. 무릇 부모가 자식에게 하는 것은 농부가 곡
식에 하는 것과 같으니, 곡식을 잘못 가꾸면 마침내 굶주리는 근심에
걸리게 되는 것이요, 자식을 잘못 가르치면 마침내 위태로운 화를 이
루는 것이다. 땅에 거름 주고 김매는 법과 훈계하고 격려하는 법을
어찌 일찍이 잠깐이나마 마음에 소홀히 할 수 있으랴? 하물며 늘그

막에 자녀들이 불행을 많이 당하고 다만 두 명밖에 안 남았으니, 여름날과 겨울밤이면 다시 만날 기약이 없음을 슬퍼하며, 여러 사람 모인 자리에서도 생각이 나면 눈물이 떨어지곤 하여 갑자기 하나의 괴물이 되고 말았으니, 너를 위해 바라는 정이 마땅히 어떠하겠느냐? 이것이 내가 이 설을 짓게 된 까닭이다. 남의 부모 된 자가 내 정을 본받아서 자식을 가르치고, 남의 자식 된 자가 내 정을 민망히 여겨서 어버이에게 효도한다면, 내 說이 거의 빈말이 되지는 않을 것이다.

〈略鑑〉 마지막 단락으로, 比喩의 修辭를 활용하여 부모가 자식에게 바라는 간곡한 정이 잘 드러나 있다.

이 「훈자오설」은 文藝性을 지닌 筆談으로 姜希孟의 문학을 살필 수 있는 대표적인 산문이며, 士君子로서 세상을 살아가는 방법을 제시한 것이다. 강희맹은 說이란 방식을 통하여 논리적으로 가정윤리의 실천 방안을 제시했는데, 직접적으로 제시하는 방식보다는 보다 더 효율적인 일상생활 주변의 소재를 형상화하여 비유적으로 제시하고 있다.

權鼈의 『해동잡록』에 강희맹의 문학에 대한 간략한 평이 다음과 같이 실려 있다.

"본관은 진주이며 자는 경순이요, 자호는 사숙재 또는 운송거사라 하고, 혹은 국오라고도 일컫는데 강인재의 아우다. 세종 때에 문과에 장원급제하였는데 시와 문장에 깊이가 있고 자세하며, 온후하고 흥미가 진진하면서 매인 데가 없이 호탕하였다. 웅장 심오하고 優雅 건실함은 子長 司馬遷과 같고, 넓고 크고 뛰어나기는 退之 韓愈와 같으며, 간결하고 예스러우면서 정밀

하기는 柳宗元과 같았고, 빼어나고 자유분방하기로는 盧陵의
文忠公 歐陽脩와 같아서 당시 선비들의 추앙을 받았다. 벼슬은
左贊成에 이르렀으며 시호는 文良公인데 세상에 간행된 문집이
있다(晉州人 字景醇 自號私淑齋 又號雲松居士 或稱菊塢 仁
齋之弟 我英廟朝擢魁科 詩文醞藉精深 渾涵浸郁 大放以肆 雄深
雅健似司馬子長 汗瀾卓犖似韓退之 簡古精密似柳柳州 俊邁奔放
似盧陵文忠公 爲時所推 官至左贊成 諡文良 有集行于世).”

溟洲之地 多産仙藥 藥局遣醫 間一歲而採藥 有一醫專是任 頻
往溟洲 始至 則藥夫指其徒之一二者曰 此是啗蛇者也 莫不齒
冷 食不供器 坐不連席 不以人類視之 後間歲而往 則嘲者漸
微 而前日之所謂啗蛇者 親昵而莫忌 又間歲而往 則里無所謂
啗蛇者 而嘲笑之言已絶矣 徐觀之 人持釵頭木弓 張弦小屈木
入長林大谷中 採藥 遇蛇 無問大小 輒以弓釵按其首 蛇仰首
張唇 遂以屈木弦挫之 蛇齒盡脫 手剝其皮 藏于矢筒 及飯熟
加鹽炙之 爭食無餘 久則中毒而斃者相望

〈주석〉 〚啗〛 씹다 담 〚嘲〛 비웃다 조 〚昵〛 친하다 닐 〚釵〛 비녀 채(차)
〚按〛 누르다 안 〚挫〛 결박하다 좌 〚剝〛 벗기다 박 〚筒〛 대롱 통
〚炙〛 굽다 자 〚斃〛 넘어져서 죽다 폐

〈국역〉 명주 땅에서 좋은 약재가 많이 생산되므로, 약국에서 의원을 보내 한
해를 두고 약을 캐는데, 어떤 의원 한 사람이 이 소임을 전담하여 자
주 명주에 갔다. 처음 갔을 때 약 캐는 인부가 자기네들 가운데서 한
두 명을 지목하며, "이놈들은 뱀을 씹어 먹는 놈들이다." 하며, 치를

떨고 밥도 함께 먹지 아니하며 자리도 함께 앉지 아니하고, 사람으로
봐 주지를 않았다. 그 뒤에 한 해를 지나서 가 보니, 비난하는 자가
점점 적으며, 예전에 뱀을 씹어 먹는다고 말한 자들과 서로 친밀해져
서 꺼림이 없었다. 또 한 해를 지나서 가 보니, 마을에 뱀을 씹어 먹
는다고 말하는 자도 없고 조소하는 말도 이미 없어졌다. 서서히 살펴
보니, 사람이 쇠붙이로 끝을 장식한 나무 활을 가지고 조그마한 굽은
나무에 줄을 맨 것을 펼치고, 숲 깊은 골짜기 속에 들어가 약을 캐다
가 뱀을 만나면 크나 작으나 막론하고 곧장 쇠붙이 활로 뱀 대가리를
누른다. 뱀이 대가리를 쳐들고 입술을 벌리면 마침내 굽은 나무에 달
린 줄로 묶어서 뱀 이빨을 다 빼고, 손으로 그 껍질을 벗겨서 활통에
넣었다가 밥이 익자 소금을 발라 구워 남김없이 다 먹는다. 오래 먹
으면 중독이 되어 죽는 자가 흔히 생겼다.

〈略鑑〉 이 글은 뱀을 잡아 씹어 먹는 사람에 대한 이야기로, 이 단락은 명주
에서 약초를 캐는 과정에서 뱀을 잡아먹는 과정에 대해 상세하고도
사실적으로 묘사하고 있다.

噫 蛇之蠕動 蛇蜓鱗蟲而陸處者 雖愚者 皆知賤惡 而趨避之
如有所逼 莫不嘔吐震慄 何也 人性然也 溟洲之人 始也斥其
非 猶多有全其性者也 中也斥者小而啗者衆 然或有全其性者
不爲流俗所汚者矣 終也擧一道莫知其非 嘲笑一絶 而相安於
穢俗 至此則人性盡蔽 無復論其是非矣 一州之民 夫豈盡喪其
天而不悟者歟 必有作俑而誤之者矣 其誤之也必曰 蛇亦蟲魚
之類也 肥而香美 近人而易捕 論其狀如鱧 奚擇哉 於是試嘗
於口而無所妨 漸狃於心而無所憚 積以歲月 浸以成風 靦然無

所愧 當是時 彼安知啗蛇之可覻 遺毒之可畏歟 前日之所嘗非
詆者 又從而效之曰 彼亦人也 口未爽於味 而獨嗜此 何耶 其
必有至味者存之其中矣 吾前之非之者 安知不幾於妄 而彼之
嗜之者 又安知不有所見歟 由是轉相浸染 莫知其非 哀哉

〈주석〉 〚蝡〛 꿈틀거리다 연 〚蚴〛 구불구불하다 연 〚趨〛 달리다 추 〚逼〛
닥치다 핍 〚嘔〛 토하다 구 〚慄〛 떨다 률 〚汚〛 더럽다 오 〚穢〛 더럽
다 예 〚作俑(작용)〛 선례가 됨.『孟子』「梁惠王上」에 "仲尼曰 始作俑
者 其無後乎 爲其象人而用之也"라는 말이 있음 〚蟲魚(충어)〛 작은
동물 〚鱧〛 가물치 례 〚妨〛 거리끼다 방 〚狃〛 친압하다 뉴 〚浸〛 배
어들다 침 〚覻〛 부끄러워하다 전 〚詆〛 비난하다 저 〚爽〛 시원하다
상 〚幾〛 가깝다 기

〈국역〉 아! 뱀은 꿈틀거리면서 움직이며 구불구불한 비늘이 있는 벌레로 뭍
에서 처하는 것인데, 비록 어리석은 자라도 천하고 악한 것인 줄을
다 알고 달려 피한다. 만약 가까이 부딪히는 경우가 있으면 다 구토
하고 벌벌 떨지 않은 자가 없는 것은 무엇 때문인가? 사람의 천성이
그렇기 때문이다. 명주 사람들이 처음에는 그 그릇된 자를 배척한 것
은 여전히 그 성품을 오롯하게 가진 자가 많았던 까닭이요, 중간에는
배척하는 자가 적어지고 씹어 먹는 자가 많아졌지만 그것은 간혹 그
천성을 오롯하게 가진 자가 있어 유행하는 풍속에 물들지 않은 자
때문이요, 나중에는 온 도내가 그 그른 점을 알지 못하여 조소하는
말도 일체 없어지고 서로 더러운 습속에 안주하게 된 것이다. 이 지
경에 이르면 사람의 본성은 다 物慾에 가려서 다시 그 시비를 논할
수 없다. 한 고을 백성이 어찌 다 자기 천성을 상실하고 깨닫지 못하

는 것일까? 반드시 처음에 허수아비를 만들어 내어 그릇되게 한 자
가 있었기 때문이다. 그 그릇되게 하는 자는 반드시 "뱀도 역시 동물
의 한 종류다. 살찌고 향기롭고 아름다우며 사람과 가까이 있어 잡기
도 쉬우며, 그 형상을 논하면 가물치와 같은데, 무엇이 다르냐." 하
여, 이에 시험 삼아 맛을 보니 거리낄 게 없고, 차츰 마음이 익숙해서
꺼림이 없게 되며 세월이 쌓이는 동안 점점 배어들어 풍습으로 변하
여 부끄러워할 줄을 모른다. 이때에 저들이 뱀 씹어 먹는 것이 부끄
러워할 만하고 독을 남기는 것이 두려워할 만하다는 것을 어찌 알
것인가? 예전에 일찍이 꾸짖고 배척하던 자도 또한 따라서 그를 본
뜨며 하는 말이, "저 사람도 사람이다. 입맛에 맞지 않을 텐데, 유독
이것을 즐기는 것은 왜일까? 아마도 반드시 지극한 맛이 그 속에 들
어 있는 모양이다. 내가 예전에 그를 나무란 것이 어찌 망령에 가깝
지 않음을 알 수 있으며, 저들이 그것을 즐기는 것도 또한 소견이 있
어서 그러는 것인지 어찌 알 수 있으랴." 하여, 이것으로 말미암아 서
로 젖고 물들어서 그 그른 점을 알지 못하니 슬프도다!

〈略鑑〉 自問自答의 형식을 활용해 잘못된 풍습이 퍼지는 것에 대해 상세히
論議를 전개하고 있다.

士君子之於貨利聲色　亦猶是也　孰不知貪饕狂蕩之爲可賤　玷
汚喪敗之爲可畏歟　然試嘗於心　而卒忘其恥　豈聞有齒冷嘲笑
之言乎　汝當審其幾也　毋忽

〈주석〉 〚饕〛 탐하다 도 〚蕩〛 방자하다 탕 〚玷汚(점오)〛 더럽힘 〚忽〛 소홀
　　　히 하다 홀 〚幾〛 기미 기

 사군자가 財利나 聲色에서도 역시 이와 마찬가지다. 탐욕을 부리며
방탕한 것은 남에게 천대를 받는 짓이요, 몸을 더럽히고 집안을 망치
는 것은 두려운 것인 줄을 누가 모르겠는가? 그러나 시험 삼아 조금
맛을 본다고 하다가 마침내 그 부끄러움을 잊게 되는 것이니, 어찌
치를 떨고 조소하는 말이 있음을 들을 수 있겠는가? 너는 마땅히 그
기미를 살펴서 경솔히 하지 마라.

 마지막 단락으로 '士君子는 財利나 聲色을 멀리해야 한다.'는 주제
를 제시하고 있다. 뱀을 잡아먹은 惡蝎을 통해 物慾에 가리게 되면
本性으로 是非를 따질 力量조차 없으므로, 경솔하게 처신하지 말 것
을 당부하고 있는 것이다.

魯民有子三人焉 甲沈實而跛 乙好奇而全 丙輕浮而捷勇過人 居
常力作 丙居常最 而乙次之 甲辛勤服役 僅得滿課 而無所怠

〈주석〉 『跛』 절뚝발이 파 『捷』 민첩하다 첩 『居常(거상)』 평상시 『服』 일
　　　 하다 복 『課』 과정 과

〈국역〉 노나라 백성 중에 아들 삼 형제가 있었는데, 갑은 착실하나 다리를
　　　 절고, 을은 기이한 것을 좋아하나 몸은 완전하고, 병은 경솔하나 용
　　　 력이 남보다 나았다. 그래서 평상시 힘써 지은 일은 병이 항상 최고
　　　 를 차지하고 을이 다음가며, 갑은 부지런히 일을 해서 겨우 제 과정
　　　 을 메울 수 있었으나 게을리하는 것이 없었다.

〈略鑑〉 이 글은 산에 올라가는 것에 대한 이야기로, 이 단락은 노나라 삼 형
　　　 제의 외모와 능력에 대해 언급하고 있는 서두 부분이다.

一日 乙與丙 約登泰山日觀峯試力 爭修屬屐 甲亦飾裝 乙與
丙相視而笑曰 泰山之峯 出雲表 俯天下 非健脚力者 不能陟
豈跛者所能睥睨哉 甲哂曰 聊且隨諸君 末至 萬幸也 三子至

泰山下 乙與丙戒甲曰 吾曹飛騰絶壑 曾不一瞬 可且先行 甲
唯唯 丙在山下 乙至山腰 日已昏黑 甲徐行不已 直至山頂 夜
宿館下 曉觀日輪湧海

〈주석〉 〚屩〛 짚신 갹 〚屐〛 나막신 극 〚陟〛 오르다 척 〚睥〛 곁눈질하다 비 〚睨〛 흘
겨보다 예 〚哂〛 웃다 신 〚聊且(료차)〛 =姑且.=暫且. 〚騰〛 오르다 등 〚瞬〛
눈을 깜작이다 순 〚唯〛 대답하다 유 〚湧〛 샘솟다 용

〈국역〉 하루는 을이 병과 태산 일관봉에 누가 먼저 오르는가를 시험하기로
약속하고, 다투어 신발을 장만하니, 갑도 역시 행장을 꾸렸다. 을은
병과 서로 보고 웃으며 말하기를, "태산의 봉우리는 구름 밖으로 솟
아나서 천하를 내려다보고 있다. 다리 힘이 굳센 자가 아니면 오를
수가 없는데, 하물며 절름발이가 곁눈질할 수 있는 것이겠는가." 하
니, 갑이 웃으며, "그저 여러분을 따라서 끝으로 이르더라도 천만다
행이다." 하였다. 삼 형제가 태산 아래 당도하자, 을이 병과 함께 갑
을 경계하며 말하기를, "우리들은 깎아지른 골짜기를 날아오르는데
눈을 한 번 깜짝하지 않아도 된다. 형이 먼저 올라가는 것이 좋겠
다." 하니, 갑이 "알았다." 하였다. 병은 산 아래 있고 을은 산 중턱
에 이르니, 해가 이미 어두워졌다. 갑은 쉬지 않고 서서히 가서 곧장
산 정상에 이르러, 밤에는 관에서 자고 새벽에 해가 바다에서 솟아
오르는 것을 구경하였다.

〈略鑑〉 삼 형제가 태산에 오르기 시합을 하게 된 과정과 시합의 경과에 대
해 서술하고 있는 단락이다.

三子還家 父各詢所得 丙曰 吾卽山麓 天日尙早 自恃猭捷 傍谿曲徑

足無不到 妖花怪草 靡不採掇 彷徨未竟 暝色忽至 暨宿巖下 悲風聒耳
澗水喧豗 狐狸野豕 旋繞啼呼 悄然疚懷 思欲騁吾力 而畏虎豹且止

 〖詢〗 묻다 순 〖麓〗 산기슭 록 〖猱〗 원숭이 노 〖妖〗 예쁘다 요 〖掇〗
줍다 철 〖暝〗 어둡다 명 〖暨〗 이르다 기 〖聒〗 시끄럽다 괄 〖喧〗 시
끄럽다 훤 〖豗〗 떠들썩하다 회 〖狸〗 살쾡이 리 〖豕〗 돼지 시 〖旋〗
돌다 선 〖繞〗 두르다 요 〖悄〗 근심하다 초 〖疚〗 꺼림하다 구 〖騁〗
다하다 빙

 삼 형제가 집에 돌아오니, 아버지가 각각 얻은 것을 물어보았다. 병
이 말하기를, "나는 산기슭에 당도하니, 하늘의 해가 여전히 일러 원
숭이처럼 빠르기만 믿고서 곁의 계곡이나 굽은 길도 아니 거친 데가
없었고, 고운 꽃과 기이한 풀도 캐 보지 않은 것 없이 서성대다 보니,
어두운 빛이 갑자기 몰려와서 바위 밑에서 자게 되었습니다. 구슬픈
바람이 귀에 시끄럽고 산골물 소리가 요란하며 여우, 살쾡이, 들돼지
가 울부짖으며 돌아다니어 꺼림칙한 생각이 났습니다. 내 힘을 다하
여 한번 달려 보려고 생각하다가 호랑이, 표범이 무서워서 그만두었
습니다." 하였다.

 삼 형제 가운데 용력이 뛰어났던 丙의 경험을 직접 인용의 방식을
활용하여 기술하고 있다.

乙曰 吾見衆峯排螺 靑壁削鐵 飛走凌高 橫峯側嶺 搜討靡遺
峯愈多而愈峻 脚力隨以疲繭 甫及山腰 而日已沒 吾亦假息巖
下 雲霧暝晦 咫尺不辨 衣屨冷濕 上思山家則尙遙 下思山足
則亦遠 姑安於此 而不達矣

甲曰 吾思吾足之偏跛 慮吾行之偏側 直尋一路 玲瓏不輟 猶
恐日力之不給 奚暇傍行而遠矚乎 盡心竭力 躋攀分寸 登陟未
休 而從者云已至絶處矣 吾仰視天衢 日馭可接 俯瞰積蘇 蒼蒼
然不知所窮 羣山若封 衆壑如皺 及乎落景沈海 下界黑暗 傍視
則星辰交輝 手理可鑑 信可樂也 臥未安寢 而天鷄一叫 東方
啓明 殷紅抹海 金濤蹴天 赤鳳金蛇 攪擾其間 俄而朱輪轉輾
乍上乍下 目未交睫 而大明昇於大空矣 眞絶奇也

병 〖輟〗 그치다 철 〖日力(일력)〗 하루의 힘, 시간 〖屬〗 보다 축 〖蹐〗
오르다 제 〖攀〗 붙잡고 오르다 반 〖天衢(천구)〗 하늘이 넓어 마음대
로 통행함 〖日馭(일어)〗 태양 〖瞰〗 보다 감 〖蘇〗 풀 소 〖蒼〗 우거지다
창 〖皴〗 주름 잡히다 추 〖手理(수리)〗 손금 〖天鷄〗 하늘에 있다는
닭, 새 이름으로 錦鷄 〖叫〗 울다 규 〖殷紅(은홍)〗 짙은 붉은색 〖抹〗
바르다 말 〖濤〗 큰 물결 도 〖蹴〗 좇다 축 〖赤鳳(적봉)〗 전설상의
神鳥 〖攪〗 어지럽다 교 〖擾〗 어지럽다 요 〖輾〗 구르다 전 〖乍〗 잠
깐 사 〖睫〗 깜작이다 첩 〖大明(대명)〗 日, 月

〈국·역〉 갑이 말하기를, "나는 내 다리가 절뚝발이라는 것을 생각하고 내 걸
음이 기우뚱거리는 것을 고려할 때, 곧장 한 가닥 길을 찾아 비틀거
리며 가서 멈추지 않는다 해도 오히려 시간이 넉넉하지 못할까 염려
되는데, 어느 겨를에 옆으로 가고 멀리 바라볼 수 있겠습니까? 마음
과 힘을 다하여 한 치 한 푼이라도 오르고, 또 올라 쉬지 않는 동안
에 따라간 자의 말이, '이미 정상에 도달했다.' 하기에, 나는 우러러
뚫린 하늘을 보니 해라도 맞댈 것 같고, 굽어 쌓인 수풀을 보니, 울
창해서 끝난 곳을 알 수 없었습니다. 뭇 산은 봉해 놓은 것 같고 뭇
골짜기는 주름진 듯하며, 지는 해는 바다에 잠기고 하계가 새까맣게
어두워짐에 이르러, 옆으로 보면 별들이 서로 빛나 손금도 볼 수 있
을 정도니, 진실로 재미가 있었습니다. 누워서 편안히 잠들 새도 없
이 금계가 한 번 울자 동방이 밝아 오니, 검붉은 빛이 바다에 깔리고
금빛 물결이 하늘로 솟구치며 적봉과 금사가 그 사이에 요란하더니,
이윽고 붉은 바퀴가 굴러 잠깐 오르내리다가 눈을 한 번 깜박하지도
못해서 해가 공중으로 떠오르는데, 정말로 절묘하고도 기이하였습
니다." 하였다.

 삼 형제 가운데 가장 몸이 불편한 甲만이 태산 징상에 올라 본 황홀한 경험에 대해 언급하고 있다.

父曰　信有若等事也　子路之勇　冉求之藝　而竟未達夫子之墻
曾子竟以魯得之　小子識之　噫　進修德業之序　成就名之路　凡
自卑而升高　自下而趨上者　莫不皆然　毋恃力以自畫　毋怠力以
自棄　庶幾乎跛者之能自勉也　毋忽

〈주석〉 〖若〗 너 약 〖曾子竟以魯得之〗 『논어』 주에 "程子曰　參也竟以魯得之"라는 말이 나옴 〖自畫(자획)〗 스스로 한계를 그음 〖趨〗 달리다 추 〖庶幾乎〗 추측의 어기를 나타냄.

〈국역〉 아버지가 말하기를, "너희들이 그랬을 것으로 믿는다. 자로의 용맹과 염구의 才藝로도 끝내 공자의 담장에 도달하지 못하고, 증자는 마침내 노둔함으로써 얻었으니, 너희들은 그것을 알아 두라." 하였다. 아! 덕업에 나아가 닦는 차례와 공명을 성취하는 길은 무릇 나직한 데로부터 높은 데 오르고, 아래로부터 위로 가는 것이 모두 그렇지 않은 것 없다. 그러니 힘만 믿고 스스로 선을 긋지 말며, 힘을 게을리하여 스스로 포기하지 않으면 스스로 힘쓸 수 있었던 다리를 저는 자에 거의 가까워질 것이니, 소홀히 여기지 마라.

〈略鑑〉 이 단락은 마지막 단락으로 故事를 활용하여 효과적으로 주제를 제시하고 있다. 절름발이면서 정상에 이를 수 있었던 甲과 같은 사람이 될 것을 훈계하고 있는 것이다. 그렇게 하기 위해서는 힘만 믿고 스스로 한계를 긋지 말며, 힘을 게을리하여 스스로 포기하지 않아야 한다. 이것을 당부하고 있는 것이다.

4.「東人詩話序」姜希孟

詩有六義　苟能緣文究義　庶得作者之意　詩奚竢於評　而評之不
已　何歟　盖詩不可舍評而祛疵　醫不可棄方而療疾　自雅亡而騷
騷而古風　古風而律　衆體繁興　而評者亦多　如總龜集苕溪叢話
菊莊玉屑等編　議論精嚴　律格備具　實詩家之良方也

〈주석〉『六義(륙의)』『詩經』의　體裁인　風・雅・頌과　서술방식인　賦・比・
　　　　興을　말함　『竢』기다리다　사　『祛』없애다　거　『疵』흠　자　『方』처
　　　　방　방　『療』고치다　료　『雅』『시경』의　大雅와　小雅를　말하면서,『시
　　　　경』을　지칭하기도　함　『總龜集』원제는『詩話總龜』로,　宋나라　阮閱
　　　　이　六朝에서　北宋까지의　시화를　모은　것　『苕溪叢話』원제는『苕溪
　　　　漁隱叢話』로,　송나라　胡仔가『총귀집』에　실리지　않은　시화를　모은
　　　　것　『菊莊玉屑』일명『詩人玉屑』로,　송나라　魏慶之가　찬함.

〈국역〉시에는　육의가　있다.　만약　詩文을　따라　의미를　연구할　수　있다면　거
　　　　의　작자의　의도를　알　수　있을　것이다.　그런데　시는　어찌하여　비평을
　　　　기다리는　것이며,　비평이　그치지　않은　것은　무엇　때문인가?　아마　시
　　　　는　비평을　버려두면　흠을　제거할　수　없고,　의원은　처방을　버려두면

병을 고칠 수 없기 때문일 것이다. 雅가 없어진 이후에 離騷가 생겼고, 이소가 없어진 이후에 古體詩가 생겼고, 고체시가 없어진 뒤에 律詩가 생겨 여러 형식이 번잡하게 일어났고, 비평하는 사람도 많아졌다. 예를 들면 『총귀집』, 『초계총화』, 『국장옥설』 등의 책은 의론이 정밀하고 엄정하며 시격을 구비하였으니 실로 시가의 좋은 처방이다.

〈略鑑〉 徐居正의 『동인시화』에 쓴 서문으로, 이 단락은 詩話가 발생한 원인에 대해 언급하고 있다. 즉 시에 대한 비평이 없으면 시에 나타난 흠을 제거할 수 없기 때문이라는 것이다.

吾東方詩學大盛 作者往往自成一家 備全衆體 而評者絶無聞
焉 及益齋先生櫟翁稗說李大諫破閑集等編作 而東方詩家精粹
得有所考 厥後百餘年間 莫有繼之者 豈非詩學之一大慨也

〈국역〉 우리 동방은 시학이 매우 번성하여 작자가 이따금 스스로 일가를 이루어 여러 형식을 온전히 구비하였으나, 비평하는 자는 끊어져 알려진 것이 없었다. 그런데 익재 李齊賢의 『역옹패설』과 대간 李仁老의 『파한집』 등의 책이 만들어짐에 이르러 동방 시가의 정수를 상고할 수 있었다. 그 뒤 백여 년 동안 그것을 계승한 사람이 없었으니, 어찌 시학의 큰 개탄거리가 아니겠는가?

〈略鑑〉 고려 중기부터 시작되어 徐居正 이전까지의 우리나라 詩話史에 대해 언급하고 있는 단락이다.

成化甲午秋 吾同年達城徐侯剛中 袖所著東人詩話兩卷 來示 徵

余言爲序　且請增評話　景醇於詩學　杜撰也　野狐也　安敢有所
論說　今觀是篇　上自新羅文昌　下逮本朝諸儒　俯仰數百載　搜
剔靡遺　摘精會粹　參以論議　敷闡幽蹟　如淬古釖　益增光彩　不
徒取其文詞之美　隱然以維持世敎爲本　吁盛矣　用心之勤也

〈주석〉 『成化(성화)』明 憲宗의 연호 『剛中(강중)』서거정의 字 『袖』소매
에 넣다 수 『徵』요구하다 징 『杜撰(두찬)』근거도 없이 만듦 『野
狐(야호)』＝野狐禪. 禪學을 닦아 아직 證悟하지 못하였는데, 이미
證悟하였다고 慢心하는 자를 욕하는 말 『逮』미치다 태 『搜剔(수
척)』찾아냄(剔 뼈를 바르다 척) 『靡遺(미유)』＝靡有子遺. 남김 없
음 『摘』따다 적 『敷』펴다 부 『闡』밝히다 천 『蹟』심오한 도리
색 『淬』담금질하다 쉬 『釖』칼 인 『吁』탄식하다 우

〈국•역〉 성화 갑오년(1454, 성종 5) 가을, 나의 동년 달성군 강중 徐居正이 저
술한『동인시화』두 권을 소매에 넣어 와 보여 주면서 나에게 서문
을 써 줄 것을 요구하고, 또 비평의 말을 첨가해 줄 것을 요청하였
다. 나는 시학에 대하여 근거도 없이 이야기하고 터득한 것도 없는
데, 어찌 감히 논평하는 이야기가 있을 수 있겠는가? 지금 이 편을
보니, 위로는 신라 최치원부터 아래로는 조선의 여러 선비에 이르기
까지 수백 년 동안 남김없이 찾아 수집하여 정수를 가려 모으고 의
론은 더해서 깊은 이치를 부연 설명하였다. 마치 오래된 검을 담금
질하여 광채가 더욱 빛나는 것 같다. 그리고 그 문사의 아름다움을
취했을 뿐만 아니라 은연중에 세상의 교화를 유지시키는 것을 근본
으로 삼았으니, 아! 성대하도다, 은근한 마음 씀씀이가.

〈略鑑〉 서문을 쓰게 된 배경과『동인시화』의 편찬 및 의도에 대해 간략히

인급하고 있다. 『동인시화』는 世敎와 관련됨으로 인해 가치가 있다는 것을 보여 주고 있는 것이다. 서거정은 다른 글에서 "詩者小技然或有關於世敎 君子宜有所取之"라 하여, 文의 效用性을 世敎와 연결시키기도 하였다.

竊嘗論之 大雅蒸民之詩曰 天生蒸民 有物有則 民之秉彛 好是懿德 孔子曰 爲此詩者 其知道乎 故有物必有則 民之秉彛也 故好是懿德 魯頌駉篇之辭曰 思無邪 思馬斯徂 子曰 詩三百 一言蔽之 曰思無邪 夫兩詩之旨 各有所在 而微吾夫子發揮之如此 則後世安知民彛物則之固有 而其秉執之常性 足以好此懿德也哉 又安知懲創感發 同歸無邪 而唯此一言 足以盡盖三百篇之意歟 詩人所未能暢達 而夫子發之 此乃詩話之所以權輿也

〈주석〉 〖蒸民(증민)〗 백성(蒸 많다 증) 〖秉彛(병이)〗 常道를 굳게 지킴 〖懿〗 아름답다 의 〖其~乎〗 아마 ~일 것이다 〖駉〗 살찌고 큰 말 경 〖徂〗 가다 조 〖微〗 아니다 미 〖創〗 징계하다 창 〖權輿(권여)〗 시초

〈국역〉 삼가 시화를 논해 본다. 『시경』「대아, 증민」에, "하늘이 백성을 내시니, 사물이 있으면 법칙이 있도다. 백성이 떳떳한 이치를 가지고 있어서, 이 아름다운 덕을 좋아하도다."라 하였는데, 공자가 "이 시를 지은 사람은 아마 도를 알 것이다. 그러므로 사물이 있으면 반드시 법칙이 있는 것이다. 백성이 떳떳한 이치를 가지고 있으므로 이 아름다운 덕을 좋아하는 것이다."라 하였다. 『시경』「노송, 경」에, "생각에 사특함이 없어 말을 생각함에 이에 가도다."라 하였는데, 공자

가 "『시경』 300편을 한마디로 하면 생각에 사특함이 없다."고 하였
다. 저 두 시의 뜻은 각각 존재하는 것이 있지만, 우리 공자께서 이
와 같이 드러내지 않았다면 후세 사람들이 백성의 떳떳한 이치와 사
물의 법칙이 고유한 것이며, 백성이 떳떳한 이치를 지니고 있어 이
런 아름다운 덕을 좋아할 수 있다는 것을 어떻게 알겠는가? 또 악을
징계하고 선을 감발시키는 것이 모두 '思無邪'로 귀결되며, 오직 이
한마디 말이 300편의 뜻을 다 덮을 수 있다는 것을 어찌 알겠는가?
시인이 알지 못했던 것인데 공자가 그것을 드러내었으니, 이것이 바
로 시화의 시초이다.

〈略鑑〉 『詩經』의 시에 대한 孔子의 풀이를 직접 인용하는 방식을 활용하여
詩話의 발생에 대해 언급하고 있다.

剛中氏是編之作　上不乖夫子之意　下以倣諸家之範　能以己志
迎取作者之意　有所發明　而不咈乎義理之源　精微之奧　然則其
有補於詞學　豈淺淺哉　若夫評話　則今適南歸古鄕　幸而有得於
鄕大夫文獻之間　當折簡飛報　鍼砭而增續之　可也　是歲秋八月
上澣　序

〈주석〉 〖乖〗 어기다 괴 〖倣〗 의지하다 방 〖咈〗 어기다 불 〖奧〗 깊다 오 〖詞
　　　學(사학)〗=詞章之學, 文學 〖折簡(절간)〗 편지 〖飛報(비보)〗 신속히 알
　　　림 〖鍼砭(침폄)〗 쇠침과 돌침으로, 경계나 훈계 〖澣〗 열흘 한
〈국•역〉 서거정이 이 책을 엮을 때 위로는 공자의 뜻을 어기지 않았고 아래로
　　　는 제가의 법에 의지하여 자기의 뜻으로 작자의 의도를 맞이하여 취
　　　하여 드러내어 밝힌 것은 있으나, 의리의 근원과 정미한 깊은 의미에

어긋나지 않았다. 그렇다면 사학에 도움이 됨이 어찌 얕다고 하겠는가? 그리고 저 논평한 말과 같은 것은 지금 내가 마침 남쪽 고향으로 돌아가고 있으니, 다행히 고향 대부들의 문헌에서 얻은 것이 있으면 마땅히 편지로 빨리 알려 줄 것이니, 참작하여 보태는 것도 좋을 것이다. 이해 가을 8월 상순에 쓰다.

〈略鑑〉 마지막 단락으로, 『동인시화』는 詩學에 도움이 될 것이라는 칭송으로 마치고 있다.

伍員　楚人也　其祖伍擧　以直諫事莊王　其父伍奢事平王　王爲
佞所誤　殺奢及子尙　員奢之季子也　怨父兄見殺　與太子建奔宋
宋又殺建　與太子之子勝歸吳　事闔閭　遂復父兄之讎

〈주석〉 『佞』 아첨하다 녕 『闔閭(합려)』 吳王 夫差의 아버지

〈국역〉 오원은 초나라 사람이다. 그의 할아버지 오거는 직간으로 장왕을 섬
겼고, 그의 아버지 오사는 평왕을 섬겼는데, 왕이 아첨하는 신하에게
넘어가 오사와 그의 아들 오상을 죽였다. 오원은 오사의 막내아들이
다. 아버지와 형이 살해당한 것을 원망하여 태자 건과 송나라로 도망
하였다. 송나라가 또 건을 죽이자, 태자의 아들 승과 오나라로 가서

---

2) 金時習(1435, 세종 17~1493, 성종 24): 자는 悅卿, 호는 梅月堂·東峰. 5세에는 세종의 총애를 받았으
며, 후일 중용하리란 약속과 함께 비단을 하사받아 五歲神童이라 일컬어졌다. 과거준비로 三角山 中興寺에
서 수학하던 21세 때 수양대군이 단종을 몰아내고 대권을 잡은 소식을 듣자 그 길로 삭발하고 중이 되어
방랑의 길을 떠났다. 31세 되던 세조 11년 봄에 경주 南山 金鰲山에서 性理學과 불교에 대해서 연구하는
한편, 최초의 한문소설 『金鰲新話』를 지었다. 그는 현실과 이상 사이의 갈등 속에서 어느 곳에도 안주하지
못한 채 기구한 일생을 보냈는데, 그의 사상과 문학은 이러한 고민에서 비롯한 것이다. 그의 현실의 모순에
대한 비판은 불의한 위정자들에 대한 비판과 맞닿으면서 重民에 기초한 王道政治의 이상을 구가하는 사상
으로 확립된다. 그의 저작은 이른바 '心儒踐佛'이니 '佛跡而儒行'이라 타인에게 인식되었듯이 그의 사상은
유불적인 요소가 혼효되어 있다. 그러나 어디까지나 그는 근본사상은 유교에 두고 아울러 불교적 사색을
병행하였으니, 한편으로 禪家의 교리를 좋아하여 체득해 보고자 노력하면서 선가의 교리를 유가의 사상으
로 해석하기도 하였다. 그러므로 그는 후대에 성리학의 대가로 알려진 이황으로부터 '索隱行怪'하는 하나
의 異人이라는 비판을 받았다.

힙려를 섬겨 마침내 아버지와 형의 원수를 갚았다.

〈略鑑〉 이 글은 오원에 대한 傳으로, 이 단락은 오원의 집안과 오원이 아버
　　　지와 형의 원한을 갚은 일에 대해 간략히 敍事하고 있는 부분이다.

後闔閭與越戰 傷其手指 怨而語夫差曰 汝敢忘此讎耶 及夫差立
欲伐越 越王句踐 賂其吳太宰嚭 誘使平 員諫曰 今不伐越 後
必有悔 王不聽 遂和 又欲伐齊 員諫曰 句踐不死 必煩吳 不伐
越而伐齊 無乃誤乎 夫差不聽 伐齊克之 後句踐又賂太宰嚭 員
又諫宜伐越 王聽嚭訴 使人賜鐲鏤之劍以死 員將死 語人曰 願
樹梓於我墓上 作棺 刳吾眼 以掛置吳東門 欲見越兵之入而滅
吳也 旣死 吳王聞之 大怒 盛其尸於鴟夷 而浮之江 吳人憐之
立祠於江上 名其山曰胥山 後越果伐吳 以嚭不忠其君 遂斬之

〈주석〉 〖賂〗 뇌물 주다 뢰 〖訴〗 헐뜯다 소 〖鐲鏤(촉루)〗 寶劍의 이름 〖梓〗
　　　가래나무 재 〖刳〗 가르다 고 〖掛〗 걸다 괘 〖盛〗 담다 성 〖鴟夷(치
　　　이)〗 말가죽으로 만든 주머니

〈국역〉 뒤에 합려가 월나라와 싸우다가 그 손가락에 부상을 입자, 원망하며
　　　아들 부차에게 이르기를, "네가 감히 이 원수를 잊을 것이냐." 하였
　　　다. 부차가 즉위하여, 월나라를 치고자 하였다. 월왕 구천이 오나라
　　　태재 백비에게 뇌물을 주며 화평하게 하려 하니, 오원이 간하며 말하
　　　길, "지금 월나라를 치지 않으면 뒤에 반드시 후회가 생길 것입니다."
　　　라 하였으나, 왕은 듣지 않고 마침내 화친하였다. 또 제나라를 치려
　　　고 하자, 오원이 간하기를, "구천이 죽지 않으면 반드시 오나라를 번
　　　거롭게 할 것인데, 월나라를 치지 않고 제나라를 치는 것은 이에 잘

못이 아니겠습니까?"라 하였으나, 부차는 듣지 않고 제나라를 쳐서 이겼다. 뒤에 구천이 다시 태재 비에게 뇌물을 보냈는데, 오원이 또 마땅히 월나라를 쳐야 한다고 간하자, 왕은 태재 비의 참소를 듣고 사람으로 하여금 촉루검을 주어 자살하게 했다. 오원이 장차 죽으려 할 때, 사람들에게 말하길, "내 무덤 위에 가래나무를 심어서 관을 만들어라. 나의 눈을 도려내어 오나라 동문에 걸어 두어라. 월나라 군대가 들어와 오나라를 멸망시키는 것을 보고자 한다." 하였다. 죽은 뒤에 오왕이 그 말을 듣고 매우 성내어 그의 시체를 가죽 주머니에 담아서 그것을 강에 띄워 보냈다. 오나라 사람들이 그를 불쌍히 여겨 강가에 사당을 세우고 그 산을 이름 하여 서산이라 하였다. 뒤에 월나라가 과연 오나라를 쳤고, 백비는 그 임금에게 불충한 것 때문에 마침내 그를 베었다.

〈略鑑〉 오원이 생전에 이룩한 업적 가운데에서도 오원을 대표할 수 있는 사건인 오왕에게 충성으로 諫言한 일을 대표적으로 제시하면서, 작자가 표출하고자 하는 주제가 무엇인지를 간접적으로 보여 주고 있다.

豫讓 晉人也 嘗事范中行氏 中行氏不齒 又事智伯 智伯乃寵
遇 智伯伐趙 趙襄子率韓魏之兵 以伐智伯 盡滅智氏之族 豫
讓欲爲之報讎 乃曰 士爲知己死 女爲悅己容 智伯知我 欲爲
智伯報仇 乃詐爲刑人 挾匕首 入襄子宮中 塗廁 襄子如廁心
驚 遂獲讓 左右欲殺之 襄子曰 眞義士也 勿殺 吾謹避之耳 今
智伯無後 而其臣如此 天下無雙之士也 後又漆身爲癩 吞炭爲
啞 行乞於市 其妻不識 其友識之 乃泣而語曰 以子之才 臣事
趙孟 必得近幸 子乃爲所欲爲 顧不易耶 何乃自苦如此 讓曰
不然 旣已委質爲臣 而又求殺之 是懷二心也 凡吾所爲者極難
耳 吾所以如此者 將以愧天下後世爲人臣而懷二心者也 後又
伏於橋下 襄子至橋 馬驚 又獲讓 問曰 子先事范中行氏 智伯
盡滅范氏 而子不報仇 而反臣事之 智伯又死 而子欲報仇 何
也 讓曰 范氏以衆人遇我 我故衆人報之 智伯以國士待我 我
故國士報之 襄子感其言 泣而將殺之 讓曰 願脫衣以許斬之
以遂報志 死無愧矣 襄子嘉之 使人許之 讓三躍而斬之曰 吾
今報矣 乃伏劍而死 死之日 趙之義士 盡來而哭之

 〘不齒〙 동등하게 취급하지 않음 〘塗〙 칠하다 도 〘如〙 가다 여 〘癩〙 문
둥병 라 〘瘂〙 벙어리 아 〘顧〙 도리어 고 〘愧〙 부끄러워하다 괴 〘遇〙
대우하다 우 〘國士(국사)〙 온 나라에서 재능이 가장 우수한 사람 〘遂〙
이루다 수

 예양은 진나라 사람이다. 일찍이 범씨와 중행씨를 섬겼는데, 중행씨
가 차별대우를 하자 또 지백을 섬겼다. 지백은 마침내 특별히 대우
해 주었다. 지백이 조나라를 치자, 조양자가 한나라와 위나라의 군
대를 거느리고 지백을 쳐서 지 씨의 가족을 다 없애 버렸다. 예양이
그를 위해 원수를 갚고자 하며 말하길, "선비는 자기를 알아주는 사
람을 위해서 죽고, 여자는 자기를 예뻐해 주는 사람을 위해 꾸민다.
지백이 나를 알아주었으니, 지백을 위하여 원수를 갚고자 한다." 하
고, 마침내 거짓으로 죄인이 되어 비수를 품고 조양자의 궁중에 들
어가 변소를 칠하고 있었다. 양자가 변소로 가다가 마음이 놀라 마
침내 예양을 잡았다. 좌우 사람들이 그를 죽이려 하자, 조양자가 말
하길, "참으로 의리 있는 선비다. 죽이지 마라. 내가 조심해서 그를
피하면 될 뿐이다. 지금 지백에게 후손이 없어 그 신하가 이와 같이
하였으니, 천하에 둘도 없는 선비다."라 하였다. 뒤에 다시 몸에 옻
칠을 하여 문둥이가 되고, 숯을 삼켜 벙어리가 되어 시장을 다니며
빌어먹었는데, 그 아내는 알아보지 못했지만 그 친구는 그를 알아보
고 마침내 울며 말하길, "그대의 재주로 신하가 되어 조맹을 섬긴다
면 반드시 가까이하여 사랑을 얻을 것이다. 그때 그대가 마침내 하
고자 하는 것을 한다면, 도리어 쉽게 않겠는가? 어찌 이렇게 자신을
괴롭히는가?"라 하니, 예양이 말하길, "그렇지 않다. 이미 몸을 맡겨
신하가 되고서 또 그를 죽이기를 구하는 것은 두 마음을 품는 것이

다. 무릇 내가 하고자 하는 것은 지극히 어렵다. 그런데 내가 이처럼 하는 까닭은 장차 천하 후세 사람 중에 남의 신하가 되어 두 마음을 품는 자를 부끄럽게 하려는 때문이다.”라 하였다. 뒤에 또 다리 아래에 숨어 있는데, 양자가 다리에 이르러 말이 놀라자 또 예양을 잡았다. 양자가 묻기를, “그대는 먼저 범씨와 중행씨를 섬겼는데, 지백이 범씨를 다 없앴는데도 그대는 원수를 갚지 않고 도리어 신하가 되어 그를 섬겼다. 그런데 지백이 죽었는데, 그대가 원수를 갚고자 하는 것은 무엇 때문인가?”하니, 예양이 대답하기를, “범씨는 많은 사람으로 나를 대우하였으므로, 나는 많은 사람으로 그에게 갚았다. 지백은 국사로 나를 대우하였으므로, 나는 국사로 그에게 보답하려고 한다.”고 하였다. 조양자가 그 말에 감동하여 울면서 장차 그를 죽이려 하자, 예양이 말하길, “그대의 옷을 벗어 그 옷을 벨 수 있도록 허락해 주시오. 그것으로 원수를 갚은 뜻을 이루게 해 준다면 죽어서도 부끄러울 것이 없겠소.” 하였다. 조양자가 그것을 가상히 여기고 사람으로 하여금 그것을 허락하게 하니, 예양이 세 번 뛰어서 그것을 베고 말하길, “나는 이제 원한을 갚았다.” 하고, 마침내 칼에 엎드려 죽었다. 죽는 날 조나라의 의로운 선비들이 다 와서 그를 위해 울었다.

〈略鑑〉 이 글은 豫讓의 傳으로, 春秋시대 예양이 행한 여러 행적 가운데 지백을 위해 원한을 갚은 내용만을 제시하여 작자가 드러내고자 하는 내용이 어떤 것인지 보여 주고 있다.

　이 傳은 『史記』「예양전」의 내용을 거의 그대로 옮겼으나, 虛辭를 생략하여 문장을 보다 간결하게 하면서 내용을 압축하였다. 김시습은

10편의 傳을 남기고 있는데, 특이하게도 모두 중국인을 입전하고 있다. 중국의 史册에 있는 인물을 다시 입전한 것은 세조의 왕위찬탈에 대한 김시습의 정신적 대응 자세를 보여 주기 위해서이다. 즉 世祖의 왕위찬탈에 대해 적극적으로 참여하여 공신 반열에 오른 사람과 옛 임금에 대한 절개를 지키고자 했던 사람들에 대한 褒貶인 것이다. 이러한 褒貶을 통해 士의 자세는 어떠해야 하는지를 제시하고자 했던 것이다.

　김시습이 이 작품에서 간접적인 방식으로 세조의 왕위찬탈의 節義 문제를 다루었다면, 南孝溫은 「六臣傳」에서 그것을 정면에서 다루고 있다는 차이점이 있다.

宋祥興戊寅　元將張弘範至潮陽　丞相文天祥被執　呑腦子不死
明年　弘範至崖山　脅天祥　令以書招張世傑　天祥曰　我不能扞父
母　乃復敎人叛父母乎　弘範曰　國已亡矣　子欲殺身爲忠　誰復
書諸簡策乎　天祥曰　商非不亡　夷齊不食周粟　爲人臣者　各盡
其心　何論書與不書　弘範改容　送燕　不食八日不死　至燕　丞相
孛羅問曰　汝立二王　做得甚麼事　天祥曰　立君以存宗廟　存一
日則盡臣子一日之責　人臣事君　如子事父母　父母有疾　雖甚不
可爲　豈有不下藥之理　但死而已　何必多言　繫獄月餘　在獄　作
正氣歌　其詞甚激烈　後又再問　辭愈不屈　乃放　及至元壬午　元
賜死　南向跪而死　後見其衣帶中　有贊　其詞曰　孔曰成仁　孟曰
取義　惟其義盡　是以仁至　讀聖賢書　所學何事　而今而後　庶幾
無愧　又作六歌　詞甚悽壯

〈주석〉 〖祥興(상흥)〗 衛王의 연호 〖腦子(뇌자)〗 바곳 뿌리의 주위에 붙어사
는 것으로, 독약임 〖張世傑〗 南宋의 충신으로, 恭宗이 元에 항복하
자 공종의 형 益王을 받들고 나라를 지키다가 익왕이 병으로 죽자

아우 衛王을 받들고 애산으로 옮겨 나라를 死守했음 〖扞〗 막아 지
키다 한 〖簡策(간책)〗 =簡冊. 典籍이나 역사책 〖做〗 만들다 주 〖甚
麼(심마)〗 무슨 〖下藥(하약)〗 =用藥 〖正氣歌〗 송나라 文天祥이 지
은 노래로, 문천상이 元나라 병사에게 잡혔을 때 이 노래를 불러 고
인의 忠義의 일을 열거함으로써 자신의 뜻을 보였는데, 오언 古體의
형식으로서 30韻으로 되어 있음 〖跪〗 꿇어앉다 궤 〖庶幾(서기)〗 추
측의 의미 〖悽〗 슬프다 처

 송나라 상흥 무인년(1278)에 원나라 장수 장홍범이 조양에 이르자, 승
상 문천상이 잡혀 독약을 삼켰으나 죽지 않았다. 다음 해 홍범이 애
산에 이르러 문천상을 위협하여 글로 장세걸을 부르게 하니, 문천상
이 말하길, "내가 부모도 지키지 못했는데, 이에 다시 다른 사람으로
하여금 부모를 배신하게 하겠는가."하였다. 홍범이 말하길, "나라가
이미 망했는데, 그대는 자신을 죽여 충성하고자 하지만, 누가 다시
역사에 그것을 써 주겠는가."하니, 천상이 말하길, "상나라가 멸망하
지 않은 것은 아니나, 伯夷와 叔齊가 주나라의 곡식을 먹지 않았다.
남의 신하 된 자는 각각 그 마음을 다할 뿐이지, 어찌 역사책에 쓰고
쓰지 않은 것을 논하겠는가."하니, 홍범의 낯빛이 변했다. 燕京으로
보내니, 음식을 먹지 않은 지 8일이 되어도 죽지 않았다. 연경에 이
르자 승상 발라가 묻기를, "너는 두 임금을 세웠으니, 무슨 일을 하
려고 하느냐." 하니, 천상이 말하길, "임금을 세운 것은 종묘를 보존
하려는 때문이다. 종묘가 하루라도 보존된다면 신하의 하루의 직책
을 다하는 것이다. 신하가 임금을 섬기는 것은 자식이 부모를 섬기
는 것과 같다. 부모가 병에 걸리면 비록 어떻게 할 수 없다고 하더라
도, 어찌 약을 쓰지 않을 도리가 있겠는가? 다만 죽을 뿐이지, 어찌

반드시 많은 말이 필요하겠는가.”라 하였다. 감옥에 갇힌 지 한 달이 넘었는데, 감옥에 있을 때 「정기가」를 지으니, 그 말이 매우 격렬하였다. 뒤에 다시 또 물으니, 말이 더욱 굽히지 않아 그대로 두었다. 지원 임오년(1282)에 이르러 원나라에서 사사하니, 남쪽으로 향하여 무릎을 꿇고 죽었다. 뒤에 그 옷 속을 보니 찬이 들어 있었다. 찬에 이르길, “공자는 ‘인을 이룬다.’고 하고, 맹자는 ‘의를 취한다.’고 했으니, 오직 그 의를 다해야만 이것으로 인에 이르게 된다. 성현의 글을 읽고서 배운 것이 무엇인가? 오늘 이후에야 거의 부끄러움이 없을 것이다.”라 하였다. 또 「육가」를 지었는데, 가사가 매우 처량하고도 씩씩하였다.

〈略鑑〉 이 글은 문천상의 傳으로, 南宋시대에 나라를 위해 충성을 바친 문천상의 義를 제시하여 작자가 드러내고자 하는 면이 어떤 것인지 보여 주고 있다.

이 작품은 앞의 글과 달리 문천상의 志節과 관련이 없는 부분은 과감하게 생략하고, 원나라에 포로가 된 부분만 切取하여 立傳 인물의 節義의 면모를 부각시키고 있다.

중국의 史册에 있는 인물을 다시 입전한 것은 세조의 왕위찬탈에 대한 김시습의 정신적 대응 자세를 보여 주기 위해서이다. 즉 世祖의 왕위찬탈에 대해 적극적으로 참여하여 공신 반열에 오른 사람과 옛 임금에 대한 절개를 지키고자 했던 사람들에 대한 褒貶인 것이다. 이러한 褒貶을 통해 士의 자세는 어떠해야 하는지를 제시하고자 했던 것이다.

天下之所可畏者 唯民而已 民之可畏 有甚於水火虎豹 在上者
方且狎馴而虐使之 抑獨何哉 夫可與樂成而拘於所常見者 循
循然奉法役於上者 恒民也 恒民不足畏也 屬取之 而剝膚椎髓
竭其廬入地出 以供无窮之求 愁嘆咄嗟 咎其上者 怨民也 怨
民不必畏也 潛蹤屠販之中 陰蓄異心 僻倪天地間 幸時之有故
欲售其願者 豪民也 夫豪民者 大可畏也

〈주석〉 〚方且(방차)〛 바야흐로 〚狎〛 업신여기다 압 〚馴〛 길들이다 훈 〚循循
        (순순)〛 법을 따르는 모양 〚虐〛 사납다 려 〚剝膚椎髓(박부추수)〛 韓愈

---

3) 許筠(1569, 선조 2~1618, 광해군 10): 호는 蛟山 · 鶴山 · 惺所 · 白月居士. 학문은 柳成龍에게서 배웠고,
   시는 三唐詩人의 한 명인 李達에게서 배웠으며, 이달은 인생관과 문학관에도 많은 영향을 주었다. 1598년
   에 황해도 都事가 되었는데, 서울의 기생을 끌어들여 가까이하였다는 탄핵을 받고 6달 만에 파직되었으며,
   1604년 遂安郡守로 부임하였다가 불교를 믿는다는 탄핵을 받아 또다시 버슬길에서 물러났다. 1606년에
   삼척부사가 되었으나 석 달이 못 되어 불상을 모시고 염불과 참선을 한다는 탄핵을 받아 쫓겨났고, 그 뒤에
   공주목사로 기용되어 庶流들과 가까이 지냈다. 허균에 대한 평가는 당시의 총명하고 英發하여 능히 시를
   아는 사람이라 하여 문장과 식견에 대한 칭찬을 아끼지 않았다. 그러나 그 사람 됨됨이에 대하여서는 경박
   하다거나 인륜도덕을 어지럽히고 異端을 좋아하여 행실을 더럽혔다는 등 부정적 평가를 내리고 있다. 허균
   은 유교집안에서 태어나 儒學을 공부한 儒家로서 학문의 기본을 儒學에 두고 있다. 그러나 당시의 이단으
   로 지목되던 불교 · 도교에 대하여 사상적으로 깊이 빠져들었다. 특히 불교에 대해서는 한때 출가하여 중이
   되려는 생각도 있었다. 도교사상에 대해서는 주로 그 양생술과 신선사상에 깊은 관심을 보이고 있고, 은둔
   사상에도 지극한 동경을 나타내었다. 허균은 禮敎에만 얽매어 있던 당시 선비사회에서 보면 이단시할 만큼
   다각문화에 대한 이해를 가졌던 인물이며, 편협한 자기만의 시각에서 벗어나 핍박받는 하층민의 입장에서
   정치관과 학문관을 피력해 나간 시대의 선각자였다.

가 사용했던 말로, 살을 깎고 골수를 부순다는 의미이며, 가혹한 수탈 정책을 상징하는 말 『咄』 탄식하는 소리 돌 『咎』 탓하다 구 『屠』 잡다 도 『販』 팔다 판 『陰』 몰래 음 『僻倪(벽예)』 흘겨봄 『售』 행하여지다 수

〈국•역〉 천하에 두려워해야 할 것은 오직 백성뿐이다. 백성 중에 두려워해야 하는 사람으로 홍수, 화재, 호랑이, 표범보다도 훨씬 더한 것이 있다. 윗자리에 있는 사람이 바야흐로 업신여기며 모질게 부려먹음은 또한 유독 어떤 이유인가? 대저 이루어진 것만을 함께 즐거워하며 항상 보이는 것에 얽매이고, 그냥 따라서 법이나 지키면서 윗사람에게 부림을 당하는 사람들은 항민이다. 항민은 두려워할 만하지 않다. 모질게 빼앗겨서 살이 벗겨지고 뼈골이 부서지며, 집안의 수입과 땅의 소출을 다 바쳐서 한없는 요구에 제공하느라 시름하고 탄식하면서 그들의 윗사람을 탓하는 사람들은 원민이다. 원민도 반드시 두려운 것만은 아니다. 푸줏간에 자취를 숨기고 몰래 다른 마음을 품고서 천지간을 흘겨보다가 시대적인 변고가 생기는 것을 다행으로 여겨 자기의 소원을 실현하고 싶어 하는 사람들은 호민이다. 대저 호민은 몹시 두려워해야 할 사람이다.

〈略鑑〉 이 글은 호민에 대한 글로, 이 단락은 백성을 恒民, 怨民, 豪民으로 분류하여 개념을 설정하고 있는 서론 부분이다. 이 세 가지 유형의 백성 중에 호민이 가장 두려워해야 할 존재임을 전제하고, 다음 단락에서 그 이유를 밝히고 있다.

豪民 伺國之釁 覘事機之可乘 奮臂 一呼於壟畝之上 則彼怨民者 聞聲而集 不謀而同唱 彼恒民者 亦求其所以生 不得不

鋤耰棘矜往從之　以誅无道也　秦之亡也　以勝廣　而漢氏之亂
亦因黃巾　唐之衰　而王仙芝黃巢乘之　卒以此亡人國而後已　是
皆屬民自養之咎　而豪民得以乘其隙也

<주석> 〖伺〗 엿보다 사 〖釁〗 틈 흔 〖覘〗 엿보다 점 〖機〗 기회, 단서 기 〖臂〗
팔 비 〖壟畝(롱무)〗 田野 〖唱〗 부르다 창 〖耰〗 곰방메 우 〖棘〗 창
극 〖矜〗 창자루 긍 〖勝廣(승광)〗 陳勝과 吳廣. 진승은 진나라 陽成
人으로, 진나라 2세 때 오광과 함께 漁陽에서 군인으로 근무하다가
진나라에 반기를 들고 일어나 스스로 楚王이 되어 세력을 확장했으
나 마침내 패망하였다. 그러나 진승의 反秦 봉기는 진나라가 망하고
漢나라가 일어난 계기가 되었다. 오광은 진나라 陽夏人으로, 진승과
함께 진나라에 반기를 들고 항거하여 假王이 되었다가 뒤에 피살되
었음 〖王仙芝黃巢〗 왕선지는 唐의 濮州人으로, 僖宗 초에 무리를
모아 난을 일으켰다. 뒤에 黃巢가 호응해 주어 크게 세력을 떨쳤으
나 진압된 후 죽었다. 황소는 唐의 曹州人으로, 대대로 소금장수였
다. 많은 재산을 모아 망명객들을 부양하였고, 무예에 뛰어나 왕선
지가 난을 일으키자 호응했다. 왕선지가 죽은 뒤 왕으로 추대되고
衝天大將軍이 되었다. 10년 동안 여러 지역을 점령하여 큰 세력을
떨쳤으나 뒤에 패망하여 자결했음 〖厲〗 학대하다 려

<국역> 호민은 나라의 틈을 엿보고 일의 기미가 편승할 만한가를 노리다가
팔을 휘두르며 전야에서 한 차례 소리 지르면, 저들 원민들이 소리
만 듣고도 모여들어 모의하지 않고도 함께 외쳐 댄다. 저 항민들도
살 방법을 찾느라 어쩔 수 없이 호미, 곰방메, 창자루를 들고 가서
그들을 따라 무도한 놈들을 쳐 죽인다. 진나라의 멸망은 陳勝, 吳廣

때문이었고, 漢나라가 어지러워진 것도 黃巾賊이 원인이었다. 唐나라가 쇠퇴하자 왕선지와 황소가 틈을 탔는데, 마침내 이것 때문에 인민과 나라가 멸망한 뒤에야 그쳤다. 이런 것은 모두 백성을 괴롭혀서 자기만 봉양하던 죄과이며, 호민들이 그러한 틈을 편승할 수 있었기 때문이었다.

〈略鑑〉 이 단락은 호민에 의해 나라가 멸망한 중국의 역사적인 實例를 제시하면서, 爲政者들이 백성을 괴롭혀서 자신들의 배만 채우면 호민들이 나라를 멸망시킬 수도 있음을 보여 주고 있다.

夫天之立司牧 爲養民也 非欲使一人恣睢於上 以逞溪壑之慾 矣 彼秦漢以下之禍 宜矣 非不幸也 今我國不然 地陜阨而人 少 民且峇㢊齷齪 无奇節俠氣 故平居雖无鉅人㒿才出爲世用 而臨亂亦无有豪民悍卒 倡亂首爲國患者 其亦幸也 雖然 今之 時與王氏時不同也 前朝賦於民有限 而山澤之利 與民共之 通 商而惠工 又能量入爲出 使國有餘儲 卒有大兵大表 不加其賦 及其季也 猶患其三空焉

〈주석〉 〖司牧(사목)〗 임금 〖睢〗 부릅떠 보다 휴 〖逞〗 마음대로 하여 만족을 얻다 령 〖陜〗 =陜 좁다 협 〖阨〗 험하다 액 〖峇〗 약하다 자 〖㢊〗 게으르다 유 〖齷齪(악착)〗 소심한 모양 〖平居(평거)〗 평상시 〖鉅〗 크다 거 〖㒿〗 영특하다 준 〖悍〗 사납다 한 〖倡首(창수)〗 선창하는 사람 〖儲〗 쌓다 저 〖大表(대표)〗 外部 〖三空(삼공)〗 흉년이 들어 제사를 지내지 못하고, 서당에 학생이 오지 않고, 뜰에 개가 없음을 비유한 것으로, 가난을 상징하는 말임.

 대저 하늘이 임금을 세운 것은 백성을 기르기 위함이지, 한 사람으로
하여금 위에서 방자하게 눈을 부릅뜨고, 계곡 같은 욕심을 채우게
하려던 것이 아니었다. 저 秦·漢 이래의 재앙은 마땅한 것이지 불
행이 아니었다. 지금의 우리나라는 그렇지 않다. 땅이 좁고 험준하
며 인민도 적고, 백성은 또 나약하고 소심하여 기특한 절조나 호협
한 기개가 없다. 그런 까닭에 평상시에도 비록 큰 인물이나 뛰어나
게 재능 있는 사람이 나와서 세상에 쓰이는 경우도 없었지만, 난리
에 임해도 호민이나 한졸들이 선두에서 난리를 만들어 앞장서서 나
라의 걱정거리가 되게 하던 자들도 없었으니, 그것은 정말 다행이었
다. 비록 그렇다 하더라도, 지금의 시대는 고려 때와는 같지 않다.
고려 시대는 백성에게 부세함에 한정이 있었고, 山林과 川澤에서 나
오는 이익도 백성들과 그것을 함께 나누었다. 상업은 자유롭게 통행
되었고, 工人에게도 혜택이 돌아가게 하였다. 또 수입을 헤아려 지
출할 수 있도록 하였으니, 나라로 하여금 여분을 저축할 수 있게 하
였다. 그래서 갑자기 외부에서 큰 兵禍가 생기더라도 그 賦稅를 증
가하지 않았었다. 그 말기에 와서까지도 가난을 오히려 걱정해 주었다.

 먼저 중국과 달리 조선의 백성은 나라의 근심이 되는 호민이 없다는
내용을 언급하고, 고려시대와 조선시대가 상황이 다름을 제시하여
다음에 이어지는 조선의 문제에 관심의 시선을 집중하고 있다.

我則不然 以區區之民 其事神奉上之節 與中國等 而民之出賦
五分 則利歸公家者纔一分 其餘狼戾於姦私焉 且府無餘儲 有
事則一年或再賦 而守宰之憑以箕斂 亦罔有紀極 故民之愁怨
有甚王氏之季 上之人恬不知畏 以我國無豪民也 不幸而如甄

萱弓裔者出 奮其白梃 則愁怨之民 安保其不往從 而蘄梁六合
之變 可蹻足須也 爲民牧者 灼知可畏之形 與更其弦轍 則猶
可及已

〈주석〉 〚節〛 제도 절 〚分〛 푼 분 〚公家(공가)〛 관청 〚狼戾(랑려)〛 어지럽게
　　　쌓임 〚儲〛 쌓다 저 〚憑〛 기대다 빙 〚箕斂(기렴)〛 키로 거두어들인
　　　다는 것으로, 백성의 재물을 혹독하게 거두어들임을 의미 〚罔〛 없
　　　다 망 〚紀極(기극)〛 ＝終極 〚恬〛 편안하다 염 〚甄萱弓裔(견훤궁예)〛
　　　견훤은 후백제의 왕으로 신라 말엽 신라에 반기를 들고 후백제를 세
　　　웠고, 궁예는 신라 말엽 후고구려의 왕으로 뒤에 태봉국을 세워 왕이
　　　됨 〚白梃(백정)〛 막대기(梃 몽둥이 정) 〚蘄梁六合之變〛 기주와 양주를
　　　거점으로 했던 黃巢의 난을 가리킴 〚蹻〛 한쪽 발을 들다 국 〚須〛
　　　기다리다 수 〚灼〛 밝다 작 〚更弦轍〛 ＝改弦轍＝改弦易轍

〈국역〉 우리 조선은 그렇지 않아, 변변치 못한 백성으로써 귀신을 섬기고 윗
　　　사람을 받드는 범절은 중국과 동등하다. 그런데 백성들이 내는 세금이
　　　5푼이라면 이익이 관청으로 돌아오는 것은 겨우 1푼이고, 그 나머지는
　　　간사한 개인에게 어지럽게 쌓여 간다. 또 관청에는 남은 저축이 없어
　　　일이 생기면 1년에 간혹 두 번 부과하고, 守令들은 그것을 빙자하여 마
　　　구 거두어들임이 또한 극도에 달하지 않음이 없었다. 그런 까닭으로
　　　백성들의 시름과 원망은 고려 말엽보다 훨씬 심하다. 그러나 위에 있
　　　는 사람은 편안히 여겨 두려워할 줄을 모르니, 이것은 우리나라에 호
　　　민이 없기 때문이다. 불행스럽게 견훤, 궁예 같은 사람이 나와서 몽둥
　　　이를 휘두른다면, 시름하고 원망하던 백성들이 가서 따르지 않으리라
　　　고 어떻게 보장하며, 기주, 양주, 6합의 변란은 발을 들고서 기다릴 수

있을 것이다. 백성을 다스리는 일을 하는 사람이 두려워할 만한 형세
를 환히 알아서 함께 前轍을 고친다면 그런대로 미칠 수 있을 것이다.
〈略鑑〉 마지막 단락으로, 심각한 당시 조선의 문제를 거론하면서 牧民官의
자세가 어떠해야 하는지에 대해 언급하고 있다.

9. 「文說」 許筠

客問於許子曰 當世之稱能古文者 必以子爲巨擘 吾見之 其文
雖若浩汗無涯涘 而率用常語 文從字順 讀之則如開口見咽 毋
論解不解者 輒無礙滯 業古文者 果若是乎

〈주석〉 〚巨擘(거벽)〛 큰 엄지손가락으로, 걸출한 인물에 비유(擘 엄지손가락
　　　　벽) 〚浩汗(호한)〛 광대한 모양 〚涯〛 물가 애 〚涘〛 물가 사 〚率〛 대략
　　　　솔 〚文從字順(문종자순)〛 韓愈의 「南陽樊紹述墓誌銘」에 "문자가 종순
　　　　하여 각자 그 직분을 알았다(文從字順 各識職)."라는 말이 나옴 〚咽〛
　　　　목구멍 인 〚礙〛 가로막다 애

〈국역〉 객이 허자에게 묻기를, "당세에 古文에 능하다고 일컫는 자들은 반드
　　　　시 그대를 최고로 친다. 내가 살펴보니, 그 글이 비록 넓고 커서 끝
　　　　이 없는 것 같지만 대체로 常用의 말을 사용하여 글이 붙고 글자가
　　　　순탄하고, 그것을 읽으면 마치 입을 벌리고 목구멍을 보는 것과 같
　　　　아서 해득하는 자나 해득하지 못하는 자를 막론하고 아무런 걸림이
　　　　없으니, 고문을 전공하는 사람이 과연 이와 같은가?"

〈略鑑〉 이 글은 文에 대해 서술한 글로, 比喩와 問答의 형식을 활용하여 자

신의 논지를 서술하고 있다. 이 단락은 常用語를 사용하는 것이 古
文이라 할 수 있는가에 대해 묻고 있는 부분이다.

余曰 此其爲古也 子見虞夏之典謨 商之訓 周之三誓武成洪範
皆文之至者 亦見有鉤章棘句 以險辭爭工者否 子曰 辭達而已
矣 古者文以通上下之情 以載其道而傳 故明白正大 諄切丁寧
使聞者曉然知其指意 此文之用也 當三代六經聖人之書與夫黃
老諸子百家語 皆爲論其道 故其文易曉 而文自古雅 降及後世
文與道爲二 而始有鉤章棘句 以險辭巧語 爭其工者 此文之厄
也 非文之至 吾雖駑 不願爲也 故辭達爲主 以平平爲文焉耳

〈주석〉 〖虞夏之典謨 商之訓 周之三誓武成洪範〗『書經』의 글을 가리킨 것으
로, 典謨는『서경』「虞書」의「堯典」·「舜典」과「大禹謨」·「皐陶謨」
등을 가리키고, 訓이란『서경』「商書」의「伊訓」·「太甲訓」등을 가
리키며, 三誓는『서경』「周書」의「泰誓」상·중·하 3편을 가리킨다.
그리고「武成」·「홍범」도 역시「주서」의 편명임 〖鉤章棘句(구장극
구)〗 글이 難澁함 〖諄切(순절)〗 매우 진실하고 간절함 〖丁寧(정녕)〗
언어가 간절함 〖黃老(황로)〗 黃帝와 老子로, 道家書를 가리킴 〖厄〗
재앙 액

〈국역〉 내가 대답하였다. "이것이 바로 고문이다. 그대는 우하의 전모와 상
의 훈과 주의 삼서, 무성, 홍범 등의 글을 보아라. 모두 글 가운데 극
치이지만 또한 章句에 갈고리를 달고 가시를 붙여 어려운 말로써 공
교로움을 다투는 것을 보았는가? 공자가 '文辭는 의사를 전달할 따
름이다.' 하였다. 옛날에는 글로써 군신 상하의 마음을 소통하고 글

로써 그 도를 실어 전하였다. 그러므로 明白·正人하고 諄切·丁寧
하여 듣는 자로 하여금 분명하게 그 가리키고 뜻하는 것을 알게 하
였으니, 이것이 글의 效用이다. 三代의 육경 및 성인의 글과 황노 등
제자백가의 말에 있어서는 모두 그들의 도를 논하였기 때문에 그 글
이 알기가 쉽고 글이 저절로 古雅하였다. 그러나 후세에 내려와서는
글과 도가 두 갈래로 되어 비로소 장구에 갈고리를 달고 가시를 붙
여 말을 어렵고 교묘하게 하여 글의 공교로움을 다투는 일이 생겨났
으니, 이것은 글의 재앙이지 글의 극치가 아니다. 내가 비록 노둔하
지만 그렇게 되기를 원하지 않는다. 그러므로 문사는 의사의 전달을
위주로 하여 평이함을 글로 삼을 뿐이다.”

〈略鑑〉 古文의 효용에 대해 언급하면서, 글은 의사의 전달이 중요하므로 평
이해야 함을 역설하고 있는 부분이다. 許筠의 文學觀이 잘 드러난
부분이라 하겠다.

客曰 不然 子見左氏莊子遷固及近代昌黎柳州歐陽子蘇長公乎
其文何嘗用常語乎 況子之文不銓古 而滔滔莽莽焉是事 毋乃
流於飫否

〈주석〉 〖銓〗 저울질하다 전 〖滔滔(도도)〗 끊이지 아니함, 성대함 〖莽莽(망
망)〗 무성함 〖毋乃(무내)〗 =豈非 〖飫〗 실컷 먹다 어

〈국역〉 객이 말하기를, “그렇지 않다. 그대는 左丘明, 莊周, 司馬遷, 班固 및
근대의 韓愈, 柳宗元, 歐陽修, 蘇軾을 보았는가? 그들의 글이 어찌
일찍이 일상어를 사용했었던가? 더구나 그대의 글은 옛것을 본받지
않고 도도하고 망망한 것을 일삼으니, 혹시 자만한 데에 빠져 버린

것이 아닌가?”

〈略鑑〉 과거의 뛰어난 작가들을 거론하면서 이들의 글에는 일상어를 사용
하지 않았다고 하여 앞 단락에서 언급한 내용에 다시 의문을 제시하
고 있다.

余曰 之數公之文 亦何異於常耶 以余觀之 雖若簡若渾若深若
奔放若倔奇 率當世之常語 而變爲雅眞 可謂點鐵成金也 後之
視今文 安知不如今之視數公文耶 況滔滔莽莽 正欲爲大 而不
銓古者 亦欲其獨立 奚飮爲 子詳見之數公乎 左氏自爲左氏 莊
子自爲莊子 遷固自爲遷固 愈宗元脩軾亦自爲愈宗元脩軾 不
相蹈襲 各成一家 僕之所願 願學此焉 恥向人屋下架屋 蹈竊鉤
之誚也

〈주석〉 〚之〛 이 지 〚渾〛 크다 혼 〚倔〛 굳세다 굴 〚率〛 대략 솔 〚點鐵成金
(점철성금)〛 仙家에서 鐵石을 點化하여 황금으로 만든다는 데서 온
말로,『傳燈錄』에 “환단 한 알을 가지면 무쇠를 점화하여 황금으로
만들 수 있고, 진리의 말 한마디는 범인을 점화하여 성인으로 만들
수 있다(還丹一粒 點鐵成金 至理一言 點凡成聖).” 하였음 〚蹈〛 밟다
도 〚誚〛 꾸짖다 초

〈국역〉 내가 대답하였다. “이 몇 분의 글 또한 일상어와 무엇이 다른가? 내
가 보건대, 비록 간결한 듯도 하고 웅혼한 듯도 하며, 심오한 듯도
하고 분방한 듯도 하고 굳세고 기이한 듯도 하지만, 대체로 그 당시
의 일상어로 바꾸어서 고상하고 참되게 만든 것이니, 쇳덩이를 달구
어서 황금을 만들었다고 이를 수 있다. 후세 사람이 오늘날의 글을

볼 때, 오늘날 사람이 그 옛날 몇 분들의 글을 보는 경우와 같지 않을 줄을 어찌 알겠는가? 하물며 도도 망망하게 한 것은 진실로 웅대하게 하고자 한 것이며, 옛것을 본받지 아니한 것도 홀로 서고자 한 것인데, 무슨 자만이 있겠는가? 그대는 그들 몇 분을 자세히 보았는가? 좌구명은 스스로 좌구명이고, 장자는 스스로 장자이며, 사마천·반고는 스스로 사마천·반고이고, 한유·유종원·구양수·소식은 역시 스스로 한유·유종원·구양수·소식이어서 서로 답습하지 않고 각각 일가를 이루었다. 내가 바라는 것은 이것을 배웠으면 하는 것이고, 남의 지붕 밑에 거듭 지붕을 얹듯이 남의 문장을 답습하여 표절하고 난삽하다는 꾸지람을 받을까 부끄러워한다."

〈略鑑〉 글은 답습하지 않고 스스로 一家를 이루어야 한다는 것을 언급하고 있는 단락으로, 典範보다는 개성을 중시하는 허균 문학론을 언급할 때 자주 거론되는 부분이다. 허균은 擬古主義를 반대하고 문학의 개성을 강조했다. 擬古를 반대하는 중요한 立論의 하나로, 앞 단락에서 보았던 일상어를 문장에 도입하는 것이 옳다고 여겼다. 오늘날 古文에 가치를 부여하고 있듯이 현재 일상어로 쓴 문장이 후세에 가서는 오늘날 古文에 부여하는 것과 같은 가치를 인정받게 될 것이라고 하였다(「文辨」). 이러한 문학 사상은 다음 시대에 나온 實學派文學의 新文體 理論과 '朝鮮風'·'朝鮮詩'의 시도와 연맥이 되게 되었다.

客曰 子之文 旣平易流便 其所謂法古者 當於何求之 余曰 當
於篇法章法字法求之 篇有一意直下者 或鉤連筦鑰者 或節節
生情者 或鋪敍而用冷語結者 或委曲繁瑣而有法者 章有井井
不紊者 有錯落而不雜者 有若斷而承前繳後者 有極宂有極短

者 有說不了者 字有響處幹處伏處收拾處 疊而不亂處 強而不
努處 引而不費力處 開闔處 呼喚處 字不亮則句不雅 章不妥
則意不瀆 二者備而乃可以成篇 余之文 只悟此也 古之文 亦
行此也 今之所謂解者 亦未必覷此 況不解者否 客曰 善 吾不
及是夫

〈주석〉 〖流便〗＝流暢 〖管鑰(관약)〗 열쇠 〖委曲(위곡)〗 자세함 〖瑣〗 자질
구레하다 쇄 〖井井(정정)〗 조리가 있음 〖紊〗 어지럽다 문 〖錯落(착
락)〗 뒤섞임 〖繳〗 얽히다 격 〖冗〗 쓸데없다 용 〖斡〗 돌다 알 〖疊〗
겹치다 첩 〖妥〗 편히 앉다 타 〖瀆〗 도랑(통하는 수로) 독 〖覷〗 엿
보다 처

〈국역〉 객이 말하기를, “그대의 글이 평이하고 유창하니, 이른바 法古(옛것
을 본받음)를 어디서 구할 것인가?” 내가 대답하였다. “당연히 篇法,
章法, 字法에서 구할 것이다. 篇에는 하나의 뜻으로 곧바로 내려간
것도 있고, 혹은 서로 걸어서 연결하여 열쇠로 채우는 것도 있고, 혹
은 마디마디 뜻을 내보이는 것도 있고, 혹은 늘어놓다가 냉정한 말
로 끝을 맺는 것도 있고, 혹은 자세하고 번잡하면서도 법칙이 있는
것도 있다. 章에는 조리가 정연하여 어지럽지 않는 것도 있고, 뒤섞
이되 잡되지 않은 것도 있고, 끊어진 듯하나 앞을 잇고 뒤를 동여맨
것도 있고, 극히 지리한 것도 있고, 극히 짧은 것도 있고, 말을 끝내
지 않는 것도 있다. 字에는 울리는 곳, 돌리는 곳, 잠복하는 곳, 수습
하는 곳, 거듭하되 어지럽지 않는 곳, 강하되 억지로 하지 않는 곳,
끌어당기되 힘을 부리지 않는 곳, 열고 닫는 곳, 부르고 소리치는 곳
이 있다. 字가 밝지 못하면 句가 고상하지 못하고, 章이 안정되지 못

하면 뜻이 통하지 않으므로, 이 두 가지가 갖추어져야 마침내 篇을 이룰 수 있다. 내 글은 단지 이것을 깨달은 것일 뿐이며, 고문 또한 이것을 행하였던 것이다. 오늘날의 이른바 글을 이해하는 사람도 반드시 이것을 엿본 것만은 아닌데, 하물며 이해하지 못한 사람이랴?”

객이 말하기를, “훌륭하다. 내가 여기에 미치지 못했도다!”

〈略鑑〉 이 글의 마지막 단락으로, 古文을 짓기 위한 篇法, 章法, 字法의 修辭的 層位의 개념에 대해 세부적으로 설명을 하고 있다.

10. 「瘤戒」 姜沆4)

呂宋 東海中小國也 地偏而水又湍駛 故人多癭瘤 某甲額□生
瘤 幾如甕盎 抑首不能起 其妻子羞而逐之 寢息山間者數日
夜半 山鬼擊鼓群譟 自遠而近 甲不勝其怖 應節起舞 示若無
懼者然 山鬼吐舌相顧曰 異哉 不意空山中 有此良朋之可與娛
者 因擊鼓不已 甲亦舞不已 天欲明 鬼謂甲曰 我鬼非人 日出
不可留 來夜當復來 公亦能復來耶 甲曰諾 鬼三問 甲三諾 鬼
猶不信曰 人情難保 請取公瘤以爲質 遂析取瘤去 甲喜幸走倒
至家則全人矣 妻子改觀 隣里聳傳

〈주석〉 〖瘤〗 혹 류 〖湍〗 빠르다 단 〖駛〗 빠르다 사 〖癭〗 혹 영 〖某甲(모
갑)〗 사람에 대한 대명사로, 이름을 避諱할 때 쓰거나, 自稱의 대명

---

4) 姜沆(1567, 명종 22~1618, 광해군 10): 본관은 진주. 자는 太初, 호는 睡隱. 좌찬성 姜希孟의 5대손이며,
成渾의 門人이다. 1593년(선조 26) 전주 별시문과에 급제하여 정자, 박사, 전적을 거쳐, 공조, 형조 좌랑을
지냈다. 1597년 정유재란이 일어나자 남원에서 군량 보급에 힘썼다. 남원이 함락당하자, 고향인 영광에서
의병 수백 명을 모집하여 싸웠다. 영광이 함락되자 가족을 거느리고 해로로 탈출하려다 포로가 되어 일본
오쓰 성[大津城]에 유폐되었다. 이곳에서 이즈시 사[出石寺]의 승려 요시히토[好仁]와 친교를 맺고 그로부
터 일본의 역사, 지리, 관제 등을 알아내어 우리나라로 보냈다. 1598년 오사카[大阪]를 거쳐 교토[京都]의
후시미 성[伏見城]으로 이송되어, 후지와라[藤原醒窩], 아카마쓰[赤松廣通] 등과 교유하면서 그들에게 학문
적 영향을 주었다. 그들의 도움으로 1600년 풀려나 가족들과 함께 고국에 돌아온 후 1608년 순천교수에 임
명되었으나, 스스로 죄인이라 하여 사직했다. 그 뒤 고향에서 후학 양성에 전념하여 많은 제자를 길러 냈다.

사로도 쓰임 〚犙〛 독 옹 〚瓮〛 동이 잉 〚譺〛 시끄럽다 조 〚怖〛 두려워하다 포 〚節〛 곡조 절 〚若~然〛 ~인 듯하다 〚質〛 약속, 볼모 질 〚槷〛 =臬 움 얼 〚聳〛 솟다 용

 여송은 동해 가운데 있는 작은 나라로, 지역이 치우쳐 있는데다가 물살이 또한 매우 빠르다. 그러므로 백성 중에 혹이 난 사람이 많았다. 어떤 사람의 이마에 혹이 생겼는데, 거의 항아리 크기와 같아 머리를 눌러 일어날 수 없었다. 그의 아내가 그를 부끄러워하여 쫓아내 버렸다. 산속에 지낸 지 며칠, 한밤중에 산도깨비들이 북을 치며 무리 지어 떠들면서 멀리서부터 가까이 다가왔다. 그는 그 공포를 이길 수 없어 장단에 맞춰 일어나 춤을 추면서 두려움이 없는 사람인 것처럼 하였다. 산도깨비가 혀를 내두르며 서로 돌아보고 말하기를, "이상하다! 텅 빈 산속에 이와 같이 함께 즐길 수 있는 좋은 벗이 있을 줄이야." 하고는 북을 쉬지 않고 치니, 그도 쉬지 않고 춤을 추었다. 날이 밝아 오자, 도깨비들이 그에게 말하기를, "우리 도깨비들은 사람이 아니라서 해가 뜨면 머무를 수가 없다. 내일 밤 마땅히 다시 올 것이니, 그대도 다시 올 수 있겠는가?"라 하니, 그가 "알았다."고 대답했다. 도깨비는 세 번씩이나 물었고 그도 세 번 허락했으나, 도깨비들은 그래도 미덥지 못한지 "사람의 마음은 끝까지 지키기 어려우니, 그대의 혹을 가져가 징표로 삼았으면 한다."라 하고, 드디어 혹을 떼어 가지고 가 버렸다. 그는 기쁘고 다행스럽게 여겨 빨리 달려 집에 이르자 온전한 사람이었다. 아내는 모습이 바뀐 것을 이웃 마을에 널리 전했다.

 이 글은 혹을 떼려다가 혹을 하나 더 붙인 것에 대한 이야기로, 일본에서 귀국 후 조정의 의논에 꺾여 벼슬을 못 하고 영광에서 일생을

마친 자신의 일대기에 결부시킨 것이다. 이 단락은 서두로, 도깨비
에게 혹을 떼인 사람의 이야기를 敍事하고 있다.

某乙額又有瘤 幾如某甲之大 聞甲之失瘤 盤跚往問之 甲悉告
之 故喜甚 直造甲所寢息地 而胥之 夜半 山鬼果擊鼓譁叫而
至 乙豫起亂舞 一如某甲之爲 山鬼至 喜曰 有信哉 相與盡懽
而罷 遂謂乙曰 恐公失信 故取瘤爲信 公旣能來 可還公瘤 遂
取甲瘤 安之乙額而去 對峙如雙家 乙大慟曰 一瘤之不堪 而
況兩瘤耶 遂自經於溝瀆死

〈주석〉 〖盤跚(반산)〗 머뭇거리며 나가지 못하는 모양 〖造〗 이르다 조 〖胥〗
기다리다 서 〖譁〗 시끄럽다 환(훤) 〖叫〗 부르짖다 규 〖懽〗 기뻐하다
환 〖峙〗 우뚝 솟다 치 〖經〗 목매다 경 〖溝瀆(구독)〗 도랑, 골짜기

〈국역〉 아무개 을이라는 사람의 이마에도 또 혹이 있어 거의 아무개 갑의 크
기와 비슷했다. 갑이 혹을 떼었다는 것을 듣고 머뭇거리다 가서 물으
니, 갑이 모든 것을 이야기해 주므로 매우 기뻐하였다. 곧장 갑이 침
식하던 곳에 이르러 도깨비들을 기다렸다. 한밤중에 산도깨비들이
과연 북을 치며 시끄럽게 떠들면서 왔다. 을은 미리 일어나 정신없이
춤을 추며 갑이 했던 것과 똑같이 했다. 산도깨비들이 와서 즐거워하
며 말하기를, "신용이 있군."라 하고, 서로 함께 실컷 놀고 마쳤다. 마
침내 을에게 말하기를, "그대가 신의를 잃어버릴까 염려되었으므로
혹을 떼어 가 신표로 삼았는데, 그대가 이미 왔으니 그대의 혹을 돌
려주는 것이 좋겠다." 하고는 드디어 갑의 혹을 가져다 을의 이마에
붙여 놓고 가 버렸다. 마주하고 솟은 것이 두 채의 집과 같았다. 을이

대성통곡하며 말하기를, "한 개의 혹도 감당하기 어려운데, 하물며 두
개의 혹을 어찌하랴." 하고는 마침내 골짜기에서 목을 매고 죽었다.

〈略鑑〉 혹을 떼려다 도리어 하나의 혹을 더 달게 된 사람의 이야기를 敍事
하고 있다.

日東僧舜首痤 爲余談是事 余以俘擄生還 見棄於昭世 余又與
世相忘久 而不知身之曾忝一命也 所親或勸之曰 君之絶意於
榮進 譬如黃門之絶意於房室 盍且求之以洒廢棄之恥乎 余應
之曰 藉令求之 誰卽與之 前恥之未洒 而竊恐更得後恥 此與
某乙欲去一瘤而更得雙瘤何異 勸者太息而去

〈주석〉 〖痤〗 옴 자 〖俘〗 포로 부 〖擄〗 사로잡다 로 〖忝〗 욕되게 하다 첨 〖一
命(일명)〗 =初仕 〖榮進(영진)〗 영화롭게 높은 지위에 오름 〖黃門(황
문)〗 宦官의 별칭 〖房室(방실)〗 內室 〖洒〗 씻다 쇄 〖藉令(자령)〗 설령

〈국역〉 일본 스님 순수좌가 나를 위해 이 이야기를 들려주었다. 나는 포로로
사로잡혔다가 살아 돌아왔기 때문에 밝은 세상에서 버림을 받았고,
나 또한 세상과 잊고 지낸 지가 오래되어 내 자신이 일찍이 벼슬했던
것도 알지 못한다. 친한 사람들이 간혹 권하며 말하기를, "그대가 높
은 지위에 뜻을 끊은 것은, 비유하자면 환관이 여자에게 뜻을 끊은
것과 같으니, 어찌 벼슬을 구하여 버려지는 치욕을 씻지 않는가?"라
하기에, 내가 대답하기를, "설령 그것을 구한다 하더라도 누가 곧바
로 나에게 주겠는가? 전날의 치욕도 아직 씻지 못했는데, 다시 뒷날
의 치욕을 얻지나 않을까 적이 염려된다. 이것은 을이라는 사람이 하
나의 혹을 제거하려다 다시 두 개의 혹을 얻은 것과 무엇이 다르겠는

가.”라고 했다. 권하던 사람이 크게 한숨을 쉬고 가 버렸다.

〈略鑑〉 이 글의 마지막 단락으로 주제가 담겨 있는 부분이다. 임진왜란 때
일본에 포로로 잡혀갔다가 돌아와 국내에서 버림받은 상황을 극복
하려는 것은 혹을 떼려다 도리어 하나 더 달게 된 사람의 이야기에
비유하여 경계하고 있는 것이다. 일본 중에게 들었다는 형식을 借用
하고 있지만, 眞僞 與否를 떠나 比喩를 들어 意中을 표현한 것이『
莊子』의 표현법과 유사하다 하겠다.

財者 天之所産也 地之所育也 因天地之利 而善爲裁成 則其
用無不足也 而握籌視簿之士 恐恐然唯懼經用之乏 何也 失於
素足而不知足 迷於當足而不能足也

〈주석〉 ⟦握⟧ 쥐다 악 ⟦籌⟧ 산가지 주

〈국역〉 재물은 하늘이 생산하고 땅이 기르는 것이다. 하늘과 땅의 이로움으
로 말미암아 잘 마름질하고 성취시키면 그 용도에 부족함이 없을 것
인데, 주판을 잡고 문서를 보는 사람들이 오직 용도에 부족할까 염려
하는 것은 무엇 때문인가? 본래 풍족한 것을 잃어 풍족함을 모르며,
마땅히 풍족하게 할 수 있음에 어두워 풍족하게 못 하는 것이다.

〈略鑑〉 이 글은 재물의 용도에 대한 글로, 이 단락은 잘 쓰면 풍족할 수 있
는 재물의 용도에 대해 전체적으로 언급하고 있는 부분이다.

---

5) 申欽(1566, 명종 21~1628, 인조 6): 李廷龜, 張維, 李植과 함께 月象谿澤이라 통칭되는 조선 중기 漢文
四大家의 한 사람으로, 호는 象村이다. 7세 때 부모를 잃고 藏書家로 유명했던 외할아버지 밑에서 자라면
서 경서와 제자백가를 두루 공부했으며 陰陽學・雜學에도 조예가 깊었다. 개방적인 학문태도와 다원적 가
치관을 지녀, 당시 지식인들이 朱子學에 매달리고 있었던 것과는 달리 異端으로 공격받던 陽明學의 실천
적인 성격을 높이 평가하기도 했다. 문학론에서도 詩는 形而上者이고 文은 形而下者라고 하여 詩와 文이
지닌 본질적 차이를 깨닫고 창작할 것을 주장했다. 宣祖에게 뛰어난 문장력을 인정받아 對明 외교문서의
작성, 詩文의 정리, 각종 의례문서의 제작에 참여했다.

何謂素足不知足　案三千里之地而國焉　經三百城之界而爲田
籍三百城之人而爲民　集三百城之山而爲礦　環三百城之澤而爲
利　萬貨之情　可坐而甞也　南有竹箭米穀之饒　北有金銀玉璧之
珍　西有魚鹽紬絹之美　東有梗楠豫章之材　而皮革羽毛　牛羊馬
彘　絮帛丹漆　橘柚薑韭　果布陶冶　可以作力　鬪智者　隨地棋置
非若秦隴之不可以爲淮海　荊蜀之不可以爲幽薊　故行賈之東西
南北者不絶於途　而坐賈市販者西賈燕　南賈倭　文繡珠璣　輦載
交貿　莫不羹魚飯稻　有素封之樂如是　而懼財用之乏　豈非素足
而不知足者乎

〈주석〉 【案】 지경 안 【經】 지경 경 【礦】 쇳돌 광 【甞】 헤아리다 자 【箭】 화
살 전 【紬】 명주 주 【絹】 생명주 견 【彘】 돼지 체 【橘】 귤 귤 【柚】
유자나무 유 【薑】 생강 강 【韭】 부추 구 【棋置(기치)】 바둑돌과 같
이 여기저기 무수히 흩어져 있음 【繡】 비단 수 【璣】 구슬 기 【輦】
손수레 련 【羹】 국 갱 【稻】 벼 도 【素封(소봉)】 벼슬이나 封邑이 없
으면서 부가 임금에 비김.

〈국•역〉 '본래 풍족한데 풍족함을 모른다.'고 한 것은 무슨 말인가? 3천 리의
땅을 경계로 하여 나라를 세웠고 3백 성의 경계를 그어 농토를 만들
고 3백 성의 사람을 기록하여 백성을 삼았고 3백 성의 산을 모아 광
산을 만들고 3백 성의 하천을 감싸 이익을 삼았으니, 모든 재물의
실정을 앉아서 헤아릴 수 있다. 남쪽에는 풍요한 죽전과 미곡이 있
고, 북쪽에는 진귀한 금은과 옥벽이 있고, 서쪽에는 좋은 어물·소
금·명주·비단이 있고, 동쪽에는 좋은 재목인 경남과 예장이 있으
며, 가죽, 터럭, 소, 염소, 말, 돼지와 솜, 비단, 물감, 옻칠과 귤, 유자,

생강, 부추와 과일, 무명, 질그릇이 힘이 될 만하다. 지혜를 다투는 자를 곳에 따라 배치해 두면, 진나라와 隴西는 淮水와 바다가 될 수 없고 荊州와 巴蜀은 幽州와 薊州가 될 수 없는 것과는 같지 않다. 그러므로 동서남북의 장사꾼들이 (여기에 와 무역하기 위한 행렬이) 길에 끊어지지 않고 저자에 앉아서 장사하는 자들은 서쪽으로는 燕京의 사람과 남쪽으로는 왜인과 장사하는데, 비단과 구슬을 수레로 실어 서로 무역하므로 고깃국에 쌀밥을 먹지 않는 자가 없어 이처럼 풍요로운 즐거움을 누리고 있다. 그런데도 용도에 부족할까 염려하고 있으니, 어찌 본래는 풍족한데 풍족하다는 것을 모르는 자가 아니겠는가?

 '素足不知足'의 의미를 풀이하고 있는 단락이다. '素足'을 잘 활용할 사람을 등용하여 적재적소에 배치하면 풍요로움을 누릴 수 있다는 것이다.

何謂當足不能足　田有其制　列等而稅　人有其籍　點名而閱　礦有常稅　歲收其入　煮有常鹽　歲收其盆　一歲有一歲之數　十歲有十歲之數　雖百歲　可知也　以而量其出　則宗廟園寢　事大交隣　廩給軍需　供御宂費　一歲亦有一歲之數　十歲亦有十歲之數雖百歲　可知也　校其出入　贏縮相當　又揆其入之數　比出而差伋焉　視其水旱而上下之　察其貴賤而平取之　金生則粟死　粟死則金生　或兩生或兩死　而財用之低昂由之　如是而不中者寡矣不是之爲　而唯懼財用之乏　豈非當足而不能足者乎　不知足者不知量也　不能足者　不知節也　不知量不知節　不可以爲財也

 〖點〗 점검하다 점 〖閱〗 조사하다 열 〖煮〗 소금을 굽다 자 〖盆〗 소금 굽는 그릇 분 〖以〗 ~에 따라서, 근거하여 〖園寢(원침)〗 왕의 무덤에 있는 사당 〖廩給(름급)〗 관에서 米穀의 급여를 받음 〖供御(공어)〗 공급함 〖冗〗 쓸데없다 용 〖校〗 계산하다 교 〖贏〗 남다 영 〖揆〗 헤아리다 규 〖仂〗 나머지 륵 〖昻〗 오르다 앙 〖節〗 알맞게 하다 절

 '마땅히 풍족하게 할 수 있는데 풍족하게 못 한다.'는 것은 무엇을 말하는가? 농토에는 법제가 있어 등급을 세워 세금을 매기고, 사람은 호적이 있어 이름을 점검하여 확인하고, 광산에는 고정된 세금이 있어 해마다 그 수입을 거두고, 염전에는 해마다 생산되는 소금이 있어 해마다 이익을 거둬들이고 있다. 그러므로 1년에는 1년의 수치가 있고 10년에는 10년의 수치가 있기 때문에, 비록 백 년이라도 알 수 있다. 이를 가지고 헤아려 지출하면 종묘와 원침에 드는 것과 큰 나라를 섬기고 이웃 나라와 교류하는 데 드는 것과 군수품을 공급하고 잡비를 내는 데 드는 것도 1년에는 1년의 수치가 있을 것이고 10년에는 10년의 수치가 있을 것이니, 비록 백 년이라도 알 수 있다. 그 수입과 지출을 따져 서로 걸맞게 늘리기도 하고 줄이기도 하며, 또 수입의 수량을 헤아려 지출과 비교해 조금 줄여 남겨 두었다가 수재나 한재를 보아 가며 올리거나 내리며, 귀하고 천한 것을 살피어 균등하게 취하며, 금 가치가 살아나면 곡물 값이 떨어지고 곡물 값이 떨어지면 금의 가치가 살아나며, 혹은 두 가지의 가치가 같이 살아나기도 하며 혹은 두 가지의 가치가 같이 떨어지기도 하므로, 용도의 조절을 여기에 맞추어 한다. 이와 같이 하고서도 맞지 않는 경우는 적을 것이다. 이렇게 하지는 않고 오직 재물이 부족할까 염려하고 있으니, 마땅히 풍족하게 할 수 있는데 풍족하게 만들지 못한 자가 아니겠는가? 풍족

하다는 것을 모르는 자는 헤아릴 줄을 모르는 자이고, 풍족하게 만들지 못한 자는 조절할 줄을 모르는 자이다. 헤아릴 줄을 모르고 조절할 줄을 모르면 재물을 관리할 수가 없는 것이다.

〈略鑑〉 ‘當足不能足’의 의미를 풀이하고 있는 단락이다. 수입과 지출을 헤아려 조절할 수 있다면 ‘當足’할 수 있다는 것이다. 동일한 글자나 句를 두세 번 같은 자리에 쓰는 방법인 重疊(反復이라고도 함)의 修辭를 활용해 강력한 감정을 표현하고 있다.

雖然 爲財之道 在乎不傷之而已 傷之者多 則雖百劉晏 不能措手 苟無傷也 倉氏庫氏世守而無爲 可也 臣事君 務實而不以僞 則國無虛美 國無虛美則曠典不擧 曠典不擧則枉費絶 枉費絶則財不傷矣 官以事爲任 官足於任而已 官浮於任則人窳而務廢 事浮於任則食廣而事瘰 事簡則任小 任小則官省 官省則財不傷矣 役興則人衆 人衆則口繁 口繁則食多 章華建而楚圮 姑蘇營而吳亡 役息則財不傷矣

〈주석〉 〖劉晏(유안)〗 唐나라 사람인데, 神童으로 일컬어졌으며, 백성들의 생활에 걱정이 없고 물가가 안정되게 하였음 〖倉氏庫氏〗 중국 고대에서는 관직을 오래 맡겼으므로 창고를 맡는 사람이 창씨·고씨로 성을 삼았음 〖曠〗 공허하다 광 〖典〗 은전 전 〖枉費〗 =空費 〖足〗 감당하다 족 〖窳〗 비뚤다 유 〖瘰〗 병들다 관 〖章華〗 章華臺로, 楚 靈王이 지음 〖圮〗 무너지다 비 〖姑蘇〗 姑蘇臺로, 吳王 夫差가 지음.

〈국역〉 비록 그렇지만 재물을 관리하는 방도는 그것을 손상하지 않는 데에 있을 뿐이다. 그것을 손상하는 자가 많으면 비록 유안과 같은 사람이

백 명이 있다 하더라도 손을 쓸 수 없을 것이고, 만약 손상하지 않는
다면 창씨 · 고씨가 대대로 지키면서 아무 일도 하지 않더라도 괜찮
을 것이다. 신하가 임금을 섬길 때 실제에 힘쓰고 거짓으로 하지 않
는다면 나라에 겉치레가 없어질 것이고, 나라에 겉치레가 없어지면
헛된 은전이 거행되지 않을 것이고, 헛된 은전이 거행되지 않으면 쓸
데없는 비용이 없어질 것이고, 쓸데없는 비용이 없어지면 재물이 손
상되지 않을 것이다. 관직은 일을 임무로 삼으므로 관직은 일에 맞게
만 맡기면 된다. 관직이 임무보다 넘치면 사람의 능력이 부족하여 사
무가 폐지되고, 일이 임무보다 넘치면 비용이 많이 들어 일이 병든
다. 일이 간단하면 임무가 작아지고, 임무가 작아지면 관직이 줄어들
고, 관직이 줄어들면 재물이 손상되지 않는다. 역사가 일어나면 사람
이 많아지고, 사람이 많으면 입이 많아지고, 입이 많으면 먹는 것도
많아진다. 장화대가 세워지자 초나라가 무너지고 고소대가 지어지자
오나라가 망했으니, 역사를 그치면 재물이 손상되지 않을 것이다.

〈略鑑〉 '雖然'이라는 轉折의 접속사를 사용해 문장을 전환하여, 재물을 관
리하는 방법, 즉 재물을 손상시키지 않는 것에 대해 서술하고 있는
단락이다. 주로 對偶를 이용하면서 앞의 어휘나 어구 또는 문장을
뒤에서 다시 받아 사용하여 쇠사슬을 잇듯이 이어서 설득력을 강화
시키는 連鎖의 修辭를 활용하고 있다.

淫僻之俗 汰於奢矣 奢者用之流也 用之流也者 貨之散也 穀泄
於末勝 國裕於民儉 奢禁則財不傷矣 又有大於此者 傷財莫大
於聚斂 阜財莫要於不聚斂 何以知其然也 昔唐德宗喜私獻 皇
甫鎛之徒因是而獻羨餘 韋皐之徒因是而獻月進 此非鎛與皐之

徒神謀而鬼運也　橫賦於民而自以爲己功也　德宗不省也曰　鏄忠
我哉　皐愛我哉　以己物而供我　狃於掊克而不知已也　則稅架墊
陌之法作於下　瓊林大盈之庫峙於上　自以爲萬世不匱　眞足以富
國　而姚令言之師起矣　奉天圍逼　斗粟不繼　瓜果授官　僅免餓隷

〈주석〉　〚僻〛 간사하다 벽 〚汰〛 지나다 태 〚泄〛 새다 설 〚裕〛 넉넉하다 유 〚皐〛
크다 부 〚羨〛 나머지 선 〚橫〛 방자하다 횡 〚狃〛 익다 뉴 〚掊克(부
극)〛 가혹하게 거두어들임(掊 거두다 부) 〚稅架墊陌之法(세가점맥지
법)〛 세가는 家屋稅와 같은 것이고, 점맥은 지금의 緊縮의 뜻과 같
음 〚瓊林大盈之庫(경림대영지고)〛 唐 德宗이 세워서 貢物을 간직하
던 곳 〚峙〛 우뚝 솟다 치 〚匱〛 다하다 궤 〚姚令言(요령언)〛 당나라
河中 사람으로, 벼슬이 涇原節度使에 올랐는데, 建中 말에 朱泚와
함께 난리를 일으켰다가 함께 죽음을 당했음 〚逼〛 핍박하다 핍 〚餓
隷(아례)〛 굶주리는 무리

〈국역〉　음탕한 풍속은 사치로 흐른다. 사치는 쓰임의 흐름이다. 쓰임의 흐름
은 재물이 흩어진 것이다. 곡식은 末利가 성행하는 데서 새고 나라는
백성이 검소한 데서 넉넉해지는 것이므로, 사치를 금하면 재물이 손
상되지 않는다. 또 이것보다 더 큰 것이 있는데, 재물을 손상하는 것
중에 재물을 긁어모으는 것보다 더 큰 것이 없고, 재물을 풍부하게
하는 것 중에 긁어모으지 않는 것보다 더 중요한 것은 없다. 어떻게
그러하다는 것을 알 수 있는가? 옛날 당 덕종이 사사로이 바치는 것
을 좋아하자, 황보박의 무리가 이것으로 인해 남은 재물이라고 하며
바쳤고, 위고의 무리는 이것으로 인해 달마다 바쳤다. 이것은 황보박
과 위고의 무리가 귀신과 같은 꾀를 쓰고 귀신과 같이 운영한 것이

아니라, 백성들에게 멋대로 거둬들여 스스로 자기의 공이라고 한 것
이다. 그런데 덕종은 살피지 못하고 "황보박이 나에게 충성하는구나!
위고가 나를 사랑하는구나! 자기의 물건으로 나에게 공급하다니."라
고 하면서, 가혹하게 거두어들이는 데 익숙해져 그칠 줄을 몰랐다.
그리하여 세가점맥의 법이 아래에서 만들어지고 경림대영의 창고가
위에서 세워져 스스로 만세토록 결핍되지 않아 참으로 나라를 부유
하게 할 수 있다고 여겼는데, 요영언의 반란군이 일어났다. 봉천 땅
에서 포위되어 핍박을 받자, 한 말의 곡식도 잇지 못해 참외를 바친
사람에게 벼슬을 줄 정도로 궁한 속에서 겨우 굶주림을 면하였다.

〈略鑑〉 재물을 풍족하게 하는 방법에 대해 서술하고 있는 단락이다. 음탕한
풍속도 재물을 탕진하지만, 사적으로 재물을 거두어들이는 것이 재
물의 손상이 더 심하다는 것이다. 苛斂誅求로 인해 백성들에게 미치
는 재물의 손상에 대해 언급하고 있다.

至如漢之文景 今年給民租 明年復民役 無歲不給 無歲不復 而
貫朽粟塵 天下嬉嬉 三代之隆 亦未有過者 聚財莫若唐德 而唐
以此竭 散財莫若文景 而漢以此盛 知聚之爲散 知散之爲聚者
可與於裁成矣 古者聖王之世 掌財者有常司 言利之臣始於桑
羊孔僅 而漢唐以來衰季 則無世無之 此皆不因天地之利 因以
利民 而權利自專 遂亡天地自然之利者也 故君子爲財則積貨
於不涸之倉 小人爲財則置民於枯魚之肆 利民爲財 尤以得賢
爲先

〈주석〉 〖給復(급복)〗 조세나 부역을 면제함 〖塵〗 묵다 진 〖嬉〗 즐거워하다

희 〖竭〗 마르다 갈 〖桑弘羊(상홍양)〗 漢나라 武帝 때에 大農丞이
되어 천하의 鹽鐵을 모두 관리하고 平準法을 만들어 나라의 재물이
풍요해졌음 〖孔僅(공근)〗 한나라 사람으로, 鐵冶로 직업을 삼았고
무제 때에 大農丞이 되고 東郭咸陽과 함께 鹽鐵使를 거느렸음
〖榷〗 도거리하다 각 〖涸〗 마르다 학 〖枯魚之肆(고어지사)〗 말린
물고기의 가게로, 곤경에 비유.『莊子』「外物」에, “周昨來 有中道而
呼者 周顧視車轍中 有鮒魚焉 周問之曰 鮒魚來 子何爲者邪 對曰 我
東海之波臣也 君豈有斗升之水而活我哉 周曰 諾 我且南游吳越之王
激西江之水而迎子 可乎 鮒魚忿然作色曰 ……吾得斗升之水然活耳
君乃言此 曾不如早索我於枯魚之肆”라는 말이 있음.

〈국역〉 한나라 文帝와 景帝와 같은 경우에 있어서는, 금년에는 백성의 조세
를 감면해 주고 다음 해에는 백성의 부역을 감면해 주어 어느 해에
도 조세를 감면해 주지 않은 해가 없었고, 어느 해에도 부역을 감면
해 주지 않는 해가 없었다. 그러나 돈을 꿴 줄이 썩고 곡식이 묵어서
온 천하가 즐거워했으니, 삼대의 훌륭한 정치도 이보다 더 잘할 수
없었다. 재물을 긁어모으기는 당 덕종과 같이 한 자가 없었는데 당나
라는 이 때문에 고갈되었고, 재물을 나누어 주기는 문제·경제처럼
한 자가 없었는데 한나라는 이 때문에 융성해졌다. 그러므로 긁어모
은 것은 흩어진다는 것을 알고 나누어 준 것이 모인다는 것을 아는
자는 마름질하여 성취시킴에 참여할 수 있을 것이다. 옛날 聖王 시대
에는 재물을 맡은 자 중에 고정된 官司가 있었는데, 재리를 말한 신
하가 상홍양과 공근에게서 비롯되었고, 한·당 이후 말세로 접어들
어서는 그러한 사람이 없는 시대가 없었다. 이것은 모두 하늘과 땅의
이로움을 말미암아 백성을 이롭게 하지 않고, 이권을 장악해 스스로

독점하다가 드디어는 천지자연의 이익까지 망치고 만 것이다. 그러
므로 군자가 재물을 위하면 마르지 않는 창고에 재물을 쌓고, 소인이
재물을 관리하면 백성을 곤경 속에 빠뜨리고 만다. 그러므로 백성에
게 이롭게 재물을 관리하려면 더욱 어진 사람을 얻는 것으로 급선무
를 삼아야 한다.

〈略鑑〉 이 단락은 마지막 단락으로, 재물의 관리를 이롭게 하려면 어떠해야
하는지에 대한 방법을 제시하면서 작품을 맺고 있다. 어진 사람이
재물을 관리하는 담당자가 되어야 백성에게 이로운 재물이 된다는
것이다. 이것은 당시 재물의 運用에 있어 효과적으로 관리되지 않음
을 은연중에 내포하고 있는 것이다.

象村 申欽은 漢文四大家의 한 사람으로 유명한데, 洪萬宗은『小華詩評』
에서, "현옹 신흠은 어려서부터 문장을 지어 곧 스스로 일가를 이루
었다. 평하는 사람이 간혹 그를 낮게 평가하나, 또한 지나치다(申玄翁
欽 自少爲文章 便自成家 評家或卑之 亦過矣)."라고 말하고 있고, 李晬光은
『지봉유설』에서, "현옹 신흠은 어려서부터 문장을 지어 곧 스스로 일
가를 이루었다(申玄翁 自少時爲文章 便自成家)."라고 하여, 申欽이 문장
에 뛰어났음을 언급하고 있다.

仕于朝者有恒言矣　不曰民心惡　則必曰民俗薄　民心固善矣　民
俗固厚矣　人顧不之省也　何以知之　以宰民者知之　今之宰民者
非以賄用　卽權倖之家也　非權倖之家　卽權倖之家之所拔也　始
乎賄者　常卒乎墨　始乎權倖者　常卒乎虐　墨然後賄償矣　虐然
後勢彰矣　宰之者墨　而爲所宰者未聞有旅拒　宰之者虐　而爲所
宰者未聞有携貳

〈주석〉 〖宰〗 맡아 다스리다 재 〖賄〗 뇌물 회 〖權倖(권행)〗 권세를 지니고서
임금의 총애를 얻은 간사한 사람 〖墨〗 욕심이 많다 묵 〖彰〗 드러나
다 창 〖旅拒(려거)〗 무리 지어 저항함 〖携貳(휴이)〗 두 마음을 가짐.

〈국역〉 조정에서 벼슬하는 자는 항상 하는 말이 있다. '백성의 마음이 악하
다.'고 말하지 않으면 반드시 '백성의 풍속이 천박하다.'고 한다. 그
런데 백성의 마음은 정말로 착하고 백성의 풍속은 참으로 두터운데,
사람들이 다만 그것을 살피지 못한 것이다. 무엇으로 알 수 있는가?
백성을 다스리는 자로써 알 수 있다. 지금 백성을 다스리는 자는 뇌
물을 써서 등용된 자가 아니면 바로 간사한 권력가이고, 간사한 권력

가가 아니면 바로 간사한 권력가가 뽑은 자이다. 뇌물에서 시작한 사람은 항상 탐욕에서 끝나고, 권력에서 시작한 사람은 항상 사나움으로 끝난다. 탐욕을 부린 뒤에야 썼던 뇌물을 보상받을 수 있고, 사나워진 뒤에야 위세가 나타난다. 다스리는 자가 탐욕을 부려도 다스림을 받는 자들이 무리 지어 저항했다는 것을 아직 들어 보지 못했고, 다스리는 자가 사납게 굴어도 다스림을 받는 자들이 배반했다는 것을 아직 들어 보지 못했다.

〈略鑑〉 이 글은 백성의 마음에 대한 것으로, 이 단락은 民心은 착하고 풍속이 순박하다는 것을 對偶의 修辭를 활용하며 서술하고 있다. 對偶는 본래 韻文에서 비롯된 것으로, 字數와 句法이 서로 비슷하거나 반대되는 어구의 표현을 이용하여 상반되거나 상관된 의미를 표현하는 방법으로 對句 또는 對仗이라고도 한다.

朝而令曰民出麻絲 則出之 夕而令曰民出穀粟 則出之 八口不
厭糠粒 而奉上則無敢嗇也 冤氣塡於膈臆 而期會則無敢慢也
吾未知爲民者惡乎 宰民者惡乎 爲民者薄乎 宰民者薄乎 民居
下宰居上 以下而論上 雖直 不售 據上而論下 雖讐 莫驗 上與
下之不得其情久矣

〈주석〉 〖厭〗 만족하다 염 〖糠〗 쌀겨 강 〖粒〗 싸라기 흘 〖嗇〗 인색하다 색 〖塡〗 채우다 전 〖膈〗 울적하다 픽 〖臆〗 가슴 억 〖慢〗 게으르다 만 〖售〗 쓰이다 수 〖讐〗 속이다 위 〖驗〗 증험하다 험

〈국역〉 아침에 "백성들은 삼실을 내라."고 명령하면 내고, 저녁에 "백성들은 곡식을 내라."고 명령하면 내면서 여덟 식구가 싸라기밥도 넉넉하지

못하지만 윗사람을 받드는 데는 감히 인색하지 못하고, 원한이 울적
한 가슴에 가득 찼지만 기한은 감히 소홀히 하지 못한다. 나는 '백성
의 마음이 악한가? 백성을 다스리는 자의 마음이 악한가? 백성의 풍
속이 천박한가? 백성을 다스리는 자의 풍속이 천박한가?'를 알지 못
하겠다. 백성은 밑에 있고 다스리는 자는 위에 있으므로, 밑으로써
위를 의논하면 비록 곧다 하더라도 쓰일 수 없고, 위에 근거하여 아
래를 의논하면 비록 속이더라도 증험할 수 없으니, 위아래가 서로 실
정을 얻지 못한 지 오래되었다.

〈略鑑〉 앞 단락과 마찬가지로 對偶法을 많이 활용하여 정제된 語調에서 民
心은 순하고, 民俗은 후함을 표출하고자 한 단락이다.

古者 制國有典 制民有經 民之出財賦供租稅 有恒數矣 自夫
國典壞民經毀 民之租賦 無乎不出 經用耗則有非時之斂 慶禮
繁則有及時之需 此則猶爲公用也 由私而出者 多於公用 貢獻
也 苞苴也 妻子之俸也 僮御之求也 諸凡帶貝冠鵔 煬竈穴社者
之所索 無不出乎民 以肥其家 以澤其身 民之困極矣 而民猶恪
守其分 則心可謂善矣 俗可謂厚矣 而不自省而咎其民 若是者
不唯病吾民 亦將以危吾國矣 凡人之情 見利莫能勿就 見害莫
能勿避 利害之途 乃民所向背也 今之民 利耶害耶當向耶當背
耶 管子曰 善罪身者 民不得罪也 不能罪身者 民乃罪之

〈주석〉 〖制〗 부리다 제 〖財賦(재부)〗 재물과 부역 〖夫〗 저 부 〖經用(경
용)〗 비용 〖及時〗 임시 〖需〗 요구 수 〖苞苴(포저)〗 뇌물 〖僮〗 하인
동 〖鵔〗 冠名 준 〖煬〗 불을 때다 양 〖竈〗 부엌 조 〖穴社(혈사)〗 무

덤 『惔』 삼가다 각 『恰』 탓하다 구

〈국•역〉 옛적에는 나라를 다스리는 데 법이 있고 백성을 다스리는 데 원칙이 있어서, 백성들이 부역에 나가고 조세를 바치는 데 일정한 수가 있었다. 그런데 저 국가의 법이 무너지고 백성을 다스리는 원칙이 허물어짐으로부터 백성의 조세와 부역이 나오지 않은 데가 없다. 비용이 떨어지면 불시에 거둬들일 때도 있고, 경사가 빈번하면 임시로 요구할 때도 있다. 그러나 이것은 오히려 공적인 비용이지만, 사사로운 일로 내는 것이 공적인 비용보다 많다. 바치는 것과 뇌물 주는 것과 처자의 사용과 노복의 수용 및 모든 띠와 관의 장식과 부엌과 무덤에 소요되는 것이 어느 하나 백성들에게서 나오지 않은 것이 없다. 그것으로 제 집을 부유하게 하고 제 몸을 윤택하게 하므로 백성들의 곤궁이 지극하나 백성들은 오히려 자신들의 분수를 성실히 지키고 있으니, 그 마음이 착하다고 할 만하며 풍속이 후하다고 할 만한데도 스스로 반성하지는 않고 백성들만 탓하고 있다. 이와 같은 자는 우리 백성만 병들게 할 뿐만 아니라 또한 장차 우리나라를 위태롭게 할 것이다. 모든 사람의 마음은 이익을 보면 따라가지 않을 수 없고, 손해를 보면 피하지 않을 수 없으므로, 이익과 손해의 길이 바로 백성들이 향하고 등지는 곳이다. 지금의 백성들은 이로운가, 해로운가? 마땅히 향할 것인가, 마땅히 등질 것인가? 管仲이 말하기를 "제 몸에 잘 죄주는 자는 백성들이 죄줄 수 없으며, 제 몸에 잘 죄줄 수 없는 자는 백성들이 마침내 그를 죄준다."고 하였다.

〈略鑑〉 백성에게 부여되는 조세와 부역에 원칙이 없으며, 공적인 조세와 부역보다는 사적인 비용으로 지불되는 것이 훨씬 더 심각함으로 인해 생기는 현상에 대해 설명하고 있는 단락이다. 마지막 부분에 管仲의

말을 직접 引用하는 방식을 활용해 이러한 현상이 지속되면 백성들
이 등을 돌려 벌을 줄 수도 있다는 강력한 메시지를 전달하고 있다.

夫民之急緩 繫乎上之人 下無罪上之柄 而顧云然者 孟子所謂
今而後得反之者也 故稱其罪者强 歸其罪者亡 及其未背而利
之 則欲背者還向之矣 待其已背而利之 則欲向者盡背之矣 可
不愼歟 賄出乎財 財者藏乎民者也 民散則財匱 權藉乎國 國
者權之所憑依也 國亡則權替 欲傅其毛而先削其皮 欲鬯其枝
而先蹶其根 不思也

〈주석〉 〚今而後得反之〛 임금이 백성에게 베푼 대로 받는다는 뜻으로, 『孟子』
「梁惠王 下」에 "曾子曰 戒之戒之 出乎爾者 反乎爾者也 夫民 今而後
得反之也 君無尤焉"라 하였음 〚還〛 도리어 환 〚匱〛 다하다 궤 〚替〛
멸망하다 체 〚傅〛 부착하다 부 〚鬯〛 자라다 창 〚蹶〛 넘어지다 궐

〈국역〉 대저 백성들의 위급과 편안은 윗사람에게 달려 있으므로, 아랫사람
이 윗사람을 죄줄 수 있는 권리가 없다. 그런데 도리어 그렇게 말하
는 것은 孟子가 말한 "오늘 이후에야 돌려줄 수 있다."는 것이다. 그
러므로 자신의 죄라고 말하는 자는 강해지고, 그 죄를 돌리는 자는
망하는 것이다. 아직 배반하기 전에 이롭게 해 주면 배반하고자 하던
사람도 도리어 그에게 향하지만, 이미 배반한 것을 기다렸다가 이롭
게 해 주면 향하려고 하던 사람도 다 배반하는 것이니, 삼가지 않을
수 있겠는가? 뇌물은 재산에서 나오고 재산은 백성에게 저장된 것이
다. 그러므로 백성이 흩어지면 재산도 고갈되는 것이다. 권력은 나라
에 바탕을 두고 나라는 권력이 의지하는 데이다. 그러므로 나라가 망

하면 권력도 없어진다. 터럭을 붙이고자 하면서 먼저 가죽을 깎고 가지를 무성하게 하고자 하면서 먼저 뿌리를 넘어뜨리는 격이니, 생각을 해 보지 않아서이다.

〈略鑑〉 사적으로 백성에게 지불을 요구하였던 윗사람이 자신에게 죄를 돌려 반성해야 함을 강조하고 있다. 마지막 부분에 나타내고자 하는 대상을 다른 대상에 빗대어 표현하는 방법으로 두 사물의 유사성을 이용하여 표현하는 비유의 修辭를 사용하여 의미를 전달하고 있다.

夫民視士　士視大夫　大夫視卿　卿視君　野視縣　縣視州　州視都
都視朝　交相傚也　卿大夫苟賢矣　宰民者不得獨不賢　朝廷苟正
矣　州縣不得獨不正矣　政之所先　在順民心　其所憂勞　改以佚
樂　其所丘壑　改以袵席　其所畏避　改以存安　其所滯枉　改以開
釋　則民心之善者加于善　民心之厚者加于厚矣　天有常象　地有
常形　人有常性　兼三常而一之　在乎人君之常德　君有常德　則
國有常法　民有常産矣　然使之至此者　又非宰民者之所及也

〈주석〉 〚佚〛 편안하다 일 〚袵〛 요 임 〚枉〛 억울한 죄 왕

〈국·역〉 무릇 백성은 선비를 보고 선비는 대부를 보고 대부는 경을 보고 경은 임금을 보며, 들에서는 縣을 보고 현은 州를 보고 주는 都를 보고 도는 조정을 보아 서로 본받는 것이다. 경대부가 참으로 어질면 백성을 다스리는 자만 홀로 어질지 않을 수 없고, 조정이 참으로 바르면 주현만 홀로 바르지 않을 수 없다. 정치에서 먼저 해야 할 것은 백성의 마음을 순하게 하는 데 있으니, 그들의 근심과 괴로움을 편안과 즐거움으로 바꿔 주고, 그들의 구렁을 요와 방석으로 바꿔 주고, 그들의

두려워 피함을 보존과 안정으로 바꿔 주고, 그들의 억울한 죄를 풀어 준다면 백성들의 착한 마음이 더 착해지고 백성들의 후한 풍속이 더 후해질 것이다. 하늘에는 일정한 형상이 있고 땅에는 일정한 형체가 있고 사람에게는 일정한 성품이 있는데, 이 세 가지 일정한 것을 겸하여 그것을 하나로 만드는 것은 임금의 일정한 덕에 달려 있는 것이다. 임금에게 일정한 덕이 있으면 나라에는 일정한 법이 있게 되고 백성에게는 일정한 살림이 있게 될 것이다. 그러나 그것을 여기까지 이르게 하는 것은 또한 백성을 다스리는 邑宰의 힘으로 될 것이 아니다.

〈略鑑〉 정치의 급선무는 백성의 마음을 순하게 하는 것이며, 民心이 善하고 民俗이 厚하게 하기 위해서는 가장 윗자리에 있는 임금의 常德 有無에 달려 있음을 언급하면서 작품을 매듭짓고 있다. 표현의 강도를 조금씩 높여 나가면서 맨 마지막을 가장 강하고 중요한 어구를 끝맺는 漸層의 방법을 활용하여, 설득력을 높이고 강한 호소력을 발휘하고 있다.

播糠眯目 天地易位 一指蔽目 太山不見 糠非能使天地易位 指
非能使太山不見者 而目受其蔽焉 則天地之大也 猶爲其所晦
太山之高也 猶爲其所掩 何以 故天地太山在遠 糠與指在近也
人主之側 亦有糠與指焉 內而近習便嬖 外而重人柄臣是也 彼
近習便嬖重人柄臣之蠱其君也 必先揣摩飛箝 知其君之嗜欲愛
惡 隱貌逃情 而迎以合之 塞窬匡端 而投以試之 指蒼爲素 以
角易鬣 衰季僻王若是者何限

〈주석〉 〖播〗 까불다 파 〖糠〗 쌀겨 강 〖眯〗 눈에 티가 들다 미 〖近習(근
습)〗 임금의 총애나 믿음을 받는 신하 〖便嬖(편폐)〗 아첨을 잘하여
임금의 총애를 받는 侍臣 〖蠱〗 미혹하다 고 〖揣摩(췌마)〗 자기의
마음으로 남의 마음을 헤아림 〖箝〗 재갈 먹이다 겸(飛箝: 縱橫論의 한
방법) 〖迎〗 영합하다 영 〖窬〗 움 교 〖鬣〗 갈기 렵 〖僻〗 치우치다
벽 〖何限(하한)〗 끝이 없음.

〈국역〉 까불던 겨가 눈에 들어가면 하늘과 땅의 위치가 바뀌며, 한 손가락으
로 눈을 가리면 태산도 보이지 않는다. 겨가 하늘과 땅의 위치를 바

꿀 수 있게 한 것이 아니며, 손가락이 태산을 보이지 않게 할 수 있는 것이 아닌데, 눈이 가림을 받으면 하늘과 땅처럼 큰 것도 오히려 그것에게 어두워지고, 태산처럼 높은 것도 오히려 그것에게 가려지고 만다. 무엇 때문인가? 하늘·땅·태산은 먼 데 있고 겨와 손가락은 가까이 있기 때문이다. 임금의 옆에도 겨와 손가락이 있는데, 안으로는 측근자와 총애를 받는 자, 밖으로는 중요한 인물과 권력을 쥔 신하가 이것이다. 저 측근자, 총애를 받는 자, 중요한 인물, 권력을 쥔 자들이 그의 임금을 홀리려면 반드시 먼저 칭찬과 견제를 헤아려 그의 임금이 즐기는 것, 하고 싶어 하는 것, 사랑하는 것, 싫어하는 것을 알아 모습을 숨기고 진정을 감추면서 영합하고, 틈을 막고 단서를 숨기면서 시험하여 푸른 것을 가리켜 희다고 하며 뿔을 갈기로 바꾸는데, 말세의 편벽된 임금이 이와 같이 된 자가 얼마나 많았던가?

 이 글은 가리고 있는 것을 제거하는 것에 대한 글로, 이 단락은 겨와 손가락을 임금의 측근자에 비유하여 '蔽'에 대한 전반적인 것에 대해 언급하고 있다.

李斯趙高爲二世之糠指 而不見項王漢帝之爲天地太山 弘恭石顯王氏五侯爲元成之糠指　而不見蕭望之劉更生朱雲梅福之爲天地太山 梁冀王甫爲桓靈之糠指 而不見李固杜喬李膺陳蕃之爲天地太山 國忠林甫盧杞延齡爲明皇德宗之糠指 而不見張九齡顏眞卿陸贄陽城之爲天地太山　章惇蔡京秦檜韓侂胄賈似道爲宋室之糠指　而不見元祐諸賢及岳飛趙汝愚文天祥之爲天地大山 當其時也　豈無爲君去眯蔽者　而之諸君也安於眯也蔽也　寧不見天地大山 不欲一朝去其糠指　豈以其大若彼　其細若此　而不

肯易之哉

〈주석〉 〖王氏五侯〗 西漢 成帝의 외삼촌 王鳳이 大司馬가 되고, 王譚, 王商, 王立, 王根, 王逢이 같은 날에 모두 봉근을 받음 〖元祐諸賢〗 원우는 宋나라 哲宗의 연호이며, 제현은 司馬光, 呂文著, 文彦博, 蘇軾, 程頤, 黃庭堅 등을 말함 〖之〗 이 지=是 〖昧〗 어둡다 매 〖寧~不~〗 차라리 ~하지 ~하지 않겠다.

〈국역〉 이사와 조고는 二世 胡亥의 겨와 손가락이 되어 항왕인 項籍과 한제인 劉邦이 하늘·땅·태산이란 것을 알아보지 못하게 하였고, 弘恭, 石顯과 왕씨 오후는 元帝·成帝의 겨와 손가락이 되어 蕭望之, 劉更生, 朱雲, 梅福이 하늘·땅·태산이란 것을 알아보지 못하게 하였고, 梁冀·王甫는 桓帝·靈帝의 겨와 손가락이 되어 이고, 두교, 이응, 진번이 하늘·땅·태산이란 것을 알아보지 못하게 하였고, 국충, 임보, 노기, 연령은 명황과 덕종의 겨와 손가락이 되어 장구령, 안진경, 육지, 양성이 하늘·땅·태산이란 것을 알아보지 못하게 하였고, 장돈, 채경, 진회, 한타주, 가사도는 宋나라 왕실의 겨와 손가락이 되어 원우 제현과 악비, 조여우, 문천상이 하늘·땅·태산이란 것을 알아보지 못하게 하였다. 그때에 임금을 위해 눈을 가리는 것을 없애려고 한 자가 어찌 없었겠는가? 그러나 이 여러 임금들이 어둡게 하고 가리는 것을 편안하게 여겨 차라리 하늘·땅·태산을 보지 않을지언정 하루아침에 그 겨와 손가락을 버리려고 하지 않았다. 그러니 어찌 저처럼 크고 이처럼 작은 것으로 바꾸려고 하지 않았겠는가?

〈略鑑〉 역사적 인물을 인용하여 蔽를 實證하고 있는 단락이다.

昔宋人有酤酒者　酒甚美　至酸而不得售　怪其故　問之里長　里
長曰　非酒之不美　汝狗猛也　齊桓公問管仲曰　治國何患　仲曰
社鼠　鼠旣穴社　燻之則恐焚　社鼠所以不得去也　衛靈公延癰疽
彌子瑕　二人者專而爲蔽　復塗偵進曰　夢見君　君曰何見　曰夢
見竈君　君曰夢見竈君　何謂君爲　對曰　前之人煬　則後之人無
從見　今君之側有煬之矣　是以謂君也　此三言者　亦糠指之類也
雖後世　豈無糠指狗鼠煬之爲患哉　故人君之道　貴去蔽

〈주석〉 〖酤〗 술을 사다 고 〖酸〗 시다 산 〖售〗 팔다 수 〖美〗 맛있다 미 〖燻〗
　　　　 연기가 끼다 훈 〖竈君(조군)〗 부엌신 〖煬〗 쬐다 양

〈국역〉 옛날 송나라 사람 중에 술을 파는 자가 있었는데 술맛이 매우 좋았으
　　　　 나 시어지도록 팔 수 없자, 그 까닭을 이상하게 여겨 이장에게 물으
　　　　 니, 이장이 말하기를, "술이 맛이 없어서가 아니라 너의 집 개가 사
　　　　 나워서이다." 하였다. 제 환공은 관중에게 묻기를, "나라를 다스리는
　　　　 데에는 무엇이 걱정거리인가?"하니, 관중이 말하기를, "사당의 쥐입
　　　　 니다. 쥐가 이미 사당에 구멍을 뚫고 사는데, 그곳에 불을 피우면 사
　　　　 당이 탈까 두려워하므로, 사당의 쥐를 없앨 수 없는 이유입니다." 하
　　　　 였다. 위 영공이 옹저와 미자하를 맞아들였는데, 두 사람이 오로지
　　　　 하면서 가리자 복도정이 나아가 말하기를, "꿈에 임금을 보았습니
　　　　 다." 하니, 임금이 말하기를, "무엇을 보았는가?"하였다. 말하기를,
　　　　 "꿈에 조군을 보았습니다." 하니, 임금이 말하기를, "꿈에 조군을 보
　　　　 았는데 어찌하여 임금을 보았다고 하는가."하였다. 대답하기를 "앞
　　　　 에 있는 사람이 불을 쬐면 뒤에 있는 사람은 불빛을 볼 수 없습니다.
　　　　 지금 임금의 옆에 불을 쬐는 사람과 같은 사람이 있습니다. 그러므로

임금을 보았다고 하였습니다." 하였다. 이 세 가지 이야기는 또한 겨
와 손가락과 같은 종류들이다. 비록 후세라도 어찌 겨, 손가락, 개,
쥐와 불을 쬐는 것들의 걱정거리가 없겠는가? 그러므로 임금의 도리
는 가리는 것을 없애는 게 중요하다.

〈略鑑〉 역사에서 3가지 사건을 引用하여 임금의 도리는 '去蔽'에 있음을 제
시하는 것으로 단락을 맺고 있다. 이 글의 핵심이 담겨 있는 단락이다.

隣有張生者 將築室 入山伐材 林林而植者 皆詰曲離奇 不中
於用 山之冢有一木焉 前視之挺如也 左視之挺如也 右視之亦
挺如也 以爲美材 援斧以就之 自後視之 則魷然枉也

〈주석〉 〚詰〛 굽다 힐 〚離奇(리기)〛 휘어서 굽은 모양 〚冢〛 무덤 총 〚挺〛 곧
　　　　다 정 〚～如〛 의성어나 의태어를 만들어 줌 〚魷〛 魷(굽다 위)의 俗字

〈국역〉 이웃에 장생이라는 자가 있었다. 장차 집을 지으려고 산에 들어가 재
　　　　목을 구하였는데, 빽빽이 들어찬 나무들은 모두 구불구불하게 휘어
　　　　져 용도에 맞지 않았다. 그런데 산속의 무덤가에 나무 한 그루가 서
　　　　있었는데, 앞에서 보아도 곧바르고 왼쪽에서 보아도 쭉 뻗었으며 오
　　　　른쪽에서 보아도 곧기만 하였다. 그래서 좋은 재목이라 생각하고는
　　　　도끼를 들고 그쪽으로 가서 뒤에서 살펴보니 구부러져 있었다.

〈略鑑〉 이 작품은 굽은 나무에 대한 글로, 이 단락은 장생이 굽은 나무를 얻
　　　　게 된 과정에 대해 敍事하고 있는 부분이다. 의성어나 의태어를 만

---

6) 張維(1587, 선조 20～1638, 인조 16): 호는 谿谷. 李植은 그의 학설이 朱子와 반대된 것이 많다 하여 陸
王學派로 지적했으나, 宋時烈은 "그는 문장이 뛰어나고 의리가 程子와 朱子를 주로 했으므로 그와 더불어
비교할 만한 이가 없다."고 칭송하였다. 천문, 지리, 의술, 병서 등 각종 학문에 능통했고, 書畵와 특히 문장
에 뛰어나 李植 등과 더불어 조선 문학의 四大家라는 칭호를 받았다.

들어 주는 '如'와 '然', '같은 글자의 중복'을 통해 구부러진 나무의
모양을 生動的으로 묘사하고 있다.

乃棄斧而歎曰 嗟夫 木之爲材 視之易察也 擇之易辨也 然是
木也 余三視之 不知其不材也 而況於人之厚貌深情者乎 聽其
言則文 觀其容則令 察其細行則飭謹 未有不以爲君子也 及其
履大變而臨大節也 然後肺肝見焉 國家之敗恒由是也

〈주석〉 『厚貌深情』＝厚貌深辭＝厚貌深文. 外貌가 忠厚하나 깊이 그 생각
과 감정을 감추어 두고서 밖으로 드러내지 않음.『莊子』「列御寇」
에, "凡人心險於山川 難於知天 天猶有春秋冬夏旦暮之期 人者厚貌深
情"라 하였음 『文』 아름답다 문 『令』 착하다, 아름답다 령 『飭』 삼
가다 칙 『肺肝(폐간)』＝內心

〈국•역〉 이에 도끼를 내던지고 탄식하기를, "아! 재목이 될 나무는 보아도 쉽
게 알 수가 있어 고르기가 용이하다. 그런데 이 나무는 내가 세 번이
나 그것을 살폈어도 쓸모없는 나무라는 것을 알지 못하였다. 그러니
하물며 용모를 그럴듯하게 꾸미면서 속마음을 숨기고 있는 사람의
경우에 있어서랴. 그 말을 들어 보면 조리가 정연하고, 그 용모를 살
펴보면 선량하며, 사소한 행동을 관찰해 보면 삼가며 몸을 단속하고
있으니, 군자의 모습이라고 여길 수밖에 없다. 그런데 급기야 큰 변
고를 당해 큰 절개를 지켜야 할 때에 이른 뒤에 본래의 정체를 여지
없이 드러내니, 국가의 실패는 늘 이런 자들 때문이다.

〈略鑑〉 얼핏 보기에는 재목으로 쓰일 만한데 자세히 보니 굽은 나무였다는
것에서 의미를 확산해, 겉으로는 그럴듯하면서 內心을 숨기고 있는

사람에 대한 이야기로 논의를 轉移하고 있다.

且夫木之生也 無有牛羊之踐也 斤斧之賊也 雨露之所滋 日夜
之所長 宜其挺特而直遂也 乃有觥骸不材若是之甚 況人之處
乎世也 物欲汩其眞 利害昏其鑑 所以枉其天而遁其初者 不可
勝紀 無怪乎奇衺者衆而正直者尠也 遂以語張子

〈주석〉 〖且夫〗 구의 첫머리에서 의논하려 함을 나타내며, 화제 제시에 쓰임
〖滋〗 번식하다 자 〖挺特(정특)〗 무리 중에 특출함 〖觥〗 굽다 피
〖汩〗 어지럽히다 골 〖勝〗 다 승 〖衺〗 사특하다 사 〖尠〗 적다 선

〈국역〉 나무가 자랄 때는 소나 염소가 짓밟거나 도끼에 의해 해침을 받지도
않은 채 비와 이슬을 맞고 무성해지면서 밤낮으로 커 나가니, 무리
중에 특출하고 곧게 올라가야 마땅할 것인데도 마침내 구부러져 재
목이 되지 않음이 이처럼 심한 경우가 있게 되는 것이다. 하물며 이
세상에 있는 사람의 경우에 있어서랴. 물욕이 참된 성품을 혼탁하게
하고 이해관계가 감식력을 흐리게 하여 天性을 굽혀 본래의 모습에
서 일탈된 경우가 다 헤아릴 수 없으니, 기이하며 사특한 자는 많고
바르고 곧은 자가 적은 것이 괴이할 게 없다.” 하고는 마침내 이 일
을 장자에게 이야기하였다.

〈略鑑〉 나무가 곧게 자라는 것을 방해하는 요소가 없으면 곧게 자라야 할
것인데, 이 나무처럼 굽은 것은 천성이 곧은데 물욕과 이해관계로
인해 참된 성품이 혼탁해지고 감식력이 흐려지는 것과 같다는 것이
다. 그러니 세상에는 사악한 자가 많고 정직한 사람이 적음을 언급
하고 있는 단락이다.

張子曰 善哉 觀乎 雖然 余亦有說焉 洪範論五行 木曰曲直 然
則木之曲者 材則未也 性則然矣 人之生也直 罔之生也 幸而
免 然則人而不直者 其免於死也亦幸矣 然余觀於世 木之曲者
雖賤工 未嘗取也 人之曲者 雖治世 未嘗棄也 子亦觀於大廈
乎 其爲棟爲楹爲榱爲桷 雲譎而波詭者 未見有曲材焉 亦觀於
朝乎 其爲公爲卿爲大夫士 紆靑而拖紫 翶翔廊廟者 未見有直
道焉 是木之曲者常不幸 而人之曲者常幸也 語曰 直如絃 死
道邊 曲如鉤 封公侯 此曲士之所以多於曲木者徵也夫

〈주석〉 〚廈〛 큰 집 하 〚榱〛 서까래 최 〚桷〛 서까래 각 〚譎〛 바꾸다 휼 〚詭〛
　　　　달리하다 궤 〚紆靑拖紫(우청타자)〛 몸에 인끈을 차는 것에서 高官
　　　　(紆 두르다 우) 〚翶翔(고상)〛 거드름을 피움 〚廊廟(랑묘)〛 =朝廷 〚直
　　　　如絃 死道邊 曲如鉤 封公侯〛 漢나라 順帝 말년에 京都에 전파된 童
　　　　謠임(『後漢書』「五行志1」) 〚多〛 뛰어나다 다

〈국역〉 장자가 말하길, "좋구나! 관찰력이. 비록 그렇지만 나 역시 해 줄 말
　　　　이 있다. 『서경』「홍범」에서 五行을 논할 때, 木은 '그 속성이 구부러
　　　　지고 바르다.' 하였다. 그렇다면 나무가 굽은 것은 재목으로는 쓸 수
　　　　없을지라도 속성은 (원래가) 그러한 것이다. 하지만 사람은 태어날
　　　　때부터 바르니, 바르지 않고도 살아갈 수 있는 것은 요행히 면한 것
　　　　이다. 그렇다면 사람으로 태어나 정직하지 않은 자인데 죽음을 면하
　　　　는 것 역시 요행이다. 그런데 내가 세상을 보니, 나무가 구부러진 것
　　　　은 비록 보잘것없는 목수라도 일찍이 가져다 쓰지 않지만, 사람이 곧
　　　　지 못할 경우에는 비록 잘 다스려지는 시대라 하더라도 일찍이 내버
　　　　린 적이 없다. 자네도 큰 건물을 보았는가? 마룻대, 기둥, 서까래가

된 것, 구름 모양으로 꾸미거나 물결처럼 장식한 것에 구부러진 재목
이 있는 것을 보지를 못하였다. 또한 조정을 보았는가? 公卿·士大夫
가 되어 몸에 인끈을 차고 조정에서 거드름을 피우는 자들 중에 바
른 도를 소유한 자를 보지 못하였다. 이것은 구부러진 나무는 늘 불
행하지만 비뚤어진 사람은 마냥 행복한 것이다. '활줄처럼 곧으면 길
가에서 죽고, 갈고리처럼 굽으면 공후에 봉해진다.'고 말한다. 이것
은 굽은 선비가 굽은 나무보다 대우를 받는 것의 징험이라 할 수 있
을 것이도다!"

〈略鑑〉『논어』「옹야」의 '人之生也直 罔之生也 幸而免'의 논리를 간접 인용
하는 방식을 통해 논의를 전개하고 있다. 구부러진 나무는 불행하
지만 바르지 못한 사람은 행복한 당시의 세태를 풍자하고자 한 것
이다. 끝에서는 '直如絃 死道邊 曲如鉤 封公侯'라는 말을 직접 인용
의 방식을 통해 주제를 제시하며 작품을 끝맺고 있다.

　張維는 김택영의 제자인 王性淳이 쓴 「麗韓十家文鈔序」에서, "항상
'우리나라의 古文의 학은 金富軾 공이 고려 때에 제창하여 李齊賢 공이
계승하고, 그 후 3백 년에 張維 공이 조선에서 밝히고, 李植·金昌協·
朴趾源·洪奭周·金邁淳·李建昌 공이 서로 계승하여 떨쳤으니, 체재
는 다르더라도 모두가 文家의 正宗으로서 후인의 모범이 된다.'고 여
겼다. 그래서 손수 그 글을 기록하여 '九家文'을 만들었다가, 光武(대한
제국 고종의 연호) 말년쯤에 배를 타고 淮南으로 가면서, 나에게 '구
가문'을 주어 간직하도록 했다. 그 후 편지를 보내올 때마다 '구가문'
을 말하지 않은 적이 없었다(嘗以爲本邦古文之學 金公富軾倡之於高麗 而
李公齊賢繼之 其後三百年張公維明之於韓 而李公植金公昌協朴公趾源洪公奭

周金公邁淳李公建昌相繼而作 雖或體裁之有別 而同爲文家之正宗 可以模楷後
人 手錄其文 表爲九家 屬光武末 浮海之淮南 以九家者畀性淳藏之 其後每抵
書 未嘗不以九家爲言)."라 언급하였듯이, 古文의 大家였다. 이 작품 역시
그의 古文 작품 가운데 뛰어난 한 편의 글이라 할 수 있겠다.

15. 「筆說」 張維

獸有鼠屬而黃者 俗號爲黃獷 多産於西北方之山 尾有秀毛 可
爲筆 其美擅天下 謂之黃毛筆 吾友李生喜書 嘗乞於人而得之
毫秀而銳 色燁而澤 以爲大美 拂拭之 其中繭然有異 濡墨以
試之 撓而曲 字不可成 孰視之 其心蓋狗毛 而燁而秀者外被
之也 遂愕然以歎 間以語余曰 是必工者利於欺人 而莫或辨之
故得以售其奸也 人心之偸至此哉

〈주석〉 〚獷〛 족제비 광 〚擅〛 차지하다 천 〚銳〛 끝이 뾰쪽하다 예 〚燁〛 빛
나다 엽 〚澤〛 윤이 나다 택 〚拂〛 떨다 불 〚拭〛 닦다 식 〚繭〛 성대하
다 이 〚濡〛 적시다 유 〚撓〛 휘다 뇨 〚孰〛 =熟 〚愕〛 놀라다 악 〚售〛
행하여지다 수 〚偸〛 인정이 경박하다 투

〈국역〉 짐승 중에 쥐에 속하는 것으로 색깔이 누런 것을 세상에서 족제비라
고 하는데, 평안도와 함경도 지방의 산에 많이 난다. 그 꼬리에 빼어
난 털이 있어 붓으로 만들 수 있는데, 그 아름다움이 천하에 으뜸으
로 황모필이라고 불린다. 내 친구 이생이 글쓰기를 좋아하여 일찍이
어떤 사람에게 부탁해서 그 붓을 얻었는데, 털이 빼어나게 가늘고 색

이 번질번질 윤기가 흘러 매우 좋은 붓이라고 생각하였다. 그런데 붓을 한 번 털어 보니 그 속에 더부룩하게 이상한 것이 있어 먹을 붓에 적셔 시험 삼아 글씨를 써 보았다. 휘어져 꺾여 글자가 제대로 이루어지지 않았다. 이에 자세히 살펴보니, 그 속은 대개 개의 털이었다. 빛나고 빼어난 족제비 털을 겉에다 입혀 놓은 것이었다. 마침내 경악하며 탄식했다는 것이었다. 얼마 뒤에 이생이 나에게 말하기를, "이 것은 반드시 장인이 남을 속이는 것을 이롭게 여긴 것으로, 아무도 그것을 분별하지 못하기 때문에 그 간사함이 행해진 것이다. 사람의 마음이 이렇게까지 야박해질 수 있단 말인가."하였다.

〈略鑑〉 이 글은 붓에 대한 이야기로, 이 단락은 겉은 좋은 재료를 사용하지만 속은 나쁜 재료로 붓을 만들어 속여 판 사람에 대한 이야기로 시작하여 人心의 문제로 논의를 옮겨 가고 있다.

余曰　子何獨怪於是　夫今之所謂大夫士者　其不類於是筆者蓋尠　衣冠其形體　文理其語言　規矩其步趨　儼然莊色而處　視之皆若君子正士然　及其居幽隱之地　而遇利害之塗　則回其志　肆其欲　不仁於心　而不義於行者皆是　蓋秀燁其外而狗毛其中　與是筆無少異焉　而觀人者不察也　視其外而信其中　故有奸人亂國而不可悔者也　今子不此之憂　而筆焉是怪　亦不知類也夫　李生曰善　遂記其說

〈주석〉〖類〗 비슷하다 류 〖尠〗 적다 선 〖儼〗 의젓하다 엄 〖若~然〗 ~인 듯하다 〖肆〗 극에 달하다 사

〈국역〉 내가 말하기를, "자네는 어찌 유독 이런 것만 괴이하게 여기는가? 대

저 오늘날의 사대부라고 하는 자들도 이 붓과 비슷하지 않은 경우가 아마 적을 것이다. 그 몸을 의관으로 감싸고 그 언어를 그럴듯하게 구사하고 그 걸음걸이도 법도에 맞게 하고 얼굴색을 근엄하게 꾸미고 있으니, 그들을 바라보면 모두 군자나 바른 선비처럼 여겨질 것이다. 그러나 그들이 남이 보지 않는 곳에 있으면서 이해관계의 길을 만나게 되면 그 뜻을 바꿔 욕심을 마구 부리며 마음속으로 不仁한 마음을 품고 행동에 不義를 할 경우가 대부분일 것이다. 대체로 외양을 빼어나고 번드르르하게 했지만 그 속은 개털로 채워져 있는 이 붓과 조금도 다를 것이 없는데, 그들을 보는 사람들이 살피지 못해 겉만 보고서 속마음까지 믿어 버리기 때문에 간사한 사람이 나라를 어지럽혀도 뉘우칠 수가 없는 것이다. 지금 자네가 이런 점은 걱정하지 않고 붓만 괴이하게 여기고 있으니, 이 역시 비슷함을 모르는 것이다.” 하니, 이생이 “좋다.”고 하였다. 이에 그 이야기를 기록해 둔다.

〈略鑑〉 붓에서 의미를 확장하여, 당시 사대부들이 행하고 있는 作態를 비판하고 있다. 즉 남이 보이는 곳에서는 바른 선비인 것처럼 행동하다가 보이지 않는 곳에서는 貪慾을 부려 나라를 어지럽히고도 반성할 줄 모르는 사대부들의 행위에 대해 비판을 가하고 있는 것이다. 朴趾源의 「虎叱」을 보는 듯하다.

金昌協의 『農巖雜識』에, “우암 송시열은 계곡의 문장을 우리나라의 제일이라고 자주 치켜세웠다(尤翁亟推谿谷文章謂爲東方第一).”라 하고, 金允植의 『雲養續集』에는 “谿谷天才優 澤堂人工勝”이라 하여, 장유가 문장으로 뛰어남을 언급하고 있다.

完山崔子謙 旣取程子風竹之語 名其軒 余嘗推其義 以勉之曰

〈주석〉 『程子曰風竹便是感應無心』 제목 아래에 "정자가 말하기를 '대숲에
바람이 불면 대숲은 무심한 상태로 느껴 반응한다.' 하였다."라는 말
이 있음 『完山(완산)』 全州

〈국역〉 완산의 최자겸이 정자의 풍죽에 관한 말을 가져다 堂號로 명명하였
기에, 내가 일찍이 그 뜻을 미루어 다음과 같이 권면하는 글을 지어
주었다.

〈略鑑〉 이 글은 '대나무 숲의 바람 소리에 관한 설을 지어 최자겸에게 준'
글로, 이 단락은 「風竹說」을 짓게 된 이유에 대해 敍事하고 있는 부
분이다.

感應之妙　通乎三才　何天人異　有心無心　乾坤之德　易簡而已
消息詘信　自然无妄　植物無知　亦天地類　因觸而動　已無私焉
擧一可見　盡觀乎竹

〈주석〉 〖三才(삼재)〗 天·地·人 〖乾坤之德 易簡而已〗『周易』「繫辭傳 上」
나옴 〖詘〗 굽다 굴 〖盍〗 蓋의 誤字임.

〈국·역〉 감응하는 오묘함은 三才에 공통된 것이다. 그런데 어찌하여 天과 人
이 다른 것인가? 有心과 無心의 차이 때문이다. 하늘과 땅의 덕은 쉽고
간단할 뿐이다. 소멸하고 생장하며 굽고 펴지는 것 모두가 자연스러
워 거짓됨이 없다. 식물도 지각이 없으니, 또한 하늘과 땅의 부류다.
感觸에 말미암아 반응할 뿐, 거기에 사적인 요소는 전혀 없다. 하나
의 예를 들어 보면 알 수가 있는데, 대나무에서 살펴보도록 하겠다.

〈略鑑〉 三才의 感應에 대해 논의를 전개하는 가운데, 촉감에 따라 반응할
뿐 사적인 요소의 개입이 없는 天地에서 竹으로 대상을 轉移시키고
있는 단락이다.

挺然而植 森然而林 枝葉順比 不撓不倚 如正士拱立 綏紳不
動 蓬蓬者風 孰噓吸是 虛徐而起 激越而來 倏焉相遭 震蕩磨
軋 泠風飄風 一徐一疾 抑仰而俯 擧低而昂 勁榦弱枝 大偃小
靡 欹者如醉 揚者如舞 屈者如拜 戛者如鬪 颯然若驚 悠然若
喜 萬變無窮 而未嘗出乎己 忽焉風濟 我則如故 低者復低 昂
者復昂 收聲斂狀 寂然若無 一動一靜 待彼而已 如景隨形 行
止非我 感應之正 居然可見 此雖微物 而有至理存焉

〈주석〉 〖挺〗 곧다 정 〖順比(순비)〗 저촉되지 않고 순순히 따름 〖撓〗 휘다
뇨 〖綏〗 갓끈 유 〖紳〗 큰 띠 신 〖蓬蓬(봉봉)〗 소리의 상형 〖噓〗 불다
허 〖吸〗 마시다 흡 〖虛徐(허서)〗 조용하고 급하지 않음 〖倏〗 갑자기
숙 〖蕩〗 흩어지다 탕 〖磨軋(마알)〗 마찰하여 삐꺽거림 〖泠風(냉풍)〗

산들바람 〖昻〗 들다 앙 〖斡〗 줄기 간 〖偃〗 쓰러지다 언 〖靡〗 쏠리다 미 〖欹〗 기울다 의 〖戛〗 두드리다 알 〖颯〗 성하다 삽 〖齊〗 그치다 제 〖居然(거연)〗 =顯然

〈국역〉 곧게 자라 빽빽하게 숲을 이루고 있는 가운데 가지나 잎도 따르면서 휘어지지도 않고 한쪽으로 기울지도 않고 있는 그 모습은 바른 선비가 두 손을 마주 잡고 서서 衣冠을 움직이지 않는 것 같기만 하다. 그런데 윙윙 부는 것은 바람인데, 누가 호흡한 것인가? 조용히 일어나 격렬하게 와서는 갑자기 서로 만나는 것은 요동시키고 짓이겨 버린다. 때로는 산들바람과 회오리바람이 서서히 불기도 하고 세차게 불기도 하며, 고개 든 것을 낮추어 숙이게 하고 굽힌 것을 일으켜 쳐다보게 하곤 한다. 굳센 줄기는 크게 기울고 약한 가지는 조금 쏠리는데, 기대는 모습은 취한 듯하고 우쭐대는 모습은 춤추는 듯하며, 구부리는 모습은 절하는 듯하고 딱딱 두드리는 것은 싸우는 듯하며, 놀란 듯하며 성대하고 즐거운 듯 유연하다. 끝없이 변화하나 일찍이 자기에서 발로된 적은 없었다. 그러다 홀연히 바람이 그치면 나는 예전과 같아 고개 숙인 것은 다시 숙이고 치켜든 것은 다시 치켜드니, 소리와 형상을 거두면 고요하기만 하다. 일거수일투족을 저 바람에 기댈 뿐이니, 마치 그림자가 형체를 따라가듯 행동거지에 나라는 主觀이 없다. 그러니 감응의 바름을 분명히 볼 수가 있다 할 것이다. 이것이 비록 미물이긴 하지만, 그 속에 지극한 이치가 內在하고 있는 것이다.

〈略鑑〉 4字句의 반복을 통해 리듬감을 부여하고, 의성어나 의태어를 통해 대나무의 형상을 생동적으로 표현하고 있으며, 또한 比喩의 수사를 활용하여 나타내고자 하는 대상에 빗대어 표현하고 있다. 그리고

議論부분이라 虛辭를 가급적 줄이는 수법을 사용하여, 바람의 작용에 따라 나타나는 대나무의 형상을 제시하면서, 그 속에 내재한 지극한 이치를 顯示하고 있는 단락이다.

人參於三　厥惟靈覺　以是而貴　亦以是而累　物感于我　各有天則　循理而應　何人不天　形氣之拘　好惡之蔽　以欲而動　乃趨於僻　聖人憂之　立訓垂世　主靜克己　敬直義方　廓然大公　何有內外　無將無迎　應而不藏　是謂定性　天德之象　天且不違　況於風竹　惟昔衆甫　見物思道　孔歎川上　周愛庭草　程氏之云　蓋亦一揆　聖賢默契　學者體行　嗟　子取此　豈爲外玩　觀物察己　顧名求實　何往無竹　何往無風　目擊道存　余欲無言

 〖主靜(주정)〗 망상을 제거하고 마음을 고요히 하여 外物의 유혹을 받지 않게 하는 것. 宋나라 周敦頤의 「太極圖說」에 "성인께서 이를 정하시어 中正仁義로 主靜케 하시고 人極으로 확립하셨다." 하였음 〖克己〗 克己復禮의 준말로, 자기의 私慾을 극복하고 天理를 회복시키는 것을 의미함(『論語』「顏淵」) 〖敬直義方〗 공경한 자세로 자신의 마음을 바르게 하고 義에 입각하여 자신의 외부 행동을 단속하는 것(『周易』「坤卦」「文言」) 〖廓〗 아무것도 없이 텅 비어 있음 확 〖將〗 보내다 장 〖定性(정성)〗 절대적 본체라 할 天理, 즉 性에 입각하여 외물에 끌리지 않는 경지를 말한다. 宋나라 程顥가 張橫渠에게 대답한 '定性書'가 유명함 〖衆甫(중보)〗 만물의 개시 〖孔歎川上〗『論語』「子罕」에 "공자가 시냇가에 있으면서 '가는 것이 이 물과 같구나. 밤낮을 그치지 않는구나.'라고 말하였다." 하였음 〖周愛庭草〗『宋元學

案』권12에 "주돈이의 창 앞에 잡초가 무성한데도 뽑지 않자 그 이유를 물으니, '저 잡초도 나의 意思와 일반일 것이다.'고 대답하였다." 하였음 『一揆(일규)』 동일한 도리 『默契(묵계)』 은연중에 서로 뜻이 통함.

〈국역〉 사람이 三才에 참여하는 것은 오직 영각 때문이다. 이 때문에 귀하게 되기도 하지만 또한 이 때문에 폐단이 생기기도 하는 것이다. 外物이 나에게 느껴질 때 각각 하늘의 법칙이 있게 마련이니, 이치에 응하기만 한다면 어떤 사람인들 하늘답게 되지 않겠는가? 그러나 형기에 구애받고 좋아하고 싫어함에 가려져 욕망에 따라 움직이고 마침내 편벽된 행태까지 이르게 된다. 성인께서 그것을 걱정하여 가르침을 세워 세상에 드리워 주셨으니, 주정과 克己와 敬直義方이 그것이다. 만약 툭 터진 마음으로 크게 공정한 인물이 되기만 한다면 어디에 內外의 구별이 있을 수 있겠는가? 보낼 것도 없고 맞아들일 것도 없이 응하여 속에 담아 두지 않는 것, 이것을 일러서 定性이라 하니, 天德의 표상이다. 이렇게 되면 하늘과도 어긋나지 않게 될 것인데, 하물며 風竹에 있어서랴. 옛날 사물이 처음 생겼을 때부터 외물을 보게 되면 도를 사색하곤 하였다. 孔子는 냇가에서 탄식하였고 周敦頤는 뜰에 난 잡초를 아꼈었는데, 程氏의 이 말도 대개 같은 것이다. 성현은 말 없는 가운데 契合하고 학자는 몸으로 체득하여 행하는 것이다. 아! 그대가 이 風竹說을 취한 것이 어찌 겉으로만 음미하기 위함이겠는가? 사물을 관찰하여 자기를 살피고 名目을 돌아보고 실질적인 내용을 구하기 위함일 것이다. 그렇게 하면 어디를 가더라도 대나무가 없을 것이며 어디를 가더라도 바람이 없겠는가? 눈으로 보자 내재한 道를 파악하게 될 것이니, 나는 이제 그만 말하려 한다.

〈略鑑〉 앞 단락과 같은 수법을 활용하여, 風竹에서 사람에게로 대상을 전환하고 있다. 外物을 보고 道를 사색해야 하듯이 風竹을 보고 '觀物察己 顧名求實'이라는 論議를 끝으로 작품을 매듭짓고 있다.

張維는 『谿谷漫筆』에서, "항상 오계를 지켰는데, 날카로운 기교를 쓰지 않고, 막히고 난삽한 말을 쓰지 않고, 표절을 하지 않고, 본뜨지 않고, 의심스러운 내용이나 궁벽한 말을 쓰지 않는다(常持五戒 毋尖巧 毋滯澁 毋剽竊 毋摸擬 毋使疑事僻語)."라고 하였는데, 위의 작품에서 이러한 글쓰기 경향을 살필 수 있겠다.

木之生也 其性直 挺然向上 充然生意之不可遏者 凡木皆然 至
夫亭亭落落 偃蹇不可屈者 惟松柏爲最 故拔乎其萃 見擬於人
古也

〈주석〉 〖矮〗 작다 왜 〖挺〗 곧다 정 〖至夫〗 다른 화제의 제시를 나타내고,
   '~에 이르러서는'의 의미 〖亭亭〗 높이 솟은 모양 〖落落〗 孤高한
   모양 〖偃蹇(언건)〗 높이 솟은 모양 〖拔〗 빼어나다 발 〖萃〗 풀이 모
   이는 모양 췌 〖擬〗 비기다 의

〈국역〉 나무는 생길 때 그 본성이 곧다. 똑바로 위로 향할 때 막을 수 없는
   生氣가 충만한데, 모든 나무는 다 그렇다. 그러나 높이 우뚝 솟아 孤
   高하면서 꿋꿋하게 굴하지 않는 모습을 보여 주는 것은 오직 소나무
   와 잣나무가 최고이다. 그러므로 많은 나무들 중에서도 빼어나 인간
   에 比肩된 지가 오래되었다.

---

7) 李植(1584, 선조 17~1647, 인조 25): 1618년 廢母論이 일어나자 은퇴하여 경기도 지평으로 낙향하여,
   남한강변에 澤風堂을 짓고 오직 학문에만 전념하였으며, 호를 澤堂이라 한 것은 여기에 연유하였다. 1642
   년에 金尙憲과 함께 斥和를 주장한다 하여 瀋陽으로 잡혀갔다 돌아올 때에 다시 의주에서 잡혀 갇혔으나
   탈출하여 돌아와, 대사헌과 형조·이조·예조의 판서를 역임하였다. 당대의 이름난 학자로서 많은 제자를
   배출하였으며, 문장이 뛰어나 漢文四大家의 한 사람으로 꼽혔다. 그의 문장은 우리나라의 정통적인 古文으
   로 높이 평가되었으며, 金澤榮에 의하여 麗韓九大家의 한 사람으로 뽑혔다.

〈略鑑〉 이 글은 작은 소나무에 대해 쓴 것으로, 이 단락은 일반적인 나무의
본성을 말하면서 쉽게 굴하지 않는 소나무와 잣나무의 빼어남을 언
급하고 있다.

歲某甲　余在漢陽　見所居宅邊　有松四五株　其榦約數尺許　皆
擁腫昂藏而不得長　其枝條皆倒垂　長者及地　短者掩榦　而足離
奇盤紆　若虯蛇蟠闘也　若幢幰纖蓋張拄　而流蘇縷系　參差而下
垂也　余駭而語人曰　若是乎生稟之異也　何其形之乃爾

〈주석〉 〚某甲(모갑)〛 일반적으로 자신에 대한 칭호로 쓰이나, 여기서는 '어느
　　　 해'를 의미함 〚榦〛 줄기 간 〚約〛 대략 약 〚擁腫(옹종)〛 비대함 〚昂
　　　 藏(앙장)〛 출중함 〚足〛 지나치다 주 〚離奇(리기)〛 휘어서 굽은 모양
　　　 ＝盤紆(반규) 〚虯〛 규룡 규 〚蟠〛 몸을 감고 엎드려 있다 반 〚幢〛 기
　　　 당 〚幰〛 수레포장 헌 〚纖〛 일산 산 〚拄〛 버티다 주 〚流蘇(류소)〛
　　　 오색의 실로 만든 술 〚參差(참치)〛 가지런하지 않은 모양 〚爾〛 그
　　　 러하다 이

〈국역〉 어느 해 내가 한양에 있을 적에 거처하던 집 가를 보니, 소나무 네다
　　　 섯 그루가 서 있었다. 그런데 그 줄기가 대략 몇 자 정도여서, 모두가
　　　 작달막하기만 하여 자랄 수 없었다. 그 가지들도 모두 거꾸로 드리워
　　　 진 채, 긴 것은 땅에 닿았으며 짧은 것은 줄기를 가리고 있었다. 그리
　　　 하여 구부러지고 휘감겨 서린 모습이 뱀들이 뒤엉켜서 싸우고 있는
　　　 것과도 같고, 수레 기의 포장과 일산 덮개가 활짝 펴진 것처럼 보이
　　　 기도 하였는데, 마치 여러 가닥의 수실이 갓끈처럼 매달려 들쭉날쭉
　　　 하면서 아래로 늘어뜨려져 있는 듯했다. 내가 놀라 어떤 사람에게 말

하기를, "이처럼 타고난 본성이 다를 수가 있단 말인가? 어찌해서 생긴 모양이 그만 이렇게 되었단 말인가."하였다.

 比喩의 修辭를 사용하여, 일반적인 소나무의 본성과 다른 한양 집에 있던 작은 소나무의 형상을 生動感 있게 描寫하고 있는 단락이다.

對者曰 此非木之性然也 是其初生也 卽與他山之植者無異 及其稍長也 揀其堅苦不可矯揉者 斬伐之 就其柔軟稚脆者 引結之 攀屈之 高者挈之使低 上者紐之使下 撓其正 橫其縱 積以歲月之久 飫以風霜之苦 然後其幹也其枝也 變化而成 若彼其瑰異也 顧其稍末之萌達者 未嘗忘向上之心 森然而竪起 則又從而戕賊揉屈之 若前所云 其於人之觀也 信美矣信奇矣 此豈木之性也哉

〈주석〉 〖苦〗 거칠다 고 〖揉〗 부드럽게 하다 유 〖脆〗 약하다 취 〖攀〗 당기다 반 〖挈〗 끌다 체 〖紐〗 매다 인 〖撓〗 휘다 뇨 〖飫〗 실컷 먹다 어 〖瑰〗 진귀하다 괴 〖稍〗 梢(나무 끝 초)의 오자인 듯함 〖嘗〗 =常 언제나 상 〖竪〗 세우다 수 〖戕〗 해치다 장

〈국•역〉 대답하기를, "이것은 나무의 본성이 그러해서가 아니다. 이 나무가 처음 나왔을 때에는 곧 다른 산에 심겨진 것과 다를 것이 없었다. 그런데 조금 자라났을 적에 부드럽게 할 수 없는 견고하고 거친 것들은 골라서 베어 버리고, 그 부드럽고 유연한 가지들만을 끌어와 결박해서 당겨 휘어지게 만들었다. 그리하여 높은 것은 끌어당겨 낮아지게 하고, 위로 치솟는 것은 매어 아래를 향하게 하면서, 그 올곧은 속성을 휘고 상하로 뻗으려는 기운을 좌우로 방향을 바꾸게 하였다.

그리고는 오랜 세월 동안 지속하게 하면서 바람과 서리의 고초를 실
컷 맛보게 한 뒤에야, 그 줄기와 가지들이 완전히 변화해 저처럼 진
귀하고 괴이해진 것이다. 다만 가지 끝에서 새로 싹이 터서 돋아나
는 것들은 언제나 위로 향하려는 마음을 잊지 않고서 무성하게 곧추
서곤 한다. 그러면 또 따라서 베고 자르면서 부드럽게 휘어지게 만
들어 아까 말했던 것처럼 한다. 그것은 사람들이 보기에 참으로 아
름답고 참으로 기이할 뿐이니, 이것이 어찌 그 나무의 본성이라고
하겠는가.” 하였다.

〈略鑑〉 對偶法을 활용하여, 소나무의 본성을 어겨 인공으로 작은 소나무를
만든 과정에 대해 서술하고 있다.

余聞而太息曰 甚矣 物之有似於人也 觀夫世之弱喪者 姸冶其
容 便儇其身 立險絶之行以駭世 騁嫵媚之辭以邀譽 務悅人而
爲高 忘喪己之可恥 其於易直之本心何哉 剛大之浩氣何哉 所
以脂韋乾沒 徒苟且徇外而爲人者 與彼矮松何擇焉

〈주석〉 〖弱喪(약상)〗 어려서 옛 거처를 잃음 〖姸〗 곱다 연 〖冶〗 꾸미다
야 〖儇〗 빠르다 현 〖駭〗 놀라다 해 〖騁〗 다하다 빙 〖嫵媚(무미)〗
아첨함 〖邀〗 요구하다 요 〖剛大之浩氣〗 『孟子』「公孫丑 上」에, “호
연지기는 지극히 크고 지극히 강한 것이니, 이를 곧게 잘 기르면서
해침을 당하는 일이 없으면, 그 기운이 하늘과 땅 사이에 가득 차게
될 것이다(其爲氣也 至大至剛 以直養而無害 則塞于天地之間).”라는
말이 나옴 〖脂韋(지위)〗 아첨함 〖乾沒(건몰)〗 요행의 이익 〖徇外(순
외)〗 마음 밖의 이치를 구함

<국역> 내가 듣고는 크게 탄식하면서 말하길, "심하구나! 사물이 사람과 유
사함이 있음이여. 저세상에서 일찍부터 거처를 잃은 자들을 보면, 그
용모를 예쁘게 단장하고 그 몸뚱이를 약삭빠르게 놀리면서, 세상에
보기 드문 괴팍한 행동을 하여 세상 사람들을 놀라게 하고, 아첨하는
말을 다하여 세상 사람들이 칭찬해 주기를 바라고 있다. 그리하여 남
의 비위를 맞추려고 애쓰면서 고상하게 여기기만 하고, 자신을 잃어
버리는 것이 부끄러운 일인 줄은 잊고 있으니, 평이하고 정직한 그
본마음에 비추어 보면 어떠하다 할 것이며, 지극히 크고 지극히 강한
호기에 비추어 보면 또 어떠하다 할 것인가? 아첨하여 요행히 이득
이나 얻으려고 하면서, 다만 구차하게 마음 밖의 이치를 구하며 남을
위하려고 하는 자들을 저 왜송과 비교해 본다면 무슨 차이가 있다고
하겠는가?

<略鑑> 먼저 뜻을 돌출시키기 위해 倒置의 修辭를 활용해 사람과 사물은 유
사하다는 논리를 펼치면서, 왜송과 비슷한 사람에게로 논의를 확산
시키고 있다. 왜송이 소나무의 본성을 어기고 작은 소나무가 된 것
처럼 마음 밖의 이치를 구하며 남을 위하려는 사람은 본래 사람의
본성을 어기고 있다는 것이다.

嗚呼 人物各有恒性 直養無害 然後無忝于爲人爲物之名 今乃
斲喪銷鑠 反常滅眞如此 豈非所謂罔之生幸而免者乎 噫 爲彼
木者亦戚矣 嘗觀松柏長于山林 干霄漢而直上 排雷雨而特立
則人之見之也 自有瞻仰肅敬之色 無甚摩挲愛玩之意 亦可見
好惡之常情矣 雖然 愛者賤侮之端 敬者尊德之名 夫賊其性而
取侮者 爲人之驗也 遂其性而見尊者 爲己之效也 君子於此

反觀而已 於矮斲松何責焉 靑蛇臘月大寒日 書

〈주석〉 〖忝〗 더럽히다 첨 〖斲〗 깎다 착 〖銷〗 녹이다 소 〖鑠〗 녹이다 삭 〖罔
之生也 幸而免〗『논어』「雍也」에 나옴 〖噫〗 탄식하다 희 〖戚〗 슬
프다 척 〖干〗 범하다 간 〖霄漢(소한)〗 하늘 〖肅〗 엄숙하다 숙 〖摩〗
어루만지다 마 〖挲〗 만지다 사 〖遂〗 따르다 수 〖臘〗 섣달 납

〈국역〉 아! 사람과 사물은 각각 항상 지니고 있는 본성이 있다. 곧게 기르면
서 해침이 없는 연후에야 사람이 되고 사물이 된 이름을 더럽히는
일이 없게 될 것이다. 그런데 지금 그만 본성이 손상되고 녹아서, 도
리어 이처럼 늘 참을 멸하였으니, 어찌 ‘곧게 길러지지 않은 채 살아
있는 것은 요행히 죽음을 면한 것일 뿐이다.’라는 말이 아니겠는가?
아! 저 나무의 입장에서 볼 때에도 역시 슬픈 일일 것이다. 일찍이 송
백이 산속에서 자라나는 것을 본 일이 있었는데, 하늘을 뚫고 곧장
위로 치솟으면서 우레와 비를 물리치고 우뚝 서 있었다. 그러면 사람
들이 그 나무를 쳐다볼 때에도 저절로 우러러보고 엄숙하게 공경하
는 얼굴색이 생길 뿐, 어루만지거나 노리갯감으로 삼아야겠다는 마
음은 없을 것이니, 好惡에 대한 일반적인 생각을 엿볼 수 있다 하겠
다. 비록 그렇다 하더라도, 사랑은 천하게 여기면서 모멸을 가할 수
있는 가능성이 있으나, 공경은 덕을 존경한다는 이름이다. 대저 그
본성을 해치고서 모멸을 받게 되는 것은 남에게 잘 보이려고 한 징
험이요, 자기의 본성대로 따라 존경을 받게 되는 것은 바로 爲己之學
의 효과이다. 따라서 군자는 여기에서 자기 자신을 돌이켜 보기만 하
면 될 뿐이니, 왜송에게 무엇을 탓하겠는가?” 청사(을사년, 1605) 납
월 대한에 쓰다.

<略鑑> 이 글의 마지막 단락으로 주제가 담겨 있는 부분이다. 감탄사를 사
용하면서 자기의 본성을 잘 길러서 손상되는 일이 없어야 한다는
語氣를 드러내고 있다.

『인조실록』에서는, "문장은 이식이 제일이다(文章則李植爲首)."라고
하여, 李植은 당대에 이미 문명을 떨쳤음을 알 수 있고, 宋時烈이 쓴
「澤堂集序」에 그의 학문과 간략한 행적이 다음과 같이 실려 있다.

"우리나라가 文獻이 성하기로는 本朝가 가장 으뜸이었다. 宏儒
와 碩士가 연달아 나왔고, 그들의 篇章과 辭命(국제간에 往復
한 문서)이 모두 刊行 傳布되었으니, 모두를 합해 놓고 헤아려
보면 汗牛充棟에 이를 것이다. 그러나 그중에 義理가 정밀하고
논의가 정당해서 斯文의 우익이 될 만하고 世道에 도움이 될
만한 것을 구하려 한다면 택당공의 文稿가 가장 훌륭할 것이
다. 대체로 듣건대, 공은 어려서부터 四書·六經과『二程全書
』·『朱子全書』·『性理大全』 등의 글에 전심하였고, 여가에는
諸家書를 남김없이 博覽하였다. 그러나 공이 만년에 가장 主로
삼은 것은 또『朱子語類』에 있었다. 그리하여 그 속에 들어가
서 精力을 다하여 주자의 깊은 경지를 모조리 알고야 말았다.
이것이 이미 자신의 權衡과 尺度가 되어 버렸기 때문에 아무리
群書를 박람하였지만, 선택하는 것이 정밀하고 변석하는 것이
자상하여, 그 드러난 문장이 모두가 의리의 실상이어서 文詞나
아름답게 꾸미는 자들의 비할 바가 아니었다. 이것이 바로 그의
평생 동안 공부한 실지와 성공한 실지이다. …… 공에게는 또

한 더 훌륭한 일이 있다. 공은 항상 國史의 잘못된 것을 걱정하였다. 黨論이 있어 온 이래로 史筆을 쥔 자들이 각기 제 맘대로 하여 40~50년 동안에 공정한 是非가 없었는데, 끝내는 奇自獻·李爾瞻이 남몰래 이전 기록을 깎아 버리고 제멋대로 거짓말을 써넣음으로써 더욱이 차마 말할 수 없는 것이 있었다. 공은 또한 스스로 '나를 알아주거나 나무랄 일이 여기에 있다.'고 여기고는, 宣祖 초년부터 시작하여, 빗질하듯 하나하나 씻어 내고 보충하고 刪削하여 일과 말을 확실하게 사실대로 정리해 놓으니, 그 公正하기가 귀신에게 질정할 만하다. 대체로 공은 黨論이 일어난 이후에 태어나서 항상 『周易』「大過」卦에서 말한 '홀로 우뚝 서서 두려워하지 않는다.'는 것으로 마음을 가졌기 때문에 筆削(쓸 만한 것은 쓰고 삭제할 것은 삭제함)할 때에 털끝만큼의 편파적인 말도 없었으니, 이야말로 공이 이 세상에 가장 功을 남긴 것이다. 그러나 이치가 밝고 마음이 공변된 군자가 아니면 그 누가 공을 알아주겠는가(我東文獻之盛 莫如本朝 宏儒碩士 步武相接 其篇章辭命 皆登梓傳布 總而計之 則將至於充棟宇汗牛馬矣 然求其義理之精 論議之正 可以羽翼斯文 裨補世道者 則未有若澤堂公文稿者也 蓋聞公自幼 專意於四子六經程朱全書性理大全等書 以其餘暇 泛濫諸家 博極無餘 然晚年所主 又在於朱子語類 入其中而盡其精力 悉見其宗廟之美百官之富 此旣爲在我之權衡尺度 故雖博極泛濫 而擇之也精 辨之也詳 而其發爲文章者 無非義理之實 而非藻繪纂組者之可比也 此其平生用功之地與收功之實也 ……抑公有大焉者 公嘗病國史 自有黨論以來 載筆者各任己私 四

五十年之間 無公是非 而卒之奇自獻李爾瞻陰削舊錄 肆加誣
筆 則尤有所不忍言者矣 公亦自以爲知罪在此 起自宣廟之初
年 梳洗要刪 事核而辭實 大公至正 可質神鬼 蓋公生於黨論
之後 常以大過之獨立不懼存心 故筆削之際 無一毫偏陂之辭
此公之最有功於斯世者 然非理明心公之君子 孰能知之)."

18. 「林將軍慶業傳」 宋時烈[8]

林將軍慶業字英伯 居忠州達川 少以弓馬爲業 大丈夫三字 常
不絶於口 亦好讀書 常慨然自歎曰 吾禀天地之氣 不爲物而爲
人 不爲婦人而爲男子 惜乎生此偏邦 將局束以送一生也 丁卯
虜變 朝廷與媾 以却其兵 將軍時不甚知名 奮曰 朝廷與我精
砲四萬 則將往殲彼虜 洗劍鴨水而歸耳 崇禎丁丑 虜以我王世
子入瀋陽 又執斥和人洪掌令翼漢 以去將殺之 沿路守宰 恐懼
莫敢與語 將軍時爲義州府尹 出迎執手曰 士大夫死得其所難
矣 公名將與太山北斗爭高矣 供奉甚豐 又資送極厚 談笑送別
絶無嗟勞語

〈주석〉 〚常〛 ＝嘗 〚禀〛 받다 품 〚偏邦(편방)〛 외진 나라라는 뜻으로, 우리나
라를 말함 〚媾〛 화친하다 구 〚砲〛 대포 포 〚殲〛 다 죽이다 섬 〚沿路

---

8) 宋時烈(1607, 선조 40∼1689, 숙종 15): 본관은 은진, 자는 英甫, 호는 尤庵 · 尤齋 · 華陽洞主. 효종의 즉
위와 더불어 대거 정계에 진출해 山黨이라는 세력을 형성했던 宋浚吉 등과 함께 金長生 · 金集 부자에게서
배웠다. 1635년 鳳林大君(뒤의 효종)의 師傅가 되었고, 1658년(효종 9) 이조판서에 올라 효종과 함께 북벌
계획을 추진했다. 이듬해 제1차 禮訟, 1674년 仁宣王后가 죽자 제2차 예송을 거쳐 서인은 1683년 尹拯
등 소장파를 중심으로 한 小論과 송시열을 중심으로 한 노장파의 老論으로 분열되기에 이르렀다. 1689년
숙의장씨가 낳은 아들(뒤의 경종)의 세자책봉이 시기상조라 하여 반대하는 상소를 올렸다가 숙종의 미움을
사 모든 관작을 삭탈당하고 제주로 유배되던 중 鞠問을 받기 위해 서울로 압송되던 길에 정읍에서 사약을
받고 죽었다.

(연로)』 路上 『守宰(수재)』 지방 장관 『資送(자송)』 전송할 때 주는

재물 『絶』 전혀 절 『嗟』 탄식하다 차

〈국역〉 장군 임경업은 자가 영백이다. 충주 달천에 살았는데, 젊어서 활과

말을 업으로 삼았다. 그리고 대장부라는 세 글자는 항상 입에서 떠나

지 않았으며 글 읽기도 좋아하였다. 일찍이 개연히 스스로 탄식하기

를, "내가 천지의 기를 타고나서 물건이 되지 않고 사람이 되었으며,

여자가 되지 않고 남자가 되었지만, 이 외진 나라에 태어나 장차 좁

은 곳에 구속되어 일생을 보낼 일이 안타깝다." 하였다. 丁卯胡亂

(1627년) 때 조정이 오랑캐와 화친하여 군대를 물리치자, 장군은 이

때 이름이 별로 알려지지 않았는데 분격하여 말하기를, "조정이 나

에게 정예 포병 4만 명만 준다면, 장차 가서 저 오랑캐를 섬멸하고

鴨綠江에서 검을 씻어 가지고 돌아오겠다." 하였다. 숭정 정축년

(1637, 인조 15)에 오랑캐가 우리 왕세자를 심양으로 붙들어 가고, 또

척화한 사람으로 장령 홍익한을 잡아가서 죽이려 할 때 노상의 지방

장관들은 두려워서 감히 말 한마디도 못 하였다. 그러나 장군은 이때

의주 부윤으로 있으면서 길에 나와 홍익한을 영접하고 손을 잡고서,

"사대부가 죽는 데 올바른 곳을 얻기란 어려운 것입니다. 공의 이름

은 장차 태산·북두와 높이를 겨룰 것입니다." 하고, 매우 풍족하게

대접하고 또 노자도 매우 후하게 주어 보냈는데, 담소하면서 송별하

였고 노고를 슬퍼하는 말은 전혀 없었다.

〈略鑑〉 이 글은 임경업 장군에 대한 傳으로, 이 단락은 임경업의 큰 포부와

정묘호란 때 일어났던 일을 서술하고 있다.

時虜酋聞將軍名　必欲用之　凡擊椵島及西犯　必使朝廷爲將而

送之 將軍以計誆虜 虜一切墮將軍計中而不覺也 至蓋州海中
與天兵相遇 虜使其親信者數輩 同載一船 以察事情 將軍亦隨
機出奇 方其戰時 使砲兵密用土丸 天兵發矢 亦故使不及 故
兩軍一無所傷 將軍忽使善水者二卒佯墮水 潛傳本國忠悃於天
將之船 因通虜人機密情形 一日喟然謂同志曰 平生素心 正在
今日 蓋以犯順爲至痛極冤 欲投入天朝也 或曰 豈不好乎 奈
禍及本朝何 將軍遂歎息而止

〈주석〉 〖酋〗 두목 추 〖誆〗 속이다 광 〖土丸(토환)〗 흙으로 만든 포탄 〖佯〗
　　　　거짓 양 〖潛〗 몰래 잠 〖悃〗 정성 곤 〖喟〗 한숨 쉬다 위 〖犯順(범
　　　　순)〗 叛逆과 같은 말로, 청나라가 명나라를 범한 것을 말함.

〈국역〉 당시 오랑캐 우두머리가 장군의 명망을 듣고 반드시 그를 쓰고자 하
　　　　였다. 무릇 가도를 공격할 때와 명나라를 침범할 때는 반드시 우리
　　　　조정으로 하여금 그를 장수로 삼아 보내도록 하였다. 그러나 장군은
　　　　계책을 써서 오랑캐를 속였지만, 오랑캐는 완전히 장군의 계책에 빠
　　　　져서 깨닫지 못했다. 개주의 해중에 이르러 명나라 군사와 서로 만나
　　　　게 되자, 오랑캐가 가장 친하여 믿는 자 두어 명으로 하여금 한 배에
　　　　같이 타고서 사정을 살피도록 하였다. 그러나 장군은 또한 기미를 따
　　　　라 奇計를 내어, 바야흐로 싸울 때에 砲兵을 시켜 은밀히 토환을 쓰
　　　　게 하였고, 명나라 군사도 활을 쏠 때 또한 고의로(이쪽 진영에) 미치
　　　　지 못하게 하였다. 그러므로 양 군이 한 명도 부상을 입지 않았다. 장
　　　　군은 갑자기 수영을 잘하는 병졸 두 명으로 하여금 거짓으로 물에
　　　　빠져 명나라 장수가 타고 있는 배에 본국의 忠情을 몰래 전하게 하
　　　　고 인하여 오랑캐의 기밀과 정형을 통지하도록 하였다. 하루는 탄식

을 하면서 동지에게 말하기를, "평소에 먹었던 마음이 바로 오늘날에
달려 있다." 하였으니, 대체로 범순을 매우 원통하게 여겨 명나라 조
정으로 들어가려는 것이었다. 어떤 사람이 말하길, "(명나라 조정에
들어가는 것이) 어찌 좋지 않겠는가? 그러나 재앙이 본조에 미치는
것을 어떻게 하겠는가."하니, 장군이 마침내 탄식하면서 중지하였다.

〈略鑑〉 청나라와 함께 명나라를 치는 과정에서 임경업이 세운 기묘한 계책
을 소개하고 있는 단락이다. 청나라를 배척하고 명나라를 위해 의리
를 지킨 임경업을 기리고 있는 것이다.

始虜所恃以爲西犯之計者　將軍也　及見將軍屢戰輒退　遂爲退
軍計　使將軍由水路歸國　蓋不欲我師涉其境也　將軍曰　我之思
歸　一日爲急　豈不欲由水路速歸　但舟楫皆傷敗　且無糧食　不
由旱路　無以得達　虜將信之　遂由虜地而歸　旣而虜追覺其見欺
之狀　又潛通天將之事發露　虜脅我朝　執送將軍　將軍聞　卽束
裝杖劍就道　歎曰　天生男子　必有所用　今乃無端就死於虜庭乎
遂於中路逃躲　虜聞之益怒　詰責本朝　本朝大索　終不能得　將
軍往來江湖間　或與商賈雜作　或混跡僧徒　或出沒城市　而人莫
能知也　年月日　得商賈船　潛入大明地　爲天將所任用　此後事
詳載其日錄

〈주석〉 〖楫〗 노 즙 〖旱路(한로)〗 ＝陸路 〖裝〗 길 떠날 차비를 하다 장 〖躲〗
피하다 타 〖詰責(힐책)〗 꾸짖음.

〈국역〉 처음 오랑캐가 명나라 공격 계획에 믿었던 사람은 장군이었다. 그러
나 장군이 여러 차례 싸울 때마다 후퇴하여 마침내 군대를 물릴 계

획을 하고 있음을 보게 되자, 장군으로 하여금 수로를 따라 귀국하도록 하였다. 아마 우리 군사가 그들의 지경을 밟기를 바라지 않았기 때문이었을 것이다. 그러자 장군이 말하길, "우리가 귀국을 생각한 것이 하루가 급하니, 어찌 수로를 따라 빨리 돌아가고 싶지 않겠는가? 다만 배와 노가 모두 부서졌고, 게다가 양식도 없으므로 육로를 거치지 않으면 도달할 수가 없다." 하니, 오랑캐 장수가 그 말을 믿어주어 마침내 오랑캐 땅을 거쳐서 돌아왔다. 얼마 있다가 오랑캐가 속은 정황을 뒤늦게 알아차렸고, 또 명나라 장수와 몰래 통했던 일이 발각되어 오랑캐가 우리 조정을 협박하여 장군을 잡아 보내게 하였다. 장군은 듣자 즉시 행장을 꾸려 칼 한 자루를 짚고 길을 떠나면서 탄식하기를, "하늘이 남자를 내었을 때는 반드시 쓸 곳이 있을 것이다. 이제 마침내 무단히 오랑캐 조정에서 죽을 수 있겠는가." 하고는, 드디어 중도에서 탈출하였다. 오랑캐가 그 말을 듣고 더욱 노하여 본조를 힐책하니, 본조가 대대적으로 수색하였으나 끝내 찾을 수 없었다. 장군은 강호를 왕래하면서 간혹 장사꾼들과 섞여 일을 하기도 하고, 간혹 중들과 어울리기도 하고, 간혹 성시에 드나들었으나 사람들 중에 아는 자가 없었다. 어느 날 장군이 장사꾼의 배를 얻어 몰래 명나라에 들어가 명나라 장수에 의해 임용되었는데, 이후의 일은 그 일록에 상세히 기재되었다.

〈略鑑〉 앞 단락의 기이한 계책이 탄로나 곤궁에 빠진 사실을 서술하고 있다. 마지막 부분에서 일록에 있는 내용을 생략하여 쓰지 않음으로써 古文에서 추구하는 簡潔美를 보여 주고 있다.

甲申北京破 虜人入據 而天下爲其區域 將軍遂被執 抗節矢死

虜終不能屈　遂付本朝使介出送　身猶漢衣服　而頭不剃矣　時賊
臣金自點當國殺之　將軍臨死大言曰　天下事未定　不可殺我矣
旣死　國人無不義而哀之　尼山賊柳濯　假將軍姓名　作亂曰　將
討虜雪恥　愚民以至僧徒　一時雲集　李延陽時白　自請率禁兵往
討　已而亂民知非將軍　卽解散　故逆豎被擒於道臣　而誅滅之

〈주석〉　『抗節(항절)』 절개를 굳건히 지킴 『矢死(시사)』 죽기를 맹세함 『付』
　　　　주다 부 『使介(사개)』 명령을 받고 사신 나간 관원 『剃』 머리를 깎
　　　　다 체 『禁兵(금병)』 서울이나 궁성을 지키는 군대 『逆豎(역수)』 반
　　　　역자에 대한 미움의 칭호 『道臣(도신)』 ＝使臣

〈국역〉　갑신년(1644, 인조 22)에 북경이 함락되자 오랑캐가 그곳을 차지하여
　　　　천하가 그들의 영역이 되었다. 장군은 마침내 그들에게 체포되었으
　　　　나, 절개를 굳건히 지키고 죽기를 맹세하므로 오랑캐가 끝내 장군을
　　　　굴복시키지 못하였다. 드디어 본조의 사신 편에 내보내었는데, 장군
　　　　은 몸에 명나라의 의복을 그대로 입었고 머리도 깎지 않았었다. 이때
　　　　에 적신 김자점이 國事를 담당하여 그를 죽였다. 장군은 죽음에 임하
　　　　여 큰 소리로 말하길, “천하의 일이 아직 안정되지 못하였으니, 나를
　　　　죽여서는 안 될 것이다.” 하였다. 장군이 죽은 뒤에, 나라 사람들이
　　　　장군을 의롭게 여겨 슬퍼하지 않은 사람이 없었다. 이산의 적 유탁이
　　　　장군의 성명을 빌려 난을 일으키면서 말하길, “장차 오랑캐를 토벌해
　　　　서 치욕을 씻을 것이다.” 하자, 어리석은 백성에서부터 스님의 무리
　　　　에 이르기까지 일시에 구름처럼 모여들었으므로, 연양 이시백은 스
　　　　스로 禁兵을 거느리고 가서 토벌하기를 청하였다. 얼마 있다가 난민
　　　　들이 장군이 아님을 알고 즉시 해산하였으므로, 반역자들은 사신에

게 체포되어 주살되었다.

〈略鑑〉 임경업이 죽게 된 과정과 節義를 지킨 면을 부각시키고 있는 단락이다.

按崇禎丙子 虜人僭號 遣使於我 有同金虜之詔諭江南者然 蒙
人亦至欲共尊爲帝 館學諸生 大會闕下 上疏請斬二使 二使懼
而逃去 朝廷奏聞天朝 傳檄軍門 時掌令洪翼漢 在鄕上疏曰 臣
聞虜使懼誅逃去 曲踊距踊 義氣百倍 仍請斥主和臣 不翅如胡
澹菴之於秦檜 丁丑媾成 虜威脅本朝 執公以去 時國家新破 無
不咎洪公以斥和招兵 又畏虜不敢慰問 獨林將軍深加歎賞 喜其
死得其所 其氣義之相感如此 洪公竟與吳尹兩學士 取義成仁
其爲國家之耿光何如哉

〈주석〉 〖僭〗 참람하다 참 〖江南〗 宋나라를 말함 〖奏聞(주문)〗 신하가 사정
        을 황제에게 아룀 〖曲踊(곡용)〗 위로 뜀 〖距踊(거용)〗 뛰어오름 〖翅〗
        뿐 시 〖胡澹菴之於秦檜〗 澹菴은 宋나라 忠臣 胡銓의 호. 호전은 高
        宗 때에 疏를 올려, 金나라와의 講和를 주장한 王倫·秦檜·孫近 세
        사람의 머리를 베어 죽일 것을 극력 요청하였음(『宋史』 卷374) 〖媾〗
        화친하다 구 〖耿〗 빛나다 경

〈국·역〉 살펴보니, 숭정 병자년(1636, 인조 14)에 오랑캐가 황제의 號를 참칭
        하고 사신을 우리에게 보낸 것이 금로가 강남을 조유한 것과 같음이
        있었다. 蒙古 사람도 오랑캐를 함께 존중하여 황제로 삼고자 하였다.
        우리 관학의 여러 儒生들이 대궐 아래에 많이 모여서 소를 올려 두
        사신을 벨 것을 청하니, 두 사신은 두려워서 도망가 버렸다. 조정에
        서는 명나라 조정에 아뢰고 격문을 군문에 전하였다. 그때 장령 홍익

한이 시골에 있으면서 소를 올리기를, "제가 듣건대, 오랑캐 사신이 베일까 두려워하여 도망갔다 하니, 좋아서 펄쩍펄쩍 뛰며 의기가 백 배입니다." 하고, 인하여 主和臣을 배척할 것을 요청한 것이 호담암이 진회를 배척한 것보다 더 엄격하게 하였다. 정축년(1637, 인조 15)에 화친이 성립되자 오랑캐가 본조를 위협하여 공을 잡아갔는데, 그때 국가가 막 패전한 터라서 모두가 홍 공에게 화의를 배척하여 오랑캐 군대를 불러들였다고 탓하지 않은 사람이 없었으며, 또 오랑캐를 두려워하여 홍 공을 감히 위문하지도 못하였다. 그러나 임 장군만은 홍 공을 매우 감탄하고 칭송하며 그가 죽을 곳을 얻었음을 기뻐하였으니, 그 의기가 서로 투합한 것이 이와 같았다. 홍 공은 끝내 吳達濟, 尹集 두 학사와 함께 義를 취하고 仁을 이루었으니, 나라를 빛냄이 어떠한가?

〈略鑑〉 '取義成仁'하여 나라를 빛낸 홍익한의 업적을 칭송하면서, 임경업과 의기가 서로 합쳐진 것에 대해 敍事하고 있는 단락이다.

其後將軍之所成就 尤卓犖奇偉 求之古今 實罕其儔 孔子作春秋 垂法萬世 自獲麟以至于今二千年 所讀此書者多矣 而能知其大義炳然者蓋寡矣 今將軍以海外陪臣 尊周一心 始終如水 雖以虜之凶暴 終不能屈 可謂千百年一人而已 賊臣之必殺而後已 及如三學士之大節 天下皆聞之 而許積斥以非義士 獨何心哉 權順長金益兼 不論有官無官 不忍以禮義之身甘爲犬羊之類 視死如歸 尤可尙矣 而今有以儒爲名者 乃敢斥之以無必死之義 其悖理傷化 抑又甚矣 而世方推奬之不暇 天常民彝 幾何不至於盡滅也

 〖犖〗 뛰어나다 락 〖儔〗 짝 주 〖獲麟(획린)〗 노나라 哀公 14년에 기
린이 잡힌 것을 말하는 것으로, 저작이 끝남을 말함 〖陪臣(배신)〗
신하 〖視死如歸〗 죽음을 두려워하지 않는다는 뜻 〖悖〗 어그러지다
패 〖抑〗 또한 억 〖奬〗 칭찬하다 장 〖天常〗 =倫理 〖民彝(민이)〗 =人倫

 그 후에 장군이 성취한 것은 더욱더 우뚝하고 위대하여 고금에 그것
을 찾아보아도 실로 짝할 이가 드물다. 공자가 『춘추』를 지어 만세
에 법을 드리웠는데, 『춘추』를 끝마친 때로부터 지금에 이르기까지
2천 년 동안에 이 글을 읽은 자는 많지만, 그 빛나는 그 大義를 알
수 있는 자는 대체로 적었다. 지금 장군은 해외의 신하로서 주나라
를 존중하는 한 마음이 처음부터 끝까지(東으로 흐르는) 물과 같아,
비록 오랑캐의 흉악함과 사나움으로도 끝내 굴복시킬 수 없었으니,
천백 년 만의 한 사람뿐이라 말할 수 있지만, 적신 김자점이 그를 반
드시 죽인 뒤에야 그쳤다. 그리고 삼학사의 큰 절개는 천하가 다 들
은 것인데도, 허적은 의사가 아니라고 배척하였으니, 유독 무슨 마
음인가? 권순장, 김익겸은 관직이 있고 없고를 막론하고, 차마 예의
를 가진 몸으로 개와 양 같은 오랑캐의 무리가 되기를 달게 여길 수
없어 죽기를 돌아가는 것으로 여겼으니, 더욱 가상한 일이다. 그런
데도 이제 儒者라는 명칭을 가진 자가 마침내 감히 그들을 반드시
죽을 만한 義가 없었다고 배척하니, 그 이치에 어그러지고 風化를
손상시킴이 더욱더 심하였다. 그런데도 세상에서는 바야흐로 그를
칭찬하기에 겨를이 없었으니, 천상과 민이가 얼마나 다 사라짐에 이
르렀는가?

 임경업의 大義에 대해 의론하면서 論議를 확산하여 병자호란 때 절
의를 지킨 사람과 이들을 배척한 사람에 대해 논의를 전개하면서,

당시 天理와 人倫이 사라짐을 애통해하고 있다.

昔朱夫子生乎宋朝南渡之世　邪說暴行　肆行無忌　蓋甚傷之也
故苟有死義之人　則雖山僧賤卒　無不表章焉　蓋衰世意也　可謂
戚矣　今朱子之道　因賊鑴而晦剝無餘　將不敢憑藉其道以拒邪
暴之萬一矣　嗚呼　可勝寒心哉　古語曰　世亂思君子不改其度
愚讀林將軍家傳　而有感焉　旣爲之立傳　以告于野史之秉筆者
而仍及其當時死義之士焉

〈주석〉 〖肆〗 마음대로 하다 사 〖傷〗 마음 아프다 상 〖表章(표장)〗 드러내어 밝
　　　힘 〖戚〗 슬퍼하다 척 〖剝〗 상처를 입히다 박 〖憑〗 의지하다 빙 〖藉〗
　　　의뢰하다 자 〖旣∼접속사나 부사〗 ∼이며 그 외에∼

〈국역〉 옛날 朱子는 宋나라가 남쪽으로 내려간 세대에 태어나서 사악한 이
　　　야기와 사나운 행위가 거리낌 없이 자행되는 것을 매우 마음 아프게
　　　여겼다. 그러므로 만일 의리에 죽은 사람이 있으면, 비록 그가 산에
　　　사는 중이나 천한 병사일지라도 모두 표창하지 않음이 없었다. 이것
　　　은 대체로 쇠퇴한 세상의 뜻이니, 슬프다 말할 수 있겠다. 이제 주자
　　　의 도는 역적 윤휴로 인하여 여지없이 어두워지고 파괴되어, 장차 감
　　　히 그 도를 빙자해서 만분의 하나라도 사설·폭행을 막을 수 없게
　　　되었으니, 아! 다 한심하다 하겠다. 옛말에, "세상이 어지러우면 법도
　　　를 고치지 않는 군자를 생각한다." 하였는데, 내가 임 장군의 家傳을
　　　읽고 느낌이 있었다. 그래서 그를 위해 傳을 만들어 야사를 집필하는
　　　자에게 고하고, 그 외에 그 당시 의리에 죽은 선비들을 언급하였다.
〈略鑑〉 이 작품의 마지막 단락으로, 이 글을 짓게 된 경위와 의도를 제시하

고 있다.

임경업은 상하층이 서로 다른 가치관을 가지고 자기네 편으로 끌어들이고자 한 인물이었다. 하층에서는 임경업 추대 노비 역모사건을 일으켜 임경업을 민중의 영웅으로, 무속의 신으로 받드는 민간전승이 이어졌으며, 상층에서는 임경업을 명나라에 대한 충의를 대변하는 인물로 평가하여 충신 가운데 청나라에 맞서서 나라를 지키려고 애쓰다가 간신의 모해 때문에 처형된 장수로 그려지고 있다. 이 작품 역시 상층의 입장을 대변하고 있는 것이다.

송시열의 학문에 대해 正祖는『弘齋全書』「日得錄」에서 다음과 같은 언급을 하고 있다.

"송우암의 학술의 순수하고 바름과 기상의 깨끗하고 트임과 功化의 넓음은 우선 논하지 않더라도 그가 평생 붙들어 잡은 것은 바로 名義 두 자였다.『春秋』의 尊王攘夷의 의리를 주장하며 인륜이 어두워지고 막힌 변고에 죽었으니, 이것이 그의 큰 절의이다. 비록 아전이나 부인이라 하더라도 나라에 충성하고 가문에서 열녀의 행실이 있을 수 있으면 반드시 表章하여 미치지 못함이 있을까 염려하였으니, 이것이 내가 항상 존경하는 부분이다. 지금 우암을 칭송하고 본받는 자들은 마땅히 이것을 스승이 전한 유일한 妙法으로 삼아 지켜서 실추시키지 않아야 할 것인데, 근래 어쩌면 상반되는 것이 이다지도 심한가? 분수를 범하고 기강을 무너뜨려 크고 작은 일에 꺼림이 없으니, 장차

世道를 도탄에 빠뜨리고야 말 것이다. 우암의 신령이 아직도 있다면 ‘나의 무리에 사람이 있다.’고 말하려 하겠는가(宋尤菴 學術之醇正 氣象之光霽 功化之博普 姑無論 其平生秉執 卽 名義二字 出以春秋尊攘之義 死於彝倫晦塞之變 此其大節 而 雖胥徒婦女 若能忠於國烈於家 亦必表章之 如恐有不及 此予 常所尊仰處 今之誦法尤菴者 當作單傳妙符 守而勿墜 近何相 反至此甚也 犯分壞紀 小大無憚 將使世道塗炭後已 如尤菴英 爽猶存 其肯曰吾之徒有人乎)?”

嗚呼 此高陽縣渭陽里者 石洲權先生之所藏也 其世德俱刻于
其左先墓石 先生卽習齋公之第五子也 嗚呼 先生在時 大夫士
慕義趨風 一見顏面 則誇以爲榮 其沒也 腸摧淚淫 以至未嘗
過門者 亦悲嗟愴歎 愈久而不能已 愚未知其以何然耶 豈以其
能詩而然耶

〈주석〉 『墓碣(묘갈)』 죽은 사람의 생전 사적을 기록하여 地上에 세우는 비석
『趨風(추풍)』 풍채를 우러러봄 『摧』 꺾다 최 『淫』 어지럽다 음
『愴』 슬퍼하다 창

〈국역〉 아! 여기 고양현 위양리는 석주 권필이 묻힌 곳이다. 그 대대로 세운
덕이 왼편에 있는 先代의 묘비에 모두 새겨져 있다. 선생은 바로 습
재공 權擘의 다섯째 아들이다. 아! 선생이 살아 있을 때 사대부들이
의리를 사모하고 풍도에 심취되어 한 번 얼굴을 보면 자랑하며 영광
으로 여겼고, 그가 죽었을 때는 창자가 끊어지고 눈물이 쏟아졌으며,
심지어 한 번도 보지 못했던 사람들까지도 슬퍼하고 탄식하며 오래
될수록 그만둘 수 없었는데, 나는 무엇 때문에 그러했는지 알 수가

없다. 혹시 그가 시를 잘해서 그런 것이었을까?

〈略鑑〉 이 글은 권필의 묘갈명으로, 墓碑에는 지상에 세우는 神道碑 · 墓碣 ·
墓表 · 神道表 등이 있고, 지하에 묻는 墓誌銘이 있다. 묘 앞 도로를
神道라 하므로, 神道碑라 칭했다. 碑와 碣의 차이는 제도 형식이 다
를 뿐이다. 그 둘은 石刻의 형상과 높이에 제한이 있다. 碑는 뿔 없
는 용(螭)을 머리로 하고 거북모양의 빗돌받침(趺)을 하며, 빗돌받침
의 위로 높이 9척을 넘지 않는다. 碣은 규홀(圭)의 머리에 사각 빗돌
받침으로 하며 빗돌받침의 위로 높이 4척을 넘지 않는다. 묘표와 신
도표는 신도비와 명칭만 다르다.

　이 단락은 권사람들이 슬퍼한 것에 대한 전체 평을 간략하게 서술
하고 있다. 申欽은 『청창연담』에 권필이 살아 있을 때 사대부들이 사
모하고 죽었을 때 많이 따른 것에 대해 상세하게 다음과 같이 기록하
고 있다.

"寒士 權韠이라는 자가 있었는데 자는 汝章으로 참의 權擘의
아들이다. 권벽은 문장을 잘했는데 권필이 어려서부터 가정의
훈도를 받은 결과 弱冠에 文藝가 이루어졌다. 少陵 杜甫의 시
풍을 배우려고 노력하였으며 작품을 보면 매우 맑고 아름다운
데 뒤에 와서 시를 짓는 사람들이 그를 으뜸으로 쳤다. 그런데
그의 시가 시휘에 저촉되는 바람에 임자년(1612, 광해군 4)에
廷刑을 받고 북쪽 변경으로 유배당하게 되었는데 도성 문을 나
가다가 죽고 말았다. 이때 그의 나이 43세였는데, 원근에서 이
를 듣고 탄식하며 슬퍼하지 않는 이가 없었다. 사람됨 역시 소

탈하고 무슨 일이든 겁 없이 해치우는 성미였으며 사소한 儀節에 구애받지 않았는데, 과거 공부도 포기한 채 세상을 도외시하고 떠돌아다니면서 시와 술로 스스로 즐겼다. 임진왜란을 당해 江華로 흘러 들어가 寓居하고 있을 때는 그를 존경하여 추종하는 자가 날로 문에 나아왔는데, 심지어는 식량을 싸 들고 천 리 먼 곳에서 미투리를 삼아 신고 와서 따르는 자도 있었다. 그러다가 그가 죽자 문인들이 죄 없이 그가 죽게 된 것을 가슴 아파한 나머지 과거를 포기하고 세상과 관계를 끊어 버리는 자들도 많이 나왔다. 그의 저술 『石洲集』이 세상에 전해진다. 아들 하나가 있었으며 그 문인은 沈惕이라고 한다(有韋布權韠者 字汝章 參議擘之子也 擘能文章 韠早得家庭之訓 弱冠而藝成 治少陵 所作甚淸艶 後來作詩者 推爲第一 以詩觸時諱 壬子受廷刑 竄北荒 出都門而卒 年四十三 遠近聞者 莫不嗟悼 爲人亦淸疏邁往 不拘少節 棄科業 放浪物外 詩酒自娛 遭壬辰倭警 流寓江華 摳衣者日造門 至有贏糧躡屩 千里而來從者 及其歿也 門人痛其非辜 多捐科擧 與世相絶者 所著石洲集 行于世 有一子 其門人沈惕云)."

先生諱韠 字汝章 其爲人跌宕豪放 志蓋宇宙 眼空一世 凡世之富貴榮利 紛華盛麗 人所艶慕歆願者 一無所入於其心 惟以詩酒自娛 嘗一再入場屋 復不屑也 松江鄭公嘗遠謫 先生於道往見之 松江驚服曰 吾今日見天上仙人 此行豈不幸哉 諸公爲其貧也 除童蒙敎官 亦不屑於辭 便開門授徒 或告曰 當束帶詣禮曹 參謁 先生憮然辭曰 此非吾所能也 遂謝去入江華府

築室以居 遠近學子 負笈而至者甚衆 雖役之以鄙事 而亦不知
其勞且苦也 府官溺貨 故緩弑父獄 先生正其罪 遂棄江華 歸
玄石江上

〈주석〉 『跌宕(질탕)』 방탕하여 얽매이지 않음 『紛華(분화)』=繁華 『艶』 부러
워하다 염 『歆』 부러워하다 흠 『場屋(장옥)』 科擧 시험장 『屑』 달갑
게 여기다, 업신여기다 설 『參謁(참알)』 상급자나 존귀한 사람을 보는
것 『憮』 失意한 모양 무 『笈』 책상자 급 『貨』 뇌물을 주다 화 『緩』
늦추다 완

〈국역〉 선생의 휘는 필이요, 자는 여장이다. 그의 사람됨이 질탕하고 호걸스
러워 뜻은 천하를 덮었고 눈에 보이는 사람이 없었다. 무릇 세상의
부귀영화와 빛나고 아름다운 것과 사람들이 사모하고 바라는 것은
하나도 그 마음에 넣어 둔 것이 없고 오직 시와 술로 스스로 즐겼으
며, 일찍이 한두 번 과거 시험장에 들어갔을 뿐 다시는 달갑게 여기
지 않았다. 송강 鄭澈이 일찍이 멀리 귀양 갈 때, 선생이 길에서 그를
만나 보았는데 송강이 놀라 탄복하기를, "내가 오늘 천상의 신선을
만나 보았으니, 이 길이 어찌 다행이 아니겠느냐." 하였다. 제공들이
그가 가난하기 때문에 동몽교관을 제수받게 하였는데, 선생은 하찮
게 여기지 않고 곧 문을 열고 생도들을 받아들였다. 어떤 사람이 아
뢰기를, "마땅히 의관을 갖추고 예조에 가서 뵈어야 합니다." 하니,
선생은 멍한 모습으로 말하길, "이것은 내가 능한 일이 아니오." 하
고는 그 길로 그만두고 강화부로 들어가 집을 지어 살았는데, 원근에
서 배우려는 자식 중에 책을 지고 찾아온 자들이 매우 많았다. 비록
그들에게 천한 일을 시켜도, 그들은 또한 수고롭거나 괴로움을 몰랐

다. 부의 관원이 뇌물을 받고 아버지를 죽인 자의 죄를 고의로 늦추
어 주자, 선생이 그 죄를 바로잡고는 마침내 강화를 버리고 현석 강
가로 갔다.

<略鑑> 권필의 부귀영화나 과거시험에 마음을 두지 않은 '跌宕豪放'한 사람
됨에 대해 언급하고 있는 단락이다. 禮를 취해야 하는 부분에서 벼
슬을 그만두고 떠난 것은 陶淵明을 연상케 한다.

月沙李公嘗儐詔使顧天俊　顧以文名天下　月沙懼非吾敵　極選
文士以從　先生以白衣與焉　宣廟敎曰　權某詩可寫若干篇以進
旣進　上歎賞不已　常置案上　先是壬辰倭變　先生與具竹窓容詣
闕上疏　請斬主和媚上二相臣　不悅者已多　李爾瞻願交甚切　固
不許　嘗於人家見其至　輒踰垣而避之　爾瞻甚銜之

<주석> 〖儐〗 대접하다 빈 〖詔使(조사)〗 황제가 파견한 특사 〖極〗 빠르다
극 〖賞〗 찬양하다 상 〖詣〗 이르다 예 〖媚〗 아첨하다 미 〖已〗 매우
이 〖踰〗 넘다 유 〖垣〗 담 원 〖銜〗 원망하다 함

<국역> 월사 李廷龜가 일찍이 중국 사신 고천준을 맞아 대접하게 되었는데,
고 씨는 글 잘하기로 세상에 이름이 있었다. 월사가 자기는 적수가
아님을 걱정하여 빨리 종사할 문사를 뽑았는데, 선생이 백의로 거기
참여하게 되었다. 선조께서 하교하기를, "권모의 시를 몇 편 써 올리
라." 하여 써 올리니, 임금이 감탄과 칭찬을 그치지 않으면서 항상 書
案 위에 두고 보았다. 이보다 앞서 임진왜란 때, 선생이 죽창 구용과
함께 대궐에 나아가 상소하여, 講和를 주장하면서 임금에게 아첨하는
두 상신을 벨 것을 청한 일이 있었는데 (그때부터 선생을), 좋아하지

않는 자가 매우 많았다. 이이첨이 선생과 사귀기를 몹시 간절하였는
데도 허락하지 않았고, 한 번은 남의 집에 갔다가 그가 오는 것을 보
고는 곧 담을 넘어 피해 간 일이 있었으므로 이첨이 원한을 품었다.
〈略鑑〉 白衣로 중국 사신을 맞이한 글재주와 아첨하는 신하를 벨 것을 청한
權鞸의 곧은 성품에 대한 逸話를 제시하고 있는 단락이다.

光海妃兄弟柳希奮等恃寵豪縱　疏菴任公叔英庭對譏切甚至　群
小憾怒　遂削其科　先生慨然作宮柳詩　以刺之　諸柳入訴　光海
怒甚　然猶無以得當以治之也　壬子三月　誣獄起　光海雜取坐人
家書籍以見　偶得其詩於趙公守倫家冊面　詰問誰出　遂親鞫　酷
加刑訊　時大臣白沙李公力爭　得減死編配　至東城外　以其四月
七日死焉

〈주석〉　〖恃〗 믿다 시 〖豪縱(호종)〗 발호하며 법을 지키지 않음 〖譏〗 나무라
　　　다 기 〖憾〗 한하다 감 〖宮柳詩〗 光海朝의 亂政을 풍자한 시로, 광해
　　　의 妃 親家인 柳氏들이 광해군과 비를 업고 정사를 마음대로 천단하
　　　므로 유 씨를 버드나무에다 비유하여 그에 아부하는 무리들을 질책
　　　하고 나아가 국가 장래를 근심한 내용의 시임(「聞任茂叔削科」 宮柳
　　　靑靑鶯亂飛(궁궐 버들 푸르고 꾀꼬리 어지러이 나는데), 滿城冠蓋媚
　　　春暉(성안에 가득한 높은 사람 봄 햇살에 아첨하네.) 朝家共賀昇平樂
　　　(조정에서 함께 태평의 즐거움을 축하하는데), 誰遣危言出布衣(누가
　　　바른말 하여 포의로 쫓겨났나?)) 〖刺〗 풍자하다 자 〖訴〗 하소연하다
　　　소 〖誣〗 꾸미다 무 〖坐〗 연루 좌 〖面〗 겉 면 〖詰〗 따지다 힐 〖鞫〗
　　　국문하다(죄인을 문초하다) 국 〖訊〗 고문하다 신 〖爭〗 ＝諍 간하다

쟁 〖編配(편배)〗 엮어서 유배 보냄.

〈국역〉 광해군의 비 형제들인 유희분 등이 은총을 믿고 방자하자, 소암 任叔
英이 조정에서 마주하면서 심하게 나무랐는데, 여러 소인배들이 그
를 미워하여 마침내 그의 관직을 삭탈하였다. 선생은 개연히 「궁류
시」를 써서 풍자하였다. 여러 유씨들이 들어가 하소연하니, 광해는
매우 화가 났지만 마땅히 그를 다스릴 꼬투리를 잡을 수 없었다. 그
후 임자년(1612년) 3월 무옥이 일어나자, 광해군이 그 옥에 연루된
사람 집의 서적들을 모두 가져다 뒤져 보다가 우연히 그 시를 조수
륜의 집 책 속에서 발견하고는 누가 지은 시인가를 따져 물었다. (선
생의 시라는 것을 알아낸 광해군은). 마침내 친국하면서 혹독한 형
벌을 가하였다. 당시 대신이던 백사 李恒福이 힘껏 간하여 죽음을
면하고 정배되어 가다가 동성 밖에서 4월 7일에 죽었다.

〈略鑑〉 권필이 「궁류시」를 지어 죽음에 이르게 된 과정에 대해 서술하고 있
는 단락이다. 이 「宮柳詩」는 任叔英이 지은 對策文 때문에 과거에
서 떨어진 소식을 듣고 지은 시로, 光海君의 妃인 柳氏의 戚里들이
방자하게 권세를 부리자, 권필이 「宮柳詩」를 지어 풍자하였는데, 마
침내 이 시로 誣獄에 걸려들어 광해군의 親鞫하에 혹독한 刑訊을
받고 減死되어 慶源府로 귀양 가는 도중, 동대문 밖에서 사람들이
동정으로 주는 술을 받아 마시고 죽었다. 구체적인 내용이 『光海朝
日記』辛亥(1611년)條에 다음과 같이 실려 있다.

"鳳山郡守 申慄이 도적을 잡아서 매우 혹독하게 국문하니, 도
적이 죽음을 늦추려고 文官 金直哉가 모반하였다고 하였다. 申
慄이 병사 柳公亮, 감사 尹暄 등을 통하여 조정에 알리고, 김

직재를 묶어 올려 보냈다. 그를 국문하니, 김직재가 黃赫과 같이 모의하여 晉陵君을 추대하려 했다고 거짓으로 말하였다. 진릉군은 곧 順和君의 양자이며, 순화군의 부인은 황혁의 딸이다. 모두 잡아다가 국문했는데, 황혁은 곤장을 맞고 죽었다. 옥사가 끝나자, 柳公亮·申慄 및 推官은 모두 錄勳되었다. 옥사가 신해년(1611)에 일어나 임자년(1612)에 끝났다. 『荷潭錄』, 『明倫錄』. 황혁 집의 문서를 수색할 때에 문서 가운데서 권필의 시를 얻었는데, 그 시는 이러하다. ……국청에서 詩語에 원망하고 비방하는 뜻이 있다 하여 권필을 잡아다가 국문하기를 청하여, 형을 받고 멀리 귀양 가다가 도중에 죽었고, 권필의 형 權韠도 귀양을 갔다. 권필은 幼學으로, 시국에 마음이 상하여 과거를 그만두고 外戚들이 用事하는 것을 분히 여겨 이 시를 지었던 것이다. 여기서 궁궐 버들이란 왕비 柳氏를 가리킨다 (鳳山郡守申慄 捕盜鞫之甚酷 盜欲緩死 告文官金直哉謀反 申慄通于兵使柳公亮 監司尹暄等聞于朝 繫送直哉鞫之 直哉 誣稱與黃赫連謀 欲推戴晉陵君 晉陵卽順和繼後子 而順和夫 人赫之女也 並拿鞫 赫殞於杖下 獄成 柳公亮申慄及推官皆錄 勳 獄起於辛亥成於壬子荷潭錄明倫錄黃赫家文書搜探時 得權 韠詩於文書中 詩曰 宮柳青青鶯亂飛 滿城冠蓋媚春輝 朝家共 賀昇平樂 誰使危言出布衣 鞫廳以詩語有怨誹意 請拿鞫 受刑 遠竄 道死 韠兄韜亦被謫 韠以幼學 傷時廢科 憤戚里用事 有 此句 宮柳蓋指王妃柳氏也)."

越十二年天啓癸亥 仁祖大王反正 贈先生司憲府持平 官其子

伉　其配宋氏也　女爲崔繼昌妻　宣與憲其二子也　伉生子謖　夭
無嗣　以其再從姪憱爲後　謖有庶兄弟二人謐調

 그로부터 12년 후인 천계 계해년(1623), 인조대왕이 반정하여 선생에
게 사헌부 지평을 추증하고, 그의 아들 항에게 관직을 제수하였다.
부인은 송 씨이고, 딸은 최계창에게 시집갔는데, 아들은 선과 헌이다.
항이 아들 속을 낳았으나 일찍 죽고 후사가 없어 재종질 수를 입양하
였다. 속에게 서형제 둘이 있는데, 밀과 조이다.

 가족 관계에 대해 간략히 제시하고 있는 단락이다.

嗚呼　世之以詩稱先生者　豈非淺之爲知也　先生內行甚篤　幼以
習齋命　出爲叔父擊後　事所後母金氏　極其誠敬　有疾未當離側
其意未嘗少違　推此以往　其他可知已　始則直情徑行　心有所不
槪　雖先正　亦以詩譏議　詆訶溢世　而不之顧也　旣而便回頭轉
身　從事於性理之學　其與人書曰　思將退伏山野　收心養性　以
求古人所謂道者　於是日取周張程邵朱呂諸書　讀而思之　雖不
敢自以爲有得　而於其文義之間　似有犁然而當於心者　故決意
向學　于今六七年矣　嗚呼　先生之志可見於此書矣　死之日　親
賓入見　則枕邊有近思錄朱子書十許編矣

 〖內行(내행)〗 평상시 집에 거처하면서 하는 절조 있는 행동　〖後母〗
＝繼母　〖徑行(경행)〗 성품대로　행함　〖槪〗 억압하다　개　〖先正(선
정)〗 전대의 賢臣이나 賢人　〖詆〗 비난하다 저　〖訶〗 꾸짖다 가　〖周
張程邵朱呂〗 모두 宋代의 학자로, 周敦頤, 張載, 程顥, 程頤, 邵雍, 朱

熹, 呂祖謙 〖犁然(류연)〗 전율하는 모양

〈국·역〉 아! 세상에서 시로써 선생을 칭하는 사람들은 어찌 얕게 선생을 안
자들이 아니겠는가? 선생은 내행이 매우 독실하여 어렸을 때 아버지
습재공의 명령으로 숙부 별에게 양자로 가 양어머니 김 씨를 섬기면
서 그 정성과 공경을 다하였다. 병이 들면 마땅히 그의 곁을 떠나지
않았고, 그의 뜻을 일찍이 조금도 어기는 일이 없었으니, 이것을 미
루어 보면 그 나머지는 알 수 있는 일이다. 처음에는 곧은 성정으로
성품대로 행동하여 마음에 가릴 것이 없어 비록 선정들이라도 또한
시로 조롱하여, 헐뜯는 말이 세상에 넘쳐도 돌아보지 않다가 얼마 후
곧 심기일전하여 성리학에 종사하였다. 그가 남에게 준 편지에 말하
기를, "장차 산야로 물러나 마음과 성정을 수양하면서 옛사람들이
말한 도라는 것을 찾으려 하였다. 그래서 날마다 주·장·정·소·
주·여의 性理書들을 가져다 읽고 또 생각하였더니, 비록 스스로 소
득이 있다고 감히 말할 수는 없지만, 그 글의 뜻을 보는 동안 떨려
마음에 맞는 것이 있는 것 같았다. 그래서 마음을 굳히고 학문을 하
기 시작한 지 지금 6, 7년이 되었다." 하였다. 아! 선생의 뜻을 이 서
신에서 알 수가 있겠다. 죽던 날 친한 이가 들어가 보았더니, 베갯머
리에 『近思錄』, 주자의 글 10여 편이 있었다.

〈略鑑〉 이 글에 대한 논평이 드러난 단락으로, 권필이 시만 뛰어난 것이 아
니라 內行도 뛰어나며 성리학에도 몰두한 사실을 제시하고 있다.

噫 以先生天分之高 苟無死以卒其志業 則其所成就 何可量哉
而年纔強仕 鋒穎未銷 遽至於此 可勝惜哉 惟其斯文先達 遽
稱以曾點浴沂 則其得濂洛之緒餘者可知已 然則終不可以詩觀

先生也明矣 故谿谷張文忠公嘗序先生詩曰 世之人不以人觀詩
故不得其人 斯實語也 崔氏子宣來謁先生墓文 余叩其學 蓋深
於易者 豈有聞於先生之定本者耶

〈주석〉 『天分(천분)』＝天賦 『强仕(강사)』 40세 『鋒穎(봉영)』 탁월한 재간 『銷』
작다 소 『先達(선달)』 덕행과 학문이 있는 선배 『遽』 절박하다 거 『曾
點浴沂』 物慾을 초월한 仁者의 경지에 이른 기상으로, 孔子가 侍坐
한 제자들을 상대로 각기 그 뜻을 물었을 때 늦은 봄에 春服을 갈아
입고 5, 6명의 冠者와 6, 7명의 童子를 데리고서 沂水에 가 목욕하고
舞雩에서 바람 쐰 후 詩를 읊조리며 돌아오겠다는 曾點의 대답에 동
감을 표시했던 데서 온 말임(『論語』「先進」) 『濂洛之緖餘』 濂溪와 洛陽
인데, 염계에 살던 周敦頤와 낙양의 程顥·程頤의 학풍을 말함 『叩』 묻
다 고 『定本(정본)』 고정불변의 원칙

〈국역〉 아! 선생같이 하늘이 준 높은 분으로서 만약 죽지 않고 지향하였던
학업을 마칠 수 있었다면, 그 성취한 것이 어찌 헤아릴 수 있었겠는
가? 나이 겨우 40세에 날카로운 재주를 다 쓰지 못한 채 갑자기 그렇
게 되고 말았으니, 얼마나 애석한 일인가? 오직 사문의 선배로서 기
수에 목욕한다던 증점의 기상이 있다고 절박하게 칭하였다면, 염락
의 서여를 얻은 사람임을 알 만하다. 그렇다면 끝내 시만 가지고 선
생을 평할 수 없다는 것은 분명한 사실이다. 그러므로 계곡 문충공
張維가 일찍이 선생의 시집에 서문을 쓰기를, "세상 사람들이 사람
으로 시를 보지 않기 때문에 사람을 제대로 알지 못한다." 하였는데,
그 말이 사실이다. 최 씨의 아들 선이 나에게 와 선생의 묘갈명을 청
하였는데, 내가 그의 학문을 질문해 보니, 『周易』에 깊은 조예가 있

었다. 혹시 선생의 정본에서 들음이 있어 그런 것인가?

〈略鑑〉 끝으로, 감탄사를 사용하여 뛰어난 재주를 다 발휘하지 못하고 죽은
　　　것에 대한 아쉬움을 표출하고 있다.

銘曰 嗚呼先生 志豪氣麤 始慕燕許 後則程朱 俄蹈禍機 而止
於斯 我懼後人 只傳其詩 式闡其幽 以告無期

〈주석〉 〖麤〗 과격하다 추 〖燕許(연허)〗 唐나라 玄宗 때 名臣인 燕國公 張說
　　　과 許國公 蘇頲의 幷稱임. 두 사람은 모두 문장으로 뛰어나 당시 ‘燕
　　　許大手筆’라 일컬어졌음 〖俄〗 갑자기 아 〖式〗 발어사 식
〈국·역〉 다음과 같이 銘한다.
　　　아! 선생은, 뜻이 호탕하고 기가 거세었네. 처음엔 연허를 사모하다
　　　가, 뒤에는 정주를 본받았네. 갑자기 화의 기틀을 밟아, 여기에서 그
　　　치고 말았네. 내가 두려운 건 후인들이, 단지 그의 시만 전송하는 것
　　　이라네. 그래서 남이 모르는 걸 밝혀, 끝없는 후세에 알리려 하네.
〈略鑑〉 序에 이어 앞의 내용을 간략히 줄인 銘으로 작품을 매듭짓고 있다.
　　　墓誌銘은 주로 평생의 사적을 산문으로 기록한 序와 죽은 이를 칭
　　　송하거나 아쉬워하여 韻文으로 기록한 銘으로 구성되어 있다. 송시
　　　열은 『송자대전』 「記述雜錄」에서, “나는 묘도문에 있어서 비록 한
　　　유나 구양수를 본받았으나 주회암의 문체도 함께 사용하였다(吾於
　　　墓文 雖法韓歐 而亦以晦菴文體參用).”라 하여, 韓愈와 歐陽脩의 문
　　　체를 근본으로 삼았음을 알 수 있다.

維歲次乙丑十二月丁亥朔二十六日壬子　實爲吾亡弟卓而之再
朞　其前一日辛亥　仲兄昌協　略具醪羞之奠　哭而酹之曰　嗚呼
二十五月　古人不曰隙駟乎　汝之亡也　今適及是朞矣　筵几之設
哭泣之節　人所憑依　其在是矣　而今將撤而去之　抑而止之　先
王制禮　其末如之何也已　然吾於汝　忽焉相忘　其已久矣　內迫
於夙夜　外騖於原隰　鞅掌王事　不暇顧私　朝晡之饋　朔望之奠
曠而不與十八九矣　生憐而死捐　固其然乎　日遠而日忘　固謂是
乎　我固負汝乎　汝固恨我乎　嗚呼　此何爲哉

〈주석〉　〖卓而(탁이)〗 金昌立의 字로, 金壽恒의 제6남　〖再期(재기)〗 상복 입은 2
　　　　주년　〖醪〗 술 료　〖羞〗 음식 수　〖奠〗 제수 전　〖酹〗 강신하다 뢰　〖駟〗
　　　　四馬 사　〖筵几(연궤)〗 좌석과 几案으로, 어른을 공경하거나 제사 때 베
　　　　풀어 두는 것　〖憑〗 기대다 빙　〖撤〗 거두다 철　〖末〗＝無　〖迫〗 고생

---

9) 金昌協(1651, 효종 2~1708, 숙종 34): 본관은 안동, 자는 仲和, 호는 農巖. 당대 명문 출신으로 金尙憲의
증손자이며, 아버지 金壽恒과 형 金昌集이 모두 영의정을 지냈다. 六昌으로 불리는 여섯 형제 중에서 특히
창협의 文과 동생 昌翕의 詩는 당대에 이미 명망이 높았다. 24세 때 송시열을 찾아가 小學에 대해 토론했
고 李珥의 학통을 이었다. 전아하고 순정한 문체를 추구한 古文家로 전대의 누습한 文氣를 씻었다고 金澤
榮에게 높은 평가를 받았다.

하다 박 〖驋〗 달리다 무 〖原隰(원습)〗 땅이 높고 평평한 곳을 原이
라 하고, 낮고 습한 곳을 隰이라 하는데, 사신 가는 일을 가리킴 〖鞅
掌(앙장)〗 일이 바쁨 〖朝晡(조포)〗 朝時(辰時)에서 晡時(申時)까지를
이름 〖饋〗 음식을 올리다 궤 〖曠〗 헛되이 지내다 광 〖捐〗 버리다 연

 유세차 을축년(1685, 숙종 11) 정해일을 초하루로 하는 12월 26일 임
자일은 실로 내 죽은 동생 탁이의 재기일이다. 그 하루 전 신해일에
중형 창협은 술과 안주를 간략하게 차려 놓고 곡하고 술을 부으며
말하노라. 아! 25개월 되었구나. 옛사람이 사마가 달려 틈새를 지나
치듯 (세월이 빠르다) 이르지 아니하였던가? 네가 죽고 지금 마침 재
기일이 되었구나. 궤연을 두고 곡읍하는 절차는 사람들이 의지하는
것으로 지금 행하고 있는데, 이제 장차 궤연을 철거해야 하고, 곡읍
을 억지해야 하는구나. 선왕이 제정한 예이니, 어찌할 수가 없구나.
그런데 내가 너를 홀연 잊은 지가 오래되었구나. 안으로 밤낮으로 고
생하고 밖으로는 원습에 달리게 되어 나랏일에 바빠 사사로운 일은
돌볼 겨를이 없었다. 아침상식을 올리는 일이나 초하루나 보름에 전
을 올리는 일에도 헛되이 지내면서 십중팔구는 참석하지 못했구나.
살아 있을 때는 돌보고 죽으면 저버린다더니, 정말 그런 것인가? 날
이 멀어질수록 잊힌다더니, 정말 옳은 말인가? 내 실로 너를 저버렸
으니, 너도 나를 원망할 게 분명하겠구나. 아! 이 어찌 된 일인가?

 이 글은 再期日 날 동생 김창립에게 쓴 제문으로, 이 단락은 '嗚呼'
라는 감탄사를 반복적으로 사용하여 안타까움을 표현하면서 재기일
까지 이런저런 일로 바빠 동생을 돌보지 못한 것에 대한 미안한 마
음을 표출하고 있다.

夫送終之節　亦多變矣　斂而蓋棺　其形隱矣　葬而封墓　其柩閟
矣　期而小祥　其服改矣　其節每變　而其痛每新　然猶筵几未撤
哭泣有所　則幽明之間　未甚闊　而魂氣之交　未甚疎也　乃今將
曠然廓然　使死者純乎鬼　而生者一無憑焉　則送終之變　於是乎
極矣　而惟我與汝　方始大訣於今日矣　此其可以無慟乎　慟其可
以不甚乎

〈주석〉 〖柩〗 널 구 〖閟〗 으슥하다 비 〖闊〗 멀다 활 〖魂氣(혼기)〗 혼령 〖曠〗
　　　　비다 광 〖廓然(확연)〗 휑한 모양 〖訣〗 이별하다 결

〈국역〉 대저 죽은 이를 장사 지내는 절차에도 변화가 많았다. 염을 해서 관
　　　　을 덮으면 그 몸이 숨겨지고, 장사하여 봉분을 만들면 그 널이 숨겨
　　　　지며, 1년이 되어 소상이 되면 服制가 달라진다. 그 절차가 변할 때
　　　　마다 그 애통한 마음도 늘 새로워진다. 그러나 여전히 궤연은 아직
　　　　거두지 않고 곡읍이라도 할 곳이 있다. 그렇다면 저승과 이승 사이가
　　　　매우 멀지는 않고, 혼기의 소통이 그리 소원한 것이 아니었다. 그러
　　　　나 이제 장차 모든 것이 휑하게 비게 되어 죽은 자는 순전한 귀신이
　　　　되게 하고, 산 사람은 하나도 의지할 수 없게 된다. 그렇다면 죽은 사
　　　　람 보내는 변화가 여기에서 끝이 나게 된다. 아! 나와 네가 바야흐로
　　　　오늘로 영원히 이별하게 되는구나. 그러니 어찌 슬프지 않겠으며, 슬
　　　　픔이 어찌 심하지 않을 수 있겠는가?

〈略鑑〉 이번 재기일 후에 喪이 끝나므로 영원히 이별하게 됨을 슬퍼하고 있다.

嗚呼卓而　其亦已矣　精英之氣　昭朗之質　斂而歸之　其有處乎
凝而鍾焉　其有物乎　其猶浮漚之滅於海　而未嘗亡乎　抑猶行雲

之散乎天　而卒無有乎　四方上下　何莫知所向　一往三年　何至
今不復　嗚呼卓而　屈伸往來　合散消息　此皆有數　吾如天何哉
惟其覃思風雅　而不能振希聲　抗志古今　而不能充遠業　徒以殘
藁寄其馥　而短石表其名　窮天之痛　徹地之恨　惟此而已矣　嗚
呼卓而　其然乎　其不然乎　嗚呼哀哉　尙饗

〈주석〉 〖朗〗 밝다 랑 〖鍾〗 모으다 종 〖漚〗 거품 구 〖抑〗 아니면 억 〖息〗
　　　 자라다 식 〖覃〗 깊다 담 〖抗〗 높다 항 〖馥〗 향기 복

〈국역〉 아! 탁이야, 이젠 끝이구나. 훌륭하고 밝은 기질이 거두어 돌아간 곳
　　　이 있느냐? 응결되고 모여 태어난 물체가 있느냐? 뜬 물거품이 바다
　　　에서 사라지는 것과 같아 없어지지 않는 것이냐? 아니면 흘러가는
　　　구름이 하늘에서 흩어졌다가 끝내 없어지는 것과 같은 것이냐? 사방
　　　상하 어디로 향했는지 알 수가 없구나. 한 번 가더니 삼 년이 되도록
　　　어찌 지금껏 돌아오지 않느냐? 아! 탁이야. 굽혔다 펴고 가고 오며 합
　　　했다가 흩어지고 사라졌다가 자라는 것은 다 정해진 수가 있는 것이
　　　니, 내가 하늘이 하는 일을 어찌하겠느냐? 풍아를 깊이 생각했으나
　　　세상에 드물다는 명성을 떨치지 못하였고, 고금에 높은 뜻을 품었으
　　　나 원대한 일을 완성하지 못하고서, 다만 남은 원고에 그 향기를 묻
　　　혀 두고 작은 비석에 그 이름을 새길 뿐이니, 하늘에 닿는 애통함과
　　　땅에 사무치는 원한이 이러할 뿐이다. 아! 탁이야. 그러냐? 그렇지 않
　　　느냐? 아! 슬프다. 흠향하기 바란다.

〈略鑑〉 마지막 단락으로, 동생의 이름을 반복하여 부름을 통해 그리움을 배
　　　가시키고 있다. 그리고 감탄사와 의문구를 반복해서 사용하여 형체
　　　도 없이 사라졌으며 명성이나 원대한 일을 이루지 못하고 죽은 것에

대한 깊은 痛嘆을 표출하고 있다.

李德懋는 『靑莊館全書』에서 "宣祖朝 이하에 나온 문장은 볼만한 것이 많다. 시와 문을 겸한 이는 農巖 金昌協이고, 시로는 挹翠軒 朴誾을 제일로 친다는 것이 확고한 논평이나, 三淵 金昌翕에 이르러 大家를 이루었으니, 이는 어느 체제이든 다 갖추어져 있기 때문이다(宣廟朝以下 文章 多可觀也 詩文幷均者 其農岩乎 詩推挹翠軒爲第一 是不易之論 然至淵翁而後 成大家藪 葢無體不有也)."라 하여, 김창협은 詩文을 겸비하였음을 알 수 있다. 金昌協은 經術과 文章이 兩美하기로 退溪 이후 처음이라 꼽히는 문인이다. 그의 학문은 李珥, 金長生, 宋時烈의 학통을 이으면서 다음 시대 서울 중심의 老論系 문인들 사이에서 일어난 北學思想을 앞에서 창도하였다. 그는 古文에 특히 뛰어난 솜씨를 보여 典雅한 그의 문장과 朴趾源의 雄渾한 문장이 一時에 雙璧을 이루었다.

夏山曹氏有才子 曰命衡 字稚圭 其爲人淸明端愨 篤行而力學
弱冠已具遠大器 不幸短命 棄寡母而死 母李孺人痛甚 不欲生
已而輒自力 爲誄幾千萬言 凡君平生行事 細大皆具 介而請於
余 令其採而爲誌

〈주석〉 【愨】 성실하다 각 【大器(대기)】 큰일을 담당할 기량 【孺人(유인)】
　　　　남편에게 딸린 사람으로, 널리 아내를 뜻함 【輒】 문득 첩 【誄】 뇌
　　　　사(誄詞: 죽은 이의 생전 공덕을 칭송하며 弔喪하는 말) 뇌 【介】 소
　　　　개하다 개 【採】 골라 쓰다 채

〈국역〉 하산 조씨에 재주 있는 자식이 있는데, 이름은 조명형이요, 자는 치
　　　　규이다. 그 사람됨이 청명하고 단정·성실하며, 독실하게 행하고 배
　　　　우기에 힘써 20세에 이미 원대한 기량을 갖추었으나, 불행히 단명하
　　　　여 홀로된 어미를 버려두고 죽었다. 어머니 이유인은 몹시 애통하여
　　　　살고자 하지 않다가, 좀 지나서 문득 자력으로 뇌사 수천만 자를 지
　　　　었다. 거기에는 군이 평소 행한 크고 작은 일이 다 적혀 있었다. 소
　　　　개를 통해 나에게 청하여 이것을 가지고 墓誌를 지어 달라 하였다.

<略鑑> 이 글은 조명형의 墓誌銘으로, 墓碑에는 지상에 세우는 神道碑·墓
碣·墓表·神道表 등이 있고, 지하에 묻는 墓誌銘이 있다. 묘 앞 도
로를 神道라 하므로, 神道碑라 칭했다. 碑와 碣의 차이는 제도 형식
이 다를 뿐이다. 그 둘은 石刻의 형상과 높이에 제한이 있다. 碑는
뿔 없는 용(螭)을 머리로 하고 거북모양의 빗돌받침(趺)을 하며, 빗
돌받침의 위로 높이 9척을 넘지 않는다. 碣은 규홀(圭)의 머리에 사
각 빗돌받침으로 하며 빗돌받침의 위로 높이 4척을 넘지 않는다. 묘
표와 신도표는 신도비와 명칭만 다르다. 이 단락은 조명형의 대략적
인 인품과 묘지명을 짓게 된 배경에 대해 서술하고 있다.

余受而讀之 至其母子相慈孝 鞠育奉養 恩勤篤至 以及死生恨
結之際 爲之泣下霑襟 幾不忍竟 旣而歎曰 甚矣 生之賢 而孺
人之窮 其可哀也 古人嘗言仁義之行於天下 可使父不哭子 老
不哭幼 夫世無至治也久矣 夭閼煢獨 相望於天下 然其賢未必
皆若生 而其窮又未有如孺人者也 若是而又卒無述以慰其生與
死 則爲善而無祿者 尚何望焉 世有賢人君子 以文事爲任者
宜不忍於此 而孺人乃以責余 其亦慼矣

<주석> 〘霑〙 적시다 점 〘襟〙 옷깃 금 〘夭閼(요알)〙 요절 〘煢〙 외롭다 경 〘述〙
짓다 술 〘祿〙 복 록 〘尚〙 또한 상 〘責〙 구하다 책 〘慼〙 슬프다 척

<국역> 내가 그것을 받아서 읽어 보았는데, 그 모자가 서로 사랑하고 효도하
며, 길러 주고 봉양함이 은혜롭고 부지런하며 돈독하고 지극함에 이
르렀다. 생사에 대해 맺힌 한을 언급하는 대목에서는 흐르는 눈물이
옷소매를 적셔 차마 다 읽을 수가 없었다. 얼마 있다가 탄식하며 말

하기를, "대단하구나! 조생의 어짊이여. 그런데 유인이 궁한 처지가
되었으니, 참으로 슬픈 일이다."라고 하였다. 옛사람이 말하기를, "인
의가 천하에 행해질 때 부모가 자식을 곡하지 않게 할 수 있고 노인
이 어린이를 곡하지 않게 할 수 있다." 하였다. 세상에 지극한 정치가
행해지지 못한 것이 오래되니, 요절하거나 외로이 홀로 남은 자가 천
하에 많이 있다. 그러나 조생만큼 어진 이는 적고, 또 유인과 같이 곤
궁한 자는 없다. 이러한데도 또 끝내 산 자와 죽은 자를 위로하는 글
을 짓지 않는다면, 착한 일을 하고도 복을 받지 못하는 자가 또한 무
엇을 바랄 수 있겠는가? 세상에 현인, 군자 중에 文事를 책임지는 자
는 마땅히 이 일에 가만히 있을 수가 없을 텐데, 유인이 이 일을 나에
게 맡기니, 그 또한 슬픈 일이다.

〈略鑑〉 墓誌銘을 지을 수밖에 없는 상황과 지극한 정치가 행해지지 못한 世
態에 대한 아쉬움을 표출하고 있다.

始君曾祖參判公漢英　嘗同吾曾祖淸陰文正公　蒙難于瀋　其雪
窖唱酬集　世莫不誦之　而君大父翊贊公憲周　實爲吾世母同産
弟　祖母李淑人　又與吾妻同爲月沙李文忠公曾孫　而君之外祖
父僉樞公蕙　又與吾外祖羅公同出　守夢鄭文肅公爲孫　君又娶
吾族兄參議盛廸女　蓋余於君　其世好親姻之篤　固不一再重　而
君之冠也　余又從賓階　祝而命焉　雖其後不復再見　而其儀度夙
茂　今尙可念　況孺人之賢　素著親黨間　其不以暱愛而溢於辭
人皆信之　余於是又何間焉

〈주석〉 〖蒙〗 뒤집어쓰다 몽 〖大父〗＝祖父 〖世母〗＝伯母 〖賓階(빈계)〗 서쪽

계단으로, 손님과 주인이 만날 때 손님은 서쪽 계단으로 오름 〖命〗
이름 짓다 명 〖儀度(의도)〗 예의법도 〖暱〗 친하다 닐 〖間〗 간여하
다 간

 일찍이 군의 증조 참판공 조한영은 나의 증조 청음 문정공과 함께 瀋
陽에서 난을 당한 적이 있고, 그의『설교창수집』은 세상에서 읊지
않은 이가 없었다. 게다가 군의 조부 익찬공 조헌주는 실제로 나의
백모의 同腹 아우이고, 군의 조모 이숙인은 또 나의 처와 함께 월사
이 문충공의 증손이며, 군의 외조부 첨추공 이훤은 또 나의 외조부
나공과 다 같이 수몽 정 문숙공의 외손이다. 군은 또 나의 친족 형
참의 김성적의 딸에게 장가들었으니, 나와 군이 대대로 좋은 친인척
관계를 맺어 온 것은 실로 한두 번이 아니다. 거기다가 군이 冠禮를
치를 때 나는 손님으로 참석하여 축하하고 命名하였으니, 비록 그 뒤
에 다시 만나지는 못하였으나, 그 예의법도가 숙성하였음은 지금까
지도 여전히 생각이 난다. 더구나 유인의 현숙함은 본디 친척 간에
잘 알려져 있다. 친애하기 때문에 지나친 찬사를 쓰지 않은 줄은 사
람들이 모두 믿는 터이니, 내가 여기에 또 무엇을 간여하겠는가?

 墓主인 조명현과 이 글을 쓰고 있는 자신과의 친숙한 관계에 대해
기록하고 있다.

誄稱 君弱不好弄 長益凝重 言笑不苟 喜怒不遽 衣帶容止必
飭 雖燕昵 亦穆如也 婢僕未嘗聞叱咤聲 而畏之如嚴君焉 及
喪 皆號慟曰 失吾賢主也 三歲而孤 每見母哭泣 其容有慽 必
母少食 乃肯食 旣年長有室矣 猶不忍少去母側 愉色婉容 絶
無毫髮違忤 推以事祖父母 愛敬同之 侍疾居喪 一致其誠禮

凡其所行履 雖古所稱篤孝君子 不能過也 學語卽知書 己更自
立課程 蚤夜刻厲 不少休息 李孺人憂其疾戒之 則輒愀然曰
使我家如崔徐兩姨氏者 何至苦學如此 蓋二家皆方貴顯 多子
姓故云 孺人哀其意 不忍復止 於是其文辭識解 方日泉達 而
竟死 不及有成 惜哉

〈주석〉 〚凝重(응중)〛 중후함 〚遽〛 갑자기 거 〚飭〛 삼가다 칙 〚燕昵(연닐)〛
친한 사람 〚穆如(목여)〛 화목한 모양 〚叱〛 꾸짖다 질 〚咤〛 꾸짖다
타 〚慽〛 슬프다 척 〚室〛 아내 실 〚愉〛 부드럽다 유 〚婉〛 예쁘다
완 〚忤〛 거스르다 오 〚致〛 다하다 치 〚蚤〛 일찍 조 〚刻厲(각려)〛
매우 노력함 〚愀〛 근심하다 초 〚姨〛 이모 이 〚子姓(자성)〛 자손이
나 자녀

〈국역〉 뇌사는 다음과 같다. 군은 어려서부터 장난을 좋아하지 아니하였고,
장성해서는 더욱 중후하여 구차하게 말하거나 웃지 않았고 갑자기
기뻐하거나 노하지 않았으며, 의대와 몸가짐은 반드시 삼가고, 비록
친한 사람이라도 또한 화목하였다. 종들은 꾸짖는 소리를 들은 적이
없는데도 엄한 아비를 대하듯 그를 두려워하였고, 상을 당하자 모두
통곡하며 "우리의 어진 주인을 잃었다."고 하였다. 세 살에 아버지를
잃었는데, 어머니가 곡읍하는 것을 볼 때마다 그 얼굴에 슬픔을 띠
고, 반드시 어머니가 조금이라도 식사를 해야만 자기도 음식을 먹으
려 했다. 나이 들어 아내가 있어도 여전히 어머니 곁을 잠시도 떠나
려고 하지 않았으며, 부드러운 낯빛과 예쁜 얼굴로 결코 조금이라도
어머니의 뜻을 거스르는 일이 없었다. 조부모에게까지도 똑같이 사
랑하고 공경하여, 병을 간호할 때나 상을 당해서나 한결같이 정성과

예를 다하였다. 무릇 그의 행동이 비록 옛날의 효를 돈독히 한 군자
라 일컬어진 사람도 넘을 수 없었다. 말을 배우자마자 곧 글을 알았
는데, 자기가 다시 스스로 과정을 세워 밤낮으로 뼈를 깎는 노력을
하여 조금도 쉬지를 않았다. 이유인이 그가 병이 날까 걱정하여 주의
를 주자, 근심하는 기색으로 말하기를, “만약 우리 집이 최씨·서씨
댁의 두 이모의 집과 같다면, 무엇 때문에 이처럼 힘써 공부하겠습니
까?” 하였다. 대개 두 집안은 모두 바야흐로 귀하게 되고 현달하였으
며 자손이 많기 때문에 그렇게 말한 것이다. 유인도 그 뜻을 가련하
게 여겨 차마 다시는 말리지를 못하였다. 이에 그의 문사와 지식이
바야흐로 날로 샘물 솟아나듯 하였으나, 마침내 죽어 성취에 이르지
못하였으니, 슬프도다!

 조명형의 생장 과정에 대해 서술하고 있는데, 특이하게도 뇌사의 말
을 직접 인용하는 방식을 채택하여 전달하고자 하는 내용에 신빙성
을 더해 주고 있다. 墓主를 선명하게 부각시킬 수 있는 내용만 제시
하고 나머지는 생략하거나 서술을 축소하고 있다. 이것은 韓愈가 즐
겨 쓰던 방법이다.

初翊贊年十五　生君考通德郞夏重　通德又年十七生君　曹氏實
主累世宗祀　而連二代輒早擧首子　翊贊方年三十　則已抱孫　人
以爲福　旣而輒皆早死　通德僅十九　君二十二　而又無子　豈早
生者不實　固物理然耶　將天以是爲戲也　雖然　使孺人而獨罹此
毒　則亦太甚矣　余固慚賢　而文者不忍孺人窮無告　勉而爲之誌
嗚呼　是尚可以少慰其意耶　君以丙子十二月壬辰死　墓在驪州
五龍谷先兆內某向之原

<주석> 〖宗祀(종사)〗 각종 제사 〖將〗 아니면 장 〖罹〗 재앙에 걸리다 리 〖尚〗
       ~할까요 상 〖兆〗 무덤 조

<국•역> 당초에 익찬공이 나이 15세에 군의 아버지 통덕랑 조하중을 낳았고,
       통덕랑이 또 17세에 군을 낳았다. 조 씨가 실로 누대의 종사를 주관
       하여, 연달아 2대째 번번이 일찍 맏아들을 보았으니, 익찬공은 바야
       흐로 30여 세에 이미 손자를 안게 되었다. 사람들이 복으로 여겼으나
       얼마 있다가 곧 모두가 일찍 죽었다. 통덕랑은 겨우 19세에 죽었고,
       군은 22세에 죽고 또 아들이 없으니, 일찍 태어난 자가 부실하다는
       것은 진실로 사물의 이치가 그런 것인가? 아니면 하늘의 장난이란
       말인가? 비록 그렇지만 만약 유인만이 홀로 이 모진 고통을 당하게
       한다면 또한 너무 심한 일일 것이다. 내 진실로 어질다 하기에는 부
       끄럽지만, 글 짓는 자로 유인이 하소연할 데 없이 궁한 처지를 차마
       보지 못하여 애써 이 誌를 지은 것이다. 아! 이것이 그의 마음을 조금
       이나마 위로할 수 있을까? 군은 병자년(1696, 숙종 22) 12월 임진일에
       죽었고, 묘는 여주 오룡곡 선영 내 모향의 언덕에 있다.

<略鑑> 가문이 대대로 요절한 사실과 묘지명에 반드시 들어가야 할 묘의 위
       치에 대해 제시하고 있다.

銘曰 長而戀母 如未免懷 我晨我昏 宛宛依依 孰云孝心 妻子
於衰 薄俗靡靡 獨與古偕 嗚呼此意 雖死不埋 我列其美 用勸
後來 敢告令母 其勿永哀

<주석> 〖宛〗 따르다 완 〖依依(의의)〗 차마 떨어지기 어려워하는 모양 〖靡靡
       (미미)〗 순종하는 모양 〖偕〗 함께하다 해 〖令母(령모)〗 현덕한 모친

 다음과 같이 銘한다.

　　　자라서도 어머니 그리기를, 품에서 벗어나지 못하는 듯하였네. 새벽
　　　이나 밤이나, 곁을 따르며 떠나지 못하였네. 누가 말하였는가? 효심
　　　이, 처자에게서 줄어든다고. 모두가 천박한 시속에 쏠리는데, 홀로
　　　고풍을 짝하였네. 아! 이 뜻은 비록 죽어도 묻히지 않을 것이다. 그
　　　미덕 열거하여, 뒷사람들 권면코자 하네. 감히 현덕한 어머니께 고하
　　　노니, 길이 슬퍼하지 마소서.

〈略鑑〉 앞 단락의 序 부분을 韻文을 사용하여 간략히 요약하고 있다.

　　『조선왕조실록』 숙종 34년(1708)에 김창협의 卒記가 다음과 같이
실려 있다.

"지돈녕부사 김창협이 卒하였다. 김창협의 字는 仲和로서, 영
의정 金壽恒의 둘째 아들이다. 천성이 溫粹하고 청결하여 한
점의 더러운 세속의 기운이 없고, 문장은 醲郁(맛이 진함)을
모방하여 六一居士(宋나라 文豪 歐陽修의 號. 唐宋八大家의
한 사람. 문장이 醲郁하다고 함)의 精髓를 깊이 얻었다. 國朝
이래로 작자는 1, 2분에 불과했는데, 김창협이 鼎立(솥발과 같
이 셋이 나누어 섬)하였다고 이를 만하다. 詩도 역시 漢·魏를
출입하면서 少陵(唐의 詩人 杜甫의 호)으로 補翼하였다. 高古
하고 雅健(筆力이 高尚하고 기운참)하여, 천박한 문장을 일삼
지 않았는데, 조금 후에 이것은 우리 선비가 끝까지 할 사업은
되지 못한다고 여겨 마침내 六經에만 오로지 정진하여 濂洛關

閩(宋나라 濂溪의 周敦頤, 洛陽의 程顥, 그 아우 程頤, 關中의 張載, 閩中의 朱熹가 제창한 성리학)의 學에 미쳐서 학문에 젖어 들고 널리 행하여 寢食을 잊기까지 하니, 견해가 정확하고 공부가 독실하여 요즘의 변통성이 없는 선비에 비길 수 없었다.『朱子書』에 공력을 씀이 더욱 깊어, 宋時烈이『朱文箚義』를 저술할 때에 그의 말을 많이 인용하였다. 晚年에 義理가 꽉 막히고 斯文이 갈라지고 찢어지는 때를 당하니, 名義를 表正하고 邪詖함을 물리치는 것으로써 자기의 임무를 삼으니, 世道가 힘입어서 維持되어 蔚然히 儒林의 으뜸이 되었다. 따라 배우는 자가 매우 많았는데 가르치기를 조금도 게을리하지 않았으며, 후생 가운데 文詞를 바로잡을 자가 있으면, 문득 이끌어서 학문에 나아가게 하였다. 젊어서 괴과(科擧에서 文科의 甲科를 이르는 말)에 올라, 명망이 한 시대를 굽어보았다. 法筵에 進講하니, 淳夫(宋나라 유학자 范祖禹의 字. 평상시에는 남의 과실을 말하지 않지만 일을 만나면 是非를 분변하여 밝혔음)처럼 三昧의 경지에 있다는 명성이 있었다. 더욱 君德의 闕遺에 잊지 않고 돌보고, 일을 만나면 경계하여 바로잡아 임금의 노여움을 피하지 않았다. 기사년(1689 숙종 15년)의 화를 만나자, 다시는 當世에 뜻을 두지 않았고, 갑술년의 정국 변동 뒤에 여러 번 불렀으나 나오지 않았다. 窮山에서 굶주림을 참아 가면서 굳게 지조를 지키면서 한평생을 마쳤으니, 비록 志趣가 다른 자라도 또한 높이 우러러 공경하여 미치기 어렵다고 여겼다. 대개 그의 資稟의 순수함과 文章의 높음과 學術의 심오함을 논하면, 모두가 남보다 뛰어났으니, 진실로 세상에 드문 큰 선비가 될 만하다고 하겠다. 이때에 이르러 卒하니 나이가 58세였다. 太學生들이 館을 비우고 와서 제수를 올렸고, 학자들이 그를 '農巖先生'이라고 일컬었다. 文集 34권이 있어 세상에 행하여졌으며, 뒤에 文簡이란 시호를 내려 주었다(知敦寧府事金昌協卒 昌協字仲和 領議政壽恒第二子也 天資溫粹潔淸 無一點塵俗氣 爲文章典則釀郁 深得六一精髓 國朝以來作者 不過一二公 昌協可以鼎峙云 詩亦出入漢魏 翼以少陵 高古雅健 不事膚草 己而謂此不足爲吾儒究竟事業 遂專精六經 以及濂洛關閩 浸涵演迤 至忘寢食 見解精確 工夫篤實 非挽近拘儒可倫也 於朱子書 用功尤深 宋時烈著朱文箚疑 多用其說 晚歲當義理晦塞 斯文磔裂之會 以表正名義 攘斥邪詖 爲己任 世道賴以維持 蔚然爲儒林之宗 從學者甚衆 訓誨不少倦 後生有以文詞取正者 輒引以進之於學問 少登魁科 望臨一時 進講法筵 有淳夫三昧之譽 尤眷眷於君德闕遺 遇事規切 不避觸忤 及遭己巳之禍 不復有意於當世 更化之後 屢召不起 忍飢窮山固守而終身 雖異趣者 亦高仰之 以爲難及 蓋論其資稟之純 文章之高 學術之深 俱詣絶於人 允可爲間世之鴻儒云 至是卒年五十八 太學生捲堂來奠 學者稱之爲農巖先生 有文集三十四卷 行于世 後贈諡文簡)."

琴師金聖基者 初爲尙方弓人 性嗜音律 不居肆執工 而從人學
琴 得精其法 遂棄弓而專琴 樂工之善者 皆出其下 又旁解洞
簫琵琶 皆極其妙 能自爲新聲 學其譜 擅名者亦衆 於是洛下
有金聖基新譜

〈주석〉 『尙方弓人(상방궁인)』 尙衣院 소속의 활 만드는 工人 『擅名(천명)』
명성을 누림 『洛下(락하)』 서울

〈국역〉 금사 김성기는 원래 상방궁인이었다. 성품은 음률을 좋아해 작업장
에 있으면서 공인의 일은 하지 않고, 사람을 따라 거문고를 배웠다.
그 법을 정교하게 할 수 있자, 드디어 활을 버리고 거문고를 전공하
였다. 솜씨 좋은 악공들은 모두 그 밑에서 나왔다. 또 한편으로는 퉁
소와 비파도 배웠는데, 모두 그 오묘함의 극치에 이르렀다. 스스로
新曲을 만들었는데, 그의 악보를 배워 이름을 떨친 자도 많았다. 그

---

10) 鄭來僑(1681~1759): 中人에 속하는 인물인데, 중인 중에서도 별 볼일 없는 집안 출신이었다. 탁월한 재
능을 가진 시인이었으나, 신분의 장벽에 막혀 평생을 불우하게 살다가 죽었다. 1702年(22세)에 洪世泰를
처음 만나게 되는데, 그에게 시를 배워 洪世泰 사후에는 가장 이름 있는 閭巷詩人으로 부상한다. 金昌協,
金昌翕 등 명사들과의 교제를 갖기도 했다. 1722년에 黨禍에 관계되어 계룡산의 浣巖谷으로 일시 피해
가 있어, 이로 인해 浣巖이란 號를 쓰게 되었다. 만년에는 학동들을 모아 글을 가르쳤다.

래서 서울에 '김성기의 새 악보'가 유행하였던 것이다.

〈略鑑〉 이 글은 琴師 김성기의 傳이다. 뒤에 실린 趙秀三의 『추재기이』「金
琴師」에도 김성기에 대한 내용이 나온다. 이 단락은 본래의 직업을
버리고 거문고를 배워 '김성기의 새 악보'라는 말이 생길 정도로 연
주뿐 아니라 作曲에도 뛰어났음을 묘사하고 있다.

人家會客讌飮 雖衆伎充堂 而無聖基 則以爲歉焉 然聖基家貧
浪遊 妻子不免飢寒 晚乃僦居西湖上 買小艇篛簑 手一竿往來
釣魚以自給 自號釣隱 每夜風靜月朗 搖櫓中流 引洞簫三四弄
哀怨瀏亮 聲徹雲霄 岸上聞者 多徘徊不能去

〈주석〉 〖讌〗 잔치하다 연 〖伎〗 광대 기 〖歉〗 뜻에 차지 아니하다 겸 〖浪遊(랑
유)〗 사방으로 유랑함 〖僦〗 세내다 추 〖西湖(서호)〗 西江의 별칭 〖艇〗
거룻배 정 〖篛〗 대껍질 약 〖簑〗 도롱이 사 〖竿〗 장대 간 〖朗〗 밝
다 랑 〖櫓〗 노 로 〖瀏〗 맑다 류 〖亮〗 밝다 량 〖霄〗 하늘 소

〈국•역〉 인가에 손님이 모여 잔치를 하는데, 비록 많은 藝人들이 집을 가득
채워도 김성기가 없으면 험으로 여겼다. 그런데 김성기는 집이 가난
한데도 멋대로 놀아서, 처자식은 굶주림과 추위를 벗어나지 못하였
다. 만년에 서강 가에 세 들어 살았다. 작은 배를 사서 대껍질로 만든
도롱이를 입고 낚싯대 하나를 들고 왕래하며 고기를 잡아 自給自足
하면서 자호를 조은이라 했다. 늘 밤에 바람이 고요하고 달빛이 밝으
면, 노를 저어 중류로 나와 퉁소를 끌어다 서너 곡 연주한다. 그러면
슬프고 청량한 소리가 밤하늘의 구름을 뚫고 올라갔다. 언덕 위에서
듣는 자 중에 배회하며 떠날 수 없는 자가 많았다.

 김성기의 유명세와 個性에 대해 敍事하면서, 서강에서 고기를 잡아
생계를 잇는 고달픈 생활을 감내하면서도 세속에 타협하지 않고 끝
내 고상한 자세를 지니고 있는 모습을 부각시키고 있다.

宮奴虎龍者 上變起大獄 屠戮搢紳 爲功臣封君 氣焰熏人 嘗
大會其徒飮 具鞍馬禮請金琴師聖基 聖基辭以疾不往 使者至
數輩 猶堅臥不動 虎龍怒甚 乃脅之曰 不來 吾且大辱汝 聖基
方與客鼓琵琶 聞而大恚 擲琵琶使者 前罵曰 歸語虎龍 吾年
七十矣 何以汝爲思 汝善告變 其亦告變我殺之 虎龍色沮 爲
之罷會 自是聖基不入城 罕詣人作伎 然有會心者 訪至江上
則用洞簫爲歡 而亦數弄而止 未嘗爛漫

〈주석〉 『宮奴(궁노)』 궁중에서 일하는 사람 『虎龍』 睦虎龍(1684~1724)으로
경종 2년에 逆獄을 고발하여 辛壬士禍를 일으킨 장본인이며, 그 공
으로 東城君에 봉해짐(『국조보감』에, "처음에 경종이 편찮은 상황에
서 후사가 없자, 金昌集 등 여러 대신이 경종에게 아뢰어 慈殿에 여
쭈어 상을 왕세자로 책봉하도록 하였다. 이에 賊臣 柳鳳輝·趙泰耉
가 金一鏡 등과 서로 앞뒤로 상소를 올려 김창집 등을 터무니없는
사실로 얽어 넣어 이로써 儲宮까지 핍박하려 하였다. 끝내는 睦虎龍
을 사주하여 誣獄을 일으켜 살육을 멋대로 행하였는데, 김창집 등의
대신 및 이만성 등의 인물이 모두 참화를 입게 되었다."라 함) 『屠』
죽이다 도 『搢紳(진신)』 벼슬아치나 儒者 『焰』 불꽃 염 『熏』 태우
다 훈 『鞍馬(안마)』 騎馬 『恚』 성내다 에 『罵』 꾸짖다 매 『思』 두
려워하다 구 『沮』 꺾이다 저 『會心(회심)』 뜻이 서로 맞음 『爛漫(란

만》 구속을 받지 않음, 번잡한 모습, 음란함.

 궁노 목호룡은 위에 고변하여 큰 옥사를 일으켰다. 사대부들을 도륙하여 공신이 되고 군에 봉해져서 기염이 사람을 괴롭혔다. 일찍이 그 무리들을 크게 모아 술을 마실 때, 말을 갖추어 예의 있게 금사 김성기를 청하였다. 김성기는 병이라 핑계 대고 가지 않으니, 심부름꾼 여러 무리가 이르렀으나, 여전히 꼼짝 않고 누워 움직이지 않았다. 호룡이 매우 화가 나 그를 위협하길, "오지 않으면 내가 장차 크게 너를 욕보일 것이다."라 하니, 김성기가 바야흐로 손님과 비파를 연주하다 듣고서 매우 노하여 심부름꾼에게 비파를 던지고 앞으로 나아가 꾸짖기를, "돌아가서 호룡에게 말해라. 내 나이 70인데, 어찌 너를 두려워하겠는가? 네가 고변을 잘하니, 또한 나를 고변해서 죽여 보아라." 하니, 호룡은 기가 죽어서 모임을 마쳤다. 이로부터 김성기는 성에 들어가지 않았고, 가끔 남에게 가서 연주를 하였다. 그러나 마음에 맞는 사람이 있어 찾아와 서강에 이르면, 퉁소를 불며 즐기는데 또한 몇 곡조에 그쳤고, 한 번도 흥청거리게 놀지 않았다.

 당시 실권자의 부름에 응하지 않는 金聖基의 高尙한 자세를 보여 주는 逸話를 제시하고 있는 단락이다.

余自幼少時習聞金琴師名　嘗於知舊家遇之　鬚髮皓白　肩高骨稜　口喘喘　不絶咳聲　然強使操琵琶　爲靈山變徵之音　座客無不悲惋隕涕　雖老且死　而手爪之妙　能感人如此　其盛壯時可知也　爲人精介少言語　不喜飮酒　窮居江上　若將終身　是豈無守而然哉　況其憤罵虎賊　凜然有不可犯者　鳴呼其亦雷海清者流歟　世之士大夫　臾詬去就　以汚迹於匪人者　其視金琴師　亦可

以知媿哉

〈주석〉 〖皓〗 희다 호 〖稜〗 모 릉 〖喘〗 헐떡이다 천 〖咳〗 기침 해 〖靈山(영산)〗 영산회상곡으로, 석가모니가 설법하던 영산회의 불보살을 노래한 악곡 〖變徵之音(변징지음)〗 음악의 七音의 하나로, 가락이 悲壯한 것 〖惋〗 한탄하다 완 〖隕〗 떨어뜨리다 운 〖爪〗 손톱 조 〖妙〗 묘하다 묘 〖介〗 굳다 개 〖憤〗 흥분하다 분 〖凜〗 의젓하다 름 〖雷海淸(뇌해청)〗 당나라의 樂工 『조선왕조실록』 연산조에 "唐 玄宗 때에 樂工 雷海淸이 임금의 播遷을 마음 아파하고 역적이 퍼져 일어남을 분하게 여겨, 악기를 땅에 던지고 서쪽을 향하여 통곡하였다. 대저 악공의 천한 신분으로 이런 忠烈의 행실이 있었으니, 그 節義가 가상하다."라는 기록이 있음 〖流〗 =類 〖㓤〗 지조 없다 혈 〖詬〗 망신 주다 후(구) 〖匪〗 아니다 비 〖媿〗 =愧 부끄럽다 괴

〈국역〉 나는 어려서부터 금사 김성기의 이름을 익히 들었다. 한 번은 친구의 집에서 그를 만났는데, 수염과 머리가 하얗고 어깨가 솟고 뼈에 각이 졌으며, 숨을 헐떡이고 기침이 끊이질 않았다. 그런데 억지로 비파를 연주하게 하였더니, 영산곡을 연주하는데 좌중의 손님들 중에 슬퍼서 눈물을 흘리지 않는 사람이 없었다. 비록 늙어 장차 죽게 되었으나, 손의 오묘함은 이처럼 사람을 감동시킬 수 있었으니, 그의 한창 때를 알 수 있겠다. 김성기는 사람 됨됨이가 정결하고 말수가 적었으며, 술 마시기를 좋아하지 않았다. 서강 가에서 어렵게 살며 일생을 마치려는 듯하니, 이것은 어찌 지키는 것이 없이 그럴 수 있겠는가? 더구나 목호룡을 꾸짖어 늠름하게 범할 수 없는 것이 있었다. 아! 아마도 뇌해청의 무리인 듯하다. 세상의 사대부로 거취에 지조가 없어

옳지 못한 데에 자취를 더럽힌 자들이 금사 김성기를 보면 또한 부끄러움을 알 수 있을 것이다.

〈略鑑〉 마지막 단락으로, 史評에 해당하는 부분이다. 傳 발생 초기에는 史評을 구분할 수 있는 '史臣曰' 등의 표현이 있었으나, 후대로 오면서 잘 쓰지 않게 되었다. 이 단락은 전체 주제에 해당하는 부분으로, 去就에 지조가 없는 당시 사대부들에 대한 신랄한 諷刺를 담고 있다.

京城民俗 有南北之異 鍾街以南 至木覓下 是南部也 多商賈
富人 好利纖嗇 以鞍馬第宅侈靡相高 從白蓮以西至弼雲 是北
部也 類皆貧戶游食之民 然往往有任俠之徒 意氣交游 好施予
已然諾 救菑恤患 詩人文士時節相追逐 竊林泉雲月之樂 動有
篇什誇多鬪麗 豈亦有風氣使然者歟

〈주석〉 〖木覓목멱〗 南山 〖纖〗 잘다 섬 〖嗇〗 아끼다 색 〖鞍馬(안마)〗 騎馬 〖靡〗
호사하다 미 〖白蓮(백련)〗 백련봉으로, 北岳山 기슭 三淸洞에 있는
지명 〖弼雲(필운)〗 弼雲臺로, 仁王山 아래에 있는 지명 〖游食(유식)〗
거처가 일정하지 않음 〖任俠(임협)〗 義勇이 있는 사람 〖然諾(연낙)〗
말에 신의가 있음 〖菑〗 재앙 재 〖恤〗 구휼하다 휼 〖篇什(편집)〗 시 〖風
氣(풍기)〗 습속

〈국역〉 경성의 민속은 남북이 다르다. 종로 거리 이남에서 남산에 이르는 곳
이 남부인데, 상인과 부자가 많아 이익을 좋아하고 인색하며, 기마와
저택의 호사를 서로 다툰다. 백련봉 서쪽으로부터 필운대에 이르는
곳이 북부인데, 무리들은 모두 가난한 집이나 일정한 거처가 없는 백

성이지만, 종종 임협의 무리들이 있어 의기로 교유하여, 베풀어 주기를 좋아하고 말에 매우 신의가 있으며 남의 재앙과 근심을 도와준다. 시인이나 문사들이 계절마다 서로 노닐며 임천과 구름·달의 즐거움을 다하였으니, 곧잘 시편으로 多作을 자랑하고 화려한 시구를 겨루었다. 혹시 습속이 그렇게 한 것이 아닐까?

<略鑑> 이 글은 여항문학의 초창기 건설자인 洪世泰의 후원자인 임준원에 대해 쓴 傳이다. 이 단락은 서울 시정의 분위기가 남북으로 완연히 서로 다름을 보여 주는 부분이다. 일반적인 傳은 입전자의 인적사항부터 소개하는데, 이 작품은 이처럼 다소 다른 양상으로 시작하고 있다.

林俊元者字子昭　世居漢師北里　爲人雋爽有奇氣　好神姿善談辨　少時受學於龜谷崔公之門　頗有能詩之稱　然俊元家貧有老親　遂屈志爲內司掾　勤幹解事務　得任用司中　以起富　家貲累千　乃歎曰　於吾已足矣　寧可沒沒於此　卽謝仕家居　以文史自娛

<주석> 〖漢師〗 서울 〖雋〗 준걸 준 〖神姿(신자)〗 신기한 자태 〖內司〗 內需司로, 궁중에서 쓰는 쌀, 베 등의 잡물과 노비 등에 관한 사무를 맡아보는 관청 〖掾〗 아전 연 〖幹〗 견디다 간 〖貲〗 재물 자 〖沒〗 탐하다 몰 〖文史〗 문학과 사학의 저작이나 詩話類의 저서

<국역> 임준원의 자는 자소며, 대대로 서울 북쪽 마을에 살았다. 사람됨이 준수하고 시원스러웠으며, 기이한 기질이 있었고, 자태가 좋고 언변에 능했다. 어릴 적 귀곡 崔奇男의 문하에서 수학하여 자못 시를 잘 짓는다는 칭송이 있었다. 그러나 준원은 집이 가난한데다 노친까지

있어서 마침내 뜻을 굽혀 내수사의 아전이 되었다. 근면하고 사무에
능하여 내수사에서 신임과 쓰임을 받아 부를 일으켜 집의 재산이 누
천에 이르렀다. 이에 탄식하기를, "나에게 이미 풍족하다. 어찌 이것
에 골몰할 수 있겠는가."하고, 즉시 벼슬을 사직하고 집에 있으면서
문사로 스스로 즐겼다.

〈略鑑〉 임준원에 대한 간략한 내력 및 성품, 부를 얻은 과정 등에 대해 묘사
하고 있는 단락이다.

日與其徒高會　戶屨常滿　盃盤絡屬　其徒有庾公纘洪洪公世泰
崔大立崔承太金忠烈金富賢諸人　庾公號曰春谷　善碁　洪公號
曰滄浪　善詩　名聲俱冠當時　餘人亦皆以氣槩詞翰見稱　然庾公
嗜酒　能日飮數斗　洪公母老而寠　無以爲養　俊元館庾公　爲置
旨酒　以盡其量　而數以財周洪公　使不至匱乏　每遇良辰美景
招呼諸人　指某地爲期　俊元爲主　辦酒肴而隨之　輒賦詩酣飮
極驩而罷　以是爲常　久而不倦　洛下稍有才名者　以不得與其會
爲耻

〈주석〉 〚屨〛 신 구 〚盤〛 쟁반 반 〚絡〛 잇다 락 〚槩〛 절개 개 〚寠〛 가난하
다 구 〚館〛 묵다 관 〚周〛 진휼하다 주 〚匱〛 다하다 궤 〚乏〛 모자
라다 핍 〚辦〛 갖추다 판 〚驩〛 기뻐하다 환 〚洛〛 서울이름 락 〚稍〛
작다 초

〈국역〉 날마다 그 무리들과 고상한 모임을 가져 문 앞에는 신발이 항상 가득
찼고, 술상이 끊이질 않았다. 그 무리들 중에는 유찬홍, 홍세태, 최대
립, 최승태, 김충열, 김부현 등 여러 사람들이 있었다. 유찬홍은 호가

춘곡으로 바둑을 잘 두었고, 홍세태는 호가 창랑으로 시를 잘 지어서
명성이 모두 당시에 으뜸이었다. 나머지 사람들도 모두 기개나 문예
로 칭송을 받았다. 그런데 유찬홍은 술을 좋아해 하루에 여러 말을
마실 수 있었고, 홍세태는 어머니가 늙으셨는데, 가난하여 봉양할 수
없었다. 준원은 유찬홍을 머무르게 하고 맛있는 술을 마련해 두고 그
주량을 충족시켰으며, 홍세태를 자주 재물로 도와 궁핍하지 않게 하
였다. 늘 좋은 철에 아름다운 풍경을 만나면 여러 사람들을 불러 아
무 곳을 지정하여 모일 것을 약속하였다. 준원이 주관을 하여 술과
안주를 마련해 와서 시를 짓고 술을 실컷 마시다가 기쁨을 다 누리
고 파했다. 이것을 상례로 여겼지만, 오래되어도 귀찮게 여기지 않았
다. 서울에서 조금이라도 재주와 명성이 있는 사람들은 이 모임에 참
여할 수 없는 것을 수치로 여겼다.

〈略鑑〉 당시 閭巷의 모임을 만들고 누렸던 것에 대해 記述하고 있는 단락이
다. 閭巷文學은 사대부문학과 대척적인 것으로 17~19세기에 형성
되었다. 여항인들은 생활의 여유 속에서 자신의 취미를 발전시킬 기
회를 가져 동인적인 집회인 詩社가 결성되기도 했으며, 노래의 모임
도 있었는데, 이것이 여항의 노래와 시가 발생한 배경이 되었다. 여
항문화로서 가장 성황을 이룬 것은 漢詩文學이었다.

俊元旣饒於財 而好義樂施 常如不及 其親戚與知舊之貧 不能
婚嫁喪葬者 必以俊元爲歸 故其平居往來候視 執恭如子弟者
亦數十人 俊元嘗步過六曹街上 有一女子被官人驅去 一惡少
背隨詬之 女號哭甚哀 俊元問其故 叱曰 可以微債辱女人至此
耶 立償之 裂其券 遂去 女隨而問曰 公何如人 家安在 子昭曰

禮 男女異路 何必問我姓名 強之 終不告 自是子昭名震閭閻
慕風願識者跡交其門

〈주석〉 〖饒〗 넉넉하다 요 〖候視(후시)〗 방문하여 안부를 물음 〖六曹街〗 지
금의 광화문 앞 〖詬〗 욕을 하며 책망하다 후 〖叱〗 꾸짖다 질 〖閻〗
마을 염

〈국•역〉 준원은 이미 재산이 풍족한데다 의로운 일을 좋아하고 베풀기를 즐
겨 늘 도움이 미치지 못할 듯하였다(남에게 도움이 미치지 못할 것을
걱정했다). 그의 가난한 친척이나 친구 중에 혼인이나 장사를 치를
수 없는 자들은 반드시 준원에게 의뢰를 했다. 그러므로 그가 평소
집에 있거나 밖에 나가거나 안부를 물으며 자제처럼 공손한 사람들
이 수십 명이었다. 준원이 일찍이 육조 거리 위를 지나가는데, 어떤
한 여자가 관청 사람에게 끌려가고 있었다. 한 못된 놈이 뒤를 따라
가며 욕설을 퍼붓는데, 여자는 매우 슬프게 울고 있었다. 준원이 그
까닭을 물어보고 꾸짖기를, "하찮은 빚 때문에 여자를 이렇게 심하
게 욕보일 수 있느냐."라 하고, 바로 빚을 갚아 주고 그 문서를 찢어
버리고 갔다. 여자가 따라오면서 묻기를, "공은 어떤 분이시며, 집은
어디신지요?" 하니, 준원이 말하길, "예에 남녀 간은 길을 달리한다
고 하였소. 무엇하러 나의 성명을 물을 필요가 있겠소."라 하였다. 여
자가 그에게 강요했지만, 끝내 알려 주지 않았다. 이로부터 준원의
이름이 여항에 떨쳤으니, 풍도를 사모해 알고 지내기를 원하는 사람
의 발길이 그 문전을 이었다.

〈略鑑〉 임준원의 여러 逸話들 가운데, 閭巷에 명성을 날리게 된 이야기를 제
시하여 의로운 일에 재산을 베풀기 좋아하는 면모를 부각시키고 있다.

龜谷崔公病沒　喪不能擧　其門徒會治喪　無可以棺相助者　時子昭從
使臣入燕　座客歎曰　嗟乎　使林子昭在此　豈使先生死而無棺　言未旣
門外有人運棺材來者　問之　子昭人也　盖子昭行時　念公老病　戒家人
者也　於是人益服子昭高義能慮事也　及子昭歿　弔者如哭其至親　其
常所仰賴者則曰　吾何以爲生　有老寡女　自來請助針線　至成服乃去
盖街上女也

〈주석〉 〚歿〛 죽다 몰 〚仰賴(앙뢰)〛 의지함.

〈국역〉 귀곡 최기남이 병으로 죽자, 초상을 치를 수 없었다. 그의 문도들이
　　　　모여서 초상을 치르는데, 관을 부조할 사람이 없었다. 그때 준원은
　　　　사신을 따라 北京에 가 있었다. 좌중 사람들이 탄식하길, "아! 만약
　　　　준원만 여기 있었다면, 어찌 선생님이 돌아가셨는데 관도 없게 하겠
　　　　는가."라 하는데, 말이 끝나기도 전에 문 밖에 관의 재목을 운반해 오
　　　　는 사람이 있었다. 물어보니, 준원의 집 사람들이었다. 대개 준원이
　　　　갈 때 최기남이 늙어 병든 것을 염려하여 집 사람들에게 경계해 두
　　　　었던 것이다. 이에 사람들은 준원의 높은 의기와 일을 헤아릴 수 있
　　　　는 것에 더욱 감복했다. 준원이 죽자, 조문하는 사람들은 친상에 우
　　　　는 듯하였다. 늘 의지하던 사람들은 곧 "우리는 어떻게 살아갈 것인
　　　　가."라 하였다. 어떤 늙은 과부가 스스로 와서 바느질하기를 돕기를 청
　　　　하였는데, 옷이 완성되어서야 갔다. 아마 육조 앞의 여자였을 것이다.

〈略鑑〉 임준원의 높은 의기와 앞일을 생각할 줄 아는 것에 대한 逸話를 제
　　　　시하고 있는 단락이다.

子昭於詩　雖無專工　而得之天機　淸艶有唐響　與滄浪諸人唱酬

者多 子昭歿三十餘年 而滄浪子采里巷逸詩 名曰海東遺珠 刊
而行之 庾林之作 多見錄其中云

〈국역〉 준원은 시에 있어 비록 전공으로 하지 않았지만, 천기에서 터득하여
　　　맑고 고움이 唐風을 느끼게 했다. 창랑 등 여러 사람들과 수창한 것
　　　이 많다. 준원이 죽은 30여 년 뒤에 창랑자가 여항의 일시를 채집하
　　　여 『해동유주』라 이름 하고 간행하였다. 유·임 씨의 작품이 그 속에
　　　많이 보인다.

〈略鑑〉 마지막 史評에 해당하는 부분으로, 일반적인 傳에 보이는 앞 내용에
　　　대한 평가보다는 임준원이 天機를 터득한 시를 잘 지었음을 제시하
　　　고 있다.

丹翁曰　聞之湖南人曰　蘇凝天進士　有聲於三南　擧以奇士目之
一日有一女子拜見而曰　竊聞盛名久矣　欲以薄軀得侍巾櫛　倘
俯許否　凝天曰　汝不改處子之儀　然而自薦于丈夫　則非處子之
事也　豈亦人隷乎　倡家之女乎　亦旣事人　而姑未改未笄之狀乎
對曰　人隷也　而主家已無噍類　無所於歸　抑有一段情願　不欲
仰望凡子而終身　故男服而行世　不自輕汚　窃擇天下之奇士　而
自薦于座下矣　凝天納之爲妾　與居數年

〈주석〉　〚侍巾櫛(시건즐)〛 여자가 아내나 첩이 됨을 겸손히 이르는 말　〚倘〛 =
　　　　儻 혹시 당　〚俯〛 공경의 말(공문서에 주로 사용) 부　〚隷〛 종 례　〚笄〛
　　　　비녀를 꽂다 계　〚噍類(초류)〛 살아 있는 사람　〚抑〛 그러나 억　〚凡子
　　　　(범자)〛 평범한 사람　〚窃〛 =竊　〚座下(좌하)〛 높은 사람에 대한 敬稱

〈국역〉　단옹이 "호남 사람이 말하는 것을 들었으니 이러하다." 하였다. 진사
　　　　소응천은 삼남에 명성이 있어 모두 기이한 재주 있는 선비로 그를

---

11) 安錫儆(1718, 숙종 44~1774, 영조 50): 본관은 順興, 자는 淑華·子華, 호는 完陽·雪嶠. 아버지 重觀
　　의 任所를 따라 홍천, 제천, 원주 등지에서 청년기를 보냈다. 당시의 현실과 이상 사이에서 갈등을 겪다가
　　과거에 3차례 낙방한 뒤 강원도 횡성 삽교에서 은거생활을 했다. 그의 저서 『雪嶠漫錄』 중에는 野談이
　　수록되어 있는데, 상인의 움직임이나 민중적 항거의 양상 등을 생동감 있게 나타냈다.

지목했다. 하루는 어떤 한 여인이 절하여 뵙고 말하길, "몰래 성대한 이름을 들은 지 오래입니다. 천한 몸으로 수건과 빗을 받들고자 하는데, 혹시 허락해 주실는지요?" 응천이 말하길, "너는 처자의 용모를 바꾸지 않았는데 장부에게 스스로 천거하고 있으니, 처자의 일이 아니다. 혹시 남의 종인가? 창가집 딸인가? 또한 이미 사람을 섬기고도 잠시 비녀를 꽂지 못할 상황을 바꾸지 않은 것인가?" 대답하여 말하길, "남의 종입니다. 그러나 주인댁은 이미 살아남은 사람이 없으니, 돌아갈 곳이 없습니다. 그러나 한 가닥 진정 바람이 있어 평범한 사람을 받들어 일생을 마치고 싶지 않은 까닭에 남자 옷을 입고 세상을 다녀, 스스로 가벼이 더럽히지 아니하였습니다. 천하의 奇士를 몰래 택하느라 당신께 자신을 천거한 것입니다." 하였다. 응천이 그녀를 받아들여 첩으로 삼아 수년을 함께 살았다.

〈略鑑〉 이 작품은 본래 제목이 없는 것을 임시로 단 것으로, 女婢가 소응천을 만난 과정에 대해 서술하고 있는 단락이다.

其妾忽具猛酒嘉膳　乘閒夜月明　而自敍其平生曰　身是某氏婢也　而適與主家娘子　同歲而生　故主家特與娘子而爲使　使爲將來嫁時轎前婢　年僅九歲　而主家爲勢家所滅　田園盡爲所奪　而只餘娘子與乳姆　逃匿他鄉　隷而從者　唯此一身耳　娘子纔踰十歲　而與賤身謀爲男裝　而遠遊求劍師　經二年　始得之　學舞劍五年　始能飛空往來　鬻技於名都會　得累千金　以買四寶劍

〈주석〉 〖膳〗 반찬 선 〖使〗 심부름꾼 사 〖轎前婢(교전비)〗 혼례 때 신부가 데려가는 계집종 〖姆〗 유모 모 〖鬻〗 팔다 육

 그 첩이 어느 날 독한 술과 좋은 안주를 갖추고, 한적하고 달 밝은 밤을 틈타 그의 평생을 스스로 이야기하였다. "저는 모 씨의 여종이 었습니다. 마침 주인댁 아가씨와 같은 해에 태어났으므로, 주인댁이 특별히 아가씨에게 보내어 시중들게 하였고, 장래 시집갈 때 교전비 가 되게 하였습니다. 나이 겨우 아홉에 주인댁이 권세가에게 멸문을 당하여 전원은 빼앗기고 단지 아가씨와 유모만 남아 타향으로 도망 해 숨으니, 종들 가운데 따라온 자는 오직 저 하나뿐이었습니다. 아 가씨가 겨우 10살이 넘어, 저와 더불어 남장을 하기로 도모하고, 멀 리 떠돌며 검술의 스승을 찾은 지 2년이 지나 비로소 스승을 얻었습 니다. 검술을 배우고 5년이 되어서 비로소 하늘을 날아 오갈 수 있었 습니다. 유명한 도회지에서 재주를 팔아 수천 금을 얻어 4개의 보검 을 샀습니다.

 女婢의 주인댁이 滅門을 당하고 아가씨와 함께 검술의 스승을 찾아 검술을 배우게 된 고난의 과정에 대해 서술하고 있다.

乃之讐家 爲將驚技者 而乘月舞之 飛劍所割 頃刻數十頭 而
讐家內外皆已赫然血斃矣 遂飛舞回來 而娘子沐浴 改爲女服
設酒饌 以復讐告于先墓 而囑賤身曰 吾非吾親之男子 雖生存
於世 終非嗣續之重 而男裝八歲 方行千里 縱不汚身於人 寧
爲處子之道乎 欲嫁 必無所售 使得售 何得稱意之丈夫哉 且
吾家單子 絶無强近之親 誰爲吾主婚者耶 吾卽自刎而伏於此
汝其賣我兩寶劍 而葬于此 使得以微骸歸于父母之兆 吾無恨
矣 汝則人役也 處身之道 與我不同 不可從我而死也 葬我之
後 必廣遊國中 而審擇奇士 爲之妻妾也 汝亦有奇志傑氣 豈

其甘心低眉於凡子者乎

〈주석〉 『頃刻(경각)』 잠시 『赫然(혁연)』 붉은색이 선명한 모양 『斃』 넘어져
서 죽다 폐 『囑』 부탁하다 촉 『縱』 비록 종 『售』 팔다 수 『稱』 맞다
칭 『孑』 외롭다 혈 『强近(강근)』 매우 가까움 『刎』 목 베다 문 『兆』
무덤 조 『骸』 해골 해 『低眉(저미)』 눈썹을 낮추는 것으로, 고개 숙
여 순종함.

〈국역〉 이에 원수의 집으로 가서 장차 재주팔이가 되어, 달빛을 틈타 춤추며
나아가 칼을 휘둘러 베어 내는 것이 잠시 사이에 수십 두요, 원수 집
안팎이 모두가 이미 붉은 피를 쏟으며 죽어 자빠지니, 마침내 춤추듯
날아서 돌아왔습니다. 아가씨는 목욕하고 여자 옷으로 갈아입고, 술
과 안주를 차려 선친의 묘에 복수를 알리고 저에게 부탁하여 말씀하
시길, "나는 우리 부모님의 아들이 아니니, 비록 세상에 살아 있어도
끝내 대를 잇는 막중함이 못 된다. 남장한 것이 8년이요, 사방으로 다
닌 것이 천 리 길이니, 비록 남에게 몸을 더럽히지 않았다 하더라도
어찌 처자의 도리라 하겠느냐? 시집가고자 해도 반드시 팔 곳이 없
고, 만약 팔 곳을 얻었다 해도, 어찌 뜻에 맞는 남편을 얻을 수 있겠
느냐? 게다가 나는 우리 집의 홀몸이요, 매우 가까운 친척도 전혀 없
으니, 누가 내 혼주가 되어 주겠느냐? 나는 곧 여기에서 목을 베고 자
결할 것이니, 네가 내 두 보검을 팔아 여기에 장사 지내라. 그리고 만
약 남은 유골을 갖고 부모의 묘로 돌아갈 수 있다면 나는 여한이 없
느니라. 너는 곧 종이라, 처신의 도리가 나와는 다르니, 나를 따라 죽
을 수는 없다. 나를 장사 지낸 뒤에 반드시 나라 안을 널리 떠돌아
奇士를 살펴 택하여 그 처첩이 되어라. 너는 또한 뛰어난 뜻과 걸출

한 기개가 있으니, 어찌 평범한 사람에게 순종을 달가워하겠느냐."

하였습니다.

〈略鑑〉 女婢와 아가씨가 함께 원수를 갚은 뒤 아씨가 자결한 상황에 대해
　　　　이야기하고 있다.

娘子卽伏劍　賤身賣兩劍　得五百餘金　卽葬娘子　而以所餘買土
田　使可繼香火　不改男裝　而浮遊三年　所聞名高之士　莫如座
下　故自獻其身　得侍下塵　而竊睰座下所能　乃文章小技　及星
曆律算祿命卜筮符籙圖讖等小術　而若處心持身之大方　經世範
後之大道　則邈乎其未之及也　其得奇士之名　無已太過乎　夫得
過實之名者　雖在平世　亦難自免　況於亂世哉　座下愼之　其得
全終　必不易矣　願自今無居深山　而隤然闒然　處全州大都會
敎授吏胥子弟　以足衣食而已　無他希覬　則可免世禍矣

〈주석〉 〖下塵(하진)〗 낮은 자리 〖睰〗 엿보다 간 〖星曆(성력)〗 천문과 역법 〖祿
　　　　命(녹명)〗 食祿과 운명 〖籙〗 비기(예언서) 록 〖邈〗 멀다 막 〖已〗 너무
　　　　이 〖隤〗 순하다 퇴 〖闒〗 용렬하다 탑 〖覬〗 분수에 넘치는 일을 바라
　　　　다 기

〈국역〉 아가씨는 곧 자결하고, 저는 두 개의 검을 팔아 오백여 금을 얻어 곧
　　　　아가씨를 장사 지내고, 남는 것으로 땅과 논을 사서 향불을 잇게 했
　　　　습니다. 남장을 고치지 않고 3년을 떠돌아다녔는데, 소문으로 들은
　　　　이름 높은 선비 중에 당신만 한 사람이 없었습니다. 그리하여 스스로
　　　　저를 바쳐 낮은 자리에서 모시며 당신의 능한 바를 몰래 엿볼 수 있
　　　　었습니다. 이에 문장과 작은 재주, 천문, 算學, 사주, 점, 부적, 도참

등 잡술뿐이요, 마음을 닦고 몸을 견지하는 큰 방법과 세상을 다스리고 후세에 모범이 되는 큰 도리와 같은 것은 아득히 미치지 못합니다. 기사의 이름을 얻음이 너무 지나치지 않습니까? 무릇 실제를 넘는 이름은 비록 태평성세라 할지라도 스스로 화를 면하기 어렵거늘, 하물며 난세에 있어서야? 당신께서는 삼가시더라도 온전히 마칠 수 있기가 반드시 쉽지 않을 것입니다. 지금부터 깊은 산에 머물지 마시고 유순하고 용렬하게 전주 대도회에 거처하며 벼슬아치의 자제라도 가르쳐 의식을 충족할 뿐, 다른 바람이 없다면 세상의 화를 모면할 수 있을 것입니다.

〈略鑑〉 명성을 듣고 奇士의 소실이 되었지만, 奇士에 맞는 실상을 갖추고 있지 못함을 지적하고 있는 부분이다. 즉 당시 士들이 雜術에만 능할 뿐 큰 도리를 갖추지 못하고 있음을 풍자한 것이다. 작자가 이 글을 지은 주된 의도가 담겨 있는 단락이라 하겠다.

賤身旣知座下之非奇士 而要終身仰望 則是負宿心 而兼負娘子之命也 故明曉辭決 而將遊於絶海空山矣 男裝尙在 飄然更着而遊 寧復爲女子 低眉斂手於飮食縫紝之事乎 顧三年昵侍之餘 不可無留別之禮 且平生絶藝 不可終閟而不一見於座下座下其强飮此酒 壯其膽魄 得以詳看之

〈주석〉 〖飄然(표연)〗 정처 없이 떠돌아다니는 모양 〖低眉斂手(저미렴수)〗 순종하고 공손한 모양 〖縫〗 깁다 봉 〖紝〗 실 꿰다 임 〖昵〗 친하다 닐 〖留別(류별)〗 글을 지어 이별하는 사람에게 줌 〖閟〗 닫다 비 〖强〗 힘쓰다 강

 저는 이미 당신이 기사가 아님을 아는데도 죽을 때까지 받들고자 한
다면 이것은 품어 온 뜻을 저버리는 것이요, 아울러 아가씨의 명을
저버리는 것입니다. 그러므로 내일 새벽에 작별하고, 장차 먼 바다와
조용한 산에서 노닐렵니다. 남장이 아직 있어 정처 없이 다시 입고
떠돌 것이니, 어찌 다시 여자가 되어 음식과 바느질하는 일에 눈썹을
낮추고 손을 공손히 하겠습니까? 3년을 가까이 모신 시간을 돌아보
건대, 이별의 예가 없을 수 없고 또 평생의 뛰어난 재주를 끝내 숨겨
당신께 한 번도 보이지 않을 수 없으니, 당신께서는 이 술을 애써 드
시고, 그 담력과 기백을 북돋아야 그것을 상세히 보실 수 있을 것이
옵니다.

〈略鑑〉 이별하는 과정에 대해 서술하고 있는 단락이다.

凝天大驚 而赧然嘿然 不能開一語 只受所擎之杯 旣滿平時之
量 止之 其女曰 劍風甚冽 而座下精神不强 將倚酒力而支持
非洽醉 不可 更勸十餘杯 亦自飲斗酒 旣酣暢而發其裝 靑氈
巾紅錦衣黃繡帶白綾袴斑犀韡 皎然蓮花劍一雙 渾脫女襦裳
而改服單單束 再拜而起 翩然若輕燕 而霅然騰劍 竦身挾之
始也四撒 花零氷碎 中焉團結 雪滾電鑠 末乃翺翔鵠與鶴翥
旣不可見人 而亦無由見劍 祇見一段白光 撞東觸西 閃南掣北
而颯颯生風 寒色凍天 俄叫一聲 砉然割庭柯 而劍擲人立 餘
光剩氣 冷遍於人 凝天初猶堅坐 已而顫縮 終則頹仆 殆不省
事矣 其女收劍更衣 煖酒爲灌 凝天乃得蘇 明曉 其女男裝 而
果辭去 漠然不知其所向云

 〔赧〕 얼굴을 붉히다 난 〔嘿〕 입을 다물다 묵 〔擎〕 들다 경 〔冽〕 차다 렬 〔洽〕 넉넉하게 하다 흡 〔酣〕 한창 성하다 감 〔暢〕 펴다 창 〔氈〕 털로 짠 모직물 전 〔繡〕 수 수 〔綾〕 무늬가 있는 비단 릉 〔袴〕 바지 고 〔斑〕 얼룩무늬 반 〔犀〕 무소 서 〔鞾〕 가죽신 화 〔皎〕 밝다 교 〔蓮花劍(연화검)〕 寶劍 〔渾〕 모두 혼 〔襦〕 저고리 유 〔翩〕 가볍게 나는 모양 편 〔瞥〕 깜짝 보다 별 〔騰〕 올리다 등 〔竦〕 꼿꼿이 서다 송 〔撒〕 뿌리다 살 〔碎〕 부수다 쇄 〔團〕 둥글다 단 〔滾〕 흐르다 곤 〔鑠〕 흩어지다 삭 〔翱〕 날다 고 〔翔〕 빙빙 돌며 날다 상 〔翥〕 날다 저 〔祇〕 다만 지 〔撞〕 치다 당 〔閃〕 번쩍이다 섬 〔掣〕 끌다 체 〔颯〕 바람 소리 삽 〔叫〕 부르다 규 〔劌〕 뼈 바르는 소리 획 〔剩〕 남다 잉 〔遍〕 두루 미치다 편 〔顫〕 떨리다 전 〔縮〕 오그라들다 축 〔頹〕 무너지다 퇴 〔仆〕 엎어지다 부 〔殆〕 거의 태 〔灌〕 따르다 관

 웅천이 매우 놀라 얼굴을 붉히며 입을 다물어 한마디 말도 못 하고 다만 그녀가 들어 올린 잔만 받을 뿐이었다. 이미 평소의 주량이 차자 그것을 멈추니, 그녀가 말하길, "칼바람이 매우 찹니다. 당신께서 정신이 강건하지 못하니, 장차 술의 힘에 기대어 버텨야 하니, 넉넉히 취하지 않으면 안 됩니다." 하고, 다시 십여 잔을 권하였다. 또한 자신도 말술을 마셔, 이미 거나해지자 옷을 젖히니, 푸른 모전 두건, 붉은 비단 옷, 노란 수 허리띠, 하얀 비단 바지, 얼룩 무소뿔 장식을 한 신, 빛나는 연화검 한 쌍이 나타났다. 여자는 저고리 치마를 모두 벗어 홑겹으로 갈아입고 두 번 절하고 일어나는데, 민첩함이 잽싼 제비와 같았다. 별안간 칼을 들고 몸을 꼿꼿이 세워 칼을 끼는데, 처음엔 사방으로 뿌리니 꽃이 떨어지고 얼음이 부서지며, 중간엔 둥글게 맺으니 눈이 녹고 번개가 번쩍이며, 끝에는 고니처럼 선회하며 학처

럼 높이 날아, 이미 사람을 볼 수 없는데 또한 검이 보일 리가 없었
다. 다만 보이는 것은 한 가닥 흰 빛이 동서로 부딪치고 남북으로 번
쩍이며, 쏴아 하고 바람이 일고 싸늘한 빛이 하늘을 서리었다. 곧 일
성을 지르며 휙 하고 뜰의 나뭇가지가 잘리더니, 검이 던져지고 사람
이 서 있었다. 남은 빛과 기운이 차갑게 사람을 감쌌다. 응천은 처음
에 굳은 듯 앉았다가 얼마 뒤에 떨면서 오그라들더니, 마침내 쓰러져
엎드려 거의 사정을 살피지 못하였다. 그녀는 검을 거두고 옷을 갈아
입고서 술을 덥혀 따르니, 응천이 이에 회생할 수 있었다. 다음 날 새
벽 그녀는 남장을 하고 과연 고별하고 떠나니, 막연하여 그 향하는
곳을 알지 못했다 한다.

〈略鑑〉 이별하기 전에 보여 준 女婢의 劍舞를 擬聲語와 擬態語를 활용하여
생동감 있게 형상화하고 있다. 앞서 보여 주었던 보잘것없는 奇士의
모습과 사람의 넋이 나갈 정도의 검무가 서로 대조를 이루고 있는
것이다.

嗟呼 女子之爲人隷 而尙能自珍其身 不忍輕委於凡夫 況於鴻
儒奇士而不擇所從 如孔鮒之於陳陟 鮑永之於劉玄 獨何意哉

〈주석〉 〚而〛 (이치에 어긋나거나 의외인 경우) 도리어 〚孔鮒(공부)〛 秦나라
말기의 학자로, 진섭으로부터 太傅 벼슬을 받았음 〚鮑永(포영)〛 後
漢 때 사람으로, 처음에는 유현을 도와 벼슬하다가 光武帝에게 돌아
왔음 〚劉玄(유현)〛 光武帝의 일가로, 王莽을 반대하고 起兵해서 황
제라 自稱했음.

〈국역〉 아! 여자가 종임에도 오히려 스스로 자신의 몸을 귀중히 하여 차마

범부에게 가벼이 맡기지 않았는데, 하물며 巨儒와 奇士에 있어 도리어 좇을 바를 가리지 않아서야 되겠는가? 예컨대 공부가 진척을 좇음과 포영이 유현을 좇음은 유독 무슨 뜻이 있었던가?

〈略鑑〉 마지막 단락으로, 감탄사를 활용하여 앞 단락의 敍事와는 달리 짧은 議論으로 끝을 맺고 있다. 巨儒와 奇士가 무엇에 의탁하여 따라야 하는지에 대해 간략히 언급하고 있다.

이 글은 英祖 때 학식과 문장으로 三南 지방에 이름을 떨친 춘암 蘇凝天(1704~1760)과 결부되어 당파 싸움과 중상모략이 심했던 당시의 상황 속에, 지방 선비로서 지나친 명성을 가진 사람이 취해야 할 태도를 말해 주고 있는 것이다. 특히 劍女가 한 남자에게 예속되기를 거부하고 한 인간으로서 스스로 생각하고 자유롭게 행동하는 것이 매력적이다.

25. 「當日軒記」李用休[12]

自人之不知有當日 而世道非矣 昨日已過 明日未來 欲有所爲
只在當日 已過者 無術復之 未來者 雖三萬六千日相續而來
其日各有其日當爲者 實無餘力可及翌日也 獨怪夫閑者 經不
載 聖不言 而有托以消日者 由此而宇宙間事 多有不得盡其分
者矣

〈국역〉 사람들이 당일이 있음을 알지 못함에서부터 세상의 도가 그릇되었
다. 어제는 이미 지나갔고, 내일은 아직 오지 않았으므로, 할 것이 있
고자 한다면 오로지 당일이 있을 뿐이다. 이미 지난 시간은 그것을
돌이킬 방법이 없고, 아직 오지 않은 시간은 비록 3만 6천 일이 서로
연이어 온다고 하더라도, 그날은 각각 그날 마땅히 해야 할 일이 있

---

12) 李用休(1706, 숙종 34~1782, 정조 6): 본관은 여주, 자는 景命, 호는 惠寰齋. 李沇의 아들이며, 실학의
대가 李家煥의 아버지이다. 일찍이 진사시에 합격했으나, 숙부인 李瀷의 실학사상에 깊은 영향을 받아 다
시 과거를 보지 않고 문학에 전념했다. 주자학의 구속을 그 이전에 있었던 경전에 입각하여 부정했으며,
문학을 영달을 위한 수단이 아닌 그 자체의 진실을 추구하려는 것으로 보았다. 경전에 모범을 두고 古人
之法에 맞는 문장을 이룩하고자 했으나, 자기 노선을 철저하게 다지지는 못했다. 전대의 傳의 전통을 이
으면서 逸士와 하층민의 삶을 긍정적으로 다룬 「海西丐者」 등의 작품을 남겼다. 당대의 문장가로서 초야
에 머문 선비였으나 남인계의 문권을 30여 년간 주도했다는 말을 들었을 정도로 추종을 받았다. 주제나
문투, 길이나 소재 등 여러 측면에서 실험적이고 파격적인 산문을 썼다. 매우 짧은 문장을 선호하였고, 쉬
운 어휘를 선택하였다. 18세기 소품문의 역사에서 이용휴는 누구보다도 小品文 창작에 열의를 보이고 그
만의 독특한 산문미학을 획득한 작가이다.

으므로, 실제로 남은 힘이 다음 날에까지 미치지 못한다. 정말 괴상하게도 저 閑이란 글자는 경서에도 실려 있지 않고 성인도 말씀하지 않았지만, 의탁하여 세월을 허비하는 사람이 있다. 이것으로 말미암아 세상만사에 자기의 직분을 다하지 못하는 사람이 많이 있다.

〈略鑑〉 이 글은 堂號를 당일헌이라 하고 記文을 청하자 써 준 樓亭記이다. 세상에서 자기 직분을 다하지 못하는 것은 당일 일을 미루기 때문이라는 議論으로 시작하고 있다.

且天不自閑而常運 人安得閑哉 然當日所爲者 亦不一 善者爲善 不善者爲不善 故日無吉凶孤旺 但在用之者耳 夫日積爲旬而月而時而歲成 人亦日修之 從可欲至大而化矣 今申君欲修者 其工夫惟在當日 來日則不言 噫 不修之日 乃與未生同 卽空日也 君須以眼前之昭昭者 不爲空日 爲當日也

〈주석〉 〖旺〗 성하다 왕 〖昭〗 밝다 소

〈국역〉 게다가 하늘은 자체가 한가롭지 않아서 항상 운행하고 있는데, 사람이 어찌 한가로울 수 있겠는가? 그런데 당일에 할 일이 또한(사람마다) 똑같은 것은 아니다. 착한 사람은 착한 일을 하고, 착하지 않은 사람은 착하지 않은 일을 행한다. 그러므로 하루는 길하고 흉하며, 성하건 성하지 않건 간에 단지 하루를 쓰는 자에 달려 있을 뿐이다. 저 하루가 쌓여 열흘이 되고 한 달이 되고 한 계절이 되고 한 해가 된다. 사람도 또한 하루하루 수양하여야 따라서 지극히 크게 교화되기를 바랄 수 있는 것이다. 지금 신군(제자인 申矣測)이 수행하고자 하는 그 공부는 오직 당일에 달려 있다. 그러니 내일은 말하지 마라.

아! 수양하지 않는 날은 바로 아직 생기지 않은 날과 같이 바로 빈 날이다. 그대는 모름지기 눈앞의 환하게 빛나는 오늘을 빈 날로 만들지 말고 당일로 만들어라!

〈略鑑〉 끝으로 신군에게 하루하루 수양을 하여 空日이 아닌 當日로 만들라고 당부하는 말로 글을 맺고 있다.

이 글은 일반적인 樓亭記에 실린 누정의 歷史, 工役의 전말, 주인에 대한 칭송 등 敍事的인 요소는 모두 생략하고 간략한 議論으로만 이루어져 있어 글의 길이가 짧다. 또한 쉬운 어휘를 사용하여 선명하게 주제를 제시하고 있다. 이용휴의 글쓰기 방식을 잘 보여 주고 있는 작품이라 하겠다.

眼有二　曰外眼　曰內眼　外眼以觀物　內眼以觀理　而無物無理
且外眼之所眩者　必正於內眼　然則其用全在內矣　且蔽交中遷
外反爲內害　故古人願以初瞽還我者　以此也

〈주석〉 『蔽交中遷(폐교중천)』 程伊川의 「視箴」에 나오는 "눈앞에서 욕망이
　　　　어지럽게 시야를 가리면 마음이 다른 데로 옮아 가는 법, 밖에서 욕
　　　　망을 제어하여 그 내부를 편안히 하자(蔽交於前　其中則遷　制之於外
　　　　以安其內)."라는 구절이 있음 『瞽』 소경 고

〈국역〉 눈에는 두 가지가 있다. 밖을 보는 눈과 안을 보는 눈이다. 밖을 보는
　　　　눈으로 사물을 보고, 안을 보는 눈으로 이치를 관찰한다. 그런데 어
　　　　떤 사물도 이치가 없는 것이 없고, 게다가 현혹된 밖을 보는 눈은 반
　　　　드시 안을 보는 눈에 의해 바로잡혀야만 한다. 그렇다면 그 온전함은
　　　　안을 보는 눈에 있는 것이다. 또 사물이 가리고 섞이면 마음이 바뀌
　　　　게 되므로, 외안이 도리어 내안의 해가 된다. 그러므로 옛사람이 장
　　　　님이던 처음으로 나를 돌리고 싶다고 한 것은 이것 때문이다.

〈略鑑〉 이 글은 鄭文祚라는 사람에게 보낸 편지로, 정문조는 나이 마흔에
　　　　시각장애인이었을 것으로 추정된다. 이 단락은 장님인 그를 위로하

는 차원에서, 외물을 보는 눈보다는 이치를 발견하는 내면을 보는
눈이 더 중요함을 밝히고 있다.

在中今年四十矣 四十年中所見 不爲不多 雖從此至大耋 不過
如前 後之在中 猶夫今之在中 可知也 幸在中外 障防視物 得
專內視 見理益明 後之在中 必不爲今之在中 如是則勿論點睛
退臀之方 雖金篦刮膜 亦不願矣

〈주석〉 〚耋〛늙은이(70, 80세) 질 〚障〛막다 장 〚防〛막다 방 〚睛〛눈동자
정 〚臀〛흐리다 예(눈에 白苔 같은 것이 끼여 잘 보이지 않음) 〚金
篦(금비)〛황금으로 만든 작은 칼로, 각막을 깎는 도구임. 『열반경』
에 "盲人이 良醫를 찾아가자 의원이 금비로 그 각막을 깎았다."는
말이 나옴 〚刮〛깎다 괄 〚膜〛막 막

〈국역〉 재중은 올해 나이가 마흔이다. 40년 동안 본 것이 적지 않을 것이다.
비록 지금부터 80세 노인에 이른다 해도, 예전과 다르지 않은 것이
다. 그러니 뒷날의 재중이 지금의 재중과 같은 것임을 알 수 있겠다.
다행히도 재중은 사물을 보는 눈에 장애가 있어 오로지 안을 보는
눈을 얻었으므로 보는 이치가 더욱 분명할 것이다. 그러니 뒷날의 재
중은 반드시 오늘날의 재중이 되지는 않을 것이다. 이러하다면 눈동
자의 백태를 없애는 처방은 말할 것도 없고, 비록 금비로 각막을 깎
아 (눈을 뜨게 하는 치료조차도) 원하지 않을 것이다.

〈略鑑〉 눈을 통해 외부세계의 유혹에 흔들리지 말고 내부의 주체성과 내면의
진리를 지킬 것을 강조하여, 세상의 知性은 모두 外眼의 압제에서
벗어나지 못하므로 內眼을 위한 공부를 하라는 주제로 끝을 맺었다.

　이 작품 역시 앞의 작품과 마찬가지로 敍事的 요소는 모두 생략하고 간략한 議論으로만 이루어져 있다. 그러므로 짧은 글 속에서 선명하게 주제를 제시하고 있어, 이용휴의 글쓰기 방식을 잘 보여 주고 있는 작품이라 하겠다.

天地之理　在人爲心　天地之精　在心爲文　精理之會　心文之媾
而形諸字畫也　至神也　故文之得失　理之明晦　政之汚隆係也
故治世之文　其辭簡易　其旨純粹也　亂世之文　其辭流僻　其旨
詖遁也　三代之文　理而文者也　漢唐之文　文而理者也　而理不
勝也　宋之文　理而文者也　而文不及也　東方之文　東方之文也
然上方之　趙先生靜菴李先生退溪　文之宋也　李相國崔簡易許
眉叟　文之漢唐也　今之文　宋耶漢唐耶

〈주석〉 〖媾〗 화친하다 구 〖汚隆(오륭)〗 정치의 興替 〖係〗 잇다 계 〖僻〗 치
　　　 우치다 벽 〖詖遁(치둔)〗 邪說과 遁辭(빠져나가려고 꾸며 대는 말) 〖方〗
　　　 견주다 방

〈국역〉 천지의 이치는 사람에게 있어서는 마음이 되고, 천지의 정수는 마음
　　　 에 있어서는 문이 된다. 精과 理가 만나고 心과 文이 얽혀서 글자와

---

13) 丁範祖(1723, 경종 3〜1801, 순조 1): 본관은 羅州, 자는 法世, 호는 海左. 1759년(영조 35) 진사시에 합
　　격한 뒤 성균관유생이 되었다가, 마침 東宮(思悼世子)을 비난하는 儒疏가 바쳐지자 이에 반대하였다. 78세
　　가 되던 正祖 말년까지 조정에 머물며 예문관·홍문관의 제학으로서 文詞의 임무를 맡았다. 시와 문장에
　　뛰어나 사림의 모범으로 명성을 얻었고, 또 이로 인해 영조와 정조의 총애를 받았다. 특히, 文體反正에 주
　　력하던 정조에 의해 당대 문학의 제1인자로 평가되어 70이 넘은 고령에도 불구, 오랫동안 문사의 임무를
　　맡았다. 남인의 종주로 韓致應, 丁若鏞 등 후배 문인들에게 광범위하게 영향을 끼쳤다. 시호는 文憲이다.

획으로 드러나 神에 이른다. 그래서 文의 득실과 理의 밝고 어두움, 정치의 興替는 서로 관계가 있다. 그러므로 다스려지는 시대의 문장은 그 말이 간결하면서도 쉽고 그 뜻이 순수하지만, 난세의 문장은 그 말이 편벽된 곳으로 흐르고 그 뜻이 사악하거나 꾸며 댄다. 삼대의 문장은 이치가 있으면서 문장이 되고, 한당의 문장은 문장이면서 이치가 있으나 이치가 낫지는 않았다. 송나라의 문장은 이치가 있으면서 문장이 되지만 문장이 미치지 못한다. 우리나라의 문장은 우리나라의 문장이다. 그러나 위에서 견주어 보면, 정암 趙光祖, 퇴계 李滉은 송나라의 문장이고, 상국 李奎報, 간이 崔岦, 미수 許穆은 한당의 문장이다. 오늘날의 문장은 송나라인가, 한당인가?

〈略鑑〉 原이란 論辨體의 하나로, 事理의 본원을 추론한다는 뜻이며, 唐의 韓愈의 「原道」·「原人」 등 '五原'에게서 시작되었다. 이 글은 文의 근원을 찾아가는 내용으로, 8편의 原 가운데 한 편으로 정범조의 문학관을 엿볼 수 있는 글이다. 이 단락은 文과 理와 政은 서로 밀접한 관계를 지니고 있으며, 이런 점에서 三代의 문장이 가장 뛰어나며 아래로 내려올수록 文과 理가 서로 조화롭지 못함을 제시하고 있다.

文不及之理存焉可也 吾未見無理之文也 理不勝之文存焉似也 吾未見無文之理也 文理俱無也 吾未知政何如也 雖然 是有由也 理之不勝 私弗祛也 文之不及 業弗專也 理公也 好惡之私 而爲理也 是愈欲理勝而愈理絀也 文精也 精滋而生者也 詩書 聖人之文滋也 舍之弗業 猶種之弗漑也 是愈欲文及而愈文退也 故曰 祛私而專業 主理而成文 則奚三代之弗能 而漢唐宋云也

〈국역〉 문장이 미치지 못하는 이치가 존재하는 것은 괜찮지만, 나는 이치가 없는 문장을 아직 본 적이 없다. 이치가 뛰어나지 못하는 문장이 존재하는 것은 그럴듯한데, 나는 문장이 없는 이치를 아직 본 적이 없다. 문장과 이치가 다 없다면 나는 정치를 어찌할지 모르겠다. 비록 그렇지만 여기에는 이유가 있다. 이치가 뛰어나지 않은 것은 사사로움을 제거하지 못해서이고, 문장이 미치지 못한 것은 학업을 전념하지 않았기 때문이다. 이치는 공정한 것인데, 좋아하고 싫어하는 사사로움으로 이치를 삼는다면 이것은 이치가 뛰어나고자 하면 할수록 이치는 더욱 굽는 것이다. 문장은 精한 것이니, 정은 번식하여서 생겨나는 것이다. 『시경』과 『서경』은 성인의 문장이 번식한 것이니, 그것을 버려두고 학업으로 삼지 않은 것은 씨를 뿌려 놓고 물을 주지 않는 것과 같은 것이니, 이것은 문장이 미치고자 하면 할수록 문장은 더욱 쇠퇴해지는 것이다. 그러므로 사사로움을 제거하고 학업을 오로지 하며, 이치를 주로 하고 문장을 이룬다면 혹시 삼대는 불가능하지만, 한당송은 가능하다고 말할 수 있지 않겠는가?

〈略鑑〉 三代의 문장을 지으려면 어떻게 해야 하는가를 제시하고 있다.

이 작품은 對偶의 修辭를 활용하여 간결하면서도 율동감을 느끼게 한다.

大學士黃公　卜宅于漢城之西　題其居室曰稽古之堂　屬良漢記
之　良漢作而言曰　稽古之事非一　太上道學也　其次文章也　事
功也　外之諸子百家之流　皆有以名世而垂後　願聞公所稽者何
事　公曰　道學則吾不敢　事功則吾不能　乃吾所學者　古人之文
章也　至於諸子百家之言　吾有所不暇也

〈주석〉 〚稽〛 상고하다 계 〚大學士(대학사)〛 大提學을 이름 〚黃公〛 黃景源
　　　　(1709~1787)으로, 자는 大卿, 호는 江漢遺老. 古文에 밝았고 글씨에
　　　　도 능함 〚良漢(량한)〛 홍양호의 初名 〚屬〛 부탁하다 촉 〚作〛 일어
　　　　나다 작 〚流〛 무리 류

〈국역〉 태학사 黃景源이 한성의 서쪽에 집을 지어 그 거실을 '계고당'이라
　　　　이름 하고서 홍양한에게 기문을 부탁하였다. 내가 일어나서 말하기

---

14) 洪良浩(1724, 경종 4~1802, 순조 2): 본관은 豊山, 초명은 良漢, 자는 漢師, 호는 耳溪. 1752년 정시문
　　과에 급제하고 지평 수찬ㆍ교리를 지낸 뒤 1774년 登俊試에 급제했다. 1777년(정조 1) 홍국영의 세도정
　　치에 따른 횡포가 심해지자 경흥부사로 있다가, 홍국영이 실각한 뒤인 1781년 한성부우윤ㆍ대사간을 지
　　내고 이듬해 동지사로 청나라에 다녀왔다. 그 뒤 대사헌ㆍ평안도관찰사 등을 지냈으며, 1794년 동지 겸
　　사은사로 청나라에 다녀온 뒤 이조판서가 되었다. 학문과 문장에 뛰어나 『영조실록』, 『國朝寶鑑』 등의 편
　　찬을 주관했으며, 중국에 다녀오면서 수용한 考證學을 보급했다. 지방관으로 나갔을 때는 治山과 治水에
　　힘썼는데, 통신사 일행에게 부탁하여 들여온 일본의 벚나무를 서울 우이동에 심기도 했다. 시호는 文獻이다.

를, "옛것을 상고하는 일은 한 가지가 아니어서, 가장 위는 도학이고 그다음은 문장과 事功이며, 밖으로는 제자백가의 부류가 모두 세상에 이름을 내고 후세에 남긴 것이 있었으니, 공이 상고하는 것이 무엇인지 듣고 싶습니다." 하였다. 공이 말하기를, "도학은 내가 감히 할 수 없는 것이요, 사공은 내가 할 수 없는 것이니, 이에 내가 배운 것은 옛사람의 문장이고 제자백가의 말에 이르러서는 내가 틈을 내지 못했다."라고 했다.

〈略鑑〉 이 글은 黃景源의 거실 이름인 稽古堂에 대해 써 준 堂記로, 稽古의 의미를 잘 演繹하여 서술하고 있다. 이렇게 樓亭의 이름을 풀이하여 記文을 쓴 것은 고려 말 李穡에 이르러 본격적으로 시작되었다. 이 단락은 記文을 쓰게 된 배경과 稽古의 구체적 대상이 무엇인지에 대해 제시하고 있다.

良漢曰 善乎 公之所擇也 夫文章者 道之精華也 道形於外 文乃成章 如水有源而波瀾生焉 木有根而榮華發焉 卽乎文而道在 是公之讓而不居 盖將由是而求之歟 彼事功者 特其粗跡耳 虞夏商周之書 春秋易繫之辭 聖人之文章 如日月之麗天 江河之畫地 自然成象也 下此而子思氏孟軻氏之文 由道學而成文章也 劉向氏韓愈氏歐陽氏 由文章而明道學也 至若屈子之歌騷 莊叟之放言 管商孫吳之奇辯 賈太傅之高識 太史公之雄才 皆文之至者 而各以其學宣之於辭 未嘗捨道而爲空言也

〈주석〉 〖瀾〗 물결 란 〖卽〗 나아가다 즉 〖粗〗 거칠다 조 〖特〗 다만 특 〖虞夏(우하)〗 舜임금의 치세와 夏나라 왕조를 함께 묶어서 부른 말임 〖麗〗

잡아매다 려

〈국역〉 내가 말하기를, "좋습니다. 공께서 선택하신 것이 무릇 문장은 도의
정화이니, 도가 밖으로 나타나야만 문장이 이에 빛을 이루어 마치 물
이 근원이 있어서 물결이 생기며, 나무에 뿌리가 있어서 꽃이 피는
것과 같습니다. 문장에 나아가 보면 도가 있는데, 공이 사양하고 거
처하지 않는 것은 대개 장차 이것으로 말미암아 저것을 구하려는 것
일 것입니다. 저 사공은 다만 거친 자취일 뿐입니다. 우·하·은·주
의 글과 『춘추』·『주역』「繫辭」는 성인의 문장이니, 해와 달이 하늘
에 걸려 있는 것과 강과 하천이 땅에 그려진 것과 같아서, 자연스럽
게 형상을 이루고 있는 것입니다. 이 아래로 자사와 맹자의 문장은
도학에 말미암아 문장을 이루었고, 유향·한유·구양수는 문장에 말
미암아 도학을 밝혔습니다. 屈原의 「九歌」·「離騷」와 장자의 허황된
말과 管仲·商鞅·孫武·吳起의 기이한 변론과 태부 賈誼의 높은 식
견과 태사공 司馬遷의 웅장한 재주와 같은 것은 모두 문장의 지극한
것으로 각각 그 배운 것으로 그 문사에 베푼 것이고, 일찍이 도를 버
리고 빈말을 한 것은 없었습니다.

〈略鑑〉 본격적인 議論이 시작되는 단락으로, 황경원이 문장에 대해 稽古한
것을 道와의 관계를 통해 서술하면서 중국의 사례를 들어 論證하고
있다.

竊嘗讀公之文　上沿詩書　以濬其源　浸淹三禮　以揚其波　紀事
比物　則躡司馬氏之堂奧　修辭析理　則挈韓子歐陽子之繩矩　疏
蕩凌厲之氣　馴雅淡潔之音　一滌偏方之陋　自成一家之言　公之
得於稽古者　乃如是矣

<주석> 〚沿〛 따르다 연 〚濬〛 깊다 준 〚淹〛 머무르다 엄 〚三禮(삼례)〛 『周禮』,
『儀禮』, 『禮記』 〚躡〛 밟다 섭 〚奧〛 아랫목 오 〚挈〛 이끌다 설 〚繩
矩(승구)〛 법도 〚疏宕(소탕)〛 =放達不羈 〚凌厲(릉려)〛 기세가 맹렬
함 〚馴雅(순아)〛 典雅하고 完美함 〚滌〛 씻다 척

<국•역> 몰래 공의 문장을 읽어 보니, 위로는 『시경』과 『서경』을 따라서 그
근원을 찾았고 삼례를 깊이 연구하여 그 영향을 드러내고 있습니다.
일을 기록하고 사물에 비유한 것은 사마천의 깊은 뜻을 섭렵하였고,
말을 다듬고 이치를 분석한 것은 한유·구양수의 법도를 끌어올렸
습니다. 세차고 의기양양한 기상과 길들어져 깨끗한 소리는 우리나
라의 고루함을 한꺼번에 씻어 내어 스스로 자기의 독자적 학설을 이
루었으니, 공이 계고에서 얻은 것이 이와 같습니다.

<略鑑> 황경원을 칭송하는 단락으로, 稽古를 통해 얻은 문장의 성과에 대해
이야기하고 있다. 그런데 金澤榮은 그의 글 「雜言 四」에서, "黃景源
같은 사람은 자못 기사에는 뛰어났으나 다른 체는 모두 뛰어나지 못
했다(如吾黃江漢 頗長於記事 而他體皆短)."는 이유를 들어 麗韓九家
를 선정하는 것에서 배제하고 있다.

然古者 當時之今也 今者 後世之古也 古之爲古 非年代之謂
也 蓋有不可以言傳者 若夫貴古而賤今者 非知道之言也 世有
志於古者 慕其名而泥其迹 譬如學音者 執追蠡而拊土鼓 不知
韶武之變 好味者挹汙樽而啜大羹 不識鹽梅之和 號於人曰 我
能古也 我能古也 其可乎哉 公怡然而笑曰 子可謂善言古者
然其不傳之妙 吾亦不能言也 姑以子言 記吾廬

〈국역〉 그러나 옛날은 당시의 현재였고, 지금은 후세의 옛날이라 할 것이니,
(稽)古의 古라는 것은 연대를 말하는 것이 아닙니다. 대개 말로써 전
할 수 없는 것이니, 만약 옛것만을 귀하게 여기고 지금의 것을 천하
게 여기는 것은 도를 아는 말이 아닙니다. 세상에서 옛것에 뜻을 둔
자가 그 이름을 사모하나 그 자취에 구애되면 비유하자면 음악을 배
우는 자가 썩은 악기 줄을 잡고 흙으로 빚은 북을 치면서도 옛 음악
의 변화를 알지 못하며, 맛을 즐기는 자가 더러운 잔에 마시고 대갱
을 먹으면서도 양념의 조화를 알지 못하는 것과 같은데, 사람들에게
'나는 옛것에 능하다. 나는 옛것에 능하다.'라고 한다면, 그것이 옳겠
습니까?" 공이 빙그레 웃으며 말하기를, "그대는 옛것을 잘 말하는
사람이라 할 만하다. 그러나 그 전하지 못하는 오묘함은 나 또한 말
할 수 없으니, 우선 그대가 말한 것으로 내 집의 기문으로 삼고자 한
다." 하였다.

〈略鑑〉 稽古의 '古'의 진정한 의미에 대해 풀이하고 있다.

이 글은 樓亭記인데, 樓亭의 沿革이나 주변 風光 등 敍事的 요소는 일
체 배체하고 議論으로 일관하고 있다. 또한 比喩의 修辭를 활용해 딱
딱해질 수 있는 議論體의 글을 유연하게 하며, 자신의 주장을 설득력
있게 전달하고 있다.

人心之靈　發而爲聲　聲藏於肉　機觸而生　神與機合　應律成章
天假之風人　其鳴鏗鏘　譬如雷奮於夏　虫吟於秋　若或命之　不
可得而休焉　故詩之爲言　以時而名　人之爲詩　與天偕行　不可
有意　則離於眞　不可無意　恐喪其神　若有若無　妙在其間　玄乎
微哉　言不能傳　旨在辭表　象寓境先　如伏卵鷄　如蛻殼蟬　釋智
忘形　乃隣自然　情與物膠　人也非天　虛中之籟　月中之光　良玉
有輝　名花生香　孰知其自　孰宰其功　爲我問之　無倪之翁

〈주석〉 〚風人(풍인)〛 시인 〚鏗鏘(갱장)〛 金玉이나 악기 소리가 맑음 〚偕〛
　　　함께 해 〚蛻〛 허물 벗다 세(태) 〚殼〛 껍질 각 〚蟬〛 매미 선 〚膠〛
　　　붙이다 교 〚籟〛 소리 뢰 〚宰〛 주관하다 재 〚倪〛 끝 예

〈국역〉 사람 마음의 靈(어떤 계기에 의해 느끼게 되는 일종의 靈感임)이 드
　　　러나 소리가 된다. 소리는 몸에 감추어져 있다가 機(작가가 객관 경
　　　물과 접촉하면서 우연히 얻게 되는 것으로, 일종의 계기)가 닿으면
　　　생겨나는데, 정신이 機와 맞아 음률과 어울려 빛을 이룬다. 하늘이
　　　시인에게 그것을 빌려 주면 그 울림이 맑고 아름다운 소리를 낸다.

비유하자면 우레가 여름에 일어나는 듯하고, 벌레가 가을에 우는 듯
하다. 만약 혹시 그들에게 명령을 해도 쉽게 할 수 없다. 그러므로
시가 말이 되는 것은 때로써 이름 한 것이니, 사람이 시를 짓는 일은
하늘과 함께하는 행위이다. 의도하는 것이 있어서는 안 되니, 그러
면(의도하는 것이 있으면) 진실에서 멀어지게 된다. 의도하는 것이
없어서도 안 되니(의도하는 것이 없으면), 그 정신을 잃을까 두렵다.
있는 듯하고 없는 듯한 사이에 묘함이 있으니, 현묘하고도 미묘하여
말로 전할 수가 없다. 뜻이 말의 밖에 있고, 작가의 상상 속의 형상
은 외부 경물보다 앞서 있다. 마치 달걀을 품는 닭과 같고 허물을 벗
는 매미와 같이, 지혜를 버리고 형체를 잊어 자연스러움을 가까이해
야 한다. 감정과 경물이 들러붙게 되면, 인위적인 것이지 자연스러
운 것이 아니다. 허공의 울림과 달 속의 빛, 옥돌에 빛이 나는 것과
이름난 꽃에서 향기가 생기는 것, 누가 그 시작을 알고, 누가 그 일을
주재하겠는가? 나에게 그것을 묻는다면 무궁한 자연이라고 하겠다.

〈略鑑〉 이 작품은 시에 대한 자신의 견해를 자연의 이치와 현상에 비유하여
설명하고 있다. 解는 사람에게 의문이 있어서 해석하는 것으로, 揚
雄이 처음 「解嘲」를 지은 뒤에 지어지기 시작했으며, 사물에 대하여
해설을 하여 그로써 특정한 이치를 천명하는 데 특징이 있다.

홍양호는 '詩는 時다.'라 풀이하고 있다(일반적인 詩의 훈고학적 견
해는 志로 풀이하고 있다. 『毛詩』「大序」 '詩者 志之所之也 在心爲志 發
言爲詩', 『상서』「舜典」 '詩言志 歌永言' 등등). 時는 '때에 맞다'는 의미
로, 詩는 창작 과정 중에 우연히 촉발되는 어떤 계기를 포착하여 운율
에 맞게 표현한 것이며, 닭이 달걀을 품듯이 오랫동안 객관 대상을

깊이 있게 관찰하고 그것에 스스로를 몰입시켜 주체와 대상이 일체
가 되었을 때, 예술적 형상인 詩가 완성되는 것이라 보았다.

30. 「風謠續選序」 洪良浩

風者 東南之和氣也 其行地上 於易爲觀 其鼓萬物 於人爲詩
故古之聖王 欲觀民風 必於詩焉觀之 以唐堯之聖 微服而聽於
民 康衢擊壤之歌是已 逮于成周 遂有陳詩觀風之法 三百篇之
國風是已 盖列國之風 皆出於村謳巷謠 敍其情志 發於天機
於以見四方之俗 審治亂之本 孔子曰 詩可以觀 此之謂也

〈주석〉 『風者 東南之和氣也』 風은 五氣(風火濕燥寒) 가운데, 木(동쪽)에 해
당함 『康衢謠(강구요)』 堯임금이 천하를 다스린 지 50년 만에 천하
가 제대로 다스려지고 있는지 알아보기 위하여 微服 차림으로 강국
땅에 갔을 때 어린아이가 불렀다는 동요가 바로 이 노래로, 태평성
대를 의미함 『擊壤歌(격양가)』 堯임금 때에 한 老人이 배불리 먹고
배를 두드리며 흙덩이를 치면서 노래하기를, "해가 뜨면 나가서 일
하고 해가 지면 들어가서 쉬도다. 우물 파서 물을 마시고 밭 갈아서
밥을 먹는데, 임금의 힘이 나에게 무슨 상관이 있으랴(日出而作 日
入而息 鑿井而飮 耕田而食 帝力何有於我哉)." 했다는 데서 온 말로,
태평성대를 의미함 『成周(성주)』 周公이 成王을 도운 흥성시대 『陳

詩(진시)』 시를 모아 조사하는 것으로, 민요나 동요로써 민정을 살 폈다는 것과 같은 것임 〖觀風(관풍)〗 풍속을 살핌 〖於以(어이)〗 = 因此, 是以

〈국역〉 풍은 동남쪽의 온화한 기운이다. 그것이 땅 위를 가는 것이『역경』에 는 觀卦가 되고, 그것이 만물을 울리는 것이 사람에게는 시가 된다. 그러므로 옛 성왕이 백성의 풍속을 보고자 할 때는 반드시 시에서 그 것을 보아서 요임금의 聖聰으로도 미복차림으로 백성들에게 들으셨 으니, 「강구가」와 「격양가」가 그런 것들이고, 성주에 이르러 드디어 진시하고 관풍하는 법이 생겼으니,『시경』삼백 편이 그것이다. 대개 여러 나라의 풍이 모두 시골 노래에서 나왔기에 그 정과 뜻을 서술하 고 天機를 드러낸다. 이것에서 사방의 풍속을 보게 되고, 치란의 근 본을 살필 수 있게 된다. 공자가 말씀하시길, "시는 볼 수 있다." 하였 으니, 이것을 말한 것이다.

〈略鑑〉 이 글은 千壽慶(?~1818)이 편찬한『풍요속선』에 붙인 서문이다. 홍 양호는『시경』의 「國風」은 村謳巷謠에서 나왔고, 그렇기에 天機가 드러난다고 하였다. 조선 후기의 天機論은 天機의 개념을 수용하는 방법에 따라 각각 문학적 지향이 달리 나타나게 된다. 士大夫들은 주로 閭巷人들의 문학을 긍정하거나 혹은 문학형식이나 고정된 이 념에 편향된 것을 비판하면서 이 天機 개념을 수용하고 있다. 그리 고 여항인들은 자기의 문학을 옹호하기 위하여 받아들인 반면 다른 한편으로는 우리의 民族歌謠를 적극적으로 긍정하거나 옹호하기 위 해 이 개념을 받아들이기도 한다. 그런 점에서 천기론은 우리의 민 족가요의 발전과 확산에 일정 정도의 기여를 했음을 부인할 수는 없 을 것 같다. 홍양호는 천기론을 통해 '여항 문학의 옹호', '민족가요

와 민의 정감 인정'이라고 그 含意를 제시해 놓고 있다(진재교, 「耳
溪 洪良浩의 文學論」, 『고전문학연구』 제15집, 한국고전문학회, 1999).

降至後世 詩體屢變 人工勝而天機淺 失其自然之眞 然風俗之
異同 治道之升降 有不可揜者 惟我國 地近榑桑 星分箕尾 最
占文明之區 而封域荒遠 未脫咙哇之音 曁我朝 大闡文治 一
洗前代之陋 名儒才士 彬彬焉揚聲振彩 可以並驅中原 故委巷
繩樞之中 從事翰墨 謳吟山水 以鳴太平之盛者 亦蔚然而興
譬如震雷發聲 百蟄齊振 陽春布澤 萬卉爭榮 雖有高下之殊響
濃淡之異色 其得天機一也

〈주석〉 〖揜〗 가리다 엄 〖榑桑(부상)〗 =扶桑. 해가 뜨는 곳을 가리킴 〖咙〗
        난잡하다 방 〖哇〗 음란한 소리 왜 〖曁〗 이르다 기 〖彬彬(빈빈)〗 美
        盛한 모양 〖繩樞(승추)〗 가난한 집 〖謳〗 읊조리다 구 〖蔚〗 성하다
        울 〖蟄〗 잠자는 벌레 칩 〖卉〗 풀 훼

〈국•역〉 시대가 흘러 후세에 이르러 시체가 여러 번 변했으니, 인공이 우세하
        고 천기가 얕아져서 그 자연스러운 진가를 잃게 되었다. 그러나 풍속
        이 같고 다름과 치도의 오르고 내림은 가릴 수 없는 것이 있다. 오직
        우리나라는 부상에 가깝고 별은 기성과 미성으로 나누어져 최고 문
        명의 구역을 점유하였다. 그러나 봉역이 거칠고 멀어 음란한 소리를
        벗어나지 못하였는데, 우리 조선에 이르러 크게 문치를 떨쳐 일어나
        한꺼번에 전대의 비루함을 씻었다. 그래서 명유와 재사가 우뚝 일어
        나 소리를 드날리고 문채를 진작시키니, 중국과 나란히 달릴 만했다.
        그러므로 시골의 가난한 집 가운데에서도 글공부에 종사하고 산수를

읊조리면서 태평성대를 노래하는 사람이 또한 많이 일어났으니, 비유하자면 진동하는 우레가 소리를 내면 모든 벌레가 함께 진동하고, 따뜻한 봄이 은택을 펴면 모든 꽃들이 다투어 피는 것과 같아서, 비록 높고 낮은 것이 울림을 달리하며 짙고 엷은 것이 색깔을 달리함이 있더라도 그 천기를 얻음은 한 가지이다.

〈略鑑〉 人工이 우세하지 않고 天機가 짙어져서 自然의 眞이 드러난 시가 가장 좋은 시라고 말하고 있다.

秦箏趙瑟 可以辨方俗 瓦缶土鼓 足以備廣樂 君子於是乎觀焉
故國朝盛際 主文柄者 採而輯之 名之曰昭代風謠 傳于世者
歲甲且一周矣 況今聖人在上 鼓舞振作 萬品熙熙 如風動而物
苗 無遠不暢 無幽不揚 鏘鏘乎和鳴 洋洋乎盈耳者 於斯爲盛
當世詞林 又採而輯之 續成三弓 代級雖降 而人才猶接踵焉
崑邱之片石 可以綴容佩 桂林之散材 猶足飾華屋 信乎天機之
未嘗間斷 而王化之愈久彌彰也

〈주석〉 〖箏〗 쟁(거문고 비슷한 13현의 악기) 쟁 〖瓦缶(와부)〗 입구는 작고 배는 흙으로 구운 악기 〖土鼓(토고)〗 鼓의 일종 〖一周(일주)〗 60년 〖萬品(만품)〗 =萬物 〖熙〗 화락하다 희 〖苗〗 자라다 촬 〖鏘〗 金玉 소리 장 〖洋洋(양양)〗 성대한 모양 〖弓〗 말다 권 〖級〗 순서 급 〖踵〗 잇다 종 〖綴〗 엮다 철 〖彌〗 더욱 미 〖彰〗 드러나다 창

〈국역〉 진나라의 아쟁과 조나라의 비파로 지방의 풍속을 판별할 수 있고, 와부와 토고로 성대한 음악을 갖출 수 있음을 군자는 여기에서 볼 수 있다. 그러므로 우리나라가 성대할 때 문장을 주관하는 사람이 채록

하고 이것을 편집하여 『소대풍요』라 이름 하여 세상에 전한 것이 60
년이나 흘렀다. 하물며 지금 성인이 위에 있어 고무 진작시키시니,
만물이 화락함이 마치 바람이 불면 물건이 자라는 것과 같아서 멀리
까지 창달하지 않은 것이 없으며, 그윽하게 드러나지 않은 것이 없
다. 金玉 소리가 조화롭게 울리고 성대한 소리가 귀에 가득 찬 것이
이에 융성하니, 당시의 시인들이 또 채록하고 이것을 편집하여 곧 세
권으로 완성하였다. 시대는 비록 내려왔으나 인재는 오히려 계속 이
어져 崑崙山 언덕의 작은 돌이 패옥을 엮을 만하고 계림의 흩어진 목
재도 오히려 화려한 집을 꾸밀 수 있으니, 참되도다! 천기는 일찍이
끊어진 적이 없어 왕의 교화가 오랠수록 더욱 드러남이여.

〈略鑑〉 1737년에 간행된 『소대풍요』와 『풍요속선』의 편집 과정에 대해 설
　　　　 명하고 있다.

余觀其音調淸婉　文藻華雅　可驗東方之氣獨得溫柔敦厚之風　正
如江沱游女　皆能解比興　洙泗童子　無不通章句　此豈聲音之所
襲取哉　知風之自　狖歟遠乎　繼此以往　將至於無窮矣　以余舊
官太史　來求弁首之辭　遂三嘆而敍之　庸備東韓四始之列云爾

〈주석〉　〖婉〗 순하다, 은근하다 완 〖文藻(문조)〗 文章, 文彩 〖江沱(강타)〗 장
　　　　 강과 타강(장강의 지류) 〖洙泗(수사)〗 洙水와 泗水로, 孔子가 이 사
　　　　 이에서 제자들을 가르쳤음 〖襲〗 계승하다 습 〖知風之自(지풍지
　　　　 자)〗 『中庸』 33장에 나오는 말로, 바깥에 드러나는 행동은 내부의
　　　　 마음에 근본을 둔 것이라는 뜻임(註에 "著乎外者本乎內也"라 되어
　　　　 있음) 〖狖〗 아(감탄하는 소리) 의 〖弁首(변수)〗 ＝前言, 序 〖庸〗 이

에 용 〖四始(사시)〗 風·大雅·小雅·頌

<국역> 내가 보건대, 그 음조는 청완하고 문조는 화아하여 우리나라의 기가
홀로 온유돈후의 풍모를 얻어, 바로 강타의 노는 여자가 모두 비흥을
이해할 수 있고 수사의 어린아이가 장구에 능통하지 않음이 없는 것
과 같음을 징험할 만하니, 이 어찌 성음이 계승하여 취한 것이겠는
가? '바람의 시작을 안다.'라고 했으니, 아! 원대하도다. 이것을 계승
하여 가서 장차 무궁한 데 이를 것이다. 내가 옛날 사관 벼슬을 지냈
기에 와서 서문을 구하므로, 드디어 세 번 탄식하고 이것을 서술하
니, 이에 동한 사시의 열을 구비한다.

<略鑑> 『풍요속선』에 실린 시의 내용에 관해 간략한 品評을 내리고 있는 부
분이다.

前示各體詩數十篇　材博而氣逸　格古而意遠　非天品之高　功力
之深　能如是乎　不意今世　乃見古人之音也　僕愚不自量　妄以
爲古今一天地也　謂今之不能古惑也　蓋自書契以後　于今不滿
萬年　夫以無窮之天地　使後視今　尙不離於上世矣　至若夫子刪
詩　則廑二千餘年耳　詩體之變　一至於此　是人之所爲　非詩道
之變也

〈주석〉 〚逸〛 뛰어나다 일 〚書契(서계)〛 문자 〚廑〛 겨우 근

〈국역〉 앞에 보여 준 각 체별 시 수십 편은 소재가 넓고 기상이 빼어나며,
격조가 예스럽고 의미가 심원하니, 천품의 높은 것과 공력의 깊은 것
이 아니면 이와 같을 수 있겠습니까? 생각지도 못하게 요즘 이에 옛
사람의 소리를 보게 되었습니다. 저는 어리석게도 스스로 헤아리지
못하고 망령되이 '고금은 하나의 천지다.'라 생각하여 '今이 古가 될
수 없는 것은 미혹된 것이다.'라 했습니다. 대개 문자가 만들어진 이
후로 지금까지 만 년이 되지 않았습니다. 무릇 무궁한 천지로써 후세
로 하여금 지금을 보게 하면 여전히 윗세대에서 떨어지지 않았고, 공

자께서 『시경』을 산정한 것 같은 데에 이르러서는 겨우 2천여 년인데, 시체의 변화가 한결같이 여기에 이르렀으니, 이것은 사람들이 한 것이지 시도가 변한 것은 아닐 것입니다.

 이 글은 송덕문에게 보낸 편지글로, 詩에 대한 홍양호의 생각을 드러낸 것이다. 이 단락은 詩道의 변화에 대해 언급하고 있다.

所謂詩道者 何也 書曰 詩言志 子曰 興於詩 禮曰 溫柔敦厚 詩之敎 夫言者 發於心而矢諸口 興者 觸於外而感乎中 出之以溫柔 行之以敦厚 可以化民 可以觀政 故在閭巷謂之風 在朝廷謂之雅 在宗廟謂之頌 如是而已 周衰俗漓 言益多而聲隨長 四言變而爲五六七言 所謂歌永言也 漢魏樂府者 國風之遺也 楚人之騷 小雅之變也 西京之賦 雅頌之流也 皆足以發舒情志 感動人心 有裨於風敎 及夫近體興 而雕花鏤月 排紅比白 較錙銖於聲病 鬪巧拙於態色 適足以戕人心敗世敎 詩之道於是亡矣

〈주석〉 〖矢〗 널리 펴다 시 〖漓〗 경박하다 리 〖裨〗 돕다 비 〖風敎(풍교)〗 풍속 교화 〖雕〗 새기다 조 〖鏤〗 새기다 루 〖排比(배비)〗 =按排 〖較〗 비교하다 교 〖錙銖(치수)〗 극히 작은 수량에 비유 〖鬪〗 싸우다 투 〖戕〗 상하게 하다 장

〈국역〉 이른바 시도라는 것은 무엇입니까? 『서경』에 "시는 뜻을 말한 것이다."라 하였으며, 공자께서는 "시에서 일어난다."라고 하였으며, 『예기』에서는 "온유돈후는 시의 가르침이다."라고 하였습니다. 대저 말은 마음에서 우러나와 입으로 퍼진 것이요, 흥은 외물에 부딪쳐 마음에 느껴진 것이니, 그것을 온유로써 나타내고, 그것을 돈후로써 행한

다면 백성을 교화시킬 수 있으며 정치를 볼 수 있게 됩니다. 그러므
로 여항에 있으면 풍이라 이름 하고, 조정에 있으면 아라 이름 하고,
종묘에 있으면 송이라 이름 하니, 이와 같을 뿐입니다. 주나라가 쇠
하자 풍속이 경박해지니, 말이 더욱 많고 소리는 따라서 길어져 四言
이 변하여 오륙칠언이 되었으니, 이른바 歌는 말을 길게 하는 것입니
다. 한나라와 위나라의 악부는 「국풍」의 遺孽이며, 초나라의 소는 「
소아」의 변체이며, 전한의 부는 아송의 부류이니, 모두 마음과 뜻을
늘어놓고 사람의 마음을 감동시켜 풍속 교화에 도움이 있었습니다.
그런데 저 근체시가 흥성하여 꽃과 달을 아로새기고 붉은색과 흰색
을 늘어놓음에 이르러서는 소리의 병폐에서 사소한 차이를 비교하
고, 교묘함과 서투름을 모양과 색깔에서 싸우게 되었습니다. 마침 사
람의 마음을 상하게 하고 세상의 가르침을 패퇴시키니, 시의 도가 여
기에서 사라졌습니다.

〈略鑑〉 詩道의 개념은 무엇이며, 風·雅·頌과 四·五·六·七言 등 각 詩
體에 대하여 설명하고 있으며, 엄정한 규정이 있는 近體詩의 폐단에
대해 언급하고 있는 단락이다.

　근체시의 폐단은 19세기의 문인인 洪奭周도 『학강산필』에서 다음
과 같이 말하고 있다.

"시의 도는 사람들을 일으킬 수 있고 볼 수 있고 무리 지을 수
있고 원망할 수 있다는 점에서 귀중한 가치가 있으니, 비록 후
세 시인들의 작품이라도 또한 종종 사람을 감발하도록 만드는
것이 있다. 그런데 율시가 나오면서부터 이러한 의의가 비로 쓴

듯이 없어져 버렸다. 어떤 사람은 이르기를 '『시경』 305편은
모두 악기로 연주하던 것이니, 궁·상의 음계에 맞아서 운이
있는 말이다. 어찌 성과 율이 없을 수 있겠는가'라고 말하는데,
이것은 본말을 모르는 말이다. 시는 뜻을 말로 진술하는 것이
요, 노래는 말을 길게 읊는 것이니, 뜻으로 발현된 것이 시가
된다. 시가 있고 나서 이것을 길게 읊으면 노래가 되고, 그것에
화답하여 성이 되고, 그것에 화답하여 율이 된다. 지금 시를 짓
는 사람들은 이에 시를 지으면서 율을 먼저 맞추니, 이는 천기
의 자연스러움에서 벗어난 것이 이미 멀다. 하물며 지금의 이른
바 율이라는 것은 옛사람들이 남긴 궁·상과 종·여가 아니고
심약(『시경』을 표준으로 하여 四聲八病의 설을 주장하였으며,
聲律과 對仗을 증시하였음) 한 개인의 가슴에서 나온 것이다.
심약은 스스로 그 오묘함을 자부하여 '屈原 이후로는 이러한
비결을 본 사람이 없다.'고 하였다. 또 평자 張衡, 백호 蔡邕,
자건 曹植, 중선 王粲 같은 한·위의 시인들을 차례차례 비난
하고, 潘岳과 陸機·顔延之와 謝靈運의 무리들까지도 거리가
더욱 멀다고 하였다. 멀다면 굴원의 「이소」와 조자건의 시가
모두 후세 율시보다 못한 것인가? 율시가 나온 지 천여 년에
흥·관·군·원의 뜻은 날이 갈수록 물어보지도 않은 채 풍습
이 이미 이루어져 진실로 다시 어찌할 수 없게 되었다. 근세에
시인으로 자부하는 자들 또한 고시·가·행을 채용하면서 모조
리 평측의 격식으로 매어 두려고 하니, 나는 그 영문을 모르겠
다(詩之爲道 以興觀群怨爲貴 雖後世詞人之作 亦往往有能感
發人者 至律詩之出 而此意遂埽地矣 或謂三百五篇 皆被之管

絃 叶於宮商 有韻之語 何可以無聲律哉 是不知本末之言也
詩言志 歌永言 發於志而爲詩 有詩而後 永之以爲歌 依之以
爲聲 和之以爲律 今之爲詩者 乃作詩以求合于律 其離於天機
之自然也 已遠矣 況今之所謂律者 非古人宮商鐘呂之遺 而直
出於一沈約之胸臆乎 沈約自矜其玅 謂靈均以來 此祕未覩 又
歷詆漢魏詩人張平子蔡伯喈曹子建王仲宣 以及乎潘陸顔謝之
徒 皆以爲去之彌遠 遠則屈子之騷 子建仲宣之詩 皆將在後世
律詩之下乎 律詩之出千有餘年 興觀群怨之旨 日益以不可問
而風習已成 固無復奈何矣 近世自命爲詩人者 又欲取古詩歌
行 而盡束以平仄之格 吾不知其何意也)．"

近體之詩 始於六朝之末 盛於李唐 而嗣後作者 猶知沿流而溯
源 獨我東俗 專尚近體 稍知操觚 已習駢偶 開口綴辭 便學律
絶 不知古風長句之爲何狀 是可謂詩乎哉 僕嘗西遊中國 見華
人詩話云 高麗人好作律絶 不識古詩 使我顔發騂也 夫東方之
文 惟詩爲長技 名世之家 蔚然相望 而其爲古詩長篇者絶罕焉
間有之 猶趢趗於宋人跡轍

〈주석〉 〚溯〛 거슬러 흐르다 소 〚稍〛 점점 초 〚操觚(조고)〛 글을 씀 〚騂〛 붉
다 성 〚蔚〛 성하다 울 〚趢趗(록촉)〛 좁은 모양 〚轍〛 행적 철
〈국역〉 근체시는 육조 말기에 시작되어 당나라에서 융성하였습니다. 뒤이어
짓는 자는 그래도 유래와 연원을 알았는데, 유독 우리나라의 풍속은
오로지 근체시만을 숭상하여 점점 글을 쓸 줄 알면 이미 변려체를 익
히고 입을 열어 말을 엮을 줄 알면 곧 율시와 절구를 배우고, 고풍과

장구는 어떤 모양인지 알지 못하였으니, 이것을 시라고 할 수 있겠습니까? 내가 일찍이 서쪽으로 중국을 유람하다가 중국 사람들의 시화를 보니, "고려 사람은 율시와 절구를 짓기를 좋아하나 고시를 알지 못한다."라고 하였는데, 내 얼굴을 붉게 하였습니다. 무릇 우리나라의 문장은 오직 시만을 뛰어난 기술로 삼아 세상에 이름난 가문이 성대히 많지만, 고시나 장편을 짓는 자는 거의 드물고, 간혹 있다고 하더라도 송나라 사람의 자취보다도 적었습니다.

〈略鑑〉 근체시의 변천과 우리나라에서 근체시만으로 漢詩를 짓고 古詩를 알지 못하는 폐단에 대해 언급하고 있다.

而惟鄭東溟 起而振之 力倡古風 庶幾乎盛唐遺音 但恨格力勝
而天機淺 未有冲和淵永之味 動盪要妙之韻 是則不可學而能耳
然使後生 始知古詩之聲容步武者 其功不可少也 今欲一反乎古
莫如師其道 道得則法隨之 聲在其中矣 噫 生乎千載之後 欲
追古人之音 不亦迂且狂乎 然人心之靈 天機之妙 亘萬世而不
息不變 惟在自得之耳 孟子曰 樂則生 生則烏可已也 烏可已
則不知手之舞之足之蹈之 此天機之動於人心者也 學詩之道 盡
於是矣 此可與知者道 聊爲高明誦之

〈주석〉 〖倡〗 인도하다 창 〖庶幾乎(서기호)〗 거의 가깝다 〖冲和(충화)〗 淡泊
하고 和平함 〖淵永(연영)〗 深遠함 〖盪〗 움직이다 탕 〖要妙(요묘)〗
精深 微妙함 〖步武(보무)〗 본받는 법 〖迂〗 물정에 어둡다 우 〖亘〗
펴다 긍 〖蹈〗 뛰다 도 〖高明(고명)〗 상대에 대한 敬詞
〈국역〉 오직 동명 鄭斗卿만이 일으키고 진작시켜 힘써 고풍을 창도하여 거의 성당의 모습에 가까웠습니다. 다만 한탄스러운 것은 격조와 힘은 뛰어나지만 천기는 얕아서 온화하고 깊은 맛과 호탕하고 기묘한 운치가 없다는 것이니, 이러한 것은 배워서 잘할 수 없는 것입니다. 그러나 후세 사람에게 처음 고시의 소리와 체제를 알게 한 것은 그의 공적을 적다고 할 수 없을 것입니다. 지금 한 번 古詩로 돌아가고자 함에 그 도를 본받는 것만 한 것이 없으니, 도를 얻으면 법은 그것을 따르고 소리도 그 속에 있을 것입니다. 아! 내가 천 년 뒤에 태어나서 옛사람의 소리를 따르고자 한다면 또한 우활하고 미친 것이 아니겠습니까? 그러나 사람 마음의 신령함과 천기의 묘함이 만세에 뻗어 그치지 않고 변하지 않으니, 오직 스스로 그것을 터득함에 있을 뿐입니다. 맹자께서 "즐거우면 생길 것이다. 생기면 어찌 그만둘 수 있겠는가? 그만둘 수 없다면 손이 춤추고 발이 뛰는 것을 모를 것이다." 라고 하였으니, 이것은 천기가 인심을 움직인 것입니다. 시를 배우는 도는 여기에서 끝납니다. 이것은 아는 자와 함께 말할 수 있으니, 오로지 당신을 위해 읊조리는 것입니다.

〈略鑑〉 동명 정두경(1596~1673)만이 이러한 폐단을 시정하기 위해 노력하였으며, 天機가 잘 드러날 수 있는 古詩와 長句를 활용할 것을 주장하고 있다.

32. 「丐帥傳」 成大中15)

都下丐者 歲常數百人 其法擇一丐 以爲帥 行止聚散 一聽其
令 無敢少違 朝夕聚其所丐 奉饋帥惟謹 帥居之自如

〈주석〉 『丐帥(개수)』 꼭지딴(거지들의 우두머리) 『饋』 드리다 궤 『自如』 =
自若. 기색이 태연한 모양

〈국역〉 서울 도성 아래 거지들이 해마다 늘 수백 명인데, 그들의 법은 한 명
을 뽑아 우두머리로 삼는다. 행동거지와 모이고 흩어지는 것은 오로
지 그의 명령을 따라 감히 조금도 어김이 없었다. 거지들이 아침저녁
으로 빌어 온 것을 모아 꼭지딴을 정성껏 받드니, 꼭지딴은 기거에
편안했다.

〈略鑑〉 이 글은 거지들의 우두머리인 꼭지딴의 이야기로, 『海叢』과 『동야휘집』
에도 실려 있다. 이 단락은 꼭지딴의 형성 과정에 대해 서사하고 있다.

---

15) 成大中(1732, 영조 8~1812, 순조 12): 자는 士執, 호는 靑城. 노론 성리학파 중 洛論系인 金煥에게서
배웠다. 서얼이었기 때문에 순조로운 벼슬길에 오르지 못할 처지였으나, 영조의 탕평책에 힘입어 1765년
淸職에 임명되었다. 1763년 서기관으로 통신사 조엄(趙曮)을 수행하여 일본에 다녀왔다. 그는 문장이 뛰
어나 정조의 사랑을 받았으나 신분적인 한계에 묶여 북청부사에 오르는 데 그쳤다. 그는 홍대용, 박지원,
박제가, 유득공 등 북학파 인물들과 교우관계를 가져 사상 형성에도 도움을 주었으나 이들과 달리 정조대
에 추진된 文體反正 정책에 적극 호응하여 성리학에 바탕을 둔 醇正文學을 주장했다. 이는 기본적으로
낙론계 성리학자인 그의 학문적 경향과 신분적 약점에서 연유한 것이었다.

英廟庚辰大稔 上命中外 設宴以娛 龍虎營樂 冠於五營 有李
姓者 爲之首 號曰牌頭 素以豪擧稱 都下倡妓皆附焉 時酒禁
方嚴 上下宴專以妓樂相尙 得龍虎營樂者爲雋 不得者以爲恥
李疲於招邀 或托病在家 忽有一丐至 請曰 丐之帥某 敬告牌
頭 幸國家有命 萬民同樂 小人雖丐 亦國民也 方以某日集群
丐 宴於鍊戎臺 敢勞牌頭助樂 小人不敢忘德 李大怒叱曰 西
平洛昌之招 吾猶或不赴 豈爲丐者樂哉 呼其僕逐之 丐嘻笑去
李逾益憤咤曰 吾不圖爲樂之賤 至於斯也 丐乃欲役我

〈주석〉 〖稔〗 곡식이 잘 익다 임 〖娛〗 즐거워하다 오 〖龍虎營〗 대궐의 宿衛,
王家의 扈從을 맡은 관청 〖五營〗 서울에 있던 다섯의 軍營 〖都下〗
서울 〖倡〗 기생 창 〖雋〗 영특하다 준 〖邀〗 맞이하다 요 〖叱〗 꾸짖다
질 〖西平〗 왕족의 한 사람으로, 영조의 신임을 받은 李橈 〖洛昌〗
왕족의 한 사람으로, 이당 〖赴〗 나아가다 부 〖嘻〗 웃다 희 〖逾〗 더
욱 유 〖憤〗 성내다 분 〖咤〗 슬퍼하다 타

〈국역〉 영조 경진년(1760년)에 대풍이 들었다. 임금이 중외에 널리 명령을 내
려 잔치를 열고 즐기게 했다. 용호영의 풍악이 오영 중에 으뜸인데,
이씨 성을 가진 자가 그들의 우두머리로, 패두라 불렀다. 본래 호걸
로 이름이 날려 서울의 기생들이 모두 그를 따랐다. 당시는 술 금지
령이 바야흐로 엄하여 상하의 잔치에 오로지 기악만을 숭상하였다.
특히 용호영의 풍악을 얻는 것으로 자랑을 삼았는데, 불러 오지 못
한 사람은 수치로 여겼다. 이 패두는 연회에 불려 다니느라 지쳐 간
혹 병을 칭탁하여 집에 있었다. 문득 한 거지가 찾아와서 청하기를,
"거지 두목 아무개가 공경히 패두님께 아룁니다. 다행히 나라에서

명령하여 만민이 함께 즐기는데, 소인들은 비록 거지나 또한 나라의
국민입니다. 그러니 바야흐로 아무 날 거지들이 모여 연융대에서 잔
치를 벌이려 합니다. 감히 패두님을 수고롭게 하여 흥취를 돋우고자
합니다. 소인들은 감히 덕을 잊지 않을 것입니다.” 하였다. 이 패두는
매우 화가 나 꾸짖으며 말하길, “서평군과 낙창군의 초청에도 내가
오히려 간혹 가지 않는데, 어찌 거지를 즐겁게 하겠는가.”하고, 자기
하인을 불러 그를 내치자, 거지는 웃으며 나갔다. 이 패두가 더욱 분
통을 터트리며 말하길, “나는 음악이 천해져 이 지경에 이를 줄은 생
각도 못 했다. 거지가 마침내 나를 부리려 하다니.”라고 하였다.

 용호영의 악사들을 불러 잔치를 벌이고자 하였으나, 성립되지 않은
장면을 대화를 통해 생동감 있게 묘사하고 있다.

已而叩門聲甚屬　李出視之　衣袴盡破　而軀幹甚壯　乃丐帥也
瞪目視李曰　牌頭能銅額　而水舍乎　吾徒數百人　散在城中　徼
巡不問也　一棒一燧　牌頭能保無事乎　何藐視我太甚　李故以樂
狎遊　習巷曲間事　乃笑應曰　子誠男子　我不知故誤　今則惟子
言之從　丐帥曰　明日早食後　公與某妓某工　至摠戎廳前第　大
張樂　勿違期　李笑應曰諾　帥熟視去　李乃盡招其徒　琴笛瑟鼓
各以新具至　名妓數輩畢來　請所之　李笑曰　第隨我

〈주석〉 〖屬〗 사납다 려 〖袴〗 바지 고 〖軀〗 몸 구 〖幹〗 체구 간 〖瞪〗 눈 바로
　　　　뜨고 보다 징 〖徼〗 순찰하다 요 〖棒〗 몽둥이 봉 〖燧〗 횃불 수 〖藐〗
　　　　업신여기다 묘 〖狎遊(압유)〗 유희에 친숙함 〖曲〗 마을 곡 〖惟a之
　　　　(是)b〗 오직 a만을 b하다 〖摠戎廳(총융청)〗 북한산성을 담당하는 軍

營인데, 당시 창의문 밖에 있었음 〖第〗 집, 다만 제 〖請〗 묻다

청 〖笛〗 피리 적

〈국ㆍ역〉 얼마 있다가 패두집 문을 두드리는 소리가 매우 사나웠다. 이 패두가
나가서 보니, 옷은 모두 해졌으나 체구가 매우 장대하였는데, 바로
꼭지딴이었다. 눈을 부릅뜨고 이 패두를 보며 말하길, "패두님은 이
마가 구리입니까? 집은 물입니까? 우리 무리 수백 명이 흩어져 장안
에 있어 순라군도 어쩌지 못합니다. 몽둥이 하나, 횃불 하나면 패두
께서 무사할 수 있겠습니까? 어찌 우리를 경시함이 이다지 심합니
까?" 하였다. 이 패두는 예전 음악으로 굴러먹은 사람이라 시정의 물
정에 익숙하였다. 이에 웃으며 응수하길, "자네는 정말 남자네. 내가
몰라서 오해했네. 이제 자네의 말을 따르겠네." 하니, 꼭지딴이 말하
길, "내일 아침을 드신 후에, 공께서 기생 아무개와 악공 아무개와 함
께 총융청 앞에 와서 크게 풍악을 펼쳐 주십시오. 기약을 어기지 마
십시오."라고 하니, 이 패두는 웃으며 승낙하였다. 꼭지딴은 뚫어져
라 이 패두를 바라보고 가 버렸다. 이 패두는 자기 무리들을 전부 부
르니, 거문고, 피리, 비파, 장구 등 각각 새 악기를 가지고 왔고, 명기
몇 명도 다 왔다. 그들이 갈 곳을 물으니, 이 패두는 웃으며, "다만 나
만 따라 오너라."라고 하였다.

〈略鑑〉 꼭지딴과 이 패두가 만나, 이 패두가 꼭지딴의 위압에 연회를 베풀
어 줄 것을 허락하는 장면이다. 꼭지딴의 장부다운 호쾌한 면모를
부각시키고 있다.

至期處日　作樂　衆樂皆作　妓皆舞　於是藁衣索帶　群舞而會者
如蟻之集於垤也　舞止輒歌　歌止復舞曰　樂哉樂哉　吾屬亦有一

曰　丐帥據高座臨之　意得殊甚　妓皆駴笑不止　李眴止之曰　勿
笑　彼帥能殺我　況若耶　日且晡　衆丐以其次坐　各探其帒　或出
一臠肉焉　或出一塊餅焉　皆宴家之所乞也　盛以破瓦　薦以編草
雜進之曰　小人方宴　敢先饋諸公　李笑謝曰　吾能爲君樂　不能
受君之饋　丐笑拜曰　公等貴人　其肯嘗丐食乎　請爲君盡之　李
益令妓奏樂侑宴　宴罷　衆丐復起舞　少焉又出其殘果敗鱟　以遺
群妓曰　無以報勞　請以饋公之稚子幼孫　妓皆謝卻之　丐又盡啜
已　拜謝曰　賴諸公飽矣

〈주석〉 〖藁〗 짚 고　〖蟻〗 개미 의　〖垤〗 개밋둑 질　〖眴〗 눈을 깜짝이다
　　　　현　〖晡〗 해질 무렵 포　〖帒〗 전대 대　〖臠〗 저민 고기 련　〖塊〗 덩어
　　　　리 괴　〖餅〗 떡 병　〖盛〗 담다 성　〖薦〗 깔다 천　〖侑〗 돕다 유　〖少
　　　　焉〗 잠시 뒤에　〖鱟〗 말린 물고기 고　〖啜〗 먹다 철

〈국역〉 기약한 곳에 이르러 말하길, "음악을 연주해라." 하니, 온갖 악기가
　　　　모두 울리고, 기생은 모두 춤을 추었다. 이때 거적을 입고 새끼를 허
　　　　리에 동여맨 거지들이 춤을 추며 모이는 것이 개미가 개밋둑에 모이
　　　　는 것 같았다. 춤추다 멈추자 다시 노래 부르고, 노래가 그치자 다시
　　　　춤을 추며 말하길, "얼씨구 좋네! 절씨구 좋네! 우리들도 오늘 같은
　　　　날이 있구먼." 꼭지딴은 높은 자리에 앉아 내려다보며 상당히 득의
　　　　양양하였다. 기생들이 모두 입을 가리고 웃음을 그치지 못하자, 이
　　　　패두는 눈짓하며 그들을 그치게 하며 말하길, "웃지 마라. 저 꼭지딴
　　　　은 나를 죽일 수도 있는데, 하물며 너희들이야." 하였다. 해가 장차
　　　　저물려 하자, 거지들은 차례대로 앉아 각자 그 자루를 더듬어서, 어
　　　　떤 사람은 고기 조각을 꺼내고 어떤 사람은 떡 한 덩어리를 꺼내는

데, 모두 잔칫집에서 빌어 온 것들이었다. 깨진 기와조각에 담고 엮은 풀을 깔아서 섞어 바치면서 말하길, "소인들이 바야흐로 잔치를 베푸니, 감히 나리들에게 먼저 바칩니다." 하니, 이 패두가 웃으며 사양하길, "내가 그대들을 위해 풍악을 연주하지만, 그대들이 주는 것을 받을 수는 없네."라고 하였다. 거지들이 웃고 절하며 말하길, "나리들은 귀한 사람인데, 거지의 음식을 맛보려 하겠습니까? 나리들을 위해 저희들이 다 먹겠습니다." 하였다. 이 패두는 더욱 기녀들에게 풍악을 연주하여 잔치를 돋우게 했다. 음식을 다 먹자, 거지들은 다시 일어나 춤을 추었다. 잠시 뒤에 또 남은 과자와 부패한 말린 물고기를 꺼내어 여러 기생들에게 주면서 말하길, "노고에 보답할 길이 없습니다. 아가씨의 어린 자손에게 주세요."라고 하니, 기생들은 모두 사양하고 물리쳤다. 거지들이 또 다 먹고 나서, 절하며 감사하길, "여러분들 덕분에 배불리 먹었습니다."라고 하였다.

〈略鑑〉 용호연의 악사들과 기생들이 동원되어 거지들을 위해 음악을 연주하고 춤을 추는 장면을 묘사하고 있다.

向夕 丐帥前拜曰 吾徒方求夕食 敢謝諸公之勞 他日見諸道路 皆散去 衆妓皆飢困恚李 李嘆曰 吾今日始睹快男子也 後遇丐者 輒心識之 竟不得見其帥焉

〈주석〉 〖恚〗 성내다 에 〖睹〗 보다 도
〈국역〉 저녁이 될 무렵, 꼭지딴이 앞으로 나아가 절을 하며 말하길, "우리들은 바야흐로 저녁밥을 구해야 합니다. 여러분들의 노고에 깊이 감사드립니다. 훗날 길에서 뵙겠습니다."라 하고, 모두 흩어졌다. 기생들은 모두 굶주리고 지쳐 이 패두에게 성을 내니, 이 패두가 탄식하길, "나는 오늘에야 쾌남아를 보았노라." 하였다. 후에 거지를 만나면 마음속으로 꼭지딴을 떠올렸으나, 마침내 그 꼭지딴을 볼 수 없었다.

〈略鑑〉 18세기 농촌 사회에서 배출한 流民들의 대다수가 상공업 부분이나 광산으로 흡수되긴 하였으나, 일부는 산중에 群盜를 형성하고 있었으며, 일부는 도시에서 거지 떼를 이루고 있었다. 산중의 군도 역시 사회적 문제이지만, 특히 서울의 거지 떼는 심각한 사회적 문제로까지 대두되었다. 禹夏永은 그의 「千一錄」에 '流丐'라는 제목으로 그에 대한 대책을 거론하기도 하였다. 朴趾源의 「廣文者傳」에도 거지들이 등장하기는 하지만, 이 작품에서는 거지 떼가 잔칫집을 돌아다니며 생활하는 모습을 描破하면서 거지 떼를 정면으로 다루고 있다.

學問之道無他 有不識 執塗之人 而問之可也 僮僕多識我一字
姑學汝 恥己之不若人 而不問勝己 則是終身自錮於固陋無術
之地也 舜自耕稼陶漁 以至爲帝 無非取諸人 孔子曰 吾少也
賤 多能鄙事 亦耕稼陶漁之類是也 雖以舜孔子之聖且藝 卽物
而刱巧 臨事而製器 日猶不足 而智有所窮 故舜與孔子之爲聖
不過好問於人而善學之者也

〈주석〉 〚僮僕(동복)〛 하인 〚錮〛 가두다 고 〚刱〛 =創 만들다 창

---

16) 朴趾源(1737, 영조 13~1805, 순조 5): 호는 燕巖. 장인 李輔天의 아우 亮天에게서는 司馬遷의 『史記』
를 비롯해 주로 역사 서적을 교훈받아 문장 쓰는 법을 터득하였다. 1780년(정조 4) 삼종형 박명원이 청의
진하사절 正使로 북경으로 가자, 수행해 압록강을 거쳐 북경·열하를 여행하고 돌아왔다. 이때의 견문을
정리해 쓴 책이 『熱河日記』이며, 이 속에서 평소의 利用厚生에 대한 생각을 구체적으로 표현하였다. 이
저술로 인해 문명이 일시에 드날리기도 했으나 文垣에서 호된 비판을 받기도 하였다. 특히 『열하일기』에
서 강조한 것은 당시 중국 중심의 세계관 속에서 淸나라의 번창한 문물을 받아들여 낙후한 조선의 현실을
개혁하는 일이었다. 이때는 明에 대한 의리와 결부해 淸나라를 배격하는 풍조가 만연하던 시기였다. 이
속에서 그의 주장은 현실적 수용력이 부족했으나 당시의 위정자나 지식인들에게 강한 자극을 불러일으키
는 결과가 되었다. 北學思想으로 불리는 그의 주장은 비록 청나라에 적대적 감정이 쌓여 있지만 그들의
문명을 수용해 우리의 현실이 개혁되고 풍요해진다면 과감하게 받아들여야 한다는 것이었다. 그가 남긴
문학 작품 속에서도 이러한 생각이 잘 나타나고 있다. 곧 당시 주조를 이루는 복고적 풍조에서 벗어나 문
학이 갖는 현실과의 대립적 현상을 잘 조화시켜, 시대의 문제를 가장 첨예하게 수렴할 수 있는 주제와 그
주제를 어떻게 표현할 것인가를 깊이 생각하였다. 法古創新으로 표현되는 이 말은 時俗文의 인정을 의미하
며 그렇다고 文勝質薄한 批評小品을 찬양한 것은 아니다. 초기에 쓴 9편의 단편들은 대체로 당시의 역사적
현실이나 인간의 내면적인 세계 혹은 민족 문학의 맥을 연결하는 것으로서 강한 풍자성을 내포하고 있다.

<국역> 학문의 길은 다른 길이 없다. 모르는 것이 있으면 길 가는 사람이라
도 붙들고 묻는 것이 좋다. 심지어 동복 중에 나보다 글자 하나라도
더 많이 안다면 우선 그에게 배워야 한다. 자기가 남만 같지 못하다
고 부끄러이 여겨 자기보다 나은 사람에게 묻지 않는다면, 이것은 종
신토록 고루하고 어쩔 방법이 없는 지경에 스스로 갇혀 지내게 되는
것이다. 순임금은 농사짓고 질그릇을 굽고 고기를 잡는 일로부터 帝
가 되기까지 남들로부터 배우지 않은 것이 없었다. 孔子가(『논어』「子
罕」에서) 말하기를, "나는 젊었을 적에 미천했기 때문에 막일에 능한
것이 많았다." 하였는데, (여기에서 말하는 막일), 또한 농사짓고 질
그릇을 굽고 고기를 잡는 일 따위가 이것이다. 비록 순임금과 공자같
이 성스럽고 재능 있는 분조차도, 사물에 나아가 기교를 창안하고 일
에 임하여 도구를 만들자면 시간도 부족하고 지혜도 막히는 것이 있
었을 것이다. 그러므로 순임금과 공자가 성인이 된 것은 남에게 잘
물어서 그것을 잘 배운 것에 지나지 않는다.

<略鑑> 이 글은 朴齊家의 『북학의』에 붙인 서문으로, 신축년(1781, 정조 5)
重陽節에 지었다고 한다. 이 단락은 서두로, 학문의 길은 모르는 것
을 물어서 배우는 것에 있다고 力說하고 있다.

吾東之士 得偏氣於一隅之土 足不蹈函夏之地 目未見中州之
人 生老病死 不離疆域 則鶴長烏黑 各守其天 蛙井蚡田 獨信
其地 謂禮寧野 認陋爲儉 所謂四民 僅存名目 而至於利用厚
生之具 日趨困窮 此無他 不知學問之過也

<주석> 〖隅〗 모퉁이 우 〖函夏(함하)〗 중국(函＝圅) 〖疆〗 지경 강 〖蚡〗 두더

지 분 〖趨〗 달리다 추

〈국역〉 우리나라 선비들은 한쪽 구석 땅에서 편벽된 기운을 타고나서, 발은
중국 땅을 밟아 보지 못했고 눈은 중원의 사람을 보지 못했으며, 나
고 늙고 병들고 죽을 때까지 제 강역을 떠나 본 적이 없다. 그래서
학의 다리가 길고 까마귀의 빛이 검듯이 각기 자기의 천성을 지키며
살았고, 우물의 개구리나 밭의 두더지마냥 제가 사는 곳이 제일인 양
여기고 살아왔다. 禮는 차라리 소박한 것이 낫다고 생각하고 누추한
것을 검소하다고 여겨 왔으며, 이른바 四民인 士·農·工·商이라는
것도 겨우 명목만 남아 있고 利用厚生의 도구는 날이 갈수록 빈약해
져만 갔다. 이것은 다름이 아니라 배우고 물을 줄을 몰라서 생긴 폐
단이다.

〈略鑑〉 이 단락은 앞 단락에서 제시하였던 모르는 것은 배우고 물어야 하는
'학문의 길'을 알지 못해 생긴 우리나라의 학문 풍토에 대한 폐단에
대해 언급하고 있다.

如將學問 舍中國而何 然其言曰 今之主中國者 夷狄也 恥學
焉 幷與中國之故常而鄙夷之 彼誠薙髮左袵 然其所據之地 豈
非三代以來漢唐宋明之函夏乎 其生乎此土之中者 豈非三代以
來漢唐宋明之遺黎乎 苟使法良而制美 則固將進夷狄而師之
況其規模之廣大 心法之精微 制作之宏遠 文章之煥爀 猶存三
代以來漢唐宋明固有之故常哉 以我較彼 固無寸長 而獨以一
撮之結 自賢於天下曰 今之中國 非古之中國也 其山川則罪之
以腥羶 其人民則辱之以犬羊 其言語則誣之以侏離 幷與其中
國固有之良法美制而攘斥之 則亦將何所倣而行之耶

 〖故常(고상)〗 옛 법칙 〖薙〗 깎다 치 〖左袵(좌임)〗 옷을 입을 때 오른
쪽 섶을 왼쪽 섶의 위로 여밈. 곧 오랑캐의 옷 입는 방식 〖據〗 차지
하다 거 〖遺黎(유려)〗 =遺民 〖心法(심법)〗 用心之法을 말한다. 연
암은『열하일기』에서 청나라 문물의 特長으로 '大規模 細心法', 즉
규모가 크고 심법이 세밀한 점을 들었음 〖煥〗 빛나다 환 〖爀〗 붉다
혁 〖較〗 비교하다 교 〖撮〗 모으다 촬 〖腥〗 비리다 성 〖羶〗 누린내
전 〖誣〗 무고하다 무 〖侏離(주리)〗 오랑캐

 만일 장차 배우고 물으려면 중국을 놓아두고 어디로 가겠는가? 그렇
지만 그들이 말하기를, "지금의 중국을 차지하고 있는 주인은 오랑캐
들이다." 하면서 배우기를 부끄러워하여, 중국의 옛 법마저도 다 함
께 얕잡아 무시해 버린다. 저들이 진실로 辮髮을 하고 오랑캐 복장을
하고 있지만, 저들이 차지하고 있는 땅이 三代 이래 漢, 唐, 宋, 明의
대륙이 어찌 아니겠으며, 그 땅 안에 살고 있는 사람들이 삼대 이래
한, 당, 송, 명의 遺民이 어찌 아니겠는가. 만약 법이 훌륭하고 제도
가 아름답다면 진실로 장차 오랑캐에게라도 나아가 그들을 스승으로
삼아야 하는데, 하물며 그 규모의 광대함과 心法의 精微함과 制作의
宏遠함과 文章의 찬란함이 아직도 삼대 이래 한, 당, 송, 명의 고유한
옛 법을 보존하고 있음에랴. 우리를 저들과 비교해 본다면 진실로 한
치의 나은 점도 없다. 그럼에도 단지 머리를 깎지 않고 상투를 튼 것
으로 스스로 천하에 제일이라고 하면서 "지금의 중국은 옛날의 중국
이 아니다."라고 말한다. 그 산천은 비린내 노린내 천지라 나무라고,
그 인민은 개나 양이라고 욕을 하고, 그 언어는 오랑캐 말이라고 모
함하면서, 중국 고유의 훌륭한 법과 아름다운 제도마저 함께 배척해
버린다. 그렇다면 장차 어디에서 본받아 행하겠는가?

 이 단락에서는, 우리나라가 이러한 폐단에서 벗어나기 위해서는 중국을 배워야 하는데, 당시의 인식은 "지금의 중국을 차지하고 있는 주인은 오랑캐들이다." 하면서 배우기를 부끄러워하여, 중국의 옛 법마저도 다 함께 얕잡아 무시해 버리고 있는 당시의 世態를 신랄하게 꼬집고 있다.

余自燕還 在先爲示其北學議內外二編 盖在先先余入燕者也 自
農蠶畜牧城郭宮室舟車 以至瓦簟筆尺之制 莫不目數而心較 目
有所未至 則必問焉 心有所未諦 則必學焉 試一開卷 與余日
錄 無所齟齬 如出一手 此固所以樂而示余 而余之所欣然讀之
三日而不厭者也 噫 此豈徒吾二人者得之於目擊而後然哉 固
嘗研究於雨屋雪簷之下 抵掌於酒爛燈炧之際 而乃一驗之於目
爾 要之不可以語人 人固不信矣 不信則固將怒我 怒之性 由
偏氣 不信之端 在罪山川

〈주석〉 〖蠶〗 蠶의 俗字 〖簟〗 대자리 점 〖諦〗 명료하게 알다 체 〖齟齬(저어)〗 어긋남 〖抵掌(저장)〗 손바닥을 치는 것으로, 즐거운 이야기를 가리킴 〖爛〗 무르익다 란 〖炧〗 불똥 사 〖端〗 근원 단

〈국역〉 내가 북경에서 돌아오니(연암은 정조 4년 1780년 5월부터 10월까지 進賀兼謝恩別使의 일원으로 중국 북경을 다녀왔다) 在先 朴齊家가 그가 지은 『北學議』 「內編」과 「外編」을 보여 주었다. 재선은 나보다 먼저 북경에 갔던 사람이다(박제가는 정조 2년 1778 謝恩兼陳奏使의 일원으로 이덕무와 함께 북경을 다녀온 뒤 『북학의』를 저술하였다). 그는 農蠶, 牧畜, 城郭, 宮室, 舟車로부터 기와, 대자리, 붓, 자 등을

만드는 방식에 이르기까지 눈으로 헤아리고 마음으로 비교하지 않은 것이 없었다. 눈으로 보지 못한 것이 있으면 반드시 물어보았고, 마음으로 이해하지 못한 것이 있으면 반드시 배웠다. 시험 삼아 책을 한번 펼쳐 보니, 나의 『熱河日記』와 더불어 조금도 어긋나는 것이 없어 마치 한 사람의 손에서 나온 것 같았다. 이것이 진실로 즐거운 마음으로 나에게 보여 준 까닭이요, 나도 흐뭇이 여겨 3일 동안이나 읽어도 싫증이 나지 않았던 것이다. 아! 이것이 어찌 우리 두 사람이 눈으로만 보고서 그렇게 된 것이겠는가? 진실로 집에 비가 내리고 처마에 눈이 날리는 날에도 연구하고, 술이 거나하고 등잔불이 꺼질 때까지 토론해 오던 것을 눈으로 한 번 증험한 것뿐이다. 요컨대 이를 남들에게 말할 수가 없으니, 남들은 진실로 믿지를 않을 것이다. 믿지 못하면 당연히 장차 우리에게 화를 낼 것이다. 화를 내는 성품은 편벽된 기운에서 말미암은 것이요, 그 말을 믿지 못하는 원인은 중국의 산천을 비린내 노린내 난다고 나무란 데 있다.

〈略鑑〉 이 단락은 마지막으로, 이 글을 쓰게 된 배경을 이야기하면서, 저자인 박제가는 모르는 것을 물어서 배우는 학문의 길을 걸어 『북학의』를 저술한 것에 대해 언급하고 있다. 그리고 끝으로 北學에 대한 당시 그릇된 世態에 대한 안타까움으로 끝을 맺고 있다.

有鬻古器而三年不售者　質頑然石也　以爲飮器也　則外窳而內
卷　垢膩之掩其光也　遍國中未有顧之者　更歷貴富家　價愈益下
至數百　一日有持而示徐君汝五者　汝五曰　此筆洗也　石產於福
州壽山五花石坑　次玉而如珉者也　不問値高下　立與八千　刮其
垢　而昔之頑然者　乃石之暈而艾葉綠也　形之窳且卷者　如秋荷
之枯而卷其葉也　遂爲國中之名器　汝五曰　天下之物　其有不器
者乎　顧所以用得其當耳　夫毫之含墨膠固　則易禿　常滌其墨而
柔之　此其器之爲筆洗也

〈주석〉　『筆洗(필세)』 붓 씻는 그릇 『鬻』 팔다 육 『售』 팔다 수 『頑』 무디다
　　　　완 『窳』 이지러지다 유 『垢』 때 구 『膩』 기름때 니 『數百(수백)』
　　　　화폐 단위가 명시되어 있지 않다. 당시의 물가로 미루어 보면 수백
　　　　文, 즉 너덧 냥이 아닌가 한다. 뒤에 나오는 '8,000' 역시 8,000문, 즉
　　　　80냥이 아닌가 함 『徐君汝五(서군여오)』 徐常修(1735~1793)로, 여
　　　　오는 그의 字이다. 서얼 출신으로, 진사시에 급제하였으나 관직은
　　　　廣興倉奉事에 그쳤다. 경제적으로는 윤택하여 白塔 서쪽의 觀齋와

도봉산 서쪽의 별장인 東庄을 소유하였으며, 이덕무에게도 경제적 도움을 주었다고 함 〖福州壽山五花石坑〗 복주는 중국의 福建省에 속한 府로, 그 동북쪽에 있는 수산은 아름다운 옥돌이 나는 곳으로 유명하다. 수산에서 10여 리 떨어진 곳에 오화석갱이 있는데, 돌이 다섯 가지 색을 띠어 그렇게 명명되었다고 함 〖珉〗 옥돌 민 〖刮〗 깎다 괄 〖暈〗 무리(등불 등의 둘레에 보이는 그리 밝지 않은 빛) 훈 〖艾〗 쑥 애 〖膠〗 견고하다 교 〖禿〗 대머리 독 〖滌〗 씻다 척

〈국역〉 오래된 그릇을 팔려고 하나 3년 동안이나 팔지 못한 사람이 있었다. 그릇의 재질은 투박스러운 돌이었다. 술잔이라고 여기자니 겉이 틀어지고 안으로 말려들었으며, 기름때가 그 광택을 가리고 있었다. 온 나라 안에 그것을 돌아보는 자가 없었고, 다시 부귀한 집을 거쳤지만 값이 더욱 떨어져 수백에 이르렀다. 하루는 누군가가 이것을 가지고서 서군 여오에게 보이니, 여오가 말하기를, "이것은 필세다. 이 돌은 복주 수산의 오화석갱에서 나는 것인데, 옥에 버금가는 것으로 옥돌과도 같다." 하며, 값의 고하를 따지지 아니하고 즉석에서 8,000냥을 내주었다. 그러고는 때를 긁어내니, 예전에 투박스러웠던 것은 바로 물결 모양의 무늬가 있고 쑥잎처럼 새파란 돌이었다. 비틀어지고 끝이 말려든 모양은 마치 말라서 그 잎이 말린 가을의 연꽃과 같았다. 그래서 마침내 나라 안에서 이름난 그릇이 되었다. 여오는 말하기를, "천하의 물건 중에 그릇 아닌 것이 있겠는가? 다만 꼭 맞는 곳에 사용할 따름이다. 붓은 먹을 머금고서 굳어지면 모지라지기 쉽기 때문에, 항상 그 먹을 씻어서 부드럽게 해 둔다. 그러므로 이 그릇이 필세가 된 것이다." 하였다.

〈略鑑〉 이 글은 붓을 씻는 그릇에 대한 것으로, 이 단락은 필세가 名器가 된

과정에 대해 언급하고 있다.

夫書畵古董 有收藏鑑賞二家 無鑑賞而徒收藏者 富而只信其耳
者也 善乎鑑賞而不能收藏者 貧而不負其眼者也 東方雖或有收
藏家 而載籍則建陽之坊刻 書畵則金閶之贗本爾 栗皮之鑪以爲
黴而欲磨 藏經之紙以爲涴而欲洗 逢濫惡則高其值 遺珍秘而
不能藏 其亦可哀也已

〈주석〉 〖古董(고동)〗 골동품 〖建陽之坊刻〗 방각은 坊本과 같은 말로, 민간
　　　 의 서점에서 영리를 목적으로 인쇄한 조잡한 서적을 말한다. 송나라
　　　 때 복건성 건양현에서 인쇄한 방각본이 널리 알려졌기 때문에 이렇
　　　 게 말한 것임 〖金閶之贗本〗 금창은 蘇州이고, 안본은 위조품임 〖栗
　　　 皮之鑪以爲黴而欲磨　藏經之紙以爲涴而欲洗〗 明나라　宣德　연간에
　　　 江西省　景德鎭의　官窯에서 만든 유명한 향로인 宣德爐의 빛깔은 밤
　　　 색(栗色), 가지 껍질 색(茄皮色), 팥배나무색(棠梨色), 갈색(褐色), 장
　　　 경지색(藏經紙色)의 다섯 등급으로 나누는데, 그중 장경지색을 최고
　　　 로 친다고 한다. 藏經紙는 밀랍을 먹여 광택이 나는 짙은 黃色의 견
　　　 지(繭紙)인데, 藏經이 많기로 유명한 浙江省 金粟寺의 장경이 이 종
　　　 이에 쓰였기 때문에 장경지라 부름 〖鑪〗 항아리 로 〖黴〗 곰팡이
　　　 미 〖涴〗 더럽혀지다 완 〖濫惡(람악)〗 질이 낮음.
〈국역〉 무릇 서화나 골동품에는 수장가와 감상가가 있다. 감상하는 안목이
　　　 없으면서 다만 수장만 하는 자는 부유해도 단지 자기 귀만을 믿는
　　　 자요, 감상은 잘하면서도 수장을 할 수 없는 자는 가난해도 제 눈을
　　　 배신하지 않는 자이다. 우리나라에는 비록 간혹 수장가가 있기는 하

지만, 서적은 건양의 방각이고 서화는 금창의 위조품뿐이다. 율피색 화로를 곰팡이가 피었다고 여겨 긁어내려 하고, 장경지를 더럽혀졌다고 여겨 씻어서 깨끗이 만들려고 한다. 조잡한 물건을 만나면 높은 값을 쳐주고, 진귀한 물건은 버리고 간직할 수 없으니, 그 또한 슬픈 일일 따름이다.

〈略鑑〉 발어사 夫를 통해 화제를 전환하여 서화나 골동품에 대한 올바른 감상자가 없음을 안타까워하고 있는 단락이다.

新羅之士朝唐而入國學　高麗之人遊元而登制科　能拓眼而開胸 其於鑑賞之學　蓋亦彬彬於當世矣　國朝以來　三四百年　俗益鄙 野　雖歲通于燕　而乃腐敗之藥料　麁疏之絲絹耳　虞夏殷周之古 器　鍾王顧吳之眞蹟　何嘗一渡乎鴨水哉　近世鑑賞家號稱尙古 堂金氏　然無才思　則未盡美矣　蓋金氏有開創之功　而汝五有透 妙之識　觸目森羅　卞別眞贋　兼乎才思而善鑑賞者也

〈주석〉 〖制科(제과)〗制擧라고도 하며, 황제가 임시로 詔令을 내려 실시하는 不定期的인 科擧를 말함　〖拓〗 넓히다 척　〖彬〗 밝다 빈　〖麁〗 ＝麤 (거칠다 추)의 俗字　〖絹〗 명주 견　〖虞夏(우하)〗 舜 임금의 치세와 夏나라 왕조를 함께 묶어서 부른 말임　〖蹟〗 자취 적　〖尙古堂金氏〗 金光遂(1696～?)로, 상고당은 그의 號이다. 조선 후기의 화가이자 書 畫古董 감식가 및 수장가임　〖卞〗 법 변

〈국ㆍ역〉 신라의 선비들은 당나라에 가서 국학에 들어갔으며, 고려의 선비들은 元나라에 유학하여 제과에 급제했으므로 안목이 트이고 흉금을 넓힐 수 있었으니, 그들은 감상학에 있어서도 아마 그 시대에 출중했

을 것이다. 조선 이래로 3, 4백 년 동안에 풍속이 더욱 촌스러워졌으
니, 비록 해마다 북경을 내왕하였으나 부패한 약재나 저질의 비단 따
위나 사올 뿐이었다. 우하·은·주의 옛날 그릇이나 鍾繇·王羲之·
顧愷之·吳道子의 친필이 어찌 한번이라도 압록강을 건너온 적이 있
었으랴? 근세의 감상가로는 상고당 김 씨를 일컫는다. 그러나 才氣가
없으니 完美하다고는 못 할 것이다. 대개 김 씨는 감상학을 개창한
공이 있으나, 여오는 꿰뚫어 보는 식견이 있어 눈에 닿는 모든 사물의
진위를 판별해 내며, 재사까지 겸비하여 감상을 잘하는 자라 하겠다.

〈略鑑〉 신라와 고려시대에는 훌륭한 감상가가 있었으나, 조선에 들어와 없
　　　음을 안타까워함과 서상수의 감상학에 대해 칭송하고 있다.

汝五性聰慧　能文章　工小楷　兼善小米潑墨之法　旁通律呂　春
秋暇日　汎掃庭宇　焚香品茗　嘗歎家貧而不能收藏　又恐流俗從
而噪之　則顧鬱鬱謂余曰　誚我以玩物喪志者　豈眞知我哉　夫鑑
賞者　詩之敎也　見曲阜之履　而豈有不感發者乎　見漸臺之斗
而豈有不懲創者乎　余乃慰之曰　鑑賞者　九品中正之學也　昔許
劭品藻淑慝　判若涇渭　而未聞當世能知許劭者也　今汝五工於
鑑賞　而能識拔此器於衆棄之中　嗚呼　知汝五者　其誰歟(借筆
洗　而自悼無人知自家文者)

〈주석〉　『小米潑墨法(소미발묵법)』 소미는 북송 때의 유명한 서화가 미불(米
　　　芾)의 아들로서 그 역시 뛰어난 서화가였던 米友仁(1086~1165)을
　　　가리킨다. 발묵법은 선을 사용하지 않고 먹을 뿌리듯이 하여 번져
　　　나간 먹 자국만으로 산수를 표현하는 수법을 말한다. 미불과 미우인

부자는 화면에 이른바 米點이라는 횡으로 길고 큰 먹점을 겹쳐 찍는 기법으로 안개 짙은 산수를 표현하는 독특한 화풍을 창시했는데, 이후 문인 화가들이 수묵 산수화를 그릴 때 이 기법을 즐겨 따랐음 〖旁〗 널리 방 〖律呂(률려)〗 六律과 六呂, 음조 〖汛〗 물을 뿌리다 신 〖品〗 품평하다 품 〖茗〗 차 명 〖嘈〗 시끄럽다 조 〖鬱〗 답답하다 울 〖誚〗 꾸짖다 초 〖詩之敎〗 『시경』을 배우면 勸善懲惡의 효과가 있음을 말한다. 朱子는 『詩集傳』의 서문에서, 『시경』의 시는 감정을 말로 표현한 것인데 감정에는 邪도 있고 正도 있어 시에도 좋은 시가 있고 나쁜 시가 있으나, 좋은 시를 읽고서 선을 행하고 나쁜 시를 읽고서 악을 경계하도록 가르쳐야 한다고 하였음 〖曲阜之履(곡부지리)〗 孔子의 고향인 山東省 곡부에는 후손들이 간직해 온 공자의 신발 등 유품들이 있었다고 함 〖漸臺之斗(점대지두)〗 점대는 중국 섬서성 (陝西省) 長安縣에 있는 臺 이름이다. 漢 武帝가 建章宮을 짓고는 太液池 안에 점대를 만들었는데, 그 높이가 무려 20여 丈이었다. 王莽이 劉玄의 군사에게 쫓겨서 점대에 이르러 살해되었는데, 왕망은 쫓기는 외중에도 符命과 威斗를 지니고 있었다 한다. 위두는 왕망이 위엄을 드러내 보이기 위해서 만든 器物로, 銅石으로 만들었고 길이는 2척 5촌이었으며, 모양이 북두칠성과 유사했다고 함 〖懲創(징창)〗 징계함 〖九品中正之學〗 구품중정은 魏晉南北朝 시대의 관리 선발제도로서, 각 고을에 中正官을 두어 그 고을 인사들을 재능에 따라 9품으로 나누어 평가해서 조정에 천거하게 하였다. 여기서는 인재를 엄격히 품평하듯이 골동품과 서화를 품평하는 것도 전문 분야라는 뜻으로 썼음 〖許劭品藻淑慝 判若涇渭〗 허소는 후한 때 사람으로, 從兄 許靖과 함께 당세에 명성이 있었다. 특히 鄕里의 인물을 품평하기를 좋아해서 달마다 사람들을 품평하였는데, 사람들이 이를 일러 月旦評이라 했다 한다. 涇水는 渭水의 지류로 모두 섬서성에 있다. 경수가 맑고 위수가 탁하다는 설도 있음 〖品藻(품조)〗 품평함 〖慝〗 사특하다 특 〖悼〗 슬퍼하다 도

〈국·역〉 여오는 성품이 총명하고 슬기로웠다. 문장을 잘 짓고 楷書로 小字를 잘 쓰며, 아울러 소미의 발묵법에도 능숙하고 널리 음률에도 조예가 깊었다. 봄가을로 틈나는 날에는 정원을 깨끗이 청소하고 그곳에서 향을 피우고 차를 음미하였다. 일찍이 집이 가난하여 수장할 수 없는 것을 한탄했고, 또 시속의 무리들이 그로 인해 이러쿵저러쿵 말들을 할까 걱정하곤 하였다. 그 때문에 답답해하면서 내게 말하기를, "나더러 '좋아하는 물건에 팔려 큰 뜻을 상실했다.'고 나무라는 자는 어찌 진정 나를 아는 자이겠는가? 무릇 감상은 바로 『詩經』의 가르침과 같네. 곡부의 신발을 보고서 어찌 감동하여 분발하지 않을 자가 있겠으며, 점대의 威斗를 보고서 어찌 반성하여 경계하지 않을 자가 있겠는가."하기에, 나는 그를 위로하기를, "감상이란 구품중정의 학문일세. 옛날 허소는 인품이 좋고 나쁜 것을 탁한 경수와 맑은 위수처럼 분명히 판별했으나, 당세에 허소를 알아주는 자가 있었다는 말을 듣지 못하였네." 하였다. 지금 여오는 감상에 뛰어나서, 뭇사람들이 버려둔 가운데서 이 그릇을 알아볼 수 있었다. 아! 그러나 여오를 알아주는 자는 그 누구이랴?(註: 필세를 빌려서 자신의 문장을 알아주는 사람이 없음을 스스로 슬퍼한 것이다)

〈略鑑〉 마지막 단락으로, 서상수의 뛰어난 감식안을 알아주는 이가 없음에 대해 탄식하고 있다. 이 작품은 註에 있는 '借筆洗 而自悼無人知自家文者'가 이 글을 쓴 의도인 것이다.

德保歿越三日　客有從年使入中國者　路當過三河　三河有德保
之友曰　孫有義　號蓉洲　曩歲　余自燕還　爲訪蓉洲　不遇　留書
俱道德保作官南土　且留土物數事　寄意而歸　蓉洲發書　當知吾
德保友也　乃屬客赴之曰

〈주석〉 〖歿〗 죽다　몰 〖年使(년사)〗 동지사 〖三河(삼하)〗 河北省　三河縣에
속한 고을로, 이곳과 通州를 거치면 곧 北京에 당도하게 됨 〖孫有義
(손유의)〗 擧人으로, 자를 心栽라고 하였다. 북경에서 귀환하던 홍대
용과 1766년 음력 3월 초에 만나 필담을 나눈 것을 계기로, 이후 10
여 년간 서신을 통해 교분을 이어 갔다. 「乾淨衕會友錄」에는 홍대용
이 그에게 보낸 편지 6통이 수록되어 있음 〖曩歲 …… 當知吾德保友
也〗『열하일기』「關內程史」에 관련 기사가 있다. 1780년 음력 7월
30일 연암은 삼하에 있는 자택으로 손유의를 찾아갔으나, 그가 부재
중이라 홍대용의 편지와 선물만 전하고 떠났다고 한다. 당시 연암이
전한 홍대용의 편지가『간정동회우록』에「與孫蓉洲書」라는 제목으
로 실려 있는데, 그 편지에서 홍대용은 자신이 연초에 泰仁縣監에서

경상도 竹嶺 남쪽 고을인 榮川의 군수로 榮轉된 사실을 전하고, 아울러 그에게 연암을 문장과 品望 면에서 자신의 畏友라고 소개하면서 이번에 사행에 나선 연암 편에 이 편지를 부친다고 하였음 〖事〗 수량 사 〖屬〗 부탁하다 촉 〖赴〗 부고 부

〈국·역〉 德保 洪大容이 죽은 지 3일 후에 門客 중에 동지사를 따라 중국에 들어가는 사람이 있었는데, 길은 응당 三河를 거치게 되어 있었다. 삼하에는 덕보의 친구 孫有義란 사람이 있는데 호를 용주라 하였다. 몇 년 전에 내가 북경으로부터 돌아오는 길에 용주를 방문했다가 만나지 못해, 편지를 남겨 덕보가 남쪽 지방으로 원이 되어 나간 사실을 자세히 말하고 또 (덕보가 보낸) 토산물 두어 종류를 남기어 성의를 전달하고 돌아왔다. 용주가 그 편지를 떼어 보았다면 응당 내가 덕보의 벗인 줄을 알았을 것이다. 그래서 그 문객에게 부탁하여 다음과 같이 부고를 전하게 했다.

〈略鑑〉 이 글은 홍덕보가 죽은 뒤 쓴 묘지명이다. 일반적인 묘지명은 墓主의 姓名, 字號, 家系, 生沒, 資質, 벼슬, 업적, 자녀, 葬地 등 생애의 인적사항에 대해 기술하고 있다. 하지만 박지원의 이 글은 이러한 통상적인 격식에서 탈피하여 묘지명에서 기재할 사항들을 기술하면서 외형적으로 '부고의 전제 - 부고 - 독백의 전제와 言說', 내용적으로 '중국 인사들과 교우 사실의 환기 - 담헌의 학자적, 경제적 능력 - 중국 인사들과의 교우 실상'으로 유기적이면서 입체적으로 구성되어 있는 점이 특징이라 하겠다. 이 단락은 서두로 중국에 홍덕보의 부고를 알리게 된 배경에 대해 서술하고 있다. 墓主에 대한 인적사항에 대해 기술하는 것이 아니라, 대뜸 중국으로 사신 가는 사람을 통해 사행의 길목에 사는 담헌의 지우에게 죽음을 알리는 것으로 글

의 발단을 삼고 있어, 중국 인사들과의 교우에 대한 이야기로 끌어
가려는 의도를 밝히고 있다.

乾隆癸卯月日　朝鮮朴趾源頓首　白蓉洲足下　敝邦前任榮川郡
守南陽洪湛軒諱大容字德保　以本年十月廿三日酉時不起　平昔
無恙　忽風喎嚌瘖　須臾至此　得年五十三　孤子薳　哭擗　未可手
書自赴　且大江以南　便信無階　並祈替此轉赴吳中　使天下知己
得其亡日　幽明之間　足以不恨

〈주석〉 〚白〛 아뢰다 백 〚敝邦(폐방)〛 우리나라 〚廿〛 ＝卄 스무 입 〚平昔(평
　　　석)〛 평소 〚恙〛 병 양 〚喎〛 입이 비뚤어지다 와 〚嚌〛 입을 다물다
　　　금 〚瘖〛 벙어리 음 〚孤子(고자)〛 부친상 중의 아들 〚擗〛 가슴을 치
　　　다 벽 〚便〛 소식 편 〚無階(무계)〛 길이나 방법이 없음 〚祈〛 바라다
　　　기 〚替〛 교대하다 체 〚吳中(오중)〛 杭州가 있는 浙江省 북부 일대
　　　를 가리킨다. 吳下라고도 한다.『중편연암집』에는 ‘越中’으로,『麗韓
　　　十家文鈔』에는 ‘浙中’으로 되어 있음 〚幽明(유명)〛 ＝生死
〈국역〉 “건륭 계묘년(1783) 모월 모일 조선 사람 박지원은 머리를 조아리며
　　　용주 족하에게 사룁니다. 우리나라 전임 영천 군수 남양 홍담헌 휘
　　　대용, 자 덕보가 올해 10월 23일 酉時에 영영 일어나지 못했습니다.
　　　평소에는 병이 없었는데 갑자기 중풍으로 입이 비틀리고 혀가 굳어
　　　말을 못 하다 잠깐 사이에 이 지경에 이르렀습니다. 향년은 53세입니다.
　　　孤子 원은 가슴을 치며 통곡하고 있어 제 손으로 부고를 쓸 수도 없
　　　으며, 揚子江 남쪽에는 편지를 전할 길이 없습니다. 이 부고를 吳中
　　　으로 대신 전달해서 천하의 知己들로 하여금 그가 죽은 날짜를 알도

록 해 주어, 망자나 산 자나 족히 한이 없도록 해 주시기 바랍니다.”

〈略鑑〉 이 단락은 부고의 내용이 실려 있다. 즉 연암이 홍대용의 자식을 대
신해 부고를 작성하게 된 경위와 홍대용의 사망 원인, 그리고 이 부
고를 널리 알려 주기를 바라는 내용으로 이루어져 있다.

旣送客 手自檢其杭人書畵尺牘諸詩文共十卷 陳設殯側 撫柩而
慟曰 嗟乎 德保 通敏謙雅 識遠解精 尤長於律曆 所造渾儀諸
器 湛思積慮 刱出機智 始泰西人諭地球 而不言地轉 德保嘗
論地一轉爲一日 其說渺微玄奧 顧未及著書 然其晚歲 益自信
地轉 無疑

〈주석〉 〚殯〛 장사 지내기 전에 시신을 일정한 곳에 안치하는 일 빈 〚柩〛 널
구 〚渾儀諸器(혼의제기)〛 『湛軒書』外集 권6「籠水閣儀器志」에, 혼
의의 옛 제도를 개량하고 서양의 방법에 정통하여 새롭게 만들었다
고 소개한 統天儀. 渾象儀. 測觀儀. 句股儀 등의 天文儀器를 가리킴
〚湛〛 깊다 잠 〚刱〛 =創 만들다 창 〚泰西人(태서인)〛 서양인
〚諭〛 밝히다 유 〚渺微(묘미)〛 미묘함 〚玄奧(현오)〛 심오함.

〈국·역〉 문객을 보내고 나서 나는 杭州 인사들의 서화와 편지 및 詩文들 총
10권을 손수 점검하여 관 옆에 벌여 놓고, 관을 어루만지면서 통곡하
며 말하였다. 아! 덕보는 通明하고 민첩하고 겸손하고 단아하며, 식
견이 깊고 견해가 정밀하였다. 특히 음률과 曆法에 뛰어났으니, 그가
만든 渾儀 諸器는 오래오래 깊이 생각한 끝에 새롭게 機智를 짜낸
것이었다. 처음에 서양인들은 땅이 球形임을 설명하면서도 땅이 돈
다는 말은 하지 않았는데, 덕보는 일찍이 ‘땅이 한 번 돌면 하루가

된다.'고 논하였다. 그 설이 미묘하고 심오하였으나, 다만 저술에 이르지는 못했다. 그러나 그의 만년에는 땅이 돈다는 것을 더욱 자신하여 의심이 없었다.

 이 단락 이후는 묘지명에 반드시 들어가는 내용인 墓主에 대해 칭송하는 것으로, 이 부분은 홍덕보의 생전 업적에 대해 칭송하고 있다.

世之慕德保者 見其早自廢擧 絶意名利 閒居爇名香 皷琴瑟 謂將泊然自喜 玩心世外 而殊不識德保綜理庶物 剸棼劊錯 可使掌邦賦使絶域 有統禦奇略 獨不喜赫赫耀人 故其莅數郡 謹簿書 先期會 不過使吏拱民馴而已

〈주석〉 〖爇〗 불사르다 설 〖泊然(박연)〗 마음이 조용하고 욕심이 없는 모양 〖玩心(완심)〗 全心全力함 〖綜理(종리)〗 종합하고 정리함 〖剸〗 베다 전 〖棼〗 어지럽다 전 〖劊〗 끊다 회 〖錯〗 섞이다 착 〖絶域(절역)〗 아주 멀리 떨어진 지역 〖統禦(통어)〗 통솔함 〖赫〗 빛나는 모양 혁 〖耀〗 빛내다 요 〖莅〗 담당하다 리 〖簿書(부서)〗 공공문서 〖期會(기회)〗 정령을 기한 내에 집행함 〖拱〗 팔짱 끼다 공 〖馴〗 순종하다 순

〈국역〉 세상에서 덕보를 흠모하는 사람들은 그가 일찌감치 스스로 과거를 폐하고 名利에 뜻을 끊고, 한가히 거처하며 이름난 향을 피우고 거문고와 가야금을 타는 것을 보고서, 그가 장차 담담히 스스로 즐기며 속세에서 벗어나는 데 오로지 뜻을 두려나 보다 하고 생각했었다. 그러나 덕보가 만물을 종합하고 정리해서 아무리 복잡한 것도 단호히 처리하여, 나라의 재정을 맡길 만도 하고 먼 외국에 사신으로 보낼 만도 하며, 군대를 통솔하는 기발한 책략을 지녔다는 것을 전혀 알지

못했다. 그는 유독 남들에게 혁혁하게 과시하는 것을 기뻐하지 않았
다. 그러므로 두어 고을을 다스리면서도, 문서를 신중히 처리하고 政
令을 기한 내에 집행하는 데 앞장섬으로써 아전들은 설치지 않고 백
성들은 절로 따르게 한 데에 지나지 않았을 따름이다.

〈略鑑〉 홍덕보의 성품과 그의 재능에 대해 칭송하고 있는 단락이다.

嘗隨其叔父書狀之行 遇陸飛嚴誠潘庭筠於琉璃廠 三人者俱家
錢塘 皆文章藝術之士 交遊皆海內知名 然咸推服德保 爲大儒
所與筆談累萬言 皆辨析經旨 天人性命 古今出處大義 宏肆儁
傑 樂不可勝 及將訣去 相視泣下曰 一別千古矣 泉下相逢 誓
無愧色 與誠尤相契可 則微諷君子顯晦隨時 誠大悟 決意南歸

〈주석〉 〖遇陸飛嚴誠潘庭筠於琉璃廠〗 홍대용은 1765년(영조 41) 동지사의 서
　　　　장관인 숙부 洪檍을 따라 북경에 갔다. 유리창은 골동품, 서화, 서적,
　　　　문방구 등을 파는 북경 宣武門 밖의 유명한 商街이다. 그 이듬해 음
　　　　력 2월 일행 중 裨將 李基成이 과거 응시차 상경한 嚴誠과 潘庭筠을
　　　　유리창에서 우연히 알게 된 것을 계기로, 홍대용이 乾淨衕에 있던
　　　　그 두 사람의 숙소로 여러 차례 방문하여 장시간 필담을 나누었으
　　　　며, 뒤늦게 상경한 그들의 친구 육비까지 사귀게 되었음 〖錢塘(전
　　　　당)〗 절강성 杭州府에 속한 縣 〖辨析經旨 天人性命 古今出處大義〗
　　　　천인성명은 天道와 人事의 관계, 인간의 본성과 운명에 관한 철학적
　　　　논의를 뜻한다. 고금의 출처대의란 벼슬하거나 은거할 때를 올바르
　　　　게 판단해서 처신하여 후세의 귀감이 될 만한 역사적 사례를 뜻함
　　　　〖宏肆(굉사)〗 넓고 크게 펼침 〖儁傑(준걸)〗 빼어남 〖訣〗 이별하다

결 〖千古(천고)〗 죽음의 완곡한 표현으로, 영원한 이별을 뜻함 〖泉
下(천하)〗 저승 〖契〗 맞다 계

〈국·역〉 일찍이 그의 숙부가 書狀官으로 가는 데 수행하여, 陸飛와 嚴誠과 반
정균을 유리창에서 우연히 만났다. 이 세 사람은 다 같이 전당에 거
주하며, 모두 문장과 예술의 선비여서 그들이 교유하는 사람들도 중
국 내의 유명 인사들이었다. 그런데도 모두 덕보를 추앙하여 大儒로
여겼다. 이들과 더불어 필담한 것이 누만언으로, 유교 경전의 뜻과
天人性命과 古今의 出處大義를 분석하였는데, 굉장하고 뛰어나서 즐
거움을 이루 다 말할 수 없었다. 작별하기에 다다르자 서로 바라보며
눈물을 흘리면서, "이 한 번 이별로 그만이구려! 저승에서 서로 만나
도 부끄러움이 없게 살기를 맹세합시다." 하였다. 엄성과는 더욱 서
로 마음이 맞아서, 군자가 세상에 나서거나 숨는 것은 시대에 따라야
하는 것임을 살짝 깨우쳤더니, 엄성은 크게 깨달아 남쪽으로 돌아갈
것을 결심하였다.

〈略鑑〉 홍덕보가 중국에 갔을 때 碩學들과 만난 것에 대해 서술하고 있다.

後數歲 客死閩中 潘庭筠爲書赴德保 德保作哀辭 具香幣 寄蓉
洲 轉入錢塘 乃其夕將大祥也 會祭者環西湖數郡 莫不驚歎 謂
冥感所致 誠兄果焚香幣 讀其辭 爲初獻 子昂書稱伯父 寄其父
鐵橋遺集 轉傳九年始至 集中有誠手畵德保小影 誠之在閩 病
篤 猶出德保所贈鄕墨 嗅香置脅間而逝 遂以墨殉于柩中 吳下
盛傳爲異事 爭撰述詩文 有朱文藻者 寄書言狀

<주석> 〖客死閩中〗閩中은 福建省을 이른다. 엄성은 정해년(1767) 봄에 복건

성으로 가서 가정교사를 하다가 학질에 걸려 귀향한 뒤 그해 겨울에

병사하였다(『淸脾錄 卷2 嚴鐵橋』). 〖哀辭(애사)〗 애사는 대개 요절

한 경우에 짓는 추도사를 이르는데, 여기서는 『담헌서』 외집 권1에

실린 「祭嚴鐵橋文」을 가리킴 〖寄〗 부치다 기 〖大祥(대상)〗 2주기

제사 〖環〗 두르다 환 〖西湖(서호)〗 절강성 항주에 있는 유명한 호

수로, 西子湖·錢塘湖 등으로도 불림 〖冥感(명감)〗 지극한 정성으

로 신령을 감동시킴 〖初獻(초헌)〗 제사 때 처음으로 올리는 잔 〖子

昻書稱伯父 寄其父鐵橋遺集 轉傳九年始至〗 嚴昻이 홍대용을 백부

라 칭한 것은, 홍대용이 엄성과 結義兄弟하였으며 엄성보다 한 살

위였기 때문이다. 鐵橋의 遺集이란 엄성의 벗인 朱文藻가 편찬한

『小淸涼室遺稿』를 이른다. 小淸涼室은 엄성의 서실 이름이다. 손유

의는 이 책과 엄성의 초상화를 맡아 두었다가, 1778년 사행차 북경

에 왔다 돌아가던 이덕무 편에 전달하였음 〖篤〗 중하다 독 〖嗅〗 냄

새를 맡다 후 〖朱文藻(주문조)〗 호를 朗齋라고 하며, 六書와 金石에

정통했다. 엄성·육비·반정균 3인과 홍대용 등 조선 사행 6인이 주

고받은 시와 편지를 편찬한 『日下題襟集』에 서문을 썼음.

<국·역> 두어 해 뒤에 엄성이 민중에서 객사하자 반정균이 편지를 써서 덕보

에게 부고하였다. 덕보는 애사를 짓고 향과 예물을 갖추어 용주에게

부쳐 전당으로 전해져 들어가게 되었는데, (전달된) 그날 저녁이 바

로 大祥 날이었다. 제사에 모인 이들은 西湖 주위 여러 고을 사람들

이었는데, 모두들 경탄하면서 이는 지극한 정성으로 혼령을 감동시

킨 결과라고 말했다. 엄성의 형 果가 예물로 보낸 향을 사르고 그 애

사를 읽은 뒤 초헌을 하였다. 아들 앙은 편지에서 덕보를 伯父라 칭

하면서 그의 아버지 철교(鐵橋 엄성의 호)의 유집을 보냈는데, 돌고 돌아 9년 만에 비로소 받아 보게 되었다. 그 문집 속에는 엄성이 손수 그린 덕보의 작은 초상화가 있었다. 엄성이 민중에 있을 때 병이 위독하였는데도 덕보가 증정한 조선 먹을 꺼내 향내를 맡고 가슴에 얹은 채 죽었다. 마침내 그 먹을 관에 함께 넣었다. 吳下 사람들은 이 사실을 널리 알리면서 특이한 일로 여기어 다투어서 시와 산문을 지었는데, 주문조라는 이가 편지를 부쳐 와 그 상황을 이야기했다.

〈略鑑〉 중국의 석학들 가운데 가장 가까웠던 엄성과 있었던 일에 대해 서술하고 있다.

憶 其在世時 已落落如往古奇蹟 有友朋至性者 必將廣其傳 非獨名遍江南 則不待誌其墓 以不朽德保也

〈주석〉 〖落落(락락)〗 탁월함 〖蹟〗 자취 적 〖朽〗 썩다 후

〈국역〉 아! 그는 세상에 살아 있을 때에도 이미 비범하기가 마치 옛날의 특이한 사적 같았다. 벗으로서 선량한 천성을 지닌 자라면 반드시 그 일을 널리 전파하여 비단 이름이 양자강 남쪽 지방에 두루 알려질 뿐만이 아닐 것이니, 나의 墓誌를 기다리지 않더라도 덕보의 이름을 썩지 않게 할 것이다.

〈略鑑〉 홍덕보의 명성이 널리 전파되어야 함을 언급하고 있다. 이 글의 주제는 홍대용의 학자로서 능력, 경제적 역량이 정작 국내의 지배층 사회로부터는 知遇를 받지 못하고 거꾸로 異域 중국의 인사들에게서 추앙을 받게 되었다는 것으로서, 당대 국내의 지배층 사회에 대한 抗辯의 의미를 가지고 있다. 그런데 이러한 주제가 글의 文面에

言表로서 드러난 바는 일체 없다(이동환, 「박연암의 홍덕보묘지명에 대하여」, 『이조후기 한문학의 재조명』, 창작과 비평사, 1983).

考諱櫟牧使 祖諱龍祚大司諫 曾祖諱潚參判 母淸風金氏 郡守枋之女 德保以英宗辛亥生 得蔭除繕工監監役 尋移敦寧府參奉 改授世孫翊衛司侍直 叙陞司憲府監察 轉宗親府典簿 出爲泰仁縣監 陞榮川郡守 數年以母老辭歸 配韓山李弘重女 生一男三女 婿曰趙宇喆閔致謙兪春柱 以其年十二月八日 葬于淸州某坐之原 銘曰(首尾八百餘言 以友朋起結 一字不及孝友慈敬居家行誼 然其人篤於倫懿 言外可見)

〈주석〉 〖除〗 벼슬 주다 제 〖叙〗 =敍 벼슬을 주다 서 〖陞〗 오르다 승 〖辭〗 그만두다 사 〖銘曰〗 지금 전해지지 않음. 그런데 『과정록』 권1에는 홍대용이 죽었을 때 연암이 지었다는 다음과 같은 誄辭가 소개되어 있다. "서호에서 서로 만난다면, 그대는 날 부끄러워하지 않을 줄 아노라. 죽어서 입에 구슬 물지 않았으니, 도굴꾼 같은 타락한 선비를 공연히 딱하게 여겼도다(相逢西子湖 知君不羞吾 口中不含珠 空悲詠麥儒)." 이는 다름 아닌 「홍덕보묘지명」의 상실된 銘辭로 추측됨 〖行誼(행의)〗 바른 행실 〖懿〗 아름답다 의

〈국역〉 부친의 휘는 역이니 牧使요, 조부의 휘는 용조니 대사간이요, 증조의 휘는 숙이니 참판이요, 모친은 청풍 김씨로 군수 방의 따님이다. 덕보는 영조 신해년(1731)에 태어났다. 蔭職으로 선공감 감역에 제수되었으며, 곧 돈녕부 참봉으로 옮겼으나 세손익위사 시직으로 고쳐서 제수되었다. 사헌부 감찰로 승진되고 종친부 전부로 전직되었으며,

태인 현감이 되어 나갔다가 영천 군수로 승진되어, 두어 해를 있다가 모친이 연로하다는 이유로 사임하고 돌아왔다. 부인은 한산 이홍중의 따님으로 1남 3녀를 낳았다. 사위는 조우철·민치겸·유춘주이다. 그해 12월 8일에 청주 모 坐의 벌에 장사 지냈다. 銘은 다음과 같다. "처음부터 끝까지 800여 글이 벗으로 시작하여 벗으로 맺었다. 한 글자도 효성과 우애, 자애와 공경 같은 집안의 바른 행실에 대해 언급하지 않았다. 그러나 그 사람이 인륜에 독실했다는 것을 말 밖에서 찾아볼 수 있다."

〈略鑑〉 끝으로 홍덕보의 조상과 후손에 대한 기록으로, 묘지명에 반드시 들어가야 하는 내용이다. 墓誌銘에 꼭 있어야 할 銘이 빠져 있는데, 銘에 있는 내용이 신랄하게 비판했기 때문이라는 설이 있다.

高麗不修渤海史 知高麗之不振也 昔者高氏居于北曰高句麗 扶
餘氏居于西南曰百濟 朴昔金氏居于東南曰新羅 是謂三國 宜
其有三國史 而高麗修之是矣 扶餘氏亡高氏亡 金氏有其南 大
氏有其北曰渤海 是謂南北國 宜其有南北國史 而高麗不修之
非矣

〈국·역〉 고려가 『발해사』를 편찬하지 않은 사실을 통해 고려의 위세가 떨치
지 못했음을 알 수 있다. 옛날 고씨가 북쪽에 자리를 잡아 고구려라
했고, 부여씨가 서남쪽에 자리를 잡아 백제라 했으며, 박·석·김씨
가 동남쪽에 자리를 잡아 신라라 했다. 이 (세 나라를) 삼국이라 했
다. 마땅히 세 나라의 역사가 있어야 하고, 고려가 그것(『삼국사기』)

---

17) 柳得恭(1749, 영조 25~?): 본관은 文化, 자는 惠甫·惠風, 호는 泠齋. 일찍이 진사시에 합격하여 1779
년(정조 3) 奎章閣檢書가 되었으며 포천, 제천, 양근 등의 군수를 지냈다. 詩文에 뛰어났으며, 규장각검서
로 있었기 때문에 궁중에 비치된 국내외의 자료들을 접할 기회가 많아 다양한 분야에서 괄목할 만한 저서
를 남겼다. 그는 한국사의 독자적인 발전과 체계화를 위해 역사연구 대상을 확대했다. 『渤海考』에서 한반
도 중심의 역사서술 입장을 벗어나서 고구려의 옛 땅인 遼東과 만주 일대를 민족사의 무대로 파악했으며
고구려의 역사 전통을 강조했다. 또한 「二十一都懷古詩」는 단군조선에서 고려에 이르기까지 우리 민족이
세운 21개 도읍지의 奠都 및 번영을 읊은 43편의 회고시로서 역사의 전개과정에서 민족의 주체의식을
되새겨 보려는 역사의식이 잘 나타나 있다. 「京都雜志」는 조선시대 서울의 생활과 풍속을 전하고 있는
민속학 연구의 필독서이다.

을 편찬한 것은 옳은 일이다. 부여씨가 망하고 고씨가 망하자, 김씨
는 그 남쪽을 차지하고, 대씨는 그 북쪽을 차지하여 발해라 했다. 이
(두 나라를) 남북국이라 한다. 당연히 그 남북국의 역사가 있어야 하
지만 고려가 그것(『남북국사』)을 편찬하지 않은 것은 잘못이다.

 이 글은 『발해고』에 붙인 서문으로, 발해의 역사를 우리 역사에 편
입시켜 통일신라와 발해를 함께 남북국 시대로 보자는 주장을 하고
있는 것이다. 이 단락은 고려가 발해의 역사를 편찬하지 않은 것은
잘못이라는 논의를 펼치고 있는 부분이다.

夫大氏何人也 乃高句麗之人也 其所有之地何地也 乃高句麗之
地也 而斥其東斥其西斥其北 而大之耳 及夫金氏亡大氏亡 王
氏統而有之日高麗 其南有金氏之地則全 而其北有大氏之地則
不全 或入於女眞 或入於契丹 當是時 爲高麗計者 宜急修渤
海史 執而責諸女眞曰 何不歸我渤海之地 渤海之地 乃高句麗
之地也 使一將軍往收之 土門以北可有也 執而責諸契丹曰 何
不歸我渤海之地 渤海之地 乃高句麗之地也 使一將軍往收之
鴨綠以西可有也 竟不修渤海史 使土門以北鴨綠以西 不知爲
誰氏之地 欲責女眞而無其辭 欲責契丹而無其辭 高麗遂爲弱
國者 未得渤海之地故也 可勝歎哉

〈주석〉 〖土門(토문)〗 토문강은 백두산 천지에서 시작하여 북쪽으로 흐르는
松花江의 지류 〖勝〗 감당하다 승

〈국역〉 저 대씨는 어떤 사람인가? 바로 고구려 사람이다. 대씨가 차지한 땅
은 어떤 땅인가? 바로 고구려 땅이다. 동쪽으로 개척하고 서쪽으로

개척하고 북쪽으로 넓혀서 크게 확장하였을 뿐이다. 저 김씨가 망하고 대씨가 망하자, 왕씨가 통합하여 그것을 차지하고 고려라 하였다. 그 남쪽의 김씨 땅은 완전히 차지하였으나 그 북쪽의 대씨 땅은 완전히 차지하지 못하여, 어떤 것은 여진으로 들어가고 어떤 것은 거란으로 들어갔다. 이때 고려를 위하여 계책을 세우는 자가 마땅히 급하게 『발해사』를 편찬한 뒤에 가지고 가서 여진에 "어찌하여 우리 발해 땅을 돌려주지 않는가? 발해 땅은 바로 고구려 땅이다."라고 따졌어야 한다. 그리고 장수 한 사람을 사신으로 보내 가서 그곳을 거두어들이게 했다면 토문강으로부터 북쪽은 차지할 수 있었을 것이다. 그리고 가지고 가서 거란에 "어찌하여 우리 발해 땅을 돌려주지 않는가? 발해 땅은 바로 고구려 땅이다."라고 따졌어야 한다. 그리고 장수 한 사람을 사신으로 보내 가서 그곳을 거두어들이게 했다면 압록강으로부터 서쪽은 차지할 수 있었을 것이다. 마침내 『발해사』를 편찬하지 않아 토문강으로부터 북쪽과 압록강으로부터 서쪽이 누구의 땅인지 알 수 없게 되었다. 여진에 따지고 싶은데 할 말이 없고, 거란에 따지고 싶은데 할 말이 없으니, 고려가 마침내 약한 나라가 된 것은 발해 땅을 얻지 못했기 때문이다. 탄식을 감당할 수가 없다.

〈略鑑〉 고려가 발해의 역사를 우리 역사에 편입하지 않아서 생긴 결과에 대해 탄식하고 있는 단락이다. 그리고 유득공은 고려가 약하게 된 이유를 발해의 땅을 얻지 못한 것에서 찾을 만큼 영토와 국력의 상관관계에 주목을 하고 있음을 알 수 있다.

或曰 渤海爲遼所滅 高麗何從而修其史乎 此有不然者 渤海憲
象中國 必立史官 其忽汗城之破也 世子以下奔高麗者十餘萬人

無其官 則必有其書矣 無其官無其書 而問於世子 則其世可知
也 問於其大夫隱繼宗 則其禮可知也 問於十餘萬人 則無不可
知也 張建章唐人也 尚著渤海國記 以高麗之人而獨不可修渤海
之史乎 嗚呼 文獻散亡 幾百年之後 雖欲修之 不可得矣

〈주석〉 『憲』 본받다 헌 『忽汗城(홀한성)』 발해의 수도로, 현재 吉林省 敦化
縣 『隱繼宗(은계종)』 고려 태조 11년(928)에 발해에서 고려로 망명한
학자

〈국역〉 어떤 사람이 "발해가 요나라에 망했는데, 고려가 어떻게 그 역사를
편찬하겠는가."라고 하였다. 이것은 그렇지 않다. 발해는 중국을 본
보기로 삼은 나라이므로, 반드시 사관을 두었을 것이다. 홀한성이 무
너졌을 때, 세자 이하 고려로 달려간 사람이 십여만 명이었다. 사관
이 없었다면 반드시 책은 있었을 것이다. 사관도 없고 책도 없었다고
하더라도, 세자에게 물었으면 世系를 알 수 있었을 것이고, 대부인
은계종에게 물었으면 발해의 예를 알 수 있었을 것이며, 십여만 명의
사람에게 물었으면 알지 못할 것이 없었을 것이다. 장건장은 당나라
사람인데도, 오히려 『발해국기』를 지었다. 그런데 고려 사람으로서
발해의 역사를 편찬할 수 없을 수 있겠는가? 아! 문헌이 흩어지고 거
의 백 년 뒤에는 비록 그것을 편찬하려고 해도 될 수 없을 것이다.

〈略鑑〉 발해의 역사를 편찬할 수 있는 구체적 사항, 즉 세자나 사관 등에게
물어 『발해사』를 편찬했어야 하는데, 그렇지 못한 아쉬움을 드러내
고 있는 단락이다.

余在內閣 頗讀中秘書 遂撰次渤海事 爲君臣地理職官儀章物産

國語國書屬國九考 不曰世家傳志 而曰考者 未成史也 亦不敢
以史自居云

〈주석〉 『自居(자거)』 ＝自處＝自任

〈국역〉 나는 규장각에 있으면서 숨겨진 책들을 많이 읽었다. 마침내 발해의
일을 엮어서 군·신·지리·직관·의장·물산·국어·국서·속국
에 관한 9개의 고를 지었다. 세가·전·지라 하지 않고 고라 한 것은
역사를 이루지 못해서이고(역사의 체계를 갖추지 못했다는 의미), 또
한 감히 역사라고 자처할 수 없었기 때문이다.

〈略鑑〉『발해고』 명칭의 의미와 체재에 대해 설명하고 있는 단락이다.

37. 「柳遇春傳」 柳得恭

徐旅公曉樂律喜客 客至命酒 鼓琴吹笛以侑之 余從之 游而樂
之 得其奚琴焉以歸 含聲引手 作蟲鳥吟 旅公聞而大驚曰 與
之粟一溢 此褐之夫之琴也 余曰何居 旅公曰 甚矣 子之不知
樂也 國之二樂 曰雅樂曰俗樂 雅樂者古樂也 俗樂者後代之樂
也 社稷文廟用雅樂 宗廟參用俗樂 是爲梨園法部 其在軍門曰
細樂 鼓屬凱旋 嘽緩要妙之音 無所不備 故游宴用之 於是而
有鐵之琴安之笛 東之腰鼓卜之觱篥 而柳遇春扈宮其 俱以奚
琴名 子如好之 何不從而師之 安得此褐之夫之琴乎 今夫褐之
夫 操琴倚人之門 作翁嫗嬰兒畜獸雞鴨百蟲之音 與之粟而後
去 子之琴無乃是乎 余聞旅公之言大慙 囊其琴而閣之 不解者
數月

〈주석〉 〖侑〗 돕다(음식을 먹을 때 음악을 연주하여 흥을 돋움) 유 〖吟〗 소
　　　리를 내다 음 〖溢〗 한 움큼 일 〖褐〗 賤人 갈(褐夫(갈부): 뚫어진 옷
　　　을 입은 사람으로, 貧賤者를 가리킴) 〖何居(하거)〗 =何故(居는 조
　　　사) 〖文廟(문묘)〗 孔子廟 〖梨園法部(리원법부)〗 掌樂院 〖屬〗 권장

하다 려 〖凱旋(개선)〗 승리를 축하하며 부르는 노래 〖嘽〗 느리다
천 〖要妙(요묘)〗 정밀하고 미묘함 〖觱篥(필률)〗 피리의 일종 〖媼〗
할미 온 〖囊〗 주머니에 넣다 낭 〖閣〗 놓다 각

〈국·역〉 기공 徐常修(1735~1793)는 음악을 잘 알고 손님을 좋아하는 사람이
다. 손님이 오면 술상을 내오고 거문고를 뜯고 피리를 불어 주흥을
돋우었다. 나는 그를 따라 놀면서 그것을 즐겼는데, 그의 해금을 얻
어서 돌아가 소리를 머금고 손을 끌어 벌레와 새소리를 내 보았다.
서기공이 듣고는 매우 놀라 말하기를, “좁쌀 한 움큼 주어라. 이것은
거렁뱅이의 금이다.” 내가 “무슨 말씀이신지요.”라고 하니, 서기공이
말하기를, “심하구나! 자네가 음악을 모름이. 우리나라의 음악은 두
가지인데, 하나는 아악이요 하나는 속악이지. 아악은 옛날의 음악이
고, 속악은 후대의 음악이네. 사직과 문묘는 아악을 쓰고, 종묘는 속
악을 섞어 쓰니, 이것이 이원의 법부이다. 군문에서는 세악이라는 것
이 있으니, 사기를 돋우고 승리를 축하하는 음악을 비롯하여 느리고
오묘한 음악에 이르기까지 두루 갖추지 않은 소리가 없으므로, 놀이
와 잔치에는 그것을 쓴다. 그러므로 철이라는 사람의 거문고, 안의
젓대, 동의 장구, 복의 피리가 유명하고, 유유춘과 호궁기는 나란히
해금으로 유명하다. 자네가 만약 그것을 좋아한다면 왜 따라가서 그
를 스승으로 삼지 않고, 어떻게 이런 거렁뱅이의 금을 배웠나? 지금
거렁뱅이는 금을 잡고 남의 문에 기대어 영감, 할멈, 어린애, 짐승,
닭, 오리, 온갖 풀벌레 소리를 내고는 그에게 좁쌀을 던져 주면 자리
를 뜬다네. 자네의 해금이 바로 이런 것이네.” 나는 서기공의 말을 듣
고 매우 부끄러웠다. 해금을 싸서 치워 버리고 풀어 보지 않은 지 여
러 달이 지났다.

<略鑑> 이 글은 해금으로 유명한 유우춘이라는 藝人에 대한 藝人傳이다. 조선 후기 이전에도 『삼국사기』의 「솔거」나 『고려사』의 「方技傳」 같은 것이 있었다. 그러나 이들 작품은 모두 공식적인 역사기록으로서의 성격을 갖는다. 역사가가 아니라 일반 文人이 사사로이 예인의 傳을 창작한 경우는 조선 후기 이전의 시기에는 발견되지 않는다. 조선 후기 이전에 창작된 예인전은 입전인물의 예술적 비범성만을 표창하고 있을 따름이고, 입전인물의 예술적 고뇌나 예술가로서의 自意識은 전혀 그리지 않고 있음에 반해, 조선 후기의 예인전에서는 하나의 현저한 경향으로서 예술가의 자의식과 그에 따른 갈등이 형상화되고 있다. 이에 따라 조선 후기의 예인전들은 그 주제사상에 있어 한층 심각하며 예각화된 문제의식을 표출하고 있다(박희병, 『한국고전인물전연구』, 한길사, 1996). 이 단락은 유득공이 해금을 한 번 연주했다가 서상수에게 면박을 당하고, 유우춘이라는 이름을 듣게 되는 과정에 대해 敍事하고 있는 단락이다.

宗人琴臺居士來訪 居士爲故縣監柳雲卿子 雲卿少任俠 善騎躲
英宗戊申 討湖賊 著軍功 悅李將軍家婢 生二子 余從容問居
士 二弟者今皆安在 曰 噫 皆在爾 吾故人有爲邊郡太守者 吾
裹足蹄二千里 得五千錢 歸李將軍家 贖此二弟 其長居南門外
販網巾 其季籍龍虎營 善於奚琴 今之稱柳遇春奚琴是己 余愕
然始記旅公之言 旣悲名家之裔 流落軍伍 又喜其能名一藝 以
資生也 遂從居士 訪其家 十字橋西 艸屋甚潔 獨其母在 涕泣
道舊 呼婢跡遇春 告有客 已而遇春至 與之言 諄諄然武人也

 〚柳雲卿(유운경)〛 雲卿은 柳薯相(1681~1742)의 자로, 무과에 급제하여 산음현감을 지냈으며, 금대거사는 그의 아들인 柳毖을 가리키는 듯함. 그런데 그의 서자인 유우춘 형제에 관한 언급은 없음 〚躰〛 = 射의 本字 〚湖賊(호적)〛 영조 4년(1728)에 청주를 중심으로 李麟佐 등이 일으킨 난 〚裹〛 싸다 과 〚踔〛 달리다 탁 〚歸〛 반환하다 귀 〚贖〛 재물을 바치고 죄를 면제받다 속 〚愕〛 놀라다 악 〚裔〛 후손 예 〚流落(류락)〛 零落하여 유랑함 〚伍〛 대오 오 〚跡〛 뒤를 캐다 적 〚諄諄(순순)〛 충성스럽고 근실한 모양

 일가인 금대거사가 방문하였다. 거사는 예전에 현감을 지낸 유운경의 아들이다. 운경은 어려서 협객으로 자임하였고, 말타기와 활쏘기를 잘했다. 영조 무신년에 호서의 도적을 토벌하여 군공을 세웠다. 이 장군 댁의 여종을 사랑하여 아들 둘을 낳았다. 나는 조용히 거사에게 "두 아들은 지금 모두 어디에 있습니까?"라고 물으니, "아! 모두 살아 있다오. 내 친구 중에 변방 고을의 태수가 된 자가 있는데, 발을 싸고 이천 리를 달려가서 오천 전을 얻어다가 이 장군 댁에 바치고 이 두 아우를 贖良시켰다네. 큰아들은 남대문 밖에 살면서 망건을 팔고, 작은 아들은 용호영에 적을 두었는데 해금을 잘 연주해서 요새 '유우춘의 해금'이라 일컫는 자가 이 사람이라네."라고 하였다. 나는 놀라서 비로소 서기공의 말을 기억했다. 명가의 후예로 군졸 사이에 떠도는 것이 슬프긴 했지만, 한편으로는 그가 한 가지 기예로 이름나서 생계를 꾸려 나가는 것이 기쁘기도 하였다. 마침내 거사를 따라 그 집을 방문하였는데, 십자교 서쪽에 있고 초가집이 몹시 조촐했다. 노모 홀로 집에 있다가 눈물을 흘리며 옛이야기를 했다. 여종을 불러 우춘을 찾아 손님이 왔다고 알리라 했다. 얼마 있다가 우춘이 이르렀

다. 그와 말을 해 보니, 순수한 무인이었다.

〈略鑑〉 일가인 금대거사의 방문으로 우연히 유우춘을 만나게 되는 과정에
대해 서술하고 있다. 당시 樂工의 役은 일반 백성들이 지던 어떤 역
보다도 最苦役으로 지목되었다. 하지만 서울 여항과 시정의 도시민
적 취미나 향락 생활의 발전으로 인해 음악의 수요를 창출하게 되
어 나름의 技藝를 파는 일을 업으로 삼는 예능인이 출현하기 시작
하였다.

後夜月明 余篝燈讀書 有衣黑罩甲四人者咳而入 其一乃遇春也
大壺酒一麂肩 藍橐帶裹紅沈柿五六十顆 三人者分持之 遇春揎
袖 大笑曰 今夜且驚書生 使一人跪行酒 半酣顧謂之曰 善爲之
三人從懷中出笛一奚琴一觱篥一 合奏 且闋 遇春就琴者 膝奪
其琴曰 柳遇春奚琴 惡可不聞 信手徐引 悽婉慷慨 不可名狀
擲琴大笑而去

〈주석〉 〚篝〛 배롱 구 〚罩甲(조갑)〛 외투의 일종 〚咳〛 기침을 하다 해 〚麂〛
돼지 체 〚橐〛 전대 탁 〚顆〛 물건을 세는 단위 과 〚揎〛 걷다 선 〚袖〛
소매 수 〚跪〛 꿇어앉다 궤 〚酣〛 즐기다 감 〚闋〛 마치다 결 〚引〛
소리를 길게 빼어 노래를 부르다 인 〚婉〛 =惋 한탄하다 완

〈국역〉 뒤에 달이 밝은 어느 날 밤, 나는 구등을 켜고 글을 읽고 있는데, 검
은 조갑을 입은 네 사람이 기침을 하고 들어왔다. 그중 한 사람이 바
로 우춘이었다. 커다란 술통에 돼지 다리 한 짝, 남색 전대에 붉게 물
들인 감 50~60개를 싸서 세 사람이 나누어 들었다. 우춘이 옷소매를
걷어붙이고 큰 소리로 웃더니, "오늘 밤에 장차 서생을 놀라게 해야

겠다.” 하고는 한 사람으로 하여금 무릎을 꿇고 술을 따르게 했다. 술
이 조금 취하자 우춘은 주위를 돌아보면서 말하기를, “잘해 봅시다.”
라고 했다. 세 사람은 가슴속에서 젓대 하나, 해금 하나, 피리 하나를
꺼내어서 합주를 하였다. 합주가 끝나자, 우춘은 해금을 타는 자에게
나아가 무릎에서 그 해금을 빼앗으며 말하기를, “유우춘의 해금을
어찌 듣지 않을 수 있겠는가.”하고는 손을 펴서 천천히 켜는데, 처절
하고 강개한 소리는 말로 형상화할 수 없었다. 그러더니 해금을 던져
버리고 크게 웃으며 가 버렸다.

〈略鑑〉 유우춘이 세 사람의 동료와 함께 작가를 찾아와 음악을 연주하는 장
면을 묘사하고 있는데, 대화의 형식을 활용하여 현장감을 살리고
있다.

琴臺居士將歸 理裝在遇春家 遇春具酒要余 坐置大銅盆 問其
故 曰 備醉嘔也 酒行 其盃椀也 有在異室中燒牛心 度酒一行
割而不提 承一盤卧一箸 使婢跪而進之 其法與士君子相聚會
飲酒有異也 是時余盖携囊中琴往 出而示之曰 此琴何如 昔者
吾有意於子之所善 臆而爲蟲鳥吟 人謂之褐之夫之琴 吾甚病
之 何以則非褐之夫之琴而可乎

〈주석〉 〘盆〙 동이 분 〘嘔〙 토하다 구 〘椀〙 주발 완 〘度〙 건너다 도 〘提〙
들다 제 〘携〙 들다 휴 〘臆〙 주관적이다, 억측하다 억

〈국역〉 금대거사가 귀향 갈 때, 행장을 꾸리는 일을 우춘의 집에서 했다. 우
춘은 술상을 차리고 나를 불렀다. 자리에 큰 구리대야가 놓여 있기에
그 까닭을 물으니, “술이 취해 토할 때 쓰는 것이라오.”라고 했다. 술

을 따르는데, 그 잔이 주발이었다. 다른 방에서 소 염통을 굽는 사람
이 있는데, 술이 한 순배쯤 돌자 베어서 들지 않고 한 소반에 받쳐
젓가락 한 모를 놓고 여종으로 하여금 무릎을 꿇고 올리게 하였다.
그 법도가 사대부들이 서로 모여 술을 마시는 것과 다름이 있었다.
이때 나는 자루 속에 해금을 넣어 들고 갔는데, 꺼내 그에게 보여 주
면서 말하기를, "이 해금은 어떤가? 예전에 나도 그대가 잘하는 해금
에 뜻이 있어 멋대로 벌레와 새 우는 소리를 냈다가 사람들이 '거렁
뱅이의 깽깽이'라는 말을 들었네. 나는 매우 그것을 근심한다네. 어
떻게 하면 '거렁뱅이의 깽깽이'가 아닌 것이 가능하겠나?"

〈略鑑〉 금대거사가 귀향하는 날, 유우춘의 집에서 송별연을 열면서 대화를
나누는 부분으로, 이 단락은 작가가 유우춘에게 해금을 켜는 것에
대해 묻는 부분이다.

遇春拊掌大笑曰 迂哉 子之言也 蚊之嚶嚶 蠅之薨薨 百工之
啄啄 文士之蛙鳴 凡天下之有聲 意皆在乎求食 吾之琴與褐之
夫之琴 奚以異哉 且吾之學斯琴也 有老母在爾 不妙何以事老
母乎 雖然 吾之琴之妙 不如褐之夫之琴之不妙而妙也 且夫吾
之琴與褐之夫之琴 其材一也 馬尾爲弧 漬以松脂 非絲非竹
似彈似吹 始吾之學斯琴也 三年而成 五指結疣 技益進而廩不
加 人之不知益甚 今夫褐之夫也 得一破琴 操之數月 聞之者
已疊肩矣 曲終而歸 從之者數十人 一日之獲粟可斗 而錢歸撲
滿 毋他 知之者衆故耳

〈주석〉 〖拊〗 치다 부 〖迂〗 물정에 어둡다 우 〖蚊〗 모기 문 〖嚶〗 새소리

앵 〚蠅〛 파리 승 〚蝱〛 많다 횡 〚啄〛 쪼다 탁 〚弧〛 활 호 〚澁〛 껄
끄럽다 삽 〚抎〛 살가죽에 돋은 것 우 〚廩〛 녹미 름 〚疊肩(첩견)〛
사람이 많음 〚可〛 정도, 쯤 가 〚撲滿(박만)〛 저금통

 우춘이 손바닥을 치며 크게 웃으면서 말하기를, "물정에 어둡구려,
그대의 말은! 모기가 앵앵거리는 소리, 파리가 윙윙 우는 소리, 온갖
장인이 뚝딱거리는 소리, 문사들이 개굴개굴 글 읽는 소리를 비롯해
서 천하에 존재하는 소리는 뜻이 모두 먹을 것을 구하는 데 있지요.
나의 해금과 거렁뱅이의 해금이 어떻게 다르겠습니까? 게다가 내가
이 해금을 배운 것은 노모가 계시기 때문인데, 묘하지 않으면 어떻
게 노모를 모시리요? 비록 그렇지만 나의 해금의 묘함은 거렁뱅이
해금의 묘하지 않으면서도 묘함만 못합니다. 또한 나의 해금과 거렁
뱅이의 해금은 그 재질이 똑같습니다. 말총으로 활을 매고, 송진으로
꺼칠하게 하는데, 현악기도 아니고 관악기도 아니며, 타는 것 같기도
하고 부는 것 같기도 하지요. 처음 내가 이 해금을 배운 지 3년 만에
일가를 이루었는데, 다섯 손가락에 못이 박혔지요. 기술이 늘수록 봉
급은 늘지 않고, 남들이 이해하지 못하는 것이 더욱 심하더군요. 지
금 거렁뱅이는 부서진 해금을 얻어 몇 달 연습하면 그 소리를 듣는
자가 이미 겹겹이고, 연주를 마치고 돌아가면 그를 뒤따르는 자가
수십 명이니, 하루 수확한 곡식이 한 말쯤이요, 돈이 한 움큼이지요.
다른 것은 없고, 그것을 알아주는 자가 많기 때문일 뿐입니다.

 유우춘의 예술가적 고뇌가 담긴 단락으로, 어렵게 해금을 익힌 과정
과 이유 등에 대해 서술하고 있다. 해금을 배운 것은 노모를 모시기
위해 돈을 벌어야 했기 때문인데, 예술적 노력이 상품적인 가치를
발생한다는 것이다. 그런데 각고의 노력으로 성취한 예술이 가치를

발휘하지 못하고 있는 반면에, 거렁뱅이는 조금만 연습을 해도 돈벌이가 잘된다는 것에 이 글의 핵심인 유우춘의 고뇌가 있는 것이다.

今夫柳遇春之琴 通國皆知之 然聞其名而知之爾 聞其琴而知之者幾人哉 宗室大臣夜召樂手 各抱其器 趨而上堂 有燭煌煌 侍者曰 善且有賞 動身曰諾 於是絲不謀竹 竹不謀絲 長短疾徐 縹緲同歸 微吟細嚼 不出戶外 睨而視之 邈焉隱几 意其睡爾 少焉欠伸曰止 諾而下 歸而思之 自彈自聽而來爾 貴游公子翩翩名士 淸談雅集 亦未嘗不抱琴在坐 或評文墨 或較科名 酒闌燈炧 意高而態酸 筆落箋飛 忽顧而語曰 汝知爾琴之始乎 俯而對曰不知 曰古嵇康之作也 復俯而對曰唯 有笑而言曰 奚部之琴也 非嵇康之嵇也 一坐紛然 何與於吾琴哉

〈주석〉 〖樂手(악수)〗 음악을 연주하는 사람 〖趨〗 빨리 가다 추 〖煌〗 빛나다 황 〖縹緲(표묘)〗 소리가 청량하게 퍼짐 〖嚼〗 씹다 작 〖睨〗 흘겨보다 예 〖邈〗 아득히 멀다 막 〖隱〗 기대다 은 〖几〗 안석 궤 〖睡〗 자다 수 〖少焉〗 잠시 뒤 〖欠〗 하품하다 흠 〖貴游(귀유)〗 관직이 없는 王公貴族 〖翩翩(편편)〗 풍채가 아름다운 모양 〖雅集(아집)〗 =雅會 〖文墨(문묵)〗 문장이나 문장을 지음 〖科名(과명)〗 科擧의 功名 〖闌〗 한창 란 〖炧〗 불똥(심지 끝의 탄 나머지) 사 〖酸〗 고되다 산 〖箋〗 글을 쓴 것 전 〖嵇康(혜강)〗 晉나라 사람으로, 竹林七賢의 한 사람 〖奚〗 흉노족의 부족이름 혜(해금은 해족이 좋아하던 악기였음)

〈국역〉 지금 저 유우춘의 해금은 온 나라 사람들이 다 알고 있지만, 그 이름을 들어서 알 뿐이지 그 해금을 들어서 아는 자가 몇 사람이나 될까

요? 종친이나 대신이 밤에 악공을 부르면, 제각기 자기 악기를 안고 종종걸음으로 대청에 올라갑니다. 빛나는 촛불이 있고, 곁에 모시는 자가 '잘하면 장차 상이 있을 걸세'라 하면, 몸을 움직이며 '예'라 말하지요. 이에 현악기는 관악기를 생각하지 않고, 관악기는 현악기를 모의하지 않았는데도 길고 짧고 빠르고 느린 것이 청량하게 맞아 돌아갈 때, 작은 읊조리는 소리나 가는 씹는 소리도 문 밖으로 새 나가지 않지요. 곁눈질하여 보면, 어슴푸레 안석에 기대어 졸고 있는 듯합니다. 잠시 뒤에 하품하며 기지개를 켜면서 '그만두어라'라 하면, '예' 하고 대답하고서 내려옵니다. 돌아와 생각해 보면, 스스로 연주하고 스스로 듣고 왔을 뿐입니다. 귀유공자와 멋이 있는 명사들이 청담을 나누는 고상한 자리에도 일찍이 해금을 안고 자리에 앉지 않은 적이 없지요. 문장을 평하기도 하고 과명을 견주기도 하면서 술이 취하고 등불이 흐려지면 기분은 도도하고 태도는 나른한 채로 붓을 휘두르고 전지가 날지요. 갑자기 돌아보며 말하기를, '너는 네 해금의 기원을 아느냐?' 저는 몸을 숙이고 대답하기를, '모릅니다.' '옛날 혜강이 만들었느니라.' 다시 몸을 굽히고 대답하기를, '예'라 하니, 어떤 사람이 웃으면 말하기를, '해부족의 가야금이지. 혜강의 혜는 아니네.' 온 좌석이 어지럽지만, 나의 해금과 무슨 상관이 있는지요?

〈略鑑〉 앞 단락에 이어지는 부분으로, 종친이나 대신의 집에 불려 가서 연주를 하는데, 청자들이 제대로 감상하지 못하는 장면을 묘사하고 있다.

至若春風浩蕩 桃柳向闌 中涓羽林 狹斜少年 出游乎武溪之濱
針妓醫娘 高髻油罩 跨細馬 薦紅[毛 + 登] 絡繹而至 演戲度
曲 滑稽之客 雜坐詼調 始奏鐃吹之曲 變爲靈山之會 於是焉

煩手新聲　凝而復釋　咽而復通　蓬頭突鬢　壞冠破衣之倫　搖頭
瞬目　以扇擊地曰　善哉善哉　此爲豪暢　猶不省其微微爾

〈주석〉 〖中涓(중연)〗 ＝宦官 〖羽林(우림)〗 禁衛軍 〖狹斜(협사)〗 기방 〖娘〗 아
　　　　가씨 낭 〖髻〗 상투 계 〖罩〗 끼다 조 〖跨〗 걸터앉다 고 〖細馬(세마)〗
　　　　＝小馬 〖薦〗 깔다 천 〖絡繹(락역)〗 왕래가 끊이지 않은 모양 〖度曲
　　　　(도곡)〗 곡보를 보고 노래함 〖詼調(회조)〗 농담하고 조소함 〖鐃吹曲
　　　　(뇨취곡)〗 군대 〖靈山會(영산회)〗 영산회산곡으로, 석가모니가 설
　　　　법하던 영산회의 불보살을 노래한 악곡 〖煩手(번수)〗 음악을 연주
　　　　하는 복잡한 수법 〖咽〗 목메다 열 〖蓬〗 쑥 봉 〖瞬〗 눈을 깜짝이다
　　　　순 〖扇〗 부채 선

〈국역〉 봄바람이 호탕하여 복사꽃과 버드나무가 늘어질 때가 되면, 중연우
　　　　림과 기방의 한량들이 무릉계의 물가에 나가 노닐지요. 침기와 의녀
　　　　들이 머리를 높이 하고 양산을 쓰고 붉은 언치를 얹은 당나귀에 걸
　　　　터앉아 줄을 지어 나타납니다. 연희도 하고 풍악도 잡는 중에 익살꾼
　　　　이 섞여 앉아 우스갯소리를 늘어놓지요. 처음에는 요취곡을 연주하
　　　　다가 靈山會로 바꿉니다. 이에 새로운 곡조를 바삐 연주해서 조였다
　　　　가 다시 풀고, 자지러지다가 다시 트이지요. 그러면 쑥대머리 돌출된
　　　　수염에 쭈그러진 갓과 찢어진 옷을 입은 무리들이 머리를 흔들며 눈
　　　　알을 꿈적거리며 부채로 땅을 치며 '좋다! 좋다.' 합니다. 이자들이
　　　　그래도 호탕한 편이지만, 여전히 보잘것없어 볼거리가 없지요.

〈略鑑〉 봄에 벌어진 놀이에 대해 서술하고 있다. 앞 단락과 연계된 이야기
　　　　로, 종친이나 대신의 부름을 받는 경우 연주를 마치고 집에 와서 생
　　　　각하면 결국 자기가 타는 것을 자기가 듣고 온 셈이며, 귀공자와 학

사들의 모임에 가면 자기의 예술의 본령과 무관한 이야기만 실컷 들게 되며, 여항 시정 부류의 유흥에 참여하면 천박하고 잡스러움에 역겨울 뿐이라는 것이다. 힘들여 배웠던 해금을 연주하는 기술이 효용가치를 발휘하지 못하고 있음을 지적하고 있는 것이다.

吾之徒有宮其者 暇日相逢 解囊摩挲 目捐靑天 意在指端 差以毫 忽大笑而輸一錢 然兩人未嘗多輸錢 故曰知吾之琴者 宮其而已 宮其之知吾之琴 猶不如吾之知吾之琴之爲益精也 今吾子欲捨功易而人之知者 學功苦而人之不知者 不亦惑乎 遇春母死 棄其業 亦不復過余 盖孝而隱於伶人者也 其言技益進而人不知 則豈獨奚琴也哉

〈주석〉 〖摩〗 문지르다 마 〖挲〗 만지다 사 〖伶〗 악공 령

〈국역〉 우리 무리 가운데 궁기라는 자가 있는데, 한가한 날에 서로 만나 자루를 풀어 해금을 어루만지며 푸른 하늘에 눈길을 던지고 뜻은 손가락 끝에 있지요. 조금이라도 잘못 켜면 문득 큰 소리로 웃으며 일 전을 내놓습니다. 그러나 두 사람이 일찍이 대부분 돈을 내놓은 적이 없습니다. 그러므로 '내 해금을 알아주는 사람은 궁기뿐이다.'라 합니다. 궁기가 나의 해금을 알아준다고는 하더라도 내가 내 해금을 아는 것이 더욱 정밀한 것만은 못하지요. 지금 그대는 힘을 적게 들이고도 사람들이 잘 알아주는 것을 버리고 힘은 많이 들지만 사람들이 알아주지 않는 것을 배우려 하니, 또한 미혹되지 않습니까?" 우춘은 노모가 죽자, 그 일을 그만두었다. 또한 다시는 내게 들르지도 않았다. 대개 그는 효자로 악공 사이에 숨어 사는 사람이다. 그가 "기예가

높을수록 사람은 알아주지 않는다.”라고 했으니, 어찌 해금만 그러하
겠는가?

〈略鑑〉 마지막 단락으로, 작자의 주제의식이 담겨 있다.

柳得恭은 지식의 축적이 효용가치를 발휘하지 못하는 사회적 모순
과 그에 따른 고뇌가 심각했다. 여기에 입전된 유우춘은 각고의 노력
으로 성취한 예술적 가치를 헐값으로 팔고 싶지 않았다. 유우춘이
‘거렁뱅이의 깽깽이’가 돈벌이에 유리하다고 말하면서도 그렇게 하
지 못하듯, 자신을 ‘補破詩匠(시땜장이)’으로 전락시킬 수 없는 것이
지식인들의 현실이다. 유우춘의 아픔은 지식인들의 피부에 와 닿았으
며, 그가 안고 있는 문제는 자신들의 문제로 의식, 유우춘으로 자시
시대의 각성한 인간들의 고민을 대변시킨 것이다(임형택, 「18세기 예
술사의 시각」, 『이조후기 한문학의 재조명』, 창작과 비평사, 1983).

世之篤論者稱李懋官 品識第一 篤行第二 博聞彊記第三 而文
章特第四耳 乃於第四之中 人之不知者過半 則矧敢悉其所謂一
二三者哉 雖然 方懋官之未知名也 泊然窮居 手一編若將終身
者 而一朝舘閣交薦之 朝廷至設官而處之 號曰檢書 上嘗稱其
文有山林氣 及其沒 而命徵其藁 給內帑錢爲剞劂費 何其盛也

〈주석〉 〖特〗 다만 특 〖矧〗 하물며 신 〖悉〗 다 알다 실 〖泊然(박연)〗 만족하
여 욕심이 없는 모양 〖館閣(관각)〗 翰林院의 별칭. 經籍이나 圖書
등을 보관함 〖薦〗 천거하다 천 〖檢書(검서)〗 檢書官으로, 규장각
내에 설치한 실무직으로 正職이 아니라 雜織으로 庶孼이 주로 임명
됨 〖徵〗 거두다 징 〖藁〗 초고 고 〖內帑錢(내탕전)〗 임금이 사사로
이 쓸 수 있는 돈 〖剞〗 새기다 기 〖劂〗 새기다 궐

〈국역〉 세상에서 확실하게 논하는 자가 "무관 李德懋를 칭찬하기를 성품과

---

18) 朴齊家(1750, 영조 26~?): 소년 시절부터 시 · 서 · 화에 뛰어나 문명을 떨쳐 19세를 전후해 朴趾源을
비롯하여 서울에 사는 北學派들과 교유하였다. 1776년(정조 즉위년) 李德懋, 柳得恭, 李書九 등과 함께
『韓客巾衍集』이라는 四家詩集을 내어 문명을 청나라에까지 떨쳤다. 1778년 사은사 蔡濟恭을 따라 이덕
무와 함께 청나라에 가서 李調元, 潘庭筠 등의 청나라 학자들과 교유하였다. 돌아온 뒤 청나라에서 보고
들은 것을 정리해 『北學議』 내 · 외편을 저술하였다. 내편에서는 생활 도구의 개선을, 외편에서는 정치 ·
사회 제도의 모순점과 개혁 방안을 다루었다.

식견이 첫째요, 독실한 행실이 둘째요, 널리 배우고 기억력이 뛰어난
것이 셋째요, 문장은 다만 넷째일 뿐이다."라고 한다. 마침내 넷째 중
에서도 사람들이 알지 못하는 자가 반을 넘으니, 하물며 감히 그 이
른바 첫째, 둘째, 셋째라는 것에 대해 제대로 알겠는가? 비록 그렇긴
하지만, 바야흐로 무관이 이름이 알려지지 않았을 때에는 욕심이 없
이 곤궁하게 살아 손에 든 한 권의 책으로 장차 삶을 마칠 듯했다.
그러나 하루아침에 관각이 서로 그를 추천하여 조정에서 벼슬을 만
들어 그를 천거함에 이르렀으니, 검서라는 벼슬이었다. 임금께서 일
찍이 "그의 문장에는 산림의 기운이 있다."고 칭찬하셨는데, 그가 죽
을 때에 그의 글을 모아 오게 하시고, 내탕금을 주어 간행하는 비용
으로 충당하게 하니, 얼마나 대단하신가!

 이 글은 아정 李德懋의 문집인 『아정집』에 쓴 서문으로, 이 단락은
　　　　이덕무의 인물에 대한 평가와 『아정집』이 간행된 경위를 서술하고
　　　　있다.

昔漢武求相如之書　宋高序東坡之集　方之于玆　未足多焉　於是
乎懋官之平生定矣　嗟乎　余與懋官周旋三十年　所其行藏本末　大
略相似　世或有王前盧後之目　其實師之云乎　豈敢友之云乎哉
獨於談藝一事　犁然相合　若執符契而調琴瑟　物無得而間焉　每
擧王元美祭李于鱗云　惟子與我　開闢所稀之語　以相擬似　今其
集中　論次交遊宴集登覽聚散　月日歷歷俱在　而斯人之墓草宿矣
爲之俯仰太息而不能已焉

〈주석〉 〖方〗 견주다 방 〖多〗 뛰어나다 다 〖周旋(주선)〗 응수하며 교제함 〖行

藏(행장)〗 벼슬하러 나가는 것과 벼슬에서 물러남. 『論語』「述而」에, "用之則行 舍之則藏"라는 말이 나옴 〖王前盧後(왕전노후)〗 "왕발의 앞이요 노조린의 뒤라."는 말로, 당나라 王勃, 楊炯, 盧照隣, 駱賓王 네 사람을 四傑이라 한다. 양형이 사람들에게 "내 이름이 노조린의 앞에 있는 것을 부끄럽게 여기며, 왕발의 뒤에 있는 것도 부끄럽게 여긴다."라고 하니, 당시 사람들도 그렇다고 하였음(『舊唐書』「文苑傳上」) 〖犁然(리연)〗 명확히 구별되는 모양 〖符契(부계)〗 =符節 〖調〗 고르다 조 〖間〗 끼어들다 간 〖闢〗 열다 벽 〖擬〗 헤아리다 의 〖歷〗 분명하다 력 〖息〗 탄식하다 식

〈국·역〉 옛날 한나라 무제가 司馬相如의 글을 구하고, 송나라 고종이 蘇東坡의 문집에 서문을 적었으나, 여기에 그것을 견주어 보면 뛰어나다고 할 만하지 않다. 이에 무관의 평생이 정해졌도다! 아! 내가 무관과 더불어 30년 동안 함께 지내어 그가 나가고 물러난 전말이 대략 서로 비슷하니, 세상에서 간혹 '왕전노후'라는 지목이 있으나, 사실은 그를 스승으로 삼았다고 해야지, 어찌 감히 그와 벗 삼았다고 하겠는가? 유독 예술에 대해 논하는 한 가지 일에 있어서는 확실히 서로 잘 맞아 마치 신표를 잡고 금슬을 연주하여 외물이 끼어들 수 없는 것과 같았다. 원미 王世貞이 우린 李攀龍을 제사 지내면서 말하기를, "오직 그대와 나만이 드믄 일을 개척하였다."라고 한 말을 항상 들면서 서로 비슷하게 여겼다. 지금 이 문집 속에는 친구들과 교유한 일, 잔치하여 모였던 일, 높은 곳에 올라가 구경하였던 일, 모임과 흩어짐에 대해 차례로 적었다. 그런데 달과 날이 분명하게 다 들어 있는데, 이 사람의 무덤 위에 풀이 난 지도 오래되었으니, 그를 위해 우러러보고 굽어보아 크게 탄식하기를 그칠 수가 없었다.

 이 단락은 이덕무와 자신과의 오래된 깊은 관계를 언급하면서 지금
은 만날 수 없는 것에 대한 안타까움을 언급하고 있다.

蓋嘗論之 文有詞人之文 有儒者之文 華實之謂也 懋官雅不欲
以詞人自命 亦不欲以儒者高自標榜 故其學常自附於鄭漁仲馬
貴與之間 爲文章 無捭闔之態矜持之容 期於毋俗而已 其微意
以爲有過此者存焉耳 原其著述 箚記語類則白虎之通論中壘之
別錄也 小學名物則急就之功臣埤雅之後勁也 其考古證今則亭
林秀水之一流人也 尤善尺牘題評 小而隻字單辭 大而聯篇累
紙 零零瑣瑣 纚纚霏霏 可驚可愛 縱橫百出 殆欲兼李君實陳
仲醇輩而掩其長者矣 人見其尺牘題評而曰 懋官非古文 此又
世說以不學史漢列傳者也

〈주석〉 〖雅〗 평소 아 〖自命(자명)〗 ＝自許 〖標榜(표방)〗 드러내 보임 〖附〗
가깝다 부 〖鄭漁仲(정어중)〗 송나라 사람으로, 널리 예악, 문자, 천문
지리 등을 배우고 학식이 많았음 〖馬端臨(마단림)〗 송나라 사람으로,
여러 서적에 박식하였음 〖捭闔之態(패합지태)〗 화려한 변론술로, 전
국시대 鬼谷子가 주창한 변론술에는 열고 닫는 기술을 의미하는 패
합을 비롯하여 抑揚, 虛實 등의 다양한 기법을 구사함 〖原〗 근원을
캐다 원 〖小學(소학)〗 문자학 〖名物(명물)〗 사물의 명칭과 특징 〖後
勁(후경)〗 군대 후미의 정예병사 〖顧炎武(고염무)〗 청초의 고증학자
〖題評(제평)〗 ＝品評 〖隻〗 하나 척 〖零零瑣瑣(령령쇄쇄)〗 자질구레
한 모양 〖纚〗 잇달다 사 〖霏〗 올라가다 비 〖殆〗 거의 태 〖陳繼儒
(진계유: 1558～1638)〗 어려서부터 글재주가 뛰어나 명성이 있었으

며, 29세에 儒者의 의관을 태워 버리고 官途를 포기하였으며, 82세
까지 풍류와 자유로운 문필 생활로 일생을 보냄.

〈국역〉 대개 일찍이 문장을 논함에 문에는 사인의 문이 있고 유자의 문이 있
으니, 꽃과 열매를 일컫는 것이다. 무관은 평소에 사인으로 자처하고
자 하지 않았고, 또 유자로도 높이 스스로 표방하고자 하지 않았다.
그러므로 그의 학식은 항상 어중 鄭樵와 귀여 馬端臨의 사이에 자처
하였다. 문장을 지을 때 열고 닫는 태도나 으스대는 모습이 없고 속
됨이 없기를 기약할 뿐이었으나, 그 은미한 뜻은 이것을 넘어서는 것
이 있다고 생각할 따름이었다. 그의 저술 근원을 캐 보면, 차·기·어
등의 종류는 『백호통론』과 『중루별록』과 같았고, 소학명물은 『급취』
의 공신이요, 『비아』의 후경과 같았으며, 그가 옛것을 살피고 지금의
것을 밝히는 것은 정림 顧炎武와 수수사람 周彝尊의 무리인 듯하였
다. 더욱이 척독제평을 잘하여 짧은 것은 한 자와 하나의 말을 사용
하였고 긴 것은 편을 잇고 종이를 겹친 것이 구구절절 상세하고 길
게 이어져 날아오르는 듯하였다. 놀랍기도 하고 사랑스럽기도 한 것
이 종횡으로 거침없이 나오니, 거의 이군실과 중순 陳繼儒의 무리들
과 나란히 하면서도 그들의 장점을 취하고자 하였다. 사람들이 그의
척독제평을 보고 말하기를, "무관의 문장은 고문이 아니다."라고 하
니, 이것은 또한 세상 사람들의 설이 『사기』와 『한서』의 열전을 배
우지 않았기 때문일 것이다.

〈略鑑〉 이덕무의 학식과 문장에 대해 언급하고 있다.

情非聲不達 聲非字不行 三者合於一而爲詩 雖然 字各有其義
而聲未必成言 於是乎詩之道 專屬之字 而聲日離矣 夫字之離聲
猶魚之離水 而子之離母也 吾恐其生趣日枯 而天地之理息矣

〈주석〉 〚屬〛 속하다 속 〚息〛 그치다 식

〈국역〉 정은 소리가 아니면 전달되지 못하고, 소리는 글자가 아니면 행해지지
못하니, 이 세 가지가 하나로 합쳐서 시가 된다. 비록 그렇지만 글자는
각각 그 뜻을 가지고 있으나, 소리는 반드시 말을 이루는 것만은 아니
다. 이에 시의 도가 오로지 글자에만 속하게 되고, 소리는 날로 이탈하
게 되었다. 무릇 글자가 소리를 이탈하는 것은 물고기가 물을 벗어난
것과 같고 자식이 어머니를 떠나는 것과 같으니, 나는 생겨난 운치가
날마다 말라 가고 천지의 이치가 그치게 되는 것을 두려워한다.

〈略鑑〉 이 글은 유득공의 『柳惠風詩集』에 쓴 서문으로, 聲이 변한다는 사실
을 근거로 이론을 전하고 있다. 이 단락은 詩에 대한 정의를 하고 있
는 것으로, 시란 情(시인이 대상을 접하고서 感發하는 마음 상태)·
聲(음악적인 측면의 음색)·字(詩語)가 하나로 합쳐진 것이라 말하

고 있다. 그리고 세월이 흘러 글자는 옛 글자 그대로지만 그 글자의
소리는 변해서 글자와 소리가 멀어지게 되었다고 말하고 있다.

夫古詩三百篇 亦猶有其字 而不得其聲者矣 竊意古者言出而字成 故
其助語虛詞 皆能委曲有味 今其禮樂刑政之器 鳥獸草木之名 皆已
破壞渙散 不可復攷 雖使今之人 與三代之士卒然而相遇 則其國俗
之別 方音之殊 不啻若蠻夷之入於中國矣 而猶且切切然誦其言而咨
嗟 而詠歎之曰 此眞關雎也眞雅頌也 吾以爲此特今人之字音 非古
之原聲也

〈주석〉 『委曲(위곡)』세밀함 『渙』흩어지다 환 『卒然(졸연)』＝突然, 忽然 『啻』
　　　　뿐 시 『切』절실하다 절

〈국역〉 대저 고시 300편(『詩經』)에도 오히려 글자는 있으나 그 소리를 얻지
　　　　못하는 것이 있다. 몰래 생각건대, 옛날에는 말이 나와서 글자가 이
　　　　루어졌다. 그러므로 조어와 허사가 모두 세밀하여 맛이 있었는데, 지
　　　　금에는 그 예악형정의 그릇과 조수초목의 이름이 모두 파괴되고 흩
　　　　어져서 다시 살필 수가 없다. 비록 지금 사람들로 하여금 삼대의 선
　　　　비와 갑자기 서로 만나게 한다 하더라도 그 풍속이 다르고 지방의
　　　　소리가 차이가 나는 것이 마치 오랑캐가 중국으로 들어가는 정도가
　　　　아닐 것이다. 그런데도 여전히 정성껏 그 말을 외우고 찬탄하며 영탄
　　　　하여 말하기를, "이것은 정말로 「관저」이며 진실로 아송이다."라고
　　　　하지만, 나는 이것은 다만 지금 사람의 글자와 소리일 뿐이지 옛날
　　　　원래의 소리는 아니라고 생각한다.

〈略鑑〉 『詩經』도 글자만 있고 소리는 없어져서 본래의 情을 느낄 수 없게

되었다(『시경』을 옛날의 原聲으로 읽을 수 없고 지금 사람들의 字
音으로 읽을 수밖에 없는데, 지금의 字音으로 읽고도 이것이 진짜
「관저」라고 감탄하는 이들은 『시경』의 본래 情을 느끼지 못하고 거
짓으로 느낀 척한다는 것임)고 하여, 聲에 관심을 기울이고 있다. 그
리고 시대에 따라 聲은 어쩔 수 없이 변하는 것으로 보았다. 말이
변하면 소리가 변하게 되고 시도 변하게 된다는 것이다.

夫今之所謂巫覡之歌詞倡優之笑罵 與夫市井閭巷之邇言 亦足
以感發焉懲創焉 已矣 庶幾猶有古詩之遺意歟 然而執筆而譯之
言無不似也 索然而不得其情者 聲與字殊途也 聲與字殊途 而
古今文章之不相侔 槩可以見矣 嗚呼 千世之遠 萬國之衆 詩
之變 蓋不知其幾也 隨其變而爲聲 亦各有自然之節焉

〈주석〉 〖覡〗 남자무당 격 〖罵〗 꾸짖다, 욕하다 매 〖邇言(이언)〗 천하거나
보통 사람의 말 〖懲創(징창)〗 =懲戒 〖庶幾(서기)〗 가까움 〖索〗 쓸
쓸하다 삭 〖侔〗 같다 모 〖槩〗 =槪 대강 개

〈국역〉 대저 지금의 이른바 무당들의 가사나 광대들의 웃고 꾸짖는 소리와
저 시정여항의 통용되는 말도 감발할 수 있고 징계할 수 있으면 그
만이다. 아마 오히려 고시의 남은 뜻에 가까울 것이다. 그러나 붓을
잡고 그것을 번역하면 말은 비슷하지 않은 것이 없으나, 삭막하여 그
정을 얻지 못하는 것은 소리와 글자가 길이 다르기 때문이다. 소리와
글자가 길이 다르기 때문에 고금의 문장이 서로 같지 않음을 대강
볼 수 있는 것이다. 아! 천세가 멀고 많은 나라들이 있었으니, 시의
변천은 대개 그것이 얼마나 되는지 알 수 없으나, 그 변화를 따라서

소리가 만들어져 또한 각각 자연스러운 음절이 생기게 되었다.

〈略鑑〉 좋은 시는 변화에 따라 자연스럽게 생성된 것으로, 옛 시를 모방하거나 가식적으로 꾸며서 도달할 수 있는 것이 아니라고 말하고 있다. 萬國이 교체되는 사이에 시가 변하고 그때마다 소리가 새로 생기는 것은 자연의 이치이다. 시인은 변화를 받아들여 변화에 맞게 시를 써야 하는 것이다. 박제가는 「詩學論」에서 "우리나라의 시는 송·금·원·명을 배우는 자는 최상이 되고, 당을 배우는 자는 그다음이 되며, 杜甫를 배우는 자는 가장 못하여, 배우는 것이 높을수록 그 재주가 더 낮아지는 것은 무엇 때문인가? 두보를 배우는 자는 두보가 있다는 것을 알 뿐이고, 그 외는 보지도 않고 먼저 업신여기므로, 기술이 더욱 서툴다. 당을 배우는 폐단도 똑같으나, 조금 나은 것은 두보 이외에도 오히려 王維, 孟浩然, 韋應物, 柳宗元 등 수십 명의 성명이 가슴속에 있는 까닭에, 낫기를 기약하지 않아도 저절로 낫게 된다. 저 송·금·원·명을 배우는 자는 그 식견이 여기에서 더 나아간데다, 하물며 수많은 책을 읽어 성정의 참됨을 발휘함에 있어서랴(吾邦之詩 學宋金元明者爲上 學唐者次之 學杜者最下 所學彌高 其才彌下者 何也 學杜者 知有杜而已 其他則不觀 而先侮之 故術益拙也 學唐之弊同然 而小勝焉者 以其杜之外 猶有王孟韋柳數十家之姓字存乎胸中 故不期勝 而自勝也 若夫學宋金元明者 其識又進乎此矣 又況博極群書 發之以性情之眞者哉)."라고 했던 것이다. 그러므로 무당이나 광대들이 하는 소리가 古詩에 가까울 수 있다고 한 것이다.

吾友柳惠風之爲詩也 可謂兼至而備美者矣 乃能因字於古而通

聲於今 其形於中而動於外者 若樹出花而鳥自鳴也 不自知其所
以然 則聲與字之殊 又不足論矣 雖然 聲與字一也 而善則合之
不善則離之 何也 文出乎字而聲成於字外 故曰 字者下學 而
聲者上達 丙申仲秋 友人朴齊家撰

〈주석〉 『下學上達(하학상달)』 아래로 人事를 배워서 위로 天理를 안다는 말
　　　　이다. 『논어』 「憲問」에, "하늘을 원망하지 않고 남을 탓하지 않으며,
　　　　아래로 인사를 배워 위로 천리를 통달한다(不怨天 不尤人 下學而上
　　　　達)."는 말에서 인용한 것임.

〈국역〉 내 친구 혜풍 柳得恭이 지은 시는 지극함을 겸하고 아름다움을 갖추
　　　　었다고 할 만하다. 이에 옛것에 글자를 말미암고 지금에 소리를 통하
　　　　게 할 수 있었는데, 그것은 마음속에 있는 것을 형상화하여 밖으로
　　　　움직이는 것이 마치 나무가 꽃을 피우고 새가 스스로 노래를 부르는
　　　　것과 같아서 그것이 그렇게 된 까닭을 알 수 없으니, 그렇다면 소리
　　　　와 글자가 다른 것은 또한 논할 것도 못 된다. 비록 그러하나 소리와
　　　　글자는 하나인데, 잘하면 소리와 글자가 융합되고 잘하지 못하면 소
　　　　리와 글자가 분리되는 것은 무엇 때문인가? 문장은 글자에서 나오고
　　　　소리는 글자 밖에서 이루어진다. 그러므로 "글자는 하학이요, 소리는
　　　　상달이다."라고 한다. 병신년 중추에 벗 박제가가 찬한다.

〈略鑑〉 나무에 꽃이 피고 새가 노래하는 것이 자연스러운 형상이듯이, 시 또한
　　　　情·聲·字가 자연스럽게 융합된 것이 아름다운 시라고 말하고 있다.

　　전체적으로 한 문장의 길이를 길게 하여 촉박하지 않고 이완된 호
흡을 느끼게 한다.

選之泆　要當百味俱存　不可泯然一色　夫選者何　擇之使不相混
也　泯然一色　則是選而再混也　初何選之有哉　味者何　不見夫
雲霞與錦繡歟　頃刻之間　心目俱遷　咫尺之地　舒慘異態　泛觀
之　不足以得其情　細玩則味無窮也　凡物之變化端倪　有足以動
心悅目者皆味也　非獨在口謂之也　選奚取乎味　夫醎酸甘苦辛
五者　得之於舌　達乎面目　其不可欺也如此　不如是則非味也
非味之食猶不食　然則選之泆何異哉

〈주석〉 〖泆〗 ＝法 〖泯然(민연)〗 사라져 깨끗한 모양 〖混〗 섞이다 혼 〖繡〗
　　　　수 수 〖咫〗 길이 지 〖舒慘(서참)〗 『文選』 張衡 「西京賦」에, "夫人在
　　　　陽時則舒　在陰時則慘"이라 했는데, 薛綜의 注에 "陽謂春夏　陰謂秋
　　　　冬"이라 하여, 뒤에 苦樂, 好壞, 陰晴, 豐歉 등으로 서로 대립된 개념
　　　　으로 병칭되는 말로 쓰임 〖端倪(단예)〗 시작과 끝 〖醎〗 짜다 함 〖酸〗
　　　　시다 산

〈국역〉 詩選의 방법은 요컨대 마땅히 모든 맛이 다 존재해야지 단출하게 한
　　　　가지 색이어서는 안 된다. 뽑는다는 것은 무엇인가? 가려서 서로 섞

이지 않게 하는 것이다. 한 가지 색이면 뽑았어도 다시 섞이는 것이
니, 처음의 뽑음은 무슨 필요가 있겠는가? 맛이란 무엇인가? 저 노을
과 비단에 수놓은 것을 보지 못했는가? 잠깐 사이에 마음과 눈이 다
옮겨 가고 지척의 땅에서 온갖 기이한 형태를 보여, 널리 보면 그 정
을 얻을 수 없지만 자세히 음미하면 맛이 끝이 없다. 무릇 사물의 변
화의 시작과 끝에 마음을 감동시키고 눈을 기쁘게 할 수 있는 것은
모두 맛이다. 다만 입에 있는 것만을 말하는 것은 아니다. 詩選을 어
찌 맛에서 취하는가? 짜고 시고 달고 쓰고 신 다섯 가지 맛은 혀에서
그것을 얻고 얼굴에 나타나는데, 속일 수 없는 것이 이와 같다. 이와
같지 않으면 맛이 아니다. 맛이 없는 음식도 오히려 먹지 않는데, 그
렇다면 詩選의 법이 어찌 이와 다르겠는가?

〈略鑑〉 이 글은 詩選을 어떻게 해야 하는가에 대해 논하고 있는 글이다. 결
론부터 말하자면, 모든 맛이 다 존재하는 독특한 개성이 있는 시를
뽑아야 한다는 것이다.

百味俱存者何 選非一焉 而又各擧其一也 夫知酸而不知甘者 不
知味者也 秤量甘酸 閒架醎辛 而苟充之者 不知選者也 方其
酸時極酸之味而擇焉 其甘也極甘之味而擇焉 然後可以語於味
矣 子曰人莫不飮食也 鮮能知味也 由此觀之 聖人心細 故能得
不言之妙於其口 俗人泯然一色 日用而不知耳 或曰 水何味焉
曰 水儘無味 然渴飮之 則天下之味莫過焉 今子不渴矣 奚足以
知水之味哉

〈주석〉 〖秤〗 稱의 俗字 〖閒架(한가)〗 얽음 〖妙〗 묘하다 묘 〖儘〗 조금 진

 모든 맛을 다 갖추고 있다는 것은 무엇인가? 뽑는 것이 한 가지 맛이
아니라 또한 각각 그 한 가지씩의 맛을 뽑는 것이다. 대저 신 것을
알고 단 것을 모르는 자는 맛을 모르는 사람이다. 달고 신 것을 저울
질하고 짜고 매운 것을 얽어 맞춰 구차하게 그것을 채우는 것은 뽑는
것을 모르는 사람이다. 바야흐로 신 것은 신맛을 지극히 하였을 때
가리고, 단 것은 단맛을 지극히 하였을 때 뽑은 뒤라야 맛에 대해 말
할 수 있다. 공자께서 "사람 중에는 먹고 마시지 않는 자가 없지만,
맛을 알 수 있는 자는 드물다."라고 하셨다. 이것으로 볼 때, 성인은
마음이 섬세하므로 입에 말할 수 없는 묘미를 얻을 수 있지만, 세속
사람은 한 가지 색이어서 날마다 쓰면서도 맛을 모른다. 어떤 사람이
"물은 무슨 맛인가."라고 물으니, 내가 대답하기를 "물은 조금도 맛
이 없지만, 목마를 때 그것을 마시면 천하의 맛 중에 그것을 넘어서
는 것이 없다. 지금 그대는 목마르지 않으니, 어찌 물의 맛을 알 수
있겠는가."라고 하였다.

〈略鑑〉 맛을 시에 비유하여 재미있게 논의를 전개하고 있다. 즉 五味를 두
루 맛보아야 하듯, 博學과 多讀 등을 통해 다양한 詩文을 접해야만
좋은 작품과 그렇지 못한 작품을 구별할 수 있는 안목이 생기며, 그
작품의 가치를 제대로 파악할 수 있다는 것이다. 박제가의 詩가 이
러한 맛을 갖추고 있었기에 李德懋는 『청비록』에서 다음과 같이 말
하고 있다.

"초정의 시는 재주가 뛰어났을뿐더러 기운이 강하였고 詞理가
명백하였으며, 또 事實을 잘 기록하였다. 일찍이 漁洋山人 王
士禛의 懷人絶句의 例를 모방하여, 당세의 보고 들은 名流·

賢士를 두고 絶句 50여 句를 지었는데, 각각 장점을 취하였고 찬미함이 정당하였다. 나와 함께 문예에 대하여 낮이 다 가고 밤이 새도록 끝없이 얘기했으나 조금의 어긋남도 없었다. 그의 시는 웅대한 곳은 기상이 장렬하고 섬세한 곳은 아름답고도 미묘하였으며, 글씨를 쓰면 기이하여 아무도 당해 낼 수가 없었으니, 역시 근래에 드문 재주였다(楚亭之詩 才超而氣勁 詞理明白 亦能記實 嘗倣漁洋山人懷人絶句例 爲當世所見聞名流賢士 作五十餘絶句 各取所長 贊美停當 與余談藝 終晝竟夜 滔滔纏纏 如合左契 其爲詩 大處磊落 纖處娟妙 落筆離奇 人不可當 亦近世罕有之才)."

吾友炯菴先生李懋官詩凡若干首 予手抄訖 薰沐而後讀之 讀
之未嘗不歔欷而歎也 客曰 奚取乎詩也 曰 瞻彼山川 莽乎無
極 靜水含淸 孤雲舒潔 雁將子而南遷 蟬泠泠而欲絶 豈非懋
官之詩乎 客曰 此秋眹也 詩固得而冒之乎 曰 何傷乎 亦論其
際而已矣 夫莫之然而然者天也 知其然而爲之者人也 天人之
間 亦必有其分矣 則際也者分也 合內外之道也 故得其際 則
萬物育 鬼神格 而不得其際 則芒芒乎不辨自己之與馬牛矣 而
況於詩乎

〈주석〉 〖訖〗 마치다 글 〖薰沐(훈목)〗 경건함을 표시함(薰 향내 나다 훈) 〖歔
歙(허희)〗 탄식함 〖莽〗 아득하다 망 〖將〗 거느리다 장 〖泠泠(냉냉)〗
맑은 소리 〖眹〗 조짐 진 〖冒〗 덮다 모 〖傷〗 걱정하다 상 〖格〗 이
르다 격 〖芒芒(망망)〗 맑지 않고 흐릿한 모양

〈국역〉 내 친구인 형암 선생 이무관의 시 약간 수를 내가 손수 베껴 놓고 향
을 피우고 머리를 감은 후 그것을 읽었는데, 그것을 읽으면서 일찍이
탄식하고 감탄하지 않은 적이 없었다. 객이 말하기를, "시에서 무엇

을 취한 것인가?"라고 하기에, 내가 대답하기를, "저 산과 내를 바라 보니, 넓고 넓어 끝이 없도다. 고요한 물은 푸름을 머금었고, 외로운 구름은 깨끗함을 펼치네. 기러기는 새끼 거느리고 남쪽으로 옮겨 가고, 맑은 매미 소리도 끊어지려 하네. 이것이 어찌 무관의 시가 아니겠는가?" 객이 말하기를, "이것은 가을의 조짐이다. 시가 진실로 그래야만 하는가?"하기에, 내가 대답하기를, "무슨 상관이 있겠는가? 또한 그 際를 논한 것뿐인데. 무릇 그렇게 하지 않아도 그런 것이 하늘이고, 그런 줄 알면서도 그렇게 하는 자는 사람이다. 하늘과 사람의 사이에는 반드시 나뉨이 있으니, 제라는 것은 나뉨이요, 내외를 합하는 도리이다. 그러므로 바른 제를 터득하면 만물이 길러지고 귀신이 이르지만, 바른 제를 터득하지 못하면 흐릿하여 자기와 말·소를 분별하지 못한다. 하물며 시에 있어서랴."

〈略鑑〉 이 글은 형암 이덕무의 시집에 쓴 서문이다. 시를 쓸 때는 際를 터득해야 하는데, 際는 하늘(자연, 外)과 사람(시인, 內)의 분기점이면서 동시에 합쳐지는 지점으로, 시인과 자연은 조금의 틈도 없다는 것을 말하고 있다. 박제가가 26세 때 쓴 글인 「小傳」에, "구름과 안개의 특이한 모양을 바라보고 온갖 새들의 새로운 소리를 들으며, 산과 시내와 해와 달과 별의 幽遠함과, 풀과 나무와 벌레와 물고기와 서리와 이슬의 미묘함이 날로 변해도 그러한 까닭을 알지 못하던 것이, 가슴 가득히 와 닿는데 언어로도 그 정을 다 표현할 수 없고 입과 혀로도 그 맛을 비유할 수 없어, 나 혼자만 터득하고 남들은 그 즐거움을 모른다고 생각했다(覯雲烟之異態 聆百鳥之新音 與夫山川 日月星辰之遠 草木蟲魚霜露之微 所以日變化而莫知然者 森然契于胸 中 言語不能悉其情 口舌不足喩其味 自以爲獨得 百人莫知其樂也)."

라고 하여, 際를 터득하는 경지를 말하고 있다.

客曰　詩者　與生俱生者也　小兒呱呱　拍背而謠之　嗚嗚然與啼
聲相合　已而兒眠矣　此天下之眞詩也　夫吾聞之　詩出於性　有
邪有正　觀其好惡　與世俗汙隆　故綺麗之作　不錄於國風　噍殺
之音　不登於淸廟　今予遺淡泊之味　自然悅藻繪之新工　背前轍
而不遵　獨師心泬之泬　曰　黃鐘之黍至細也　鳥獸之文至微也
律呂於是乎起　八卦由是以作　夫詩在數爲易　在聲爲樂　非知道
者　其孰能語斯哉

〈주석〉　〖呱〗 어린아이 울음소리 고 〖拍〗 두드리다 박 〖汙隆(오륭)〗 =昇降
　　　　(世道의 盛衰나 政治의 興替를 말함) 〖噍殺(초쇄)〗 음조가 슬프고
　　　　낮음 〖淸廟(청묘)〗 帝王의 종묘인 太廟 〖藻繪(조회)〗 화려한 색채,
　　　　修飾, 文采 〖遵〗 좇다 준 〖泬〗 =法 〖黃鐘(황종)〗 고대 打樂器의
　　　　일종으로, 廟堂에 많이 쓰였고, 十二律 중의 第一律로 君王에 비유
　　　　됨 〖黍〗 무게 단위(기장 한 알의 중량) 서

〈국·역〉　객이 말하기를 "시는 삶과 함께 생기는 것이다. 어린아이가 앵앵거리
　　　　고 울 때 등을 두드려 주고 노래를 불러 주면 (그 소리가) 울음소리와
　　　　서로 맞아 얼마 있다가 아이는 잠이 든다. 이것이 천하의 진시이다.
　　　　대저 내가 듣기로, 시는 성에서 나와 사악하고 바름이 있고, 그 좋고
　　　　나쁨을 보니 세속과 더불어 興替하였으므로, 기려한 작품은 「국풍」
　　　　에 기록되지 못했고, 음조가 슬프고 낮은 소리는 청묘에 올리지 못했
　　　　다. 지금 나는 담백한 맛을 버리고 저절로 화려한 새로운 작품을 기
　　　　뻐하여 전철을 등지고 좇지 않고 오직 심법의 법만 스승으로 삼는

다.”라고 하니, 내가 대답하기를, “황종의 서는 지극히 작고 새와 짐승의 발자국은 지극히 자잘한 것이다. 하지만 율려가 여기에서 일어났고 팔괘가 이로 말미암아 만들어졌다. 대저 시를 숫자로 표시하면 易이 되고 소리로 옮겨 가면 樂이 된다. 도를 아는 자가 아니라면 누가 이러한 사실을 말할 수 있겠는가?”

〈略鑑〉 眞詩란 어떤 것인가에 대해 말하고 있는 부분이다.

客曰 然則詩何師 曰 盈天地之間者皆詩也 四時之變化 萬籟
之鳴呼 其態色與音節自在也 愚者不察 智者由之 故彼仰唇吻
於他人 拾影響於陳編 其於離本也亦遠矣 客曰 然則凡所謂漢
唐宋明之詩 皆不足法歟 曰 奚爲而然也 吾所謂然者 與其逐
末而多歧 曷若遡本而求要 夫然後天地之眞聲 古人之微言 應
若霜鐘之自鳴而陰鶴之相和也 然則懸官之詩 得庖犧伶倫之心
矣 若夫法律之沿革 字句之淵源 有掌故者在

〈주석〉 〖籟〗 소리 뢰 〖吻〗 입술 문 〖與其~曷若~〗 ~하는 것이 어찌 ~하는 것만 하겠는가? 〖歧〗 갈림길 기 〖遡〗 거슬러 올라가다 소 〖霜鐘(상종)〗 종이나 종소리로, 『山海經』「中山經」에, “(豐山)有九鍾焉 是知霜鳴”라는 말이 나오는데, 郭璞의 注에, “霜降則鍾鳴 故言知也”라 되어 있음 〖庖犧(포희)〗 ＝伏羲氏로, 古代 傳說 속의 三皇의 하나임. 처음으로 八卦를 만들고 백성들에게 漁獵을 가르쳤음 〖伶倫(령륜)〗 傳說에 黃帝 時의 樂官으로, 고대 樂律을 創始한 사람임. 『呂氏春秋』「古樂」에, “昔黃帝令伶倫作爲律”이라는 말이 나옴 〖掌故(장고)〗 故事

 객이 말하기를, "그렇다면 시는 무엇을 본받는가?" 내가 말하기를, "하늘과 땅 사이에 가득 차 있는 것이 모두 시이다. 사계절의 변화와 온갖 만물의 웅성거리는 소리, 그 형태와 빛, 그리고 음절은 그들 나름대로 존재하고 있다. 어리석은 자는 살피지 못하고, 지혜로운 자는 그것에 말미암는다. 그러므로 남의 입술이나 우러러보고 묵은 책 속에서 그림자나 메아리를 줍는 것은 그 근본에서 벗어남이 또한 멀다." 객이 말하기를, "그렇다면 이른바 한·당·송·명의 시를 모두 본받지 말라는 말인가."라고 하니, 내가 대답하기를, "어찌 그럴 수 있겠는가? 내가 그렇게 말한 것은 말단을 좇아 갈림길을 많이 만들기보다는 근원을 거슬러 올라가 핵심을 찾는 것이 더 낫다는 말이다. 대저 그런 뒤라야 천지의 진짜 소리와 옛사람의 은미한 말이 마치 서리 맞으면 종이 절로 울리고 그늘진 골짜기에서 학이 서로 화답하는 것과 같다는 것이다." 그렇다면 무관의 시는 포희와 영륜의 마음을 터득한 것이다. 법률의 연혁과 자구의 연원 같은 것은 전고가 있다.

 마지막 단락으로, 시의 소재는 천지에 있는 모든 것이며, 시인이 배우고 본받아야 할 대상은 자연 그 자체이며, 시의 근원을 거슬러 올라가 핵심을 찾는 것이 중요하다는 것을 말하고 있다.

시에 대해 논의를 하는 議論文은 무미건조할 수 있지만, 이 글은 問對의 修辭를 사용하여 자신이 드러내고자 하는 뜻을 생동적이면서도 효과적으로 표출하고 있다.

沈生者 京華士族也 弱冠 容貌甚俊韶 風情駘蕩 嘗從雲從街 觀
駕動而歸 見一健婢 以紫紬蒙一處子 負而行 一婭鬟 捧紅錦鞋
從其後 生自外量其軀 非幼稺者也 遂緊隨之 或尾之 或以袖
略以過 目未嘗不在於袱 到小廣通橋 忽有旋風 起於前 吹紫
袱 褫其半 見有處子 桃臉柳眉 綠衣而紅裳 脂粉甚嬋娟 瞥見
有絕代色

〈주석〉 〖韶〗 아름답다 소 〖風情〗 志趣 〖駘蕩(태탕)〗 구속되는 것이 없음 〖雲
從街(운종가)〗 지금의 종로 네거리로 가장 번화했던 곳 〖紫〗 자줏

---

19) 李鈺(1760, 영조 36~1812, 순조 12): 본관은 延安. 자는 其相. 호는 文無子·梅史·梅庵·絧錦子. 家
系나 생애를 밝혀 줄 만한 자료가 없으며, 30세 전후로 서울에서 성균관의 儒生으로 있었다. 박지원의 제
자 세대로, 박지원과 직접적인 관련을 갖지는 않았으나 정조의 문체반정에 따르지 않았다. 實錄에는 이때
그가 소설문체를 써서 선비들에게 나쁜 영향을 주었으므로 정조가 문체를 개혁한 뒤 과거를 보게 했다고
나와 있다. 그러나 과거에서도 문체를 고치지 못하자 그는 영남 三嘉縣에 移籍되었으며, 뒤에 本家가 있
는 경기도 남양에서 저작활동에 힘썼다. 이처럼 文體反正에 걸려 억압받고 불우하게 지냈다. 그러나 이단
적인 문학을 적극적으로 밀고 나가 한문단편에서는 박지원과 맞먹는 경지에 이르고, 민요시 개척에서는
정약용과 함께 가장 앞선 성과를 보여 주어 한문학 혁신의 2가지 방향을 주도했다. 이옥의 傳은 23편으
로 박지원의 작품보다 많고 등장인물과 사건이 훨씬 다양하다. 그 가운데 「沈生傳」은 사대부 집안의 청
년이 중인 계급의 처녀를 사랑하다가 둘 다 비참하게 된 사연을 다루어 신분질서에 대한 비판이 들어 있
다. 「柳光億傳」에서는 과거 답안지를 지어 파는 사람이 자기는 급제하지 못하는 처지를 다루면서 세상에
못 팔 물건이 없게 된 상황을 그렸다. 그 밖의 작품들에서도 사기꾼, 협객, 기인, 가객, 여염집 아낙네 등
을 주인공으로 삼아 세태와 인정의 다양한 모습을 그렸다. 박지원이 한정된 소재에 고도의 표현 능력을
발휘했다면, 이옥은 흔히 있는 이야기를 받아들여 수법보다는 내용이 앞서는 작품을 내놓았다.

빛 자 〖紬〗 명주 주 〖蒙〗 덮어씌우다 몽 〖姫鬟(아환)〗 머리를 땋은
소녀 〖鞋〗 신 혜 〖稺〗 어리다 치 〖緊〗 줄이다 긴 〖掠〗 침범하다
략 〖袱〗 보자기 복 〖旋〗 돌다 선 〖褫〗 벗기다 치 〖臉〗 뺨 검 〖脂
粉(지분)〗 연지와 향분 〖嬋娟(선연)〗 곱고 예쁨 〖瞥〗 언뜻 보다 별

〈국•역〉 심생은 서울의 양반이다. 약관에 용모가 매우 준수하고 성격이 호탕
하였다. 어느 날 운종가에서 어가행차를 구경하고 돌아오는데, 어떤
건장한 여종이 붉은 명주 보자기로 한 처자를 씌운 채 업고 가고, 또
한 여종이 빨간 비단 신발을 들고 뒤따르는 것을 보았다. 심생이 겉
으로 그 체구를 가늠해 보니 어린애가 아니었다. 마침내 바짝 붙어
그를 따랐다. 혹은 미행하고, 혹은 소매로 스치며 지나가면서도 눈은
일찍이 보자기에 있지 않은 적이 없었다. 소광통교에 이르렀을 때 홀
연 회오리바람이 앞에서 일어나 붉은 보자기에 불어 반쯤 들추었다.
보니 처녀가 있는데, 복사꽃 같은 뺨에 버들 같은 눈썹이요, 녹색 저
고리에 붉은 치마를 입고, 연지분이 매우 고와 얼핏 봐도 절색이었다.

〈略鑑〉 이 글은 심생의 傳으로, 사랑 이야기 가운데 가장 아름다운 작품으
로 꼽히는 것이며, 젊은 청년과 처녀 사이에 있었던 우연한 사랑의
열병이 불행으로 끝나는 과정을 시적 언어로 묘사한 빼어난 수작이
다. 한문학의 한 양식인 傳은 조선 후기에 이르면 작가적 성향과 시
대적 推移에 의하여 그 본래의 양식적 특징인 '直書其事'를 어느 정
도 견지하면서 소설적 성향을 띤 작품으로 나타나게 된다. 이들 작
품의 주인공들은 당대 사회에서 소외된 가난한 선비, 중인 계층, 賤
民들로서 그들을 둘러싸고 있는 사회현실에 대하여 불만을 품고 있
는 才士나 異人들이다. 허균의 傳 작품들은 한 사람의 인생을 기록
한 것이라는 傳 본래의 성격을 기본적으로 지니고 있으면서도 사실

의 기록이라는 차원을 뛰어넘어 일정한 방향으로 인물의 삶을 허구
화시키고 재창조하고 있다는 점에서 傳 본래의 성격을 벗어나 있다.
이옥의 傳 역시 이러한 성향을 띠고 있는 것이다. 이 단락은 두 남
녀가 처음 만나게 되는 배경을 묘사하고 있다.

處子亦於袱中 依俙見美少年 衣藍衣 戴草笠 或左或右而行 方
注秋波 隔袱視之 袱旣褪 柳眼星眸 四目相擊 且驚且羞 斂袱
復蒙之而去 生如何肯捨 直隨 到小公主洞紅箭門內 處子入一
中門而去 生茫然如有失 彷徨者久 得一隣嫗 而細偵之 蓋戶曹
計士老退者家 而只有一女 年十六七 猶未字矣 問其所處 嫗
指示之曰 迤此小衚衕 有一粉牆 牆之內 一夾室 則處女之住也

〈주석〉 〖依俙(의희)〗 어슴푸레함 〖秋波(추파)〗 여인의 아름다운 눈을 비유함
　　　　〖眸〗 눈동자 모 〖斂〗 거두다 렴 〖嫗〗 할미 구 〖偵〗 정탐하다 정
　　　　〖計士(계사)〗 호조에 속하여 회계 실무를 맡아보던 종8품의 벼슬
　　　　〖字〗 정혼하다 자(女子許嫁曰字『正字通』) 〖迤〗 가다 이 〖衚〗 거리 호
　　　　〖衕〗 거리 동 〖夾室(협실)〗 正堂의 좌우에 있는 방. 곁방

〈국역〉 처자도 보자기 속에서 어렴풋하게 한 미소년이 남색 옷에 초립을 쓰
　　　　고, 좌우로 따라오는 것을 보고 있었다. 바야흐로 추파를 보내 보자
　　　　기 밖의 소년을 보다가 보자기가 걷히어 버들 같은 눈과 별 같은 눈
　　　　동자 네 개가 서로 부딪쳤다. 놀라고도 부끄러워 보자기를 당겨 다시
　　　　보자기를 뒤집어쓰고는 가 버렸다. 심생이 어찌 놓칠 사람인가? 곧장
　　　　따라서 소공주동 홍살문 안까지 당도하니, 처자는 한 중문으로 들어
　　　　가 버렸다. 심생이 망연자실하여 오래도록 방황하다, 한 이웃 노파를

만나 자세히 정탐해 보았다. 아마도 호조의 계사로 늙어 은퇴한 자의
집으로서, 오직 딸아이가 하나 있는데 나이 16, 17세이나, 아직 시집
가지 않았다. 그 처소를 물어보니, 노파가 손가락으로 가리켜 말하기
를, "이 작은 골목을 따라가면, 회칠한 담이 하나 나올 것이오. 담장
안에 작은 집이 한 채가 있는데, 곧 처녀의 처소라네."

〈略鑑〉 마치 실제 보는 듯 남녀의 첫 대면을 생동감 넘치게 묘사하고 있고,
　　　　처녀의 집안 내력에 대해 설명하고 있다.

生旣聞之　不能忘　夕詭於家曰　窓伴某　要與同夜　請從今夕往
遂候人定　往踰牆而入　則初月淡黃　見窓外　花木頗雅整　燈火
照窓紙甚亮　靠壁依簷而坐　屛息而竢　室中有二梅香　女則方低
聲　讀諺解稗說　嚦嚦如雛鶯聲　至三鼓許　姬鬟已熟寐　女始吹
燈就寢　而猶不寐者久　若輾轉有所思者　生不敢寐　亦不敢聲
直至曉鐘已動　復爬牆而出

〈주석〉 〖詭〗 속이다 궤 〖伴〗 짝 반 〖候〗 기다리다 후 〖人定(인정)〗 밤이 깊
　　　어 사람이 없음 〖靠〗 기대다 고 〖簷〗 처마 첨 〖屛息(병식)〗 숨을
　　　죽임 〖竢〗 기다리다 사 〖梅香(매향)〗 몸종을 높여 부른 말 〖嚦〗 새
　　　소리 력 〖雛〗 병아리 추 〖三鼓(삼고)〗 =三更 〖輾〗 구르다 전 〖爬〗
　　　기다 파
〈국역〉 심생이 그 말을 듣고 잊을 수 없었다. 저녁에 집에 거짓으로 말하기
　　　를, "동창 아무개가 함께 밤을 보내자고 하니, 오늘 밤부터 가 보겠습
　　　니다." 하고는 마침내 한밤중이 되기를 기다려 그 집으로 가서 담을
　　　넘어 들어갔다. 초승달은 어스름하게 비추고, 창밖을 보니 꽃과 나무

들이 자못 아름답게 정돈되어 있고, 등불은 창호지를 매우 밝게 비추고 있었다. 벽에 기대고 처마 밑에 앉아서 숨을 죽이고 기다렸다. 방 안에는 두 계집종이 있었고, 처녀는 낮은 소리로 언문소설을 읽고 있는데, 새끼 앵무새가 우는 듯 낭랑하게 들려왔다. 삼경 무렵, 두 종은 이미 잠에 빠졌는데, 그녀는 비로소 등을 불어 끄고 자리에 들었으나, 여전히 오래도록 잠 못 들고 이리 뒤척 저리 뒤척 하는 것이 마치 무엇을 생각하는 것 같았다. 심생은 감히 잘 수도 없고 소리를 내지도 못하다가, 줄곧 새벽종이 울리기를 기다려 다시 담을 타고 나갔다.

〈略鑑〉 심생이 집에 거짓말을 하고 처녀의 집을 찾아가 창밖에서 안을 들여다본 내용을 서술하고 있다.

自是習爲常　暮而往　罷漏而歸　如是者二十日　生有不怠　女始則或讀小說　或針指　至夜半　燈滅　則　或寐　或煩不寐矣　過六七日　輒稱身不佳　纔初更　便伏枕　頻擲手于壁　長吁短嘆　聲息聞窓外　一夕甚於一夕　第二十日　女忽自廳事後出　繞壁而轉　至于生所坐處

〈주석〉 〚罷漏(파루)〛 人定에 통행을 금했다가 五更三點에 큰 쇠북을 33번 울려 통행금지를 해제하던 일 〚擲〛 던지다 척 〚吁〛 탄식하다 우 〚廳事(청사)〛 개인 주택의 집 〚繞〛 돌다 요

〈국역〉 이때부터 습관이 되어, 해지면 갔다가 파루를 치면 돌아오기를 20일이나 했으나, 심생은 태만하지 않았다. 그녀는 처음에는 혹은 소설을 읽다가, 혹은 뜨개질하다가, 한밤중에 이르러 등불을 끄면 혹은 잠들기도 했으나, 혹은 번뇌하여 잠 못 이루기도 하였다. 이렇게 하기를

육칠일이 지나자, 스스로 "몸이 좋지 않다."고 하고는 겨우 초저녁에 자리를 깔고 누워, 벽으로 자주 손을 쳤다. 길고 짧게 탄식하더니, 그 소리가 창밖에까지 들렸다. 밤마다 점점 심해지더니 20일째 되는 날, 처녀는 홀연히 스스로 대청마루 뒤쪽으로 나와 벽을 돌아 심생이 앉아 있는 곳에 이르렀다.

〈略鑑〉 처음으로 두 남녀가 상봉하는 장면을 묘사하고 있다.

生自黑影中　突然起　扶持之　女少不驚　低聲語曰　郎莫是小廣
通橋邂逅者耶　妾固知郎之來已二十夜矣　毋持我　一出聲　不復
出矣　若縱我　我當開此戶而迎之　速縱我　生以爲信　却立而竢之
女復透而入　旣到其室　呼姆鬟曰　汝到媽媽許　請朱錫大屈戌來
夜甚黑　令人生怕　姆鬟向上堂去　未久以屈戌來　女遂於所約後
戶　拴上釘吊　甚分明　以手安屈戌篇　故琅琅作下鎖聲　隨卽吹
燈　寂然若睡熟者　而實未嘗睡也

〈주석〉 〚突〛 갑자기 돌 〚邂逅(해후)〛 만남 〚透〛 구불구불 가다 위 〚媽〛
　　　　어미 마 〚朱錫(주석)〛 놋쇠 〚屈戌(굴술)〛 자물쇠 〚怕〛 두려워하다
　　　　파 〚拴〛 매다 전 〚釘〛 자물단추 조 〚吊〛 매달다 조 〚篇〛 자물쇠
　　　　약 〚琅〛 금석소리 랑 〚鎖〛 잠그다 쇄 〚睡〛 자다 수

〈국•역〉 심생은 깜깜한 어둠 속에서 불쑥 일어나 처녀를 잡았다. 처녀는 조금
　　　　도 놀라지 않고 낮은 목소리로 말하기를, "도련님은 소광통교에서 만
　　　　났던 분이 아닌가요? 저는 도련님이 오신 지 이미 20일인 것을 잘 알
　　　　아요. 저를 잡지 마세요. 한 번 소리를 지르면 다시는 나가지 못해요.
　　　　만약 저를 놓아주시면 제가 틀림없이 이 문을 열고 맞이할게요. 빨리

저를 놓아주세요."라고 하였다. 심생은 곧이곧대로 믿고 물러서서 기다렸다. 처녀는 다시 빙 돌아서 들어가 방으로 이르자 여종을 불러 말하기를, "너는 어머니에게 가서 큰 주석 자물쇠를 청해서 갖고 오너라. 밤이 매우 어두우니, 사람으로 하여금 겁이 나게 한다." 여종이 안방으로 가더니, 머지않아 자물쇠를 가지고 왔다. 처녀는 마침내 약속한 뒷문에다 문고리를 아주 분명하게 걸고 손으로 자물쇠를 채우는데, 일부러 '철거덕' 하는 소리를 냈다. 바로 이어서 등불을 껐다. 조용히 깊은 잠에 든 듯했으나 실은 잠을 이루지 못했다.

〈略鑑〉 처녀가 심생과의 약속을 어기고 심생을 골탕 먹이는 장면이면서, 동시에 春情에 들뜬 심생을 슬기롭게 거절하는 장면이기도 하다.

生痛其見欺 而亦幸其得一見 又度夜於鎖戶之外 晨而歸 翌日又往 又翼日往 不敢以戶鎖少懈 或値雨下 則蒙油而至 不避沾濕 如是又十日 夜將半 渾舍皆酣睡 女亦滅燈已久 忽復蹶然起 呼婭鬟 促點燈曰 汝輩今夕 往上堂去睡 兩梅香旣出戶 女於壁上 取牡鑰 解下屈戌 洞開後戶 招生曰 郎入室 生未暇量 不覺身已入室 女復鎖其戶 語生曰 願郎少坐 遂向上堂去 引其父母而至 其父母見大驚

〈주석〉 〚翌〛 다음 날 익 〚翼〛 =翌 〚懈〛 게으르다 해 〚沾〛 적시다 첨 〚渾〛 모두 혼 〚酣〛 한창 감 〚蹶然(궐연)〛 빨리 일어나는 모양 〚促〛 재촉하다 촉 〚點〛 켜다 점 〚牡鑰(모약)〛 열쇠 〚洞〛 관통하다 통

〈국역〉 심생은 그 속힌 것을 분통해했으나, 또한 한 번 만나 본 것만도 다행이라 생각했다. 또 자물쇠가 채워진 문밖에서 밤을 지새우고 새벽에

야 돌아왔다. 이튿날도 또 갔고, 또 이튿날도 또 갔다. 감히 방문에
자물쇠가 채워졌다고 해서 조금도 게을리하지 않았다. 간혹 비가 내
리는 날을 만나면 油衫을 뒤집어쓰고 가서 옷이 젖는 것을 피하지
않았다. 이렇게 한 지 또 열흘이 지나 밤이 깊어 온 집안이 모두 단잠
에 빠져들었다. 그녀도 등불을 끈 지 오래되었다. 그런데 갑자기 다
시 벌떡 일어나 여종을 불러서 등불을 켜라고 재촉하며 말하기를,
“너희들은 오늘 밤 윗방에 가서 자라.”고 했다. 여종 둘이 문을 나서
자, 그녀는 벽 위에서 열쇠를 가져다 자물쇠를 열어 뒷문을 활짝 열
더니, 심생을 불러 말하기를, “도련님! 방으로 들어오세요.” 심생은
헤아릴 겨를도 없이 자신도 모르게 몸은 이미 방에 들어와 있었다.
그녀는 다시 문을 잠그고는 심생에게 말하기를, “도련님! 잠깐 앉아
계세요.” 하고는 마침내 안채로 올라가서 부모님을 모시고 왔다. 그
부모는 심생을 보고서 매우 놀랐다.

〈略鑑〉 심생은 골탕을 먹은 후에도 계속 처녀를 찾아가고, 처녀의 허락으로
　　　　 방에 들어갔다가 처녀의 부모를 만나는 과정에 대해 서술하고 있다.

女曰 母驚 聽兒語 兒生年十七 足未嘗過門矣 月前 偶往觀駕
動 歸到小廣通橋 風吹袱捲 適與草 笠郎君相面矣 自其夕 郎
君無夜不至 屛跧於此戶之下 今已三十日矣 雨亦至 寒亦至
鎖戶而絶之 而亦至 兒料已久矣 萬一聲聞外播 隣里知之 則
夕而入 晨而出 誰知其獨倚於窓壁外乎 是無其實而被惡名也
兒必爲犬咋之雉矣 彼以士大夫家郎君 年方靑 血氣未定 只知
蜂蝶之貪花 不顧風露之可憂 能幾日而病不作耶 病則必不起
是非我殺之 而我殺之也 雖人不知 必有陰報 且兒身 不過一

中路家處子也　非有傾城絶世之色　沈魚羞花之容　而郎君見鴟
爲鷹　其致誠於我　若是其勤　然而不從郎君者　天必厭之　福必
不及於兒矣　兒之意決矣　顧父母勿以爲憂　噫　兒親老而無兄弟
嫁而得一贅壻　生而盡其養　死而奉其祀　兒之願足矣　而事忽至
此　此天也　言之何益

 〖捲〗 말다 권 〖播〗 퍼뜨리다 파 〖嘖〗 깨물다 색 〖雉〗 꿩 치 〖中路
(중로)〗 中人 〖傾城(경성)〗 ＝傾國 〖沈魚(침어)〗 물고기가 헤엄치는
것도 잊었다는 西施를 뜻함 〖羞花(수화)〗 꽃도 부끄러워 고개를 숙
였다는 楊貴妃를 뜻함 〖鴟〗 올빼미 치 〖鷹〗 송골매 응 〖顧〗 생각
건대 고 〖贅壻(췌서)〗 데릴사위

 그녀가 말하기를, "놀라지 마시고 제 말을 들어 주세요. 제 나이 열일
곱, 발이 일찍이 문을 나서 본 적이 없습니다. 한 달 전, 우연히 임금
님의 거동을 구경하러 갔다가 돌아올 대 소광통교에 이르자, 바람이
불어 보자기가 걷혔어요. 마침 초립을 쓴 도련님과 얼굴이 마주쳤어
요. 그날 저녁부터 도련님은 밤마다 이곳에 오지 않은 적이 없었어
요. 이 문 아래에 숨을 죽이고 기다린 지 이미 30일입니다. 비가 와도
오고, 날이 추워도 오고, 문을 잠가 거절해도 왔어요. 저는 오래도록
고민했어요. 만일 이 소문이 밖으로 퍼져 이웃이 알게 된다면 밤에
들어갔다가 새벽에 나오는 자가 홀로 창문 밖 벽에 기대어 있기만 했
다는 것을 누가 알겠어요? 이것은 그 실체가 없으면서 악명만 덮어쓰
는 격입니다. 저는 반드시 개에게 물린 꿩의 신세가 될 것입니다. 저
분은 사대부가의 도련님으로, 나이가 한창 젊고 혈기가 아직 정해지
지 않았기에 벌과 나비가 꽃을 탐할 줄만 알 뿐이요, 바람과 이슬에

몸이 상하는 것을 걱정하지 않으니, 며칠이 지나 병이 들지 않을 수
있겠어요? 병이 들면 반드시 일어나지 못할 것이니, 이것은 제가 도
련님을 죽인 것은 아니지만 제가 죽인 것입니다. 비록 남이 알지 못
한다 하더라도 반드시 은밀한 보복이 있을 것입니다. 또한 저의 몸은
중인 집안의 처자에 지나지 않고, 성을 기울이게 하는 세상에 드문
미인도 아니요, 물고기를 도망가게 하고 꽃을 부끄럽게 만드는 미모
도 없지만, 도련님은 올빼미를 매로 여겨 저에게 지극한 정성을 기울
이셨어요. 이와 같이 정성을 들였는데 도련님을 따르지 않는다면 하
늘이 반드시 저를 미워하여 복이 반드시 저에게 미치지 않을 거예요.
저의 뜻은 결정되었습니다. 생각건대 부모님께서는 걱정하지 마세요.
아! 저의 부모님은 늙으셨고 저는 형제가 없어 시집가서 데릴사위를
얻어 살아 계실 때는 봉양을 다하고, 돌아가시면 제사를 받들 수만
있다면 저는 만족해요. 그런데 일이 갑자기 여기에 이르렀으니, 이것
은 천명이니 말한들 무슨 이익이 있겠어요.”라고 하였다.

〈略鑑〉 처녀가 부모님에게 심생을 만난 과정과 자신의 확고한 의지를 말하
며 자신의 뚜렷한 주관으로 사랑을 받아들이고 있는 단락이다.

其父母 默然無可言 生亦無可言者 仍與女同寢 渴仰之餘 其
喜可知 自是夕始入室 又無日不暮往晨歸 女家素富 於是爲生
具華衣服甚盛 而生恐見異於家 不敢服 生雖秘之深 而其家疑
其宿於外 久不歸 命往山寺做業 生意怏怏 而迫於家 且牽於
儕友 束卷 上北漢山城 留禪房 將月 有來傳女諺札於生者 發
之 乃遺書告訣者也 女已死矣

〈국역〉 그녀의 부모는 묵묵히 할 말이 없었다. 심생도 역시 말할 것이 없었
다. 그리하여 그녀와 잠자리를 함께했다. 목마르게 바라보던 끝이라
그 기쁨은 알 만하였다. 이날 밤 처음 방으로 들어간 이후부터 또 하
루도 저녁에 가서 새벽에 돌아오지 않는 날이 없었다. 그녀의 집은
본래 부유하였기에, 심생을 위하여 화려한 의복을 많이 만들어 주었
다. 그런데 심생은 집에서 이상하게 여길 것을 염려해서 함부로 입지
를 못했다. 심생은 비록 깊이 비밀에 부치기는 했으나, 그 집에서 밖
에서 자고 오래 돌아오지 않는 것을 의심하여 산사에 가서 학업에
열중하라고 하였다. 심생은 마음속으로 내키지 않았으나, 집에서 내
몰리고 친구들에게 끌려서 책을 싸서 북한산성으로 올라갔다. 선방
에 머문 지 한 달이 되었을 때 심생을 찾아와서 그녀의 언문 서찰을
전해 주는 자가 있었다. 그것을 열어 보니, 바로 영결을 알리는 유서
였다. 그녀는 벌써 죽은 것이었다.

〈略鑑〉 학업에 열중하라는 심생 집안의 명령으로 인해 연인 관계를 이어 가
지 못하다 마침내 처녀가 죽은 사실을 알게 된 과정에 대해 敍事하
고 있다.

其書略曰　春寒尙緊　山寺做工　連得平善　願言思之　無日可忘
妾自君之出　偶然一病　漸入骨髓　藥餌無功　今則自分必死　如
妾薄命　生亦何爲　第有三大恨　區區於中　死猶難瞑　妾本無男
之女　父母之所以愛憐者　將以覓一贅壻　以爲暮年之倚　仍作後
日之計　而不意好事多魔　惡緣相絆　女蘿猥托於喬松　而朱陳之

計 以此虧望 則此妾之所以悒悒不樂 終至於病且死 而高堂鶴
髮 永無依賴之地矣 此一恨也 女子之嫁也 雖丫鬟桶的 非倚
門倡伎 則有夫壻 便有舅姑 世未有舅姑所不知之媳婦 而如妾
者 被人欺匿 伊來數月 未曾見郎君家一老鬟 則生爲不正之跡
死爲無歸之魂矣 此二恨也

〈주석〉 〖緊〗 팽팽하다 긴 〖平善(평선)〗＝平安 〖餌〗 먹다 이 〖瞑〗 눈을
감다 명 〖絆〗 얽어매다 반 〖女蘿(녀라)〗 담쟁이덩굴 〖猥〗 외람
되다 외 〖喬〗 높다 교 〖朱陳(주진)〗 양가집이 혼인으로 맺어진 情
誼 〖虧〗 이지러지다 휴 〖悒〗 근심하다 읍 〖高堂(고당)〗 부모 〖鶴
髮(학발)〗＝白髮 〖丫鬟(아환)〗＝婢女 〖桶〗 통 통 〖倡伎(창기)〗＝
娼妓 〖夫壻(부서)〗 남편 〖媳〗 며느리 식 〖匿〗 숨기다 닉 〖伊〗 저
이 〖鬟〗 계집종 환

〈국역〉 그 편지는 대략 다음과 같다. "봄인데도 추위가 여전히 기승을 부리
네요. 산사에서 공부하시는데 내내 평안하신지요? 그리우니 어느 날
인들 잊을 수 있겠어요? 저는 낭군께서 집을 나선 뒤로부터 우연히
병이 들어 점차 골수에 스며들어 약을 먹어도 효험이 없었어요. 지금
반드시 죽을 것이라는 것이 분명해졌어요. 저처럼 명이 짧은 사람이
산들 또 무엇을 하겠어요? 다만 3가지 큰 한이 가슴속에 구차하게 남
아 있어 죽으려 해도 눈을 감기 어렵네요. 저는 본래 無男獨女로 부
모님이 저를 아껴 준 까닭은 장차 데릴사위를 구해서 노년의 의지처
로 삼고 후일의 계책으로 삼으려는 때문이었지요. 그런데 뜻밖에 호
사다마에 악연이 얽혀 담쟁이덩굴이 외람되게 높이 자란 소나무에
의탁하여 사돈집안과 오순도순 지내려던 계획이 망가졌어요. 이것이

제가 시름하다 낙이 없어 끝내 병을 얻어 죽게 된 이유입니다. 부모
님께서 늙으셔서 영영 의지할 곳이 사라졌으니, 이것이 첫 번째 한입
니다. 여자가 시집을 갔을 때는 비록 통에 물을 긷는 종년이나 문에
기댄 창녀가 아니라면 곧 남편이 있으면 시부모가 있습니다. 세상에
시부모가 알지 못하는 며느리는 없습니다. 그런데 저와 같은 것은 남
에게 속임과 숨김을 당해서 그로부터 몇 달 동안 낭군집의 늙은 여
종 하나조차 본 적이 없어요. 살아서는 바르지 못한 행적을 남겼고
죽어서는 돌아갈 데 없는 귀신이 되었으니, 이것이 두 번째 한입니다.

〈略鑑〉 처녀가 죽으면서 남긴 유서의 내용으로 세 가지의 恨을 말하고 있는
데, 이 단락에서는 그중에서 두 가지를 제시하고 있다.

婦人之所以事君子者　不過主饋而供之　治衣服以奉之　而自相
逢以來　日月不爲不久　所手製衣服　亦不爲不多　而未嘗使郎喫
一盂飯於家　披一衣於前　則是所以侍郎君者　惟枕席而已　此三
恨也　若其他　相逢未幾　而遽爾大別　臥病垂死　而不得面訣　則
猶兒女之悲　何足爲君子道也　興念至此　腸已斷　而骨欲銷矣
雖弱草委風　殘花成泥　悠悠此恨　何日可已　嗚呼　窓間之會　從
此斷矣　惟願郎君　無以賤妾關懷　益勉工業　早致青雲　千萬珍
重　珍重千萬　生見書　不禁聲淚俱失　雖哭之慟　亦無奈矣　後生
投筆　從武擧　官至金吾郎　亦早殀而死

〈주석〉 〚饋〛 음식을 올리다 궤 〚盂〛 사발 우 〚披〛 옷을 입다 피 〚未幾(미
기)〛 얼마 되지 않음 〚遽爾(거이)〛 갑자기 〚銷〛 녹다 소 〚委〛 맡기다
위 〚關懷(관회)〛 관심을 가짐 〚珍重(진중)〛 =保重, 愼重, 尊重 〚金

吾郎(금오랑)》 의금부 도사 〖歿〗 일찍 죽다 요

〈국•역〉 부인이 남편을 섬기는 일은 음식을 장만해 드시게 하고 의복을 지어
서 받드는 것에 지나지 않지요. 그런데 낭군을 만난 이래로 세월이
오래지 않은 것이 아니고, 손수 지은 의복도 많지 않은 것이 아닌데,
일찍이 낭군에게 제 집에서 밥 한 그릇 드시게 하고 제 앞에서 한 벌
의 옷을 입으시게 한 적이 없어요. 곧 이것은 낭군을 모신 것이 오직
잠자리뿐이라는 것이니, 이것이 세 번째 한입니다. 그 나머지는 상봉
한 지가 얼마 되지 않아서 갑자기 큰 이별을 하여, 병들어 누워 죽음
을 목전에 두고도 얼굴을 뵙고 이별을 하지 못하였으니, 아녀자의 슬
픔을 어찌 남편에게 말할 것까지야 있겠어요? 일어난 생각이 여기에
이르니, 장이 끊어지고 뼈가 녹을 듯하네요. 비록 약한 풀이 바람에
날리고 시든 꽃이 진흙에 뒹구는 듯하지만, 끝없는 이 한은 언제 그
칠는지요? 아! 창 사이의 밀회도 여기에서 끝이네요. 원컨대 낭군은
비천한 첩을 괘념치 마시고, 글공부에 더욱 힘쓰셔서 일찍 청운의 뜻
을 이루소서. 옥체 보존하시길 천만 바라옵고 또 바라옵니다.” 심생
은 서찰을 보고 울음과 눈물을 주체하지 못했다. 비록 아무리 통곡하
더라도 또한 어쩔 도리가 없었다. 뒤에 심생은 붓을 던지고 무과에
응시하여 벼슬이 금오랑에 이르렀다가 또한 일찍 죽었다.

〈略鑑〉 나머지 한 가지의 한에 대한 것과 낭군의 進就를 염원하고 있다. 처
녀는 신분 때문에 겪은 불우한 현실을 토로함으로써 자신도 떳떳한
個體的 인간임을 선언하고 있다.

梅花外史曰　余十二歲　游於村塾　日與同學兒　喜聽譚故　一日
先生語沈生事甚詳曰　此吾少年時　窓伴也　其山寺哭書時　吾及

見之 故聞其事 至今不忘也 又曰 吾非汝曹欲效此風流浪子耳
人之於事 苟以必得爲志 則閨中之女 尚可以致 況文章乎 況
科目乎 余輩其時聽之 爲新說也 後讀情史 多如此類 於是追
記 爲情史補遺

〈주석〉 〖塾〗 글방 숙 〖譚〗 이야기 담 〖浪子(랑자)〗 유랑자 〖情史(정사)〗 明
　　　　 나라 馮夢龍(1574~1646)이 남녀 간의 사랑에 얽힌 이야기를 모아
　　　　 엮은 책

〈국·역〉 매화외사는 말한다. "내가 12살 때 시골 서당에서 공부를 했는데, 날
　　　　 마다 동학들과 옛이야기 듣기를 좋아했다. 하루는 선생님께서 심생
　　　　 의 일을 자주 자세히 들려주시면서, '이 사람은 내 소년시절 동창이
　　　　 란다. 그가 산사에서 서찰을 읽고 통곡할 때의 장면은 내가 보았지.
　　　　 그래서 그 사연을 듣고 지금까지 잊지 않았다.'라 하셨다. 또 말씀하
　　　　 시길, '내가 너희들이 이런 풍류남아를 본받기를 바라는 것이 아니
　　　　 다. 사람은 일에 있어 반드시 성취하기를 뜻으로 삼으면 규방의 여자
　　　　 라도 이룰 수 있는 것이다. 하물며 문장에 있어서랴? 하물며 과거에
　　　　 있어서랴.'라 하였다. 우리들은 그때 그 이야기를 듣고 새로운 이야
　　　　 기라고 생각하였다. 뒤에 『정사』를 읽어 보니, 이런 종류의 이야기가
　　　　 많았다. 이에 기록하여 『정사』의 보충으로 삼는다."
〈略鑑〉 마지막 단락으로 전체 내용에 대한 간략한 평을 기술하고 있는 부분
　　　　 이다.

　　 이 작품은 봉건사회에서 허락되지 않은 자유연애라는 금기를 넘은
젊은 남녀의 짧은 사랑에 대한 이야기이다. 신분의 차이 때문에 사랑

을 이루지 못한다는 이야기는 많이 있으나 작품 결말에 그려진 심생의 죽음은 인상적이다. 또 주인공 여자는 春情에 들뜬 심생을 슬기롭게 거절하기도 하고, 자신의 뚜렷한 주관으로 사랑을 받아들이기도 하며, 신분 때문에 겪은 불우한 현실을 토로함으로써 자신도 떳떳한 個體的 인간임을 선언하기도 한다. 이같이 자신의 삶에 적극적이면서도 강한 의지를 보이는 여성상은 조선 후기의 새로운 사회상을 짙게 반영하는 것이다. 실제로 이옥은 「俚諺」에서 당대 여성의 섬세한 감정을 그려 내고 있는데 「捕虎妻傳」에 나오는 숯장사의 아내에게서도 이러한 면을 발견할 수 있다. 이 작품은 「李生窺墻傳」 또는 「춘향전」을 연결시켜 주는 문학사적 의의를 갖는다는 평가를 받기도 한다(김은경, 「李鈺의 傳작품에 나타난 世態」, 『수련어문논집』 제17집, 수련어문학회, 1990).

43. 「市偸」 李鈺

邑之西門外有市 市之日有貨魚者 失二千五百錢 索之不得 無
可詰人 適邑之校 過市北小巷 有人以裾抱重 倪而趨 前行 問
何抱 曰棗 曰分我一棗 曰祭之用 曰祭棗獨不可嘗一 急往 手
探之 錢也 曰是棗乎 曰無聒 當半之 校縛而見諸官 官以錢還
魚者 罪抱錢者二十棍 抱錢者出而笑曰 平地固折脚 出入大市
十餘年 未嘗一蹉 使人羞欲死 明日是宜寧市也 及今行 可趁
仍大步而去 刑盜宜重 而不得重故也

〈주석〉 〚偸〛 훔치다 투 〚貨〛 팔다 화 〚詰〛 묻다 힐 〚裾〛 옷자락 거 〚倪〛
가볍다 탈 〚趨〛 달리다 추 〚棗〛 대추 조 〚聒〛 시끄럽다 괄 〚縛〛 묶
다 박 〚棍〛 곤장 곤 〚蹉〛 넘어지다 차 〚趁〛 따라붙다 진

〈국역〉 읍의 서문 밖에 시장이 있다. 장날 생선을 파는 사람이 2,500전을 잃
어버렸다. 그것을 찾아도 찾지 못했고, 물어볼 사람도 없었다. 마침
고을의 捕校가 시장 북쪽의 좁은 골목을 지나가는데, 어떤 사람이 옷
자락으로 무거운 짐을 싸 들고 가볍게 달려가고 있었다. 포교가 앞질
러 가서 "싼 물건이 무엇인가."라고 물으니, "대추요."라고 대답했다.

"대추 하나 나에게 다오."라고 하니, "제사에 쓸 것이오."라고 답했다.
"제사에 쓰는 대추는 유독 한 개쯤 맛볼 수 없단 말인가."라고 하며
확 달려들어 손으로 그것을 더듬으니 돈이었다. "이것이 대추냐."라
고 하니, "시끄럽게 하지 마시오. 마땅히 반으로 나눕시다."라고 했
다. 그러나 포교는 묶어서 관아에 그를 보였다. 관아에서는 돈을 생
선 장수에게 돌려주고, 돈을 훔친 자는 곤장 20대를 쳤다. 돈을 훔친
사람이 밖으로 나와 웃으면서 말하기를, "평지에서도 다리가 부러진다
더니, 큰 장을 출입한 지 십여 년에 일찍이 한 번도 넘어진 적이 없었
는데, 죽을 만큼 사람을 창피하게 하는구나! 내일은 의령장이니, 지
금 가면 도착할 수 있겠군."이라 하고, 마침내 성큼성큼 걸어갔다. 도
둑질에 대한 형벌이 마땅히 무거워야 하는데, 무겁지 않기 때문이다.

〈略鑑〉 이 글은 장터의 좀도둑에 대한 글로, 대화체를 사용하여 생동감과
현장감이 넘치게 하였다. 이 작품은 당시 도둑에 대한 형벌이 강화
되지 않아 형벌을 받아도 또다시 도둑질을 하여 도둑이 많은 것에
대한 사회적 문제를 거론하고 있는 것이다.

44. 「申啞傳」李鈺

炭齋者 姓申 淸道郡之啞劒工也 無名 以號行 善鑄刀 刀利而
輕 往往出日本右 刀工皆精擇金 炭齋不問金 惟問價 價重者
得上 炭齋性甚暴 有拂己者 以鉗鎚向之 道監司 嘗命之 對使
斬頭結 謝之

〈주석〉 〚啞〛 벙어리 아 〚鑄〛 부어 만들다 주 〚拂〛 거스르다 불 〚鉗〛 칼
　　　 겸 〚鎚〛 쇠망치 추

〈국역〉 탄재는 성이 신씨로, 청도군의 벙어리 검공이다. 이름이 없어 호로만
　　　 불리는데, 칼을 잘 만들었다. 칼은 날카롭고도 가벼워서 종종 일본도
　　　 보다 나았다. 평범한 도공은 모두 쇠를 고르는 데 정력을 쏟았으나,
　　　 탄재는 쇠는 따지지 않고 오직 값만 물었다. 값이 비싼 것이 상품이
　　　 기 때문이었다. 탄재의 성격은 매우 사나워 자기의 뜻에 거슬리는 자
　　　 가 있으면 칼과 망치로 그에게 대들었다. 도의 감사가 일찍이 그에게
　　　 명령을 내렸을 때, 사신을 마주하고 머리의 상투를 잘라 거절하였다.

〈略鑑〉 이 글은 '숯으로 칼을 벼리는 사람'이라는 의미의 炭齋라는 호를 가
　　　 진 칼 만드는 장인의 삶을 기록한 傳이다. 평범한 이력은 기술하지

않고 몇 가지의 특징적인 逸話를 중심으로 평범하지 않은 인물의
특징을 묘사하고 있다. 이 단락은 대략적인 인물소개와 성격이 매우
사나워 남에게 굴복하려 하지 않는 주인공의 逸話를 제시하고 있다.

炭齋博於物 守使相其瓊纓 卽畵延植芥 作島夷采珀狀 諭以貨
之燕 擧手自南 而北而東 衆猶色不信 炭齋大怒 毀纓投火中
有松氣 守曰 固服矣 纓不全 將若何 炭齋走其家 匊而還之 皆
類也

〈주석〉 〚相〛 보다 상 〚瓊〛 옥 경 〚纓〛 갓끈 영 〚芥〛 겨자 개 〚珀〛 호박
박 〚諭〛 밝히다 유 〚匊〛 움켜 뜨다 국

〈국·역〉 탄재는 물건에 해박했다. 고을 군수가 그에게 자기의 옥으로 된 갓끈
을 감정시킨 일이 있었다. 바로 針으로 선을 긋고 겨자를 꽂아 섬 오
랑캐가 호박을 채취하는 상황을 만들었다. 군수가 그것을 연경에서
구입했다고 말하자, 손을 들어 남쪽으로부터 북쪽으로 가서 다시 동
쪽으로 오니, 사람들이 여전히 믿지 못하는 기색이었다. 탄재는 크게
노하여 갓끈을 훼손하여 불속에 던지자, 송진 냄새가 풍겼다. 그제야
군수가 "진실로 네 말에 승복하겠다. 그런데 갓끈이 온전하지 않으
니, 장차 어찌하려느냐."라고 하였다. 탄재는 자기 집으로 달려가 한
줌을 움켜 돌아왔는데, 모두 비슷한 물건이었다.

〈略鑑〉 이 단락은 물건에 해박한 지식을 가지고 있는 탄재가 옥으로 된 갓
끈을 감정하는 逸話로 구성되어 있다.

生而啞者必聾 炭齋啞而聾 與物無以接 獨郡吏有能手語者 語

以形　能相悉其委曲　每從而譯之　吏先炭齋死　炭齋往莟其柩
如狗嗥終日　尋病死　炭齋之刀　今罕於世　炭齋初娶婦　甚洽　偶
見婦絆襻　大汚之　自是不嘗婦人爨　其姪爲淅炊　終養

〈주석〉〖悉〗다 알다 실 〖委曲(위곡)〗상세함 〖莟〗치다 태 〖柩〗널 구 〖嗥〗
　　　짖다 호 〖尋〗얼마 있지 않다 심 〖罕〗드물다 한 〖洽〗화목하다
　　　흡 〖絆〗얽어매다 반 〖襻〗아름답다 련 〖爨〗밥을 짓다 찬 〖姪〗조
　　　카 질 〖淅〗쌀을 일다 석 〖炊〗밥을 짓다 취

〈국·역〉태어날 때부터 벙어리인 사람은 반드시 귀머거리가 된다. 탄재는 벙
　　　어리면서 귀머거리였으므로, 남과 의사소통할 수가 없었다. 다만 고
　　　을의 아전 가운데 수화를 잘하는 사람이 있어 모양을 흉내 내어 말
　　　하면 서로 그 내용을 소상하게 이해할 수 있었다. 늘 그를 통해서 통
　　　역하였다. 그 아전이 탄재보다 먼저 죽었다. 탄재는 가서 그의 관을
　　　치며 개가 종일 울부짖듯이 울어 댔다. 얼마 뒤에 그도 병들어 죽었
　　　다. 탄재가 만든 칼은 이제 세상에 드물다. 탄재가 처음 아내를 얻을
　　　때 매우 사랑하였는데, 우연히 아내가 월경대를 찬 것을 보고 매우
　　　더럽게 여겼다. 그로부터 부인이 지은 밥은 먹지 않아서 그의 조카가
　　　쌀을 씻어 밥을 지어 죽을 때까지 봉양했다.

〈略鑑〉이 단락도 탄재를 잘 부각시킬 수 있는 몇 가지 짧은 逸話를 제시하
　　　고 있다.

梅谿子曰　斷結　類自守　識琥珀　類生知　啞其有道者乎　然則又
非徒工也　噫　吏死而慟　知音之難　不其然乎　余嘗得其刀　利可
吹髮　薄乎若將碎者　相劒家曰　獲矣　微燥　以試鼎肉　良

 〖梅谿子(매계자)〗 이옥의 호 〖琥〗 호박 호 〖碎〗 부서지다 쇄 〖獲〗
　　인정을 받다 획 〖燥〗 말리다 조

 매계자가 말한다. "그가 상투를 자른 일은 스스로는 지키는 것과 같
　　고, 호박을 알아차린 일은 태어날 때부터 아는 것과 비슷하다. 이 벙
　　어리는 도를 아는 자인가? 그렇다면 또한 한갓 검공만은 아닐 것이
　　다. 아! 아전이 죽자 애통해한 일은 지음을 얻기 어려움일 것이니, 어
　　찌 그리하지 않을 수 있겠는가? 내가 일찍이 그의 칼을 얻었었는데,
　　날카롭기가 머리카락을 불면 잘릴 정도였고, 날이 엷어서 금세 부러
　　질 것만 같았다. 칼을 감정하는 사람이 '멋진 검입니다. 살짝 건조시
　　켜 솥에 삶은 고기를 베어 보면 좋은 것입니다.'라고 했다."

 마지막 단락으로 전체 평이 실려 있다. 비록 벙어리에다 귀머거리면
　　서 칼을 만드는 하찮은 劍工이지만, 自守와 生而知之한 것으로 보아
　　도를 아는 사람이라고 평하고 있다.

曹生不知何許人　以鬻書走於世久已　故見者無貴賤賢愚　皆能

知生之爲生也　生日出而出　走於市走於巷走於庠塾走於官府

上自搢紳大夫　下至小學童子　無不走見之　而其走如飛　其懷袖

充然者書也　書已售　携贏走壚上　沽飮醉　日暮走而歸　人未嘗

知其處　又未嘗見其飯食　而一布衣一草履走　更時年而不易也

〈주석〉 〚鬻〛 팔다 육 〚庠〛 학교 상 〚塾〛 글방 숙 〚搢紳〛 벼슬아치나 儒

　　　　者 〚袖〛 소매 수 〚售〛 팔다 수 〚携〛 들다 휴 〚贏〛 이익 영 〚壚〛 주

　　　　막 로 〚履〛 신 구

〈국역〉 조생은 어떤 사람인지 모른다. 책장수로 세상에 뛰어다닌 지 오래되

　　　　었다. 그러므로 보는 사람은 귀하고 천하고 어질고 어리석고를 가릴

　　　　것 없이 모두 생이 조생이라는 것을 알 수 있었다. 조생은 해가 뜨면

　　　　나와서 시장으로, 거리로, 서당으로, 관청으로 달린다. 위로 사대부로

---

20) 趙秀三(1762, 영조 38~1849, 헌종 15): 宋石園詩社의 핵심적인 인물이다. 본관은 漢陽, 초명은 景濰,
　　자는 芝園 · 子翼, 호는 秋齋 · 景畹. 어려서부터 문학적 재능이 뛰어났으나, 譯科中人이라는 신분 때문에
　　1844년(헌종 10) 83세 때에야 진사시에 합격했다. 강진, 조희룡 등의 위항시인과 사귀었으며, 김정희, 한
　　치원, 조인영 등 당대의 사대부 · 세도가들과도 친밀히 지냈다. 청나라를 6차례나 다녀왔으며, 전국 각지
　　를 여행하며 자연과 풍물을 읊은 시를 많이 남겼다.

부터 밑으로 소학동자에 이르기까지 달려가서 만나지 않는 사람이
없었다. 달리는 것이 나는 듯하였다. 그의 가슴이나 소매에 가득 찬
것은 책이다. 책이 이미 팔리면 돈을 가지고 술집으로 달린다. 술을
사 마셔 취하고 해가 저물면 달려 돌아간다. 사람 중에 그가 거처하
는 곳을 아는 사람도 없고, 또 그가 밥을 먹는 것을 본 사람도 없었
다. 베옷 한 벌과 짚신 한 켤레로 달리면서 철이 가도 변함이 없었다.

〈略鑑〉 이 글은 책을 팔면서 살아가는 조생에 관한 傳이다. 서적의 출판이
활발하지 못하고, 서점이 형성되지 않았던 시대 상황을 배경으로,
책장사인 조생의 매이지 않는 人生觀과 삶의 모습을 그리고 있다.
이 단락은 간략한 인물에 대한 소개와 초탈한 삶의 모습을 보여 주
고 있다.

英宗辛卯　以朱璘所著明紀輯略　有汚衊太祖仁祖之語　控于上
國　大蒐天下　火其書　戮賣書者　於是國中鬻書者擧就誅　而生
先是走遠方　以故獨免焉　後歲餘生復來　走如故　人頗異之　詰
其故　生笑曰　生今在　何走乎　或有問生年者　生笑曰　忘之已　時
或曰　生年三十五　今年問者明年復問　生年奈何不過三十五云
爾　生笑曰　人年三十五時好　故吾欲以三十五終吾年　而不加數
也　好事者或曰　生年已數百歲　生瞠曰　若安能知數百歲事耶
人不能難　然酒後往往道聞見者　默考之　則百十年故事也

〈주석〉 ⟦衊⟧ 모독하다 멸 ⟦控⟧ 고하다 공 ⟦蒐⟧ 모으다 수 ⟦戮⟧ 죽이다
룩 ⟦詰⟧ 묻다 힐 ⟦瞠⟧ 눈을 휘둥그레 뜨고 보다 당 ⟦難⟧ 힐난하다 난

〈국역〉 영조 신묘년(1771년), 주린이 지은 『명기집략』에 우리 태조와 인조를

모독한 말이 들어 있었다. 중국에 아뢰고, 천하의 책을 다 모아서 그 책을 불사르고, 책을 팔았던 자를 죽였다. 이에 나라에서 책을 팔던 자는 모두 죽었으나, 조생은 먼저 먼 곳으로 달아나 있었기 때문에 홀로 면했다. 뒤에 한 해 남짓해서 조생이 다시 와서 예전처럼 달렸다. 사람들이 자못 이상히 여겨 그 까닭을 물어보니, 조생이 웃으며 말하길, "내가 지금 여기 있는데, 어디로 달아났단 말이요." 했다. 어떤 사람 중에 조생의 나이를 묻는 자가 있기에, 조생이 웃으며 말하길, "잊은 지 오랩니다." 하였다. 후에 어떤 사람이 물으면 35세라 했다. 금년에 물은 사람이 내년에 "조생의 나이가 어찌 35세에 지나지 않는다고 말하오."라고 다시 물으면, 조생은 웃으며 말하길, "사람은 나이가 35세 때가 가장 좋다고 하므로 나는 35세에 내 나이를 마치고 싶어서 숫자를 더하지 않은 것이요." 하였다. 어떤 호사가가 말하기를, "조생은 나이가 이미 수백 살이네."라고 하니, 조생이 눈을 휘둥그레 뜨고 말하길, "당신은 어떻게 수백 년의 일을 알 수 있소." 하였다. 사람들이 그를 힐난할 수 없었다. 그런데 술자리 끝에 왕왕 견문한 것을 말하는 것을 조용히 생각해 보면, 수백 년 전의 옛일이었다.

〈略鑑〉 이 단락은 영조 31년 전 校理 朴弼淳의 상소로 청나라 주린이 지은 『명기집략』이란 책의 잘못된 내용이 크게 물의를 일으켜 서울의 책 장수들이 많이 죽임을 당했으나 조생은 죽음을 피한 내용과 나이에 관한 재미있는 이야기를 싣고 있다. 책과 술을 벗 삼아 자유롭게 살아가는 市井人의 모습이 운치 있게 그려져 있다.

問生苦賣書何爲　曰　賣書以買醉耳　書皆生有　而亦解其義耶
曰　我雖無書　而某氏藏某書若干歲　某書自生賣之若干編矣　是

以雖不知其義　亦能知某書爲某著某釋　幾套幾冊也　然則天下
之書　皆吾書也　天下之知書者　亦莫吾若也　使天下無書　吾不
走也　天下之人不買書　吾不得日飮醉也　是天以天下之書命吾
而以吾了天下之書　且疇昔者某氏之祖之父　買書而身貴顯　今
也其子孫賣書而家窮窶　吾以書閱人多　而天下之智愚賢不肖
比類從群　生生不息　則吾豈特了天下書也　將以了天下人世也

<주석> 〖套〗 한 벌 투 〖疇〗 접때 주 〖窶〗 가난하다 구 〖閱〗 보다 열

<국역> 조생에게 무엇 때문에 괴롭게 책을 파느냐고 물으면, 조생은 "책을
팔아서 술을 사 먹을 뿐이지."라고 했다. "책은 다 조생의 책이냐?",
"또한 그 뜻을 다 이해하느냐."고 물으면, 조생은 "나에게는 비록 책
은 없지만, 아무개가 어떤 책을 몇 해 동안 소장하고 있는데, 내가 아
무개의 책 약간 편을 판 것이요. 그러므로 비록 그 뜻은 알지 못하지
만, 어떤 책은 아무개가 지었고 아무개가 주석을 내었고, 몇 질 몇 책
인지 알 수 있소. 그렇다면 천하의 책은 모두 내 책이요, 천하에 책을
아는 사람은 또한 나만 한 사람이 없을 것이요. 만약 천하에 책이 없
다면 나는 달리지 않을 것이며, 천하 사람들이 책을 사지 않는다면
나는 술을 마셔 취할 수 없을 것이요. 이것은 하늘이 천하의 책으로
써 나에게 명한 것이니, 나의 생을 천하의 책으로써 마칠까 하오. 게
다가 옛날 아무개의 할아버지와 아버지가 책을 사자 몸이 현달하더
니, 이제 그 자손이 책을 팔아먹자 집이 가난해졌소. 나는 책으로 사
람을 많이 보았는데, 천하의 지혜롭고 어리석고 현명하고 불초한 사
람이 서로 끼리끼리 상종해서 끊임없이 생겨나지요. 그러니 내 어찌
특별히 천하의 책에서만 그치리오. 장차 천하 인간 세상도 거기서 그

칠 것이요."라고 하였다.

〈略鑑〉 책에 대한 논의에서 인간 세상의 일로 논의를 확산시키고 있다.

經畹子曰　始余七八歲時　頗解屬文　先君子嘗一日　拉生至　買
八家文一部賜之曰　此鬻書曺生　而家藏書皆從生來者　以其貌
若四十者　而計其時亦四十年　生不老　生固異於人也　時余喜見
生　生亦愛余甚　數過余　余今髮種種　已抱孫數歲　而生則長軀
朱頰　綠瞳烏髭　顧曩日曺生　吁　已奇矣　余嘗問生何不食　生曰
惡不潔也　又謂余曰　人欲長年　藥餌不及　惇行孝悌　陽德也　子
爲我喩天下人　毋使苦問我也　噫　生固有道　而自隱玩世者也夫
斯言也曾是老莊氏之所可得道也哉

〈주석〉 〖經畹子(경원자)〗 조수삼의 별호 〖拉〗 끌다 랍 〖八家文〗『唐宋八家文』
　　　　을 말함 〖種種〗 두발이 짧아진 모양. 늙음을 형용 〖頰〗 뺨 협 〖瞳〗
　　　　눈동자 동 〖髭〗 수염 자 〖曩〗 접때 낭 〖吁〗 아! 우 〖餌〗 먹이 이 〖惇〗
　　　　도탑다 돈 〖喩〗 깨우쳐 주다 유 〖玩〗 가지고 놀다 완

〈국•역〉 내가 말하길, "내가 7, 8세 때, 자못 글을 지을 줄 알았다. 선친께서
　　　　어느 날 조생을 끌고 와서『팔가문』한 질을 사서 저에게 주시며,
　　　　'이 사람이 책장수 조생이다. 집에 보관하고 있는 책은 모두 조생에
　　　　게서 산 것이다.'고 하셨다. 그의 모습으로 보아 40쯤 되어 보였다.
　　　　그때를 헤아려 보니, 또한 40년 전이다. 조생은 늙지 않았으니, 조생
　　　　은 정말 보통 사람과 다른 것 같다. 그때 나는 조생을 만나는 것을
　　　　좋아하였고, 조생도 나를 매우 사랑하여 자주 나에게 들렀다. 나는
　　　　이제 머리털이 짧아졌고, 손자를 안은 것도 몇 해이다. 그러나 조생

은 장대한 체구에 불그스레한 뺨, 푸른 눈동자에 검은 수염이 다만 옛날의 조생이다. 아! 정말 신기하다. 내가 일찍이 조생에게 왜 밥을 먹지 않느냐고 물었더니, 조생이 '불결한 것이 싫어서라네.'라 하고, 또 나에게 '사람들이 오래 살고 싶어 하나, 약으로 미칠 수 없다네. 효도와 공경을 돈독히 행하는 것이 양덕이라네. 자네가 나를 위해 천하 사람들을 깨우쳐 나에게 귀찮게 묻지 않도록 해 주게.' 하였다. 아! 조생은 참으로 도를 지니고 스스로 숨어서 세상을 즐기는 자로구나! (그가 들려준) 이 말은 일찍이 노자·장자가 도를 터득한 것이로다!"

〈略鑑〉 마지막 史評 부분으로, 자신의 직접적인 경험을 통해 조생의 神異한 면모를 확인시켜 주고 있으며, 동시에 조생은 현실 세계를 초탈한 인물임을 보여 주고 있다.

余生而早慧　六七歲卽誦經史讀子集　操筆學屬文　以故先生長
者　多愛而齒諸坐　余亦樂聞緒餘　未嘗一日離于側　其人皆七十
已上者　每擧耳目觀記　與酒之勸酬　詩之唱和　相間而竟日也
余乃一一記存　一一持守　侏儒之囊　已果然矣　及夫長　而自家
又浪遊四方　閱歷世故　聞見益廣　點檢胸中　如藏書家卷册纍纍
部類秩秩　愚竊自喜曰　記性未艾之前　安得時年暇　一出而著述
之　不至乎空然泯沒　飮一大恨也

〈주석〉〚齒〛나란히 서다 치〚緒餘(서여)〛잔여나 잉여〚觀〛보다 도〚侏
儒(주유)〛난장이〚果然〛꽉 찬 모양〚浪遊(랑유)〛사방으로 돌아
다님〚點〛점검하다 점〚纍〛쌓이다 루〚艾〛다하다 애

〈국역〉나는 태어나자 일찍 총기가 트여 6, 7세에 바로 경전과 역사서를 읽
고 제자백가와 문집을 읽었으며, 붓을 잡고 글짓기를 배웠다. 그러므
로 선생이나 어른들은 유달리 사랑하여 자리에 나란히 앉혀 놓곤 했
다. 나도 이야기의 나머지를 듣기를 좋아하여 일찍이 하루도 옆을 떠
난 적이 없었다. 그분들은 모두 70세 이상의 노인들로 늘 듣고 보고

기억하는 것을 들으면서 술을 주고받고 시를 창화하면서 날을 마쳤다. 나는 마침내 일일이 기억해 두고 일일이 간수해 두어서 꼬맹이의 주머니가 이미 넘칠 지경이었다. 장성하게 되자, 스스로 또 사방으로 돌아다니고 세상의 일도 두루 겪어서 듣고 본 것이 더욱 넓어졌다. 마음속을 더듬어 보면 마치 장서가의 서책이 층층이 쌓여 부류별로 질서 있게 놓인 듯하였다. 나는 마음속으로 기뻐하며 말하길, "기억력이 아직 다하기 전에 편안히 한가한 틈을 내어 그것을 기록해야지, 헛되이 사라져 버려 큰 탄식을 삼킴에 이르지 않아야겠다."라고 하였다.

〈略鑑〉 이 글은 『추재기이』에 대한 序文이다. 이 책은 18~19세기 초 서울의 각양각색의 서민적 인간들의 생활에 대해 기록한 것이다. 이 글에 등장하는 사람들은 대부분 奇人들로, 그들의 삶과 생각 속에서 아름다운 면모를 드러내어 부각시키고 있다. 그런데 형식이 매우 특이하다. 즉 奇人의 행적은 小傳의 형식인 散文으로 기술하고 끝에 서정적인 漢詩로 마무리를 한 것이다. 이 단락은 노인들로부터 들은 이야기와 자신이 경험한 이야기를 기록으로 남겨 두지 않으면 나중에 사라져 버릴 것 같아 기록으로 남겨야 하는 當爲性에 대해 언급하고 있는 부분이다.

然顧坐於懶漫 又意以謂書成而無少補於堯舜周孔之道 同歸乎
稗官野語也 則毋寧不作之爲可 因循未果矣 今年病幾死復起
時當長夏溽熱 所居湫隘 喘喘畏日 無以作消遣法 試自反舊有
則十不能一二 所餘又如抄本之誤書落字者 甚矣 吾衰至於此
乎 遂令兒孫把筆 倚枕作紀異詩 人有小傳 合爲若干篇 而事或
關於人之是非國之政令 一不及焉 非徒不欲言也 亦已忘故也

 〖坐〗 연루 좌 〖懶〗 게으르다 라 〖稗官(패관)〗 巷談 · 민간의 전설 등을 적어 모은 책 〖野語〗 속담이나 민간전설 〖因循(인순)〗 머뭇거림 〖溽〗 무덥다 욕 〖湫隘(초애)〗 땅이 낮고 좁음 〖喘〗 헐떡이다 천 〖畏日〗 여름 태양 〖消遣(소견)〗 한가함을 보내고 근심을 품 〖把〗 잡다 파 〖政令(정령)〗 정책과 법령

 그러나 게으름에 연루되고, 또 마음속으로 책이 완성되어도 요·순·주공의 도에 조금도 보탬이 됨이 없어 패관이나 야설로 돌아갈 것이니, 그렇다면 차라리 짓지 않는 것이 옳겠다는 생각이 들었다. 그래서 머뭇거리며 결정하지 못했다. 그러다 금년에 병이 들어 거의 죽었다가 다시 일어났다. 때는 긴 여름철이라 무더웠는데, 거처는 낮고 좁아 여름 태양에 숨을 헐떡이며 하루를 보낼 만한 방법이 없었다. 시험 삼아 옛날 지닌 것을 돌이켜 보니, 열에 한둘도 남아 있지 않았다. 남아 있는 것도 마치 베낀 책의 오자나 낙자와 같았다. 심하구나! 나의 쇠함이 여기에까지 이르다니. 마침내 손자에게 붓을 잡게 하고 베개에 기대어 기이시를 짓고 사람마다 소전을 붙였으며, 합하여 약간 편을 이루었다. 일이 간혹 사람의 시비나 나라의 법령에 관계된 것은 하나도 언급하지 않았다. 단지 말하고 싶지 않아서가 아니라 또한 이미 잊어버렸기 때문이다.

 『추재기이』를 기록하게 된 과정, 체재, 내용에 대해 언급하고 있다.

噫 是不過慨初心於草莽 歎餘生於蒲柳 聊爾爲禦眠遺暑之資 凡我同人 覽之而憫其老悖 不曰恠力亂神 吾夫子不語云 則誠厚幸也 若其文詞 搆之急就 雜以呻囈 則烏得免人事不省之誚也

〈주석〉 〖慨〗 탄식하다 개 〖莽〗 잡초 망 〖蒲柳(포류)〗 일종의 가을이 되어
　　　 시든 나무. 南朝宋 劉義慶의 『世說新語·言語』에, "蒲柳之姿 望秋而
　　　 落 松柏之質 經霜彌茂"라 함. 뒤에 늙기 전에 먼저 쇠잔함이나 체질
　　　 이 쇠약함에 비유함 〖禦〗 막다 어 〖悖〗 어그러지다 패 〖呻〗 끙끙거
　　　 리다 신 〖囈〗 잠꼬대 예 〖人事不省(인사불성)〗 어리석어 깨지 못함.
　　　 知覺을 잃어버림.

〈국•역〉 아! 이것은 초심이 풀숲이 됨을 탄식하고 남은 생이 시든 나무가 됨
　　　 을 탄식함에 지나지 않는다. 애오라지 졸음을 막고 더위를 보내는 자
　　　 료로 삼을 뿐이다. 무릇 나와 같은 사람들이 그것을 보고 늙어 망령
　　　 됨을 연민하여, '괴력난신은 우리 공자께서 말씀하지 않는 것이다.'
　　　 라 말하지 않으면 정말로 큰 다행이겠다. 그 문장과 같은 것은 급하
　　　 게 얽어내느라 신음과 잠꼬대가 섞여 있을 것이다. 그러니 어찌 인사
　　　 불성의 비난을 면하랴?

〈略鑑〉 이 단락은 감탄사를 사용하여 화제를 전환하면서, 『추재기이』는 단
　　　 지 졸음을 막고 더위를 보내는 정도의 가치밖에 없다는 謙辭로 작
　　　 품을 마무리하고 있다.

　　이어지는 내용은 奇異한 행적을 한 사람들에 대해 간략히 傳을 달
고 끝에 漢詩를 첨가하는 방식으로, 작품과 작품이 서로 이어지는 것
이 아니라 서로 독립적인 것으로 존재한다. 아래의 내용은 『추재기이』
의 전부가 아니라 일부만을 뽑은 것이다.

「吹笛山人」
山人不知何許人　每歲楓葉方酣時　吹笛自北漢山城出東門　向

鐵峽寶盖山中　頂簦背蓑　步履如飛　人多見之者
簦笠來時風颯然　老人非鬼亦非仙　一聲鐵笛歸何處　紅樹靑山
似去年

 〖笛〗 피리 적 〖酣〗 한창 성하다 감 〖簦〗 삿갓 대 〖蓑〗 도롱이 사
　　　　〖履〗 신 리 〖颯〗 바람소리 삽

 취적산인은 어떤 사람인지 모른다. 해마다 단풍이 바야흐로 한창 물
　　　　들 때면, 피리를 불며 북한산성으로부터 동대문으로 나와 철원 보개
　　　　산으로 향한다. 머리에 삿갓을 쓰고 등에 도롱이를 걸치고 발에 짚신
　　　　을 신고 나는 듯 간다. 사람 중에 그를 본 자가 많다.

　　삿갓 쓰고 오실 때 바람이 횡 부는데, 노인은 귀신도 아니고 신선
도 아니라네.

　　한 소리 철적에 어디로 가시는가? 청산에 진 단풍은 작년과 비슷하네.

「宋生員」
宋生員貧無室家　顧能詩　故佯狂遊戲　人有唱韵輒對　如鼓答枹
句索一錢　奉于手則受　投諸地則不顧也　往往多佳句　如送同鄕
驛子曰　千里相逢萬里別　江城花落雨紛紛　而未嘗以全鼎向人
也　或云　恩津宋氏諸族人憐之　爲其家留之　遂不復出
江城花落雨紛紛　佳句人間直一文　日出軟紅團似盖　兒童爭逐
宋生員

 〖佯〗 거짓 양 〖韵〗 ＝韻 〖枹〗 북채 부 〖索〗 바라다 색 〖驛子(역

자》역참 관리 〖紛〗 어지럽다 분 〖軟〗 연하다 연 〖團〗 둥글다 단

〈국ㆍ역〉 송 생원은 가난하여 집이 없다. 다만 시에 능했는데, 일부러 거짓 미
치광이처럼 놀았다. 사람 중에 운자를 부르는 사람이 있으면 바로 대
구했는데, 마치 북이 북채에 대답하는 듯했다. 한 구에 일 전을 구걸
했으나, 손으로 바치면 받고 땅에 그것을 던지면 돌아보지 않았다.
종종 아름다운 시구가 있었는데, 「동향의 역참 관리를 보내며」의 경
우, "천리에서 서로 만나 만리를 이별하니, 강의 성에 꽃이 지고 비는
어지럽게 내리네."라고 했다. 일찍이 전편을 사람에게 보인 적이 없
었다. 어떤 사람이 말하기를, "은진 송씨 일가들이 그를 불쌍히 여겨
그에게 집을 마련해 주고 그곳에 머무르게 해서, 마침내 다시는 나다
니지 않았다."고 한다.

강의 성에 꽃이 지고 비는 어지럽다는, 이 아름다운 구절이 인간에
게 일전의 값이라니!

해가 떠서 연한 붉은빛이 덮개처럼 둥글면, 아이들은 다투어 송 생
원을 따른다네.

「賣瓜翁」
大邱城外 有賣瓜翁 歲種嘉瓜 瓜熟 薦諸道傍 見人輒勸之 不
問價錢有無 有則酬之 無則施之
東陵嘉種十畦田 瓜熟時丁熇暑天 絳雪玄霜隨刃滴 擎盤施渴
不論錢

〈주ㆍ석〉 〖薦〗 깔다 천 〖酬〗 갚다 수 〖東陵(동릉)〗 ＝東陵瓜. 漢나라 邵平이

심은 오이로, 매우 맛있음 〚畦〛 쉰 이랑 휴 〚丁〛 성하다 정 〚煽〛
뜨겁다 혹 〚絳〛 진홍색 강 〚滴〛 방울져 떨어지다 적 〚擎〛 들다 경

〈국•역〉 대구 성 밖에 참외장수 노인이 있었다. 해마다 좋은 참외를 심어, 참
외가 익으면 길가에 그것을 깔아 두고, 사람을 보면 그때마다 그것을
권한다. 값을 치를 돈이 있는지 없는지는 묻지 않는다. 돈이 있으면
받고, 돈이 없으면 그것을 베푼다.

　동릉의 좋은 종자 오백 이랑 심었더니, 참외가 익는 때는 삼복의
무더위네.
　진홍색 눈 위로 짙은 서리 내려 (참외 깎는) 칼날 따라 물방울 질
때, 쟁반에 들린 목마름 풀어 줄 참외 값을 따지지 않네.

「畬田僧」
德川校宮傍近有曠谷　沃谷中皆惡樹亂石　似無尺寸饒　而一日
一衲子來白曰　願地谷爲田　耕三年後　依法納稅分　墾可乎　校
曰諾　明朝裹數斗餠　携一柯斧　至則啖餠盡飮水　旣入谷中　手
拔樹且伐　足蹴石轉下　日未中而菁叢磽确　已爲平衍　焚所拔樹
而去　明日一手推雙犂　起于原止于峰　縱橫上下　作數十百畝
種粟數石　而結草廬居之　及秋穫粟千五六百斛　今年如此　明年
如此　又明年如此　積粟三千餘斛矣　一日來告曰　佛不可耕而學
也　僧今告歸　田畝納于校宮　明日招本邑曁傍邑近里民三千餘
戶　戶施一石　僧竟飄然而去
一臂耕犁勝十牛　三年收穫粟如邱　春來散盡飄然去　民食穰穰
及數州

 〖畬〗 개간하다 여 〖饒〗 땅이 기름지다 요 〖衲子(납자)〗 스님 〖墾〗 개간하다 간 〖裹〗 싸다 과 〖啖〗 먹다 담 〖餠〗 떡 병 〖柯〗 도끼자루 가 〖蹴〗 차다 축 〖菁〗 우거지다 청 〖磽确(교각)〗 돌이 많은 메마른 땅 〖衍〗 평지 연 〖犁〗 쟁기 려 〖穫〗 거두다 확 〖斛〗 10말 곡 〖曁〗 및 기 〖飄然(표연)〗 가볍고 빠른 모양 〖臂〗 팔 비 〖犂〗 =犁 〖穰〗 넉넉하다 양

 평안남도 덕천의 향교 가까이에 넓은 골짜기가 있다. 비옥한 골짜기에는 모두 나쁜 나무와 쓸모없는 돌덩이만 있어 한 치도 기름진 곳이 없는 듯했다. 그런데 어느 날 한 스님이 와서 아뢰길, "골짜기 땅에 밭을 만들어 경작한 지 3년 후에 법에 따라 세금을 내겠으니, 개간을 허락해 주시겠습니까?" 하니, 향교에서 허락하였다. 다음 날 아침 여러 말의 떡을 싸고 한 자루의 도끼를 들고 와서는 떡을 다 먹고 물을 마신 다음 골짜기로 들어갔다. 손으로 나무를 뽑고 찍으면서 발로 돌을 차서 밑으로 굴렸다. 해가 한낮이 되기 전에 우거진 숲과 메마른 땅이 이미 평지가 되었다. 뽑아낸 나무는 불태우고 갔다. 다음 날 한 손으로 쌍 쟁기를 밀어 언덕에서 시작하여 봉우리에서 그쳤다. 가로 세로, 위로 아래로 쟁기질하여 수백 이랑을 만들었다. 몇 석의 조를 심고 초가집을 지어 그곳에 거처하였다. 가을이 되자 조 천오륙백 섬이나 거두어들였다. 올해 이와 같았고, 다음 해도 그와 같았으며, 또 그다음 해에도 그와 같아 조를 삼천여 석이나 모았다. 하루는 와서 아뢰길, "불법을 밭 갈면서 배울 수는 없습니다. 소승은 이제 돌아가려 하니, 밭은 향교에 바칩니다." 했다. 다음 날 본읍과 이웃 고을의 백성 3천여 호를 불러 각호마다 한 석을 주고, 스님은 마침내 표연히 떠났다.

한 손으로 밭 갈고 쟁기질하여도 열 마리의 소보다 낫고, 삼 년의 수확한 조는 언덕 같네.

春窮에 다 흩어 주고 표연히 사라지니, 넉넉한 백성들의 먹을거리 몇 고을에 미쳤네.

「汲水者」
汲水者 長在城西 閭巷間人家 久而哀其飢 而進之食 城西多山 小旱井泉渴 汲水者 夜入山中 得泉源 臥守之 雞鳴 汲水者 汲水而分餉所親人 問何乃自苦如此 曰 粥飯恩 亦不可不報 臥藉靑莎枕石根 五更先起汲泉源 無家有累休相問 未報東鄰 粥飯恩

〈주석〉〖汲〗물을 긷다 급 〖餉〗보내다 향 〖莎〗사초(바닷가 모래땅에 남)
　　　사 〖藉〗깔다 자 〖累〗허물 루

〈국역〉물길이는 오랫동안 성 서쪽에 살았다. 마을 사람들은 늘 그가 굶주리
　　　는 것을 불쌍히 여겨 그에게 음식을 주었다. 성 서쪽은 산이 많아 조
　　　금만 가물어도 샘물이 말라 버렸다. 물길이는 밤에 산속으로 가서 샘
　　　의 원천을 얻어 누워서 그곳을 지키다가 닭이 울면 물길이는 물을 길
　　　어서 친한 사람들에게 나누어 주었다. "왜 스스로 이와 같이 고생하
　　　는가?"라고 물으면, "한 그릇의 죽과 밥의 은혜는 보답하지 않을 수
　　　없어서지요."라고 대답하는 것이었다.

푸른 사초를 누워 깔고 돌부리를 베었다가, 새벽에 먼저 일어나 샘물을 긷는다네.

집이 없음이 허물이니 묻지 마시게, 동쪽 이웃의 죽과 밥의 은혜
갚지 않으리.

「吾柴」

吾柴 賣柴者也 不曰賣柴 而但曰吾柴 若甚風雪祁寒 則循坊曲
而叫 餘時則坐街上 適無來買者 出懷中書讀之 則古本經書也
風雪凌兢十二街 街南街北叫吾柴 會稽愚婦應相笑 宋槧經書
貯滿懷

〈주석〉 〖柴〗 섶 시 〖祁〗 크다 기 〖坊〗 동네 방 〖叫〗 부르짖다 규 〖凌兢(릉
　　　　 궁)〗 추위를 형용 〖會稽愚婦(회계우부)〗 朱買臣은 漢나라 때 吳 땅
　　　　 會稽 사람으로, 집안이 매우 가난한데 독서를 좋아하였다. 다른 일
　　　　 은 하지 않고 늘 땔나무를 하여 팔아서 생계를 꾸렸는데 나뭇짐을
　　　　 지고 가면서도 책을 외웠다. 그의 아내도 나뭇짐을 지고 그의 뒤를
　　　　 따라다녔는데 책을 외는 소리를 싫어하여 자주 그만두게 했다. 그럴
　　　　 수록 주매신은 더욱 빨리 책을 외니 그의 아내가 수치스럽게 생각해
　　　　 집을 떠나겠다고 했다. 그러자 주매신이 "나는 나이 쉰 살이 되면 부
　　　　 귀해질 터인데 지금 이미 마흔을 훌쩍 넘겼소. 그대가 고생을 많이
　　　　 했으니 내가 부귀해지면 보답하겠소." 하니, 그의 아내가 노하여 "당
　　　　 신을 보니 마침내 굶어 죽게 생겼소. 무슨 부귀를 누린단 말이오." 하
　　　　 고는 떠났다. 그 뒤로도 주매신은 홀로 나뭇짐을 지고 다니다가 마침
　　　　 내 벼슬길에 올라 會稽太守가 되어 부임하였다. 부임하는 길에 보니
　　　　 옛날의 아내가 改嫁한 남편과 함께 길을 청소하고 있었다. 주매신은
　　　　 그 부부를 수레에 태워 태수의 官舍에 머물며 편히 살게 했으나 옛

날의 아내는 부끄러워 한 달쯤 뒤에 스스로 목을 매어 자결하였다(『漢書』 卷64 「朱買臣傳」). 李白의 「南陵敍別」에 "회계의 어리석은 아낙이 주매신을 업신여겼다(會稽愚婦輕買臣)." 하였음. 〘栗〙 판 참

<국역> 오시는 나무장수이다. 그는 "나무를 사시오."라고 하지 않고, 다만 "내 나무"라고만 한다. 만약 매우 풍설이 심해 심하게 추우면 방방곡곡을 돌며 외친다. 나머지 시간에는 거리에 앉아서 판다. 마침 사러 오는 사람이 없으면 품 속에서 책을 꺼내어 그것을 읽는데, 고본 경서이다.

풍설이 휘몰아치는 열두 거리에, 거리 남북에서 '내 나무'라 외치네. 회계의 어리석은 부인은 응당 비웃겠지, 송나라판 경서를 품 속에 품었다고.

「空空」
空空 崔氏奴也 生而愚戇 粥飯之外 不知爲何物 中年學飮 始知濁酒一杯 有二錢可沽也 日向人家問滌銅錫器否 出而試之 則磨滌不用力 而器皆光明發輝 器主量給賃錢 過二文 則投其餘 直走向壚頭
愚似空空是不愚 得錢何過兩靑蚨 辛勤滌器隨多少 喜辦村壚濁一盂

<주석> 〘戇〙 어리석다 당 〘沽〙 술을 팔다 고 〘滌〙 씻다 척 〘錫〙 주석 석 〘輝〙 빛나다 휘 〘賃〙 품팔이 임 〘文〙 엽전 문 〘壚〙 술집 로 〘靑蚨(청부)〙 매미 비슷한 벌레로, 그 어미와 새끼의 피를 따로따로 돈

에 바르고, 하나를 곁에 두고 다른 하나를 쓰면 그 돈이 곧 도로 날
아 돌아온다고 해서, 돈의 別稱으로 쓰임(蚨 파랑강충이 부) 〚辨〛
힘쓰다 판

〈국•역〉 공공은 최씨댁 하인이다. 태어나면서 어리석고 고지식하였다. 죽과
밥 이외에는 어떤 물건이 있는지 몰랐다가 중년에 술을 배웠다. 비로
소 탁주 한 잔에 2전을 주면 살 수 있다는 것을 알고 나서는 날마다
인가로 가서 놋그릇을 닦을 수 있는지 물었다. 내어 주어 시험해 보
면, 닦는 데 별로 힘을 들이지 않은데도 그릇은 모두 광택이 났다. 그
릇 주인이 헤아려 임금을 주는데, 2전이 넘으면 그 나머지는 버리고,
곧장 술집으로 향했다.

공공 같은 어리석은 이는 어리석지 않다네, 돈을 벌어도 어찌 2전
을 넘어서랴?
부지런히 그릇을 닦아 주는 대로 받아서, 술집 탁주 한 사발에 기
뻐한다네.

「林翁」
棗洞安家廊下有傭婦 而其夫則老矣 雞鳴而起 淨掃門巷 遠及
四隣 朝則閉戶 獨坐室中 雖主人 亦罕見其面也 一日偶見其婦
進飯于夫 擧案齊眉 而敬如賓 主人意其爲賢士 禮以叩之 翁
謝曰 賤者豈足受主人禮也 是爲罪過 將辭去 明日遂不知所向
晨興掃地晝扃關 深巷人過劇淨乾 擧案齊眉如不見 誰知廊下
有梁鸞

 〖廊〗 행랑 랑 〖傭〗 품팔이 용 〖案〗 밥상 안 〖叩〗 두드리다 고 〖扃〗 문 경 〖關〗 닫다 관 〖劇〗 심하다 극 〖梁鸞(양란)〗 梁鴻은 東漢 때 사람인데, 字는 伯鸞이다. 집이 가난하나 절의를 숭상하고 모든 책을 博覽하여 정통하였다. 같은 고을 孟氏의 딸 孟光이 몹시 못생겼는데 31세가 되어도 결혼하려 들지 않자, 부모가 연유를 물으니 "양홍같이 훌륭해야 합니다." 하였다. 양홍이 이 말을 듣고 그에게 장가들었는데 장식이 대단히 화려하니, 7일이 지나도 말을 하지 않았다. 아내가 이에 椎髻 布衣로 앞에서 일을 하니 양홍이 기뻐하며 "참으로 양홍의 아내다." 하였다. 은거하러 가는 길에 洛陽을 지나면서 「五噫歌」를 불렀는데, 그 내용은 화려한 생활을 누리는 지배층에 대비하여 끝없이 고생하는 백성의 삶을 한탄한 것이다. 이 일로 화를 피해 吳로 가서 皐伯通의 행랑에서 삯방아를 찧으며 살았는데 아내가 밥상을 들고 올 때는 눈썹 높이와 가지런하게 들어 공손한 예를 다하였음.

 조동 안씨 집 행랑에 품팔이하는 부인이 있었는데, 그 남편은 노인이었다. 그 노인은 닭이 울면 일어나서 문과 골목을 깨끗이 쓸어 멀리 사방 이웃까지 이르렀다. 아침이면 문을 닫고 방 안에 혼자 앉아 있어 비록 주인이라도 그의 얼굴을 가끔 보았다. 어느 날 부인이 남편에게 밥상을 올리는 것을 우연히 보았는데, 밥상을 들어 눈썹과 가지런히 하여 공경하는 것이 손님을 대하듯 하였다. 주인은 그가 어진 선비라 생각하고 예를 갖추어 문을 두드렸다. 노인이 사양하며 말하길, "천한 사람이 어찌 주인의 예를 받을 수 있겠습니까? 이것은 죄가 되니, 장차 떠나겠습니다." 하고, 다음 날 마침내 간 곳을 알 수 없었다.

　　새벽에는 일어나 땅을 쓸고 낮에는 문을 닫고 있으니, 깊은 골목
지나가는 사람들 매우 상쾌하네.
　　눈으로 보지도 못하듯 거안제미로 공경을 하니, 행랑에 양홍이 있
음을 누가 알았으리요?

「磨鏡躄者」
躄者家在東城外 日入城業磨鏡 余年七八歲見之 年可六十許 而
鄰人七八十者云 童丱時已見之 日暮醉歸 見月上 必躊躇仰觀
噓氣不卽去曰 見此 可悟磨鏡法 此語韵甚也
磨鏡歸時緩脚行 醉看圓月上東城 仰天噓氣長虹白 放出雲間
瀲灩明

〈주석〉 〖躄〗 앉은뱅이 벽 〖丱〗 총각 관 〖躊躇(주저)〗 머뭇거림 〖噓〗 불다
　　　　허 〖韵〗 ＝韻. 운치 운 〖虹〗 무지개 홍 〖瀲〗 뜨다 렴 〖灩〗 출렁거
　　　　리다 염
〈국역〉 앉은뱅이는 집이 동성 밖에 있었다. 매일 성에 들어가 거울(안경)을
　　　　가는 일을 업으로 하였다. 내 나이 7, 8세에 그를 보았는데, 나이가
　　　　60쯤 되었다. 이웃 7, 80되는 노인이 "어린 시절에 이미 그를 보았
　　　　다."고 하였다. 앉은뱅이는 날이 저물어 취하여 집으로 돌아가다가
　　　　달이 뜬 것을 보면 반드시 걸음을 멈추고 쳐다보며 기를 내뿜고 즉
　　　　시 떠나지 않으며 말하길, "이것을 보고 거울 가는 법을 깨달았다
　　　　오."라고 하니, 이 말은 매우 운치 있는 말이다.

　　거울 갈고 돌아갈 때 발걸음 느리게 가니, 동성에 뜬 둥근달을 취

하여 본다.

하늘을 우러러 기를 불면 길게 달무리가 희고, 구름이 흩어지고 고운 달이 뜬다.

「金琴師」

琴師金聖器　學琴於王世基　每遇新聲　王輒秘不傳授　聖器夜夜
來附王家窓前　窃聽　明朝能傳寫不錯　王固疑之　乃夜彈琴　曲
未半　瞥然拓窓　聖器驚墮於地　王乃大奇之　盡以所著授之
幾曲新翻捻帶中　拓窓相見歎神工　出魚降鶴今全授　戒汝休關
射羿弓

〈주석〉　〖秘〗 숨기다 비 〖窃〗 竊의 俗字 〖瞥〗 잠깐 보다 별 〖拓〗 밀치다
탁 〖翻〗 뒤집다 번 〖捻〗 잡다 념 〖神工〗 비범한 재능 〖關〗 찾다
관 〖羿〗 사람이름 예(예는 夏나라 때 有窮의 임금으로 名弓이었는
데, 제자 寒浞의 화살을 맞고 죽었음)

〈국역〉　금사 김성기는 왕세기에게 거문고를 배웠다. 왕세기는 늘 신성을 얻
으면 번번이 감추어 두고 전수해 주지 않자, 김성기는 밤마다 가서
왕세기의 창 앞에 귀를 대고 몰래 엿들었다. 다음 날 아침 옮겨 베끼
는데 착오가 없었다. 왕세기는 정말 그것을 이상하게 여겨, 마침내
어느 날 밤에 거문고를 타다가 곡이 반도 되기 전에 갑자기 창문을
여니, 김성기가 놀라 땅에 떨어졌다. 왕세기는 이에 그를 매우 기특
하게 여기고, 지은 작품을 전부 그에게 주었다.

몇 장의 新曲을 감추어 두었는가? 창문을 열어 보고 비범한 재능에

탄복했네.

　물고기 뛰고 학이 나는 악곡을 지금 모두 전수하니, 너는 경계하여
예의 활일랑 당기지 마라.

「鄭先生」
泮宮之東　卽宋洞　洞中花木甚多　講堂翼然　卽鄭先生敎授處也
晨夕鳴磬　聚散學子　多有成就者　泮中人稱曰鄭先生
講堂花木一蹊成　斯夕斯晨趁磬聲　敎育四隣佳子弟　裒衣博帶
鄭先生

〈주석〉　〖泮宮(반궁)〗 성균관 〖宋洞(송동)〗 성균관 동쪽 산기슭으로, 수목이
　　　　볼만하였음 〖翼然(익연)〗 건축물이 높이 솟아 펼쳐져 있는 모습 〖磬〗
　　　　경쇠 경 〖蹊〗 좁은 길 혜 〖趁〗 가다 진 〖裒〗 큰 옷자락 보
〈국역〉　성균관의 동쪽은 바로 송동이다. 송동에는 꽃과 나무가 매우 많았고,
　　　　강당이 높이 솟아 있는데, 바로 정 선생이 가르치던 곳이다. 아침저
　　　　녁으로 경쇠가 울리면 학생들이 모이고 흩어졌다. 그중에는 학업을
　　　　성취한 사람도 많이 있었는데, 반촌 사람들은 정 선생이라 불렀다.

　　　　강당 앞 꽃나무 아래 길이 나, 아침저녁 경쇠소리에 모이고 흩어지네.
　　　　사방 뛰어난 자제들 가르치니, 도포에 큰 띠를 매신 정 선생이네.

「古董老子」
漢城孫老　本富翁也　性好古董　而無藻識　人多售贗品騙重直
以故家竟懸磬　翁猶不覺見欺　獨坐一室　磨古墨於端硯　嗅之

瀹佳茗於漢甆 啜之曰 此足以遣飢寒 隣人有饋早饍者 輒麾去
之曰 我不受衆人惠也
解下綿裘換古甆 焚香啜茗禦寒飢 茅廬夜雪埋三尺 摽遣鄰家
饗早炊

〈주석〉 〖古董(고동)〗 골동품 〖藻識(조식)〗 감식안 〖售〗 팔다 수 〖贋〗 가짜
안 〖騙〗 속이다 편 〖懸磬(현경)〗 매우 가난함 〖端〗 중국 廣東省 端
溪 지방에 나는 벼루로, 돌의 질이 단단하고 치밀하여 매우 귀하게
침 〖嗅〗 맡다 후 〖瀹〗 삶다 약 〖茗〗 차 명 〖甆〗 자기 자 〖啜〗 마
시다 철 〖饋〗 음식을 보내다 궤 〖早饍(조선)〗 조반 〖麾〗 지휘하다
휘 〖綿〗 두르다 면 〖埋〗 묻다 매 〖摽〗 손짓하다 표 〖饗〗 대접하다
향 〖炊〗 밥을 짓다 취

〈국역〉 한성의 손 노인은 본래 부자 노인이었다. 본성이 골동품을 좋아하였
으나 감식안은 없었다. 사람 중에 가짜 물건을 팔아 속여서 높은 값
을 받는 자가 많았으므로 집은 마침내 몰락했다. 그러나 노인은 여전
히 속힌 것을 깨닫지 못했다. 방에 홀로 앉아서 단계석 벼루에 옛 먹
을 갈아 그것을 맡아 보고, 한나라 때 자기에 좋은 차를 달여 그것을
음미하며 말하길, "이것으로 배고픔과 추위를 보낼 수 있다."라고
하였다. 이웃 사람 중에 아침밥을 보내 주는 사람이 있으면, 번번
이 손을 휘둘러 돌려보내며, "나는 남들의 은혜를 받지 않는다."라
고 하였다.

　입은 갓옷 벗어 골동품으로 바꾸어, 향 사르고 차 마시며 추위와
배고픔을 막네.

초가집에 밤눈이 석 자나 쌓였는데, 이웃집에서 보내온 아침밥 손
저어 물리치네.

「達文」

達文姓李 四十總角 僧藥養其母 一日達文之某氏肆 主人出示
直百金一兩數根人蔘曰 此何如 達文曰 誠佳品也 主人適入內
室 達文背坐 望牖外而已 主人出曰 達文 人蔘何在 達文回顧
無人蔘矣 乃笑曰 我適有願買人 已付之矣 從當輸直也 明日
主人將燻鼠 見竪櫃後有紙裹 出而審之 則昨日人蔘也 主人大
驚 邀達文而告之故曰 若何不言不見人蔘 而謾曰賣之乎 達文曰
人蔘我已見而忽失之 我若曰不知 則主人獨不謂我盜乎 於是主
人愧謝僕僕 是時英宗大王憫民之貧不能冠婚者 自官賜資而成其
禮 故達文始冠矣 達文垂老落峇南 聚家人子 貨販業其生 每見
京城人客 泣說賜冠時盛德事云
談笑還金直不疑 富翁明日拜貧兒 天南坐對京華客 泣說先王賜冠時

〈주석〉 〖僧〗 상인 쾌 〖肆〗 가게 사 〖牖〗 창 유 〖付〗 주다 부 〖燻〗 질식하다
훈 〖竪〗 세우다 수 〖櫃〗 함 궤 〖裹〗 싸다 과 〖邀〗 부르다 요 〖謾〗
속이다 만 〖僕僕(복복)〗 빨리 머리를 조아림 〖峇〗 재 령 〖販〗 팔다
판 〖京華(경화)〗 서울의 美稱

〈국역〉 달문은 성이 이씨로, 40세의 총각이었다. 약장사를 해서 어머니를 봉
양하는데, 어느 날 달문이 아무개의 가게에 들렀다. 주인이 백금 한
냥 값에 해당하는 몇 뿌리의 인삼을 보여 주며, "이것이 어떤가?"하
니, 달문이 "정말 좋은 물건입니다."라 하였다. 주인이 마침 안방으로

들어가고, 달문은 등을 돌려 앉아 창밖을 바라보고 있을 뿐이었다. 주인이 나와 "달문이, 인삼은 어디 있는가?"라고 하니, 달문은 고개를 돌려 인삼이 없어진 것을 보고 마침내 웃으며, "내가 마침 살 사람이 있어 이미 그것을 주었지요. 따라서 마땅히 값을 보내올 것입니다."라 하였다. 다음 날 주인이 장차 쥐를 잡으려다 세워 둔 궤 뒤에 종이로 싼 것이 있는 것을 보고 꺼내어 살펴보니, 바로 어제의 인삼이었다. 주인이 매우 놀라 달문을 불러 그 까닭을 물어보며 말하길, "너는 왜 인삼을 보지 못했다고 말하지 않고, 그것을 팔았다고 속여 말했는가?" 하니, 달문이 말하길, "인삼은 나만이 보고 있다가 갑자기 없어졌는데, 내가 만약 모른다고 말하면 주인이 나를 도둑이라 여기지 않겠소." 하였다. 이에 주인은 부끄러워 머리를 조아렸다. 이때 영조대왕은 백성 중에 가난하여 혼례를 치를 수 없는 것을 딱하게 여기시고, 관청에서 재물을 주어 혼례를 성사시키게 했다. 그러므로 달문도 비로소 결혼을 할 수 있었다. 달문은 늙어서 영남으로 낙향해서 자식을 모아 장사를 생업으로 삼았다. 늘 서울 사람을 만나면 혼례를 치를 때의 나라의 성대한 덕에 대해 울면서 말하곤 했다.

웃으며 돈을 지불하고 의심하지 않더니, 부자 노인이 다음 날 가난한 아이에게 절을 하네.
남쪽에서 서울 손님을 대하면, 선왕의 盛德에 눈물 흘리며 말하네.

「傳奇叟」
叟居東門外 口誦諺課稗說 如淑香蘇大成沈淸薛仁貴等傳奇也
月初一日坐第一橋下 二日坐第二橋下 三日坐梨峴 四日坐校

洞口 五日坐大寺洞口 六日坐鍾樓前 溯上旣 自七日沿而下 下
而上 上而又下 終其月也 改月亦如之 而以善讀 故傍觀匝圍
夫至最喫緊甚可聽之句節 忽默而無聲 人欲聽其下回 爭以錢
投之 曰此乃邀錢法云
兒女傷心涕自雰 英雄勝敗劒難分 言多默少邀錢法 妙在人情
最急聞

〈주석〉 〖梨峴(리현)〗 종로 4가에서 5가 사이에 있던 지명 〖大寺洞(대사
　　　동)〗 파고다공원에서 안국동으로 들어가는 데 있던 지명 〖溯〗 거슬
　　　러 올라가다 소 〖旣〗 마치다 기 〖沿〗 따라 내려가다 연 〖帀〗 둘레
　　　잡 〖喫〗 먹다 끽 〖回〗 횟수 회 〖邀〗 구하다 요 〖雰〗 어지럽다 분

〈국역〉 전기수는 동대문 밖에 살고 있다. 입으로 언문 소설책을 읊는데,「숙
　　　향전」,「소대성전」,「심청전」,「설인귀전」 등과 같은 전기들이었다.
　　　매달 초하루는 제일교에 앉고, 이틀째는 제이교에 앉고, 삼 일째는
　　　배오개에 앉고, 사 일째는 교동 입구에 앉고, 오 일째는 대사동 입구
　　　에 앉고, 육 일째는 종각 앞에 앉는다. 거슬러 올라가는 것이 끝나면
　　　7일부터 따라서 내려온다. 내려갔다가 올라가고, 올라갔다가 다시 내
　　　려가 그 달을 마치고, 달이 바뀌어도 똑같이 했다. 잘 읽기 때문에 곁
　　　에서 보는 자가 둘레를 둘렀다. 가장 긴장하여 매우 들을 만한 구절
　　　에 이르면 갑자기 입을 다물고 말을 하지 않는다. 사람들은 그다음
　　　회를 듣고 싶어 다투어 돈을 그에게 던지는데, 이것을 바로 '요전법'
　　　이라고 한다.

　　　아녀자는 상심하여 눈물을 어지럽게 뿌리지만, 영웅의 승패는 칼

로 나누기 어렵네.

　많이 말하다 적게 하는 것이 요전법이라, 오묘함은 인정상 가장 듣
고 싶음에 있다네.

「弄猴丐子」
丐子弄猴乞於市　愛猴深　未嘗一擧鞭　暮歸馱于肩　雖憊甚　不
改也　丐病且死　猴泣涕不離側　飢死　將火葬　猴見人泣拜乞錢
人多憐之　及薪火方熾　丐屍半化　猴長慟一聲　遂赴火死之
當場了不見皮鞭　罷戲歸巢任在肩　報主自抃身殉志　逢人泣乞
葬需錢

〈주석〉　〚猴〛원숭이 후〚丐〛걸인 개〚鞭〛채찍 편〚馱〛싣다 태〚憊〛
　　　　피곤하다 비〚熾〛불길이 세다 치〚赴〛나아가다 부〚抃〛버리다
　　　　반〚需〛소용되는 물자 수

〈국역〉　어떤 거지가 시장에서 원숭이를 놀려 빌어먹는데, 원숭이를 매우 사
　　　　랑하여 일찍이 한 번도 채찍을 들지 않았다. 저물어 돌아갈 때는 어
　　　　깨에 태우는데, 비록 매우 피곤해도 바꾸지 않았다. 거지가 병들어
　　　　장차 죽게 되었는데, 원숭이가 울면서 곁을 떠나지 않아 굶어 죽을
　　　　지경이었다. (거지가 죽어) 장차 화장을 하려고 하는데, 원숭이는 사
　　　　람을 보고 울면서 절하며 돈을 비는 것이었다. 사람 중에 그것을 불
　　　　쌍히 여기는 사람이 많았다. 장작불이 바야흐로 활활 타서 거지의 시
　　　　신이 반쯤 탔을 때, 원숭이는 길게 슬픈 소리를 지르더니, 마침내 불
　　　　로 뛰어들어 죽었다.

놀이마당에서 가죽 채찍은 보지 못했고, 놀이 마치고 돌아갈 때 어
깨에 앉혔네.

주인에게 보답하기 위해 스스로 몸을 버려 따라 죽을 결심하고, 만
나는 사람에게 울며 장례비를 빌었네.

「勸酬酤」
水踰店東陂 有長松淸泉 賣酒翁坐其下 行人有沽酒者 必先酌
一杯曰 敢用獻酬禮 飮盡洗盞更酌 乃進之其人 如沽數杯 翁
亦如之 客有數人 亦如其數酬酌之 其日不下五六七八十盃 未
嘗見其不勝酒力也
一盃白酒兩靑錢 主酌賓酬禮秩然 五十年來君不見 寒松依舊
覆淸泉

〈주석〉 『酬』 잔을 주고받다 수 『酤』 술을 사다 고 『陂』 둑 피 『沽』 술을
팔다 고 『盞』 옥으로 만든 술잔 잔 『進』 올리다 진 『靑錢(청전)』 청
동으로 된 돈

〈국·역〉 수유리 주막 동쪽 언덕에 긴 솔숲과 맑은 샘이 있는데, 술을 파는 노
인이 그 아래에 앉아 있었다. 행인 중에 술을 사는 자가 있으면, 반드
시 먼저 한 잔을 따라 "감히 헌수의 예절을 차리겠습니다."라고 하고,
다 마시고 나서 잔을 씻어 다시 따라 그 사람에게 올렸다. 만약 손님
이 몇 잔을 사서 마시면 노인도 또한 그렇게 했다. 손님이 여러 사람
이 있더라도 또한 그 수대로 술을 따라 마셨다. 하루 오륙칠팔십 잔
을 내려가지 않지만, 일찍이 술기운을 감당하지 못한 것을 보지 못했다.

　한 잔의 백주에 돈이 두 푼이라지, 주인이 따르고 손님이 권하는데 예에 질서가 있구나.

　오십 년 지나자 그대는 보이지 않고, 찬 솔만 예전처럼 맑은 샘을 덮고 있구나.

「乾坤囊」

趙石仲長九尺餘　濃眉大腹　多手藝　尤善結髮帽髮巾　一日一巾
三日一帽　巾直百錢　帽直八百　而有錢輒施人　善飮酒愛客　重
然諾　以無家室　故常佩一巨囊　囊可容一碩米　名曰乾坤囊　一
切器具曁衣被冠屨皆藏之　自稱在世彌勒云爾
髮帽髮巾畵不能　乾坤囊子影嶒崚　身家百供皆於是　慚愧人間
布帒僧

〈주석〉 〖囊〗 주머니 낭 〖濃〗 짙다 농 〖髮〗 말갈기 종 〖帽〗 두건 모 〖巾〗 두
　　　 건 건 〖然諾(연락)〗 말에 신의가 있음 〖佩〗 지니다 패 〖碩〗 =石. 열
　　　 말 석 〖曁〗 및 기 〖屨〗 신 구 〖彌勒(미륵)〗 석가모니의 入滅 후 56
　　　 억 7만 년이 지나서 이 세상에 나타나 衆生을 인도한다는 보살 〖嶒崚
　　　 (증릉)〗 산이 험준한 모양 〖帒〗 전대 대

〈국역〉 조석중은 키가 9척이나 되고 짙은 눈썹과 큰 배에다 손재주가 많았
　　　 다. 특히 말갈기로 갓과 망건을 잘 만들었다. 하루에 망건 하나, 삼
　　　 일에 갓 하나를 만들었다. 망건은 값이 백전이고, 갓은 값이 8백 전
　　　 이다. 돈이 생기면 곧 사람에게 주었다. 술을 잘 마시며 친구를 좋아
　　　 하고 신의를 중히 여겼다. 집이 없었기 때문에 늘 하나의 큰 주머니
　　　 를 지니고 있었다. 주머니는 쌀 열 말을 넣을 수 있을 정도였는데, 건

곤낭이라 불렀다. 모든 도구 및 의관이나 신발도 다 그곳에 넣어 두
었다. 스스로 당시의 미륵이라고 불렀다.

말갈기로 만든 갓과 망건 그릴 수 없을 정도요, 건곤낭의 그림자
우뚝하네.

몸과 집의 모든 물건 여기에 담았으니, 부끄럽구나! 인간 세상의
바랑 진 스님들.

「一枝梅」
一枝梅盜之俠也 每盜貪官汚吏之財 自外來者 散施於不能養
生送死者 而飛簷走壁 捷若神鬼 被盜之家 固不知何盜也 而
乃自作朱標 刻一枝梅爲記 盖不欲移怨於他也
血標長記一枝梅 施恤多輸汚吏財 不遇英雄傳古事 吳江昔認
錦帆來

〈주석〉 〖簷〗 처마 첨 〖捷〗 빠르다 첩 〖標〗 표시 표 〖恤〗 구휼하다 휼 〖吳
江昔認錦帆來〗 三國時代 甘寧은 한때 도적으로 횡행하며 吳江에서
비단 돛을 달고 다녔다 함.

〈국·역〉 일지매는 도둑 중의 협객이다. 늘 탐관오리들의 재물 중에 밖에서 들
어온 것을 훔쳐 살아 있는 사람을 봉양하고 죽은 사람을 장례 치를
수 없는 자에게 흩어 주었다. 처마를 날고 벽을 뛰어다녀 빠르기가
귀신같았다. 도둑맞은 집은 정말로 어떤 도둑인지 모르지만, 마침내
스스로 붉은 표식을 만들어 매화 한 가지를 새겨 표시해 두었다. 대
개 다른 사람에게 원망을 옮기고 싶지 않아서였을 것이다(남에게 혐

의를 주지 않고자 해서이다).

　　매화 한 가지 붉은 표식으로 찍어 놓고, 구휼할 사람에게 탐관오리
의 재물 많이 베풀었네.
　　때 못 만난 영웅은 예부터 있었으니, 오강에서 옛날 비단 돛이 떠
옴을 알겠네.

「洪氏盜客」
南陽之洪　有豪富好客者　一日見客避雨立門前　邀之堂　與之語
則客固能詩善飮工博奕　主人大喜留之　雨終日　是夜半　客出一
短簫曰　此鸛脛骨也　君可一聽　爲奏一曲　嘹亮　截雨雲月朣朧
主人甚喜　又出一短劒　霜芒的爍於燈光　主人方錯愕　窓外有人
來告曰　小的們已到　客又把劒　左執主人手曰　主人賢者　吾不
忍盡取之　下令曰　凡物皆分半　彼黑騾不可分者　留以報賢主人
好客之惠　應曰諾　而已又告曰　已句當公事　客乃起揖而去　主
人点視家中物　無巨細半分而去　無一人戕害　然騾顧不見　主人
囑家人秘勿洩　及午　騾自還　背一草帒　帒上有赫蹄書曰　頑卒
違令　故謹以其頭謝焉
燈前揮霍舞秋濤　鸛骨簫聲截雨高　百物中分違令卒　包頭騾帒
謝鄕豪

〈주석〉　〚博奕(박혁)〛雙六과 바둑　〚簫〛퉁소 소　〚鸛〛황새 관　〚脛〛정강이
　　　　경　〚嘹〛맑은 소리 료　〚亮〛밝다 량　〚截〛끊다 절　〚朣朧(동롱)〛
　　　　달이 떠오르기 시작하여 밝으려 하는 모양　〚芒〛빛 망　〚的〛밝

다 적 〖爍〗 빛나다 삭 〖錯〗 당황하다 조 〖愕〗 놀라다 악 〖們〗 들
문 〖騾〗 노새 라 〖句〗 맡다 구 〖揖〗 읍하다 읍 〖点〗 =點. 점검
하다 점 〖戕〗 상하게 하다 장 〖囑〗 부탁하다 촉 〖秘〗 숨기다
비 〖帒〗 전대 대 〖赫蹄(혁제)〗 종이 〖頑〗 둔하다 완 〖揮〗 떨치다
휘 〖霍〗 빠르다 곽 〖濤〗 물결 도 〖鄕豪(향호)〗 향리의 부호

〈국·역〉 남양 홍씨 중에 부호로 손님을 좋아하는 자가 있었다. 하루는 손님이
비를 피해 문 앞에 서 있는 것을 보고 그를 집으로 맞이하여 더불어
이야기를 하였다. 그랬더니 손님은 정말로 시를 잘 짓고, 술도 잘 마
시며, 쌍륙과 바둑도 잘 두었다. 주인은 매우 기뻐하여 그를 만류하
였다. 비가 종일 내렸고, 이날 한밤중에 손님이 짧은 퉁소를 꺼내더
니 “이것은 황새 정강이 뼈입니다. 그대는 한 번 들어 보세요.”라 하
고, 한 곡을 연주하는데 소리가 맑았다. 비가 그치고 구름 사이로 달
이 밝게 비쳤다. 주인은 매우 기뻐하는데, 손님이 단검을 하나 꺼냈
다. 서릿발 같은 칼 빛이 등불에 빛나니, 주인이 바야흐로 당황하며
놀라고 있는데, 창밖에서 어떤 사람이 와서 아뢰길, “저희들이 이미
당도했습니다.”라 하였다. 손님이 또 칼을 쥐고 왼손으로 주인의 손
을 잡고 말하길, “주인이 어진 사람인데, 내가 차마 다 가져가겠소?”
하고, 명령을 내리길, “모든 물건은 다 반으로 나누어라. 저 검정 노
새는 나눌 수 없는 것이니, 남겨 두어서 현명한 주인이 손님에게 잘
대접한 은혜에 보답하여라.” 하니, “예”라 대답했다. 얼마 있다가 아
뢰길, “이미 공사를 마쳤습니다.” 하니, 손님이 일어나 인사하고 떠났
다. 주인이 집 안의 물건을 점검해 보니, 크고 작은 것 없이 반으로
나누어 갔고, 한 사람도 다친 사람이 없었다. 그런데 노새가 보이지
않았다. 주인이 집안사람에게 당부해 숨겨 두고 발설하지 못하게 했

다. 정오에 노새가 스스로 돌아왔는데, 풀망태 하나를 지고 왔다. 망
태 안에 종이 글이 들어 있었는데, "둔한 부하가 명령을 어겼으므로
삼가 그 머리로 사죄합니다."라고 하였다.

등불 앞에 번쩍 가을 물결 춤추고, 관경골 퉁소 소리에 비 개여 높네.
모든 물건 반으로 나누란 명령 어긴 부하, 노새 망태에 머리 담아
주인에게 사죄하네.

「金五興」
金五興西湖業舡者　勇力絶倫　能飛上挹淸樓簷　掛足於瓦溝　倒
行歷歷　疾於燕雀　路見不平　濟弱扶傾　如不惜姓命　故里人莫
敢行不義事
樓簷千尺壓江潯　飛蹴身如倒掛禽　扶弱恤窮嗟莫及　傍人誰有
不平心

〈주석〉　〖西湖(서호)〗西江의 별칭　〖舡〗배 강　〖倫〗무리 륜　〖挹淸樓(읍청루)〗
　　　　마포에 있는 훈련도감의 別營에 속한 누대　〖掛〗걸다 괘　〖溝〗도랑
　　　　구　〖歷歷(력력)〗분명한 모양　〖姓命〗＝生命　〖潯〗물가 심　〖蹴〗
　　　　밟다 축　〖恤〗구휼하다 휼

〈국역〉　김오흥은 서강에서 배를 업으로 삼는 사람이다. 용기와 힘이 보통 사
　　　　람보다 뛰어나 읍청루 처마에 날아올라 기왓골에 발을 걸고 거꾸로
　　　　가는데 제비나 참새보다 빨랐다. 길에서 불평한 일을 보면 약자를 편
　　　　들고 기우는 쪽을 부축하여 목숨도 아깝게 여기지 않는 듯했다. 그러
　　　　므로 마을 사람들은 감히 의롭지 못한 일을 하지 못했다.

　천 척의 다락 누각 강가에 우뚝한데, 나는 몸은 거꾸로 매달린 새 같네.

　탄식이 미치지 못하는 약자를 편들고 궁한 자를 구휼하니, 이웃에 누가 불평하는 사람 있겠는가?

「彭緋羅」

彭氏富人子也　家貲十萬　猶以爲不足　欲售廢居　試榷蕲菜　先散三千緡　徧買其田收　自意城中無蕲矣　至秋叫賣者不絶矣　益以二千購之　於是蕲菜果踊貴矣　民間則以爲安用一錢三箇之苦蕲哉　遂無買者　經冬徂春　腐朽爲虫　不得已而投諸水中　乃發憤欲復充所失　觸事狼狽　家遂赤立　因病心狂　以蕲屑塗鼠朴　行且啖之　其家人用緋羅度日　故市人號彭緋羅

裂衫隳笠鬢鬇鬡　唧唧行啖鼠子羓　誰識當年彭十萬　緋羅家本榷椒家

〈주석〉　〖緡〗 외가닥 새끼 쟁 〖貲〗 재물 자 〖廢居(폐거)〗 물건이 가치가 없을 때 사서 가치가 높을 때 팔아 많은 이윤을 남기는 것 〖榷〗 도거리하다 각 〖蕲菜(한채)〗 산갓(맛이 신 채소) 〖緡〗 돈꿰미 민 〖購〗 사다 구 〖踊〗 물가가 오르다 용 〖徂〗 물러가다 조 〖狼狽(랑패)〗 실패함 〖赤立(적립)〗 벌거벗고 서 있는 것에서, 매우 곤궁함 〖屑〗 가루 설 〖塗〗 칠하다 도 〖鼠朴(서박)〗 쥐의 脯肉 〖衫〗 적삼 삼 〖隳〗 깨지다 휴 〖鬢〗 살쩍(귀 앞에 난 머리털) 빈 〖鬇鬡(삼사)〗 머리가 헝클어진 모양 〖唧唧(즉즉)〗 쥐가 찍찍 우는 소리 〖羓〗 말린 고기 파 〖椒〗 향기롭다 초

 팽 씨는 부잣집 아들이었다. 집의 재산이 십만인데, 여전히 부족하다고 여겼다. 큰 이익을 얻고자 시험 삼아 산갓을 도거리했다. 먼저 3천 꿰미를 흘어 그 밭의 수확물을 모두 샀다. 성안에 산갓이 없을 것이라 스스로 여겼는데, 가을이 되자 산갓 팔기를 외치는 사람이 끊이질 않았다. 2천 꿰미를 더 들여 그것을 샀더니, 이에 산갓이 과연 품귀하게 되었다. 민간에서는 곧 '3개에 1전 하는 쓴 산갓을 어찌 쓰겠는가?'라 여겨, 마침내 사 가는 사람이 없었다. 겨울이 지나고 봄이 물러가자, 썩어 벌레가 생겨 어쩔 수 없이 물에 던져 버렸다. 이에 분을 내어 잃은 것을 다시 보충하고자 했으나, 일을 할 때마다 낭패를 보았다. 집이 마침내 매우 곤궁해져서 병이 들어 미쳐 버렸는데, 산갓 가루를 쥐에다 묻혀서 다니면서 씹는 것이었다. 그 집은 쟁라를 사용하여 날을 보냈기 때문에 시정 사람들이 팽쟁라라 불렀다.

해진 저고리 떨어진 삿갓에 머리는 헝클어지고, 찍찍 걸어가며 말린 쥐를 씹네.

당년 십만의 팽씨가를 누가 알랴? 쟁라집이 본래 산갓을 도거리한 집이었다네.

「說囊」

說囊金翁善俚語 聽者無不絶倒 方其逐句增衍 鑿鑿中窾 橫說豎說 捷如神助 亦可謂滑稽之雄 夷考其中 又皆玩世警俗之語也

智慧珠圓比詰中　禦眠楯是滑稽雄　山鶯野鶩紛相訟　老鸛官司判至公

 〖囊〗 주머니 낭 〖俚〗 속되다 리 〖衍〗 펴다 연 〖鑿鑿(착착)〗 의론이 정확한 모양 〖簓〗 법 관 〖捷〗 빠르다 첩 〖夷〗 편안하다 이 〖玩〗 가지고 놀다 완 〖詰〗 維摩詰로, 釋迦와 같은 시대 毘耶離城의 長者 이다. 그가 일찍이 아픈 체하고서, 文殊師利 등이 문병하러 올 것을 미리 헤아리고는, 방 안의 물건을 다 치우고 와상 하나만 두고 그 위 에 누워 있자, 과연 문수사리 등이 와서 문병을 했다고 함 〖禦眠楯 (어면순)〗 宋世琳이 지은 책 〖鶯〗 꾀꼬리 앵 〖鶩〗 집오리 목 〖鸛〗 황새 관 〖官司(관사)〗 보통 관리 〖老鸛官司判至公〗 꾀꼬리와 집오 리가 서로 노래자랑을 하여 황새가 판결을 내림.

 이야기 주머니 김 옹은 속된 이야기를 잘하여, 듣는 사람 중에 포복 절도하지 않는 사람이 없었다. 바야흐로 실마리를 잡아 살을 붙여 정 확한 의론으로 자유자재로 끌어가는 빠르기가 신이 돕는 것 같으니, 또한 골계의 제일인자라 할 만하였다. 편안히 그 이야기를 고찰해 보 면, 또한 모두 세상을 조롱하고 풍속을 경계하는 말들이었다.

지혜가 둥근 구슬 같아 유마힐에 비할 만한데, 『어면순』은 골계의 으뜸이네.

산꾀꼬리와 들따오기가 어지럽게 서로 송사하니, 늙은 황새 나리 판결은 공정도 하네.

「林水月」

林熙之字熙之　一字水月　譯士也　善飮酒喜吹笙　畵蘭竹　性好 奇　所居庭不旋馬　鑿池於中　傍僅容一屨　種荷蓄魚　當雪後曉 月明　頂雙髻被羽衣　吹笙於第五橋頭　過者疑其爲仙人也

羽衣雙髻夜吹笙　第五橋頭雪月明　酒氣指間流拂拂　滿堂蘭竹
寫縱橫

〈주석〉 ［笙］ 생황 생 ［旋］ 돌다 선 ［㞑］ 신 구 ［髻］ 상투 계 ［拂］ 떨치다 불
〈국역〉 임희지의 자는 희지, 또는 수월이라고 했는데, 역관이었다. 술을 잘
　　　 마셨고 생황을 잘 불며 난과 대나무를 그렸다. 성품이 기이한 것을
　　　 좋아했다. 사는 집 뜰은 말을 돌릴 수도 없을 정도였는데, 가운데 연
　　　 못을 파서 그 곁은 겨우 한 사람만이 지나갈 수 있었다. 연꽃을 심고
　　　 물고기를 키웠다. 눈 내린 뒤 새벽달이 밝으면 쌍상투를 올리고 깃옷
　　　 을 입고 제오교 위에서 생황을 불었다. 지나가는 사람들은 신선이라
　　　 의심했다.

　　 깃옷에 쌍상투로 생황을 부는 밤, 제오교 위에 눈 내린 뒤 달이 희네.
　　 술기운 손 사이로 도도히 흐르고, 집에 가득 난과 대나무 신명나게
그렸네.

「姜攫施」
姜錫祺長安惡少也　日酗酒毆人　無敢與敵者　常見募緣僧勸善文
積錢寸許　問僧曰　施若錢者　上天堂乎　曰然　攫若錢者　入地獄
乎　曰諾　錫祺笑曰　僧錢之得多如是　則上天堂路　必肩磨足疊
人不得行走　誰能耐此苦也　吾欲向地獄路　掉臂縱步也　然則今
不可不攫若錢謀於醉也　撤之無一箇
人人佈施上天堂　攫取應須地獄行　路窄天堂容不得　無寧掉臂
去縱橫

<주석> 〖攫〗 움키다 확 〖酗〗 술주정하다 후 〖毆〗 때리다 구 〖嘗〗 ＝嘗 〖募
緣(모연)〗 중이 시주하기를 청하는 일 〖勸善文〗 절을 짓거나 佛事를
베푸는 데 보시를 권하는 글 〖疊〗 포개다 첩 〖耐〗 참다 내 〖掉〗
흔들다 도 〖臂〗 팔 비 〖撤〗 거두다 철 〖佈〗 펴다 포 〖窄〗 좁다
착 〖無寧(무녕)〗 차라리～을 원하다.

<국역> 강석기는 장안의 품행이 좋지 못한 소년이었다. 매일 술주정을 하며
사람을 구타하지만, 감히 대적할 사람이 없었다. 일찍이 시주를 요구
하는 스님의 바리때에 돈이 약간 쌓인 것을 보고 스님에게 묻기를,
"당신에게 돈을 시주하면 천당에 올라갑니까?" 하니, "그렇지요."라
고 답했다. "당신의 돈을 집어 가면 지옥에 갑니까?" 하니, "그렇습니
다."라 했다. 석기가 웃으며 말하길, "스님이 얻은 돈이 이처럼 많으
니, 천당에 올라가는 길은 반드시 어깨가 걸리고 발이 밟혀서 사람이
갈 수도 없겠네요. 누가 이런 고생을 참을 수 있을까요? 나는 지옥
길로 팔을 흔들고 멋대로 걸으며 갈려고 합니다. 그렇다면 당신의 돈
을 쥐고 술을 사 먹지 않을 수 없겠습니다."라 하고, 한 푼도 남김없
이 다 가져가 버렸다.

사람마다 시주하면 천당에 가는데, 빼앗으면 모름지기 지옥에 간
다네.
길이 좁은 천당 갈 수 없으니, 차라리 팔을 흔들며 멋대로 지옥 가
기를 원하네.

索囊子姓洪 甄城之丐者也 結索爲囊 行則荷之 夜必寢其中 自
名曰索囊子 人亦呼之以索囊子也 索囊子身長七尺 美鬚髯 貌
如氷玉 問其年 曰二十 翌年問之 亦如是 後十年問之 無不如
是 然索囊子容彩不衰也

〈주석〉 〖索〗새끼 삭 〖囊〗주머니 낭 〖甄城(견성)〗전주의 옛 이름 〖鬚〗수
　　　　염 수 〖髯〗＝髯 구레나룻 염

〈국∙역〉 망태기 거지의 성은 홍씨인데, 견성의 거지이다. 새끼줄을 꼬아 망태
　　　　기를 만들어서 돌아다닐 때면 그것을 메고, 밤이면 꼭 그 망태기 속
　　　　에 들어가 잠을 잤다. 스스로 삭낭자라고 하였고, 사람들도 그를 삭
　　　　낭자라고 하였다. 삭낭자의 몸은 키가 7척이었고, 수염이 아름다웠으
　　　　며, 얼굴이 얼음과 옥 같았다. 나이를 물으면 20살이라 답했고, 다음

---

21) 金鑢(1766, 영조 42~1822, 순조 22): 본관은 延安. 자는 士精, 호는 潭庭. 노론계 명문 집안으로, 姜彝
天의 飛語事件에 연좌되어 부령으로 유배당했고, 1801년 신유사옥에 연루되어 진해로 유배 가는 등 어
려움을 겪었다. 만년에 아들의 노력으로 유배에서 풀려나 함양군수로 있다가 56세에 세상을 떠났다. 젊은
시절에 李鈺 등 진보적인 학자들과 사귀었으며, 小品體 문장의 대표적인 인물로 꼽혔다. 10여 년간 유배
생활을 하면서 가난하고 고통받는 사람들에게 관심을 갖고 이를 시로 표현했다. 허균의 전례를 이어 逸士
小說이라고 할 수 있는 傳을 짓는 데도 힘썼다. 의리 있고 걸출한 인물을 그린 「賈秀才傳」, 「索囊子傳」,
「蔣生傳」 같은 작품들이 남아 있다.

해 물어도 또한 20살이라 대답했고, 10년이 지난 뒤에 물어도 이와 같이 대답하지 않은 적이 없었다. 그런데 삭낭자는 얼굴빛이 노쇠하지 않았다.

〈略鑑〉 이 이야기는 새끼를 엮어 망태기로 메고 다니는 삭낭자라 불리는 기이한 사람의 傳으로, 몇 가지 일화를 엮어서 구성하였다. 이 단락은 삭낭자라 불리게 된 배경과 외모에 대해 언급하고 있다.

常衣弊布單　曳一大木屐　往來都下乞米　多得則分諸丐者　平生
不喜與人言　未嘗宿人舘舍　索囊子甚大食量　炊八斗米　喫不飽
飮酒數甕　亦不亂　然常不食月餘矣　亦未嘗飢也　索囊子碁品甚
妙當世　然不肯與人賭勝　京中士大夫召之使圍　與第一手對着
只贏一子　與最下者對着　亦只贏一子　故當是時　棊局贏一子者
名爲索囊子碁法

〈주석〉 〖單〗 한겹 단 〖屐〗 나막신 극 〖曳〗 끌다 예 〖都下(도하)〗 서울 〖炊〗
밥을 짓다 취 〖甕〗 독 옹 〖賭〗 걸다 도 〖着〗 바둑을 두다 착 〖贏〗
남다 영

〈국·역〉 항상 해진 무명옷을 입고 큰 나막신을 끌고 서울 거리를 오가며 쌀을 빌었고, 많이 얻으면 여러 거지들에게 나누어 주었다. 평생 남과 이야기하기를 기뻐하지 않았고, 일찍이 사람이 머무는 집에 잔 적이 없었다. 삭낭자는 먹는 양이 매우 많아서 8말의 쌀로 밥을 해 먹어도 배가 차지 않았고, 몇 동이의 술을 마셔도 취하지 않았다. 그런데 늘 한 달 동안 먹지를 않아도 일찍이 배고픈 적이 없었다. 삭낭자는 바둑에 조예가 매우 높아 당시에 이름이 있었다. 그러나 남과 승부를 걸려고 하지 않았다. 서울 사는 사대부가 그를 불러 바둑을 두게 한 일이 있었는데, 제일 솜씨 좋은 사람과 두어도 단지 한 집 차이로 이겼고, 가장 하수와 두어도 다만 한 집 차이였다. 그러므로 당시에 바둑판에서 한 집으로 이기는 것을 '삭낭자의 바둑법'이라 하였다.

〈略鑑〉 음식과 술, 바둑에 대한 逸話를 제시하고 있다. 남과 대화하기를 싫어하는 것은 세상과의 의도적인 斷絶을 의미한다(단절의 이유는 마지막 단락에 제시되어 있다). 거지의 모습을 하고 있지만, 뛰어난 바둑 솜씨를 지녔고, 앞 단락에서는 뛰어난 외모를 지니고 있었으며, 다음 단락에서는 道人의 모습을 보여 주기도 한다. 이것은 김려가 삭낭자를 悲運의 뛰어난 인물로 파악하고 있었음을 보여 주는 것이다.

索囊子性最能寒 大冬風雪凝沍 鳥雀皆凍死 索囊子輒躶體立 或僵臥溪石間 睡三五日 起則汗流盈踵 人與之衣 不受 强之則衣 而如市 與他乞子 元忠翼斗杓爲甄城尹 招延之 禮甚厚 與之食則食 與之言則辭不言 已而失其所之 有人數十年後遇之 關西途中 如故云

〈주석〉 〚冱〛 몹시 춥다 호 〚鳥雀(조작)〛 작은 새를 의미함 〚躶〛 =裸 발가벗다 라 〚僵〛 넘어지다 강 〚如〛 가다 여 〚元斗杓(원두표: 1593~1664)〛 인조반정에 참여해 공신이 되었고, 이괄의 난을 평정하기도 하였음. 인조 3년(1625)부터 전주부윤을 지냈고, 인조 12년에는 전라감사를 지냈음 〚關西(관서)〛 마천령의 서쪽 지방. 곧 평안도와 황해도 북부 지역을 이르는 말

〈국역〉 삭낭자는 본성이 추위에 아주 능했다. 한겨울, 바람이 불고 눈이 내

려 꽁꽁 얼어 새조차도 모두 얼어 죽을 판인데도 삭낭자는 번번이 나체로 서 있거나, 간혹 시냇가 바위 사이에 누워 사나흘 잠을 자곤 하였다. 일어나면 땀이 흘러 발꿈치에 흥건했다. 사람들이 그에게 옷을 주어도 받지 않다가 억지로 하면 옷을 입고서 시장에 가서 다른 거지에게 주어 버렸다. 충익 원두표가 견성의 원님이 되었을 때 그를 불러 맞이하여 예우한 것이 매우 두터웠다. 그에게 음식을 주면 먹었고, 그에게 말을 걸면 사양하고 말하지 않았다. 얼마 있다가 그가 간 곳을 잃어버렸다. 어떤 사람 중에 수십 년 뒤에 그를 관서땅 길에서 만난 사람이 있었는데, 예전과 똑같았다고 하였다.

〈略鑑〉 추위에 잘 견디는 奇行과 원두표와의 逸話를 제시하고 있다.

余見野史 至索囊子事 未嘗不洒然駭也 彼固有其中者耳 顧人未之知也 然人之有道也 何必如是而已也 或言索囊子名家子善文章 遭家禍 避世云 其言近之

〈주석〉 〖洒然(쇄연)〗 驚異로운 모습 〖駭〗 놀라다 해

〈국역〉 내가 야사를 읽다가 삭낭자의 일에 이르렀을 때, 일찍이 화들짝 놀라지 않은 적이 없었다. 그는 진실로 그 중도를 지키는 사람인데, 다만 사람들이 그를 알지 못했을 뿐이다. 그런데 사람에게는 사람의 도가 있는데, 어찌 반드시 이렇게 할 필요가 있었을까? 어떤 사람이 "삭낭자는 이름난 가문의 자제로 글을 잘 지었지만, 집안이 화를 당해 세상을 피하였다."고 하였다. 그의 말이 진실에 가깝다.

〈略鑑〉 끝으로 작자의 평을 진술하고 있다. 김려는 '其言近之'라는 마지막 언급을 통해, 사람에게는 사람의 道가 있는데, 이렇게까지 道人 같은 奇

行의 삶을 살 수밖에 없었던 삭낭자의 안타까운 삶을 제시하고 있다.

許穆의 『記言別集』에도 「索囊子傳」이라는 제목의 글이 실려 있는데,
위의 내용과 유사한 점이 많다. 참고로 全文을 예시하면 다음과 같다.

完山乞者 問其名曰不知 問其姓曰亦不知 或以洪號之 能多食
而不飽 或不食而不飢 風雪裸體而不寒 人與之衣則不取 乞米
而食 有餘則亦與之餓者 未嘗與人居 亦未嘗與人言 宿於館舍
下 府中耆老人 皆不知乞者始來之年代 而容貌不改 或號曰索
囊子 蓋結索爲囊 行則荷之 無它物 亦無異事

〈국•역〉 완산에 거지가 있는데, 그의 이름을 물어보면 모른다고 하고, 그의
성을 물어보아도 모른다고 했다. 어떤 사람은 그를 홍 씨라 불렀다.
많이 먹어도 배부르지 않고, 간혹 먹지 않아도 배고프지 않았으며,
바람이 불고 눈이 내리는데 나체로 있어도 추워하지 않았다. 사람이
그에게 옷을 주어도 받지 않고, 쌀을 빌어서 먹었으며, 남은 것이 있
으면 또한 굶주린 사람에게 그것을 주었다. 일찍이 남과 함께 살지
않았고, 또한 남과 말을 주고받지도 않았으며, 집 아래에서 잠을 잤
다. 마을의 노인들은 모두 거지가 처음 온 연대를 모르지만, 용모는
바뀌지 않았다고 하였다. 어떤 사람을 삭낭자라 부르기도 했는데, 아
마 새끼를 꼬아 망태기를 만들어서 다닐 때면 그것을 메었기 때문일
것이다. 다른 물건은 없고, 또한 특별한 일도 없었다.

往往遊都下 人莫知去來 弊衣木履 行乞於市 今相國元公嘗爲

完山尹 心異之 招延之 甚厚 亦不辭 與之食則食之 與之言則
不言 一朝不知所去 其後南方大飢 今不至者幾十年云 斯人者
蓋遊方之外 而不與事物相攖 樂忘世而泯其跡 鶉居而鷇食 土
駘狂接輿之倫耶 癸卯正月 眉叟 書

〈주석〉 〖攖〗 가까이하다 영 〖泯〗 멸하다 민 〖鶉居鷇食(순거구식)〗 생활이
　　　 간소함을 비유함. 순거는 주거가 일정하지 않음을 비유한 말로, 鶉은
　　　 메추라기인데, 이 새는 항상 野居하여 일정한 곳이 없음. 구식의 鷇
　　　 는 새 새끼로, 새 새끼가 어미 새의 哺育을 받듯이, 혜택을 받아서 만
　　　 족함을 이름 〖土駘狂接輿(토태광접여)〗 토태는 地名인 듯하나 未詳
　　　 이다. 접여는 춘추 시대 楚나라의 隱者로 孔子와 동시대 사람이다.『
　　　 論語』「微子」에 “초나라의 광인 접여가 노래를 부르며 공자의 옆을
　　　 지나가면서 ‘봉이여! 봉이여! 어쩌면 그리도 덕이 쇠했는가. ……’ 하
　　　 였다.” 함 〖倫〗 무리 륜

〈국•역〉 종종 서울에서 놀았으나 사람 중에 거래한 사람이 없었다. 누더기 옷
　　　 에 나막신을 신고 다니며 시장에서 구걸하였다. 현재 정승인 원두표
　　　 공께서 일찍이 완산 부윤으로 재직할 때, 마음속으로 그를 기이하게
　　　 여겨 그를 불러다 매우 후하게 대접했는데, 또한 사양하지 않았다.
　　　 그에게 먹을 것을 주면 그것을 먹었지만, 그에게 말을 걸면 대꾸하지
　　　 않았다. 어느 날 아침 간 곳을 알지 못했는데, 그 뒤 남쪽 지방에 큰
　　　 흉년이 들었고, 지금까지 오지 않은 지가 거의 10년이라 한다. 이 사
　　　 람은 아마 세상 밖에 노닐면서 세상의 일에 서로 얽매이지 않고, 기
　　　 꺼이 세상을 잊고 그 자취를 없애며, 간소하게 살아가는 사람이다.
　　　 토태의 광인 접여의 무리인가? 계묘년(1663) 1월에 미수가 쓴다.

賈秀才者 不知何許人 常來往赤城縣淸源寺中 賣乾魚爲業 長
八尺餘 辮髮貌甚黑 人或問其姓 曰我姓天名地 字玄黃 問者
絶倒 强之 曰我賈也 姓賈也 故一寺中皆呼賈秀才云

〈주석〉 『赤城縣(적성현)』 안성시 陽城面 『淸源寺(청원사)』 양성면 天德山에
　　　　있음 『辮』 땋다 변

〈국역〉 고수재는 어떤 사람인지 잘 모른다. 항상 적성현 청원사를 왕래하며
　　　　건어물을 팔아 생계를 유지했다. 키가 8척쯤 되고 머리를 땋는데다
　　　　얼굴이 매우 검었다. 사람들 중에 어떤 사람이 그의 성을 물어보면,
　　　　"내 성은 하늘 천이고, 이름은 땅 지이며, 자는 현황이요."라고 대답
　　　　하여, 물은 자가 抱腹絶倒하였다. 그에게 (사실대로 말할 것을) 채근
　　　　하면, "내가 장사꾼이니, 성은 고씨요."라 하였다. 그러므로 절에 사
　　　　는 모든 사람들이 그를 고수재라고 불렀다 한다.

〈略鑑〉 이 글은 고수재라는 奇人에 대해 쓴 傳으로, 생계를 꾸려 나가는 특
　　　　이한 장사치에 대한 몇 가지 逸話를 엮어서 구성하였다. 이 단락은
　　　　『千字文』의 첫 대목인 天地玄黃을 끌어다 자신의 성명과 字로 삼은

황당한 이야기를 하면서 고수재라 불리게 된 배경에 대해 이야기하
고 있다.

每晨起 擔乾魚 赴遠近 虛日得銅錢五十 沽酒飮 平生未嘗啖
飯也 寺在縣南僻淨 縣中諸生 僦山房讀書 一日天大雪新霽
賈足淋漓陷泥濘中 直上坐諸生間 諸生怒叱之 賈睨曰 爾威過
秦始皇 我賈不及呂不韋 怕也怕也 遂倒臥齁 諸生益怒 使僧
舁出之 堅不可扛

〈주석〉 〖擔〗메다 담 〖赴〗나아가다 부 〖虛日(허일)〗할 일이 없는 날 〖沽〗
술을 사다 고 〖啖〗먹다 담 〖淨〗 =淨 〖諸生(제생)〗여러 儒生 〖僦〗
세내다 추 〖霽〗개다 제 〖淋漓(림리)〗피나 땀 같은 것이 줄줄 흐르
는 모양 〖濘〗진창 녕 〖叱〗꾸짖다 질 〖睨〗흘겨보다 예 〖呂不韋
(여불위)〗戰國시대 말기 큰 상인이면서 정치가로, 진시황의 아버지
莊襄王을 도와 왕위에 오르게 했음 〖怕〗두려워하다 파 〖齁〗코 고
는 소리 후 〖扛〗마주 들다 강
〈국역〉 늘 새벽에 일어나 건어물을 지고 먼 곳이나 가까운 곳에 갔다. 특별
한 일이 없는 날은 동전 50닢을 얻어서 술을 사서 마셨고, 평생 일찍
이 밥을 먹은 적이 없었다. 절이 적성현 남쪽 외지고 정갈한 곳에 있
어서 고을의 여러 선비들이 산방을 빌려 독서를 하였다. 하루는 내리
던 큰 눈이 막 개었을 때, 고수재는 발이 진흙 구덩이에 흠뻑 빠져
흙투성이인 채로 곧장 올라와 여러 선비들 사이에 앉았다. 여러 선비
들이 노하여 호통을 치자, 고수재가 흘끗 쳐다보며 말하기를, "너희
들의 위세가 진시황보다 세지만, 나의 장사 수완은 여불위에 미치지

못하니, 어이구 겁나라! 어이구 겁나라."라 하고 마침내 벌떡 드러누
워 코를 골았다. 여러 선비들은 더욱 화가나, 중을 시켜 그를 끌어내
게 하였지만 견고하게 달라붙어서 들어낼 수가 없었다.

〈略鑑〉 밥을 먹지 않고 지낸 奇行과 선비들의 위세도 겁내지 않는, 심지어
　　　　사대부들을 무시하는 奇行을 묘사하고 있다.

翌日　聞佛殿上　有人讀李白遠別離詩　音甚瀏亮　諸生往視之
乃賈也　諸生始恠之　問賈能詩乎　曰能　能筆乎　曰能　諸生給筆
札　使賦　賈就硯池上　狂磨墨　左手蘸禿毫　向紙背亂草如飛　題
曰　靑山好綠水好　綠水靑山十里道　賣魚沽酒歸去來　百年長在
山中老　擲筆笑吃吃不止　字畵似孤山黃耆老　諸生始敬重之　復
請　輒怒詬　終不肯

〈주석〉 〖瀏〗 밝다 유 〖亮〗 밝다 량 〖札〗 종이 찰 〖蘸〗 담그다 잠 〖禿〗 대
　　　　머리 독 〖吃〗 웃는 소리 흘 〖黃耆老(황기로)〗 조선 전기의 名筆로,
　　　　草書에 뛰어나 草聖이라 불리었음 〖詬〗 꾸짖다 후

〈국•역〉 다음 날, 불전 위에서 어떤 사람이 이백의 「원별리」라는 시를 읽는
　　　　소리가 들렸다. 소리가 너무도 유창하여 여러 선비들이 가서 그곳을
　　　　살펴보니, 바로 고수재였다. 여러 선비들은 비로소 그를 이상하게 여
　　　　기고 고수재에게 "시를 할 줄 아느냐?"고 물었다. 고수재가 "잘하지"
　　　　라고 대답하니, "쓸 줄 아느냐?"고 묻기에 "잘 쓰지."라고 대답하였
　　　　다. 여러 선비들이 붓과 종이를 주고 시를 지어 보게 하였다. 고수재
　　　　가 벼루에 다가가 미친 듯이 먹을 간 뒤에 왼손으로 몽당붓에 먹을
　　　　적셔 종이 위에 나는 듯이 붓을 휘둘러 마구 써 내려갔다. 그가 쓰기

를, "푸른 산도 아름답고 푸른 물도 아름답다, 녹수청산 십 리 길. 건어물 팔아 술을 사서 돌아오니, 한평생 오래토록 산중에서 늙으리라."라고 하였다. 붓을 던지고 키득키득 웃기를 그치지 않았다. 글씨의 획이 고산 황기로와 비슷하였다. 여러 선비들이 비로소 그를 공경하였다. 다시 (시를 써 달라고) 청하자, 번번이 화를 내고 꾸짖으며 끝내 쓰려고 하지 않았다.

〈略鑑〉奇行 중에 시에 능하고 글씨도 잘 써서 여러 선비들에게 공경을 받고 있는 것을 묘사하고 있는 단락이다.

嘗大醉 持鰒魚 供如來佛卓上 合掌禮拜 諸僧驚 逐之 賈曰 爾不讀佛經 經道如來啖鰒魚 僧曰 在甚經 曰在菩提經 我能誦 輒向佛卓下跏趺坐 說道如是我聞 一時佛在西洋海中 爾時如來向大衆中 啖婆娑國獻大鰒魚 佛於頂上 放千萬丈無畏光明 惟時比丘及諸大衆拜佛頂禮 欽聽慈旨 佛告大衆 惟是鰒魚居大海中 飲淸淨水 喫淸淨土 是爲如來無上妙味 聞者皆大笑 賈住寺凡一年餘去

〈주석〉〖鰒〗전복 복(鰒魚도 전복임) 〖啖〗먹다 담 〖跏趺(가부)〗책상다리를 함 〖甚〗무엇 심 〖婆娑國(파사국)〗인도네시아의 자바섬 〖無畏(무외)〗부처가 중생에게 說法할 때 아무것도 두려워하지 않는德 〖欽〗공경하다 흠

〈국역〉일찍이 매우 취해 전복을 가지고 석가여래의 탁자 위에 바친 다음, 합장을 하고 예불을 올렸다. 여러 승려들이 놀라 그를 내쫓자, 고수재가 "너희들은 불경도 읽지 않았느냐? 불경에는 '여래께서 복어를

먹었다.’라 되어 있다.”라 하였다. 스님이 “무슨 경전에 있는가?”라고
하니, “『보리경』에 있는데, 내가 외울 수 있다.”고 하고, 바로 불전의
탁자 아래에 가부좌를 한 채, “나는 이렇게 들었느니라. 한때 부처께
서 서양해 가운데 계셨는데, 그때 여래께서 대중들을 앞에 두고 파사
국에서 바친 큰 전복을 삼키셨다. 부처께서 이마에서 천만 길의 무외
광명을 쏘시자, 그때 비구 및 수많은 대중들이 부처를 향해 이마를
바닥에 대고 절하며 자비의 말씀을 삼가 들었다. 부처께서 대중들에
게 고하시길, ‘이 전복은 큰 바다 가운데 살면서 청정한 물을 마시고
청정한 흙을 먹으니, 이것이 여래의 무상묘미니라.’라고 하셨다.”라
하니, 듣는 사람들은 모두 크게 웃었다. 고수재는 절에 머문 지 일 년
남짓 있다가 떠났다.

〈略鑑〉 실제 『보리경』에 없는 이야기를 패러디하여 승려들을 놀리는 이야
기로, 고수재의 식견을 은연중에 드러내고 있는 단락이다.

異矣夫　夫秀才之爲人也　抱奇偉之才　負卓犖之志　何爲是猖狂
自恣　使人怳然莫知其端倪也　殆古所謂隱君子流耶　駒城鄭叔
訪余廬陵　道其事甚詳　余欲往見之　及至寺　去已三日矣

〈주석〉 〖卓犖(탁락)〗 여러 사람보다 뛰어남 〖猖〗 미쳐 날뛰다 창 〖怳〗 들뜨
다 황 〖端倪(단예)〗 시작과 끝 〖流〗 무리 류 〖駒城(구성)〗 경기도
용인의 옛 이름

〈국역〉 이상하도다! 저 고수재란 사람됨은 기이하고 걸출한 재능을 소유하
고 탁월한 의지를 지녔다. 그런데 어찌 미친 짓을 마구 해 대어 사람
들로 하여금 얼이 빠져 그의 본색을 알지 못하게 하는 것일까? 혹시

예전에 말한 숨어 사는 군자의 부류인가? 구성에 사는 정씨 아저씨
가 여릉으로 나를 찾아와서 그에 관한 일을 매우 상세히 이야기해
주셨다. 내가 가서 그를 만나 보려고 절에 이르렀을 때는 그가 떠난
지 이미 사흘이나 되었다.

〈略鑑〉 감탄사로 문장을 전환하여 史評에 해당하는 단락을 맺고 있다. 김려
는 예법과 질서를 벗어나 기이한 재능과 탁월한 의지를 지닌 사람이
그러한 그의 재능과 의지를 숨기고 살아가는 군자의 모습을 찾아내
어 기록으로 남기고 있는 것이다.

고수재는 조선 후기 중인 이하의 계층에서 많이 나타나는 '새로운
인간상'을 보여 주고 있는데, 연암의 「馬駔傳」, 「閔翁傳」, 「金神仙傳」
등 작품 속에 등장하는 인물과 같은 계통의 인물이라 하겠다.

牧爲民有乎 民爲牧生乎 民出粟米麻絲 以事其牧 民出輿馬騶
從 以送迎其牧 民竭其膏血津髓 以肥其牧 民爲牧生乎 曰否
否 牧爲民有也

〈주석〉 〚騶從(추종)〛 말을 모는 종 〚竭〛 다하다 갈 〚津〛 진액 진 〚髓〛 골수 수

〈국·역〉 牧民者는 백성을 위해서 있는 것인가? 백성은 목민자를 위해서 사는
　　　　것인가? 백성이 곡식과 삼과 실을 생산하여 그 목민자를 섬기고, 백
　　　　성은 수레와 말과 말 모는 종을 내어 목민자를 餞送도 하고 환영도
　　　　하며, 백성은 고혈과 골수를 짜내어 그 목민자를 살찌우고 있으니,
　　　　백성은 목민자를 위하여 사는 것일까? 아니다. 그건 아니다. 목민자
　　　　가 백성을 위하여 있는 것이다.

---

22) 丁若鏞(1762, 영조 38~1836, 헌종 2): 호는 茶山·俟菴·與猶堂. 近畿 南人 가문 출신으로, 청년기에
접했던 西學으로 인해 장기간 유배생활을 하였다. 그는 이 유배기간 동안 자신의 학문을 더욱 연마해 六
經四書에 대한 연구를 비롯해 一表二書(『經世遺表』, 『牧民心書』, 『欽欽新書』) 등 모두 500여 권에 이르
는 방대한 저술을 남겼고, 이 저술을 통해서 조선 후기 실학사상을 집대성한 인물로 평가되고 있다. 그는
李瀷의 학통을 이어받아 발전시켰으며, 각종 사회 개혁사상을 제시하여 '묵은 나라를 새롭게 하고자' 노
력하였다. 정치, 경제, 사회, 문화 등 역사 현상의 전반에 걸쳐 전개된 그의 사상은 조선왕조의 기존 질서를
전적으로 부정하는 '혁명론'이었다기보다는 파탄에 이른 당시의 사회를 개량하여 조선왕조의 질서를 새롭
게 강화시키려는 의도를 가지고 있었다. 그리하여 그는 조선에 왕조적 질서를 확립하고 유교적 사회에서
중시해 오던 王道政治의 이념을 구현함으로써 '國泰民安'이라는 이상적 상황을 도출해 내고자 하였다.

 原이란 論辨體의 하나로, 사리의 본원을 추론한다는 뜻이며, 唐의 韓愈의 「原道」·「原人」 등 '五原'에게서 시작되었다. 이 작품은 장약용의 7편의 原 가운데 한 편으로, '牧爲民有乎 民爲牧生乎'라는 것을 文眼으로 하여, 牧의 근원을 찾고 본질을 논의하고 있다. 茶山은 단락이 끝날 때마다 '牧爲民有也'라는 말을 반복적으로 제시하여 강조하고자 하는 의도를 분명히 드러내고 있다.

茶山은 그의 다른 글 「湯論」에서, "대저 천자는 어떻게 하여 생겨난 것인가? 장차 하늘이 천자를 내려서 그를 세운 것인가? 아니면 땅에서 솟아나서 천자가 된 것인가? 5가가 隣이 되는데, 5가에서 우두머리로 추대된 자가 隣長이 되고, 5린이 리가 되는데, 5린에서 우두머리로 추대된 자가 이장이 되고, 5비가 현이 되는데, 5비에서 우두머리로 추대된 자가 현장이 된다. 여러 현장이 함께 추대한 자가 제후가 되고, 제후가 함께 추대한 자가 천자가 된다. 천자는 대중이 그를 추대하여서 된 자이다. 대저 대중이 그를 추대해야 되는데, 또한 대중이 그를 추대하지 않으면 되지 못한다(夫天子何爲而有也 將天雨天子而立之乎 抑涌出地爲天子乎 五家爲隣 推長於五者爲隣長 五鄰爲里 推長於五者爲里長 五鄙爲縣 推長於五者爲縣長 諸縣長之所共推者爲諸侯 諸侯之所共推者爲天子 天子者 衆推之而成者也 夫衆推之而成 亦衆不推之而不成)."라 하여, 천자는 교체할 수 있는 것으로 보았다. 朱子는 인간의 모든 도덕 질서도 그것을 있게 한 先驗根據인 所以然의 理의 작용이기 때문에 인위적으로 만들어진 것이 아니고 자연적으로 그렇게 되어 있는 것으로 보았다. 임금과 신하, 지주와 농노 등의 모든 縱的 신분관계를 인간의 작위에서 이루어진 것이라 보지 않고 조금도 異論의 여지가 없는 당연한 현상,

天理의 구현으로 생각한다. 하지만 茶山은 이러한 縱的인 관계를 절대적이고 무조건적인 상하관계로 보지 않는다. 이것은 이러한 상하관계를 있게 한 理 또는 無形의 추상물인 太極을 세계의 최고 지배원리로 보지 않기 때문이다. 다산에 있어서 태극은 形而下學的인 것으로서 세계의 근원이 되는 유형물일 뿐이다. 이 글에서 天子는 하늘에서 내려왔거나 땅에서 솟아난 것이 아니라 대중이 추대하여 된 것이고, 그렇기 때문에 대중의 생각에 따라서 천자를 교체할 수도 있다는 것이 다산의 견해이다. 「原牧」에서도 비슷한 이론을 전개하여 백성들이 필요에 의해서 통치자를 선출했기 때문에 통치자는 백성을 위하여 존재한다고 말했다. 이 말은 천자와 국가가 하늘의 예정된 결과라는 朱子學的인 견해를 정면으로 부정하는 進步的 思考라 하겠다(송재소, 『茶山詩 研究』, 창작과 비평사, 1986).

우리나라에서 주자학의 최고 봉우리였던 退溪 李滉 역시 『退溪先生言行錄』에서, "무릇 배는 마땅히 물 위로 가야 하고, 수레는 마땅히 육지로 가야 하는 이것이 理이다. 배가 육지로 가고 수레가 물로 가면 理가 아니다. 임금은 마땅히 인해야 하고 신하는 경해야 하고 아버지는 자해야 하며, 자신은 효해야 하는 이것이 理이다. 임금으로서 불인하고 신하로서 불경하고 아버지로서 부자하고 자식으로 불효한다면 理가 아니다(夫舟當行水 車當行陸 此理也 舟而行陸 車而行水 則非其理也 君當仁臣當敬 父當慈子當孝 此理也 君而不仁 臣而不敬 父而不慈 子而不孝 則非其理也)."라 하여, 체제유지적인 성격이 도사리고 있다.

邃古之初 民而已 豈有牧哉 民于于然聚居 有一夫與鄰鬨 莫

之決　有叟焉善爲公言　就而正之　四鄰咸服　推而共尊之　名曰
里正　於是數里之民　以其里閧莫之決　有叟焉俊而多識　就而正
之　數里咸服　推而共尊之　名曰黨正　數黨之民　以其黨閧莫之
決　有叟焉賢而有德　就而正之　數黨咸服　名之曰州長　於是數
州之長　推一人以爲長　名之曰國君　數國之君　推一人以爲長
名之曰方伯　四方之伯　推一人以爲宗　名之曰皇王　皇王之本
起於里正　牧爲民有也

〈주석〉 〚叟〛 오래다 수 〚于于(우우)〛 많아서 어지러운 모양 〚黨〛 마을 당

〈국역〉 아주 옛날에야 백성뿐 어찌 목민자가 있었겠는가? 백성들이 옹기종
　　　 기 모여 살면서 어떤 한 사람이 이웃과 다투다가 그것을 해결하지
　　　 못한 것을 어떤 공정한 말을 잘하는 長者가 가서 그것을 바로잡자
　　　 사방 이웃이 모두 감복하여 그를 추대하여 높이 모시고는 이름을 里
　　　 正이라 하였다. 이에 여러 마을 백성들이 자기 마을에서 싸워 해결하
　　　 지 못한 것을 어떤 준수하고 식견이 많은 장자가 가서 그것을 바로
　　　 잡자 여러 마을이 모두 감복하여 그를 추대하여 높이 모시고서 이름
　　　 을 黨正이라 하였다. 여러 마을 백성들이 자기 마을에서 싸워 해결하
　　　 지 못한 것을 어떤 어질고 덕이 있는 장자가 가서 그것을 바로잡아
　　　 여러 마을이 모두 감복하여 그를 이름 하여 州長이라 하였다. 이에
　　　 여러 州의 長들이 한 사람을 추대하여 어른으로 모시고는 그를 이름
　　　 하여 國君이라 하였다. 여러 나라의 君들이 한 사람을 추대하여 어른
　　　 으로 모시고는 그 이름을 方伯이라 하였고, 四方의 伯들이 한 사람을
　　　 추대하여 그를 우두머리로 삼고는 이름 하여 皇王이라 하였다. 황왕
　　　 의 근본은 이정에서부터 시작되었으니, 목민자는 백성을 위하여 있

었던 것이다.

 예전 작은 단체의 장이 발생한 제도를 통해 牧의 근원을 밝히고 있
다. 표현의 강도를 조금씩 높여 나가면서 맨 마지막을 가장 강하고
중요한 어구로 끝맺는 방법으로 설득력을 높이고 강한 호소력을 주
는 漸層의 修辭를 활용하고 있다.

當是時 里正從民望 而制之法 上之黨正 黨正從民望 而制之
法 上之州長 州上之國君 國君上之皇王 故其法皆便民 後世
一人自立爲皇帝 封其子若弟及其侍御僕從之人 以爲諸侯 諸
侯簡其私人 以爲州長 州長薦其私人 以爲黨正里正 於是皇帝
循己欲 而制之法 以授諸侯 諸侯循己欲 而制之法 以授州長
州授之黨正 黨正授之里正 故其法皆尊主而卑民 刻下而附上
壹似乎民爲牧生也

〈주석〉 〖若〗 및 약 〖侍御(시어)〗 왕을 모시는 여자 〖僕從(복종)〗 따르는 관리,
가까이서 모시는 종 〖循〗 좇다 순 〖刻〗 해치다 각 〖附〗 붙이다 부
〈국·역〉 그때는 이정이 백성의 바람을 따라서 법을 제정한 다음 그것을 당정
에게 올렸고, 당정도 백성의 바람을 따라서 법을 제정한 다음 그것을
주장에게 올렸고, 주장은 국군에게, 국군은 황왕에게 올렸었다. 그러
므로 그 법들이 다 백성의 便益을 위하여 만들어졌었는데, 후세에 한
사람이 자기 스스로 서서 皇帝가 되고, 자기 아들·동생 그리고 侍姬·
관리까지 모두 封하여 諸侯로 삼았고, 그 제후들은 자기 私人들을 골
라 州長으로 세우고, 주장은 또 자기 사인들을 추천하여 당정·이정
으로 세우고 있다. 이에 황제가 자기 욕심대로 법을 만들어서 제후에

게 주면 제후는 또 자기 욕심대로 법을 만들어서 주장에게 주고, 주장은 당정에게, 당정은 이정에게 각기 법을 만들어 준다. 그러므로 그 법이라는 것이 다 임금을 높이고 백성을 낮추며, 아랫사람 것을 긁어다가 윗사람에게 붙여 주는 격이 되어, 하나같이 백성이 목민자를 위하여 사는 것 같다.

〈略鑑〉 과거에는 '牧爲民有也'이었으나, 시대가 흘러와서는 '民爲牧生也'가 된 상황에 대해 안타까움을 드러내고 있다. 동일한 글자나 구를 두세 번 같은 자리에 쓰는 방법인 重疊(反復이라고도 함)을 활용하여 강력한 감정을 표현하고 있다. 이와는 반대로 옛사람들은 글자가 중복되지 않도록 글자를 고의로 바꾸는 일도 많았다. 이것을 變文避復이라고 한다. 산문의 글쓰기에서는 특히 주요 글자의 중복을 꺼렸다.

今之守令 古之諸侯也 其宮室輿馬之奉 衣服飮食之供 左右便嬖侍御僕從之人 擬於國君 其權能足以慶人 其刑威足以怵人 於是傲然自尊 夷然自樂 忘其爲牧也 有一夫鬪而就正 則已蹴然曰 何爲是紛紛也 有一夫餓而死曰 汝自死耳 有不出粟米麻絲以事之 則撻之梏之 見其流血而後止焉 日取筭緡 曆記夾注塗乙 課其錢布 以營田宅 賂遺權貴宰相 以徼後利 故曰民爲牧生 豈理也哉 牧爲民有也

〈주석〉 〖便嬖(편폐)〗 아첨을 잘하여 임금의 총애를 받는 侍臣 〖擬〗 비기다 의 〖刑威(형위)〗 =刑罰 〖怵〗 두려워하다 출 〖傲〗 거만하다 오 〖夷然(이연)〗 태평한 모습 〖蹴然(축연)〗 놀라는 모습 〖撻〗 매질하다 달 〖梏〗 때리다 부 〖筭〗 세다 산 〖緡〗 돈꿰미 민 〖夾注(협주)〗 文

句 속에 끼워 넣은 註解를 말함 〖塗乙(도을)〗 문장 속에서 글자를
지우고 脫字를 끼워 넣는 일을 말함 〖曆〗 일기 력 〖課〗 세금을 부
과하다 과 〖賂〗 뇌물 주다 뢰 〖徼〗 구하다 요

〈국·역〉 지금의 수령이 옛날의 제후들인데, 그들의 宮室과 수레와 말의 봉양,
衣服과 음식의 제공, 좌우의 편폐·시어·복종하는 사람들이 거의
國君과 맞먹는 상태인데다, 그들의 권능이 사람을 경사롭게 만들 수
도 있고 그들의 형벌은 사람을 겁줄 수도 있다. 그리하여 거만하게
제 스스로 높은 체하고 태연히 제 혼자 좋아서 자신이 목민자임을
잊어버리고 있다. 어떤 사람이 다투다가 해결을 위하여 가게 되면 아
주 놀라며 하는 말이 "왜 그리도 시끄럽게 구느냐." 하고, 어떤 사람
이 굶어서 죽기라도 하면 "네가 스스로 죽었을 뿐이다." 하며, 어떤
사람이 곡식이나 삼과 실을 생산하여 섬기지 않으면 매질이나 몽둥
이질을 하여 피를 본 뒤에야 그치고, 날마다 돈꿰미를 가져다 세고
협주나 도을을 일기처럼 기록하여 돈과 베를 세금으로 거두어들여서
전택이나 장만하고, 권귀와 재상에게 뇌물을 주어 후일의 이익을 도
모하고 있다. 그리하여 '백성은 목민자를 위하여 산다.'란 말이 나오
게 되었지만, 어찌 이치라 하겠는가? 목민자는 백성을 위하여 있는
것이다.

〈略鑑〉 끝으로 '牧爲民有也'라는 말을 제시하여 그렇지 못한 목민관들에 대
한 경각심을 불러일으키고 있다.

다산은 그의 다른 글인 「監司論」에서, "토호와 간사한 아전들이 印
章을 새겨 거짓 문서로 법을 농간하는 자가 있어도 '이것은 연못의
고기이니 살필 것이 못 된다.' 하여 덮어 두고, 효도하지 않고 우애하

지 않으며 그 아내를 박대하고 음탕한 짓으로 인륜을 어지럽히는 자가 있어도 '이는 말을 전하는 자가 지나친 것이다.' 하여 빙긋 웃고는 모르는 척 넘겨 버리며, 부신 주머니를 차고 인끈을 늘어뜨린 자인 수령이 조곡을 팔아먹고 부세를 도적질하기를 자기가 한 것과 같으면 용서하여 그냥 두며 考課를 제일로 매겨 임금을 속이니, 이와 같은 자가 어찌 큰 도적이 아니리요. 큰 도적이다. 이 도적은 야경꾼도 감히 심문하지 못하고, 집금오도 감히 체포하지 못하며, 어사도 감히 공격하지 못하고, 재상도 감히 성토하는 말을 하지 못하며, 횡포한 짓을 제멋대로 해도 감히 힐책하지 못하며, 엄청난 전토를 차지하여 종신토록 편안함을 누려도 감히 나무라는 논의를 못 하니, 이와 같은 자가 어찌 큰 도적이 아니리요. 큰 도적이다(有土豪姦吏 刻章僞書 舞文弄法者 曰 是淵魚 不足察 則掩匿之 有不孝不弟 薄其妻 淫黷亂倫者 曰 是傳之者過也 夐然爲不知也者而過之 厥有佩符囊鞸印綏者 販穀糶 竊賦稅 如己所爲 則恕而存之 課居最 以欺人主 若是者庸詎非大盜也與哉 大盜也已 是盜也干捄不敢問 執金吾不敢捕 御史不敢擊 宰相不敢言勸討 橫行暴戾 而莫之敢誰何 置田墅連阡陌 終身逸樂 而莫之敢訾議 若是者庸詎非大盜也與哉 大盜也已)."라고 하여, 監司가 당시 행하고 있는 범법행위에 대해 언급하고 있다.

50. 「原敎」 丁若鏞

愛養父母謂之孝 友於兄弟謂之弟 敎育其子謂之慈 此之謂五敎
也 資於事父 以尊尊而君道立焉 資於事父 以賢賢而師道立焉
玆所謂生三而事一也 資於事兄以長長 資於養子以使衆 夫婦
者 所與共修此德 而治其內者也 朋友者 所與共講此道 而助
其外者也 然唯慈者 不勉而能之 故聖人之立敎也 唯孝弟是訓

〈주석〉 〖生三而事一〗 부모·스승·임금을 한결같이 섬김을 이르는 말로,
『國語』「晉語」에, 晉나라 대부 난공자(欒共子)가 말하기를, "백성은
부모·스승·임금 밑에서 살 수 있기 때문에 섬기기를 한결같이 한
다(民生於三 事之如一)." 하였음.

〈국역〉 부모를 사랑하고 봉양하는 것을 孝라 하고, 형제간에 우애 있는 것을
弟라 하고, 자기 자식 교육하는 것을 慈라 한다. 이것을 五倫의 가르
침인 五敎라 한다. 아버지 섬기는 것을 바탕으로 하여 높은 이를 높
임으로써 君道가 정립되고, 아버지 섬기는 것을 바탕으로 하여 어진
이를 어질게 여김으로써 師道가 정립된다. 이것이 이른바 '임금·스
승·부모 밑에서 살 수 있기에 똑같이 섬겨야 한다.'는 것이다. 따라

서 형 섬기는 일을 바탕으로 하여 어른을 어른으로 섬기고, 자식 기
르는 일을 바탕으로 하여 대중을 부려야 한다. 부부는 함께 이 德을
닦아서 그 안을 다스리는 사이이고, 친구는 함께 이 道를 강구하여서
그 밖을 돕는 사이인 것이다. 그런데 오직 자식 사랑만은 힘쓰지 않
아도 누구나 할 수 있는 일이므로, 聖人이 가르침을 세울 때 유독 효
와 제만을 가르쳤다.

〈略鑑〉 이 글은 敎의 근원을 찾아 밝혀 나가는 글이다. 이 단락은 孝·弟·
慈의 정의를 통해 논의를 확산시키고 있는 부분이다.

孟子曰 仁之實 事親是也 義之實 從兄是也 禮之實 節文斯二
者是也 樂之實 樂斯二者是也 智之實 知斯二者 不去是也 由
是言之 大學之明明德 明此二者也 中庸之自誠明 誠此二者也
忠之爲言 盡此二者而實於己也 恕之爲言 推此二者而及於物
也 格物致知 格此二者而知所以先後也 窮理盡性 窮此二者而
盡吾之性分也 二者誠乎心 謂之正心 二者誠乎身 謂之修身
昭明二者 以順性命 謂之事天 天命之謂性 率性之謂道 修道
之謂敎 敎也者 五敎也

〈주석〉 〚節文(절문)〛 적절히 꾸며 훌륭하게 함 〚昭〛 밝다 소
〈국역〉 맹자는 말하기를, "仁의 實相은 어버이 섬기는 일이 바로 이것이고,
義의 실상은 형을 따르는 일이 바로 이것이고, 禮의 실상은 이 두 가
지를 節文하는 것이 바로 이것이고, 樂의 실상은 이 두 가지를 즐기
는 것이 바로 이것이며, 智의 실상은 이 두 가지를 알아 거기에서 떠
나지 않는 것이 바로 이것이다." 하였다. 이렇게 본다면 『大學』에서

‘밝은 덕을 밝힌다.’라 한 것은 이 두 가지를 밝힌다는 것이고, 『中庸』에서 ‘誠으로 말미암아 밝아진다.’라 한 것은 이 두 가지에 성실하다는 것이다. 忠이라는 말은 이 두 가지를 다 해서 자기에게 거짓이 없다는 뜻이고, 恕라는 말은 이 두 가지를 미루어 物에까지 미친다는 뜻이다. 格物·致知란 이 두 가지에 이르러 먼저 하고 뒤에 해야 할 것을 안다는 것이고, 窮理·盡性이란 역시 이 두 가지를 최고도로 연구함으로써 나의 본성과 직분을 다한다는 말이다. 두 가지가 마음에 純一했을 때 그것을 正心이라고 하고, 두 가지가 몸에 순일했을 때 그것을 修身이라고 하고, 그 두 가지에 밝아서 性命에 순종하는 것을 ‘하늘을 섬긴다.’고 하는 것이다. “하늘이 命한 것을 性이라고 하고, 성대로 따르는 것을 道라고 하고, 도를 닦는 것을 敎라고 한다.” 하였는데, 여기서 말한 敎란 五敎를 말한다.

〈略鑑〉 經傳에서 인용하여 孝와 悌를 설명하고 있는 단락이다. 經傳에서 직접 引用하는 방식을 사용해 이론상의 근거를 運用하여 論證을 진행시켜 독자로 하여금 자신의 논의에 신뢰감을 주게 하고 있다.

51. 「原怨」 丁若鏞

父不慈子 怨之可乎 日未可也 子盡其孝 而父不慈 如瞽瞍之
於虞舜 怨之可也 君不恤臣 怨之可乎 日未可也 臣盡其忠 而
君不恤 如懷王之於屈平 怨之可也 父母惡之 勞而不怨 而子
謂怨可乎 日此萬章公孫丑之所嘗惑 而鄒夫子之所已辨者也

《주석》 〖瞽瞍(고수)〗 순임금의 아버지로, 아들을 죽이려 함 〖虞舜(우순)〗 上
古 五帝의 한 사람으로, 姓은 姚, 이름은 重華이다. 선조가 虞에 나
라를 세웠기에 虞舜이라 칭함 〖恤〗 구휼하다 휼 〖懷王(회왕)〗 戰國
시대의 楚王 〖鄒夫子之所已辨〗 『맹자』 「萬章 上」에, "萬章曰 父母
愛之 喜而不忘 父母惡之 勞而不怨 然則舜怨乎 日 長息 問於公明高
曰 舜往于田 則吾旣得聞命矣 號泣于旻天 于父母 則吾不知也 公明高
曰 是 非爾所知也 夫公明高 以孝子之心 爲不若是恝 我竭力耕田 共
(恭)爲子職而已矣 父母之不我愛 於我何哉"라는 말이 나옴.

《국역》 아버지가 자식을 사랑하지 않는다고 하여 아버지를 원망하면 되겠는
가? 안 된다. 그러나 자식이 효도를 다하고 있는데도 아버지가 사랑
하지 않는 것이 마치 고수가 우순을 대하듯이 한다면 아버지를 원망

하는 것이 옳은 일이다. 임금이 신하를 돌보지 않는다고 하여 원망하면 되겠는가? 안 된다. 그러나 신하가 충성을 다했는데도 임금이 돌보지 않는 것이 마치 회왕이 굴평을 대하듯이 한다면 원망하는 것이 옳을 것이다. (『맹자』에) ‘부모가 자신을 미워하더라도 노력하여 원망해서는 안 된다.’는 말이 있는데도 그대는 원망하는 것이 옳다고 말하는가? 이것은 만장과 공손추가 일찍이 의심을 품었던 일로서 추부자 孟子가 이미 논변하였던 것이다.

〈略鑑〉 이 글은 怨의 근원을 찾아서 풀이하고 있는 글이다. 이 단락은 서두로, 어떠한 경우에 怨을 해야 하는가에 대해 설명하고 있다.

瞽瞍日以殺舜爲事 舜且愷然而莫之愁曰 我竭力耕田 恭爲子職而已矣 父母之不我愛 於我何哉 則舜冷心硬腸 視父母如路人者也 故號泣于旻天 怨之慕之 天理也 幽王嬖褒姒 廢宜臼 宜臼方且愷然而莫之愁曰 我無過失也 父母之不我愛 於我何哉 則宜臼冷心硬腸 視父母如路人者也 故垂涕泣而道之 不似越人之關弓然者 天理也 懷王惑於嬖佞 放逐屈平 平且愷然而莫之愁曰 我盡言不諱 恭爲臣職而已矣 君之不悟 於我何哉 則平冷心硬腸 視其君如路人 視其國之亡如奕棋之偶輸者也 故憂傷惻怛 彷徨眷顧 爲離騷九歌遠游之賦 而莫之知止者 天理也

〈주석〉 〖愷〗 근심 없다 개 〖硬〗 단단하다 경 〖旻〗 하늘 민 〖幽王(유왕)〗 西周의 末王 〖嬖〗 사랑하다 폐 〖宜臼(의구)〗 유왕의 태자 平王 〖關〗 당기다 완 〖越人之關弓〗 『맹자』에, “有人於此 越人關弓而射之 則已談笑而道之 無他 疏之也 其兄關弓而射之 則已垂涕泣而道之 無他 戚之

也"라는 말이 보임 〖佞〗 아첨하다 녕 〖奕〗 바둑 혁 〖輸〗 지다
수 〖怛〗 슬퍼하다 달 〖眷〗 돌아보다 권

〈국역〉 고수가 날마다 순을 죽이는 것을 일삼았는데도 순은 태연한 자세로
그것을 근심하지 않으면서 "나는 힘을 다해 밭을 갈아서 자식의 직
분을 다할 뿐이지, 부모가 나를 사랑하지 않은 것이 나에게 무슨 상
관인가."하고 말한다면 순은 냉정한 마음과 단단한 마음을 가진 사
람으로 부모를 길 가는 사람 보듯 하는 사람일 것이다. 그러므로 하
늘을 우러러 울부짖고 원망하고 애모하였으니, 그것이 천리이다. 유
왕이 포사를 사랑하여 의구를 폐위시켰을 때 의구가 바야흐로 태연
한 자세로 그것을 근심하지 않으면서 "나에겐 아무 잘못이 없다. 부
모가 나를 사랑하지 않는 것이 나에게 무슨 상관인가."라고 했다면
의구는 냉정한 마음과 단단한 마음을 가진 인물로서 부모 보기를 길
가는 사람 보듯 하는 사람일 것이다. 그러므로 눈물을 흘리면서 말하
여 월나라 사람이 활을 잡고 쏘려는 것처럼 등한히 대하지 않았으니,
그것이 천리이다. 회왕이 嬖妾과 佞臣에게 매혹되어 굴평을 쫓아냈
을 때, 굴평이 태연한 자세로 그것을 근심하지 않으면서 "나는 말을
숨김없이 다하여 공경히 신하로서의 직분을 이행할 뿐이니, 임금이
깨닫지 못한 것은 나에게 무슨 상관인가."라고 했다면 굴평은 냉정
한 마음과 단단한 마음을 가진 인물로서 자기 임금을 길 가는 사람
보듯 하고 자기 나라가 망하는 것을 마치 한 판의 바둑에 지는 듯이
여기는 사람일 것이다. 그러기에 근심과 슬픔을 안고 맴돌고 또 돌
아보고, 「離騷」나 「九歌」나 「遠游」 같은 글들을 쓰면서 그칠 줄 몰
랐던 그것이 천리이다.

〈略鑑〉 이 부분은 논거를 증명하는 단락으로, 순·의구·굴원의 역사적 예

를 들어 天理가 무엇인지를 설명하고 있는 부분이다.

故孔子曰 詩可以怨 當怨而不得怨 聖人方且憂之 故察乎詩道
而樂詩之可以怨也 司馬遷曰 小雅怨誹而不亂 孟子曰 親之過
大而不怨 是愈疏也 怨者聖人之所矜許 而忠臣孝子之所以自
達其衷者也 知怨之說者 始可與言詩也 知怨之義者 始可與語
忠孝之情也 若夫好貨財私妻子 竊訕於閨房之內者 與夫無才
無德 遭棄捐於淸明之世 而喁喁然好謗其上者 悖亂之行也 何
數焉

〈주석〉 〖誹〗 비방하다 비 〖矜〗 삼가다 긍 〖私〗 편애하다 사

〈국·역〉 그래서 공자가, "詩는 원망할 수 있다." 하여, 마땅히 원망해야 하는
데 원망할 수 없음을 聖人도 바야흐로 그것을 근심하였다. 그러므로
시의 도를 살펴서 시가 원망할 수 있는 것을 좋게 여겼던 것이다. 사
마천은, "「小雅」는 원망하고 비방하면서도 어지럽히지 않고 있다."
하였고, 맹자는, "어버이의 허물이 지나치게 큰데도 원망하지 않는다
면 이것은 더욱 멀어지는 것이다." 하였다. 원망은 성인도 인정한 것
이고, 忠臣·孝子가 스스로 자기 충정을 나타내는 방법이다. 그러므
로 원망의 말을 아는 자는 비로소 함께 詩를 말할 수 있고, 원망의
의의를 아는 자는 비로소 함께 충효에 대한 감정을 말할 수 있다. 저
재물을 좋아하고 처자식만 편애하여 몰래 규방 안에서 비난을 일삼
는 자나, 저 재능도 없고 덕도 없어서 청명한 세상에 버림받고 조잘
조잘 윗사람 헐뜯기나 좋아하는 자와 같은 사람은 혼란의 행위이니,
어찌 거론할 필요나 있겠는가?

〈略鑑〉 마지막 결론으로, 怨의 당위성을 제시하면서(자신이 효도를 다하고
있는데도 아버지가 사랑하지 않거나, 신하가 충성을 다했는데도 임
금이 돌보지 않은 것은 원망의 대상이 됨), 재물을 좋아하고 처자식
을 편애하며 밝은 세상에 소외된 小人들이 행하는 怨과는 다름을
제시하고 있다. 『논어』, 『사기』, 『맹자』를 직접 引用하는 방식을 사
용해 이론상의 근거를 運用하여 論證을 진행시켜 독자로 하여금 자
신의 논의에 신뢰감을 주게 하고 있다.

厥考病且死 子從而死之孝乎 曰 匪孝也 唯厥考不幸爲虎狼盜
賊所逼迫 厥子從而衛之死焉 則孝子也 君薨臣從而死之忠乎
曰 匪忠也 唯厥君不幸爲亂逆所簒弑 臣從而衛之死 或己不幸
而被虜 至虜庭 強之拜 不屈而死 則忠臣也 曰 然則夫卒妻從
而死 謂之烈 爲之綽其楔丹其榜復其戶 蠲其子若孫繇役者何也
曰 匪烈也 隘也 是有司者不察耳 是有徼名之心也乎 曰 否 無
此心也 是其性褊狹不通 或別有恨在中也 則必謂之匪烈也何哉
天下莫難乎死 彼眇小殺其身以自死 則必謂之匪烈也何哉

〈주석〉 〚考〛 아버지 고 〚匪〛 아니다 비 〚簒弑(찬시)〛 임금을 죽이고 그 자
리를 빼앗음 〚強〛 억지로 강 〚綽楔(작설)〛 효자나 義士 등을 旌表하
기 위해 문 옆에 세운 臺 〚復〛 면제하다 복 〚若〛 및 약 〚蠲〛 제거
하다 견 〚繇〛 부역 요 〚隘〛 좁다 애 〚徼〛 구하다 요 〚褊〛 좁다 편
〚狹〛 좁다 협 〚眇〛 작다 묘

〈국역〉 그 아버지가 병들었다가 죽었는데 아들이 따라 죽었다고 효자라 할
수 있겠는가? "효자라고 할 수 없다. 오직 그 아버지가 불행히 호랑

이나 이리, 도적에게 핍박당하였을 적에 그 아들이 따라서 아버지를
호위하다가 죽었다면 효자라 할 수 있다.” 임금이 죽었는데 신하가
따라 죽었다고 충신이라고 할 수 있겠는가? “충신이라고 할 수 없다.
오직 그 임금이 불행히 반역의 신하에게 弑害될 적에 신하가 따라서
임금을 호위하다가 따라 죽었거나, 혹은 자기가 불행히 오랑캐에게
잡혀 오랑캐의 조정에까지 끌려가 강제로 굴복시키려 해도 굴복하지
않다가 죽었다면 충신이라고 할 수 있다.” 그렇다면 남편이 죽자 아
내가 따라 죽은 경우 이를 열부라고 하면서 그를 위해 마을에 旌表
하고 戶役을 면제해 주며, 아들이나 손자들의 요역까지도 감면하여
주는 것은 무슨 까닭인가? “열부가 아니라 소견이 좁은 여자인데, 이
것은 유사가 살피지 못했을 뿐이다.” 그렇다면 이것은 명예를 얻기
위한 마음이 있어서인가? “아니다. 이런 마음은 없었을 것이다.” 이
것은 그 성품이 좁아서 사리에 통달하지 못하였다 하더라도 혹 특별히
한이 가슴속에 맺혀 있어서일 수도 있는 것인데, 그렇다면 반드시 열
부가 아니라고 하는 것은 무슨 까닭인가? 천하에서 죽기보다 더 어려
운 것이 없는데, 저 보잘것없는 여인이 그 자신을 죽여서 스스로 목숨
을 끊었는데도 반드시 열부가 아니라고 하는 것은 무슨 까닭인가?

〈略鑑〉 이 글은 烈婦란 무엇인가에 대한 다산의 견해를 피력한 것이다. 이
부분은 서두로, 孝子와 忠臣의 정의를 통해 烈婦란 어떠해야 하는가
에 대한 내용으로 시작하고 있다. 自問自答의 修辭를 활용해 단순한
議論에서 오는 척박함을 벗어나고자 하였다.

夫天下之事之凶 未有甚於殺其身者也 殺其身奚取焉 唯殺其身
當於義是圖也 夫爲虎狼盜賊所逼迫 妻從而衛之死焉 烈婦也 或

己爲賊人淫人所逼迫　强之汚　不屈而死　則烈婦也　或蚤寡　其父
母兄弟欲奪己之志　以予人　拒之　弗能敵以死　則烈婦也　其夫
抱冤而死　妻爲之鳴號　暴其狀　不白　竝陷刑以死　則烈婦也

〈국·역〉 "무릇 천하의 일 가운데 흉한 것은 그 자신을 죽이는 것보다 더한 것
이 없다. 그 자신을 죽이는 데 있어 취할 것이 무엇인가? 오직 그 자
신을 죽이려면 그것이 義에 합당한 경우여야 하는 것이다. 남편이 호
랑이나 이리, 도적에 핍박당하여 죽었을 때 아내도 따라서 그를 호위
하다 죽었다면 열부이다. 간혹 자신이 도적이나 음란한 사람에게 핍
박당하여 강제로 욕보이려 할 때, 굴하지 않다가 죽었다면 이는 열부
이다. 간혹 일찍 과부가 되었을 적에 그 부모나 형제들이 자신의 뜻
을 빼앗아 남에게 재가시키려 할 경우, 그것에 항거하다가 맞설 수
없을 때 죽는다면 이는 열부인 것이다. 또 남편이 원통한 한을 품고
죽자 아내가 남편을 위하여 울부짖으면서 정상을 드러내려다 밝힐
수 없게 되어 함께 형벌에 빠져 죽었다면 이는 열부인 것이다.

〈略鑑〉 발어사를 이용해 화제를 전하면서 烈婦에 대한 定義를 내리고 있는
단락이다. 義에 합당한 죽음이어야 烈婦라 할 수 있는데, 그 定義에
합당한 네 가지 烈婦의 경우를 예로 들어 논의를 전개하고 있다.

今也不然　夫安然以天年終于正寢之中　而妻從而死之　是殺其身
而已　謂之殺其身　當於義則未也　吾固曰　殺其身　天下之凶也　旣
不能殺其身當於義　則是徒爲天下之凶而已　是徒爲天下之凶者
也　而爲民上者　且爲之綽其楔丹其榜復其戶　蠲其子若孫縣役

是勸其民相慕效爲天下之凶也　惡乎可哉

〈주석〉〖天年〗＝天壽　〖正寢(정침)〗안방
〈국역〉지금은 이런 경우가 아니다. 남편이 편안히 天壽로 안방 아랫목에서
　　　조용히 운명하였는데도 아내가 그를 따라 죽는다. 이것은 그 자신을
　　　죽이는 것일 뿐이다. 그 자신을 죽이는 것을 義에 합당하고 하면 천
　　　부당만부당하다. 나는 확실히 그 자신을 죽이는 것은 천하에서 흉한
　　　일이라고 말하겠다. 이미 그 자신을 죽이는 것이 의에 합당한 일이
　　　아니라면 이것은 다만 천하의 흉한 일이 될 뿐이다. 이것은 다만 천
　　　하의 흉한 일인데도 백성의 위가 된 사람들은 또한 그 마을에 정표
　　　하고 호역을 면제해 주기도 하고, 아들이나 손자들까지도 요역을 감
　　　해 주고 있다. 이것은 그 백성들에게 천하에서 흉한 일을 서로 사모
　　　하고 본받도록 권면하는 것이니, 어찌 옳다고 할 수 있겠는가?
〈略鑑〉앞 단락에서 제시한 烈婦의 정의와 맞지 않는 죽음을 백성의 위에
　　　있는 사람들이 烈婦라 하는 것은 옳지 않다고 논의를 전개하고 있다.

丈夫死　有家之不幸也　或舅姑老　無所養　或諸子女幼　無所乳
育　爲死者妻者　當忍其哀　黽勉其生　仰而養其無所養者　至其
死也　爲之葬薶焉　祭祀焉　俯而育其無所育者　至其長也　爲之
冠笄焉嫁娶焉　可也　一朝悍然自刻于心曰　一人死　吾無所爲舅
姑矣　一人死　吾無所爲子女矣　於是引吭自經于桁椸之下　而弗
與顧也　若是者庸詎非狼戾殘忍大不孝不慈者耶

〈주석〉〖丈夫(장부)〗아내가 남편을 일컫는 말　〖舅〗시아버지 구　〖黽〗힘쓰

다 민 〖貚〗 묻어 제사 지내다 매 〖冠笄(관계)〗 관례와 계례 〖悍〗 사납다 한 〖吭〗 목 항 〖經〗 목매다 경 〖桁〗 횃대 항 〖械〗 횃대 이 〖庸詎(용거)〗 어찌 〖戾〗 사납다 려

〈국•역〉 남편이 죽는 것은 가정의 불행이다. 간혹 시부모가 늙어 봉양할 사람이 없고, 간혹 어린 자녀들을 양육할 사람이 없으면, 죽은 남편의 아내 되는 사람은 당연히 슬픔을 참고 생활에 힘써야 한다. 위로는 봉양할 사람이 없는 시부모를 봉양하다가 그 죽음에 이르면 장사 지내고 제사 지내 주며, 아래로는 그 양육할 사람이 없는 자녀들을 양육하다가 장성한 나이가 되면 冠禮를 시키고 시집·장가보내 주는 것이 옳은 것이다. 그런데 하루아침에 표독스럽게 스스로 마음에 새기며 '한 사람이 죽었으니 내가 시부모를 위할 것이 없고, 한 사람이 죽었으니 내가 자녀들을 위할 것이 없다.'고 하여, 이에 목을 끌어 스스로 횃대 아래에 목을 매고 전후 사정을 전혀 돌아보지 않는 이런 사람을 어찌 이리처럼 사납고 잔인하여 매우 효성스럽지 못하고 자애롭지 못하다고 하지 않을 수 있겠는가?

〈略鑑〉 봉양할 시부모가 있고 돌볼 자식이 있다면 남편이 죽어도 함께 죽어서는 안 되는 경우에 대해 언급하고 있다.

天下之道一而已　未有大不孝不慈　獨於夫得其道者也　爲民上者　且爲之綽其楔丹其榜復其戶　蠲其子若孫縣役　是勸其民相慕效爲大不孝不慈也　惡乎可哉　故曰　匪烈也隘也　是有司者不察也　不察也者　不察乎其當於義否乎也　或其別有恨在中者　君子不言

 천하의 도리는 하나뿐이다. 매우 효성스럽지 못하고 자애롭지 못하
면서 유독 남편에 대해서만 올바른 도리를 얻는다는 것은 있을 수
없다. 백성의 위가 되어 이런 사람에게 그 마을에 정표하여 주고 호
역을 면제해 주고 아들과 손자들에게까지 요역을 감면하여 준다면
이것은 백성들에게 매우 효성스럽지 못하고 자애롭지 못한 일을 사
모하여 본받도록 권면하는 것이니, 어찌 옳다고 할 수 있겠는가? 그
러므로 열부가 아니라 소견이 좁은 것인데, 유사가 살피지 못한 것이
라고 말한 것이다. 살피지 못했다는 것은 (그 죽음이) 義에 합당한가
아닌가에 대한 여부를 살피지 못했다는 말이다. 간혹 특별히 한이 가
슴속에 맺혀 있을 수도 있다고 했는데, 君子는 이런 점에 대해 말하
지 않는 법이다.

〈略鑑〉 마지막 결론에 해당하는 부분으로, 위의 議論을 다시 종합하여 제시
하고 있다.

李時珍曰 張杲醫說言 唐開元中 明人陳藏器著本草拾遺 載人
肉療羸瘵 閭閻有病此者多割股 按陳氏之先 已有割股割肝者
矣 而歸咎陳氏 所以罪其筆之於書 而不立言以破惑也 本草可
輕言哉 嗚呼 身體髮膚 受之父母 不敢毀傷 父母雖病篤 豈肯
欲子孫殘傷其支體 而自食其骨肉乎 此愚民之見也

〈주석〉 『開元(개원)』唐 玄宗의 연호 『療』 고치다 료 『羸瘵(리체)』 폐결핵 『閭
閻(려염)』 마을 입구의 문, 마을 사람 『股』 넓적다리 고 『立言(립
언)』 =立論

〈국•역〉 이시진이 말하기를, "張杲의 「醫說」에, '唐나라 개원 연간에 명나라

사람 진장기가 『本草拾遺』를 저술하였는데, 人肉으로 폐결핵을 치료
할 수 있다고 실었기 때문에, 閭巷에서 이 병을 앓는 사람 중에 넓적
다리의 살을 베어 먹는 사람이 많았다.' 하였다. 조사해 보니, 陳氏
이전에 이미 넓적다리의 살을 베고 간을 벤 사람이 있었다. 그런데도
허물을 진 씨에게 돌리는 것은, 그가 저서에 쓰면서 정당한 의논을
제시하여 미혹됨을 갈파하지 않은 것에 죄주려는 때문이다. 그러니
『본초습유』 같은 醫學書를 경솔히 저술할 수 있겠는가? 아! 신체와
털과 피부는 부모에게서 받은 것이므로 감히 상하게 해서는 안 되는
것이다. 부모가 아무리 위독한 병에 걸렸다 하더라도 어찌 자손이 자
신의 몸을 해쳐 봉양하는 그 고기를 스스로 먹고 싶어 할 리가 있겠
는가? 이것(인육을 먹는 것)은 어리석은 백성들의 견해일 뿐이다."

〈略鑑〉 앞의 본 이야기를 보강하는 형식으로, 한 칸 들여서 쓰면서 이시진
의 말을 인용하여 자신의 몸을 해쳐 봉양하는 것은 어리석은 행위
임을 밝히고 있다. 아래의 예시문도 같은 내용을 담고 있다.

按何孟春餘冬錄云 江伯兒母病 割脅肉以進 不愈 禱于神欲殺
子以謝其神 母愈 遂殺其三歲子 事聞太祖皇帝 怒其絶倫滅理
杖而配之 下禮部議曰 子之事親 有病則拜托良醫 至于呼天禱
神 此懇切至情不容已者 若臥氷割股事屬後世 乃愚昧之徒 一
時激發 務爲詭異 以驚世駭俗 希求旌表 規避徭役 割股不已
至于割肝 割肝不已 至于殺子 違道傷生 莫此爲甚 自今遇此
不在旌表之例 嗚呼 聖人立教 高出于古 韙哉如此

〈주석〉 〖脅〗 옆구리 협 〖愈〗 낫다 유 〖禱〗 빌다 도 〖配〗 유배 보내다

배 『昧』 어리석다 매 『詭』 괴이하다 궤 『旌表(정표)』 =表彰 『規』
꾀하다 규 『徭』 부역 요 『韙』 좋다 위

〈국·역〉 하맹춘의 『餘冬錄』을 살펴보니 다음과 같은 내용이 기재되어 있다.
"강백아의 어머니가 병을 앓았는데 겨드랑이의 살을 베어 드려도 병
이 낫지 않자, (어머니 병만 낫게 해 주면) 아들을 죽여서라도 귀신에
게 사례하겠다고 귀신에게 기도하였더니 어머니 병이 나았다. 드디
어 세 살 난 아들을 죽였다. 이 사실을 들은 명 태조는 그가 인륜을
끊고 천리를 어긴 데 대해 노하여 杖을 때린 뒤 유배 보내고, (이 사
건을) 예부에 내려 의논하게 하였다. (의논하기를) '자식이 어버이를
섬김에 있어 어버이가 병이 생기면 훌륭한 의원에게 절하고 부탁해
야 하지만, 하늘에 울부짖으면서 귀신에게 비는 것도 간절한 마음과
지극한 정에 있어 어쩔 수 없는 일이다. 그러나 얼음 위에 드러누워
잉어를 찾고 넓적다리의 살을 베어 내는 등의 일은 후세에 와서 생긴
일로, 이것은 바로 우매한 무리들이 일시적인 감정이 격발하여 괴이한
짓을 함에 힘써 세상을 놀라게 하면서 정표를 희구하여 요역을 피하기
를 꾀하는 것이다. 넓적다리의 살을 벰에 그치지 않고 간까지 베게 되
었고, 간을 벰에 그치지 않고 자식까지 죽이게 되었으니, 도리를 어기
고 삶을 해치는 것이 이보다 더한 것이 없다. 이제부터는 이런 사람을
만나면 정표에서 제외시키도록 한다.' 하였다. 아! 성인인 명 태조가
교훈을 세운 것이 전고에 없이 뛰어나 이와 같이 훌륭하였다."

〈略鑑〉 부모의 병을 치료한다고 자식을 죽인 사태까지 발생한 이야기를 例
示하고 있다.

又陶九成輟耕錄載　古今亂兵食人肉　謂之想肉　或謂之兩脚羊

此乃盜賊之無人性者　不足誅矣

〈주석〉 『亂兵(란병)』 싸움에 져 흩어진 士兵 『誅』 책망하다 주
〈국·역〉 또 陶九成의 『輟耕錄』에, "고금에 난병들이 인육을 먹었는데 이것을
　　　　想肉이라고도 하고 兩脚羊이라고도 한다는 것이다. 그러나 이것은 바
　　　　로 人性이 없는 도적들이니, 책망할 가치조차 없다."라고 하였다.

李德懋盎葉記云　割肝非孝也　余嘗讀一統志及史傳記　孝子往
往有割肝療親病而不自死者　而竊怪之　又讀留溪外傳（陳鼎著
江陰人）　有趙希乾割胸探心　誤割腸尺餘　烹而療母　仍創合　糞
從胸下　以管出（聞楊州有人　與隣人鬪　不勝忿　拔刀自剖腹　而
腸突出　因割其腸　仆地氣窒　旁人納腸於腹　以藥傅之　久之創
瘥　腸一頭不盡納　垂其孔於臍上　而糞出焉　其人尙在云）　又孫
阿堵王祚昌張三愛潘煥皆割肝瘥親　俱創合無蟣　又記李孝婦割
肝療親事　此皆明淸間事　記訂明白　又吳介玆（晉）作閩孝子傳
孝子刺胸割心療父病　以藥傅之　詰朝無創痕　此尤理之不可曉
者也

〈주석〉 『創』 상처 창 『剖』 찌르다 사 『仆』 넘어지다 부 『窒』 막히다 질
　　　　『傅』 부착하다 부 『臍』 배꼽 제 『瘥』 낫다 유 『訂』 바로잡다 정
　　　　『詰』 새벽 힐
〈국·역〉 이덕무의 『盎葉記』에, "간을 베어 (부모에게 드리는) 것은 효도가 아
　　　　니다. 내가 일찍이 『一統志』와 史冊의 傳記를 읽다가 효자가 왕왕 간
　　　　을 베어 부모의 병을 치료하였는데도 자신은 죽지 않은 일들을 볼

수가 있었는데, 몰래 그것을 괴이하게 여겼다. 또 「留溪外傳」(江陰 사람 陳鼎의 저서다)을 읽어 보니, 조희건이 가슴을 칼로 가르고 심장을 찾다가 잘못하여 창자를 한 자 남짓 잘랐다. 이것을 삶아 어머니 병을 치료하였다. 그 뒤 상처가 그대로 아물었는데 대변이 가슴 밑으로 나왔으므로 대통을 꼽아 그 속으로 흘러나오게 하였다(들으니, 양주에 사는 어떤 사람이 이웃 사람과 싸우다가 분을 참지 못해 칼을 빼어 자신의 배를 갈랐는데, 창자가 갑자기 밖으로 쏟아져 나왔다. 이어 창자를 베고는 땅에 넘어져 기절하였다. 옆에 있던 사람이 창자를 뱃속에 주워 담고 약을 발랐더니 오래 있다가 상처가 나았다. 그런데 창자의 한 끝이 다 들어가지 않고 (밖으로 늘어져 있었고), 그 구멍은 배꼽 위에 나 있었다. 그리로 대변이 분출되고 있는데, 그 사람은 아직도 살아 있다고 한다). 또 손아도, 왕조창, 장삼애, 반환도 모두들 간을 베어 어버이의 병을 치료하였는데 모두 탈 없이 상처가 잘 아물었다고 한다. 또 효부 이 씨가 간을 베어 어버이의 병을 치료한 일도 기록하였다. 이것은 모두 明나라와 淸나라 때에 있었던 일로 명백한 기록이다. 또 吳介玆(晉나라 사람이다)는 「閔孝子傳」을 지었는데, 민 효자가 가슴을 가르고 심장을 베어 아버지 병을 치료하고 나서 상처에 약을 발라 두었더니, 이튿날 아침에는 상처에 흔적마저도 없어졌다고 하였다. 이것은 더욱 이해할 수 없는 이치이다."

○案割肝不死者幻術也　幻者假作此狀　以眩人目　不知者以爲孝子也　其在王法　必誅無赦　豈足疑乎

〈주석〉 〖眩〗 현혹하다 현 〖王法(왕법)〗 국가의 법, 임금이 나라를 다스리는

도 〚赦〛 용서하다 사

〈국·역〉 살펴보건대, 간을 베어도 죽지 않는 것은 마술이다. 마술은 이런 모
양을 거짓으로 만들어서 사람의 눈을 속이는 것인데, 모르는 사람들
은 효자라고 여기게 되는 것이다. 이런 자들은 王法에 비추어 반드시
용서 없이 베어야 한다. 어찌 의심할 만한 가치가 있겠는가?

〈略鑑〉 앞의 예시에 대한 간략한 평을 마지막에 실어 놓았다.

茶山과 달리 李德懋는 「兩烈女傳」에서 남편을 따라 죽으려고 바늘을
삼키거나 우물에 빠져 죽은 두 烈女에 대해 높이 평가하고 있다. 여성
을 소재로 한 이러한 傳에서는 윤리문제를 다루고 있는데, 여자가 절
조를 지키기 위해서는 자결하거나 살인행위를 저지르는 것을 당위시
함으로써, 三綱五倫의 절대성을 고수하려는 입장을 취하고 있다. 그가
가혹할 만큼 엄격한 朱子學的 倫理觀을 옹호하고 나선 것은, 조선 후기
에 이르면서 붕괴되기 시작하는 봉건적 질서를 새롭게 확립함으로써
王權을 강화하고 피지배층에 대한 기강을 세우려 한 당대 임금의 의
도에 순응하고자 함에서였다. 이에 반해 燕巖은 「烈女咸陽朴氏傳」에서
남편을 따라 靑孀에 죽은 박 씨의 행위를 지나치다고 비판하였다. 연
암은 오히려 情慾을 참아 가면서 두 아들을 훌륭히 키워 낸 과부가,
비록 烈女의 牒에 오르지는 못했을망정 참된 열녀라고 하는 논리를
전개하고 있다. 박지원은 당대의 잘못된 烈女觀을 비판하고 있으면서
靑孀은 改嫁해야 함을 시사하고 있는 데 반하여, 이덕무는 당대의 윤
리관에 집착하고 있다.

53. 「張天慵傳」丁若鏞

張天慵者 海西人 舊名天用 觀察使李公義駿巡至谷山 與之游
改之曰天慵 遂以天慵行

〈국역〉 장천용은 해서 사람으로, 옛 이름은 천용이었다. 관찰사 이의준이 순
　　　　찰을 하다가 곡산에 와서 그와 함께 노닐면서 그 이름을 고쳐 '天慵'
　　　　이라고 한 것이 마침내 천용으로 행세하게 되었다.

〈略鑑〉 이 글은 장천용이란 특이한 예술가의 삶에 대한 傳으로, 다산이
　　　　1797년 西學 때문에 곡산 부사로 좌천되었을 때 그곳에서 만난 奇
　　　　人을 소재로 쓴 글이다. 다산이 장천용에게 받은 인상이 깊었기에
　　　　長篇古詩인 「張天慵歌」를 짓기도 하였다. 이 단락은 그의 이름의
　　　　변천에 대해 설명하고 있는 서두 부분이다.

余任谷山之明年 鑿池爲亭 嘗月夜清坐 思聽洞簫 獨語獨歎
有進于前者曰 邑有張生者 善吹簫鼓琴 顧其人不喜入官府 今
急發吏卒 至其家擁之 可得也 余曰 否 使其人而誠有執也 可
擁之使至 又豈能擁之使吹哉 汝其往喻吾意 不肯 毋相強也

俄而使者復張生已至門矣　至則脫網巾跣足　衣而不帶　方沈醉
眼光瀏瀏然　手有簫不肯吹　索燒酒不已　與之三四杯　益酩酊無
所省　左右扶而去　宿之于外　明日再召至池亭　只予之一杯　於
是天慵斂容而言曰　簫非吾所長　長於畫　令取絹本來　作山水神
仙胡僧怪鳥壽藤古木凡數十幅　水墨凌亂　不見痕跡　皆蒼勁鬼
怪　出人意慮之表　至摹狀物態　毫毛纖巧　發其神精　令人駭愕
叫呶而不自已　旣而擲筆索酒　又大醉　扶而去　明日又召之　已
肩一琴腰一簫　東入金剛山矣

 〚鑿〛 뚫다 착 〚簫〛 퉁소 소 〚顧〛 다만 고 〚吏卒(리졸)〛 官兵, 胥
　　　　吏 〚擁〛 호위하다 옹 〚喩〛 이르다 유 〚復〛 아뢰다 복 〚網巾(망건)〛
　　　　조선시대 때 성인 남자가 상투를 틀 때 머리털을 위로 걷어 올리기
　　　　위해 이마에 쓰는 巾을 말한다. 말총을 직사각형으로 엮어서 만드는
　　　　데, 윗부분을 당, 아랫부분을 편자라 하며, 망건에 달아 상투에 동여
　　　　매는 줄을 당줄이라고 함 〚跣〛 맨발 선 〚瀏〛 맑고 깊다 류 〚酩酊
　　　　(명정)〛 많이 취한 모양 〚絹〛 명주 견 〚胡僧(호승)〛 서역이나 외지
　　　　에서 온 스님 〚壽藤(수등)〛 오래된 등나무 〚幅〛 폭 폭 〚凌亂(릉란)〛
　　　　번잡하여 차례가 없음 〚蒼勁(창경)〛 그림이 노련하고 빼어남 〚摹〛
　　　　베끼다 모 〚纖〛 가늘다 섬 〚神精〛 ＝精神 〚愕〛 놀라다 악 〚叫〛 부
　　　　르짖다 규 〚呶〛 지껄이다 노

〈국역〉 내가 곡산에 府使로 부임한 이듬해에 연못을 파서 정자를 세웠다. 일
　　　　찍이 달 밝은 밤에 조용히 앉아 퉁소소리 듣던 일을 생각하면서 홀로
　　　　중얼거리며 홀로 탄식하고 있는데, 어떤 사람이 앞으로 나와서 말하
　　　　기를, "邑에 장생이라는 사람이 있어 퉁소를 잘 불고 거문고를 잘 타

는데, 다만 그 사람은 관부에 들어오는 것을 좋아하지 않습니다. 지금 이졸을 급히 보내어 그 집에 가서 그를 붙들어 오게 하면 만나 볼 수 있을 것입니다." 하였다. 나는 말하기를, "안 된다. 그 사람으로 하여금 진실로 잡혀서 그를 붙들어 이곳에 데려올 수는 있겠지만, 또 어찌 그를 붙잡아 통소를 불게 할 수 있겠는가? 너는 가서 나의 뜻을 전하기만 하고, 오려고 하지 않거든 강제로 데려오지 마라." 하였다. 얼마 있다가 심부름 갔던 자가 장생이 이미 문에 와 있다고 아뢰었다. 온 것을 보니 망건은 벗어 버리고 맨발에다 옷을 입었는데 띠도 두르지 않았으며, 바야흐로 매우 심하게 취해 눈빛이 거슴츠레하였다. 손에는 통소를 가졌으나 불려고 하지 않고 계속 소주만 찾았다. 그와 더불어 서너 잔 마시니, 더욱 취하여 인사불성이 되었으므로, 좌우 사람들이 부축하여 데리고 가서 밖에다 재웠다. 다음 날 다시 불러 연못의 정자로 오게 하여 다만 술 한 잔만 주니, 이에 천용이 자세를 가다듬고 말하기를, "통소는 저의 장기가 아니고, 저는 그림에 장기가 있습니다." 하였다. 그림 그릴 비단을 가져오게 하여, 山水, 神仙, 胡僧, 怪鳥, 壽藤, 古木 등 수십 폭을 그리게 했더니, 수묵을 쓰는 솜씨가 능란하여 그린 흔적이 보이지 않고 모두 창경·괴기하여 사람의 상상을 초월한 것이었으며, 물태를 묘사함에 이르러서는 붓끝이 섬세하고 정교하게 그 정신을 발하여 사람으로 하여금 놀라고 경탄을 금치 못하게 하였다. 이윽고 붓을 던지고 술을 찾더니, 또 크게 취하여 부축을 받고 갔다. 이튿날 또 그를 불렀으나 이미 거문고 하나 메고 통소 하나 차고, 동으로 금강산에 들어갔다고 하였다.

〈略鑑〉 장천용을 만난 과정과 奇行을 행하면서 그림에 뛰어난 모습을 그려 내고 있다. 奇行에 대해 전체 네 가지 逸話를 제시하고 있는데, 이 단락에서는 첫 번째 일화인 어느 날 장천용을 불러들여 그림을 그린 이야기가 실려 있다.

越明年春 燕使來 有嘗有德于天慵者 掌修平山府館廨 要天慵施丹碧 而同事者持父服 天慵見其杖奇竹有異音 乃夜竊之 鑿孔爲洞簫 登太白山城中峯之頂 吹之竟夜而還 同事者恚甚叱之 天慵遂去 後數月 余解任歸 後數月 天慵特畫岢嵐山水 以寓之 且言今年當徙居嶺東云 天慵有妻貌甚惡 夙抱癱瘓之疾 不能績不能緘 不能爨不能生産 性復不良 常臥訕天慵 而天慵眷係不少懈 鄰人咸異之

〈주석〉 〚廨〛 관아 해 〚父服(부복)〛 부친을 위해 喪服을 입음 〚恚〛 성내다에 〚叱〛 꾸짖다 질 〚解任(해임)〛 免職, 停職 〚寓〛 부치다 우 〚癱瘓(탄탄)〛 중풍 〚爨〛 밥을 짓다 찬 〚訕〛 헐뜯다 산 〚眷〛 돌보다 권 〚係〛 잇다 계 〚懈〛 게으르다 해

〈국역〉 이듬해 봄에 중국 사신이 오자, 일찍이 천용에게 덕을 베풀었던 어떤 사람이 평산부의 관아를 보수하는 일을 맡게 되어, 천용을 맞아다가 단청을 하도록 하였다. 그런데 같이 일하는 사람 가운데 아버지 상복을 입은 자가 있었는데, 천용이 그 喪杖이 기이한 대나무이고 이상한 소리가 나는 것을 보고는 밤에 그것을 훔쳐다가 구멍을 뚫어 통소를 만들었다. 그리고 태백산성 가운데 봉우리의 꼭대기에 올라가 밤새도록 통소를 불다가 돌아왔다. 같이 일하는 사람이 성을 내어 심하게 꾸짖자 천용은 마침내 떠나가 버렸다. 그 후 몇 개월 뒤에 나는 해임되어 돌아왔는데, 몇 개월 후에 천용이 가람산의 산수를 특별히 그려

서 나에게 보내 주면서, 금년에는 영동으로 이사 가서 살 것이라 하
였다. 천용의 아내는 용모가 매우 못생긴데다가 일찍부터 중풍을 앓
아 길쌈도 바느질도 못 하고, 밥도 못 짓고 자식도 낳지 못하였다. 게
다가 성품조차 불량하여 항상 누워서 천용을 욕하였지만, 천용은 조
금도 변함없이 돌보았으므로 이웃 사람들이 모두 특이하게 여겼다.

〈略鑑〉 마지막 단락으로, 喪杖을 퉁소로 만들어 분 것, 해임된 다산에게 그
림을 보내온 것, 병들고 성품마저 불량한 아내를 사랑한 세 가지 奇
行을 제시하고 있다. 이 네 가지 逸話를 통해서 일체의 규범과 현실
의 구속으로부터 벗어난 장천용의 자유로움과 동시에 奇行의 이면
에 숨어 있는 진실한 인간미를 느끼게 한다. 傳에는 일반적으로 끝
에 평이 있지만, 이 작품을 評을 붙이지 않아 독자로 하여금 評을
스스로 내리게 하고 있다.

當然而然者　義也　莫之然而然者　命也　聖人由義　而命在其中
君子以義順命　中人以上　以命斷義　中人以下　不知命而亡其義
是以不知命　而能安於義者鮮矣　不達於義　而能安其命者　未之
有也　然命有時而不言　義無往而不行　故事親以孝　無問其命矣
事君以忠　無問其命矣　修己以敬　無問其命矣　砥行以勤　無問
其命矣

〈주석〉 〘命〙 運命, 宿命을 의미함 〘辨〙 =辯(당나라 이전에는 辨자를 많이
　　　　썼고, 당나라 이후에는 辯자를 많이 썼음) 〘砥〙 갈다 지

〈국·역〉 당연히 그렇게 해야 할 것이 그렇게 되는 것은 義이고, 그것을 그렇
　　　　게 하지 않았는데도 그렇게 되는 것은 命이다. 聖人은 義에 말미암는

---

23) 洪奭周(1774, 영조 50〜1842, 헌종 8): 본관은 豊山. 초명은 鎬基, 자는 成伯, 호는 淵泉. 1795년(정조
　　19) 殿講에서 수석을 하여 直赴殿試의 특전을 받았다. 그해 문과에 급제하여 직장·검열 등을 역임하고
　　1802년(순조 2) 정언이 되었다. 이듬해 사은사의 書狀官으로 청나라에 다녀와 이후 成川府使, 이조참의,
　　이조판서를 역임했고, 文衡을 담당하기도 하였다. 1834년에는 좌의정으로서 世孫의 師傅가 되어 헌종과
　　인연을 맺었다. 안동김씨 세력의 주변적 신료로서 세도정국에 참여했고 순조가 죽은 후 풍양조씨와 세력
　　을 다투어 안동김씨 세도정권의 일익을 담당했다. 1836년(헌종 2) 南膺中의 모반에 연루되어 金路의 탄
　　핵을 받고 삭직되었다가 1839년 복직하여 영중추부사에 이르렀다. 학통상으로 노론 洛論 계열인 金昌協·
　　金元行을 이었으며, 청나라에 다녀오면서 顧炎武의 학문에 영향을 받았다. 實學·務實을 주안으로 하는
　　博學을 강조했으나, 考證學에서 의리를 뒤로 미루는 것은 폐단이라고 비판하면서 주자학의 원칙을 지켜
　　야 함을 주장했다. 시호는 文簡이다.

데 命이 그 가운데 있고, 군자는 義로써 命을 따르고, 보통 사람 이상
은 命으로써 義를 단정하고, 보통 사람 이하는 命을 알지도 못하고
그 義도 잊어버리고 있다. 이 때문에 命을 알지 못하고서 義에 편안
할 수 있는 자는 드물고, 義에 통달하지 못하고서 命에 편안할 수 있
는 자는 아직 없었다. 그러나 命은 때로 말을 하지 않을 경우가 있으
나, 義는 어디를 가더라도 행하지 않을 수가 없다. 그러므로 효로써
어버이를 섬기면서 그 命은 따지지 않고, 忠으로써 임금을 섬기면서
그 命은 따지지 않고, 敬으로써 자기 몸을 닦으면서 그 命은 따지지
않고, 부지런함으로써 행실을 닦으면서 그 命은 따지지 않는다.

〈略鑑〉 辨은 일종의 論駁하는 문장으로, 독립된 문체로 쓰이기 시작한 것은
당나라 이후로 韓愈의 「諱辨」 등이 있다. 이 글은 '無命'이라고 해서
命이 없음을 주장하며 논한 辯이 아니라, '命이 없다.'는 '無命'의 주
장에 대한 辯論이라는 뜻으로 지은 論辯類이다. 이 단락은 서두로,
義와 命에 대한 개념을 먼저 제시하면서 義와 命의 관계에 따라 사
람을 聖人, 君子, 中人 以上, 中人 以下로 구분하고 있다.

雖然 命有時而不言 亦有時而不得不言 故窮達有命 不可求也
死生有命 不可逃也 貴賤有命 不可營也 貧富有命 不可圖也
盖命非所以動聖賢 而可以屬中人 非所以處常事 而可以斷禍
福 知命之不可以容力也 則吾無所施其巧矣 知命之非出於安
排也 則吾無所容其心矣

〈주석〉 〖勵〗 권장하다 려 〖處〗 처리하다 처 〖力〗 힘써 력 〖安排(안배)〗 준비
〈국역〉 비록 그렇기는 하나 命은 때때로 말을 하지 않을 경우가 있으나, 또

한 때로는 말을 하지 않을 수 없는 경우도 있다. 그러므로 궁색하고
榮達함은 命에 달려 있어 구할 수 없는 것이요, 죽고 사는 것은 命에
달려 있어 도피할 수 없는 것이요, 귀천은 命에 달려 있어 영위할 수
없는 것이요, 빈부는 명에 달려 있어 도모할 수 없는 것이다. 대개 命
은 성현의 마음을 흔들리게 할 수 있는 것은 아니지만 보통 사람을
격려할 수는 있는 것이며, 보통 일을 처리할 수 있는 것은 아니지만
禍福을 단정할 수는 있다. 그러니 命이 억지로 어떻게 할 수 없음을
안다면 내가 그에 대해 기교를 베풀 것이 없고, 命이 계획에서 나오
는 것이 아님을 안다면 내가 그에 대해 마음을 용납할 것이 없다.

〈略鑑〉 雖然이라는 轉折의 접속사를 사용하여 내용을 전환시키면서 命의
　　　　존재와 性質에 대해 논의하고 있다.

夫脅肩諂笑而取富貴者　有之矣　秉義蹈難而身死亡者　亦有之
矣　然時至於富貴　則抗道者未始不達　運直於死亡　則忍恥者亦
未必能全　命固如是　不可得而移也　人苟於斯而知之明也　人苟
於斯而信之篤也　則夫孰有勞心而求利　包羞而偸生者乎　故苟
不知義　命無用也　苟爲知義也　則命之有補於世敎亦大矣　自夫
無命之說起　而不信命之人衆　於是乎純樸離　而機智繁　天道誣
而人事瀆　干祿徼利　貪生畏死之徒滋　而天下亂矣　此所謂無命
之害也　惟君子　一聽之命　而唯義之是從

〈주석〉 〖脅肩諂笑(협견첨소)〗 어깨를 움츠리며 아첨하며 웃는 것으로 극단
　　　　적으로 아첨하는 모양 〖蹈〗 실천하다 도 〖抗〗 두둔하다 항 〖直〗
　　　　당하다 치 〖偸〗 구차하다 투 〖誣〗 업신여기다 무 〖瀆〗 더럽히다

독 〖干〗 구하다   간 〖徼〗 구하다   요 〖滋〗 불어나다   자 〖一聽(일청)〗 완전히 의지하거나 믿음 〖唯a是b〗 a를 b하다.

〈국•역〉 무릇 어깨를 움츠리며 아첨하는 웃음을 웃고서 부귀를 취하는 자가 있고, 義를 잡고 어려운 일을 실천하다가 몸이 죽어 간 자도 있다. 그러나 때가 부귀에 이르면 도를 지키는 자도 처음부터 영달하지 않은 경우가 없었고, 운명이 사망에 직면하면 수치스러운 짓을 차마 해내는 자라도 반드시 목숨을 보전하는 것만은 아니다. 운명은 진실로 이와 같아 바꿀 수는 없는 것이다. 사람이 만약 이 이치에 대하여 밝게 알고, 사람이 만약 이 이치를 독실하게 믿는다면, 어느 누가 마음으로 애를 쓰면서 이익을 구하고, 수치를 무릅쓰면서까지 구차스럽게 더 살려는 사람이 있겠는가? 그러므로 만약 義를 알지 못하면 命은 쓸모가 없으며, 만약 義를 안다면 命이 세상의 가르침에 도움이 됨이 또한 클 것이다. 저 '命이 없다.'는 설이 일어나면서부터 命을 믿지 않는 사람이 많아졌다. 그러자 순박함이 없어지고 꾀만 많아져 天道는 허망한 것이 되고 人事는 더럽혀졌다. 봉록이나 구하고 이익이나 추종하며 삶을 탐내고 죽음을 두려워하는 무리들이 불어나서 천하가 어지러워졌다. 이것이 이른바 '命이 없다.'는 설의 해로움이다. 오직 군자만이 命을 완전히 믿고서 義만을 따르는 것이다.

〈略鑑〉 발어사 夫를 사용하여 마지막 단락을 시작하면서, 命은 바꿀 수 없는 것이며, 無命의 폐해에 대해 지적하고 있다. 對偶의 수사법을 활용하여 간결미·정제미·율동미를 가미시키고 있다.

金澤榮의 제자인 王性淳이 쓴 「麗韓十家文鈔序」에, "항상 '우리나라의 古文의 학은 金富軾 공이 고려 때에 제창하여 李齊賢 공이 계승하

고, 그 후 3백 년에 張維 공이 조선에서 밝히고, 李植·金昌協·朴趾源·
洪奭周·金邁淳·李建昌 공이 서로 계승하여 떨쳤으니, 체재는 다르더
라도 모두가 文家의 正宗으로서 후인의 모범이 된다.'고 여겼다. 그래
서 손수 그 글을 기록하여 '九家文'을 만들었다가, 光武(대한제국 고종
의 연호) 말년쯤에 배를 타고 淮南으로 가면서, 나에게 '구가문'을 주
어 간직하도록 했다. 그 후 편지를 보내올 때마다 '구가문'을 말하지
않은 적이 없었다(嘗以爲本邦古文之學 金公富軾倡之於高麗 而李公齊賢繼
之 其後三百年張公維明之於韓 而李公植金公昌協朴公趾源洪公奭周金公邁淳
李公建昌相繼而作 雖或體裁之有別 而同爲文家之正宗 可以模楷後人 手錄其
文 表爲九家 屬光武末 浮海之淮南 以九家者畀性淳藏之 其後每抵書 未嘗不
以九家爲言)."라고 언급하고 있어, 洪奭周가 古文에 뛰어났음을 알 수
있다. 홍석주는 金邁淳과 함께 당시를 대표하는 古文家로, 이후 고문가
들에게도 많은 영향을 끼쳤다.

命可知也 而不可爲也 命可信也 而不可必也 何謂可知而不可
爲 無爲者 天也 有爲者 人也 命也者 非人之所能爲也 亦非天
之所能爲也 氣與事合 運以時移 若有使之 而實莫爲之 強以名
之曰命而已 固非有主宰而安排 增減而予奪之者 是不惟營爲而
求諸人者之爲妄 祈禳禬祓而求諸天者 亦多見其無益也 今夫巫
祝瞽史操術以眩人 鬻糈以求售 淫祀繁而神人糅 符呪熾而奸宄
滋 或謂之續命 或謂之度命 夫可續也 亦可度也 又何以謂之命
又何以謂之自然 故曰命不可爲也

〈주석〉 〚強〛 억지로 강 〚禳〛 푸닥거리하다 양 〚禬〛 푸닥거리 회 〚祓〛 푸
닥거리하다 불 〚巫祝(무축)〛 점쟁이나 무당 〚瞽史(고사)〛 樂士와 太
史이나, 여기서는 소경의 의미로 쓰인 듯함 〚眩〛 현혹하다 현 〚鬻〛
팔다 육 〚糈〛 젯메쌀(제사에 쓰는 정한 쌀) 서 〚求售(구수)〛 功名을
취득함 〚糅〛 섞이다 유 〚呪〛 빌다 주 〚熾〛 성하다 치 〚宄〛 간악하
다 귀

〈국역〉 命은 알 수는 있어도 어떻게 해 볼 수는 없는 것이며, 命은 믿을 수는

있어도 꼭 기필할 수는 없는 것이다. 알 수는 있지만 어떻게 해 볼 수는 없다는 것은 무엇을 말하는 것인가? 자연스러운 것이 天이요, 인위적인 것이 人이다. 命은 인간이 어떻게 해 볼 수 있는 것이 아니며, 또한 天이 어떻게 해 볼 수 있는 것도 아니다. 氣는 事勢와 합하고 運은 때로 이동하여, 시키는 것이 있는 듯하면서도 실제로는 아무것도 시키는 것이 없으니, 억지로 이름을 지어 命이라 하였을 따름이지, 진실로 주재가 있어 안배하고 더하거나 덜거나 하면서 주었다 빼앗았다 하는 것이 아니다. 이것이 바로 어떻게든지 해 보려고 하면서 남에게 구하는 자가 망령된 것뿐만 아니라, 빌거나 푸닥거리하면서 하늘에 구하는 자도 그것이 무익한 것임을 많이 보여 주는 것이다. 오늘날 저 무당과 소경들이 술수를 부려 사람들을 현혹해서 祭物을 팔아 재주를 뽐내려 하니, 음사가 번성하여 귀신과 사람이 뒤섞이고, 符籍과 呪文이 극성을 부려 간악함이 불어나고 있다. 命을 이어 가게 할 수 있다 하거나 命을 헤아릴 수 있다고 하나, 命을 이어 갈 수 있다거나 命을 헤아릴 수 있다면 어떻게 그것을 命이라 할 수 있으며, 어떻게 그것을 자연이라 할 수 있겠는가? 그러므로 命이란 어떻게 해 볼 수 없는 것이라고 말하는 것이다.

〈略鑑〉 이 글은 앞의 글에 이어서 쓴 續篇에 해당하는 것으로, 이 단락은 命은 '可知而不可爲'라는 것에 대한 定義를 내리고 있다.

何謂可信而不可必 可必者 理也 不可必者 事也 武王之疾 有數在天 而金縢之書 周公之所不能已也 周公之道旣不可行 而陳蔡之厄 仲尼之所不求免也 是以雖處必興之運 明君不忘其懼 雖當必亡之會 忠臣必盡其力 如曰知命之必然 而不修吾義

是太保無祈天之誥 而少師無剖心之節也 率天下而大亂者 必
是說矣

〈주석〉 〖數〗 운수 수 〖金縢之書(금등지서)〗 주공이 무왕 대신 죽기를 하늘
에 기도한 祝文이다. 금속의 노끈으로 꿰맨 상자에 보관하였으므로
금등의 글이라 함(『書經』「金縢篇」) 〖陳蔡之厄(진채지액)〗 孔子가
진·채의 들에서 포위되어 식량이 끊기는 困厄을 당한 것을 말한다.
魯나라 哀公 7년, 공자 63세 때의 일이다. 『論語』「先進」편에, "진·
채에서 나를 따르던 자는 지금 모두 여기에 있지 않다(從我於陳蔡者
皆不及門也)."란 말이 보이고, 역시 『논어』의 「衛靈公」 편에 보면,
"진에 있을 때 양식이 떨어지다(在陳絶糧)."란 말이 보임 〖太保(태
보)〗 주나라 召公을 말한다. 『서경』「召誥」에 "하늘에 永命을 기원
하다(祈天永命)."라는 구절이 있음 〖少師(소사)〗 殷나라 三仁의 한
사람인 比干을 말한다. 『史記』「殷本紀」에 "紂가 더욱 음란하여 그
치지 않자 비간이 諫言을 하였는데, 주가 노하여 말하기를, '내가 듣
건대 성인의 심장에는 일곱 개의 구멍이 있다는데 사실인가?' 하고,
그를 죽여 심장을 해부하여 보았다(紂愈淫亂不止 比干 迺强諫紂 紂
怒曰 吾聞聖人心 有七竅 剖比干 觀其心)."는 내용이 있음 〖率天下
(솔천하)〗 온 천하

〈국역〉 믿을 수는 있어도 꼭 기필할 수는 없다는 것이란 무엇을 말하는가?
기필할 수 있는 것은 이치이고 기필할 수 없는 것은 일이다. 周나라
武王의 질병은 운수가 하늘에 달려 있었던 것이요, 금등의 글은 周公
이 그만둘 수 없었던 것이다. 주공의 도는 행해지지 못했고, 陳·蔡
의 고난을 공자는 면하기를 구하지 않았다. 그러므로 비록 반드시 일

어난 運에 처할지라도 明君은 그 두려움을 잊지 않고, 비록 반드시 멸망할 때를 당해서도 충신은 반드시 그 힘을 다하는 것이다. 만일 반드시 그럴 것이라는 운명을 알고 나의 義를 닦지 않는다면, 太保는 하늘에 기원하는 말씀이 없었을 것이고, 少師는 심장이 쪼개지는 절개가 없었을 것이니, 온 천하를 가져다 크게 어지럽히는 것은 반드시 이 '명이 없다.'는 說 때문일 것이다.

〈略鑑〉 이 단락은 '可信而不可必'에 대한 命의 정의를 내리고 있다.

故聖人言知則曰知幾如神而已　言命則曰修身以竢之而已　常防 其源也　聖人之所不言者　而巫祝瞽史常言之　聖人之所不知者 而巫祝瞽史或知之　使必決死生於期式　相富貴於旬日而後　謂 之知也　是管輅賢於元聖　而唐擧智於宣尼也　豈不悖哉　故曰命 不可必也　若夫班婕妤之言曰　死生有命　富貴在天　修正　尙不 蒙福　爲惡　將欲何求　諸葛武侯亦有言　鞠躬盡瘁　死而後已　成 敗利鈍　非臣之能逆覩也　斯固義之至　而知之盡也　亦何必曰無 命而後　快哉

〈주석〉　〚幾〛기미 기　〚竢〛기다리다 사　〚相〛점치다 상　〚旬日(순일)〛10일 로, 비교적 짧은 날을 가리킴　〚管輅(관로)〛魏의 占相으로 이름난 인물　〚唐擧(당거)〛梁나라의 관상가　〚悖〛어그러지다 패　〚班婕妤 (반첩여)〛漢 成帝의 후궁　〚蒙〛받다 몽　〚鞠躬(국궁)〛恭敬하고 謹 愼함　〚盡瘁(진췌)〛마음과 힘을 다함　〚利鈍(리둔)〛勝敗, 吉凶　〚逆〛 미리 역　〚覩〛보다 도

〈국•역〉　그러므로 聖人이 知를 말하면서는 곧 幾微를 아는 것이 神과 같다고

말하였을 뿐이고, 命을 말하면서는 곧 몸을 닦고서 그것을 기다린다고 말하였을 뿐이니, 그것은 항상 그 근원을 막은 것이다. 성인이 말하지 않은 것인데도 무당과 소경이 항상 말하고, 성인이 알지 못하는 것인데도 무당과 소경이 간혹 그것을 알기도 한다. 만약 반드시 式例에 따라서 死生을 판결하고 며칠 전에 부귀를 알아맞힌 뒤에라야 지혜롭다 말한다면, 이것은 관로가 元聖인 周公보다 현명하고 당거가 宣尼 孔子보다 슬기롭다는 것이니, 어찌 도리에 어그러진 일이 아니겠는가? 그러므로 명은 기필할 수 없다고 말하는 것이다. 저 반첩여가 말하기를, "죽고 사는 것은 명에 달려 있고 부귀는 하늘에 달려 있는 것이다. 바른 일을 닦아도 여전히 복을 받지 못하는 경우가 있는데, 악을 행하고서 장차 무엇을 구하려고 하는가."하고, 諸葛武侯인 諸葛亮도 또한 (「後出師表」에서) 말하기를, "공경하고 근신하며 心力을 다하여 죽은 뒤에야 그만둘 것이니, 成敗와 이로움과 불리함의 결과는 臣이 미리 알 수 있는 것이 아닙니다." 하였으니, 이것이 진실로 義의 지극함이요, 知의 완성이다. 그러니 왜 하필 '命이란 없다.'고 말한 뒤에라야 속이 시원하겠는가?

〈略鑑〉 마지막 단락으로, 命은 기필할 수 없는 것으로 '命은 없다.'란 無命은 잘못된 것임을 증명해 보이고 있다.

石陵子旣廢 得破屋於溪水之上 葺而居焉 屋故無外寢 卽中門
之右 起堂三楹 壁其半爲室 土脫於鏝而不暇勻也 木脫於鋸而
不暇澤也 瓦覺礧礎金鐵之攻 凡附於堂者 一切取費省功 遄華
與牢 皆不暇謀也 址突而嶢 簷矮而攘 紙一牕以攝垣籬 望之若鳥
棲于高樹之上 裊裊然欲墮也

〈주석〉 〚葺〛 수리하다 즙 〚鏝〛 흙손 만 〚勻〛 두루 미치다 균 〚鋸〛 톱
거 〚甓〛 벽돌 벽 〚礎〛 섬돌 상 〚攻〛 만들다 공 〚取〛 빼앗다
취 〚遄〛 빠르다 천 〚牢〛 굳다 뢰 〚突〛 불룩하게 나오다 돌 〚嶢〛
높다 요 〚矮〛 키가 작다 왜 〚攘〛 추어올리다 건 〚攝〛 굳건히 유지
하다 섭 〚垣〛 담 원 〚裊〛 간드러지다 뇨

〈국역〉 석릉자 김매순이 벼슬에서 물러난 뒤 미수 가의 파손된 집을 구해 수
리하고서 거기에 살았다. 집은 본래 사랑방이 없었는데 곧 中門 오른

---

24) 金邁淳(1776, 영조 52~1840, 헌종 6): 호는 臺山. 성리학에 정통하여 당시 전개된 人物性同異論을 둘
러싼 湖洛論爭에서 韓元震의 湖論을 지지했다. 뛰어난 문장으로 홍석주와 함께 19세기의 대표적인 古文
家로 이름을 날렸으며, 麗韓十大家의 한 사람으로 꼽혔다. "글은 바르고 간결하고 진실해야 하지만, 마음
의 미묘한 양상을 남에게 알리자니 번거로워지고 비유를 하게 되고 뜻을 돌려서 나타내게 된다."고 하여
창작의 어려움을 전했으며, 文에 있어서 정통을 수호하고자 했다.

쪽에 기둥 셋을 세우고 그 반은 벽을 치고 방을 만들었다. 흙을 발라 놓긴 했지만 잘 고를 틈이 없고 나무는 톱질은 했어도 대패로 다듬을 겨를이 없었다. 기와, 벽돌, 섬돌, 주춧돌, 금속, 철재 같은 집에 부속되는 것은 일체의 비용을 덜고 일을 줄여 화려하고 견고한 것은 꾀할 겨를이 없었다. 터는 우뚝하게 높고 처마는 나지막하게 위로 들려 있고 창문 하나에 종이를 발라 울타리를 겸해 놓아, 그것을 바라보면 마치 새가 높은 나무 위에 집을 지은 것처럼 간들간들 떨어질 것만 같다.

〈略鑑〉 이 글은 늙은 어머니를 모시고 서울을 떠나 先代 때부터 退去地였던 양주군 石室 옆의 渼陰에 터를 잡고 바람이 깃드는 집이라는 의미에서 '風棲堂'이란 이름을 짓고 쓴 記文이다. 이 단락은 서두로, 터를 잡고 집을 지은 과정에 대해 敍事하고 있는 부분이다.

役者曰　不設外閤　將困於風　石陵子善其計　亦以時詘不暇焉
每風從西南來　振動崖谷　掀簸林樾　揚沙塵激波浪　倒江而東也
排擴掠根　撼几殷席　窔奧之間　常瑟然有聲　如孫伯符李亞子擁
百萬之衆　有事于漭蕩之野　孤城單堡　適當其衝　卽不專力鏖鋒
師所經歷　高枕而嬉者亦尠矣　乃命之曰風棲

〈주석〉 〚閤〛 쪽문 합 〚詘〛 궁하다 굴 〚崖〛 언턱 애 〚掀〛 치켜들다 흔 〚簸〛 까불다 파 〚樾〛 나무그늘 월 〚排〛 밀치다 배 〚橫〛 문장(창문에 치는 휘장) 황 〚掠〛 치다 략 〚根〛 문설주(門楣와 문지방 사에의 문 양편에 세우는 기둥) 정 〚撼〛 흔들다 감 〚殷〛 성하다 은 〚窔〛 구석(방의 동남쪽 구석) 요 〚奧〛 아랫목 오 〚瑟然(슬연)〛 차가운 모양 〚孫

伯符(손백부)』 백부는 삼국시대 吳나라 孫策의 字임 『李亞子(이아
자)』 아자는 後唐 莊宗의 小名 『漭』 넓다 망 『蕩』 넓다 탕 『堡』 작은
성 보 『衝』 찌르다 충 『鏖』 모조리 죽이다 오 『嬉』 놀다 희 『尟』
尟(적다 선)의 속자

〈국•역〉 일하는 자가, "바깥문을 만들지 않으면 장차 바람 때문에 고생할 것
입니다." 하여, 석릉자가 그 계책을 좋다고 생각했으나, 형편이 어려
워서 여가가 없었다. 늘 바람이 서남쪽에서 불어와서 언덕과 골짜기
를 진동시키고 숲의 나무를 흔들며 모래와 먼지를 날리고 파도를 일
으켜 강으로 곤두박질쳐 동쪽으로 나갈 때는, 창의 휘장을 밀치고 문
설주를 스쳐 책상을 흔들고 자리에까지 불어와서 방구석까지 언제나
싸늘하게 소리가 난다. 이것은 마치 손백부·이아자가 백만의 군사
를 이끌고 광대한 벌판에서 전쟁을 벌여 성 하나와 보루 하나로 그
공격을 막은 것과 같으니, 오로지 힘써서 선봉을 다 죽이지 않는다면
군사가 지나가는 곳에 베개를 높이 하고 놀 사람도 드물 것이다. 그
래서 風棲라 이름 하였다.

〈略鑑〉 風棲堂이라 命名하게 된 배경을 설명하고 있는 단락으로, 4자구의
반복과 나타내고자 하는 대상을 다른 대상에 빗대어 표현하는 방법
인 比喩를 활용하여 바람이 불고 있는 상황을 그림처럼 잘 형상화
하고 있다.

石陵子嘗以弱冠取科第　內之無資蘊　外之無扳援　華省秘府　游
涉畧遍　同儕之在後者　或望之以爲榮　顧褊拙甚　動與時乖　毀不
至於銷骨　而足以沮其進　忌不至於切齒　而足以間其遇　盖通籍
十數年　漂搖然無一日寧也　無何難作　銓鏃之所未及　承以罻羅

跡聲伺景 飛走路絶 於是衆皆爲石陵子懼 雖石陵子 亦自謂必
無幸矣 乃粒食水飮 妻子奉如平日 卽風甚 猶棟宇莞簟處也

〈주석〉 〖縕〗 쌓다 온 〖扱〗 끌어당기다 반 〖華省(화성)〗 淸貴한 관직 〖儕〗
同輩 제 〖褊〗 도량이 좁다 편 〖乖〗 어그러지다 괴 〖銷〗 녹이다
소 〖沮〗 막다 저 〖間〗 이간질하다 간 〖通籍(통적)〗 처음 벼슬을
함 〖無何(무하)〗 머지않아 〖鋩〗 칼날 망 〖鏃〗 살촉 족(촉) 〖罻〗 그
물 위 〖伺〗 엿보다 사 〖粒〗 쌀밥 먹다 립 〖莞簟(완점)〗 골풀과 대
자리로, 『詩·小雅·斯干』에, "下莞上簟 乃安斯寢"이라 하고, 鄭玄
의 箋에, "莞 小蒲之席也 竹葦曰簟"라 하였음. 뒤에 安樂의 의미로
쓰임.

〈국역〉 석릉자는 일찍이 20살에 과거에 합격하여, 안으로 믿을 만한 재산이
없고 밖으로 끌어 주는 사람도 없었으나 화려한 벼슬과 요긴한 부서
를 두루 겪어, 뒤처진 또래 사람들이 간혹 그것을 영화롭다고 생각한
다. 그러나 돌아보면 도량이 좁고 성정이 매우 옹졸하여, 걸핏 하면
時勢와 어긋나, 훼방이 뼈를 녹일 정도에 이르지는 않았지만 전진을
막기에 충분하였으며, 시기가 이를 갈 정도에 이르지는 않았지만 은
총을 만나는 것을 이간시키기에 충분하였다. 십수 년을 관직에 있었
지만 흔들려 하루도 편한 날이 없었다. 얼마 지나지 않아 난리가 일
어났을 때, 칼날과 살촉이 미치지는 못하였으나 그물로 덮자 발자국
소리가 드물어지고 날고 달리던 금수도 길에 끊어지고 말았다. 이에
여러 사람이 모두 석릉자를 걱정하고, 석릉자 자신도 반드시 요행이
없을 것이라 생각하였다. 그리하여 밥 먹고 물 마시는 것과 처자 봉
양을 평소처럼 하였으니, 곧 바람이 심한데도 집 안에서 돗자리를 깔

고 거처하는 것과 같은 셈이었다.

〈略鑑〉 석릉자의 생애에 대해 간략히 이야기하고 있는 부분으로, 앞 단락과
마찬가지로 단지 사실만을 전달하는 것이 아니라 比喩의 수법을 활
용하여 다채롭게 전개하고 있다.

或曰 風者撓之物也 棲者安之所也 安而不免於撓 撓而不失於
安 風與棲相循而不已也 石陵子之志與行 庶幾在是歟 石陵子
喟然嘆曰 風固記實也 子欲廣其說乎 夫日月寒燠風雨雷霆 此
天地之所以爲敎也 然日司陽月司陰 燠舒寒挐 雨潤霆皷 彼固
各專一官 不能以通乎其餘也 若風則不然 幹方而爲四 交維而
爲八 信而爲二十四 調而爲七十二 無一時之非風也 北海之起
南海之入 王宮庶廬 不擇而加 無一處之非風也 大木之拔而句
萌達焉 堅氷之壯而波瀾興焉 無一事之非風也 彼受形於兩間
者 有一日離風而立者乎

〈주석〉 〚撓〛 어지럽다 뇨 〚循〛 돌다 순 〚庶幾(서기)〛 가깝다 〚喟〛 한숨 쉬
다 위 〚燠〛 따뜻하다 욱 〚挐〛 모으다 추 〚皷〛 치다 고 〚幹〛 주관
하다 관 〚維〛 세계를 매달아 떨어지지 않게 하는 것 유 〚調〛 고르
다 조 〚拔〛 뽑다 발 〚句〛 굽다 구 〚兩間(량간)〛 天地

〈국역〉 어떤 사람이 말하기를, "바람은 요동치는 것이요, 깃드는 집은 편안
한 곳이다. 편안해야 하는데도 요동치는 것을 면치 못하고, 요동치면
서도 편안함을 잃지 않으니, 바람과 깃드는 집이 서로 순환하여 그치
지 않는다. 석릉자의 뜻과 행동도 이것에 가까운가?"하자, 석릉자가
탄식하며 말하기를, "바람은 진실로 사실을 기록한 것이다. 그대는

그것을 광범하게 설명하기를 원하는가? 저 해와 달, 추위와 더위, 바람과 비, 뇌성과 벼락 이것은 모두 하늘과 땅이 가르침으로 삼는 도구이다. 그러나 해는 양을 맡고 달은 음을 맡으며, 더위는 사물을 펴 주고 추위는 움츠리게 하며, 비는 사물을 적셔 주고 벼락은 내리치니, 저들은 오로지 각각 한 가지의 기능이 있고 그 나머지를 통할 수는 없는 것이다. 그러나 바람과 같은 것은 그렇지가 않다. 방위를 맡아서는 사방풍이 되고, 천지의 모퉁이를 합해서는 팔방풍이 되고, 소식을 전하여 24풍이 되고, 사계절과 조화하여 72풍이 되어서 한때도 바람이 아닌 때가 없다. 북쪽 바다에서 일어나서 남쪽 바다로 들어가기까지 왕궁과 여염집을 가리지 않고 불어대니 한 곳도 바람 불지 않는 곳이 없으며, 큰 나무를 뽑아 버리는 일이 있지만 굽은 싹을 펴 주기도 하고, 단단한 얼음을 얼리기도 하지만 물결을 일으키기도 하니, 한 가지 일도 바람 때문이 아닌 것이 없다. 저 하늘과 땅 사이에서 형체를 받은 것이 하루라도 바람을 떠나서 설 수 있는 것이 있겠는가?

〈略鑑〉 바람의 기능에 대해 對偶法을 활용하여 설명하고 있는 단락이다. 해와 달과 비와 같은 사물들은 자연의 현상 가운데 정해져 있는 일정한 기능과 역할을 맡고 있을 뿐이지만, 바람은 시간이나 장소 및 대상에 관계없이 두루 기능하고 영향을 미치는 사물임을 주목하고 있다.

釋氏以地水火風爲四大　形質者地也　津潤者水也　煦然而煖者火也　若其噓吸詘信　行住坐臥　嚬笑叫呼　凡一身之運動　一世之作用　固無往而不爲風也　三古之邈　荒矣莫徵　自春秋以降如管晏之才　儀秦之辯　賁育之勇　孫吳良平之智謀　蕭曹房杜之

勳伐 蟠鬱如屈賈 發達如弘靑 富如金谷 侈如平泉 鴻舂震蕩
紛綸旋轉 銷沉於數百千年之中者 有異於風之起滅於太空者乎
若蕭朱之吹噓 牛李之敲軋 朝而翕習 夕而焚輪 此特風之小小
者耳 謂之非風亦可也 人亦風也 我亦風也 獨我乎哉 曩亦風
也 今亦風也 獨是棲乎哉 顧處風有道焉 凝神於漠 委形於虛
加之而莫違也 觸之而莫與攖也 風亦於我何哉 無安無撓 無風
無棲 何免之可喜 何失之可懼 子之言似矣 無亦未離夫畛者乎
遂書之 以爲風棲記

〈주석〉 〚津〛 진액 진 〚煦〛 찌다 후 〚噓〛 불다 허 〚詘〛 굽히다 굴 〚嚬〛 찡그
리다 빈 〚叫〛 부르짖다 규 〚邃〛 멀다 수 〚徵〛 밝히다 징 〚蟠〛 서리
다 반 〚舂〛 조용하다 용 〚紛綸(분륜)〛 깊고 넓음 〚旋〛 돌다 선 〚銷〛
다하다 소 〚吹噓(취허)〛 부추김 〚軋〛 삐걱거리다 알 〚翕〛 화합하
다 흡 〚焚輪(분륜)〛 ＝旋風 〚曩〛 접때 낭 〚漠〛 어둡다 막 〚攖〛 가
까이하다 영 〚畛〛 경계 진

〈국역〉 석가는 땅·물·불·바람을 四大라 하여, 형체와 바탕이 있는 것은
땅이요, 津液을 불어나게 해 주는 것은 물이요, 찌는 듯이 덥히는 것
은 불이라 했다. 그러나 그것을 불거나 빨아들이거나 굽히거나 펼게
하는 것과 가고 멎고 앉고 눕게 하는 것과 찡그리거나 웃거나 소리
쳐 부르는 것 등 모든 몸의 운동과 온 세상의 작용이, 진실로 가는
곳마다 바람의 작용이 아닌 것이 없다. 伏羲·神農과 五帝의 三古時
代는 멀고 거칠어 증명을 하지 못하나, 春秋시대 이후로는 管仲·晏
嬰의 재주와 張儀·蘇秦의 웅변과 孟賁·夏育의 용맹과 孫武·吳起·
張良·陳平의 지모와 蕭何·曹參·房玄齡·杜如晦의 훈공과 마음에

서리고 맺힌 것이 屈原·賈誼와 같으며, 뜻을 펴고 달성한 것이 公孫弘·衛靑과 같고, 부유하기가 石崇의 金谷園과 같고, 사치스럽기가 李德裕의 平泉莊 같은 것이 높고 얕게 움직이고 넓고 크게 돌고 돌다가 수천 년 안에 사라져 버리니, 바람이 허공에서 일어났다 소멸하는 것과 무엇이 다르겠는가? 蕭育과 朱博이 서로 천거하여 현달하는 것과 牛僧孺와 李德裕가 서로 치고 싸운 것은, 아침에는 바람이 화합한 듯하다가 저녁에는 분란을 일으키는 것이니, 이것은 다만 바람으로서는 작고 작은 것일 뿐이니, 바람이 아니라 하여도 괜찮을 것이다. 남도 바람이요, 나도 바람이니 유독 나만 그러하겠는가? 옛날도 바람이요, 지금 역시 바람이니 단지 이 집만 그러하겠는가? 생각건대, 바람에 처하는 데에 길이 있으니, 막막한 가운데 정신을 모으고 빈 데에 형체를 맡겨서, 가해 오더라도 어기지 말고 부딪쳐 오더라도 가까이하지 않으면 바람도 또 나를 어떻게 하겠는가? 편안함도 없고 요동도 없고, 바람도 없고 깃들 곳도 없다면 무슨 면할 것이 있어서 기쁘겠으며, 무슨 잃을 것이 있어서 두렵겠는가? 그대 말이 그럴듯하기는 하나 그 경지를 벗어나지 못한 것이 아닌가?"하였다. 드디어 글을 써서 풍서기라 한다.

〈略鑑〉 마지막 단락으로, 바람과 세상사의 비유를 통하여 주제를 제시하고 있다. 모든 시간과 상황, 존재까지도 나타났다 사라지는 바람과 같은 것이므로, 어제의 榮華도 오늘의 갈등도 어느 것도 항상 머물러 있는 것은 없다. 그렇다면 이러한 바람에 대처하는 방법은 무엇인가? "막막한 가운데 정신을 모으고 빈 데에 형체를 맡겨서, 가해 오더라도 어기지 말고 부딪쳐 오더라도 가까이하지 않으면 바람도 또 나를 어떻게 하겠는가."라 말하고 있다. 주어지는 상황은 긍정적으로 받아들이지만, 반면 집착하지 않음으로써 초월할 것을 결심하고 있는 것이다(김철범, 「김매순의 산문 세계와 문예적 특징」, 『한문학보』 제5집, 우리한문학회, 2001).

金澤榮의 제자인 王性淳이 쓴 「麗韓十家文鈔序」에, "항상 '우리나라의 古文의 학은 金富軾 공이 고려 때에 제창하여 李齊賢 공이 계승하고, 그 후 3백 년에 張維 공이 조선에서 밝히고, 李植·金昌協·朴趾源·洪奭周·金邁淳·李建昌 공이 서로 계승하여 떨쳤으니, 체재는 다르더라도 모두가 文家의 正宗으로서 후인의 모범이 된다.'고 여겼다. 그래서 손수 그 글을 기록하여 '九家文'을 만들었다가, 光武(대한제국 고종의 연호) 말년쯤에 배를 타고 淮南으로 가면서, 나에게 '구가문'을 주어 간직하도록 했다. 그 후 편지를 보내올 때마다 '구가문'을 말하지 않은 적이 없었다(嘗以爲本邦古文之學 金公富軾倡之於高麗 而李公齊賢繼之 其後三百年張公維明之於韓 而李公植金公昌協朴公趾源洪公奭周金公邁淳李公建昌相繼而作 雖或體裁之有別 而同爲文家之正宗 可以模楷後人 手錄其文 表爲九家 屬光武末 浮海之淮南 以九家者畀性淳藏之 其後每抵書 未嘗不以九家爲言)."라고 언급하고 있어, 金邁淳이 古文에 뛰어났음을 알 수 있다. 김매순은 金壽恒의 여섯 아들 소위 '六昌' 가운데 金昌翕의 玄孫으로 태어나 議論文에 뛰어난 古文을 지었다. 위의 글도 사실을 전달하는 記文임에도 불구하고 敍事的 요소는 배제하고 議論으로 일관하고 있다.

竹植物之一也 無情意無運用 受命於地 條達而葉附 與衆草木
無以異也 然詠於詩 記於禮 無賢愚貴賤 皆知愛好 歷數千年
不倦 豈不以凌霜雪貫四時 挺然不詘 有似乎君子之德耶 詩云
高山仰止 景行行止 雖不能至 心嚮遄之 此烝民秉彝之天也
昔蔡伯喈沒 孔北海引虎賁士與坐曰 雖無老成人 尚有典刑 伯
喈一文人也 虎賁特形似耳 猶尚如此 況君子之不爲文人 而德
性之進乎形者耶

〈주석〉 〔此君(차군)〕『晉書』 제80권 「王徽之傳」에, "빈집을 빌려 寄居한 적
이 있었는데, 그때 대를 심게 하였다. 어떤 사람이 그 까닭을 물으니
단지 대를 가리켜 읊기를, '어찌 하루도 이 군[此君]이 없을 수 있겠
는가?' 하였다."라고 하였다. 대를 군이라 부른 것은 벗으로 삼아 말
한 것임 〔條〕 가지 조 〔附〕 붙다 부 〔倦〕 피로하다 권 〔挺〕 빼다
정 〔詘〕 굽히다 굴 〔景〕 크다 경 〔遄〕 빠르다 천 〔烝民(증민)〕 백
성 〔秉彝(병이)〕 常道를 굳게 지킴 〔孔北海(공북해)〕 한나라 말년에
孔融이 北海太守가 되었으므로 孔北海라고 한다. 그의 평생소원은

자리 위에 손님이 항상 가득하게 앉아 있고[座上客常滿] 술항아리에 술이 비지 않는 것[樽中酒不空]이라 하였고, 『後漢書』 권70 「孔融列傳」에, "공융은 높은 기개를 자부하여 국가의 위난을 평정하는 데에 뜻을 두었으나, 재주는 거친데 의지만 원대하여 끝내 공을 이루지 못했다(融負其高氣 志在靖難 而才疎意廣 迄無成功)."고 하였음. 〖虎賁(호분)〗 본래 帝王을 호위하던 周代의 관명인데, 후세에 용맹한 군인의 의미로 쓰였다. 『서경』 「牧書」 序에 "武王은 戎車가 3백 兩이고 호분이 3백 인이다." 하였음.

〈국·역〉 대나무는 식물 가운데 하나로, 감정도 없고 작용도 못 하며, 땅에서 생명을 받아 가지가 뻗고 잎이 붙어 있는 것이 여러 초목들과 다를 것이 없다. 그러나 『詩經』에 읊었고, 『禮記』에 기록되어 있어서 현명하거나 어리석거나 귀하거나 천하거나 관계없이 모두 애호할 줄 알아 수천 년이 지나도 싫증나지 않으니, 어찌 서리와 눈을 뚫고 사계절을 꿰뚫어 우뚝 굽히지 않는 것이 군자의 덕과 비슷한 것이 있어서가 아니겠는가? 『詩經』 「小雅」 「車舝」에, "높은 산을 우러러보며, 큰길을 간다." 하였으니, 비록 거기에 이르지는 못하지만 마음이 향하여 가는 것이 바로 백성들이 본래 타고난 떳떳한 천성이다. 옛날에 東漢의 백개 蔡邕이 죽자 孔北海가 호분의 군사를 데려다가 함께 앉아서 말하기를, "비록 덕 있는 늙은 신하는 없지마는 그 典刑은 아직도 있다." 하였으니, 백개는 문인이요, 호분은 단지 채백개와 모양이 비슷했을 뿐인데도 이러하였으니, 하물며 군자로서 문인이 아닌데도 덕성이 형상에 드러나는 것에 있어서겠는가?

〈略鑑〉 이 글은 현도원의 부탁으로 차군헌에 대해 쓴 記文으로, 대나무의 곧은 절개에 대해 말하고 있다. 이 단락은 서두로 대나무가 君子의 덕과 비슷한 점이 있어서 지금까지 애호되어 왔음을 말하고 있다.

竹之見愛於人也 固宜 然天下之物 莫貴乎其眞 愛其眞而有餘
然後 推及於其似 本末之序然也 而三代以降 君子之遭遇顯融
歷世罕値 而竹之愛 未嘗一日而或渝 輦輸舶運 封植以侈園林
之觀者比比也 亦獨何哉 交臂而失 隔面而摹 惟末是徇 本之
則無 悲夫

〈주석〉 〖顯融(현융)〗 드러남 〖罕〗 드물다 한 〖渝〗 달라지다 투 〖輦〗 손수레
       련 〖舶〗 큰 배 박 〖封植(봉식)〗 흙을 북돋우어 기름 〖比比(비비)〗
       곳곳 〖摹〗 베끼다 모 〖徇〗 따르다 순 〖臂〗 팔 비

〈국역〉 대나무가 사람에게 사랑을 받는 것은 진실로 마땅한 일이다. 그런데
        천하의 사물은 그 진실보다 더 귀중한 것이 없다. 그 진실을 사랑하
        고 남음이 있은 후에 그 비슷한 것에 미루어 나가는 것이니, 본말의
        순서가 그러하다. 그러나 삼대 이후로 군자가 때를 만나 顯達한 것은
        역대에 드문 일이지만, 대나무에 대한 사랑은 아직 일찍이 하루도 변
        한 적이 없어서, 수레로 옮기고 배로 운반하여 잘 심어서 정원의 조
        경을 뽐내게 한 것이 많으니, 이것은 또 왜 그런가? 팔을 엇갈리고도
        잃어버리고 얼굴을 띄우고 베껴도 그 끝만을 따르고 그 뿌리는 없으
        니, 슬프다!

〈略鑑〉 대나무의 형상보다는 그 내적인 진실이 더 중요함을 역설하고 있다.

莊生曰 大冶鑄金 金踊躍曰 我且必爲莫邪 大冶必以爲不祥之
金 然則竹之所以得全其愛者 亦無情意無運用之故耳 使其介然

有覺 翹翹焉欲自異於妖英浪卉之間 則其不摧揔而剪伐之者亦
寡矣 而況知周乎萬事 身履乎百變 妍媸好惡 相怨一方 其遇
患 何可勝道也 貞而不耀 直而不衒 有君子之操 而無君子之
厄 非致虛而守靜者 不能也 而竹之德 殆庶幾焉 斯義也 宗於
柱下 而晉時名士 頗能言之 雖非吾儒之正 而君子之處衰世者
或有取焉

〈주석〉 【鑄】 부어 만들다 주 【踊躍(용약)】 뜀 【莫邪(막야)】 鏌鋣劍으로, 고
　　　　대 名劍 【使】 만약 사 【介然(개연)】 분명한 모양 【翹翹(교교)】 출중
　　　　한 모양 【妖】 예쁘다 요 【浪】 마구 랑 【揔】 뽑다 알 【媸】 추하다 치
　　　　【勝】 다 승 【耀】 빛나다 요 【衒】 자랑하다 현 【操】 지조 조 【厄】
　　　　재앙 액 【柱下(주하)】 柱下史 벼슬을 지낸 老子를 말함.

〈국역〉 『莊子』에 이르기를, "큰 대장장이가 금속을 주조하는데 금속이 뛰면
　　　　서 말하기를, '나는 반드시 막야검이 될 것이다.'라 하면, 대장장이는
　　　　반드시 상서롭지 못한 금속이라 생각할 것이다."라 하였다. 그렇다면
　　　　대나무가 그 사랑을 온전히 받을 수 있는 까닭은 또한 감정이 없고
　　　　작용이 없기 때문이다. 만약 또렷한 지각이 있어서 우뚝하게 스스로
　　　　예쁜 꽃이나 널려 있는 풀들과는 다르다고 뽐내려 한다면, 그것을 꺾
　　　　거나 뽑거나 자르지 않을 사람이 적을 것이다. 그러니 지혜가 만사에
　　　　두루 하고 몸소 온갖 변고를 다 겪고서 아름답다 추하다 좋다 싫다
　　　　하며, 서로 한쪽을 원망하는 자들이 그 환난을 만남은 어찌 이루 다
　　　　말할 것이 있겠는가? 올바르면서도 겉으로 드러내지 않고, 곧으면서
　　　　도 자랑하지 않아 군자의 지조는 있으면서도 군자가 당하는 재앙이
　　　　없는 것은 텅 빈 경지에 이르고 고요함을 지키지 않는다면 할 수 없

는 것이니, 대나무의 덕이 거의 이에 가깝다 할 것이다. 이 뜻은 주하사를 종주로 하여 晉나라의 명사들이 자주 허와 정을 말할 수 있었으니, 비록 우리 유학의 正宗은 아니지만, 군자로서 도가 쇠한 세상에 처한 사람이면 간혹 취할 것이 있는 것이다.

〈略鑑〉 이 단락에서는 대나무를 통해 발견한 군자의 덕이 隱君子로서 처세하는 덕임을 밝히고 있다. 자신 또한 은군자로 살고 싶은 각오를 보여 준 것으로, 老子가 말한 致虛守靜이 핵심인 것이다. 老論 洛論系의 人物性同論의 철학을 익혀 왔던 그는 평소 자신의 見識을 넓히기 위한 방편으로서 사물의 관찰을 통한 이치의 파악에 주력하고 있었다. 자연사물들이 지니고 있는 성질들을 인간적 삶의 방향이나 자세에 접목시켜 보고자 했던 것이다. 그가 대나무 관찰을 통해 고찰한 성질도 곧 군자적 삶의 자세와 결부한 것이다. 물론 그것은 과학적 관찰의 결과가 아니라 다분히 주관적 관찰일 뿐이다(김철범, 「김매순의 산문 세계와 문예적 특징」, 『한문학보』 제5집, 우리한문학회, 2001).

朗州玄道源 家居萬竹中 名其室曰此君軒 屬余爲記 余焚硯久矣 不欲以名氏遮人屋壁 而獨念道源先世 有以竹林名亭者 吾先祖文忠公南遷時 嘗爲記之 道源之於愛竹 固家學也 其於眞似本末之際 必有所宿講 而又其取名 皆用晉人語 此余所以有感 而不能終默者也

〈주석〉 〖遮〗 가리다 차 〖宿〗 묵다 숙 〖講〗 깊이 연구하다 강
〈국역〉 낭주의 현도원 집은 만 그루의 대나무 가운데 있는데, 그 집을 차군

헌이라고 이름 짓고, 나에게 記文을 써 달라고 부탁했다. 내가 글을 짓지 않은 지 오래고, 이름으로 남의 집 벽을 가리고 싶지 않지만, 홀로 생각해 보니 도원의 선대에 竹林이라고 정자의 이름을 지은 이가 있었는데, 우리 선조 文忠公 金壽恒이 남쪽에 귀양 갔을 때, 기문을 지은 적이 있었다. 도원이 대를 사랑하는 것은 진실로 家學의 영향이다. 그가 眞僞와 본말의 사이에 반드시 오래 강구한 바가 있었을 텐데, 또 그 이름을 지으면서 모두 진나라 사람들의 말을 쓰니, 이것이 내가 느낀 바가 있어서 끝내 침묵할 수 없는 까닭이다.

〈略鑑〉 앞의 의론 부분에 이어 마지막으로 차군헌이라 命名한 이유와 記文을 쓰게 된 배경에 대한 敍事로 끝을 내고 있다.

58. 「實事求是說」 金正喜[25]

漢書河間獻王傳云　實事求是　此語乃學問最要之道　若不實以事
而但以空疎之術爲便　不求其是　而但以先入之言爲主　其于聖賢
之道　未有不背而馳者矣

〈국•역〉　『漢書』「河間獻王傳」에 이르기를, “사실에 의거하여 사물의 진리를
　　　찾는다.” 하였는데, 이 말은 바로 학문을 하는 데 가장 중요한 도리
　　　이다. 만일 사실에 의거하지 않고 다만 허술한 방도를 편리하게 여기
　　　거나, 그 진리를 찾지 않고 다만 先入見을 위주로 한다면 聖賢의 도
　　　에 배치되지 않는 것이 없을 것이다.

〈略鑑〉　이 글은 實事求是에 대해 쓴 것으로, 이 단락은 ‘實事求是’의 어원에
　　　대한 제시와 實事求是에 배치되는 태도를 제시하고 있다. ‘학문의

---

25) 金正喜(1786, 정조 10~1856, 철종 7): 호는 秋史·阮堂·禮堂 등 503여 종에 이른다. 어려서부터 聰
明氣銳하여 일찍이 北學派의 일인자인 朴齊家의 눈에 띄어 어린 나이에 그의 제자가 되었다. 그로 말미
암아 그의 학문 방향은 청나라의 考證學 쪽으로 기울어졌다. 24세 때 아버지가 동지부사로 청나라에 갈
때 수행하여 연경에 체류하면서, 옹방강·阮元 같은 巨儒와 접할 수가 있었다. 그리고 김정희의 문학에서
翰墨을 무시할 수 없다. 단순한 편지가 아니라 편지 형식을 빌린 문학으로서 수필과 평론의 기능을 가지
는 것이다. 그의 문집은 대부분이 이와 같은 편지글이라고 할 만큼 평생 동안 편지를 많이 썼다. 그리고
편지를 통해 내면생활을 묘사하였던 것이다. 그중에도 한글 편지까지도 많이 썼다는 것은 실학적인 語文
意識의 면에서 높이 평가할 일이다. 현재까지 발굴된 그의 친필 諺簡이 40여 통에 이르는데 제주도 귀양
살이 중에 부인과 며느리에게 쓴 것이다.

도는 實事求是요, 학문의 목표는 聖賢의 도'라는 것이다.

　우리나라에서 實事求是를 가장 먼저 언급한 사람은 梁得中(1665～1742)으로 英祖의 부름을 받고, "저번 경연에서 아뢸 때 신이 요즘 허위의 폐단을 말씀드렸습니다. 그런데 이에 실사구시 네 글자가 폐단을 구하는 요결입니다(頃日筵對時 臣以近日虛僞之弊仰達 而仍以實事求是 四字 爲救弊之要訣『德村先生集』「辭掌令疏」)."라는 글에서 처음으로 보여 허위풍조를 배격하고 성실한 자세로 돌아가는 수양론적 의미로 사용하였다. 이어 洪奭周(1774～1842)가 「實事求是說」에서 실사구시는 '小學的 修己를 바탕으로 실제적인 일에 힘쓰되 利害와 義理의 균형을 성취하자는 것이고(先王之敎 必先自灑掃應對始 自今人視之 灑掃應對之比 讀書 可謂卑矣)', 艮齋 田愚(1841～1922)는 孝悌忠信에 대한 講學을 위주로 하는 실사구시를 주장하였다(『艮齋先生文集』「實事求是條」에서 다음과 같이 언급했다. "실사구시 네 글자는 어찌 훌륭한 말이 아니겠는가? 다만 강학을 가리켜 빈 소리요, 실상이 없는 것이라 하고 도리어 고금의 명물제도의 전거를 고증하고 증거를 수집하는 것을 실사구시라 한다면, 이것은 사람을 가르칠 때 효제충신의 行을 배척하고, 심성도기의 論을 싫어하여 점점 고증하는 데로만 빠져 들어가 핵심이 되는 학문을 배척하게 되는 것이다. 이와 같이 하여 제 몸을 닦고 집안을 다스리고 나라를 경영하려 한다면, 이러한 이치도 있는 것인가 [實事求是四字　豈非善言　但指講學爲空言無物　卻將古今名物制度　考據援證 以爲實事求是　是將敎人擯棄孝悌忠信之行　厭惡心性道器之論　而駸駸然入於 考證之科　而斥夫典要之學矣　如此而欲修齊治平　有是理乎]").

漢儒于經傳訓詁　皆有師承　備極精實　至于性道仁義等事　因爾
時人人皆知　無庸深論　故不多加推明　然偶有注釋　未嘗不實事
求是也　自晉人講老莊虛無之學　便于惰學空疎之人　而學術一
變　至佛道大行　而禪機所悟　至流于支離　不可究詰之境　而學
術又一變　此無他　與實事求是一語　盡相反而已　兩宋儒者闡明
道學　于性理等事　精而言之　實發古人所未發　惟陸王等派　又
蹈空虛　引儒入釋　更甚于引釋入儒矣

〈주석〉　〖訓詁(훈고)〗 옛 책의 字句가 만들어진 것에 대한 해석　〖無庸(무용)〗
　　　　＝不必　〖禪機(선기)〗 禪法의 중요한 요체　〖詰〗 묻다 힐　〖陸王(육왕)〗
　　　　宋나라 陸九淵과 明나라 王守仁을 합칭한 말인데, 이들의 학문의
　　　　宗旨는 禪에 가까운 것이 서로 비슷하므로 이렇게 일컬음　〖蹈〗 밟
　　　　다 도

〈국역〉　漢나라 儒者들은 經傳의 훈고에 대해서 모두 스승에게서 가르침을
　　　　받은 것이 있어 지극히 정밀하고 확실함을 갖추었고, 性道仁義 등의
　　　　일에 이르러서는 그때 사람들마다 모두 알고 있어서 깊이 논할 필요
　　　　가 없었기 때문에 더 많이 추리하여 밝히지 않았다. 그러나 우연히
　　　　주석을 내면 사실에 의거하여 그 진리를 찾지 않은 것이 없었다. 그
　　　　런데 晉나라 때 사람들이 老子·莊子의 虛無한 학설을 강론하여 학
　　　　문을 게을리하고 속이 텅 빈 사람들을 편리하게 여김으로부터 학술
　　　　이 한 번 변했다. 佛道가 크게 행해져서 禪機를 깨닫는 것이 심지어
　　　　지리함에 흘러 추구하여 따질 수도 없는 지경이 됨에 이르러서 학술
　　　　이 또 한 번 변하였으니, 이것은 다름이 아니라 다만 ‘사실에 의거하
　　　　여 진리를 찾는다.’는 한마디 말과 모두가 상반되었기 때문일 뿐이

다. 그 후 北宋과 南宋시대의 儒者들은 道學을 천명하여 性理 등의
일에 대해서 정밀하게 말해 놓았으니, 실로 옛사람들이 미처 드러내
지 못한 것을 드러낸 것이다. 그런데 오직 陸王 등의 학파가 또 실없
는 空虛를 밟고서 儒家를 이끌어 불교로 들어갔는데, 이것은 불교를
이끌어 유가로 들어간 것보다 더 심한 것이었다.

〈略鑑〉 역사를 통해 실사구시의 정신이 어떻게 변천되었는지 설명하고 있
다. 漢나라 때는 그러한 정신이 있었으나 晉나라 때는 그렇지 못했
으며, 송나라 때는 도학을 천명하다가 육왕의 시대에 와서는 공허한
불교에 빠졌음을 설명하고 있다.

竊謂學問之道 旣以堯舜禹湯文武周孔爲歸 則當以實事求是 其
不可以虛論遁于非也 學者尊漢儒 精求訓詁 此誠是也 但聖賢
之道 譬若甲第大宅 主者所居 恒在堂室 堂室非門逕 不能入也
訓詁者門逕也 一生奔走于門逕之間 不求升堂入室 是廝僕矣 故
爲學 必精求訓詁者 爲其不誤于堂室 非謂訓詁畢乃事也 漢人
不甚論堂室者 因彼時門逕不誤 堂室自不誤也

〈주석〉 『遁』 달아나다 둔 『門逕(문경)』＝門徑. 문으로 난 작은 길 『升堂入室
(승당입실)』 학습이 도달한 경지에 깊고 얕음이 있는 정도 차. 『論語』
「先進」에 "由也升堂矣 未入於室也"라는 말이 나옴 『廝僕(시복)』 종

〈국•역〉 그윽이 생각하건대, 학문하는 도는 이미 요·순·우·탕·문·무·
주공을 歸依處로 삼는다면 마땅히 사실에 의거해서 옳은 진리를 찾
아야지, 헛된 이론으로 그른 데에 달아나서는 안 될 것이다. 학자들
은 훈고를 정밀히 탐구한 漢儒들을 높이 여기는데, 이는 참으로 옳은

일이다. 다만 성현의 도는 비유하자면 마치 甲第大宅과 같으니, 주인
은 항상 堂室에 거처하는데 그 당실은 門逕이 아니면 들어갈 수가
없다. 훈고는 바로 문경이다. 그러나 일생 동안을 문경 사이에서만
분주하면서 堂에 올라 室에 들어가기를 구하지 않는다면, 이것은 끝
내 下人이 될 뿐이다. 그러므로 학문을 하는 데 있어 반드시 훈고를
정밀히 탐구하는 것은 당실에 들어가는 데에 그릇되지 않게 하기 위
함이요, 훈고만 하면 일이 다 끝난다고 여기는 것은 아니다. 그런데
특히 한나라 때 사람들이 당실에 대하여 그리 논하지 않았던 것은
그때의 문경이 그릇되지 않았고 당실도 본디 그릇되지 않았기 때문
이었다.

〈略鑑〉 실사구시의 목적은 聖賢의 도를 體得하는 것이요, 訓詁는 聖賢의 도
로 들어가는 수단인 門逕이다. 그러므로 訓詁는 성현의 도에 들어가
는 수단이 되어야지, 훈고에 머물거나 빠져서는 성현의 도에 들어갈
수 없다고 말하고 있다. 秋史의 實事求是는 결국 옳음을 구하는 것
이다. 考證은 사실의 적확한 판단을 추구하는 것이고, 그것을 어떤
언어로 표현된 명제가 그것이 지칭하는 실체 또는 실상과 부합하는
가의 여부를 살펴봄으로써 정당한 개념을 도출하는 것이다. 김정희
에 있어서 考證은 실제세계의 躬行에 대한 문헌적 규명으로 파악된
다. 따라서 經典의 올바른 의미를 밝히려는 考證學은 매우 중요하
다. 이에 김정희의 실사구시는 경전의 진의를 고증학적 방법을 통해
名實相符하게 규명하여 實踐躬行하는 것이다.

晉宋以後 學者務以高遠 尊孔子 以爲聖賢之道不若是之淺近也
乃厭薄門逕而弃之 別于超妙高遠處求之 于是乎躐空騰虛 往來

于堂脊之上 窓光樓影 測度于思議之間 究之奧戶屋漏 未之親
見也 又或棄故喜新 以入甲第爲不若是之淺且易 因別開門逕而
爭入之 此言室中幾楹 彼辨堂上幾棟 校論不休 而不知其所說
已誤入西隣之乙第矣 甲第主者哦然笑曰 我家屋不爾爾也

〈주석〉 〖弃〗＝棄 〖于是乎(우시호)〗＝於是乎＝于是＝於是 〖躋〗 오르다
섭 〖騰〗 오르다 등 〖脊〗 등성마루 척 〖思議(사의)〗 理解, 想像 〖奧〗
아랫목 오 〖屋漏(옥루)〗 서북쪽 모퉁이로, 집의 깊은 곳 〖校〗 견주다
교 〖哦〗 가볍게 지르는 소리 아

〈국역〉 그런데 晉·宋 이후로 학자들이 高遠한 것만을 힘쓰면서 孔子를 높
이어 '성현의 도가 이렇게 淺近하지 않을 것이라'고 생각하고, 이에
얕은 문경을 싫어하여 이를 버리고 따로 뛰어나게 오묘하며 高遠한
곳에서 그것을 찾으려고 하였다. 그래서 이에 허공을 딛고 올라가 용
마루 위를 왕래하면서 창문의 빛과 다락의 그림자를 가지고 思議의
사이에서 요량하여 깊은 문호와 방구석을 연구하지만 끝내 이를 직
접 보지 못하고 만다. 또 혹은 옛것을 버리고 새것을 좋아하여 甲이
라는 집에 들어가는 일을 가지고 '갑이라는 집에 들어가기가 이렇게
얕고 또 들어가기 쉽지 않을 것이라'고 여기어 별도로 문경을 열어서
서로 다투어 들어간다. 그리하여 이쪽에서는 室中에 기둥이 몇 개라
는 것을 말하고, 저쪽에서는 堂上에 용마루가 몇 개라는 것을 변론하
여 쉴 새 없이 서로 비교 논란하다가 자신의 說이 이미 서쪽 이웃의
을이라는 집으로 잘못 들어간 것도 모르게 된다. 그러면 갑이라는 집
의 주인은 빙그레 웃으며 이르기를, "나의 집은 그렇지 않다."고 한다.

〈略鑑〉 晉과 宋 이후의 학자들이 현실을 떠나 공허한 곳에서 진리를 찾고

있음을 비판하고 있다. 나타내고자 하는 대상을 다른 대상에 빗대어
표현하는 방법인 比喩를 활용하여 단조롭게 전개될 수 있는 내용에
활기를 불어넣고 있다.

夫聖賢之道 在于躬行 不尙空論 實者當求 虛者無據 若索之
杳冥之中 放乎空闊之際 是非莫辨 本意全失矣 故爲學之道
不必分漢宋之界 不必較鄭王程朱之短長 不必爭朱陸薛王之門
戶 但平心靜氣 博學篤行 專主實事求是一語 行之可矣

〈주석〉 〖杳〗 어둡다 묘 〖闊〗 넓다 활 〖鄭王程朱之短長〗 鄭玄은 後漢 때의
經學者이고, 王肅은 魏의 경학자이다. 왕숙은 특히 賈逵와 馬融의
학을 좋아하고 정현의 학을 싫어하였다. 程子와 朱子의 경우는 특히
『周易』에서 정자의 傳과 주자의 本義가 서로 상당한 차이점이 있음
을 의미한 말임 〖朱陸薛王之門戶〗 朱熹와 陸九淵의 학문 宗旨가 서
로 다름으로 인하여, 明나라 때에 이르러서 薛瑄은 주희의 학문을
전적으로 존숭하고, 王守仁은 육구연의 학문을 존숭함으로써 서로
학파가 갈라졌던 것을 의미한 말임 〖平心靜氣(평심정기)〗 이성적
판단을 시작하기에 앞서 사사로운 감정과 편견이 들지 않도록 감정
의 기복을 고르게 조절하여 잔잔한 마음상태를 유지하는 것.
〈국역〉 대저 성현의 도는 몸소 실천하면서 空論을 숭상하지 않는 데에 있으
니, 진실한 것은 마땅히 강구하고 헛된 것은 의거하지 말아야 한다.
만약 그윽하고 어두운 속에서 이것을 찾거나 텅 비고 광활한 곳에
이것을 방치한다면, 시비를 분변하지 못하여 本意를 완전히 잃게 될
것이다. 그러므로 학문하는 도는 반드시 한나라와 송나라의 경계를

나눌 필요는 없고, 굳이 鄭玄 · 王肅과 程子 · 朱子의 장단점을 비교할 필요는 없으며, 굳이 朱熹 · 陸九淵과 薛瑄 · 王守仁의 문호를 다툴 필요는 없다. 다만 心氣를 침착하게 갖고 널리 배우고 독실하게 실천하면서 '사실에 의거하여 진리를 찾는다.'는 한마디 말만을 오로지 주장하여 해 나가는 것이 옳을 것이다.

〈略鑑〉 성현의 도를 실천할 방법에 대해 말하고 있으며, 漢宋不分論을 주장하고 있다. 漢學의 '好古而敏救'와 宋學의 '愼思而明辨', 그리고 漢學의 '博學而篤志'와 宋學의 '切問而近思'의 측면을 분리할 것이 아니라 實事求是를 통해 서로 補益해야 한다는 것이다. 이것을 위해서는 平心靜氣하고 博學篤行해야 하는데, 平心靜氣는 내적 수양의 문제이고, 博學은 知에 관한 것이며, 篤行은 실천의 문제인 것이다(신창호, 「추사 김정희의 공부론」, 『동양고전연구』 제21집, 2004. 이선경, 「추사 김정희 사상의 實事求是的 특성」, 『한국철학논집』 제19집, 2006).

59. 「與丁茶山(若鏞)」 金正喜

俯詢雜記鄭注之文 似据疏家所亂鄭義者爲敎 恐不可以疏家之
如此 爲鄭義之不可從矣 鄭注亦以吊服看可矣 但不以天子吊服
另言之 然此條又有何天子吊服之明證乎

〈주석〉 〚詢〛 묻다 순 〚雜記(잡기)〛『禮記』의 편명 〚鄭注(정주)〛『예기』 49
편에 대한 鄭玄의 주를 말함. 정현은 東漢의 巨儒인데 儒家에서 송
나라 朱熹와 더불어 양대 經師로 지칭함 〚据〛 의거하다 거 〚疏家
(소가)〛『예기』에 나타난 孔穎達의 疏를 말함. 공영달은 당나라 사
람으로 자는 沖遠이며 경학에 통하여 특히 『左傳』, 『尙書』, 『周易』,
『毛詩』, 『禮記』에 밝았으며, 또 顔師古 등과 함께 詔命을 받고 『五
經正義』 180권을 찬정하여 國子監에 넘겨 시행하였음 〚另〛 따로 령

〈국역〉 하문하신 「雜記」에 나타난 鄭注의 글월에 대해서는 마침내 疏家가
정의 本義(이하에서는 정의로 약칭함)를 어지럽힌 것에 의거하여 가
르침을 주신 것 같사오나, 아마도 소가가 이와 같이 했다 해서 정의
를 따를 수 없다고 여겨서는 불가할 듯하옵니다. 정주에 있어서도 역
시 弔服으로 보는 것이 옳을 것인데, 다만 천자의 조복을 따로 말하

지 않았을 뿐입니다. 그러나 이 조문에 또 천자의 조복이라는 어떤
분명한 증거가 있습니까?

〈略鑑〉 이 글은 茶山에게 준 편지글로, 이 단락은 茶山이 鄭玄의 註釋에 대
한 의구심을 갖는 것에 대해 비판적인 입장을 취하고 있다.

鄭說之以弁絰爲吊服者屢見　無以枚擧　今以疏家所亂者　仍冒
鄭說　恐不可矣　疏家之所以亂之者亦有據　卽以喪大記君將大
斂　子弁絰之文　互相證明　未免葛藤　大抵大斂子弁絰者　又可
推證小斂　而遂與雜記之文捏合矣　子弁絰　已爲特著之大節文
今若證明古禮　子弁絰之絰　未知亦爲環絰之制否　以儀禮之士
喪禮襲絰觀之　似非一股之環　然弁而加絰者　皆以一股爲制　士
喪禮襲絰　旣有明言者　當以士喪禮爲歸　然士喪禮有絰無弁　喪
大記有弁有絰　絰不可以無冠而加之首矣　亦當以喪大記　可補
士喪禮之闕而通上下也　此古人纂言不纂禮之義也

〈주석〉 〖弁絰(변질)〗 弁은 상복의 屈巾이고, 絰은 상복에 쓰는 삼麻을 이
　　　름.『周禮』「夏官 弁師」에 "왕의 변질은 弁을 하고 環絰을 가한다."
　　　하였으며, 그 주에 "환질은 왕의 조상 시에 착용하는 것인데, 그 변은
　　　爵弁과 같으나 색이 희니, 이른바 素冠이란 것이다." 하였음 〖冒〗
　　　덮어씌우다 모 〖據〗 증거로 삼다 거 〖大斂(대렴)〗 죽은 이에 대한
　　　入棺을 이른 것임. 대렴하기 전에 죽은 이를 위하여 斂衣를 가하는
　　　小斂을 하는데, 소렴은 죽은 다음 날에 斂床을 방 안에 설치하여 염
　　　의와 複衾을 시신에 입히고서 시신을 대청으로 옮기어 斂事를 행함
　　　〖捏〗 반죽하다 날 〖節文(절문)〗 제정된 禮儀 〖環絰(환질)〗 小斂 때

상제가 쓰는 四角巾에 덧씌워 쓰는 삼으로 꼰 둥근 테두리 〖襄〗 입
다 습 〖一股(일고)〗 絰麻의 한 가닥을 말함 〖纂言(찬언)〗 =撰述

〈국·역〉 鄭說에는 弁絰을 조복으로 삼은 것이 자주 나타나서 낱낱이 다 들 수
가 없는데, 지금 소가가 어지럽힌 것을 들어 그대로 정설이라 둘러씌
워서는 아마도 불가할 것이옵니다. 소가가 이를 어지럽히게 된 까닭
은 또한 근거가 있으니, 곧 『예기』 「喪大記」에 "임금이 大斂하게 되
면 아들은 변질한다."라는 대문을 들어 서로서로 증명함으로써 갈등
을 면치 못한 것이나, 대개 대렴에 '아들이 변질한다.'는 것으로 또
미루어 小斂을 증명할 만하여 마침내 「잡기」의 대문과 서로 끌어 맞
춘 것입니다. '아들이 변질한다.'가 이미 특별히 드러난 큰 절문이 되
어 있으니, 지금 만약 古禮를 증명한다면 '아들이 변질한다.'의 絰이
또한 環絰의 制가 되기도 하는 것인지 모르겠습니다. 『儀禮』 「士喪
禮」에 나타난 絰을 입는 것인 '습질'을 살펴보면, 一股의 環은 아닌
것 같사오나, 弁하고 絰을 더하는 것은 모두 일고로 制를 삼았으며,
「사상례」의 '습질'은 이미 분명히 말한 것이 있으니, 마땅히 「사상례」
로써 귀결해야 할 것입니다. 그러나 「사상례」에는 질만 있고 변은
없으며, 「상대기」에는 변이 있고 질도 있는데, 질이란 관이 없이는
머리에 얹지 못할 것이오니, 이 역시 「상대기」로써 「사상례」의 빠진
것을 보충하여 위아래를 통해야 마땅할 것입니다. 이것은 바로 옛사
람의 '纂言은 하되 纂禮는 하지 않는다.'는 의의입니다.

〈略鑑〉 弁絰을 예로 들어 설명하고 있는 단락이다.

大抵鄭注之可疑處甚多　然此皆師說也家法也　雖有不合於今人
見聞　若以成化之磁　萬曆之窯　致疑於鳳羽波沙　大不可也　後

人所以駁鄭者 以己之一知半解 偶有新奇可喜處 毅然奮起而

攻之 不遺餘力 反以思之 己之所攻者 別無師說 又非家法也

〈주석〉 〖成化(성화)〗 明 憲宗의 연호 〖磁〗 사기그릇 자 〖萬曆(만력)〗 明 神

宗의 연호 〖窯〗 도기 요 〖鳳羽波沙(봉우파사)〗『예기』犧尊疏에 "술

항아리에다 봉을 그려 깃을 치며 훨훨 춤을 추는 형상을 만들었다."

하였는데, 이는 대개 古代의 犧尊을 말한 것임 〖駁〗 논박하다 박

〈국·역〉 대저 정주가 의심나는 곳이 매우 많지만, 이것은 다 師說이요, 家法

이니, 비록 지금 사람의 견문에 합당하지 않은 점이 있을지라도, 만

약 成化의 磁나 萬曆의 窯를 가지고 鳳羽波沙에 의심이 가게 한다면

너무도 불가한 것입니다. 뒷사람이 鄭을 반박하는 까닭은 자기의 한

가지 반 토막에 지나지 않는 識解를 가지고서 우연히 새롭고 기특하

여 기뻐할 만한 곳을 발견하게 되면, 의연히 떨치고 일어나 공격하여

있는 힘을 남기지 않곤 하였으나, 돌이켜 생각하면 자기가 공격한 그

자체는 특별히 師說도 없고 또 가법도 아닌 것입니다.

〈略鑑〉 정현의 주석은 師說이고 家法의 연원이 있으며, 정현을 반박하는 후

인들의 견해는 斷想에 지나지 않는다는 것이다. 추사는 사승과 가법

을 중요시하였는데, 「與李汝人(最相)」에서, "고인의 문장은 각각 사

승과 가법을 지니고 있는데, 연혁이 흘러 변하면 말류의 폐단을 감

당할 수 없다(然古人文章 各有師承家法 沿革流變 不可勝當末流之

弊)."라고 하였다.

如王肅輩之所難 無非有意立異 以自衒奇 至如經旨之日以剝喪

者 全不顧念 此又後人之大戒也 至於六鄉之在王城 有何明據

欹 來教簡甚 不敢據以爲對矣 大抵六鄕之在郊 鄭亦破賈馬之
義 已自鄭時無定論 又在後人 何以懸空演測 若身莅其地 目睹
其事 鑿鑿言之歟 設有暗合古人 自立己見 自創己說 說經之
所不敢也 適足以轉添藤葛 瞀亂後人眼目而已 於經無補矣

〈주석〉 〖王肅(왕숙)〗魏 東海人으로, 자는 子雍이고 王朗의 아들임 〖難〗힐
　　　난하다 난 〖衒〗자랑하다 현 〖剝〗벗기다 박 〖六鄕(륙향)〗周나라
　　　제도에 王城 밖 백 리의 땅에 대하여 성과 가까운 50리는 近郊로 하
　　　고, 근교의 밖 50리는 遠郊로 삼아 육향을 나누고 司徒가 이를 관장
　　　하였음(『禮記』「王制」) 〖賈馬(가마)〗賈逵와 馬融. 가규는 漢나라 平
　　　陵人으로 자는 景伯이다. 弱冠 시절에 『좌씨전』 및 五經 본문을 외
　　　웠으며, 永平 연간에 『左氏傳解詁』 30편과 『國語解詁』 21편을 조정
　　　에 바치니, 明帝는 그 설을 중히 여겨 써서 秘館에 사장하게 하고 명
　　　하여 班固와 함께 秘書를 考校하게 하였음. 마융은 東漢 武陵人으로
　　　자는 季長이다. 安帝 때에 校書郞이 되었으며 才高 博洽하여 저술이
　　　매우 많아 세상의 通儒가 되었음 〖演〗부연하다 연 〖莅〗다다르다
　　　리 〖睹〗보다 도 〖鑿鑿(착착)〗선명한 모양 〖瞀〗어둡다 무

〈국역〉 저 王肅 같은 무리들이 힐난한 것은 뜻을 두고 이설을 세워 스스로
　　　독특함을 자랑한 것이며, 經의 뜻이 날로 부스러지고 없어지는 데에
　　　이르러서는 전혀 생각조차 하지 아니한 것이니, 이것은 또 뒷사람들
　　　이 크게 경계해야 할 일입니다. 六鄕이 王城에 있다는 것도 어떤 분
　　　명한 증거가 있사옵니까? 보내온 가르치심이 너무도 간략하여 감히
　　　근거삼아 대답을 못 하겠습니다. 대저 육향이 郊에 있다는 것에 대해
　　　서는 鄭도 또한 가마의 義를 깨뜨렸으니, 이미 정의 시대로부터 일정

한 논이 없었는데, 더구나 뒷사람의 입장에서 어떻게 허공에 매달고 서 부연하여 추측하기를 마치 몸소 그 땅에 다다르고 눈으로 그 일을 본 듯이 착착 말하는 것입니까? 설사 옛사람과 암암리에 합하는 것이 있을지라도 자기 의견을 스스로 세우고 자기 말을 스스로 만들어 내는 것은, 經을 설명하는 처지로서는 감히 못 할 것이며, 다만 점점 갈등만 더하여 뒷사람의 안목을 어지럽힐 수 있을 뿐이요, 경에는 보익됨이 없을 것입니다.

〈略鑑〉 왕숙이 정현을 공격하는 데 앞장섰던 것에 대해 후대 사람들이 매우 경계해야 할 것으로 언급하고 있다. 그리고 自家의 설을 내세워 경전을 해석하는 것에 대해 경계를 하면서, 經에 근거하면서도 자신의 독창적인 해석을 추구하는 茶山의 견해와는 달랐음을 보여 주고 있다.

管子之時 六鄕已無周制 無以爲證 如諸侯爲三鄕 宋獨四鄕 於
周制有可以參證 然鄕之所在 今又無以强言矣 至如卒哭之辨 先
儒亦有混而一之者 已經鄭賈勘破敎說 以後之互相紛聒 是又多
見其不知量也 愚見只是遵守鄭說而已耳 竊謂六經傳注 當與六
經正文 共垂千古 印儁孔杜預王弼何晏皆有不能廢者 况鄭義乎

〈주석〉 〖管子(관자)〗 춘추 시대 齊나라 管仲을 이름. 그는 일찍이 『관자』란 책을 저술하였음 〖卒哭(졸곡)〗 때 없이 곡하는 것을 마쳤다는 말인데, 사람이 죽으면 곡성을 끊이지 않으며 장사를 지낸 후에도 생각이 나면 곡을 하다가 百日이 지나면 朝夕으로만 곡함 〖混〗 합하다 혼 〖勘破(감파)〗 ＝看破 〖敎〗 떠들썩하다 오 〖聒〗 떠들썩하다 괄 〖遵〗 좇다 준 『僞孔(위공)』 僞孔傳을 이름. 漢나라 孔安國이 詔命을 받들어 『古文尙書傳』을 만들었는데, 그즈음에 巫蠱事件이 일어나서 미처 헌상하지 못하고 죽었다. 晉나라 때에 와서야 그 글이 나오니 後儒들이 晉人의 위조라고 의심하였다. 孔穎達의 疏가 그 本임 『杜預(두예)』 晉 杜陵人으로 자는 元凱이다. 泰始 연간에 河南尹이 되었다. 經籍을 닦아 『春秋左傳集解』를 지어 현재 유행함 『王弼(왕필)』 삼국시대 魏 山陽人으로 자는 輔嗣임. 『주역』 및 『노자』의 注를 저술하였다. 24세에 죽었음 『何晏(하안)』 삼국 시대 魏의 宛人으로 자는 平叔이고 河進의 손자인데, 젊어서부터 秀才로 이름나 「道德論」 및 「文賦」 수십 편을 저술하였으며, 세상에 전하는 『論語集解』가 있음.

〈국•역〉 管子의 시대에도 육향은 벌써 周나라 제도가 없어져서 증거를 삼을 수 없었으며, 이를테면 "諸侯는 三鄕인데 宋은 유독 四鄕이다." 한 것은, 주의 제도에 대하여 참고하여 증험할 수는 있을 것이나, 鄕이 있는 곳은 이제 와서 억지로 말할 수는 없을 것입니다. 졸곡의 辨 같은 것에 이르러서는, 先儒 역시 혼합하여 일치시킨 것이 있을뿐더러 이미 鄭賈가 나열 변파한 것을 거쳤으니, 이후 여러 말들이 서로서로 이러쿵저러쿵하는 것은, 이것은 너무도 그들의 요량을 모르는 것을 보여 줄 뿐이며, 어리석은 저의 소견으로는 다만 정설을 준수할 따름입니다. 그윽이 생각하면 六經의 傳과 注는 마땅히 육경의 正文과 함께 천고에 남아야 하며, 僞孔·杜預·王弼·何晏에 있어서도 다 폐기할 수 없는 것이 있는데, 하물며 정의에 있어서이겠습니까?

〈略鑑〉 정현의 주석에 대한 중요성을 다시 강조하고 있는 부분으로, 정현보다 못한 하안 등의 주석도 중요시되어야 하는데, 정현의 주석은 그 의미가 인정되어야 한다는 언급이다.

이러한 추사의 經學觀은 「實事求是說」에 나타난 學問觀과 동일한 것
으로, 聖賢의 道가 내재되어 있는 經典의 의리를 밝히기 위해서는 考證
學이나 訓詁學이 올바른 방법론이 되어, 漢學과 宋學을 분리할 것이 아
니라 서로의 장점을 취해야만 성현의 도를 제대로 밝힐 수 있다고 본
것이다(고재욱, 「金正喜의 實學思想과 淸代考證學」, 『태동고전연구』 제
10집, 1993. 김인규, 「秋史 金正喜의 學問觀」, 『온지논총』 제11집, 온지
학회, 2004).

60. 「答友人論作文書」李建昌26)

承詢作文事 要以秘法相示 弟宜如何對 宜謹辭曰 愚不敢聞命 夫
弟之愚否 自兄所嘗悉 從前與兄道此事云何 何得卒以愚辭 是慢也

〈주석〉 〖詢〗 묻다 순 〖悉〗 다 알다 실 〖慢〗 거만하다 만

〈국역〉 작문에 대한 일을 물으면서 비법을 알려 줄 것을 요청하는데, 제가
마땅히 어떻게 대답할까요? 조심스럽게 말씀드리는데, 저는 감히 명
령을 들을 수 없습니다. 저의 어리석음은 형 스스로 일찍이 알고 있
습니다. 종전에 형과 이 일에 대해 이야기하면서 무엇이라 했습니까?
어찌 제 말로 마칠 수 있겠습니까? 이것은 방자한 것입니다.

〈略鑑〉 이 글은 古文 作法에 대한 李建昌 자신의 견해를 개진하여 呂圭亨
(1849~1922)에게 보낸 편지이다. 이건창은 전문적인 文人으로, 문
장을 어떻게 써야 하는가에 대한 생각이 이 글에 잘 드러나 있어,

---

26) 李建昌(1852, 철종 3~1898): 호는 寧齋. 이조판서 是遠의 손자로, 할아버지가 개성유수로 재직할 때 관
아에서 태어나 출생지는 개성이나 선대부터 강화에 살았다. 할아버지로부터 忠義와 문학을 바탕으로 한
家學의 가르침을 받았다. 그의 문필은 宋代의 대가인 曾鞏, 王安石의 영향을 많이 받았다. 그리고 鄭齊斗
가 陽明學의 知行合一의 학풍을 세운 이른바 江華學派의 학문태도를 실천하였다. 韓末의 金澤榮이 우리
나라 역대의 문장가를 추숭할 때에 麗韓九大家라 하여 아홉 사람을 선정할 때, 최후의 사람으로 이건창을
꼽은 것을 보면, 당대의 문장가일 뿐 아니라 우리나라 全代를 통해 몇 안 되는 대문장가의 한 사람이다.
글씨에도 뛰어났으며, 성품이 매우 곧아 병인양요 때에 강화에서 자결한 할아버지의 유지를 받들어 개화
를 뿌리치고 철저한 斥洋斥倭주의자로 일관하였다. 저서로는 『明美堂集』, 『黨議通略』 등이 있다.

그의 대표적 산문 가운데 한 편이다.

宜以正告曰 作文豈有秘法 多讀書多作而已 夫多讀書多作 古爲
文者 無不然也 卽今有志於此者 無不知其然也 何俟弟言 是亦
慢也 兄在六百里外 專使相問 如此其勤且至 而弟以慢辭 或以
慢對 均不可 無寧以弟所嘗困苦艱難於爲文者 爲兄悉暴之 雖不
足以裨益於高明 而庶以盡吾之情 以不負兄之勤且至 則可矣

〈주석〉 〖俟〗 기다리다 사 〖均〗 모두 균 〖暴〗 나타내다 폭 〖裨〗 돕다 비
〖高明〗 상대에 대한 尊稱 〖庶〗 바라건대 서 〖裨〗 돕다 비

〈국역〉 마땅히 바른 것으로 아뢰겠습니다. 작문에 어찌 비법이 있겠습니까?
많이 읽고 많이 지을 뿐입니다. 대저 많이 읽고 많이 지은 것은 옛날
글을 지었던 사람들도 그렇게 하지 않은 적이 없었습니다. 지금 이것
에 뜻을 둔 자도 그것이 그러하다는 것을 알지 못하는 사람이 없는데,
어찌 저의 말을 기다리십니까? 이것도 또한 방자한 것입니다. 형이
육백 리 밖에 있으면서 오로지 묻게 함이 이와 같이 부지런하고도 지
극한데, 제가 방자하게 말하는 것도, 혹은 방자하게 대답하는 것도 모
두 옳지 않으니, 차라리 제가 일찍이 글을 지음에 괴롭고 어려웠던 점
을 형을 위해 다 그것을 털어놓는 것이 더 낫지 않겠습니까? 비록 고
명한 형에게 도움이 되지 않을 듯하나, 바라건대 나의 마음을 다해서
형의 부지런하고도 지극함을 저버리지 않는다면 다행이겠습니다.

〈略鑑〉 作文의 秘法은 多讀書와 多作뿐임을 說破하고 있다.

凡爲文 必先構意 意有首尾 有間架 首尾粗具 間架粗當 卽疾

筆寫之 但令聯屬相貫通 了了易曉 不暇用語助等閑字 不暇避
俗俚語 恐亡失正意 所欲言者不載也

〈주석〉 〖構意(구의)〗＝立意. 문장을 구상함 〖間架(간가)〗 글의 짜임새 〖當〗
　　　 맞다 당 〖疾〗 빠르다 질 〖了了(료료)〗 명백함 〖曉〗 환하다 효 〖俚〗
　　　 속되다 리

〈국역〉 무릇 글을 지을 때 반드시 먼저 구상을 해야 하며, 意에는 처음과 끝
　　　 이 있고 글의 짜임새가 있는데, 처음과 끝이 대강 갖추어지고 글의
　　　 짜임새가 대강 적당해지면, 붓을 재빨리 놀려 베껴 써서 다만 연속되
　　　 고 서로 관통하게 하여 명료하고 쉽게 드러나도록 할 뿐 어조사 등
　　　 閑字를 쓸 여가가 없고, 세속의 속된 말을 피할 겨를이 없습니다. 바
　　　 른 意를 잃거나 하고 싶은 말을 싣지 못할까 두렵기 때문입니다.

〈略鑑〉 作文에 있어 構意를 강조하고 있는 단락이다. 修辭가 아닌 주제의식
　　　 을 중요시한 것은 李建昌의 文學論이 작문의 형식미를 강조한 擬古
　　　 文派와 다름을 보여 주고 있는 것이다.

意立然後修其辭 凡修辭者 欲諧美潔精而已 修前一句 勿思後
一句 修上一字 勿思下一字 雖爲千萬言之文 其兢兢乎一字 如
爲小律詩 然凡辭 有雙行 有單行 有四字成句 有三五字成句
修之宜先擇之 雙之不可以單 猶單之不可以雙 四與三五亦如之
凡辭有取古人之意而爲者 有造意而爲者 取古人之意而爲者 欲
難其辭 使人如未始見也 造意而爲者 欲易其辭 使人無惑也 取
古人之意 而幷取其辭者 必書古人古書名 以別之 勿使亂吾辭
不則爲陳腐 爲剽竊

 〖諧美(해미)〗 말을 조화롭게 하거나 아름답게 꾸미는 것 〖潔精(결정)〗 말을 깨끗하게 하거나 정밀하게 함 〖兢〗 삼가다 긍

 意가 확립된 위에 말을 다듬어야 합니다. 무릇 修辭라는 것은 諧美·潔精하려는 것일 뿐입니다. 앞의 한 구를 다듬은 다음 뒤의 한 구를 생각하지 말고, 위의 한 자를 다듬은 다음에 아래의 한 자를 생각하지 말아야 합니다. 비록 천만 마디로 된 문장일지라도 한 글자에 대해 전전긍긍하는 것이 짧은 율시를 짓는 듯해야 합니다. 그런데 辭에는 쌍행과 단행이 있고, 4자성구와 3·5자 성구가 있으므로, 그것을 다듬을 때 먼저 선택해야 합니다. 쌍행으로 해야 할 것을 단행으로 할 수 없는 것은 단행으로 해야 할 것을 쌍행으로 할 수 없는 것과 같습니다. 4자성어와 3·5자 성어도 또한 그것과 같습니다. 무릇 말에는 옛사람의 意를 취하여 지은 것이 있고, 意를 만들어 지은 것도 있습니다. 옛사람의 意를 취하여 지은 것은 그 말을 어렵게 하여 사람들에게 이전에 보지 못한 것처럼 하려고 하고, 意를 만들어서 지은 것은 그 말을 쉽게 하여 사람들에게 의혹됨이 없게 하려고 합니다. 옛사람의 意를 취하고 아울러 그 말을 취한 것은 반드시 옛사람과 옛글의 이름을 써서 그것을 구별하여 나의 말을 혼란스럽게 하여서는 안 됩니다. 그렇지 않으면 진부하고 표절이 됩니다.

 構意를 마치면 다음으로 修辭에 착수하게 되는데, 修辭에 있어서 유의점을 제시하고 있다. 아울러 陳腐와 剽竊에 대한 경계도 제시하고 있다.

凡構意 亦宜先擇之 有主意 必有敵意 將以主意爲文 宜別用
敵意 爲一文 以彼攻此 主意如鎧 敵意如兵 鎧堅者兵自折 累
攻屢折 則主意勝也 卽收敵意 俘繫而入之 使主意益尊以明

如或勝或敗 或勝敗無甚相遠者 皆不足以爲文 卽幷主意棄之

〈주석〉 〚鎧〛 갑옷 개 〚累〛 자주 루 〚俘〛 포로 부

〈국역〉 무릇 구의에도 마땅히 우선적으로 선택하는 것이 있어야 합니다. 主意가 있으면 반드시 敵意가 있으므로, 장차 주의로 글을 짓고자 한다면 마땅히 따로 적의를 사용하여 하나의 글을 지어 적의로 주의를 공격해 보아야 합니다. 주의는 갑옷과 같고 적의는 병기와 같습니다. 갑옷이 굳세면 병기는 저절로 꺾이니, 거듭 공격하여 자주 꺾이면 주의가 이기는 것입니다. 그러면 적의를 거두어 포로로 묶어 잡아들이고, 주의로 하여금 더욱 높고 밝게 할 수 있습니다. 만약 때로는 이기고 때로는 지거나, 혹은 승패의 거리가 그다지 멀지 않은 것은 모두 글로 삼을 수 없으니, 곧 주의마저도 함께 버려야 합니다.

〈略鑑〉 構意에 있어 우선적으로 이루어져야 할 것에 대해 언급하면서, 자신의 견해(主意)를 제시하고자 할 경우 그와 반대되는 견해(敵意)가 있을 수 있으므로, 主意를 굳세게 세워야 함을 제시하고 있다. 박지원의 「騷壇赤幟引」에서처럼, 갑옷과 병기를 比喩로 들어 다소 支離할 수 있는 논의를 재미있게 이끌어 가고 있다.

意立辭修 則文可畢矣 而又取意與辭 而稱量比絜之 以有事焉 於是長者短之 短者長之 疎者密之 密者疎之 緩者促之 促者緩之 顯者晦之 晦者顯之 虛者實之 實者虛之 首顧尾 尾瞻首 前呼後 後應前 或縱或擒 或揣或挫 或結或理 紛紜乎其不可 壹矣也 瞭乎其不可歧也 適乎其相當也 以辭當意 以意當辭 辭不當意 則雖巧 可使拙也 意不當辭 則雖整 可使亂也 拙之然

後逾工　亂之然後逾整　句句而皆工者　必害於意　言言而皆正者
必累於辭　辭與意　不相瘉之爲當　當之爲法　法定而文斯可畢矣

〈주석〉〚稱〛저울질하다 칭 〚絜〛헤아리다 혈 〚促〛급하다 촉 〚瞻〛쳐다
　　　　보다 첨 〚揣〛헤아리다 췌 〚挫〛꺾다 좌 〚理〛바루다 리 〚紜〛어
　　　　지럽다 운 〚槩〛누르다 개 〚暸〛밝다 료 〚歧〛갈라지다 기 〚逾〛
　　　　더욱 유 〚瘉〛병이 들다 유

〈국•역〉意가 서고 말이 닦이면 글이 끝난 것이라 할 수 있습니다. 그리고 또
　　　　의와 말을 취하여 그것을 칭량하고 헤아려 문제가 있는가를 봅니다.
　　　　그래서 긴 것은 짧게 하고 짧은 것은 길게 하며, 소략한 것은 주밀하
　　　　게 하고 주밀한 것은 소략하게 하며, 느슨한 것은 급하게 하고 급한
　　　　것은 느슨하게 하며, 드러난 것은 어둡게 하고 어두운 것은 드러나게
　　　　하며, 빈 것은 채우고 꽉 찬 것은 비우며, 머리는 꼬리를 돌아보고 꼬
　　　　리는 머리를 쳐다보며, 앞에서는 뒤를 부르고 뒤에서는 앞에 호응해
　　　　야 합니다. 그리고 때로는 놓아주고 때로는 사로잡으며, 때로는 헤아
　　　　리기도 하고 때로는 꺾기도 하며, 때로는 맺기도 하고 때로는 바르게
　　　　하기도 해야 하기 때문에 복잡하여 하나로 말하기 어려운데, 분명하
　　　　게 나누어져서는 안 되며 알맞게 서로 맞아야 합니다. 辭를 意에 맞
　　　　추고 의를 사에 맞추어야 합니다. 사가 의에 맞지 않으면 비록 공교
　　　　롭게 지으려 해도 졸렬하게 될 수 있고, 의가 사에 맞지 않으면 비록
　　　　가지런히 지으려 해도 혼란스럽게 될 수 있습니다. 졸렬해진 뒤에 더
　　　　욱 공교롭게 지으려 하고, 어지러워진 뒤에 더욱 가지런해지려 하지
　　　　만 구절마다 모두 공교로운 것은 반드시 의에 해가 되고, 말마다 모
　　　　두 올바른 것은 반드시 사에 누가 됩니다. 사와 의는 서로 병들지 않

음이 알맞음이 되고 알맞음이 법이 되며, 법이 정해져야 문이 이에
마칠 수 있습니다.

〈略鑑〉 意(글의 내용)와 辭(글의 형식)가 완성되면 글이 끝나는 것이며, 두
개의 대상이 서로 알맞아야 한다는 것으로 논의를 전개하고 있다.
對偶의 修辭를 사용하여 정제된 느낌을 부여하며, 者와 之와 같은
虛辭의 반복적 사용으로 語氣를 강화시키고 있다.

然又惡可以自是哉　姑投而納之於篋　不以接於目也　又滌刮驅祛
之於胸　不以往來於中也　或一宿　或再三宿而起　復取而觀之　使
吾愛戀此文之情弛　而後視之如人之文　則是者立見其是　非者立
見其非矣　非則不難棄之　如其是也　則又取古人之文　或唐或宋或
近世名家之作　與吾文雜而讀之　使吾貴重吾文之心生　而後律之
以古人之文　則合者立見其合　不合者立見其不合　不合則又不難
竟棄之　必惟可以自是　而且有以合於古人　然後吾之事畢矣

〈주석〉 〚姑〛잠시 고 〚篋〛상자 협 〚滌〛씻다 척 〚刮〛깎다 괄 〚祛〛떨어
없애다 거 〚弛〛없애다 이 〚立〛곧 립 〚律〛헤아리다 률

〈국•역〉 그런데 또 어찌 스스로 옳다고 할 수 있겠습니까? 잠시 던져서 상자
속에 그것을 넣어 두고 보지 말아야 합니다. 또 가슴속에서 (그 글을
쓰는 과정에 대해) 씻어 제거하여 마음속에서 생각나지 않게 해야 합
니다. 그리고 혹은 하룻밤, 혹은 이삼일이 지난 후에 다시 취하여 그
것을 보는데, 나의 이 글에 대한 애정을 없앤 뒤에 남의 글처럼 그것
을 봅니다. 그러면 옳은 것은 곧 그 옳은 것이 보일 것이고, 그른 것
은 바로 그 그른 것이 보일 것입니다. 그르다면 그것을 버리는 것이

어렵지 않을 것입니다. 만약 그것이 옳다면 또 옛사람의 글을 취해
당·송·근세의 명가들의 글과 내 글을 섞어서 읽어 보아 나로 하여
금 내 글을 귀중하게 생각하는 마음을 생기게 한 뒤에 옛사람의 글
로써 헤아려 보면, 맞는 것은 바로 그 맞는 것이 보일 것이고, 맞지
않는 것은 바로 그 맞지 않는 것이 보일 것입니다. 맞지 않으면 또
마침내 그것을 버리는 것이 어렵지 않을 것입니다. 반드시 스스로도
옳다고 생각할 수 있고 또 옛사람에게도 맞을 수 있는 그런 뒤에 나
의 일이 끝나는 것입니다.

〈略鑑〉 意와 辭가 완성된 후 推敲의 과정에 대해 언급하고 있다.

故凡爲文 非惟思之難 思而記之 勿忘失之爲難 累寫累讀之又
難 凡寫文 必精必夾 影紙作楷字 必用朱墨 點句讀 欲令增減
竄易處 覽之不眩 凡讀文 必緩尋熟念 咀之嚼之 烹之鍊之 引
之墜之 搖之曳之 欲令抑揚曲折 廻旋反覆 響而有節 覽之而
眩 響而無節 寫與讀之不善也 寫與讀善矣 而猶且然者 文之
疵也 必亟改之 凡爲文 必十寫十讀 而不得其疵也 然後止焉

〈주석〉 〖夾〗 근접하다 협 〖楷〗 바르다 해 〖竄易(찬역)〗 바꿈 〖眩〗 아찔하다
현 〖尋〗 찾다 심 〖咀〗 씹다 저 〖嚼〗 물다 최 〖曳〗 끌다 예 〖旋〗
돌다 선 〖疵〗 흠 자 〖亟〗 빠르다 극

〈국역〉 그러므로 무릇 글을 지을 때 오직 생각하는 것만이 어려운 것이 아니
라, 생각하고 기록할 때 잊지 말아야 하는 것도 어려움이요, 여러 번
베껴 쓰고 여러 번 읽는 것도 어렵습니다. 무릇 글을 베껴 쓸 때 반
드시 정밀하고 근접해야 하며, 밝은 종이에 해자를 쓸 것이고, 반드

시 붉은 먹을 사용하여 구두점을 찍어 그곳을 증감하고 바꾸게 하여 그것을 보고도 어지럽지 않아야 합니다. 무릇 글을 읽을 때는 반드시 깊이 생각해야 할 곳을 천천히 찾아보고, 씹어 보고 물어보며, 삶아 보고 단련해 보며, 끌어들이고 떨어뜨려 보며, 흔들어 보고 끌어 보며, 높이고 낮추며 꺾게 하여 선회를 반복하여 음향에 절조가 있어야 합니다. 그것을 보고 아찔하고 음향이 절조가 없으면 베껴 쓴 것과 읽은 것이 좋지 않은 것입니다. 베껴 쓴 것과 읽는 것이 좋은데 여전히 또한 그런 것은 글의 하자이니, 반드시 빨리 그것을 고쳐야 합니다. 무릇 글을 지을 때 반드시 열 번 베껴 쓰고 열 번 읽어 보아 그 하자를 얻을 수 없는 그런 뒤에 끝나는 것입니다.

〈略鑑〉 퇴고의 과정을 좀 더 구체적으로 제시하고 있다. '必十寫十讀 而不得其疵也' 해야 한다는 것이다.

夫天下廣矣　後世遠矣　其知吾文者鮮矣　縱有知之者　相値相待難矣　惟吾心　可與質吾文耳　夫發於吾心　感於吾心　而猶不愜於吾心　則是甚可憾也　吾惟吾心之愜是求　安所蘄天下後世哉天下後世　猶不足以蘄　而况區區一時之譽哉　夫惟吾心愜　而吾文之事畢

〈주석〉 〘質〙 묻다 질 〘愜〙 흡족하다 협 〘惟a是b〙 오직 a만을 b하다 〘蘄〙 바라다 기

〈국역〉 무릇 천하는 넓고 후세는 먼데 내 글을 알아주는 자는 드물 것이며, 설령 알아주는 자가 있더라도 서로 만나 서로 상대하기는 어려울 것입니다. 오직 내 마음에게만 내 글에 대해 물어볼 수 있을 뿐입니다.

무릇 내 마음에서 발생하고 내 마음에서 느꼈음에도 여전히 내 마음
에 흡족하지 않는다면 이것은 매우 유감스러워할 만합니다. 나는 오
직 내 마음만 흡족하기를 바랄 뿐입니다. 어찌 천하 후에까지 바라겠
습니까? 천하 후세도 여전히 바랄 수 없는데, 하물며 구구하게 한때
의 칭송까지 바랄 수 있겠습니까? 무릇 오직 내 마음에만 흡족하면
내 글 짓는 일은 끝납니다.

〈略鑑〉 李建昌 문학의 핵심인 ‘惟吾心愜’의 文學觀이 잘 드러난 부분이다.

然吾之困苦艱難則已甚矣　且夫吾文　非夫人之所能爲也　必昧
於世　惛於家　出爲君公大人　與夫當時之士之所怪笑　入爲家人
婢子所譏　當飯而不知口在　挈裘之衿以爲領　如弟之愚者　然後
可爲也　不然　放逐失職　幽愁寂寞　無所用志　如兄之今日者　然
後可爲也　盖此事粗有以成　則他事盡廢　夫殫吾之困苦艱難而
不避　他事盡廢而不恤　專專乎此者　是又可笑也　然以弟之愚所
見不出乎此　若夫矢口肆筆　動爲文章者　此其天才過人千萬倍
又非愚弟之所能言也　兄之高明　雖誠犖犖不羣　然竊覵所示諸
文　其於上所云修辭定法之說　若猶有未至者　豈非以才高性坦
隨意之所嚮而傾輸之　以爲快　所以然耶

〈주석〉 〚已〛 너무 이 〚惛〛 흐리다 혼 〚譏〛 나무라다 기 〚挈〛 손에 들다 설 〚裘〛
　　　 갓옷 구 〚衿〛 옷고름 금 〚領〛 옷깃 령 〚殫〛 다하다 탄 〚恤〛 근심하다
　　　 휼 〚矢口(시구)〛 ＝隨口 〚肆〛 방자하다 사 〚犖犖(락락)〛 탁월한 모
　　　 양 〚覵〛 보다 간 〚坦〛 너그럽다 탄 〚傾輸(경수)〛 감정을 밖으로 다
　　　 드러냄.

 그러나 나의 고되고 어려움은 너무 심합니다. 게다가 내 글은 다른
사람이 지을 수 있는 것이 아닙니다. 반드시 세상에 어둡고 집에 흐
려, 나가서는 군공대인과 당시 선비들에게 괴이한 웃음거리가 될 것
이고, 들어와서는 집안사람과 종들에게 기롱받아 밥을 대하고도 입
이 있는 것을 모르고(어떻게 먹어야 할지 모르고) 갓옷의 옷고름을
끌어 옷깃을 삼은 저와 같은 어리석은 사람이 된 그런 뒤에 지을 수
있을 것입니다. 그렇지 않으면 쫓겨나 자리를 잃어 근심이 쌓이고 적
막해 뜻을 쓸 곳이 없는 오늘날의 형과 같은 그런 뒤에 지을 수 있습
니다. 대개 이 일에 거칠게 성취가 있으면 다른 일은 다 폐지하게 됩
니다. 무릇 나의 어려움과 곤란을 겪으면서 피하지 않으며, 다른 일
은 다 폐지하면서 근심하지 않고 여기에 힘을 다하는 것도 가소로운
일입니다. 그런데 저의 어리석은 소견은 여기에서 벗어나지 않는데,
저 마음대로 말하고 붓을 방자하게 놀려도 걸핏 하면 문장이 되는
사람은 그 천재성이 보통 사람의 천만 배나 지나서 그런 것이지, 어
리석은 저 같은 사람이 말할 수 있는 것이 아닙니다. 형의 고명함이
비록 정성이 남달리 탁월하나 몰래 보여 준 글을 자세히 살펴보니,
위에서 말한 수사와 정법의 설에 여전히 이르지 못한 것이 있는 듯
합니다. 그것은 혹시 재주가 높고 성품이 넓어 뜻이 향하는 곳을 따라
감정을 드러내는 것을 통쾌하게 생각해서 그런 것이 아니겠습니까?

 자신에 글에 대한 謙辭와 여규형을 기리고 있는 부분이다.

兄謂魏叔子輩　不足與議於古人　此說誠然　然叔子所云多作不
如多改　多改不如多刪　是固古人所不傳之秘法　而叔子言之　甚
有功於文章　誠能一日一改　一年得若干首　又於若干首而刪　而

存之爲若干首　如是十年　則可一卷矣　誠能爲一卷　不可復改
不可復刪之文　則吾心愜矣　夫以一卷而易十年者　雖勞而寡效
以十年而圖千萬歲　則甚厚利也　則亦可以蘄矣　然此秘法也　非
兄專使六百里之勤　則弟不敢輕以相示　望兄察之

〈주석〉 〚魏叔子(위숙자: 1624~1681)〛 청나라 魏禧로 寧都사람. 형 際瑞, 동
　　　　생 禮와 더불어 문장에 능하여 당시 이들 삼형제를 '寧都三魏'라 했음.

〈국역〉 형은 위숙자와 같은 무리는 옛사람과 더불어 의논할 만하지 않다고
　　　　말씀하셨는데, 이 이야기는 진실로 그러합니다. 그러나 위숙자가 말
　　　　한 '많이 짓는 것은 많이 고치는 것만 못하고, 많이 고치는 것은 많이
　　　　산정하는 것만 못하다.'고 한 것은 옛사람도 전하지 못한 비법입니
　　　　다. 숙자의 말은 문장에 매우 공이 있습니다. 진실로 하루에 한 번 고
　　　　쳐 일 년에 약간 수를 얻고, 또 약간 수에서 산삭하여 약간 수를 남
　　　　겨 둡니다. 이렇게 십 년을 하면 한 권을 만들 수 있습니다. 참으로
　　　　한 권이 될 수 있어 다시 고칠 수도 없고 다시 산삭할 수도 없는 글
　　　　이 되면 내 마음에 흡족하게 됩니다. 한 권으로 십 년과 바꾸는 것이
　　　　비록 노고에 비해 효험이 적은 듯하지만, 십 년으로 천만 년을 도모
　　　　한다면 매우 두터운 이익이 될 것입니다. 그렇다면 또한 바랄 수 있
　　　　을 것입니다. 그런데 이것은 비법입니다. 형이 오로지 육백 리의 먼
　　　　길에서의 부지런함이 아니면 제가 감히 경솔하게 보여 드릴 수 없습
　　　　니다. 형께서 살펴보시기 바랍니다.

〈略鑑〉 끝으로 유희의 말을 직접 인용하는 방법을 활용하여 '多刪'을 강조
　　　　하고 있다.

61. 「征邁夏課錄序」李建昌

昔蘇子瞻之議科擧也曰　自文而言　則詩賦無用　而策論有用　自
人而言　則詩賦策論　均爲無用　其言善矣　殆有見乎大者也　然
其謂策論之文　無規矩法度聲病對偶　學之易成　考之難精　不如
詩賦之舊者　斯則過矣　而近世顧寧人　亦謂經義之名雖正　最便
於空疎不學之人　詩賦雖小技　非通知古今者不可　夫子瞻雄於
策論　寧人篤於經術　而其言皆如此　豈詩賦之果足尚哉

〈주석〉　〖征邁(정매)〗『詩經』「小雅」「小宛」에, "나도 날마다 이렇게 나아
　　　갈 테니 너도 달마다 나아갈지어다(我日斯邁 而月斯征)."에서 나온
　　　말 〖蘇子瞻之議科擧〗蘇軾이 熙寧 4년에 올린 「議學校貢擧章」에,
　　　"문장으로 말하면 책론은 쓸 데 있으나 시부는 도움이 없고, 정사로
　　　말하면 시부와 책론이 다 같이 쓸데없는 것이다(自文章言之 則策論
　　　有用 詩賦無益 自政事言之 則詩賦策論均 爲無用矣)."라 함 〖均〗모
　　　두 균 〖殆〗아마 태 〖聲病(성병)〗平仄·聲調에 나타나는 폐단과 병
　　　통 〖顧寧人(顧炎武: 1613~1682)〗청대 초기의 대표적인 사람 顧炎武
　　　로, 자는 寧人. 문장의 내용을 중시하고 고인들의 작품에 대한 모방을

배척함 〖經義(경의)〗經書의 뜻 〖空疎(공소)〗空虛하고 천박함.

〈국·역〉 옛날 자첨 蘇軾이 과거를 의논할 때 말하기를, "문장으로부터 말하자
면 시부는 쓸모가 없고 책론은 쓸모가 있으며, 사람으로부터 말하자
면 시부, 책론은 모두 쓸모가 없다."고 했는데, 그 말이 좋은 것은 아
마 큰 생각을 볼 수 있기 때문일 것이다. 그러나 그가 말하기를, "책
론의 문장에는 규구법도·성병·대우가 없어, 그것을 배워 이루기는
쉬우나 그것을 고찰하여 정밀하기는 어려워 옛날의 시부만 못하다."
했으니, 이것은 지나치다. 그런데 근세 영인 고염무도 말하기를, "경
의의 명분은 비록 바르나 공허하고 천박하며 배우지 못한 사람에게
가장 편하고, 시부는 비록 작은 재주이나 고금을 통해 아는 자가 아
니면 안 된다."라고 했다. 무릇 소식은 책론에 뛰어났고 고염무는 경
술에 돈독했는데, 그 말이 모두 이와 같았으니, 어찌 시부가 과연 숭
상할 만한 것이겠는가?

〈略鑑〉 이 글은 『정매하과록』에 붙인 서문으로, 이 단락은 經義·策論·詩
賦의 有用無用에 대한 언급으로 출발하고 있다.

老成謀國之論 常憚於變更 處士矯世之議 常厭於俗謬 彼亦以
其時與地而言耳 然詩賦取士 代有興革 策論又不常設 而惟經
義 自唐歷宋 至王介甫 而掃除科目 存此一途 有秀才變學究
之語 其法乍改復仍 至皇明益盛 八股十八房之文 通行天下
以迄于今

〈주석〉 〖憚〗 꺼리다 탄 〖矯〗 바로잡다 교 〖謬〗 그릇되다 류 〖地〗 처지 지 〖秀
才變學究之語〗 學究는 시골 서당 훈장으로, 經學으로 선비를 取하게

되어 秀才를 學究로 만들었다는 왕안석의 말 『怍』 잠깐 사 『仍』 거
듭하다 잉 『八股(팔고)』 文體의 이름이다. 經書 句節에서 출제하여
八股 형식으로 題의 뜻을 부연하여 짓는 글인데, 명·청대에 관리를
등용할 때 시험을 이것으로 하였음. 그 結構는 對句法에 의하여 起
股, 中股, 後股, 束股의 네 개 단락 안에 각각 두 개의 對偶를 갖추어
여덟으로 나뉨 『十八房(십팔방)』 명나라 會試와 청나라의 회시·鄕
試에서 五經의 試券을 考官 18명이 房을 나누어 고시하였던 것을 말
함 『迄』 이르다 흘

〈국·역〉 노성한 사람이 국사를 꾀하는 논의는 항상 변경을 꺼리고, 처사가 세
상을 바로잡는 의론은 항상 속됨과 그릇됨을 싫어하니, 저들은 또한
그때와 처지를 생각하여 말한 것뿐이다. 그러나 시와 부로써 선비를
취하는 제도는 대대로 흥기와 개혁이 있었고, 책론 또한 항상 설치되
어 있었던 것만은 아니었다. 그런데 오직 경의만은 당나라로부터 송
나라를 거쳐 개보 王安石에 이르러 그 과목을 없애 버렸다. 그러나
이 한 길을 보존함으로써 수재가 학구로 변한다는 말이 있었으나, 그
법(經義로 과거를 보이는 법)은 잠깐 만에 다시 복구되었고, 명나라
에 이르러서는 더욱 번성해져 팔고문과 십팔방의 문장이 천하에 통
해져 현재까지 이르렀다.

〈略鑑〉 科擧 시험의 종류에 대한 변천에 대해 언급하고 있다.

我朝雖不專用華制 而疑義之名 尚仍雙冀之遺 卒莫之廢 何也
其名固正 而其法固不可改也 詩賦之無當於實學 譬之買櫝還
珠 櫝非珠也 經義雖亦無用 猶之爲聖言之緒餘 譬之執柯伐柯
與柯爲近也

<주석> 〖疑義(의의)〗科擧 試題의 일종. 疑는 經傳의 疑難處를 논술하여 풀이
하는 것이며, 義는 경전 意義를 해설하는 문장 〖仍〗인하다 잉 〖雙冀
(쌍기)〗고려시대 귀화한 사람으로, 성종에게 科擧 시행을 건의함 〖買
櫝還珠(매독환주: 櫝 함 독)〗함만 사고 구슬을 돌려준다는 것으로,
『韓非子』「外儲說左上」에, "楚人有賣其珠於鄭者 爲木蘭之櫃 薰以桂
椒 綴以珠玉 飾以玫瑰 輯以羽翠 鄭人買其櫝而還其珠 此可謂善賣櫝
矣 未可謂善鬻珠也"에 나오는 내용으로, 근본을 버리고 말단만 추구
하여 取捨가 마땅하지 않음을 비유 〖緖餘(서여)〗사물의 殘餘 〖伐
柯(벌가: 柯 도끼자루 가)〗『詩經』「豳風」「伐柯」에, "伐柯伐柯 其則
不遠"라 하고, 鄭玄箋에, "則 法也 伐柯者必用柯 其大小長短 近取法
於柯 所謂不遠求也"라 하였다. 뒤에 伐柯는 '남에게 법을 취함'으로
쓰임.

<국·역> 우리 조정이 비록 중국의 제도를 전적으로 쓰지는 아니하였으나, 疑
義의 이름은 오히려 쌍기가 남긴 것으로 인하여 끝내 그것을 폐기하
지 않은 것은 무엇 때문인가? 그 명분이 진실로 바르기 때문에 (과거
를 경서로 보이는) 그 방법을 진실로 고칠 수 없었던 것이다. 시부가
실학과 맞는 것이 없는 것은, 비유하자면 독만 사고 구슬을 돌려주는
것과 같은 것이니, 독이 구슬은 아니다. 경의가 비록 또한 쓸모가 없
으나, 오히려 그것이 성인의 말씀 잔여물이 되니, 비유하자면 도끼
자루를 잡고 도끼 자루 감을 찍을 때에 도끼 자루와 더불어 가까운
것이다.

<略鑑> 詩賦는 實學에 맞지 않고 經義는 聖人의 말씀 잔여물로 의의가 있다
는 것을 강조하고 있다.

盖儒者之學有二　曰性理　曰文章　文章之學有二　曰古文　曰時文
時文之學有二　曰經義　曰詩賦　然則時文之於儒學　再支而繼別
也　而經義猶其嫡也　詩賦又其支庶也　如之何其舍經義而立詩賦
哉　故曰不可改也　且所謂學之易成也　便於空疎不學之人也　非
惟經義爲然　卽古文尤易而尤便　以其無規矩法度之一定者也　非
惟古文爲然　卽性理之學　尤易而尤便　不必通古今　爲辯博以眩也

〈주석〉　〖時文(시문)〗 古文에 상대하여 말이 된 것인데, 應時의 文을 이름 〖支〗 가르
　　　　다 지 〖嫡〗 적자 적 〖支庶(지서)〗 嫡子 이외의 자식 〖眩〗 아찔하다 현

〈국역〉　대개 유자의 학문에는 두 가지가 있으니, 성리와 문장이다. 문장학에
　　　　는 두 가지가 있으니, 고문과 시문이다. 시문학에는 두 가지가 있으
　　　　니, 경의와 시부이다. 그렇다면 시문이 유학에 있어서 두 번 갈라지
　　　　고 이어서 분별되었으며, 경의는 그 적자와 같고 시부는 그 지서와
　　　　같으니, 어떻게 그 경의를 버리고 시부를 세울 수가 있겠는가? 그러
　　　　므로 고쳐서는 안 된다는 것이다. 또 이른바 그것을 배워서 이루기는
　　　　쉽고 공소하고 배우지 못한 사람에게 편리하다고 한 것은 경의만 그
　　　　럴 뿐만이 아니라 곧 고문은 더욱 쉽고 더욱 편리하니, 그것에는 규
　　　　구법도의 일정함이 없기 때문이다. 오직 고문만 그런 것이 아니라 곧
　　　　성리학은 더욱 쉽고 더욱 편리하니, 반드시 고금에 통달해서 말하기
　　　　를 박식하게 하고 현달하게 할 필요는 없는 것이다.

〈略鑑〉　儒者의 학문을 性理와 文章으로 나누고 있으며, 적자와 서자를 언급
　　　　하면서 詩賦의 근본이 道이고 道를 버리고서는 시부가 설 수 없다는
　　　　것을 말하고 있다. 그렇다고 이건창이 시부를 부정한 것은 아니다.
　　　　道本文末의 先後를 말한 것으로 파악하여야 한다. 그리고 古文은 규

구법도의 일정함이 없어 짓기가 쉽다고 언급하고 있다.

앞의 예문과 아래의 예문을 참고로 도표를 만들면 다음과 같다.

<pre>
                                    ↗ 存心以養性
                        ↗ 性理
                                    ↘ 讀書以致知
        儒者之學
                                        ↗ 古文(唐宋派)
                            ↗ 古文
                                        ↘ 擬古文(秦漢派)
                        ↘ 文章
                                        ↗ 經義
                            ↘ 時文
                                        ↘ 詩賦
</pre>

性理之學至矣 而又有二 曰讀書以致知 曰存心以養性 讀書以
致知 吾不敢謂其便且易 若本之心性 則天下之至約也 又不但
古文之易於時文 而經義之便於詩賦也 誠如子瞻寧人之說 惟
便易之是黜 而繁難之是尙 則宋之秀才學究 明之十八房 可以
奪韓柳之席 而韓柳攘思孟之統矣 乾知坤能 不足以爲萬物父母
而蹇屯居六十四卦之首矣 嗚呼 定天下之規矩 莫善於至易 通
古今之事變 莫要乎至便 今徒以無法病之 空疎訾之 是雖爲時
文一事言之 而極其說之弊 將有以壞天下之學術 不可以無辨

〈주석〉 〖惟a之是b〗 오직 a만을 b하다 〖黜〗 물리치다 출 〖攘〗 물리치다 양
〖訾〗 헐뜯다 자 〖乾知〗『주역』「계사」에, "乾知大始"라 하였음.

 성리학이 지극한데 또 두 가지가 있으니, 독서하여 앎을 다하는 것과
마음을 보존하여 본성을 기르는 것이다. 독서하여 앎을 다하는 것은
내가 감히 그것이 편하고 쉽다고 말할 수 없다. 심성에 근본을 둠은
곧 천하에 지극히 집약된 것이고, 또 고문이 시문보다 쉬울 뿐만이
아니라 경의가 시부보다 편리하다는 것과 같은 것은 진실로 자첨과
영인의 말과 같다. 오직 편리하고 쉬운 것을 물리쳐 버리고, 번잡하
고 어려운 것을 숭상한다면, 송나라의 수재를 학구로 만든다고 한 것
과 명나라 십팔방이라고 한 것들이 韓愈와 柳宗元의 자리를 빼앗을
수 있을 것이고, 또 한유와 유종원은 子思와 孟子의 학통을 빼앗을
것이며, 건지곤능은 만물의 부모가 될 수 없고 건괘와 둔괘가 64괘의
머리를 차지할 것이다. 아! 천하를 안정시키는 법도는 지극히 쉬운
것보다 더 좋은 것은 없고, 고금의 일의 변천을 통하는 것은 지극히
편리한 것보다 더 중요한 것은 없다. 지금 다만 법도가 없는 것을 병
으로 여기고 공소함을 비난한 것이니, 이것은 비록 시문이라는 한 가
지 일로 그렇게 말하는 것이나, 그 말의 폐단을 극대화하면 장차 천
하의 학술을 붕괴시킬 수 있으니, 변명이 없을 수 없는 것이다.

 평이한 글(古文, 經義)을 지어야 함을 강조하고 있다. 이건창은 「金
于霖詩論贈林有瑞(圭永)」에서, "어릴 때부터 평이한 말을 하기를 좋
아하여 오래되어 습관이 되어 버렸다. 지금은 고칠 수가 없다(自幼
好爲平易之言 久而習之 今不可以改圖矣)."라고 하여, 평이한 글을
좋아하였음을 밝히고 있다.

近與諸弟 日拈魯論中一題 分課各一篇 余素不嫺時文 而其所
爲猶近疑義 諸弟則尚治擧子業 然不用其所謂規矩 而專以己

意出之 余未始不心善之 而顧詰其所以 皆曰非薄時文也 以其
易也 余作而歎曰 學而以其易也 則入道之機也 然又不可以徒
易也 有擇術焉 有用工焉 擇術則貴易 不易不端 用工則貴難
不難不精 請與弟交勉之

〈주석〉 〖拈〗 집어 들다 념 〖魯論(노론)〗 『논어』를 말함 〖嫻〗 익다 한 〖顧〗
　　　　 다만 고 〖詰〗 따지다 힐 〖所以(소이)〗 원인 〖薄〗 등한히 하다 박 〖作〗
　　　　 일어나다 작 〖機〗 기미 기 〖交〗 서로 교

〈국역〉 근래 여러 아우들과 더불어 『노론』 가운데 한 가지 제목을 따내어 각
　　　　 각 한 편씩을 갈라 과제로 주었다. 내가 평소에 시문을 익히지 않았
　　　　 으나 그 하는 것은 오히려 의의에 가까우며, 여러 아우들은 곧 여전
　　　　 히 과거 공부를 하고 있으나 이른바 규구를 쓰지 아니하고 오로지
　　　　 자기의 뜻만을 내어놓는다. 내가 처음부터 마음속으로 그것을 좋게
　　　　 여기지 않은 것은 아니지만, 다만 그 원인을 따지니, 모두 말하기를,
　　　　 "시문을 소홀히 여겨서가 아니라 그것이 쉽기 때문이다."라고 했다.
　　　　 내가 일어나 탄식하며 말하기를, "배우는 데 그 쉬움으로써 한다면
　　　　 도에 들어가는 기미가 되기는 하지만, 또 다만 쉽게 해서는 안 된다.
　　　　 학문하는 방법을 선택하는 것이 있고 공력을 사용하는 것이 있으니,
　　　　 학문하는 방법을 선택할 때는 쉬운 것을 귀하게 여기는 것은 쉽지
　　　　 않으면 단정치 않기 때문이고, 공력을 사용할 때는 어려운 것을 귀하
　　　　 게 여기는 것은 어렵지 않으면 정밀하지 않기 때문이다. 청컨대 참여
　　　　 한 아우들은 이것을 서로 힘써야 한다."라고 했다.

〈略鑑〉 이 글을 쓰게 된 배경을 간략히 설명하고, 앞서의 내용을 정리하면
　　　　 서 아우들에게 당부의 말로 끝을 맺었다.

62. 「兪叟墓誌銘」李建昌

歲干支仲秋之月　其日癸未　織屨兪叟君業　以疾終于江華下道
尹汝化之隟舍　壽七十　無子　厥明　里三老集于汝化　謀所以送
叟者　汝化來告余　余予之以弗茹之地　俾瘞之　且爲之誌　有字
無名　無譜無籍　傷也　其死可得以詳　而其生則闕也

〈주석〉 〖屨〗 신 구 〖隟〗 틈 극 〖三老(삼로)〗 명망이 있는 노인 〖予〗 주다 여
　　　〖茹〗 먹다 여 〖瘞〗 묻다 예 〖傷〗 불쌍히 여기다 상 〖闕〗 빠뜨리다 궐

〈국역〉 때는 모년 8월, 날은 계미일, 신발을 삼는 유군엽 노인이 질병으로 강
　　　화하도 윤여화의 빈집에서 마지막 숨을 거두었다. 나이 70세였고 자
　　　식은 없었다. 그다음 날 마을의 長老가 윤여화의 집에 모여 노인을
　　　장례 지낼 방법을 의논하였다. 윤여화가 나에게 와서 그 사실을 말하
　　　기에 나는 갈아 먹지도 못하는 땅을 그에게 주어 그를 장례 지내게
　　　하고, 또 그를 위해 묘지도 지었다. 자는 있지만 이름도 없고, 계보도
　　　없고 호적도 없는 것이 마음 아팠다. 그 죽음에 대해서는 상세하게
　　　알고 있지만, 그 출생에 대해서는 아는 것이 없다.

〈略鑑〉 이 글은 같은 마을에 살았던 유군엽이라는 사람에 대해 쓴 묘지명이

다. 이 단락은 유군엽의 죽음과 이 글을 쓰게 된 배경에 대해 敍事
하고 있다. 李建昌은 記事類에 많은 공력을 들였는데, 人物記事야말
로 시대에 잘 대응할 수 있는 문학양식으로 파악하고, 인물 형상을
통해 당대의 국가와 사회현실을 묘사하였다. 그리고 그러한 현실 속
에서 인간이 어떻게 대처해야 할 것인가를 표현하였다(이희목, 「영
재 이건창 산문 연구」, 성균관대 박사논문, 1992). 이 작품 역시 이러
한 성향의 하나로 지어진 것이다.

叟中歲獨身流寓 與汝化爲主客 三十年 樸吶無佗能 日惟業織
屨 然不自鬻 以畀汝化 汝化鬻得米 則遺之使炊 不得 或累日
不炊 里人無所持 來求屨 叟卽與 或匿直不以還 久亦不自往
索 故或終年 一步不出門

〈주석〉 〚流寓(류우)〛 떠돌아다니다 타향에 거주함 〚樸〛 순박하다 박 〚吶〛
　　　　말을 더듬다 눌 〚佗〛 다르다 타 〚鬻〛 팔다 육 〚畀〛 주다 비 〚炊〛
　　　　밥을 짓다 취 〚直〛 값 치
〈국역〉 이 노인은 중년에 홀몸으로 떠돌아다니다가 윤여화와 주객이 된 지
　　　　30년이 되었는데, 순박하고 말이 없는데다가 다른 재주가 없어 날마
　　　　다 신을 삼는 일만 하였다. 그러나 스스로 신을 팔지 않고 윤여화에
　　　　게 주었는데, 윤여화가 신을 팔아 쌀을 장만하면 이것을 보내어 밥을
　　　　짓게 하였으나, 쌀을 얻지 못할 때에는 간혹 여러 날이 지나도 밥을
　　　　짓지 못하기도 하였다. 마을 사람들이 가진 것이 없이 와서 신을 달
　　　　라고 해도 노인은 바로 신을 내주었다. 간혹 값을 치르지 않고 가져
　　　　가 놓고 오래되어도 직접 가서 찾지 않았으므로, 때로는 한 해가 다

가도 한 걸음도 문밖을 나가지 않았다.

〈略鑑〉 유군엽의 生平·성품·신을 만들어 생계를 유지하는 逸話에 대해
간략하게 기록하고 있다.

余家與汝化 相望而近 然余竟不識叟面 抑余嘗悲古昔聖賢 終
身未嘗一事行於世 而其所業 皆所以行者也 今叟亦終年未嘗
一步行於路 而其所業 亦惟所以行者也 雖其具鉅細有不同 而
其勤 而無所用於己則同 又可悲也 然聖賢旣不能自行 而天下
又卒不用其道 反以招譏謗 嬰患厄 怲焉而不寧 若叟固無意於
行 而隣里之人 猶用其屨 而歸其直 叟得以食其力 以老以終
無他患 使叟果庸人也 則可以無憾 叟而果非庸人也 抑又何憾

〈주석〉 〖不識叟面〗 이 부분 아래에 『明美堂集』에는 "늙은이는 아마 범상한
사람이 아닐 것이다(叟殆非庸人者歟)."라는 언급이 있음 〖鉅〗 크다
거 〖反〗 도리어 반 〖謗〗 비방하다 방 〖嬰〗 걸리다 영 〖厄〗 재앙
액 〖怲〗 근심하다 흉 〖使〗 만약 사 〖抑〗 또한 억

〈국역〉 내 집과 윤여화의 집이 서로 빤히 보일 정도로 가까웠지만, 나는 끝
내 늙은이의 얼굴을 알지 못하였다. 그런데 내가 일찍이 슬퍼한 것
은, 옛날 성현은 종신토록 한 가지 일도 세상에 행하지 못하였지마는
그들의 학업은 다 세상에 행하고 있다는 사실이다. 지금 이 유씨 노
인도 한 해가 다 가도록 한 걸음도 길에 나다니지 않았지마는 그가
한 일은 또한 오로지 세상에 행해지고 있는 것이다. 비록 그 도구의
규모는 다르다 해도 그렇게 부지런히 하고서도 자기에게 소용이 없
기는 마찬가지니, 또한 슬퍼할 만한 일이다. 그러나 성현이 이미 스

스로 세상에 도를 행할 수도 없었지마는, 세상 또한 끝내 그 도를 쓰지 않음으로써 도리어 비방을 초래하고 환액에 걸리어, 근심하고 편안하지 못하였다. 그런데 이 노인 같은 경우는 진실로 세상에 도를 행하는 데 뜻이 없었지만, 마을 사람들이 그 신을 쓸 뿐만 아니라 그 값을 치러 주어, 노인이 노력으로써 먹을 수 있었고, 늙어 세상을 마치도록 다른 걱정은 없었다. 만약 이 노인이 평범한 사람이었다면 아무런 유감이 없을 것이나, 이 노인이 결과적으로 평범한 사람이 아니라 한들 또한 무슨 유감이 있겠는가?

〈略鑑〉 앞의 記事와는 달리 議論으로 전개하면서, 聖賢의 행동에 견주어 유군엽에 대해 칭송하고 있다. 일반적인 묘지명에 들어 있는 墓主의 家系나 후손에 대한 이야기는 서두에 제시한 것처럼 자세히 알 수 없었기 때문에, 이건창은 이러한 敍事的인 문제는 과감히 생략하고 많은 부분에 의론을 통해 작품을 構意하고 있는 것이다.

銘曰 五穀芃芃民所寶 斂精食實委枯槁 惟叟得之以終老 生也爲屨葬也薰

〈주석〉 〚芃〛 풀이 무성하다 봉 〚精〛 대낀 쌀 정 〚槁〛 =藁 짚 고 〚薰〛 짚 고

〈국역〉 그 銘은 다음과 같다.

오곡이 풍성한 것은 백성들이 보배로 여기나, 알맹이는 거두어 먹고 마른 짚은 버렸네. 유 씨 노인 그것을 얻어 일생을 마쳤으니, 살아서는 신을 삼았고 장사 지낼 때에는 거적에 싸여 갔네.

〈略鑑〉 이 작품은 『여한십가문초』에 抄錄되어 있는데, 曺兢燮이 김택영에게 준 편지에, "이건창의 글은 더욱 지난날 보던 것과 같지 않아

「수택기」와 「이택기」는 사리가 모두 짧으며, 「유수명」은 이치가 말에 가려(이치에 비해 말의 구사가 지나치게 화려함) 법으로 삼을 만하지 않습니다(寧齋之文 尤與前日所見不同 修堂麗澤二記 辭理俱短 兪叟銘理掩於辭 不足爲法)."라 하여, 작품의 選定에 문제가 있다고 언급하고 있는 작품이다.

嵩山鎮中京 雄深而奇麗 洞壑之勝者 以十數 而院谷其一也 昔
新羅敬順王 歸高麗 尚樂浪公主 居神鸞宮 富貴與王埒 此其
遺址云 麗氏廢 中京蕪 院谷遂不得主 樵人牧夫居之 罕能識其
勝 至金君于霖 拓而爲圃 作堂曰見山 讀書賦詩于其中 意甚樂
也 于霖與余游有年 余獲罪竄西塞 道出中京 于霖迎余 至其家
見所謂見山堂者 索余文記之

〈주석〉 〚尙〛 장가들다 상 〚埒〛 같다 날 〚址〛 터 지 〚樵〛 나무꾼 초 〚罕〛
드물다 한 〚拓〛 넓히다 척 〚有年(유년)〛 =多年, 豊年 〚竄〛 내치다
찬 〚索〛 구하다 색

〈국역〉 숭산은 中京(開城)의 鎭山으로, 웅장하고도 아름다워 빼어난 골짜기
만도 10여 개나 되는데, 원곡은 그중의 하나이다. 옛날 신라 경순왕
이 고려에 귀의하여 낙랑공주에게 장가들어 신란궁에 거처하였고,
그 부귀는 왕과 같았는데, 이곳은 그 남은 터라고들 한다. 고려가 망
하여 중경이 거칠어지자, 원곡도 마침내 주인을 만나지 못해 초동목
부가 거기에 살게 되면서 그 뛰어난 경치를 알기가 어려웠다. 우림

金澤榮이 개간하여 채소밭을 만들고 堂을 지어 見山堂이라 하고, 거기서 책을 읽고 시를 지으니, 마음이 매우 즐거웠다. 김우림과 내가 서로 사귄 지 몇 년 되었는데, 내가 죄를 얻어 서쪽 변방으로 귀양 갈 때에 길이 중경으로 나 있었다. 김우림이 나를 맞아들여 그 집에 가서 이른바 견산당이라는 것을 보게 되자, 나에게 記文을 써 달라고 하였다.

〈略鑑〉 이 글은 1875년 충청우도암행어사로 나가 감사 趙秉式의 非行을 조사하고 임금에게 직접 보고하여 파면시켰으나, 조병식의 사주에 의한 誣告로 벽동군(평안북도 최북단에 있음)에 유배되는 도중에 김택영을 만나 써 준 記文이다. 이건창은 1년 뒤에 풀려나 公事를 철저히 수행하다가 권세가들의 공격으로 귀양까지 가게 되자, 그 뒤 벼슬길을 멀리했다. 이 단락은 견산당이 있는 원곡의 변천에 대한 설명과 記文을 쓰게 된 배경에 대해 敍事하고 있다.

噫 山一耳 而敬順王見之 樵人牧夫見之 于霖見之 盖興廢得失之無常 而上下已五百年矣 茲豈不可慨乎 然余與于霖 方坐此堂之上 同見此山 而于霖居然有逸士之趣 余則蕉萃畏約 爲勞人 爲逐客 漂漂然如蓬之轉也 人事之錯迕 雖並代一時 若是其甚也 又何暇上下五百年 而究其故乎 然樵人牧夫 不足以知于霖之樂 于霖又無所慕於敬順王之富貴也 而獨余於于霖 知之深而羨之切 又安得不爲之太息乎 于霖有院谷新業記甚詳 余不復贅 姑以吾所感者書之 以遺于霖

〈주석〉 〖茲〗 이 자 〖居然(거연)〗 편안한 모습 〖逸士(일사)〗 隱逸者 〖趣〗

풍치 췌 『蕉萃(초췌)』 =憔悴 『畏約(외약)』 곤궁하여 위축됨을 두려
워함 『漂』 떠돌다 표 『蓬』 쑥 봉 『迕』 틀리다 오 『贅』 군더더기
췌 『姑』 잠시 고

〈국·역〉 아! 산은 하나일 뿐인데, 경순왕이 이것을 보고, 초동목부가 보고, 김
우림도 이것을 보았다. 대개 흥망과 득실이 무상하여 전후로 이미 오
백 년이 지났으니, 이것이 어찌 感慨無量하지 않을 수 있겠는가? 그
러나 나와 김우림이 바야흐로 이 당 위에 앉아 함께 이 산을 보고 있
지마는 김우림은 편안히 逸士의 雅趣가 있는데, 나는 초췌하고 두려
움에 위축되어 피곤한 사람이 되고 귀양살이하는 나그네가 되어 표
연히 날아다니는 마른 쑥처럼 떠도는 신세가 되었다. 사람의 일이 어
긋나는 것이 비록 같은 시대에도 이와 같이 심하니, 또 어느 겨를에
오백 년을 오르내리면서 그 연고를 따질 수 있겠는가? 그러나 초동
목부는 김우림의 즐거움을 알 수가 없고, 김우림은 또 경순왕의 부귀
를 흠모하는 것이 없는데, 나만이 김우림에 대하여 아는 것이 깊고
부러움이 간절하니, 또 어찌 긴 한숨을 짓지 않을 수 있겠는가? 김우
림에게는 매우 상세한 원곡의 새 別莊記가 있어(『韶護堂集』에 똑같
은 제목의 「見山堂記」가 있음) 나는 다시 군더더기를 더하지 않고 우
선 내가 느낀 것을 써서 김우림에게 준다.

〈略鑑〉 앞 단락의 敍事에 이어 감탄사를 활용하여 議論으로 전환하면서 작
품을 매듭짓고 있다. 김택영의 隱者的 삶과 이건창 자신의 유배 가
는 처지를 대비하면서, 자신이 처한 현재의 복잡 미묘한 상황을 부
각시키고 있는 것이다.

이건창은 金澤榮의 『韶護堂集』에 똑같은 제목의 「見山堂記」에 상세한 내용이 실려 있기 때문에 이 글에서는 중복되는 내용은 생략하였다. 이것을 '互文法'이라 한다. 互文이란 한 작품 내에서 앞 문장에서 생략한 것을 아래 문장에서 드러내거나, 아래 문장에서 생략한 것을 앞 문장에서 드러내어 서로 참고하여 글을 이루거나 합쳐서 뜻을 드러내거나, 한 작품에서 드러내었으면 다른 작품에서는 생략하여 중복해서 기록하는 것을 피하는 것을 말한다. 이러한 방법은 간결함을 추구하면서도 주제를 강화시키는 효과를 발휘할 수 있는 것이며, 또한 古文에서 추구하는 글쓰기이다.

64. 「伯夷列傳批評」李建昌

(前略)此文凡五大節　第四大節中有兩節　故亦可謂六大節　每
節各有一字眼　第一節信字　第二節怨字　第三節天道字　第四節
道字　第五節名字　第六節聖人字

〈국역〉 이 글은 모두 5개의 큰 절로 구성되어 있는데, 제4절은 안에 두 개의
절을 가지고 있다. 그러므로 또한 6개의 큰 절이라 할 수 있다. 매 절
마다 각각 하나씩의 字眼이 있다. 제1절은 信 자, 제2절은 怨 자, 제3
절은 天道 자, 제4절은 道 자, 제5절은 名 자, 제6절은 聖人 자이다.

〈略鑑〉 이 글은『사기』「伯夷列傳」에 대해 비평을 가한 글이다. 글의 구성
은 전반부인 司馬遷의 「伯夷列傳」의 본문을 다시 서술하면서 필요
한 곳에 註解를 가하는 형식과 후반부의 종합적 이해를 서술하고
있는 부분으로 구성되어 있다. 위에 제시한 부분은 후반부의 서두
로, 字眼에 대한 설명이다.『史記』의 白眉라 할 수 있는 「伯夷列傳」
은 金得臣(1604~1684)으로부터 시작하여 魏伯珪(1727~1798)에 이
르기까지 꾸준히 논의되어 왔다. 이건창의 이 글은 「백이열전」에 대
한 논의에 있어 거의 최종적이며 가장 완성도가 높은 것으로 평가

되고 있다.

凡讀古人書 須先觀古人爲此書之主意 又觀此書之體面 然後字
句篇章 文義法例 可次第觀也 太史公作史記 蓋出於發憤 古來
讀史記者 皆以怨爲主意 又見伯夷傳 多用怨字 謂怨之尤者 然
伯夷何如人也 昭乎日月 崒乎泰山 史公於數千年中作列傳 竟
將第一筆 與他出色 是何等貴重 若於此 專爲一怨字作主意 則
是與伍子胥灌仲孺傳一例矣 豈復爲體面 楊升菴獨謂折衷正論
不詭聖人 其所見差近 然升菴 亦未必盡知史公

〈주석〉 『體面(체면)』 면모, 體制 『崒』 산이 높고 험하다 줄 『出色(출색)』 일
반적인 것보다 빼어남, 특색이 있음 『何等(하등)』 어떻게 『一例(일
례)』 동등함 『楊愼(양신: 1488~1559)』 明代 학자. 양신은 『升菴集』
「伯夷傳」에서, "朱晦翁謂 孔子言伯夷求仁得仁又何怨 今觀太史公作
伯夷傳 滿腹是怨 此言殊不公 今試取伯夷傳讀之 始言天道報應差爽
以世俗共見聞者嘆之也 中言各從所好 決擇死生輕重 以君子之正論折
之也 一篇之中 錯綜震蕩 極文之變 而議論不詭於聖人 可謂良史矣"
라 말하였음 『詭』 속이다 궤 『差』 조금 치

〈국역〉 무릇 옛사람의 글을 읽을 때는 모름지기 옛사람이 이 글을 지을 때의
主意를 먼저 살펴야 한다. 또 이 글의 체면을 살핀 뒤에 자구, 편장,
문의, 법례를 차례로 살필 수 있다. 태사공이 『사기』를 지은 것은 대
개 發憤에서 출발하였다. 예부터 『사기』를 읽는 사람들은 모두 怨을
주의로 삼았고, 또 「백이전」에 怨 자를 많이 쓴 것을 보고 원망이 심
한 것으로 여겼다. 그러나 백이가 어떤 사람인가? 해와 달보다 밝고

태산보다 우뚝하다. 태사공은 수천 년 중에서 열전을 지을 때 마침내 장차 제일필로 다른 것보다 뛰어나게 지으려 했을 것인데, 이렇다면 어떤 것이 귀중한 것이겠는가? 만약 여기에서 오로지 怨 자 한 자를 주의로 삼았다면, 이것은 「오자서전」이나 「관중유전」과 똑같은 것이다. 어찌 다시 체면이 되겠는가? 승암 楊愼은 "정론을 절충하여 성인을 속이지 않았다."라 했으니, 그의 견해가 약간 이치에 가깝다. 그러나 승암도 태사공을 반드시 다 안 것은 아니다.

〈略鑑〉 옛사람의 글을 볼 때는 먼저 主意를 살펴야 정확한 主意를 알 수 있으며, 「백이열전」의 主意가 怨이 아니라는 것에 대한 反駁을 하고 있으며, 양신의 논리에 대해서는 다소 긍정하고 있다.

史公當時　分明以聖人之徒自居　非但不詭而已　蓋末段聖人一節
非僅爲自家不遇聖人發歎而已　直以自家史記列傳中諸人　千秋
萬代　將益彰而益顯　如伯夷顏淵　遇孔子而傳也　此其自負爲何
如　而肯以一時不得志　區區爲小家口氣而已哉　故余嘗謂此傳
合作三項文字看　一是感慨古今　一是贊歎聖賢　一是發揚自家
大抵是全部史記總序　伯夷傳　不過借題作名

〈주석〉 『自居(자거)』 自任, 自處 『末段聖人一節』 전반부에 있는 내용을 말
하는 것으로 다음과 같다. 聖人作而萬物覩(此聖人二字　是破題) 伯夷
叔齊雖賢　得夫子而名益彰　顏淵雖篤學　附驥尾而行益顯(此一節　方是
正筆　若曰名者　君子之所不可無　而烈士之所不能忘者也　夫爲君子烈
士立名者　誰也　必也聖人乎　聖人者　孔子也　孔子之所言　吾必信之　孔
子之所不言　吾不敢信之　吾以此知孔子爲聖人　而夷齊顏淵得孔子　爲

千古大幸也 吾雖不遇孔子 一部史記 如此文章 吾自可傳名於千秋萬歲 而凡此列傳中人 賴吾文而傳於千秋萬歲 萬萬無湮沒之理 斯亦不能不爲千古大幸也 想見史公落筆 至此大喜大快 雖腐死 萬萬無恨 何許小儒 乃曰 滿腹皆怨哉 ○上連用許由卞隨務光泰伯四陪客 方寫伯夷 末段又用顔淵作一陪客 此固文章妙處 然須看伯夷初出時 只將泰伯夾寫 伯夷結贊處 又却將顔淵夾寫 可知此文 本不是伯夷傳[이 일절은 바야흐로 정필이다. '명이란 군자도 없을 수 없고 열사가 잊을 수 없는 것이다. 무릇 군자와 열사로 이름을 세우는 자는 누구인가? 반드시 성인일 것이다. 성인은 공자이다. 공자가 말씀하신 것은 내가 반드시 그것을 믿지만, 공자가 말씀하지 않은 것은 나는 감히 그것을 믿지 못하겠다. 나는 이 때문에 공자가 성인이고, 백이·숙제·안연이 공자를 얻은 것이 천고의 큰 행운임을 안다. 내가 비록 공자를 만나지 못했지만, 한 부의『사기』가 이 같은 문장이니, 내가 스스로 천추만세에 이름을 전할 수 있고, 이 열전 속의 사람들이 내 문장을 힘입어 천추만세에 전하여 결코 사라질 이치가 없으니, 이 또한 천고의 큰 행운이 아닐 수 없다.'고 말하는 것과 같다. 생각해 보니, 태사공이 글을 쓰다가 이 부분에 이르러 크게 기뻐하고 크게 통쾌해하면서 비록 거세당한 채 죽더라도 결코 한스러움이 없었을 것이다. 어떤 작은 선비가 곧 '배 가득 모두가 원망이다.'라고 했던가? ○ 위에서 허유, 변수, 무광, 태백의 네 부객을 연용하고 백이를 등장시키면서 말단에 또 안연을 한 부객으로 하였는데 이것이야말로 정말로 문장의 묘한 곳이다. 그러나 모름지기 백이가 처음 나올 때 단지 태백을 협사했지만, 백이를 결찬한 곳에서는 다시 안연을 협사하였음을 보면 이 문장이 본래「백이전」이 아님을 알 수 있다.]〖彰〗 밝히

 태사공은 당시에 분명히 성인의 문도로 자처하였으니, 속이지 않은 것뿐만이 아니다. 말단의 성인 1절은 자신이 성인을 만나지 못한 탄식을 드러낸 것뿐만이 아니다. 곧 자신의『사기』「열전」중의 여러 사람들이 천추만대토록 장차 더욱 빛나고 더욱 드러나 백이와 안연이 공자를 만나 전해진 것과 같이 되리라 여겼다. 여기서 그가 자부한 것이 어떠한데 한때 뜻을 얻지 못한 것으로 구차하게 소가의 구기로 삼으려 할 뿐이겠는가? 그러므로 나는 이 전을 세 항의 문자로 종합해서 살폈다. 그것은 감개고금, 찬탄성현, 발양자가이다. 대개 이것은 전체『사기』의 총서이니, 「백이전」은 차제로 제목을 지은 것에 지나지 않는다.

〈略鑑〉「백이열전」은 '感慨古今 贊歎聖賢 發揚自家'로 집약할 수 있으며,『史記』總序에 해당한다는 것이다.

此傳文章極變化 細看亦無奇特 不過是一串平說 今試隱括鋪叙
以明其意 盖古所稱仁聖賢人者 多矣 然如許由諸人 義雖高 而
其事不近理 惟伯夷爲孔子所稱 孔子刪述六藝 使學者有所取信
吾信孔子 故信伯夷也(此一節) 然孔子謂伯夷不怨 而余觀伯夷
之詩 不能無怨 何也(此一節) 且非特伯夷而已 古今聖賢 不獲
富貴 而不軌者 反逸樂多矣 然則天道固不可信也(此一節) 雖然
人道則不可以不修也(此一節) 世或有修其人道 而旣不能取報
於天 又不得傳其名於身後 此則眞可悲也 故雖烈士 不能無意
於名(此一節) 然名不能自立 惟有聖人爲之叙列 然後名可以

傳矣 故雖以伯夷之賢 必得孔子 然後彰於後世 而信於學者也
(此一節) 余故不爲許由諸人立傳 而傳自伯夷始 若吾列傳中諸
人 將得吾文而傳信於來者 豈非幸歟(此是史公主意 無於本文)

〈주석〉 〖串〗꿰미 천 〖檃括(은괄)〗도지개. 檃은 휜 것을 곧게 하는 것이고,
括(栝)은 뒤틀린 方形을 바로잡는 것 〖鋪〗펴다 포 〖六藝(륙예)〗 =
六經(『시경』, 『서경』, 『역경』, 『예기』, 『악기』, 『춘추』) 〖不軌(불
궤)〗법도에 합당하지 않음 〖旣~又〗~한데다 또 〖叙〗敍의 俗字

〈국역〉 이 전의 문장은 변화가 극에 달해 자세히 봐도 기특할 것이 없어 일
개 평설에 지나지 않는 것처럼 보인다. 이제 시험 삼아 순서를 다시
맞추어서 그 의미를 밝힌다. 대개 옛날에 일컬어지던 인성현인은 많
다. 그러나 허유 등 여러 사람들은 의리가 비록 높지만 그 일은 이치
에 가깝지 않았다. 오직 백이는 공자가 칭송하셨고, 공자가 육예를
산술하여 학자들에게 信을 취할 곳이 있게 했다. 나는 공자를 믿기
때문에 백이를 믿는다(한 절이다). 그러나 공자는 백이가 원망하지
않았다고 하지만, 내가 백이의 시를 보니, 원망이 없을 수 없었으니,
무엇 때문인가?(한 절이다) 또한 백이뿐만이 아니다. 고금의 성현들
은 부귀를 얻지 못하였으나 법도에 합당하지 않은 자들은 도리어 편
안히 즐김이 많았다. 그렇다면 천도란 진실로 믿을 수 없다(한 절이
다). 비록 그렇지만 닦지 않을 수 없다(한 절이다). 세상에 간혹 그 인
도를 닦음이 있지만, 하늘에서 보답을 얻지 못한데다 또 죽은 뒤에도
그 이름을 전할 수 없는 경우가 있다. 이것은 참으로 슬퍼할 만하다.
그러므로 열사라 하더라도 名에 뜻이 없을 수 없는 것이다(한 절이
다). 그러나 이름은 스스로 세울 수 없다. 오직 성인이 그를 위해 늘

어놓은 뒤에야 이름이 전해질 수 있다. 그러므로 백이 같은 현인으로
서도 반드시 공자를 얻은 뒤에야 후세에 드러나고 학자에게 믿음을
줄 수 있었다(한 절이다). 나 사마천은 그러므로 허유 등 여러 사람을
입전하지 않고 전은 백이로부터 시작하였다. 만약 내 열전 가운데 여
러 사람들이 장차 내 글을 얻어 후세에 믿음을 전할 수 있다면 어찌
다행이 아니겠는가?(이것이 사마천의 주의인데, 본문에는 없다)

〈略鑑〉 「백이열전」의 순서를 바로잡아 뜻을 명확하게 하려고 한 부분이다.
앞서 언급한 字眼인 信, 怨, 天道, 道, 名, 聖人에 대해 말하고 있다.

許由卞隨務光太伯　是陪客　伯夷是主人　伯夷顏淵　是陪客　孔
子是主人　孔子畢竟是客　自家要做主人

〈국ㆍ역〉 허유, 변수, 무광, 태백은 배객이요 백이는 주인이다. 백이, 안연은 배
객이요 공자는 주인이다. 공자는 마침내 객이고 자기가 주인이 되려
고 한다.

〈略鑑〉 배객과 주인의 관계를 논의하고 있는 단락이다.

　참고로 金澤榮이 이 글을 보고 쓴 「題李鳳朝伯夷列傳批評後」를 예시
하면 다음과 같다.

"李鳳朝伯夷列傳批評　謂子長自以纂述一部史記　進退千古人物
如孔子春秋之權　自處於靑雲之高士　其說誠妙矣　然余獨惜其有
所未盡　夫子長之自視　不止於一文人耳　生於黃老學者之家　棄
父訓而去師孔子　其於孔子　一行必視爲法　一辭必視爲經　讚之

以至聖 尊之以世家 與董仲舒雁行 立同時而作其私淑弟子 以
繼孟子之風流焉 彼許由者其所謂讓天下者 盖出於黃老家之荒
唐寓言 而西漢之世尊尙黃老 故天下傳誦之甚盛 指以爲伯夷
之流 然以子長學識之明 而不爲之眩焉 故其叙伯夷也 歷擧六
藝詩書及孔子之說以辨之 如酷吏之斷獄 以折天下之口 其所
以外黃老而內孔子 退奇行而進正道 何其赫赫嚴而巍巍高哉
此所謂靑雲之士也 夫惟如此 然後方可以主史筆而定天下之是
非 故曰史記一書 始於斥許由 以貴重史家之地位 終於止獲麟
以擬聖人之經(이건창은 「백이열전비평」에서 '사마천이 한 부의
『사기』를 찬술하여 천고의 인물을 진퇴시키기를 공자의 『춘추』
의 저울대같이 하고 靑雲之士로 자처하였다.' 하였으니, 그 말
이 참으로 묘하다. 그러나 나는 다만 미진한 점이 있음을 애석
해한다. 무릇 사마천의 스스로 봄은 한 문인에 그칠 뿐만이 아
니었다. 황로학을 하는 집에서 태어나 아버지의 가르침을 버리
고 공자를 스승으로 섬겼다. 그는 공자에 대해 하나의 행동을
반드시 법으로 보았고, 하나의 말을 반드시 경으로 보았다. 공
자를 지극한 성인으로 찬양하고, 세가로 그를 존경하였다. 동중
서와 안항하여 같은 시대에 살았지만 제자로 사숙하고 맹자의
풍류를 이었다. 저 허유 같은 자가 이른바 천하를 양보했다는
것은 대체로 황로학의 황당한 우언에서 나왔는데, 서한시대 황
로를 존숭하였기 때문에 천하가 몹시도 성대하게 전송하여 백
이와 동류로 지목하였던 것이다. 그러나 사마천은 학식이 밝아
그 이야기에 현혹되지 않았기 때문에 백이를 서술할 때 육예시
서와 공자의 말씀을 두루 들어서 가려내기를 혹리가 판결하듯

이 하여, 천하의 입을 막아 버렸다. 그가 황로를 밖으로 하고 공자를 안으로 하여 기이한 행동을 물리치고 바른 도로 나아가게 한 것이 어쩌면 그리도 혁혁하게 엄숙하고 우뚝하게 높은가? 이것이 이른바 靑雲之士이다. 무릇 이와 같이 한 연후에야 바야흐로 역사의 붓을 주관하여 천하의 시비를 바로잡을 수 있다. 그러므로 『사기』한 책은 허유를 배척함에서 시작하여 사가의 지위를 귀중하게 하고, 기린을 잡음에서 마쳐 성인의 경에 비겼다.'라고 말한다)."

김택영은 이건창이 지적하지 못한 '사마천이 黃老學을 버리고 孔子를 존숭하였으며, 董仲舒를 私淑하고 孟子의 풍류를 이은 것'에 대해 언급하고 있다.

참고로 「백이열전」의 전문을 제시하면 다음과 같다.

"夫學者載籍極博 猶考信於六藝 詩書雖缺 然虞夏之文 可知也 堯將遜位 讓於虞舜 舜禹之間 岳牧咸薦 乃試之於位 典職數十年 功用旣興 然後授政 示天下重器 王者大統 傳天下 若斯之難也 而說者曰 堯讓天下於許由 許由不受 恥之逃隱 及夏之時 有卞隨務光者 此何以稱焉 太史公曰 余登箕山 其上蓋有許由冢云 孔子序列古之仁聖賢人 如吳太伯伯夷之倫詳矣 余以所聞由光義至高 其文辭不少槪見 何哉 孔子曰 伯夷叔齊 不念舊惡 怨是用希 求仁得仁 又何怨乎 余悲伯夷之意 睹軼詩可異焉 其傳曰 伯夷叔齊 孤竹君之二子也 父欲立叔齊 及父卒 叔齊讓伯夷 伯夷曰 父命也 遂逃去 叔齊亦不肯立而逃之

國人立其中子 於是伯夷叔齊聞西伯昌善養老 盍往歸焉 及至 西
伯卒 武王載木主 號爲文王 東伐紂 伯夷叔齊叩馬而諫曰 父死
不葬 爰及干戈 可謂孝乎 以臣弒君 可謂仁乎 左右欲兵之 太
公曰 此義人也 扶而去之 武王已平殷亂 天下宗周 而伯夷叔
齊恥之 義不食周粟 隱於首陽山 采薇而食之 及餓且死 作歌 其
辭曰 登彼西山兮 采其薇矣 以暴易暴兮 不知其非矣 神農虞
夏忽焉沒兮 我安適歸矣 于嗟徂兮 命之衰矣 遂餓死於首陽山
由此觀之 怨邪非邪 或曰 天道無親 常與善人 若伯夷叔齊 可
謂善人者非邪 積仁絜行如此而餓死 且七十子之徒 仲尼獨薦顔
淵爲好學 然回也屢空 糟糠不厭 而卒蚤夭 天之報施善人 其何
如哉 盜跖日殺不辜 肝人之肉 暴戾恣睢 聚黨數千人 橫行天下
竟以壽終 是遵何德哉 此其尤大彰明較著者也 若至近世 操行
不軌 專犯忌諱 而終身逸樂 富厚累世不絶 或擇地而蹈之 時
然後出言 行不由徑 非公正不發憤 而遇禍災者 不可勝數也 余
甚惑焉 儻所謂天道 是邪非邪 子曰 道不同 不相爲謀 亦各從
其志也 故曰 富貴如可求 雖執鞭之士 吾亦爲之 如不可求 從
吾所好 歲寒 然後知松柏之後凋 舉世混濁 清士乃見 豈以其
重若彼 其輕若此哉 君子疾沒世而名不稱焉 賈子曰 貪夫徇財
烈士徇名 夸者死權 衆庶馮生 同明相照 同類相求 雲從龍 風
從虎 聖人作而萬物覩 伯夷叔齊雖賢 得夫子而名益彰 顔淵雖
篤學 附驥尾而行益顯 巖穴之士 趨舍有時 若此類名 埋滅而
不稱 悲夫 閭巷之人 欲砥行立名者 非附青雲之士 惡能施于
後世哉"

余弱冠餘　入京師　見紫霞申公詩稿所謂警脩堂集者　知其鉅麗
而惜其未刊　從人借一本　授同鄕故人崔準卿　使之謄藏　及來中
國　從準卿得而携之　三年之間　再加繹玩　姑選取四之一　編爲
六卷　更名曰申紫霞詩集

〈주석〉　『鉅麗(거려)』 규모가　宏大하고　화려함　『謄』 베끼다　등　『携』 들다
　　　　휴　『繹』 궁구하다　역　『姑』 잠시　고

〈국역〉　내가 약관 남짓할 때 서울에 와서 자하 申緯의 詩稿인 이른바『경수
　　　　당집』을 보았다. 그 규모가 굉장하고 화려함을 알았으나 그것이 아
　　　　직 간행되지 못한 것을 애석하게 여겨 어떤 사람으로부터 한 책을
　　　　빌려 같은 고향 최준경에게 주고 그에게 베껴 간직하도록 하였다. 최
　　　　준경이 중국에 오게 되자, 최준경으로부터 그것을 얻어 가지고 다닌
　　　　3년 동안 재차 탐구하고 완미하다가 우선 4분의 1일 가려 뽑아서 6권

---

27) 金澤榮(1850, 철종 1~1927): 호는 滄江, 당호는 韶濩堂主人. 을사조약으로 국가의 장래를 통탄하다가
　　1908년 중국으로 망명하여, 揚子江 하류 南通에서 장첸의 협조로 출판소의 일을 보는 것으로 생계를 유
　　지했다. 이 시기에 그는 창작활동과 병행해서 한문학에 대한 정리·평가와 역사 서술에 힘을 기울였다.
　　김택영은 한문학사의 종막을 장식하는 大家로서 詩에서의 黃玹과 文에서의 李建昌과 竝稱된다. 그는 古
　　文家로서 文章一道를 주장하였다.

으로 엮어 만들고, 이름을 고쳐 『신자하시집』이라 하였다.

〈略鑑〉 이 글은 『신자하시집』에 대해 쓴 서문으로, 이 단락은 『신자하시집』
을 편찬하게 된 배경에 대해 설명하고 있다.

蓋前後三十餘年之間　天下日亂　好尚已變　而猶且爲此而有待
於刊者　豈惟余之羈旅悁寂　無所用心也　實惜才之心　有不能自
已者矣　適通家少友全君錫潤　客於上海　見過焉　余與之言　偶以
前意及之　全君扼腕曰　吾爲子圖之　遂諏工浚力　不日將付諸印

〈주석〉 〖已〗 너무 이 〖羈旅(기려)〗 나그네가 되어 타향에 살고 있는 사람 〖悁〗
　　　　조급하다 연 〖適〗 마침 적 〖通家(통가)〗 대대로 사귐 〖扼〗 움키다
　　　　액 〖腕〗 팔 완 〖諏〗 모여서 의논하다 추 〖浚〗 크다 준 〖不日(불
　　　　일)〗 ＝不久

〈국역〉 대개 전후 30여 년 사이에 세상이 날로 어지러워져 좋아하고 숭상하
　　　　는 것이 너무 변했다. 그러나 오히려 장차 이것을 하여 간행되기를
　　　　기다린 것이 어찌 다만 내 나그네의 삶이 적막함을 조급하게 여기고
　　　　마음을 쓸 곳이 없어서였겠는가? 사실은 재능을 아까워하는 마음을
　　　　스스로 그만둘 수 없었기 때문이다. 마침 世交가 있는 젊은 친구 전
　　　　석윤이 상해에 나그네로 왔다가 들렀다. 내가 그와 말하다가 우연히
　　　　앞서의 뜻을 언급하니, 전군이 팔을 걷어붙이며 말하기를, "내가 당
　　　　신을 위해 그 일을 도모하겠다." 하고, 드디어 공인들에게 크게 힘써
　　　　줄 것을 요청하여 며칠이 안 되어 인쇄에 부치게 되었다.

〈略鑑〉 『신자하시집』이 인쇄된 그 과정에 대해 敍事하고 있다.

乃就而爲序曰　吾邦之詩　以高麗李益齋爲宗　而本朝宣仁之間
繼而作者最盛　有白玉峯車五山許夫人權石洲金淸陰鄭東溟諸家
大抵皆主豐雄高華之趣　自英廟以下　則風氣一變　如李惠寰錦
帶父子　李炯菴柳泠齋朴楚亭李薑山諸家　或主奇詭　或主尖新　其
一代升降之跡　方之古　則猶盛晚唐焉

〈주석〉　〖高華(고화)〗＝典雅華美　〖趣〗풍치　취　〖尖新(첨신)〗＝新奇　〖跡〗
　　　　자취　적　〖方〗견주다　방

〈국·역〉　이에 나아가 다음과 같이 서한다. "우리나라의 시는 고려 익재 李齊
　　　　賢을 宗祖로 삼고, 조선의 宣祖와 仁祖 사이에 이어 일어난 자들이
　　　　가장 성대한데, 옥봉 白光勳, 오산 車天輅, 蘭雪軒 許楚姬, 석주 權韠,
　　　　청음 金尙憲, 동명 鄭斗卿 등 여러 사람들이 있어 대체로 풍웅과 고
　　　　화의 旨趣를 주로 하였다. 영조 이후로 곧 기풍이 한 번 변하여 혜환
　　　　李用休, 금대 李家煥 부자와 형암 李德懋, 영재 李建昌, 초정 朴齊家,
　　　　강산 李書九 등 여러 사람들이 때로는 기괴한 풍을 주로 하고, 때로
　　　　는 첨신한 풍을 주로 하기도 했다. 그 한 시대의 盛衰의 자취들을 옛
　　　　날과 견주어 본다면 盛唐·晚唐과 같았다.

〈略鑑〉　歷代의 詩史에 대해 간략히 언급하면서 神韻詩의 수용에 관해 언급
　　　　하고 있다. 영조 이후에 後四家를 중심으로 기풍이 一變하여 奇詭·
　　　　尖新하였다는 것이다. 김태준은 『조선한문학사』에서, "四家에 이르
　　　　러 비로소 淸初의 王漁洋을 배워 종래의 學唐·學明의 士習을 學淸
　　　　의 방향으로 전환시켜 奇拔·尖新한 詩運을 열었다."라 한 것을 보
　　　　아도, 청의 문사들과의 교유가 활발했던 後四家에 의해 왕사정이 제
　　　　창된 신운론이 조선에 수용되었던 것이다.

신운론은 宋代 嚴羽가 말한 入神의 경지에서 비롯되어 淸初 왕사정에 의해 정립된다. 왕사정이 말한 神韻에서 '神'이란 事物의 精氣를 뜻하고, '韻'이란 詩에 나타난 개인적 문체·관용어 등의 韻趣를 말한다. 신운시의 최고 지향점은 外界의 사물에 대해서 저절로 흥기하여 느껴지는 鏡中의 象이나 水中의 月 등으로 일컬어지는 興會와 『시경』, 「초사」 등의 문장 수련의 바탕에서 나오는 개인적인 문채, 관용구 등이 시에 표현된 根柢가 合一되는 상태인 盡其景槪의 경지이다.

왕사정의 신운론은 ① 詩想의 超脫性(功利를 초월하여 자연의 情을 표현한 것을 高品으로 여기고 세속적인 감정 표현을 낮게 여겼으며, 詩를 禪이라 여겨 禪의 세계로 대표되는 脫俗의 경지는 지향), ② 창작 방법에 있어서 '入禪'의 경지에 든 '妙悟'(禪家에서 '悟境'에 詩歌의 '化境'을 비유하여 詩禪一致를 주장. 불교에서 眞諦가 언어 문자 밖에 존재하므로 언어 문자의 장애를 초월하여 妙諦를 직접 깨닫는 悟境처럼 시에 있어서도 形相을 脫去하여 언어 문자의 밖에 존재하는 시의 경지에 이른다는 점에서 詩禪一致라 한 것이다), ③ 시적 의미에 있어서의 함축성('言有盡而意無窮', '妙在酸鹹之外' 등 詩에 있어서 함축적인 의미나 餘韻의 아름다움을 강조), ④ 이미지 창조에 있어서의 繪畫性의 중시(시를 그림과 일치시켜 파악하면서 시에 있어서 繪畫的 요소를 중시, '詩中有畫'의 경향을 보인 王維를 가장 높은 시인으로 평가)이다. 後四家는 淸代 문인들과의 교류 속에서 神韻에 입각한 시들을 짓기 시작하는데, 가장 활발하게 신운풍을 추구한 것은 李書九였고, 그 다음은 朴齊家와 柳得恭이었다. 애초 이덕무는 여타의 후사가에 비하여 비교적 신운풍의 시 창작에 소극적이었지만, 후사가와의 교유관계속에서 이덕무도 신운풍을 좀 더 적극적으로 추구해 나간다. 그러나 1778년 중국을 여행하면서 청대 시단에서는 王士禎의 신운론이 퇴조한 이후 袁枚의 性靈說이 대두되었으며, 당시에는 翁方綱을 중심으로 한 肌理說 및 考證學風이 성행하고 있는 현실을 접하게 되고, 귀국 후에 규장각 검서라는 관료 생활을 하면서 이덕무를 비롯한 후사가는 신운론으로부터 멀어져 가게 된다(이경수, 「이덕무의 신운론 수용과 한시의 문예미」).

秋史는 格調, 性靈, 神韻說의 말단적 폐단을 교정하기 위하여 儒家의 경전에 뿌리를 둔 학문을 중시하고, 宋詩를 직접적인 사법의 대상으로 삼는 등 翁方綱의 肌理說에 적극 동조하였다. 옹방강은 자기 詩論의 종지를 肌理라는 말로 표현했는데, 기리설의 요체는 ‘文理之理’와 ‘義理之理’가 합치는 理法에 있으며, 理法은 六經에 뿌리를 두고 있다고 하였다. 옹방강은 유가의 經術과 學問을 詩論의 본령으로 삼아, 신운·성령·격조설과의 대치국면을 조성하고 쟁점을 부각시켰던 것이다. 그리고 이러한 맥락에서 宋詩를 提高하였는데, 理學과 經學 등 학문에 근거를 두고 實學을 중시한 宋詩를 ‘學人之詩’의 전형으로 표방하였던 것이다. 그러나 옹방강 스스로가 ‘格調가 곧 神韻이며, 神韻이 곧 肌理이다.’라고 선언하고 있듯이, 각 시론의 본지를 부정한 것이 아니라 그 편향성이나 亞流들의 폐단을 교정, 보완한다는 취지에서 기리설를 주장한 것이다(이철희, 「추사 김정희의 시문학에 나타난 고증학의 영향」).

惟申公之生 直接薑山諸家之踵 以詩畵書三絶聞於天下 而其詩
以蘇子瞻爲師 旁出入于徐陵王摩詰陸務觀之間 瑩瑩乎其悟徹

也　猋猋乎其馳突也　能豔能野　能幻能實　能拙能豪　能平能險
千情萬狀　隨意牢籠　無不活動　森在目前　使讀者目眩神醉　如
萬舞之方張　五齊之方釀　可謂具曠世之奇才　窮一代之極變　而
翩翩乎其衰晚之大家者矣　庸不盛哉　抑有異者公之同時前輩　有
曰朴燕岩先生者　其文在本邦古文家中　出類拔萃　變動具萬象　與
公之詩　對爲兩豪　豈天之生物　有龍則必有虎　有珠則必有玉之
類歟　聊附此論　以告一世

〈주석〉 〖旁〗 널리 방 〖徐陵(서릉)〗 남조시대 陳나라 문학가로, 詩文에 능했
　　　　으며 시는 평측을 강구하고 풍격을 중시했으며, 宮體詩의 대표 작가
　　　　였음 〖瑩〗 밝다 형 〖悟徹(오철)〗 =悟澈. 불교에서 迷妄을 깨치고
　　　　眞智를 엶. 覺悟가 투철하고 철저함 〖猋〗 개가 달리는 모양 표 〖馳
　　　　突(치돌)〗 빨리 발로 파고 사납게 부딪침 〖牢籠(뢰롱)〗 籠絡함 〖眩〗
　　　　아찔하다 현 〖萬舞(만무)〗 춤의 이름으로, 武舞는 방패와 도끼를 쓰
　　　　고 文舞는 깃과 피리를 쓰는 춤 〖五齊(오제)〗 술의 淸濁에 따라 5등
　　　　급으로 나눈 것을 말함 〖釀〗 진한 술 농 〖曠世之才(광세지재)〗 세상
　　　　에 드문 재주 〖翩〗 날다 편 〖衰晚(쇠만)〗 =暮年 〖庸〗 어찌 용 〖抑〗
　　　　또한 억 〖出類拔萃(출류발췌)〗 =出群拔萃. 탁월하게 빼어남. 『孟子』
　　　　「公孫丑上」에 “聖人之於民 亦類也　出於其類　拔乎其萃　自生民以來
　　　　未有盛於孔子也”라는 말이 나옴 〖聊〗 애오라지(마음에 부족하나마
　　　　그대로) 료
〈국역〉 오직 신공이 태어나자 바로 강산 등 여러 사람의 자취를 이어 시서화
　　　　삼절로 천하에 이름이 알려졌다. 그런데 그의 시는 자첨 蘇東坡를 스
　　　　승으로 삼고, 널리 서릉·마힐 王維·무관 陸游의 사이에서 출입하

였다. 그래서 밝게 깨치고 빠르게 내닫는 것이 요염하면서도 거칠고, 허깨비이면서도 실체가 있고, 옹졸하면서도 호걸스럽고, 평이하면서도 험하게 할 수 있어 천태만상을 뜻대로 농락하여 살아 움직이는 모든 것들을 눈앞에 있는 것처럼 하였다. 독자로 하여금 눈을 아찔하게 하고 정신을 취하게 하여 만무가 바야흐로 펼쳐지고 오제가 바야흐로 짙은 것과 같으니, 세상에 드문 기이한 재주를 갖추었고 한 시대의 극진한 변화를 다하여 시들고 저물어 가는 대가들을 훌쩍 뛰어넘은 사람이라고 말할 만하다. 어찌 성대하지 아니한가? 또한 다른 사람으로 공과 같은 시대의 선배에 연암 박지원 선생이 있다. 그의 글은 우리나라의 고문가들 중에서 탁월하게 뛰어나 변동이 만상을 갖추었다. 공의 시와 함께 마주하면 두 호걸이 될 수 있으니, 아마 하늘이 만물을 낼 때 용이 있으면 반드시 호랑이가 있고, 구슬이 있으면 반드시 옥이 있는 것과 같은 것이다. 애오라지 이 논의를 붙여 후에서 알린다.

〈略鑑〉 申緯의 詩學과 風格에 대해 언급하고 있다. 신위가 후사가들의 신운시를 이었으며, 신운시는 정경합일의 경지를 이상으로 한다는 점에서 繪畵性과도 밀접한 관련이 있는 것으로 보인다. '瑩乎其悟徹也'는 바로 作詩 以前의 有悟의 경지를 말하고, '能艶能野 能幻能實 能拙能豪 能平能險'은 바로 盡其梗槪에 이르렀음을 의미한다. 앞 단락에서 인재를 아껴서 『신자하시집』을 편찬하였다고 한 말은 申緯의 신운론이 당시 시인들에게 영향을 끼치기를 갈망하고 있는 것이다.

청나라 왕사정에 의해 제창된 神韻論이 후사가에 의해 조선에 수용되었고, 申緯에 이르러 신운론의 詩風이 크게 부각되었으며, 그의 제자들인 李裕元, 李尙迪 등에 의해 맥이 이어졌다(정재철, 「滄江 金澤榮의 詩論」, 『한문학논집』 제4집, 단국대 한문학회, 1986).

滄江은 詩뿐만 아니라 文에 있어서도 뛰어난 능력을 갖추고 있었다. 김택영의 제자인 王性淳이 쓴 「麗韓十家文鈔序」에, "창강 김택영 선생이 개성에서 우뚝 일어나 古文으로 천하에 이름을 떨치니, 그 깊은 조예와 정밀한 지식은 이른바 '庖丁의 눈에는 온전한 소가 없다(기술의 오묘함을 찬양하는 말이다. 백정이 소를 19년 동안 잡고 나니, 소만 보면 갈라낼 곳이 눈에 환하게 보여 온전한 소가 없다고 한 고사가 있음. 『莊子』 「養生主」)'는 경지이다. 항상 '우리나라 古文의 학은 金富軾 공이 고려 때에 제창하여 李齊賢 공이 계승하고, 그 후 3백 년에 張維 공이 조선에서 밝히고, 李植・金昌協・朴趾源・洪奭周・金邁淳・李建昌 공이 서로 계승하여 떨쳤으니, 체재는 다르더라도 모두가 文家의 正宗으로서 후인의 모범이 된다.'고 여겼다. 그래서 손수 그 글을 기록하여 '九家文'을 만들었다가, 光武(대한제국 고종의 연호) 말년쯤에 배를 타고 淮南으로 가면서, 나에게 '구가문'을 주어 간직하도록 했다. 그 후 편지를 보내올 때마다 '구가문'을 말하지 않은 적이 없었다(滄江金先生崛起崧陽 以古文名天下 其造詣之深 識鑑之精 所謂庖丁氏之目無全牛者 嘗以爲本邦古文之學 金公富軾倡之於高麗 而李公齊賢繼之 其後三百年 張公維明之於韓 而李公植金公昌協朴公趾源洪公奭周金公邁淳李公建昌相繼而作 雖或體裁之有別 而同爲文家之正宗 可以模楷後人 手錄其文 表爲九家 屬光武末 浮海之淮南 以九家者畀性淳藏之 其後每抵書 未嘗不以九家爲言)." 라고 언급하고 있다.

66.「雜言 三(辛亥)」金澤榮

曾滌生病歸太僕之文之神乎味乎 以爲未臻於經學之深厚 此固
是也 然當太僕之世 王李諸人 以秦漢僞體虎嘯天下 故太僕反
之 以正軌 而時出其神乎味乎者曰 爾欲爲秦漢 只如此可也 所
以居一代而救一代之弊者耳 夫經學文章 分而爲二已久 滌生
何乃必以經學繩文人 亦將責子長曰何不爲論語中庸之文也乎

〈주석〉 〚臻〛 이르다 진 〚僞體(위체)〛 거짓된 문체로, 겉만 번지르르하고 진
　　　　실한 내용이 결여된 문체 〚虎嘯(호소)〛 호랑이가 울부짖는 것, 영웅
　　　　이 때를 얻어 분기하니 사방에서 호응하는 것 〚軌〛 궤도 궤 〚繩〛
　　　　바로잡다 승

〈국역〉 척생 曾國藩이 태복 벼슬을 지낸 歸有光의 문장 가운데 '神乎味乎'라
　　　　는 말을 병으로 여겨, 경학의 심후한 곳에는 이르지 못했다고 했으
　　　　니, 이것은 진실로 옳다. 그러나 태복 귀유광의 시대에 王世貞과 李
　　　　攀龍 같은 여러 사람들이 진한의 거짓된 문체로 천하를 호령했다. 그
　　　　러므로 태복이 그것을 돌이켜 궤도를 바로잡았다. 그래서 때때로 '神
　　　　乎味乎'라는 말을 쓰면서 말하기를, "너희들이 진한의 글을 짓고자

한다면, 다만 이와 같이 하는 것이 옳다."라고 했으니, 한 시대에 있으면서 한 시대의 폐단을 구제하려는 것 때문일 뿐이다. 대저 경학과 문장이 나뉘어 둘이 된 것이 이미 오래인데, 척생이 어찌 반드시 경학으로 문인을 바로잡으려고 했는가? 또한 자장 司馬遷에게 "어찌 『논어』나 『중용』 같은 글을 짓지 않느냐?"고 꾸짖어 말했는가?

〈略鑑〉 淸대 桐城派 古文家인 曾國藩이 明대 唐宋古文派 고문가인 歸有光의 작품을 經學이 심후하지 못하다고 비판하고 있는 것에 대한 창강의 견해를 보여 주고 있다. 창강은 당송고문가인 귀유광이 명대 前後七子인 왕세정과 이반룡의 폐단을 바로잡아 바른 궤도에 올려 놓았다고 가치 평가하고 있는 것이다. 창강은 「雜言 四」에서 "세상 사람들은 진천 귀유광이 여릉 歐陽脩를 배웠다고 생각하지만, 아니다. 진천은 오로지 司馬遷만을 주로 하면서, 옆으로 韓愈, 蘇東坡, 曾鞏에게까지 이르렀다. 그러므로 박실하고 허비하고 장구하며 대진할 수 있었다(世多以爲震川學廬陵非也 震川是專主太史公 而旁及昌黎, 東坡, 南豐者 故能樸實 能虛非 能長驅大進)."라고 하여, 귀유광의 뛰어난 점을 옹호하고 있다.

或謂秦漢以上 文無起承轉合之法 夫起承轉合 言之序也 焉有無序而可以成言者 宜曰秦漢以上 起承轉合益深活 而不如後之淺局耳

〈주석〉 〖起承轉合(기승전합)〗 =起承轉結 〖焉〗 어찌 언 〖淺局(천국)〗 견식이나 재능 등이 협소한 범위 내에 국한됨.

〈국역〉 어떤 사람은 "진한 이전에는 문장에 기승전합의 방법이 없었다."라고 말한다. 대저 기승전합은 말의 순서이니, 어찌 순서가 없으면서 말을 이룰 수 있는 자가 있겠는가? 마땅히 "진한 이전에는 기승전합이 더욱 깊고 활발하여 후세의 얕고 국한된 것과는 같지 않을 뿐이다."라고 해야 한다.

〈略鑑〉 기승전결법이 후대처럼 판에 박은 듯하지 않고, 진한 이전처럼 깊고 활발하여야 함을 언급하고 있다.

文字之道無限 故不能無修改 孔子吾不知爾 自孔子以外 必皆改之 觀於裨諶草創子羽修飾 可知

〈주석〉 〖裨諶草創子羽修飾〗 『논어』에 "子曰 爲命 裨諶草創之 世叔討論之 行人子羽修飾之 東里子産潤色之"라는 말이 보임.

〈국역〉 문자의 길은 한이 없다. 그러므로 수정이 없을 수 없으니, 공자에 대해서는 내가 알지 못하지만, 공자 이외에 있어서는 반드시 모두 그것을 고쳤는데, 비침이 처음 만들고 자우가 수식한 것을 보아도 알 수 있다.

〈略鑑〉 古文은 반드시 부단한 修訂을 거쳐야 훌륭한 글이 될 수 있다고 주장하고 있는 것이다.

文字之才之量之淺有二 太速者一 一作不能復改者一

〈국역〉 문자에 관한 재능의 얕은 것에는 두 가지가 있다. 너무 빨리 짓는 것이 하나요, 한 번 짓기만 하고 다시 고칠 수 없는 것이 또 하나이다.

〈略鑑〉 앞 단락과 마찬가지로, 修訂의 중요성에 대해 말하고 있다.

算數有加倍之法 古文亦然 須一層加一層 一節加一節 至於無
復可加 方佳

〈국역〉 산수에 덧셈법이 있으니, 고문도 역시 그러하다. 모름지기 한 층에
한 층을 더하고, 한 구절에 한 구절을 더하여 다시 더할 수 없을 지
경에까지 이르러야 바야흐로 아름다워진다.

〈略鑑〉 훌륭한 古文은 修訂과 刪削을 거쳐 더할 수 없을 지경에 이르러야
좋은 작품이라는 것이다.

詩固是聲響 而文亦有聲響 如古之莊周太史公 後之昌黎東坡
皆聲之最壯者 在吾東 則朴燕岩其庶幾者乎

〈국역〉 시는 진실로 聲響이나 산문에도 또한 성향이 있다. 옛날의 莊周, 司
馬遷과 뒷날의 韓愈, 蘇東坡와 같은 사람들은 모두 성향이 가장 장엄
한 사람들이다. 우리나라에 있어서는 朴趾源이 거의 근접할 수 있는
사람이다.

〈略鑑〉 滄江은 古文을 지음에 있어 聲律의 중요성도 언급하고 있다. 위에
예시한 내용이 이러한 내용을 담고 있다.

詩揚且之晳也五字中 虛字居三 余嘗試減一且字讀之 神理便
蕉萃矣

〈주석〉 〖神理〗 정신과 이치, 신이한 이치 〖蕉萃(초췌)〗 ＝憔悴. 비쩍 마른
모양

〈略鑑〉 虛字의 유용성에 대한 언급으로, 「雜言」四에도, "언재호야지이고즉
등의 말은 조자이니, 비록 속된 듯하나 지극히 묘한 신비한 이치가
실로 여기에 있다. 『상서』와 『주역』의 문장에는 드물게 이것을 사
용하였다. 그것을 사용한 것은 공자로부터 시작되었고, 司馬遷의
『史記』에는 그것을 더욱 많이 사용했다. 지금 사람들은 간혹 이러한
어조사를 제거하기에 힘쓰는 것을 높고 굳센 것으로 여기니, 이것은
장차 鍾繇, 王羲之, 米芾, 蔡邕의 글씨를 좋아하지 않고, 다만 창힐
의 篆書만을 좋아하는 것이 아니겠는가?(焉哉乎也之而故則等語助字
雖似乎俚 而至妙之神理實在於是 尙書周易之文 罕用此 用之自孔子
始 而司馬史尤多用之 今之人或以務去此等語助字爲高勁 是將不愛鍾
王米蔡之書 而獨愛蒼頡之篆者耶)"라고 말하고 있다.

秦漢以上之文 其神天然 其氣沛然 王李諸人學之 不得其神 而
只效一毛 不得其氣 而只爲拳踢 卒之入於六朝浮靡而止 兵法
不過是多方以悞 文章不過是多方以活

〈주석〉 〖沛〗 성대하다 패 〖拳踢(권척)〗 주먹으로 치고 발길로 참 〖浮靡(부
미)〗 浮艶綺靡 〖悞〗 그릇되다 오

〈국역〉 진한 이상의 글은 그 神이 천연하고, 그 氣가 흥건하다. 王世貞이나
李攀龍 등 여러 사람은 진한을 배우다가 그 신을 얻을 수 없었고 다
만 한 터럭만을 본받았으며, 그 기를 얻을 수 없었고 다만 발길질하

고 주먹질할 뿐이어서, 마침내 육조의 부미함에 빠지고 말았다. 이것
은 병법에 '방법이 많아서 그릇되다.'에 지나지 않고, 문장에서는 '방
법이 많아야 산다.'는 것에 지나지 않는다.

〈略鑑〉 이상적인 古文은 神이 天然, 氣는 沛然해야 하는데, 왕세정이나 이
반룡처럼 神과 氣를 얻지 못하면 육조의 浮靡에 빠진다는 것이다.

朴燕岩文 置之昌黎集中 往往幾不可辨 然而所作絶少 何也 昌
黎之文 將學其奇崛 則常患乎力疲 將學其平易 則又患乎辭俚
此其所以不能多作也

〈주석〉 〚絶〛 심히 절 〚奇崛(기굴)〛 독특하고 평범하지 아니함, 筆墨이 新奇
하고 剛健함 〚疲〛 지치다 피

〈국역〉 연암 박지원의 문장은 그것을 『창려집』 속에 두더라도 이따금 거의
구분할 수 없을 것이다. 그런데 지은 것이 매우 적은 것은 무엇 때문
인가? 韓愈의 문장은 장차 그 기굴함을 배우려 하면 항상 힘이 지칠
것을 걱정하게 되고, 장차 그 평이함을 배우려 하면 또 말이 저속될
것을 걱정하게 되니, 이것이 그가 많이 지을 수 없었던 까닭이었다.

〈略鑑〉 朴趾源과 韓愈의 글을 동시에 기리고 있다. 창강은 한유의 문장을
매우 좋아하였는데, 「雜言 四」에, "나는 본성적으로 창려의 문장을
좋아하여 50년 동안 하루도 읽지 않은 날이 없었는데, 때로는 낭독
하기도 하고 때로는 뜻으로 읽기도 하였다. 그런데 문장을 지음에
이르러서는 歐陽脩, 王安石, 曾鞏과 많이 비슷한 것은 힘이 부족하
기 때문이고, 또한 한유의 문장이 여러 체를 포괄하고 있기 때문이
기도 하다(余性好昌黎文 五十年 無一日不讀 或亮讀之 或以意讀之

然至其所爲文　多似歐王曾者　由力薄也　亦由韓文包衆體故.”라고 말
하고 있다.

嚴幾道見余所選麗韓九家文曰　貴國之文　甚有奇氣　有時往往出
敝國今人上　余曰　譬之於物　多用者敝　少用者完　中國文字　開
闢久遠而用多　故自厚而入於薄　敝邦文字　開闢較晚而用少　故
尚或有厚者耶　幾道輒詡爲精闢

〈주석〉 〖敝〗 해지다 폐 〖較〗 견주다 교 〖詡〗 호언장담하다 후

〈국•역〉 청나라 말기의 사상가인 기도 嚴復(1853～1921)이 내가 뽑은 『여한구
　　　　가문』을 보고 말하기를, “귀국의 문장은 매우 기발한 기상이 있어 때
　　　　때로 우리나라의 지금 문장가들보다 위에 있는 것이 있다.”고 하니,
　　　　내가 말하기를, “이것을 사물에 비유해 보자면, 많이 쓰는 것은 해지
　　　　게 되고 적게 쓰는 것은 온전하게 되는 것이니, 중국의 문자는 개벽
　　　　한 지 오래되어서 쓰기를 많이 한 까닭에 두터운 곳으로부터 얇은 곳
　　　　으로 들어갔고, 우리나라의 문자는 개벽한 지 비교적 늦어서 쓰기를
　　　　적게 한 까닭에 아직도 간혹 혼후한 것이 있는 것인가.”라고 하니, 엄
　　　　기도가 문득 내 견해가 정밀하면서도 열려 있다고 장담하였다.

〈略鑑〉 우리나라 文에 대한 은근한 自負心이 드러나 있다.

初學作文者　於或開或合　或出或入　或起或伏　或深或淺　或擊
或誘　或擒或縱之類　皆可留心　而其尤當先留心者有二　一曰段
落不可不淸　一曰機關不可徑洩

<주석> 〖誘〗 달래다 유 〖擒〗 사로잡다 금 〖留心(류심)〗 관심 〖機關(기관)〗
計謀, 心機 〖俓〗 빠르다 경 〖洩〗 새다 설

<국역> 처음에 작문을 배우는 자는 혹은 열고 혹은 닫으며, 혹은 나가고 혹
은 들어오며, 혹은 일어나고 혹은 엎드리며, 혹은 깊고 혹은 얕으며,
혹은 때리고 혹은 달래며, 혹은 사로잡고 혹은 놓아주는 등의 종류에
있어 모두 관심을 가져야 한다. 그런데 그 가운데 가장 먼저 관심을
가져야 하는 것이 두 가지가 있으니, 첫째는 단락을 맑게 하지 않으
면 안 된다는 것이요, 둘째는 기관을 대뜸 누설시켜서는 안 된다는
것이다.

<略鑑> 처음 작문을 배우는 사람이 유의해야 할 것을 언급하고 있다. 작문
에 있어 抑揚을 잘해야 한다. 그런데 그중에서도 起承轉合의 방법을
잘 지켜 단락을 명료하게 해야 하고, 示唆性이 있는 문장을 지음으
로써 독자로 하여금 스스로 의미를 찾아낼 수 있도록 사고의 여지
를 제공하는 문장을 지을 것을 밝히고 있다.

凡文字平易中有奇變 是爲眞奇變 質樸中有光輝 是爲眞光輝

<국역> 무릇 문자가 평이한 가운데 기이한 변화가 있게 되면 이것이 정말 기이
한 변화이고, 질박한 가운데 광휘가 있게 되면 이것이 정말 광휘이다.

<略鑑> 글은 평이함 속에 기이한 변화가 있어야 하고, 질박함 속에 光輝가
있어야 진정한 奇變과 光輝이다. 語助辭와 같은 평이한 글자를 활용
하는 가운데 기이한 변화가 있어야 奇變임을 말하고 있다.

然字固反語辭 而亦爲轉語之辭 故字固承接辭 而亦爲微轉之辭
此二字大有神理 惟西漢以上人 知而用之 而然字之多用 貨殖
傳是也 故字之多用 深衣篇是也

〈주석〉 〖轉語辭(전어사)〗 화제를 바꾸는 말 〖微轉辭(미전사)〗 슬며시 방향
  을 바꾸는 말 〖貨殖傳(화식전)〗『사기』의 편명 〖深衣篇(심의편)〗
  『예기』의 편명

〈국•역〉 '然' 자는 본래 반어사이지만 또한 전어사가 되기도 하고, '故'는 본
  래 승접사이지만 또한 미전사가 되기도 한다. 이 두 글자는 매우 신
  기한 이치가 있어 서한 이상의 사람들만이 그 이치를 알고 사용하였
  다. 그리하여 然 자가 많이 쓰인 곳은 「화식전」이고, 故 자가 많이 쓰
  인 곳은 「심의편」이다.

〈略鑑〉 어조사인 然과 故에도 매우 신묘한 이치가 있다고 본 것은 앞서 「雜
  言 三」에서 보았듯이 평이함 속에 奇變이 있다는 그의 古文作法을
  보여 주고 있는 것이다.

詩之工也 在於聲調 意趣雖好 而聲調不好 則不得爲工 如曹子
建詩淸晨登隴首 爲千古傑句 以其有天然悠永之味也 假如以曉
易晨 以上易登 以頭易首 可能有天然悠永之味乎 然聲調之妙
在乎心口之間 商量咀嚼以自解 而難以言傳 故今吾雖僋說如右
而得人之唯唯 或難矣哉

〈주석〉 〖悠永(유영)〗 聲音이 느리면서 길게 이어진 것 〖咀〗 씹다 저 〖嚼〗
　　　　씹다 작 〖僋〗 잘다 새 〖唯唯(유유)〗 공경하게 응답하는 소리
〈국역〉 시를 잘 짓는 것은 성조에 달려 있어 의취가 비록 좋으나 성조가 좋
　　　　지 않으면 뛰어난 작품이 될 수가 없으니, 자건 曹植의 ‘淸晨登隴首’
　　　　와 같은 것이 천고의 뛰어난 시구가 되는 것은 그것이 천연하고 유
　　　　영한 맛이 있기 때문이다. 가령 ‘曉’로써 ‘晨’을 바꾸고, ‘上’으로써
　　　　‘登’을 바꾸며, ‘頭’로써 ‘首’로 바꾸면, 천연하고 유영한 맛이 있을
　　　　수 있겠는가? 그러나 성조의 오묘함은 마음과 입의 사이에 있는 것
　　　　이니, 헤아리고 음미하여 스스로 이해해야 하기 때문에 말로 전하기
　　　　는 어렵다. 그러므로 지금 내가 자질구레한 말을 위와 같이 하나, 남
　　　　들의 수긍을 얻기는 어쩌면 어려울 것이다.
〈略鑑〉 聲調를 意趣보다 중요시하고 있다. 뛰어난 시를 짓기 위해서는 의취
　　　　도 중요하지만, 시에 음악성을 부여하여 율동미를 돋우어 주는 聲調
　　　　가 중요하다는 것이다. 그의 神韻論과 관련이 있다.

古詩須善用平仄調用之粘法 然後聲調方諧 如老杜詩弟姪何傷
淚如雨 若作弟姪何傷淚似雨 則不可 看射猛虎終殘年 若作看
射猛虎送殘年 則不可 又如上四字平可 而下四字平不可 內七

字仄或可　而外七字仄不可　其妙唯在於外句之多用平聲　此其
大畧也　將老杜東坡古詩詳看　則可以知矣　然古詩短篇之粘法
不可不致精如上說　至歌行大篇奔放滂沛　一氣呵成者　則有時
乎不爲粘法所縛耳

〈주석〉 『調』 어울리다 조 『粘法(점법)』 平仄法(平仄에는 粘綴이라는 규칙이
있다. 첫째 구의 둘째 자, 넷째 자, 여섯째 자가 '평, 측, 평'으로 나가
면 둘째 구는 반대로 '측, 평, 측'으로 나가야 한다. 즉, 홀수 구에서
짝수 구로 이을 때는 평측을 반대로 해야 하는 것이다. 그러나 짝수
구에서 홀수 구로 이을 때는 평측을 같게 해야 한다. 그러므로 둘째
구가 '측, 평, 측'이면 셋째 구도 '측, 평, 측'이어야 한다. 이와 같이
짝수 구에서 홀수 구로 이을 때 같은 평측을 사용하는 것을 점철이
라고 한다) 『諧』 어울리다 해 『歌行(가행)』 고대 樂府詩의 한 체 『滂
沛(방패)』 기세가 성대한 모양 『呵』 불다 가 『縛』 묶다 박

〈국역〉 고시는 모름지기 平仄을 어울리게 사용하는 점법을 잘 쓴 그런 뒤에
성조가 바야흐로 어울리게 된다. 杜甫의 '弟姪何傷淚如雨'를 만약
'弟姪何傷淚似雨'로 고치면 안 되고, '看射猛虎終殘年'를 만약 '看射
猛虎送殘年'으로 고치면 안 된다. 또 위의 네 글자를 평성으로 하는
것은 괜찮으나, 아래 4자를 평성으로 하는 것은 안 된다. 안짝 7자는
측성으로 하는 것이 간혹 괜찮으나, 바깥짝 7자는 측성으로 하는 것
은 안 된다. 그 오묘함이 오직 外句에 평성을 많이 쓰는 데 있으니,
이것이 그 대략이다. 두보와 蘇東坡의 고시를 가지고 상세히 살펴보
면 알 수 있을 것이다. 그러나 고시 단편의 점법은 위에서 말한 것처
럼 정밀함을 다해야 한다. 歌·行과 같은 대편으로 흐름이 분방하고

기세가 성대하여 단숨에 글을 지어 내는 데 이르러서는 때때로 점법
에 얽매이지 않음이 있다.

〈略鑑〉粘法의 준수를 말하고 있다. 近體詩는 平仄法을 엄격히 지켜야 하지
만, 古詩에서도 平仄을 잘 이용하여야 한다는 것이다. 그러나 장편
의 古詩에서는 이러한 粘法에 얽매이지 않아도 된다고 말하고 있다.

古詩粘法 在故韓中世以前 雖無名於詩者 亦能知之 自中世以
後 雖有名於詩者 或不能知 詩道之久湮如此

〈주석〉 〖湮〗 막히다 인

〈국•역〉 고시의 점법은 옛날 우리나라 중세 이전에는 비록 시에 이름이 없는
사람도 그것을 알 수 있었는데, 중세 이후로부터는 비록 시에 이름이
있는 사람도 더러는 그것을 알 수 없으니, 시의 도가 오랫동안 침체
된 것이 이러하다.

〈略鑑〉 위의 언급과 마찬가지로, 우리나라에서의 粘法 준수에 대해 말하고
있다.

余嘗見中州近世七言古詩數十韵 其外句下三字 皆用平聲 此
反局滯無變動 非古人制詩之本意 不如平仄相間而平爲多也

〈주석〉 〖韵〗 ＝韻 〖局〗 구애되다 국

〈국•역〉 내가 일찍이 중국의 근세 칠언고시 수십 운을 보니, 그 바깥구의 아
래 3자를 모두 평성을 썼다. 이것은 도리어 막히어 변동이 없어 옛사
람들이 시를 짓던 본래의 뜻이 아니니, 평측이 서로 섞이되 평성이

많은 것만 같지 못하다.

〈略鑑〉 바깥구의 무절제한 평성의 사용에 대해 경계하고 있다.

余交遊之中 能知余生平本末及與共文字甘苦之境者 惟寧齋爲
然 故嘗謂余曰 子三十以前 詩勝於文 以後詩文均 又嘗笑謂
曰 子可謂震川之子 此莊周所云莫逆也 莫逆者 相知十分之謂
若不然而止知九分八分 必有一二分相逆不入之時 況其愈下乎

〈국역〉 내가 교유하는 사람 중에 내 평소 생활의 본말을 다 알고 문자의 감
고한 경지를 함께할 수 있는 사람은 오직 영재 李建昌뿐이다. 그러므
로 일찍이 내게 이르기를, "그대는 서른 살 이전에는 시가 산문보다
나았고, 이후에는 시와 산문이 같다."고 했으며, 또 일찍이 웃으며 말
하기를, "그대는 진천 歸有光의 아들이라 말할 수 있으니, 이것은 장
주가 말한 '막역'이라는 것이다. 막역은 서로 10분 알아주는 것을 말
하는 것이니, 만약 그렇지 않아서 9분이나 8분을 아는 데 그친다면
반드시 1, 2분은 서로 어겨서 들어가지 않는 때가 있는 것이니, 하물
며 그보다 훨씬 아래임에랴."라고 하였다.

〈略鑑〉 滄江 문학의 경과와 성취에 대한 언급이다.

寧齋高靈歎 喂馬行二篇 置之孔雀行長恨歌諸樂府中 可能辨否

〈국역〉 영재 이건창의 「고령탄」, 「위마행」 두 편을 중국의 「공작행」과 「장한
가」 등 여러 악부들 가운데 둔다면 구분해 낼 수 있겠는가?

〈略鑑〉 영재 李建昌의 詩에 대한 칭송이다.

李寧齋記事之文 氣骨雖不及朴燕岩洪淵泉 然亦一近世之良手也
而其所撰黨議通畧一書 蕪疎頗多 不似出於其手 此無他 以其
涉於時諱 心懷畏難 但述諸說 不加精裁故也 覽者宜諒之

〈주석〉〚涉〛관계하다 섭 〚諒〛살펴 알다 량

〈국역〉영재 이건창의 기사문은 기골이 비록 연암 박지원, 연천 홍석주에 미
치지 못하나 또한 근세의 훌륭한 솜씨이다. 그런데 그가 찬술한『당
의통략』한 책은 거칠고 소략한 점이 자못 많아 그의 손에서 나온 것
같지 않다. 이것은 다름이 아니라 그것이 시휘에 관계되기 때문이다.
마음이 재난을 두려워함을 품어 단지 여러 설들을 서술만 하고, 정밀
한 제재를 가하지 못했기 때문이니, 보는 사람을 마땅히 그것을 살펴
야 할 것이다.

〈略鑑〉이건창의 特長인 記事文을 칭송하면서 동시에『당의통략』이 精裁하
지 못한 아쉬움을 언급하고 있다.

近日中州之文運衰甚 後生少年見人文 有引用諸子文選等書中
僻典生字者 輒驚慕之 譁然謂爲文豪 此誠可憫 古文豈止於僻
典生字哉

〈주석〉〚僻〛치우치다 벽 〚譁〛시끄럽다 화 〚憫〛근심하다 민

〈국역〉근래 중국의 문운이 매우 쇠퇴하였다. 뒤에 태어난 젊은이들이 남의
문장을 볼 때, 제자백가,『문선』등의 글 가운데 궁벽한 전고나 생소
한 글자가 인용된 것이 있으면, 번번이 놀래고 그것을 사모하여 떠들
썩하게 문호라고 이르니, 이것은 정말로 안타까운 일이다. 고문이 어

찌 궁벽한 전고와 생소한 글자에 그치겠는가?

 창강의 古文觀이 드러나 있는 글이다.

黃梅泉之詩　長於文數倍　眞所謂別才也　其得意之作　如五峰石
壁琢磑嘐嘐屛十絶句等諸篇　其奇警淸雄　將誰與之敵乎

〈국역〉 매천 황현의 시는 산문보다 몇 배나 뛰어나니, 참으로 유별난 才士다.
그의 득의작으로 「五峰石壁琢磑嘐嘐屛十絶句」 등의 여러 작품은 그
기경·청웅함을 장차 누가 그와 대적하겠는가?

〈略鑑〉 매천 黃玹이 산문보다 시에 뛰어남을 언급하고 있다.

三國史校正之列賤名　大不稱當　王敬庵刊閨範一書　錄校者九
人　嘗與壽峰相視　而竊笑　兢雖不肖　豈尤而效之　李生之欲與
賤名同列　亦其薄處　執事又焉得順其邪志而成之　使兢實有校
讎之微勞　萬不當爲此　況無之乎　雖已刊　千萬亟削之　刊費之
絀　若蒙告急　力所可及　豈敢不勉　惟不欲露姓名一字於書中耳

〈주석〉〖尤〗나무라다 우 〖薄〗메마르다 박 〖執事(집사)〗상대방에 대한 敬
　　　　稱 〖校讎(교수)〗서적을　바로잡음 〖千萬(천만)〗반드시 〖亟〗빠르
　　　　다 극 〖絀〗굽히다 굴

〈국역〉『삼국사』교정에 내 이름을 넣은 것은 매우 어울리지 않습니다. 경암
　　　　王性淳(김택영의 제자)이 간행한 『규범』한 책에 교정자 9명을 기록
　　　　한 것을 일찍이 수봉과 더불어 서로 보면서 몰래 비웃었습니다. 제가
　　　　비록 불초하나 어찌 나무라면서 본받겠습니까? 이생이 내 이름을 함
　　　　께 넣으려 한 것은 또한 메마른 곳이니, 집사께서 또 어찌 그 사악한
　　　　뜻을 따라 그것을 이루려 하십니까? 가령 저에게 실제로 교정한 작은

---

28) 曹兢燮(1873, 고종 10~1933): 자는 仲謹, 호는 深齋. 일정한 스승이 없었으나, 학문에 일가를 이루었고,
　　시문에도 법도가 있어 당시 영남 사림의 거목이었다. 黃玹, 金澤榮, 李建昌 등과 교유하였다.

노고가 있었다고 하더라도 이렇게 하는 것은 만에 하나도 마땅하지
않은데, 하물며 그러한 일이 없었음에랴! 비록 이미 간행되었다 하더
라도 반드시 빨리 그것을 삭제해야 합니다. 간행비가 부족하여 급한
사정을 보고받았을 것인데, 힘으로 미칠 수 있는 것에 어찌 감히 노
력하지 않을 수 있겠습니까? 오직 책 가운데 성명 한 자도 노출시키
지 않고 싶습니다.

〈略鑑〉 이 글은 창강 김택영에게 보내는 여러 편의 편지 가운데 하나로, 이
단락은 조긍섭이 『삼국사』라는 책에 교정자로 들어가 있는 것은 마
땅하지 않다고 언급하고 있는 부분이다.

近金晦汝得讀十家文抄 寄書來 有所評論 玆以錄呈 幸以一言剖析之
然區區亦嘗妄謂文章家之論文 常以己意所近 而鮮能公聽並觀 惟金
農巖嘗論吾東之文 以牧隱爲二代之大家 簡易爲谿谷之前行 自今觀
之 農巖之於二家 似大不相入 而其言如此者 以其能公聽並觀也 執
事之於文 喜甘而惡苦 尙神雋而卑麤拙 故二家不在選列 然必論其等
則 以近代數公比之於牧隱簡易諸大作 豈不類箏笛之與洪鍾 可悅而
不可驚耶

〈주석〉 〖玆〗 이 자 〖幸〗 바라다 행 〖區區(구구)〗 자기를 칭하는 謙辭 〖前行
(전행)〗 =先鋒 〖雋〗 준걸 준 〖麤〗 거칠다 추 〖類〗 비슷하다 류 〖箏〗
쟁(13줄로 된 현악기) 쟁 〖笛〗 피리 적
〈국·역〉 근래 김회여가 『십가문초』를 읽고 글을 부쳐 왔는데, 내가 평론한 것
이 있어 여기에 기록하여 올리니, 한마디 말로 그것을 분석해 주시기
바랍니다. 그러나 저 또한 일찍이 망령되어 "문장가들의 논문은 항상

자기의 의사를 진실에 가깝다고 여기기 때문에 공정하게 듣고 아울
러 공정하게 볼 수 있는 것이 드물다."라 말한 적이 있습니다. 농암
金昌協이 일찍이 논하기를 "우리나라의 글은 목은 李穡을 두 시대의
대가로 삼아야 하고, 간이 崔岦이 계곡 張維의 선봉이 된다."고 했습
니다. 이제 보니, 농암이 두 작가에 대하여 크게 서로 받아들이지 못
한 듯한데도 그 말이 이와 같은 것은 그가 공정하게 듣고 아울러 공
정하게 볼 수 있었기 때문입니다. 집사께서는 문자에 대하여 단 것을
기뻐하고 쓴 것을 미워하며, 신묘하고 뛰어난 것을 숭상하고 거칠고
옹졸한 것을 낮게 보셨습니다. 그러므로 이 두 작가는 대열에 선발되
지 못했습니다. 그러나 반드시 그 등급을 논한다면 근대 몇 분을 목
은과 간이 같은 여러 대작에 비교해 보면 어찌 쟁과 피리가 큰 종과
더불어 좋아할 수는 있어도 놀랠 수는 없는 것과 비슷하지 않습니까?

〈略鑑〉 김택영이 麗韓九家(金富軾·李齊賢·張維·李植·金昌協·朴趾源·
洪奭周·金邁淳·李建昌: 金澤榮을 포함하면 麗韓十家)를 선정하면
서 李穡과 崔岦을 넣지 않은 것을 公聽하고 並觀한 견해가 아니라
는 것을 제시하고 있다. 김택영은 「雜言 四」에서, "우리나라의 문장
가운데 삼국과 고려는 오로지 육조의 문장만을 배워 변려문에 뛰어
났다. 그러나 고려 중세에 김문열 공 金富軾이 특히 걸출하니, 그가
찬술한 『삼국사기』는 풍후·박고하여 상당히 서한의 풍이 있었다.
고려 말기에 익재 李齊賢이 처음으로 韓愈·歐陽脩의 고문을 창도
하여 기사에 더욱 뛰어났다. 두 번에 걸쳐 국사를 수찬했으니, 조선
조에서 지은 『고려사』는 사실 모두 익재의 기록이다. 목은 李穡은
익재의 문생으로 처음으로 정주의 학문을 제창했다. 그러나 그의
문장에는 주소·어록의 기운이 많이 섞여 있어, 이때부터 우리 조

선 2백여 년 사이에 이르러 양촌 權近, 점필재 金宗直, 간이 崔岦,
상촌 申欽, 월사 李廷龜 등 여러 사람이 있었는데, 모두 목은에게서
병을 받았다(吾邦之文 三國高麗 專學六朝文 長於騈儷 而高麗中世
金文烈公 特爲傑出 其所撰三國史 豊厚樸古 綽有西漢之風 其末世李
益齋 始唱韓歐古文 尤長於記事 再修國史 韓朝所作高麗史 實皆益齋
之筆也 李牧隱以益齋門生 始唱程朱之學 而其文多雜註疏語錄之氣
自是至吾韓二百餘年之間　有權陽村金佔畢崔簡易辛象村李月沙諸家
而皆受病於牧隱)."라고 하여, 이 두 사람의 글에 注疏語錄體가 있다
고 하여 여한구가에 넣지 않았다.

若就其所選諸家而言之 如金文烈待外祖議 無異於西漢 益齋李
文烈崔春軒諸誌 不遜於廬陵 鄭仲孚詩序是小文之極工者 而皆
見遺 谿谷序則捨閔士尙而取吳肅羽 農巖誌則捨四嫂而取六弟
亦有不可曉者 燕巖之幻戲題辭 不過一時漫筆 從鶴林玉露所論
而演其義 九渡河記 一似金聖歎水滸西廂之批 大抵熱河日記中
所錄皆然 與諸誌論 不啻逕庭 寧齋之文 尤與前日所見不同 修
堂麗澤二記 辭理俱短 兪叟銘理掩於辭 不足爲法

〈주석〉 〚遜〛 양보하다 손 〚曉〛 깨닫다 효 〚漫筆(만필)〛 ＝隨筆 〚鶴林玉露〛
송나라 羅大經이 편찬한 책 〚演〛 부연하다 연 〚一似(일사)〛 매우
비슷함 〚批〛 찌붙이다 비 〚啻〛 뿐 시 〚逕庭(경정)〛 문 밖의 작은
길과 정원으로, 서로의 거리가 매우 멀거나 차이가 있을 때를 비유함
〈국역〉 만약 여러 작가들을 선발한 것에 나아가 말해 본다면, 문열 金富軾의
「대외조의」 같은 것은 서한과 다른 것이 없고, 익재 李齊賢의 문열

李兆年, 춘헌 崔文度 등 여러 誌銘들은 여릉 歐陽脩에 손색이 없으며, 「정중부시서」는 작은 규모의 문장 가운데 지극히 공을 들인 것인데도 모두 빠졌습니다. 계곡 장유의 서문은 사상 閔聖徽에 대한 것을 버리고 숙우 吳翻에 대한 것을 취했고, 농암 김창협의 지는 사수를 버리고 육제를 취했으니, 또한 이해할 수 없는 점이 있습니다. 연암 朴趾源이 장난삼아 쓴 글들은 한때의 만필에 지나지 않은 것으로『학림옥로』에서 논한 것을 따라 그 뜻을 부연한 것이고, 「一夜九渡河記」는 김성탄이『水滸傳』과『西廂記』를 비평한 것과 똑같습니다. 대체로『열하일기』속에 기록된 것들이 모두 그러하니, 여러 誌들과 함께 논하면 서로의 거리가 매우 멀 뿐만이 아닙니다. 이건창의 글은 더욱 지난날 보던 것과 같지 않아 「수택기」와 「이택기」는 사리가 모두 짧으며, 「유수명」은 이치가 말에 가려(이치에 비해 말의 구사가 지나치게 화려함) 법으로 삼을 만하지 않습니다.

〈略鑑〉 김택영이 選集한 여한구가의 구체적 작품들에 대해 조긍섭은 몇몇의 경우는 이해할 수 없는 選定이라며 자신의 견해를 피력하고 있다. 더구나 김택영이 박지원의 글에 대해 두 편에 걸쳐 가장 많이 選載했는데, 조긍섭은 박지원의 글에 대해 부정적 생각을 제시하고 있다.

凡此皆據妄庸所見而言爾　執事寸心千古　自有權度　豈竅識所能涯涘哉　所云晦翁二詩　恐亦是執事句法　故見喜耳　昔王鳳洲論宋詩　以朱子五古爲南渡第一　而至答感興詩與陳子昻孰愈之問　則曰　白首貞姬　豈與靑春冶女爭色澤哉　此是正當位置　要之　其伶俐究　非人所及也　胸中所蓄　不敢以隱　亦恃執事之虛受善誨而已

<주석> 〖據〗 의거하다 거 〖妄庸(망용)〗 평범하고 망령된 사람 〖千古(천고)〗
역사 지식을 가리킴 〖權度(권도)〗 표준이나 법칙 〖縠〗 비단 관 〖涯
涘(애사)〗 한계 〖貞姬(정희: 661~702)〗 당나라 시인으로, 남조 이래
의 연약한 귀족적 시풍을 버리고 漢·魏의 기골 있는 시로 돌아갈
것을 주장하여 당대 古文 운동의 선구자가 됨 〖冶女(야녀)〗 장식이
화려한 여자 〖色澤(색택)〗 안색과 光澤으로, 화려한 말에 비유 〖伶〗
영리하다 령 〖利〗 똑똑하다 리 〖恃〗 믿다 시

<국·역> 무릇 이 모두는 망령된 사람의 소견에 의거하여 말한 것일 뿐입니다.
집사께서는 마음속에 역사적 지식과 안목을 지니고 있어 스스로 표
준을 지니고 있을 것이니, 어찌 아무것도 모르는 나의 식견으로 한계
를 지을 수 있겠습니까? 이른바 회옹 朱熹의 두 시도 아마 또한 집사
가 시구를 보는 방법에 맞는 까닭에 좋아하게 되었을 것입니다. 옛날
봉주 王世貞이 송시를 논평할 때 주자의 오언고시를 남쪽으로 건너
온 이후(南宋) 제일이라고 여겼습니다. 그런데 감흥시와 진자앙의 작
품 가운데 누가 나으냐고 하는 물음에 답하면서 말하기를, "백수 정
희가 어떻게 청춘의 야녀와 더불어 색택을 다툴 수 있겠는가."라 하
였으니, 이것이 정당한 위치입니다. 이것을 요약하자면, 그 영리한
연구는 사람들이 미칠 바가 아니라고 여깁니다. 내 가슴속에 있는 말
을 감히 숨길 수가 없으니, 또한 집사께서 마음을 비워 받아주시고
좋은 가르침을 주실 것을 믿을 뿐입니다.

<略鑑> 마지막 단락으로, 앞서 보인 소견에 대한 謙辭로 끝을 맺고 있다.

원주용 ──

▌약력

성균관대학교 한문학과 박사과정 졸업(문학박사)
안동대학교, 한림대학교 강사
현) 성균관대학교, 원광대학교 강사
　　성균관대학교 동아시아지역연구소 연구교수

▌주요 논저

「牧隱李穡의 碑誌文에 관한 고찰」
「陶隱散文의 문예적 특징」
「鄭道傳散文에 관한 일고찰」

『목은 이색 산문 연구』
『고려시대 산문 읽기』
『동양의 지혜 그리고 현대인의 삶』
『조선시대 산문 읽기』
『천자문 쉽게 알기』
『한문공부 길잡이』
『고려시대 한시 읽기』
『조선시대 한시 읽기 上』
『조선시대 한시 읽기 下』
외 다수

조선의 산문을 읽다

초 판 인 쇄 | 2011년 5월 6일
초 판 발 행 | 2011년 5월 6일

편 저 자 | 원주용
펴 낸 이 | 채종준
펴 낸 곳 | 한국학술정보㈜
주   소 | 경기도 파주시 교하읍 문발리 파주출판문화정보산업단지 513-5
전   화 | 031) 908-3181(대표)
팩   스 | 031) 908-3189
홈 페 이 지 | http://ebook.kstudy.com
E-mail | 출판사업부 publish@kstudy.com
등   록 | 제일산-115호(2000. 6. 19)

ISBN   978-89-268-2212-8 93810 (Paper Book)
          978-89-268-2213-5 98810 (e-Book)

이담 Books 는 한국학술정보(주)의 지식실용서 브랜드입니다.